KB176648

김사량 선집

김사량 선집

김재용 편

역락

머리말

　일제강점 하 일본 중국 등 동아시아를 무대로 역동적인 창작활동을 하였기에 한반도는 물론이고 국제적으로 각광을 받았던 김사량은 한국전쟁 이후 남북에서 홀연히 사라졌다. 김사량이 다시 조명을 받기 시작하면서 한반도의 공백을 대신 메운 것은 역설적으로 그가 맞서 싸웠던 일본에서였다. 일본 제국주의에 맞서 중국으로 망명하고 그곳에서 항일을 하였던 김사량의 가치를 인정한 일본의 양심적인 지식인들은 1973년에 나온 일본판 4권의 전집에 환호하였다. 竹內實과 같은 비평가들은 중국에 노신이 있다면, 한국에는 김사량이 있다라고 하면서 호응하였다. 김사량이 일본에서 동아시아의 작가로 평가받을 때에도 한반도에서는 여전히 이방인이었다. 한반도에서 평가받기 시작한 것은 냉전의 그림자가 조금씩 걷혀가기 시작할 무렵인 1980년대이다. 전집 편찬의 절박성을 깨닫고 곽형덕 교수와 함께 거의 10년에 걸쳐 한 권 한 권 펴냈다. 곽형덕 교수의 일본어 번역에 힘입어, 어려운 출판 환경에도 불구하고, 올해 초에 전집이 5권으로 완간되었다. 하지만 이 전집은 김사량에 대해서 이미 어느 정도 알고 있는 이에게는 더할 나위 없이 유용한 것이지만, 이제 막 입문했거나 알려고 하는 이들에게는 매우 벅찬 것이었다. 이에 5권의 전집을 토대로 새로운 선집을 만들어 제공할 필요성을 절감하였다. 이 책은 바로 이러한 역사적 노력의 산물이다. 이제 김사량을 비단 한국의 작가뿐만 아니라 동아시아의 공통된 지적 유산으로 확충해야 할 때이다.

2016년 편자

차례

해방이후 | **소설**

해방이후 | **산문**

해방이전 | 소설

빛 속으로*

1

지금부터 내가 말하려고 하는 야마다 하루오[山田春雄]는 참으로 알 수 없는 아이였다. 이 소년은 다른 아이들 무리에 들어가려고 하지도 않고 항상 그 주위를 소심하게 맴돌았다. 줄곧 따돌림을 당했지만 뒤에서는 자신도 여자아이나 작은 아이들을 괴롭히기도 했다. 게다가 누군가 넘어지기라도 하면 기다렸다는 듯 신이 나서 소란을 떨었다. 그는 애정을 주려고 하지 않았고 또 받으려고도 하지 않는 것처럼 보였다. 생김새는 머리숱이 적고 귀가 컸으며 눈이 약간 희멀겋고 다소 음산한 느낌이 들었다. 그는 또한 이 근처 어떤 아이보다도 지저분한 차림새로 이미 가을이 깊었는데도 너덜너덜해진 쥐색 시모후리1)를 여전히 입고 있었다. 그 때문인지는 모르지만 그의 시선은 한층 음울하고 회의적으로 보였다. 그리고 그는 묘하게도 자신의 주소를 결코 말하려고 하지 않았다. 나는 대학에서 S협회(協會)2)로 돌아오는 오시아게[押上] 역 앞에서 그와 두세 번 마주친 적이 있었다. 그가 걸어오는 방향으로 짐작하자면 아무래도 역 뒤편 늪지대에 사는 것 같았다. 나는 그걸 알고 언젠가 이렇게 질문을 했다.

"역 뒤에 살고 있니?"

그러자 하루오는 허둥대며 머리를 쩔레쩔레 흔들었다.

---

* <빛 속으로(光の中に)>는 1939년 10월 『문예수도(文藝首都)』에 처음으로 실렸고, 제10회 아쿠타가와상(1940년 2월 발표) 후보작이 되면서 『문예춘추(文芸春秋)』(1940.3)에 전재(轉載)되었다가, 단행본 『光の中に』([小山書店] 1940)에 수록되었다.
1) "霜降". 서리가 내린 것처럼 하얀 반점이 있는 직물로, 흰 섬유와 색 섬유를 혼방(混紡)해서 짠 것이다.
2) S협회는 동경제국대학 세틀먼트(settlement)를 지칭한다. 김사량은 실제로 이곳에서 활동했다.

"아니요. 우리 집은 협회 바로 옆인데요."

물론 터무니없는 거짓말이었다. 그는 일부러 학교에서 귀가하는 길에 여기까지 멀리 돌아와서 야간부가 파할 때까지 결코 집으로 돌아가려 하지 않았다. 주변에서 들어보니 그가 협회에서 일하는 노파 방에서 밥을 얻어먹은 것도 한두 번이 아닌 모양이었다. 나도 처음에는 이 아이에게 그다지 주의를 기울이지 않았다. 하지만 어느 날 밤 하루오가 어둑어둑한 노파 방에서 급하게 밥을 입 안에 욱여넣는 모습을 본 순간 깜짝 놀라 멈춰 선 일이 있었다. 나는 '이상한 일이야'라고 자신에게 말했지만 무슨 의미로 그렇게 말한 것인지 뚜렷이 알 수 없었다. 그리고 다시 한 번 '이상한 일이야' 하고 중얼거렸다. 아무리 보아도 그 모습은 어떠한 사정이 있어 보였지만 그 이유가 좀처럼 떠오르지 않았다. 움츠리고 곱은 등이며, 얼굴, 입 모양, 젓가락 집는 법까지도. 나는 마침내 가슴이 답답해져서 입을 다문 채 하루오로부터 멀어져갔다. 그리고 그 뒤로 나는 이 아이에게 그다지 신경을 쓰지 않았지만 그동안 나와 하루오 사이에는 실로 기묘한 사건이 하나 터졌다.

나는 그 무렵 S대학협회 레지던트(기숙인)였다. 내가 하는 일은 협회 야간 시민교육부에서 다만 2시간 정도 영어를 가르치기만 하면 되는 일이었다. 그래도 장소가 고토[江東][3] 근처 공장 지대여서 배우러 오는 사람들이 근로자였기 때문에 그들을 상대로 두 시간 수업을 하는 것도 여간 힘든 일이 아니었다. 그들은 낮 동안 일을 하고 녹초가 돼서 왔기 때문에 가르치는 쪽에서 어지간히 긴장해서 수업에 임하지 않는 한 모두 꾸벅꾸벅 졸아버리기 때문이다.

야간부에서 활력이 넘치는 것은 역시 아동부였다. 우리 교실 바로 아래가 아동부여서 언제나 왁자지껄 떠드는 소리가 들려왔다. 우리 반 학생들은 그 소리에 놀라서 자세를 다시 고쳐 잡아 앉을 정도였다. 낡은 피아노가 삐걱삐걱 소리를 내기 시작하면, 아이들은 일제히 "우리는 무럭무럭 잘 자란다"는 가사의 노래를 지붕이라도 날려버릴 것 같은 우렁찬 기세로 불렀다.

'시간이 다 됐군.' 하고 생각하기가 무섭게, 이번에는 콩이라도 볶아대는 듯한 소란이 벌어졌다. 아이들은 앞을 다투어 계단을 뛰어 올라왔다. 나는 수업을 끝내고 교실

---

3) 도쿄도의 동부, 스미다가와[隅田川]와 아라가와[荒川]에 끼인 위치에 있다.

을 나오려다 아이들에게 바로 붙잡혀서 마치 비둘기 사육사처럼 변했다. '갑'은 어깨에 타고, '을'은 팔에 매달리고, '병'은 쉴 새 없이 내 앞에서 덩실거리며 뛰어올랐다. 몇몇 아이들은 내 양복이나 손을 잡아끌고 혹은 뒤에서 소리를 지르며 밀어대다 내 방까지 쳐들어왔다. 내가 문을 열려 하면 이미 전부터 들어가서 숨어 있던 아이들이 필사적으로 문이 열리지 않게 막는 것이다. 밖에서도 아이들이 개미처럼 모여들어 줄기차게 문을 열려고 했다. 이럴 때 야마다 하루오는 어김없이 옆에서부터[4] 아이들을 방해했다.

"내버려둬. 내버려둬. 아— 아— 아—"

하고 외치면서, 내 코앞에서 신이 난 것처럼 익살스러운 춤을 췄다. 드디어 밖에 있던 아이들이 개가(凱歌)를 울리고 한꺼번에 안으로 밀어닥치자, 실내에서는 전부터 기다리고 있던 예닐곱 소녀가 꺅꺅 소리를 지르며 즐거워했다.

"미나미[南][5] 선생님! 미나미 선생님!"

"나도 안아줘."

"나도."

"나도."

그러고 보니 나는 이 협회에서는 어느새 미나미 선생으로 통했다. 내 성씨는 알다시피 남(南)이라고 읽어야 했지만 이런저런 이유로 일본 성씨처럼 불리고 있었다. 내 동료가 가장 먼저 그런 식으로 나를 불렀다. 나는 처음에 그런 호명 방식이 매우 마음에 걸렸지만 나중에는 천진난만한 아이들과 함께 놀기 위해서 그편이 오히려 좋을지도 모르겠다고 생각했다. 그렇기 때문에 위선을 떠는 것이 아니고 또한 비굴한 것도 아니라고 자신에게 몇 번이고 타일렀다. 또한, 말할 필요 없이 아동부 안에 조선 아이라도 있었다면 나는 일부러라도 자신을 '남'으로 불러달라고 주장했을 것이라고 스스로에게 변명도 했다. 조선 성씨로 불리게 되면 조선 아이들에게도 또한 내지 아이들에게도 나쁜 영향을 끼칠 것임이 틀림없다고.

그러던 어느 날 밤이었다. 아이들과 한참 말씨름을 하는 사이 학생 하나가 새파랗

---

4) 'はたから'로 나와 있는데 보통은 '端(はな)から'로 쓰이며 오사카 사투리이다.
5) 성명과 관련된 표기는 원문에는 한자 위에 루비가 달려 있는데, 이 부분을 번역에서는 필요에 따라 한자(한글)식으로 표기했다.

게 질린 얼굴로 들어왔다. 그는 자동차 조수를 하면서 밤이 되면 영어나 수학을 배우러 오는 이(李)라고 하는 건강한 젊은이였다. 그는 교실 문을 닫고 도전하는 듯한 기세로 내 앞을 막아섰다.

"선생님." 그것은 조선어였다.

나는 흠칫했다. 아이들도 어떠한 의미인지는 모르면서도 어딘가 험악한 공기에 압도당해서 그와 내 얼굴을 번갈아 바라봤다.

"자아, 나중에 다시 놀아주마. 지금부터 선생님은 볼일이 있으니까." 하고 나는 다시 침착함을 찾아가며 입가에 미소를 졌다.

아이들은 풀이 죽어서 나갔다. 하지만 야마다 하루오의 시선만은 이상야릇한 빛을 발하며 무언가를 살피는 듯 물끄러미 나를 바라보고 있었다. 나는 희미하게 번뜩이던 그 눈을 아직도 잊을 수 없다. 그는 게처럼 옆걸음질을 치면서 여기저기 부딪치고 나갔다.

"우선 앉지요." 나는 그와 단둘이 남자 조용히 조선어로 말을 건넸다. "어찌하다 보니 서로 이야기를 나눌 기회도 만들지 못했군요."

"그렇습니다." 이 군은 선 채로 외쳤다. "실제로 저는 선생님에게 어느 나라 말로 이야기를 걸어야 할지 알 수 없었습니다." 그는 소년다운 분개가 넘치는 말투로 말했다.

"물론 저는 조선인입니다." 내 답변은 어쩐지 조금 떨렸다. 아마도 그를 대하면서 어딘가 모르게 성씨를 호칭하는 문제가 마음에 걸렸던 것이리라. 혹은 태연하게 있을 수 없다는 것 자체가 이미 내 마음속에 비굴함을 품고 있었던 증거임이 틀림없다. 나는 오히려 다소 허둥대며 이렇게 묻고 말았다. "뭔가 기분 상할 일이라도 있었습니까?" "있지요." 그는 의기양양하게 말했다.

"어째서 선생님 같은 분조차도 성씨를 숨기려고 하십니까?"

나는 갑자기 말문이 막혔다.

"우선 진정하고 앉지 그러십니까."

"왜인지, 저는 그것을 묻고 싶습니다. 저는 선생님의 눈과 턱뼈, 콧날을 보고, 분명히 조선인임이 틀림없다고 생각했습니다. 하지만 선생님은 그러한 내색은 전혀 하지 않는 것처럼 보였습니다. 저는 자동차 운전 조수를 하고 있습니다. 오히려 저 같은 직업을 가진 사람들이 성씨 때문에 여러모로 거북한 일이 많을 것입니다." 그는 격정이 밀려온 나머지 말을 더듬거리기 시작했다. 어째서 그는 이토록 흥분하는 것일까. "하지만 저는 그럴 필요가 없다고 생각합니다. 저는 비뚤어진 마음가짐으로 살아가고 싶지 않을 뿐 아니라, 비굴하게 행동하고 싶지도 않습니다." "참으로 그렇습니다." 나는 작게 신음하듯 말했다. "나도 그 말에 동감합니다. 하지만 나는 다만 아이들과 유쾌하게 지내고 싶었을 따름입니다." 복도에서는 변함없이 조금 전 아이들이 소란을 피우면서 때때로 문을 열고는 코 흘린 얼굴로 엿보거나, 눈을 감고 혀를 내밀어 보이거나 했다. "예컨대 내가 조선 사람이라고 한다면 저런 아이들이 제게 갖는 감정 중에는 애정 이외에 호기심이라고 해야 할지, 아무튼 일종의 다른 것이 앞선다고 봅니다. 그건 선생으로서는 무엇보다 쓸쓸한 일입니다. 아니 오히려 무서운 것임이 틀림없지요. 그렇다고 해서 나는 자신이 조선인임을 감추려고 한 것은 아닙니다. 다만 여러분이 그런 식으로 저를 불러준 겁니다. 나 또한 새삼스럽게 조선인이라고 말하고 다닐 필요를 느끼지 못했을 뿐입니다. 하지만 학생에게 그런 인상을 조금이라도 줬다고 한다면, 나는 뭐라고 변명을 해야 할지 알 수 없습니다……." 하고 말했을 때, 문을 열고 엿보고 있던 아이들 가운데, 갑자기 큰 소리로 아우성치는 아이가 있었다.

"이거 봐라, 선생님은 조센진[朝鮮人][6]이야!"

야마다 하루오였다. 순간 복도는 찬물을 끼얹은 듯 조용해졌다. 나도 잠깐 당황하지 않을 수 없었다. 그러면서 애써 마음을 가라앉히면서 이렇게 말했다.

"언젠가 다시 만나서 천천히 이야기합시다."

이 군은 부들부들 손을 떨면서 나갔다. 야마다를 비롯해 두세 명의 아이가 도망치는 것 같았다. 나는 내내 아연해하며 서 있었다. 순간 전광석화와 같이 '나야말로 위선자가 아닌가!' 하는 생각이 번쩍 떠올랐다. 아래층에서는 땡땡 종소리가 들려왔다. 아이들은 소란을 피우면서 구름처럼 아래로 내려가고 있었는데 그 소리가 마치 먼 곳으로부터 들리는 것처럼 울려왔다. 그때 문이 살짝 열리고 발소리를 죽이면서 걸어온 야마다가 등을 굽히고 그 틈새로부터 방 안을 훔쳐봤다. 그리고는,

---

6) 본문에서 조선인과 조센진을 분리해서 표기하기로 한다. 조센진은 일본인들이 조선인을 멸시해서 부르는 명칭이다.

"야. 이 조센진!" 하고 혀를 날름 내밀고 쫓기는 것처럼 다시 도망쳤다.

그 이후, 야마다 하루오는 점차 내 주위를 심술궂게 따라다녔다. 내가 그에게 한층 주의를 기울이게 된 것은 그 이후부터였다.

과연 그렇게 생각해 보니, 그는 훨씬 전부터 나를 의혹에 찬 눈초리로 감시하면서 따라다닌 것 같았다. 때때로 일본어가 말끝에 걸려서 혀가 돌아가지 않을 때도 그는 곧잘 내 발음을 따라 하면서 웃어댔다. 그는 처음부터 나를 조선 출신이라고 생각하고 주시하고 있었음이 틀림없었다. 그는 나를 늘 따라다녔고 내 방에 와서 곧잘 장난을 쳤다. 그가 그런 행동을 한 것도 따지고 보면 일종의 애정과 비슷한 것을 내게 느끼고 있었기 때문이 아닐까. 그런데 이번 일 이후 그는 나를 극도로 멀리하며 좀처럼 가까이 다가오지 않고 내 주위를 한층 얼쩡거리며 따라다닐 뿐이었다. 지금 당장 내가 실수라도 하면 짓궂게 한구석에서 신이 나서 기뻐할 준비라도 하는 것처럼. 그러나 나는 그 누구에게 하는 것보다 더 깊은 애정을 갖고 그를 대했다. 오히려 나는 그를 용서하고 싶었다. 그리고 최대한 그를 연구해서 차차 지도해 가리라고 결심했다. 나는 우선 이렇게 생각해 보기로 했다. 가난한 하루오네 집안은 지금까지 조선에서 이주 생활을 계속해 왔다. 그때 그도 외지에 건너간 보통 아이들처럼 성질이 비뚤어진 채 우월감을 갖고 돌아온 것이라고. 하지만 어느 날 나는 차마 눈뜨고 지켜볼 수 없어서 결국 크게 화를 내고 말았다. 내가 교실로 내려가 아이들과 놀아주고 있었을 때였다. 야마다는 일부러 그러는 것처럼 두세 번 나를 의식하더니 아무것도 아닌 일로 갑자기 화를 내며 옆에 있던 작은 여자아이 팔을 정말 잔인하다 싶을 정도로 휘둘러 때렸다. 여자아이는 울면서 도망쳤다. 그는 도망치는 것을 따라가면서,

"조센진 자바레, 자바레ー." 하고 소리쳤다.

자바레라 하는 것은 잡으라고 하는 의미의 조선어로, 조선 이주 내지인이 곧잘 쓰는 말이었다. 물론 여자아이는 조선인이 아니므로 내게 보란 듯이 말하는 것이리라. 나는 뛰어가서 야마다의 목덜미를 잡자마자 앞뒤 사정 보지 않고 뺨을 때렸다.

"이 녀석 무슨 짓이야!"

야마다는 소리를 죽이고 아무런 말도 하지 않았다. 다만 목각인형처럼 내가 하는 대로 가만히 있었다. 울지도 않았다. 그리고는 거친 숨을 내쉬면서, 물끄러미 내 얼굴

을 아래로부터 올려다봤다. 새삼 눈이 희멀겋게 보였다. 다른 아이들은 내 주위를 둘러싸고 침을 삼키고 있었다. 그의 눈에서 갑자기 눈물 한 방울이 나오는 것처럼 보였다. 하지만 그는 조용히 눈물을 억누르는 듯한 목소리로 외쳐댔다.

"조센진 멍청이!"

2

원래 S협회는 제대(帝大)[7] 학생 중심의 인보사업(隣保事業) 단체로 탁아부나 아동부를 시작으로 시민교육부, 구매조합, 무료의료부 등도 있어서, 이 빈민지대에서는 친밀도가 높았다. 갓난아기와 아이들을 위해서는 물론이고 일상의 세세한 생활에 이르기까지 협회는 이들과 떼려야 뗄 수 없는 긴밀한 관계를 맺고 있었다. 그리고 협회에 다니는 아이 어머니들 사이에는 '어머니회'[8]도 있어서, 서로 정신적인 교섭이나 친목을 꾀하기 위해 한 달에 두세 번 정도 함께 모였다. 하지만 야마다 하루오의 어머니는 여태까지 한 번도 얼굴을 비춘 적이 없었다. 자신의 아이가 밤늦게까지 이곳에 와서 놀고 있는 것을 안다면, 설령 다른 어머니들처럼 관계자 대학생들에게 따뜻한 감사의 마음에서는 아니라 해도, 부모로서 때로는 자신의 아이 걱정 때문이라도 찾아와야 하지 않는가. 나는 이 이상한 아이에 대해 지대한 관심을 두기 시작한 것과 동시에 그의 가정환경부터 우선 알아내야겠다고 생각했다.

머지않아 다가올 주말을 포함한 사흘연휴를 이용해 아이들이 어느 고원(高原) 캠프 체험을 하게 됐을 때였다. 나는 야마다를 내 방으로 불렀다. 나는 그가 지금까지 이런 모임에 언제나 참가하지 못했다는 사실을 알고 있었다.

"어때 너도 가련."

소년은 고집스레 입을 다물었다. 그는 상대가 아무리 다정하게 대해도 항상 의심이

---

7) 동경제국대학을 지칭한다.
8) '어머니 모임[母の会]'은 세틀먼트 조직 내에 실재했다. 『동경제국대학세틀먼트 12년사(東京帝国大学セツルメント十二年史)』(제대세틀먼트회가 발간(비매품), 1937. 2, 51면)

깊었다.

"이번엔 너도 같이 가자."

"……"

"왜 그러니. 너도 어머니를 모시고 오면 되잖아. 아버지라도 괜찮아. 학부형 가운데 한 분만 와서 승낙하면 되니까."

"……"

"모시고 올 생각이니?"

야마다는 고개를 저었다.

"그럼 가지 않는다고?"

"……"

"선생님이 비용은 내줄 거야."

그는 새치름한 눈으로 나를 올려다봤다.

"그렇게 하자."

"……"

"그럼 선생님이 집에 가서 함께 말해줄까?"

그는 당황한 듯이 다시 고개를 저었다.

"하지만 사흘이나 자고 와야 하니까 부모님 허락을 받아야 해!"

"선생님도 산에 가나요?" 그제야 소년은 능청스럽게 물었다. "안 가요?"

"응 선생님은 안 돼. 이번에는 당번을 서게 돼서."

"그럼 나도 안가요."

그는 남몰래 미소를 입술 위로 졌다.

"어째서지?"

그러자 그는 "히이―." 하고 치아를 보이며 백치처럼 턱을 내밀었다.

나는 이런 식으로 진작부터 그의 집에 한번 방문해 보고자 시도하고도, 결국에는 그 뜻을 이루지 못했다. 아이는 어째서인지 틈을 주지 않았다.

드디어 토요일이 다가와 S협회 아동부 백여 명은 기쁨에 들떠 웅성거리며 우에노 역[上野驛]을 향해 열을 지어 외출했는데, 야마다는 역시 시간이 다 돼서도 보이지 않앉다. 잠시 후 옥상에서 할 일이 있는 것을 떠올리고 올라갔을 때 나는 깜짝 놀랐다. 야마다 하루오가 빨래 건조대 기둥에 기대서 멀리 줄지어 가는 아이들 행렬을 물끄러미 바라보고 있는 것이 아닌가. 나는 왠지 모르게 눈시울이 뜨거워지는 것을 느꼈다. 그는 인기척 소리를 알아챈 후 몹시 당황한 것 같았다. 나는 애써 웃음을 지으면서 그의 어깨를 뒤에서 가만히 안아줬다.

"저기 보렴. 애드벌룬이 올라가 있지?"

"네." 그는 사라질 것 같은 소리로 말했다. 그을린 굴뚝과 거무칙칙한 건물을 넘어서 멀리 우에노 공원 주위에 애드벌룬 두세 개가 꼬리를 끌며 떠 있었다. 갑자기 나는 그를 따듯하게 위로해주고 싶은 마음이 들었다.

"어때 하루오. 선생님은 지금부터 한가한데 함께 우에노라도 가지 않을래?"

소년은 올려다보며 히죽 웃었다.

"자 어서 가자. 선생님도 학교에 볼일이 있으니까 마침 잘됐다."

학교에 볼일이 있다고 한 것은 물론 거짓말이었다. 그토록 마음에도 없는 말을 할 만큼, 나는 내심 야마다를 꺼리고 어려워하고 있었던 것일까.

"네에?" 그의 눈은 휘둥그레졌다. "선생님도 제대(帝大) 다녀요?" 그는 정말로 놀란 것임이 틀림없다. "조센진도 받아주나요?" "그야 누구라도 넣어준다. 시험에만 붙는다면…"

"거짓말이야. 우리 학교 선생님이 분명히 그랬다고요. 이 조센진 녀석 틀려먹었군. 소학교에 넣어준 것만도 감사하라고."

"아니, 그런 말을 하는 선생님도 있다니. 그래서 그 학생은 울었니?"

"아뇨 울긴 왜 울어요. 안 울어요."

"그렇구나. 대단한 아이구나. 한번 선생님 있는 곳에 데려와 보렴."

"안 해요." 그는 안달했다. "없어요. 없다고요."

"이상한 말을 하는구나."

"누구에게도 말하지 않아요. 말하지 않는다고요."

그는 정색하고 자기가 한 말을 취소했다. '정말로 이상한 아이로구나.' 나는 생각했다. 그와 거의 동시였다. 어쩌면 그가 조선 아이가 아닌가 하는 생각이 느닷없이 떠오른 것은. 나는 놀란 듯이 그의 얼굴을 가만히 바라봤다. 그는 얼굴이 경직돼서 경계하 듯 앞을 향한 채 뒷걸음질을 쳤다. 그리고 갑자기 쏜살같이 계단을 뛰어 내려가면서 외치는 것이었다.

"응, 나 모자를 쓰고 올게요."

나는 조용히 고개를 갸우뚱거리면서 계단을 내려갔다.

하지만 현관 입구 가까운 계단까지 내려갔을 때 아래쪽에서 심상치 않은 일이 일어 나고 있음을 알았다. 의료부 의사나 간호사 및 구매 조합 사내들이 숨을 죽이고 밀치 락달치락 하며 현관 입구에 바싹 댄 자동차에서 초라한 모습을 한 부인을 실어오고 있었다. 그 뒤로 조수인 이(李) 군이 몹시 흥분한 듯, 어깨로 숨을 헐떡거리면서 들어 오는 것이 보였다. 부인의 머리는 피범벅이 돼서 맥없이 뒤로 늘어져 있었다. 하루오 가 그 옆에서 덜덜 떨면서 두세 걸음 따라왔지만, 나를 발견하자 흠칫 놀래서 우뚝 선 채 꼼짝도 하지 않았다. 나는 바로 이 군에게 다가가서 자초지종을 물었다. 그러자 그 는 이를 갈면서 외쳤다.

"남편에게 날붙이로 머리를 맞았답니다." 의료부문 입구에서 왁자지껄하던 사람들 은 모두 놀라 그쪽으로 뒤돌아보았다. "이 부인은 조선 사람입니다. 남편은 내지인인 데 지독한 악당이죠." 그는 말을 끝내고 손수건으로 목덜미를 닦으려다 옆에서 서성 대던 야마다 하루오를 발견하고 무서운 기세로 소년 쪽으로 덤벼들었다.

"바로 이놈입니다. 이 녀석 아버지라고요." 그는 야마다의 손목을 비틀면서 마치 범 인이라도 잡은 것처럼 "이 녀석의, 이 녀석의." 하고 입에 거품을 물고 외쳤다. 그 목 소리는 이미 너무나 흥분해서 흡사 우는 소리로 변해갔다.

야마다는 몹시 괴로운 듯 비명을 올리면서, "아니야 아니라고." 하며 아우성쳤다. "조센진 따위 내 엄마가 아니야. 말도 안 돼 안 돼."

사내들이 개입해 가까스로 둘을 갈라놓았다. 나는 거의 망연자실한 상태였다. 이 군은 격분을 이기지 못하고 다시 달려들어 야마다의 등을 무서운 기세로 걷어차서 하 루오는 휘청거리면서 내 쪽으로 매달렸다. 그리고는 "으앙." 하고 울음을 터뜨렸다.

"난 조센진이 아니라고. 난, 조센진이 아니라고요… 그렇죠 선생님."

나는 그의 몸을 꼬옥 안아줬다. 내 눈시울에 뜨거운 것이 복받쳐 올라오는 것을 느껐다. 나는 자포자기해서 평정을 잃은 이 군의 모습과 소년의 가엾은 부르짖음, 그 어느 쪽도 꾸짖을 수 없을 것 같은 기분이 들었다. 그 자리에서 축 늘어져서 쓰러질 것 같은 기분이 들었다. 할멈이 한발 앞서 야마다를 데리고 나갔기 때문에 겨우 그 자리가 수습됐다. 이 군은 격렬하게 욕설을 지껄이듯이 모두에게 말했다.

"저 녀석 아비는 노름꾼으로 사람도 아닙니다. 요 며칠 전에 감옥에서 나왔습니다. 그 사이 저 불쌍한 아주머닌 먹지도 마시지도 못하고 얼마나 고생을 했는지 모릅니다. 그동안 이웃사촌으로 친하게 지내던 우리 집에 와서 밥을 얻어 갔지요. 그런데 저 악당 놈은 감옥에서 나와 우리 집에 제 마누라가 드나들었다는 이유로 지독한 매질을 했습니다. 다 틀렸어요. 이제 다 틀려먹었다고요."

그는 펭 하고 코를 풀었다. 의료실에서 사람이 나와서 조용히 해달라고 말했다. 나는 이 군을 다소 한적한 곳으로 데려가서 물었다.

"자넨 야마다 하루오가 사는 집을 알고 있나 보지."

"알고 있고 말고도 없습니다." 그는 짜증스럽다는 듯이 말했다.

"녀석도 옆 뒤편 늪지대에 살고 있습니다."

"그럼. 이거 보통 일이 아니군요. 어째서 이 군 집에 드나들었다고 학대를 합니까?"

그는 이를 악물고

"그, 그건 우리 어머니가 조선옷을 입고 있어서랍니다. 그러니까 조센진 집에 가지 말라는 거지요. 쳇, 웃기지 말라고. 등신 같은 놈. 저는 뭐라도 되는 줄 알고. 기껏해야 튀기9) 주제에."

그리고 바로 눈앞에 상대방이 있기라도 한 것처럼 부르짖었다.

"이 새끼 두고 보자고. 내 눈에 띄기만 하면, 네놈 모자지는 없을 줄 알아. 이 한베 [牛兵衛] 자식!"

"뭐 한베?" 나는 놀라서 되물었다.

"네 맞아요." 그는 숨을 헐떡거리며 말했다. "지독한 악당이지요. 잔인하기가 그지 없답니다. 쳇 이 자식 이번에야말로 내가 가만히 있지 않을 것이야. 이놈! 마누라를

---

9) 원문은 'あいのこ'로 '혼혈아'의 속칭이다. '혼혈아'보다 더 모욕적인 용어로 쓰인다. 원문 이 부분에는 강조점이 찍혀 있다.

살인한 죄를 씌울 테다.”

“한베.” 나는 다시 중얼거려 봤다. 어찌 생각해도 그건 확실히 내 귓가에 익은 이름이다.

“한베 한베.” 나는 몇 번이고 읊조려 봤지만 기억 속을 헛돌 뿐 아무리해도 생각이 떠오르지 않았다.

그때 의사인 야베[矢部] 군이 나타나서 우리는 그에게 달려가 경과를 들었다. 생명에는 지장이 없지만, 자상(刺傷)이 꽤 심각해 한 달간 입원치료가 필요하며, 지금이라도 의식이 돌아오는 것을 기다렸다가 어딘가 다른 병원으로 이송하지 않으면 안 되는 것 같았다. 그 말을 듣고 이 군의 얼굴은 새파랗게 질렸고 목소리는 떨렸다. 남편이라는 자가 바로 한베라서 악전(惡錢)10) 한 푼도 없는 부랑자니 다른 병원에 입원하는 것은 도저히 생각해 볼 수 없는 처지라고, 사람 하나 살려준다고 생각하고 상처가 나을 때까지 여기에서 쉴 수 있게 해달라고 거듭거듭 부탁했다.

“선생님, 부탁입니다. 제 쪽에서 죽이나 그런 것은 가져오겠습니다. 선생님……”

하지만 사실 이곳은 의료부라고 해도 뜻이 있는 의학사 두셋이 낮 동안에 와서 간이 치료를 하는 정도라서, 중상을 입은 환자를 입원시킬만한 곳은 아니다. 그래서 야베 군도 암담한 표정으로 고개를 갸우뚱하면서 내게 어찌 된 일인지를 물었다. 나는 바로 근처의 아이오이병원[相生病院] 윤 의사를 떠올리고 그쪽에 전화를 걸어서 부탁하기로 했다. 그곳은 빈민구제병원으로 조선 노동자들의 가냘픈 호주머니 자금을 쓰고 있었기 때문에 조선인들에게는 여러모로 특전이 있었다. 마침 빈 병상이 있어서 순조롭게 이야기가 정리됐다. 그래서 그녀는 다시 이송됐다. 이미 머리와 안면에는 흰 붕대가 몇 겹이고 두툼하게 감겨 있었다. 그것은 마치 날개가 잘려나간 잠자리처럼 참혹했다. 그녀는 우리의 보호를 받으면서 좁은 골목을 빠져나간 곳에 있는 낡아빠진 아이오이병원으로 실려 갔다. 수술대에 눕혀졌을 때도 조금밖에 의식이 없는 것 같았다. 그녀가 두세 마디 신음하며 말하는 것 같았지만, 확실하게 들을 수 없었다. 체구가 작고 약해 보이는 여자였다. 손가락 끝이 밀랍처럼 새파랗게 변해서 피가 통하지

---

10) 악전(일본어로는 ‘びたせん’)이라 함은 화폐로서 갈라지거나, 떨어져 나가거나, 작은 사이즈의 조악한 화폐를 말하는데, 시대적으로는 무로마치[室町] 중기에 대량으로 발행되기 시작해 에도[江戸] 초기까지 사용됐다.

않는 것처럼 보였다. 그 바로 옆에서 윤 의사는 야베 군의 이야기에 귀를 기울이면서 이런저런 의료 기구를 준비하고 있었다. 나는 그들이 다시 그녀의 붕대를 풀려고 하는 것을 보고 조용히 병실에서 나왔다.

밖은 점차 험한 날씨로 바뀌고 있었다. 바람이 불었다. 등나무 시렁 이파리가 심하게 흔들렸다.

병원에는 한베도 하루오도 모습을 드러내지 않았다.

3

날이 저물 무렵에는 이미 장대비가 쏟아지고 있었다. 바람도 갈수록 거세져 비는 서까래를 내려 앉힐 듯한 기세로 쏟아져 내렸다. 창이 덜커덩거리며 흔들거리고 전등이 명멸하고 있었다. 아이는 한 명도 와 있지 않았다. 다만 이 층에서 수학 수업이 조용히 이뤄지고 있을 뿐이었다.

나는 식당에서 동료 두세 명을 비롯해 노파와 함께 산에 간 아동부를 걱정하고 있었다. 하지만 내 뇌리에는 조금 전 일어난 충격적인 사건이 도저히 떠나지 않았다. 그렇다고 해도 나는 그것을 어떻게 된 일인지 정면에서 생각해 보려고 하지 않았다. 나 자신이 그 두려움에 압도당해 있었던 것인지도 모른다. 다만 나는 눈을 가리고 싶었다.

그때 거센 바람이 휘몰아치며 쾅 하고 부엌문이 날아갈 듯한 소리가 으스스하게 울렸다. 모두 깜짝 놀라서 숨을 죽였다. 문쪽으로 다가간 노파는 "에구머니." 하고 비명을 올리면서 주춤거렸다. 달려가서 보자 문은 쓰러져 있고 비바람 사이로 야마다 하루오가 처량하게 서 있었다. 마침 그때 번개가 쳐서 그 모습은 유령과 같았는데 부들부들 떨고 있는 것 같았다.

"어찌 된 일이니 하루오." 나는 그를 끌어안고 들어왔다. 그리고 그대로 이 층 내 방으로 올라갔다. 뭐라 할 수 없는 기분이었다. 흠뻑 젖은 옷을 벗기고 수건으로 몸을 닦은 후 침상에 눕혔다. 그는 몸을 부들부들 떨고 있었다. 따뜻한 차를 내주자 몇 잔이고 꿀꺽꿀꺽 삼켰다. 그리고 잠시 기운을 되찾고 슬픈 듯 나를 올려다봤다. 나는 왠지 모르게 가슴속을 터놓을 수 있을 것 같은 따듯하면서도 침착해지는 기분을 느꼈다. 이 소년은 또 무슨 일로 이렇게 폭풍우가 몰아치는 밤중에 나를 찾아온 것인가.

"병원에 다녀온 거니?"

그는 입술을 실룩샐룩 거리다가 갑자기, "아앙." 하고 울음을 터뜨렸다.

"바보구나. 울기나 하고."

"아니야. 난 병원에 가지 않을 거야. 가지 않는다고요."

"그래 좋아." 내 목소리는 쉬어 있었다. "그래 그러려무나."

"정말요."

바로 그는 안심한 듯이 끄덕였다. 그리고는 몸이 따듯해졌는지 이불 속으로 발을 뻗고는 목을 움츠렸다. 내겐 그 모습이 더없이 애처로워 보였다. 그는 눈을 반짝이고 입가에는 방긋하고 미소를 짓고 있었다. 완전히 내게 마음을 허락한 것이리라. 나는 그의 마음속 세계에도 이러한 아름다운 것이 잠재해 있음이 틀림없다고 생각했다. 모친에 대한 본능적인 애정이 어떻게 이 소년에게만 없다고 생각할 수 있겠는가. 그는 다만 비뚤어져 있는 것에 지나지 않는다. 나는 근처 사람들로부터 고통받고 배척당한 한 명의 동족 여인을 상상했다. 그리고 내지인의 피와 조선인의 피를 받은 한 소년 안에 조화되지 않은 이원적인 것의 분열이 불러온 비극을 생각했다. '아버지 것'에 대한 조건 없는 헌신과 '어머니 것'에 대한 맹목적인 거부, 그 두 가지가 언제나 상극(相剋)하고 있는 것이리라. 더구나 그는 빈곤에 허덕이며 생활하면서 어머니가 품고 있는 애정의 세계로 자연스럽게 스며들지 못했음이 틀림없다. 그는 마음놓고 어머니 품에 안길 수 없었을 것이다. 하지만 '어머니 것'에 대한 맹목적인 거부 속에도 역시 어머니에 대한 따듯한 숨결은 생동하고 있던 것이리라. 그가 조선인을 보고 거의 동물적으로 커다란 소리로 "조센진 조센진." 하고 말할 수밖에 없는 기분을, 나도 어렴풋이나마 이해하지 못한 것은 아니었다. 하지만 그는 나를 처음 본 순간부터 조선인이 아닐까에 대해 의심하면서도 내 뒤를 줄곧 따라온 것이 아닌가. 그것은 확실히 나에 대한 애정이다. '어머니 것'에 대한 무의식적인 그리움이리라. 그것은 나를 통한 어머니의 사랑에 대한 하나의 왜곡된 표현임이 틀림없다. 그는 그때 어머니 병원에 찾아가는 대신 나한테 왔던 것인지도 모른다. 그것이 어머니를 찾아가는 것과 무엇이 다르단 말인가. 그렇게 생각하자 나는 형용하기 어려운 기분이 들어서 그의 까까머리를 쓰다듬으며, "어머니 병원에 갈래?" 하고 물어보았다.

그는 슬픈 듯이 고개를 저었다.

"왜 그러니?"

그는 대답하지 않았다.

점차 폭풍도 잦아들기 시작한 모양인지 보슬비가 간헐적으로 추녀를 때리고 있었다. 나는 창을 열고 이제 곧 활짝 갤 것 같은 하늘을 바라봤다. 먼 북쪽 하늘에는 별 두세 개가 조각구름 사이로 빛나고 있었다.

"곧 갤 것 같구나. 어때 하루오 이제라도 함께 병문안 가볼까?"

대답이 없었다. 쳐다보니 그는 이불을 푹 뒤집어쓰고 있었다.

"아버지는 병원에 다녀갔니?"

"갈 리가 있어요." 그는 이불 속에서 다소 반항적으로 말했다.

"이상한 아버지구나. 어머니가 불쌍해서 어쩌니."

"……"

"그럼 아버지가 계신 곳으로 돌아갈 생각이구나. 아버지도 분명히 집에서 걱정하고 계실 거야."

"……" 그는 얼굴을 내밀고는 토라진 표정을 졌다. "나 여기 있어도 돼요?"

"응 그건…" 난 횡설수설하며 하는 수 없다는 듯이 말했다.

"여기 있어도 된다만…"

마침 수학 수업이 파했는지 복도에 우르르 소리가 나며 소란스러워졌다. 조금 있다 문을 노크하는 소리가 들리고 이 군이 조용히 나타났다. 그의 얼굴은 야마다가 자는 것을 보고는 흠칫하고 경직됐다. 나는 조금 허둥대며 밖에 나가서 이야기하려고 그를 복도로 데려갔다.

"제가 선생님을 조선인이라고 말하는 것이 곤란하신 모양이죠." 그는 비난하듯이 외쳤다. "저놈을 기어이 감싸주실 모양이군요."

"무례한 말은 하지 말게." 나는 어째서인지 발끈해서 호통을 쳤다. 나는 그가 나타난 것에 분명히 당황했던 것이리라.

"야마다 군은 이 지독하게 내리는 비를 맞으며 왔다네. 그리고 돌아가고 싶어도 갈 곳이 없어."

"누가 돌아갈 곳이 없습니까? 저 불쌍한 부인이야말로 그렇지요. 저 꼬마는 제 아버지한테 가면 됩니다. 아… 저주받을 악당놈!" 그리고 갑자기 그는 휘청거리며 애원하듯이 흐느꼈다. "어째서 선생님은 저 가엾은 아주머니를 동정하지 않는 겁니까. 저 딱한 부인에 대해서는 생각하시지 않는 겁니까…"

"제발 그만 하게." 나는 부탁하듯이 말했다. 내 목소리는 떨리고 있었다. 어찌하면 좋을지 머리가 어질어질해서 알 수 없었다.

"선생님……."

"그만 못하겠나!" 나는 갑자기 단말마와 같은 비명을 질렀다. 발광하기 직전 상태 같았다. 그는 휘청거리며 그 자리를 떠났다. 나는 마치 치열한 격투라도 벌인 사람처럼 녹초가 돼서 벽에 기대섰다.

나는 물론 이 군의 순수함을 이해할 수 있노라고 자신에게 말했다. 나 또한 과거에 그런 시기를 통과했기 때문이다. 그러나 곧 이어 현재 자신이 미나미[南]로 불리고 있다는 사실이 벨처럼 찡하고 오관에 울려 퍼지는 것을 느꼈다. 그래서 나는 놀란 듯 늘 그랬던 것처럼 이런저런 변명거리를 생각하기 시작했다. 하지만 이미 소용이 없었다.

'위선자 녀석, 네놈은 또 위선을 부리려고 하는 게냐' 내 바투에서 목소리가 들렸다. '네놈도 지금은 근성이 약해져서 비굴해진 것이 아니더냐'

나는 경멸하듯이 대답했다.

'어째서 나는 비굴해지지 않겠노라고 하면서도 화가 나서 씩씩거리지 않으면 안 된단 말인가. 그것이 오히려 비굴한 수렁에 발을 처넣기 시작한 증거가 아니냐…'

하지만 나는 그것을 끝까지 단언할 용기가 없었다. 나는 지금까지 자신이 완전히 성숙한 어른이 됐다고 믿고 있었다. 어린이처럼 비뚤어진 것도 아니며 젊은이처럼 광적으로 ○○[11] 하고 있지도 않노라고. 하지만 역시 나는 너무나 간단히 비열한 마음을 품은 채 바닥에 엎드려 있었던 것은 아닐까. 이번에는 나 자신을 책망했다. 넌 순진무구한 어린아이들과 조금이라도 거리를 두고 싶지 않기 위해서라고 했다. 하지만

---

11) 복자. 원문 그대로.

결국 오뎅집에서 보았던 자신을 끊임없이 감추려고 하던 조선인과 내가 무엇이 다르 단 말이냐! 나는 이 군에게 마치 항변이라도 하는 것처럼 소리를 질러 그를 멈추게 하려 했었다. 그러면 내가 이 군에게 한 것 또한 일시적인 감상이든 격정이든 "나는 조센진이다. 조센진이라고." 하며 아우성치던 오뎅집 사내와 뭐가 그렇게 다르단 말 이냐. 또한 그것은 자신은 조센진이 아니라고 소리쳐대는 야마다 하루오와 비교해 봐 도 본질적인 부분에서 아무런 차이점도 없는 것이 아니냐. 나는 오늘도 터키 아이들 이 일본 아이들과 스모[12]를 하면서 천진난만하게 장난을 치는 것을 보았다. 하지만 어째서 조선인 피를 이어받은 하루오만 그것이 안 된단 말이냐? 나는 이 땅에서 조선 인이라는 것을 의식할 때마다 언제나 자신을 무장하지 않으면 안 됐다. 그렇다, 확실 히 나는 진흙탕과도 같은 연극에 지쳐 있다. 그리고 어느새 나는 미나미가 돼 있었다.

나는 한동안 그대로 망연자실해 있었다. 어느새 이 군은 어딘가로 가버렸다. 나는 휘청거리듯 내 방으로 돌아왔다.

방 안은 어두컴컴했다. 나는 하루오가 누워 있는 곁으로 다가갔다. 그때 나는 흠칫 놀라서 눈을 부릅떴다. 새우처럼 몸을 웅크린 채 자신의 오른팔을 베개로 삼고 반쯤 열린 눈으로 야마다 하루오가 자는 모습. 나는 저도 모르게 손을 입에 대며 목소리를 죽였다.

"앗 이건 한베의 아들이야!"

드디어 나는 기억해냈다. 지금까지 눈앞에 어른거리면서도 도저히 기억이 나지 않 았던 한베. "한베의 자식이다!"

나는 기절할 만큼 놀랐다. '아. 이게 어찌된 일이지!' 나는 이 같은 모습을 하고 자 던 한베를 얼마나 오랫동안 지켜봤었는지 모른다. 추저분하게 쩍 벌린 입이며, 커다 란 눈에 노인과 같은 거무스름한 그늘이 눈 가장자리에 자리잡고 있는 모습까지도 아 버지를 똑 닮지 않았는가. 그의 아들이 완전히 같은 모습을 하고 내 옆에서 자고 있 다. 실제 나는 한베와 두 달여 동안 같은 감옥에서 생활했다. 그를 떠올리는 것만으로 도 등줄기가 서늘해졌다. 그건 내가 한결 더 하루오에게 애정을 느끼고 있었기 때문 이다. 한순간 내 뇌리에는 이 이질적인 하루오가 결국에는 아버지와 같은 인간이 될

---

12) 원문에는 '角力'으로 나와 있는데, '힘겨루기'라는 뜻과 함께 '스모'라는 뜻도 있다.

지도 모른다는 두려운 예감이 스쳐 지나가 살짝 몸서리를 쳤다.

생각해보면 내가 M서(署)에서 한베와 만난 것은 작년 십일월 일이다. 그때 그는 히죽히죽 거리면서 내 쪽으로 가까이 다가왔다. 주름진 긴 얼굴에 칙칙하고 커다란 눈이 으스스하게 느껴지는 남자였다. 하지만 나는 그를 보고 '저 사람은 조선인이구나' 하고 생각했다.

"어이! 너 셔츠 내놔봐!" 그는 내 양복 버튼을 풀기 시작했다. 나는 다소 흥분해서 되는대로 그것을 뿌리치고 구석으로 가서 앉았다. 다른 치들은 모두 무언가를 음흉하게 기대하는 듯한 눈초리로 내 쪽을 번갈아가며 지켜봤다.

"이 새끼 뭐하는 거야." 그는 상당히 딱딱하게 나왔다. "이 조센진 새끼 나를 우습게 봤다 이거지."

그는 팔을 걷어 올렸다. 그때 복도를 순회하던 간수가 창살 안을 들여다보고는,

"야마다 앉지 못해!" 하고 호통을 쳤기 때문에 나는 이것을 듣고 그가 내지인이라는 것을 처음 알았다.

그는 히죽 이를 드러내고 웃더니 자기 자리로 고분고분 돌아갔다. 그리고 쓸데없이 겉옷을 벗어 밖에서 보이지 않도록 벽에 걸고는 태연스러운 표정을 졌다. 도시락 젓가락을 꺾어 그것을 못처럼 끼워 넣었다. 나는 저도 모르게 웃음이 터져 나오려는 것을 겨우 참았다. 그때 옆에서 말뚝잠을 자고 있던 수염이 덥수룩한 왜소한 남자가 머리를 한베 쪽으로 기대려고 하자, 갑자기 그는 난폭하게 주먹을 남자의 두상으로 용서 없이 내리쳤다. 그리고는 노기등등한 기세로 노려보았다. 그날 밤 그는 내게 도시락을 주지 않았다. 혼자서 게걸게걸 입에 처넣으면서 걸신들린 듯 먹어치웠다. 지금도 나는 그 순간 그의 모습을 보고 있는 것 같은 기분이 든다. 그래서 언제인가 하루오가 밥을 먹고 있는 모습을 보고 불현듯 한베의 모습이 생각날 것 같은 기분이 들었을 정도였다. 한베 그는 한 명의 비겁한 폭군이었다. 모두 그를 두려워하면서도 돌아서면 대단히 미워했다. 그는 필요 이상으로 간수의 눈을 무서워하면서도 신참이나 약자에 대해서는 굉장히 난폭하게 굴었다. 그 가운데서도 매우 험악하게 큰소리를 치는 것은 그가 가장 득의양양해하는 것 중의 하나였다. "이 몸은 말이야 이래 봬도 에도(江戸) 팔백팔정(八百八町)[13]을 누비고 다닌 사내라고. 시건방진 놈. 네 녀석 같은 좀도둑과

는 격이 다르단 말이다……."

유치장 상황을 보자니 그를 제외하고도 한패로 보이는 자들이 합계 예닐곱은 있었다. 그가 큰소리친 것을 따르면 그들은 아사쿠사[浅草]를 세력권으로 하는 다카다구미[高田組]로 유명 배우들에게 공갈을 쳐서 한몫을 단단히 챙겼다고 했다. 한베는 그 가운데 자신이 가장 용맹했던 것처럼 떠들어댔다. 하지만 나는 그가 무리 가운데서 '모자란 사람'이라는 의미의 한베라는 이름으로 함부로 불렸다는 것을 바로 알 수 있었다. 지금까지도 나는 그의 본명을 알지 못한다. 나는 차츰 그에게 익숙해졌고 인생 내력도 거의 알 수 있었다. 그와 동시에 내 자리도 점차 그가 있는 곳으로 가까워져 갔다. 왜냐하면, 감방 안에서 짬밥을 더 먹은 선임일수록 창살문 옆쪽으로 가게 되기 때문이다. 마침내 한베와 마주 보고 앉게 돼서 잘 때는 바로 옆에 눕게 되었다. 그는 나를 아주 온순하게 대했으나 그와 함께 자는 것은 끔찍한 고통이었다. 그의 구취는 참을 수 없을 정도로 고약했고 무엇보다도 밤새도록 사타구니를 박박 긁으며 밤을 지새우는 것도 끔찍했다. 스스로 매독이라고 말했다. 나는 그 매독균이 그의 머리까지 올라와 있다고 생각했다. 어느 날 한밤중에 그는 묘하게 침울한 표정으로 내게 물었다.

"이봐 조선 어디서 왔어?"

"북조선."

"난 남조선에서 태어났다니까." 그는 간사스럽게 내 기색을 살폈다. 그리고는 헤엥하고 그것을 부정하듯이 코웃음을 쳤다. 하지만 나는 그다지 놀라는 기색을 보이지 않았다.

"그래?"

그러자 그는 이를 드러냈다.

"사실이라고."

물론 이런 대화는 둘이서 소곤대며 나누기 시작했다.

"내 여편네도 조선 여자라고."

"오호……."

---

13) 에도 시내에는 번화가가 808개만큼 다수 있다는 뜻이다. 에도 시대 초기에는 300정 정도였던 거리가, 중기에는 1,000정에 이르렀다고 한다.

그는 매우 기분 좋은 듯 히죽거렸다. 그에게 어떤 사연이 있음이 틀림없다고 생각했다.

"조선에 가서 얻은 건가?"

"우습고 걸리적거려 죽겠다니까. 직접 스사키[洲崎]14)에 있는 조선요리집 주인하고 흥정하러 가서 말이지, 저 계집을 내 손에 넘겨라, 그렇지 않으면 가만두지 않겠어. 장지문에 불을 싸지르겠다고 겁을 줬단 말이지. 그러자 그 자식들 새파랗게 질리더니 바로 내줬다 이 말이야."

그는 흘낏 곁눈질로 나를 봤다. 마침 새벽 달빛이 비쳐서 그의 눈은 한층 처참한 그림자를 띠고 있었다.

하지만 다음 날 아침에는 지난밤 일을 까맣게 잊은 듯 언제 자신이 그랬냐는 듯한 태도를 취했다. 그는 평소처럼 약한 자들을 괴롭히고 신참자 도시락을 빼앗았다. 그러나 나는 그날 밤 이후로 점차 그를 미심쩍은 생각을 품고 바라보게 됐다. 그래도 그가 간수들에게 야마다로 불리고 있는 것을 보면 내지인임이 틀림없었다. 그렇다면 어머니가 조선인일지도 모르겠다고 생각했는데 결국 확인하지 못하고 나는 기소유예 처분을 받고 유치장에서 나오게 됐다.

나는 겨우 그에 대한 기억을 떠올렸다. 나란 인간은 왜 이리도 아둔하단 말인가. 성씨가 일치하는 것을 보고 그 정도는 처음부터 알아차려야 했던 것이 아니냐. 처음에 야마다 하루오를 본 순간부터 내 눈앞에는 한베의 영상이 어렴풋하게나마 한줄기 빛으로 어른거렸던 것임이 틀림없다. 하지만 나는 그것이 한베인 것을 눈치채지 못했다. 혹은 하루오에 대한 애정 때문에 은근히 그것이 한베인 것을 내가 두려워했던 것인지도 모른다.

"한베." 나는 다시 한 번 조용히 중얼거렸다.

하지만 하루오는 새근새근 단잠에 빠져 있었다. 내 망막에는 "내 여편네도 조선 계집이라고." 하며 한베가 비굴하게 웃는 모습이 몇 겹으로 겹쳐 떠올랐다. 그러자 그것이 어느새 하루오의 자는 모습 위로 겹쳐졌다. 그때 하루오가 어렴풋하게 신음을 내고 있는 것 같았다. 그는 실룩샐룩 거리며 얼굴에 경련을 일으키더니 "으으으으…" 가위에 눌린 듯 뒤척이다가 놀라서 눈을 떴다.

---

14) 당시 유명한 매춘 장소로 1958년 매춘방지법이 설립되면서 그 모습이 크게 바뀌었다.

"왜 그래 꿈이라도 꿨니?"

나는 땀투성이가 된 그의 목덜미를 닦아주면서 물었다. 그는 다시 눈을 감더니 헛소리를 중얼거렸다.

"아버지가 다음엔 나를 해치운다고 했어요."

4

나 역시 밤새도록 꾸벅대며 종잡을 수 없는 꿈을 꾸었다. 아침에 눈을 뜨니 이미 하루오는 없었다. 나는 놀라서 '아이오이 병원으로 가보자' 하고 자신에게 말했다. 그날은 일요일로 하루오도 수업이 없는 날이었다. 어느새 나는 병원 현관에 서서 벨을 눌렀다. 때마침 윤의사가 나와서 나를 하루오 모친 병실로 데려가면서 말했다.

"잘은 모르지만 야마다 테준[山田貞順]이란 이름일세. 조선 사람이 아닐까. 말투나 정순(貞順)이라는 이름이 이상하다 싶어서, 부상을 당한 정황을 조선어로 물어보았지만 입을 다물고 대답을 하지 않는 거야. 다만 넘어진 것이라고 일본어로 말할 뿐이야."

"흠 그런가." 나는 횡설수설 대답했다. "상처는 어때?"

"으음 그런대로 괜찮은 편이야. 하지만 어찌해도 얼굴에 칼자국 상처가 남을 거네. 정말 가엾게도 심한 상처가 관자놀이 쪽에 생길 거야. 봐 저 곳이라네, … 야마다 씨, 자제 분이 다니는 협회 선생님이 오셨답니다."

하루오는 없었다. 십이 첩(十二疊) 방에는 침대가 다섯 개 정도 번갈아 놓여 있는데 모두 환자들이 차지하고 있었다. 구석진 곳에 그녀가 누워 있었다. 흰 붕대를 둘둘 감은 얼굴 사이로 입술과 코만 조금 내보였다. 그녀는 입을 꾹 다물고 아무런 대답도 하지 않았다. 윤 의사는 회진을 간다며 자리를 비켜줬다. 나는 그녀에게 어떻게 말을 걸어야 할지 잠시 당황했다.

"얼마나 얼굴이 아프십니까. 하루오 군도 꽤 걱정했답니다." 하고 내친김에 야마다 이야기를 꺼냈다. "사실 저는 하루오 군이 다니고 있는 협회 선생이라서… 전, 남(南)이라고 합니다."

　어쩐지 그녀가 몸을 조금 움직인 것 같은 느낌이 들었다. 나는 그녀가 내 조선 성씨를 보고 놀랐음이 틀림없다고 생각했다.

　"아앗 아아." 그녀는 손가락 끝을 파르르 떨면서 신음했다.

　"하루오… 하루오가 참말로 저를……."

　"……" 나는 대답할 말이 없었다.

　"흑흑." 그녀는 감동한 나머지 오열했다. "제 하루오가 참말로… 저를 걱정한다고… 말했나요……."

　나도 씁쓰름한 기분이 들었다. 하지만 당연히 하루오 이야기로 그녀를 위로하지 않으면 안 됐다.

　"전 매일 하루오 군과 놀아주고 있습니다. 때론 여러모로 낙심할 일도 있겠지요. 하지만 아직 어린아이니 언젠가 꼭 어머님께서 자랑스러워 할 수 있는 하루오가 될 것으로 생각합니다." 실제로도 나는 그렇게 생각했다. 그에게 현재 성격을 만든 여러 요소를 생각해 본다면 따뜻한 손길을 내밀어 그를 지도하면, 반드시 그는 점차 자신의 심오한 인간성을 자각할 것이라고 믿었다.

　하지만 그녀는 대답하지 않았다. 내가 하는 말에 숨을 죽이고 주의를 기울이고 있을 뿐이었다. 나는 계속했다.

　"처음에는 역시 어머님께서 하루오를 데리고 조선으로 돌아가는 길밖에는 없다고 생각했습니다."

　그녀는 깜짝 놀랐다.

　"어머님을 위해서도 또 하루오 군의 장래를 위해서도 그것이 가장 좋다고 생각한 겁니다. 하지만, 어머님께는 역시 여전히 한베 씨를 소중히 여기는 마음이 있어 보이는군요."

　"아이고… 아무것도 묻지 말아 주세요." 그녀는 작은 목소리로 애처롭게 말했다.

　"제 남편인 걸요……."[15]

　"아무것도 감추실 필요는 없습니다. 저는 진작부터 한베 씨를 알고 있습니다."

---

15) 이 부분의 원문은 "私の主人〻すもの…"로 표준어 'で' 대신 강조점이 찍힌 'ㅜ'를 사용해, 하루오 어머니가 사용하는 일본어가 표준어와 다르다는 것을 드러내고 있다.

"아아." 하고 역시 놀란 듯 목소리를 삼켰다. 그녀는 완전히 체념한 듯 신음했다. "…하지만 그 사람은 저를 자유로운 몸으로 만들어줬습니다. …그리고 전, 조선 여자입니다……" 결국 그녀의 목소리는 흐느껴 우는 소리로 변했다.

'그녀가 지금도 노예처럼 감사하는 마음에 의지하고 살아가고 있다니.', 나는 자인무도한 한베를 떠올리고 비견할 수 없는 근심에 젖었다. 언젠가 스사키에 있는 조선 요리집 주인을 협박해서 데리고 왔다는 것이 바로 이 여자임이 틀림없다. 비겁하고 잔인한 한베가 이 오갈 데 없는 조선 여자에게 완전히 눈독을 들이고 자기 것으로 삼았다는 것도 그럴 법한 이야기가 아니냐. 처음부터 이 여자는 그의 희생양으로 선택된 것에 지나지 않는다. 저 무시무시하고 악한 한베와 비교해 보면 얼마나 불쌍한 여자란 말인가. 나는 이 부부의 일상생활까지도 상상할 수 있을 것 같은 기분이 들었다. 그녀는 매일같이 학대를 당하며, 무일푼인 몸으로 그에게 굴복해서 손을 모아 빌고 있었을 것임이 틀림없었다. 그런 가정에서 하루오와 같은 이질적인 아이가 탄생했던 것이리라. "저는 조선인입니다." 그녀는 너무나도 슬프게 말했다. 그녀는 어쩌면 자신이 내지인과 결혼했다고 하는 일종의 자부심을 품고서 자신이 처한 역경을 헤쳐나가기 위한 최소한의 위안으로 삼고 있었는지도 모른다. 나는 오히려 그녀가 한베에게 격렬한 증오심을 품고 있으리라 기대하며, 같은 고향에서 온 사람끼리 의분을 나누고 기쁨에 취하고 싶었다. 하지만 나는 보기 좋게 허탕을 쳤다.

"선생님."

"예."

"부탁할 일이 있습니다."[16]

"말씀해 보세요."

"부탁…이여요. 모쪼록 저희 하루오에게… 상관하지… 말아[17] 주셔요."

"……" 나는 입을 다문 채로 가만히 그녀를 지켜봤다. 그녀는 지금이라도 울음을

---

16) 원문은 "妾、お願フことがあります"로 'う' 대신에 강조점이 찍힌 'フ'가 쓰였음을 알 수 있다. 또한 하루오의 어머니 정순을 '妾'으로 표기하고 있음도 주목을 요한다. 이 한자는 일본어에서 주로 '시녀', '첩'이라는 뜻으로 쓰였는데, 한문체에서는 부인이 자신의 지칭하는 명칭으로 '소첩' 정도의 의미를 지닌다. 여기서는 이 두 가지 의미가 함축된 뜻으로 볼 수 있다.

17) 원문은 "クレませ"로 문법적으로 틀린 것을 알 수 있다. 보통은 "ください(해주세요)" 혹은 "くれませんか(해주지 않겠습니까)"를 사용한다.

터뜨릴 것 같은 목소리로 말했다.

"… 하루오는… 혼자서도 잘 노니까요……." 하지만 상처가 심하게 욱신거려서 통증을 느낀 것인지, 그녀는 다시 죽은 사람처럼 꼼짝도 하지 않았다. 하지만 다시 어렴풋하게 앓는 소리를 내면서, "홀로… 여러 아이의… 목소리도… 흉내 내면서… 떠들면서… 잘 놀지요… 춤을 아주 잘 춰요. 참말 눈물겨워서.18) 어디선가 보고 와서는… 혼자서 사력을 다해서 춤을 추지요… 그리고는 눈물을 흘린답니다……."

"역시 밖에서 조선인이라고 괴롭힘을 당하고 있는 건가요?"

"하지만 지금은 울지 않아요." 그녀는 힘을 담아서 힘차게 앞서 한 말을 부정했다.

"하루오는 내지인이니까…19) 하루오는 그렇게 생각하고 있어요…저 아이는 제 아이가 아니에요…그걸 선생님께서 방해하는 것은…나쁘다고 생각해요…"

"전 한베 씨도 남조선에서 태어났단 소릴 들었습니다만……."

"네…그렇지요…어머니가 저와 같은 조선인이니까요. …하지만 이젠…조선이라는 말만으로도…그 사람은 화를 냅니다……."

"하지만 하루오 군은 조선인인 저를 매우 따릅니다. 사실 어젯밤에 제 방에서 자고 갔습니다."

"……."

"조만간 저 아이가 어머님을 대하는 태도도 차츰차츰 변해가리라 생각합니다." 나는 격려하듯이 소리를 높였다. "분명히 가까운 시일 내에 하루오는 어머님에 대한 애정을 되찾게 되겠죠. 하루오가 절 따르는 것은 반드시 저를 향한 애정만이 아니라, 사실 모친에 대한 사랑의 또 다른 표현 방식이라고 생각합니다. 하루오는 분명히 애정에 굶주려 있음이 틀림없습니다. 어머니에게 솔직히 애정을 보낼 수도 없고 또한 어머님의 애정을 순진하게 받아들일 수도 없는 하루오였지요. 하지만 그건 차츰 나아질 것으로 생각합니다만……."

"그럴까요." 그녀는 오히려 절망에 휩싸여 깊은 한숨을 쉬었다.

---

18) 원문은 "妾涙ぐましうアリました"로 사투리처럼 들리는 표현을 쓰고 있다. 표준어로 고쳐보면 "妾涙ぐましくなりました"이다.

19) 원문은 "春雄は内地人テす…"로 'で' 대신 강조점이 찍힌 'テ'를 사용해, 하루오 어머니가 사용하는 일본어가 표준어가 아님을 강조하고 있다.

"…그 아이가……."

그때 문간에서 조선옷을 입은 한 노파가 넘어질 듯 하며 들어왔다. 나도 모르게 그 노파가 이 군의 어머니라는 것을 한눈에 알아봤다. 그래서 나는 조금 침대 옆에서 떨어졌다. 노파는 정순의 무참한 모습을 보고 "에이그." 한숨을 내쉬고는 조선어로 한탄을 시작했다.

"이 무슨 일인고. 저 악당 놈에게 천벌이 내릴 것이여. 아이고 하루오 엄마. 날 알아보갓소. 이(ネ) 녀석 엄마야. 옆집 이 씨네 집이라고. 정신 똑바로 차리고 빨랑 나서야지. 알겠는가."

정순은 손끝을 떨면서 주위를 더듬었다. 노파가 그 손을 잡았다.

"상처가 낫거들랑 꼭 들키지 말고 고향으로 도망을 치라고. 예전처럼 다시 그놈 있는 곳에 가면 안 돼. 거기 뭔 좋을 일이 있다고 기어들어가려고."

정순은 신음했다. 노파는 갑자기 무언가 떠오른 듯 서둘러서 보자기를 풀어서 여름 밀감 두 개를 꺼내 들었다.

"여름밀감이구먼. 먹으면 목 갈증이 조금이나마 가실지도 모릉께." 그러더니 노파는 열심히 밀감 껍질을 벗기기 시작했다. "아들놈이 아주머니 드리라며 사온 것이여. 오늘부텀 면허장이 나와서 어른 노릇을 하게 됐다고 어찌나 신이 나있는지."

"그럼 몸조리 잘하시기 바랍니다." 역시 나는 자리를 피하는 편이 좋겠다고 생각하고 문간 쪽으로 걸어가며 말했다. 그때 하루오의 어머니가 숨이 막히는 듯한, 매우 가느다란 목소리로 말해서 나는 흠칫 멈춰 섰다. 그녀는 노파에게 조선어로 마치 애원이라도 하는 것처럼 말했다.

"아주머니. …전, 역시 돌아갈 수 없어요… 게다가 제 얼굴엔 심한 상처가 생길 거래요…그렇게 되면…저 사람…저를 팔아넘기겠다고 말하지 못할 거고…아무도 이런 저 따위를 사지 않겠지요……." 그리고는 경련이라도 일으키는 것처럼 갑자기 일어나려고 했다.

"앗!"

"여보게 왜 그러시나." 노파는 당황해서 그녀를 안아서 침상 안으로 데려가서 안정시켰다.

"…무슨…소리가 나서." 그녀는 정신이라도 나간 사람처럼 숨을 헐떡였다. "아줌마…하루오가 온다고요. 거봐요 절 찾아오는 거라고요……." 그리고는 갑자기 새된 비명을 질렀다.

"아줌마 나가주세요. …숨으시라고요!"

"아무도 없다니께. 아무도 보이지 않는다고 하루오 엄마." 노파는 슬픈 듯이 우는 소리를 쥐어짜듯 말했다.

나는 발소리를 죽이고 문간에서 나왔는데 어째서인지 땀에 흠뻑 젖어 있었다. 그때 나는 누군가의 조그마한 그림자가 복도 모퉁이를 서둘러서 가로질러간 것을 느꼈다. 누군지는 확실히 알 수 없었지만, 그건 정말 하루오가 아니었을까 하는 생각이 번쩍 떠올랐다. 나는 서둘러서 그 모퉁이까지 가서 미심쩍은 듯이 주위를 살폈다. 과연 내 추측은 틀리지 않았다. 이 층으로 올라가는 계단 뒤쪽 어두컴컴한 구석에 야마다 하루오가 미동도 하지 않고 몸을 숨긴 채 눈을 반짝거리고 있었다.

"어쩐 일이니." 나는 가까이 다가갔다.

당황한 그는 고개를 저었다. 그리고는 겁먹은 듯이 점차 구석진 곳으로 뒷걸음을 쳤다. 무언가 숨기는 물건이라도 있는지 오른쪽 손에 힘을 꽉 쥔 채 뒤쪽으로 숨겨서 놓지 않았다. 지금이라도 비명을 지를 것 같았다.

"어머니 병문안을 온 거로구나." 나는 목구멍이 뜨거워지는 것을 느끼며 말했다. 매우 감동적이었다. "어머니는 조금 전에도 네가 보고 싶다고 했단다."

그는 더욱 거세게 고개를 저었다. 나는 그 반응이 불만스러워서 그의 몸을 끌어당겼다. 그는 몸 뒤쪽으로 숨긴 손을 풀지 않았다. 그는 하얀 종이로 조그맣게 싼 무언가를 너무 꽉 쥐어 망가뜨린 채 필사적으로 감추려고 하고 있었다. 나는 순간 하루오가 어머니를 위해 무언가를 갖고 왔다고 생각했다. 자신의 어머니 병문안을 오면서도 남의 시선을 꺼리고 들키지 않겠다는 식의 행동을 해야 한다니 이 얼마나 슬픈 일인가. 나는 오히려 소년의 그러한 모습이 뭐라고 형용할 수 없을 정도로 가엾게 느껴졌다. 나는 말했다.

"어머니가 꼭 기뻐하실 거야."

그때 갑자기 그는 내 몸에 얼굴을 묻으면서 훌쩍훌쩍 울기 시작했다.

"바보구나."

그는 점차 격렬하게 울었다. 그 순간 어쩐 일인지 작고 하얀 종이로 싼 것이 몹시 구겨진 채로 떨어졌다. 나는 그것을 보고 매우 야릇한 기분이 들었다. 살담배[20] 종이 포장지였다. 이건 내가 오늘 아침에 일어났을 때, 책상 위나 서랍 안을 한참 동안 찾았지만 결국 찾지 못한 '하기'[21]라고 하는 낡은 꾸러미였다.

"이런 그런 걸로 선생님을 무서워하고 있는 거니. 그냥 선생님께 말을 하고 가져오면 좋았잖니. 자 앞으로 조심하면 되는 거야. 어머니가 기다리신다. 자 어서 가져가서 드리렴. 좌측 세 번째 병실이야." 그리고 그에게 힘을 북돋아 주려고 어깨를 두드려 줬다. "이런 야마다 답지 않게. 그리고 말이지 선생님은 협회로 가서 기다리고 있으마. 네가 오면 어제 약속한대로 둘이서 우에노에 놀러 가자꾸나."

그는 으앙 하고 울음을 터뜨렸다. 내 마음도 동요하고 있었다. 하지만 내가 병원 안에 있는 것은 더욱더 그를 힘들게 하는 것으로 생각했기 때문에, 그에게 병실을 알려주고 나서 나는 서둘러 그곳으로부터 빠져나왔다. 그리고 어째서 그가 내 방에서 담배를 가져갔을까 하고 여러모로 생각해 보았다. 그의 어머니가 피우는 것인지도 모른다는 것밖에는 떠오르지 않았다. 어쩜 저리 느닷없이도 엉뚱한 짓을 하는 소년이란 말인가. 내게는 그때도 한베가 감방 안에서 겉옷을 벽에 걸고는 히죽거리던 모습이 떠올랐다.

5

야마다 하루오는 한 시간가량 지나서 다시 내 앞에 모습을 드러냈다. 하지만 그는 손가락을 입에 문 채로 발끝만 바라보고 있었다. 뭔지 모르지만 산뜻한 안도감을 느끼고 있는 것일까. 입가에는 지금이라도 생긋하고 미소가 떠오를 것 같은 느낌이 들

---

20) 칼 따위로 썬 담배로, 썰어놓은 부분을 종이로 싸던가, 기구(파이프 등)에 여러 개 겹쳐 넣고 피우는 담배이다.
21) 원문은 'はぎ'로 싸리라는 뜻을 가지고 있는데, 이 뜻인지는 확실하지 않다. 다만, 싸릿잎 등으로 만든 담배의 꾸러미 등을 생각해 볼 수 있다.

정도였다. 뭔가 대견한 일을 한 아이가 어른 앞에서 쑥스러워하는 모습 같기도 했다. 지금껏 그의 얼굴에 이처럼 순수한 어린이 모습이 나타난 적이 있었던가. 이제 그는 완전히 나를 신뢰하고 있음이 틀림없었다. 하지만 나도 은근히 미소를 질 뿐 아무것도 묻지 않았다.

"자 이제 가볼까." 하고 모자를 집으면서 한마디했을 따름이다.

지난밤 휘몰아쳤던 폭풍의 영향으로 조금 싸늘한 오후였다. 히로코지[廣小路]22)에 도착해 전차[市電]에서 내렸을 때 때마침 일요일이라서 거리는 밀치락달치락 하는 매우 혼잡한 상황이었다. 어느새 그 속으로 삼켜지듯이 마쓰자카야[松坂屋]23) 입구까지 쓸려왔기 때문에 나는 별다른 용무도 없었지만 하루오의 손을 잡아끌고 그 안으로 들어갔다. 백화점 안은 매우 붐비고 있었다. 하루오가 에스컬레이터를 타자고 해서 둘이서 나란히 오르자 그는 역시 행복한 듯 유쾌한 표정을 졌다. 나 또한 넘칠 듯한 기쁨을 전신으로 느꼈다. 지금 소년 하루오가 모든 사람 가운데 있다고 생각하니, 나는 정말 이상할 정도로 기뻐서 어찌할 줄 몰랐다. 그는 하루오인 동시에 지금은 내 옆 서 있으며, 또한 사람들 사이에 있다. 둘은 나란히 서서 삼 층까지 타고 갔다. 거기서도 북새통 사이를 헤집고 다니면서 우리는 오 층인가 육 층까지 올라가서, 식당 한구석에서 마주 보고 앉았다. 하지만 사실 우리 둘은 필요 이상의 말은 거의 주고받지 않았다. 그는 아이스크림과 카레라이스를 먹었고, 나는 소다수를 마셨다.

"맛있니?"

"네." 그는 접시 위에 얼굴을 댄 채로 나를 치뜬 눈으로 바라봤다. "백화점 카레라이스는 맛있어요." 그리고 엘리베이터를 타고 내려와서 일 층 특매장(特賣場)에서 하루오에게 줄 언더셔츠를 일 엔에 구매했다. 그는 싱글벙글 거리면서 포장 끈을 길게 늘어뜨리고 밖으로 나왔다.

공원도 평소와 달리 매우 많은 인파로 붐볐다. 우리는 돌계단을 올라가서 큰길로

---

22) 히로코지는 에도시대 이후 설치된, 폭이 긴 넓은 도로로 대화재 방재를 위해 생긴 길이며 고유명사로 쓰인다. 이 소설의 공간적 배경인 도쿄 지역의 우에노[上野], 그리고 같은 도쿄의 료코쿠[両国], 그 밖에 나고야[名古屋]에도 이 지명이 존재한다.

23) 1611년 나고야에서 창업. 1910년 근대적 백화점으로 개업, 1924년 일본 최초로 신발을 신은 채로 입장이 가능한 긴자점을 개점. 1925년 현재의 사명(社名)이 되었다.

나갔다. 울창한 숲 속에서 나무는 오후의 옅은 빛을 받고 나른한 듯 조용히 흔들리고 있었다. 하늘은 약간 어둡게 흐려 있고 바람은 이따금 높은 나무 우듬지에 빗소리 같은 반향을 일으키고 있었다. 다만 갓 상경한 차림새의 여자와 남자들이 널찍한 큰 길을 줄지어 걸어다닐 뿐이었다. 소년은 어느새 새로운 언더셔츠로 갈아입고는 너덜너덜한 겉옷을 겨드랑이에 낀 채 종종 휘파람을 불었다. 나는 뭐라 말할 수 없을 만큼 그가 기특했다. 하지만 나는 좀처럼 그에게 말을 걸 수 없었다. 갑자기 그가 내 소매를 당기면서 말했다.

"선생님 말할 거예요?"

"뭘 말이니."

그의 얼굴을 보니 언제나처럼 시의(猜疑)와 반항의 빛을 띠고 있었다. 나는 그가 담배에 대해 말하고 있음을 금방 알아차렸다.

"그걸 말할 리가 있어. 누구한테도 말하지 않아. 가엾은 어머니에게 가져다준 거잖니. 선생님은 네가 오늘 정말로 좋은 일을 했다고 생각하고 있단다. 어머니는 담배를 좋아하는 거니?"

"좋아하거나 그런 게 아니라고요." 그는 이상하게 풀이 죽어서 중얼거렸다. "엄마는 피가 나면… 늘 살담배를 상처에 붙였어요. 나도 그걸 잘 알고 있어요."

그랬었구나 하고 나는 저도 모르게 숨을 삼켰는데 놀란 기색을 왜인지 얼굴에 드러낼 수 없었다. 갑자기 내 눈앞이 뿌옇게 흐려지는 느낌이 들었다. ××××××××24) 피를 흘리고, 그녀는 가엾게도 살담배를 침으로 개서 겹겹이 상처에 붙였던 것임이 틀림없다. 마치 그녀와 같은 고향 농민들이 그런 식으로 상처를 치료하려고 했듯이.

"그렇구나."

우리는 어느새 파출소 근처까지 왔다. 그 옆에는 단단해 보이는 체중계가 놓여 있었다. 나는 그것을 보고 화제를 돌리려고 뒤돌아보고 쓸쓸하게 웃어 보이면서 "재보지 않을래?" 하고 물었다. 그러자 그는 기뻐하며 뛰어올랐다. 체중계는 너무나 격렬한 힘을 한 번에 받았기 때문에 바늘이 야단법석을 떨기 시작했다. 하루오는 생각한 것

---

24) 〈문예수도〉 판에 있던 부분이 〈문예춘추〉에 전재될 때 삭제된 부분이다. 〈문예춘추〉 판을 보면 이 부분은 공백이다. 〈문예수도〉 판을 보면 이 부분에는 "半兵衛に打たれて(한베에게 맞아서)"로 총 8자인 것을 알 수 있다. 따라서 본 번역에서는 8자를 복자 처리했다.

보다 체중이 나가는 편이었다. 그때 하루오는 무언가에 놀란 것처럼 내 쪽으로 뛰어들며 손가락으로 가만히 길가를 가리켰다. 뭘까 싶어서 그가 가리키는 방향을 돌아보자, 마침 자동차 한 대가 불쑥 내 쪽으로 차를 대는 것이었다.

"어랏." 하고 생각하고 있을 때 운전대에서 이 군이 새로운 모자챙에 한 손가락을 올리고 씩 웃으며 인사했다. 나도 기쁜 마음에 그에게 다가갔다.

"축하하네. 방금 병원에서 자네 어머니가 말씀하시더군. 그래 일이 잘된 모양인데."

하루오는 그다지 주눅이 들지 않고 내 옆으로 바싹 다가왔다. 이 군은 그 모습을 보고는 거북한 듯이 눈을 피했다.

"네 조금 전에 저도 병원에 다녀오는 길입니다." 그렇다면 그는 거기서도 하루오와 만났을 것이 분명했다. 그는 검고 아름다운 눈을 깜작거리면서 역시 기쁜 마음을 숨기지 않고 보기 드물게 들뜬 상태로 말했다. "저도 겨우 한 사람 몫을 하게 됐습니다. 이 차는 상당히 좋은 차랍니다. 삼십칠 년형이지만 비교적 새것인데다 엔진도 튼튼합니다."

그리고는 의젓하게 셀모터[25]를 밟았다. 내 눈에는 매우 흔한 포드 형으로 그다지 좋아 보이지 않았지만,

"역시 좋은 차군." 하고 대꾸했다. "오늘은 하루오 군과 함께 놀러 왔다네." 그리고 소년을 치켜세우듯이 계속했다. "조금 전에도 자네가 오는 것을 나는 눈치채지 못하고 있었는데 하루오 군이 일러줘서 알았지 뭐야."

"어떻습니까. 한번 타보시지 않겠습니까. 동물원에라도 가시는가 보죠." 그는 문을 열고 계속 권했다.

우리 둘은 할 수 없이 내민 손을 잡고 차에 올랐다. 동물원 입구까지는 바로였다.

"어떻습니까. 승차감이 좋지 않습니까?" 그는 우리를 내려주면서 말했다. 오늘 이 순진한 청년은 신이 나서 어쩔 줄 모르는 것이리라. "다른 승객들도 모두 그렇게 말하더군요." "정말 그렇군. 새 차라서 기분이 좋아." 나는 솔직하게 말했다.

그러자 그는 만족해하며 핸들을 멋지게 꺾어 차를 돌리고는 아까처럼 한 손가락 세워 인사하고, 빵빵 기적을 울려 사람들을 흩어지게 하면서 돌고래처럼 달려갔다. 하루오는 가만히 선 채로 선망에 가득 찬 눈길로 자동차를 배웅했다. 이 얼마나 축복받

---

25) 축전지(蓄電池)로 움직이는 전동기.

은 하루인가 하고, 나는 생각했다.

"이 군은 훌륭한 운전사가 되었구나. 넌 나중에 커서 뭐가 될 생각이니?" 나는 하루오를 돌아보면서 즐거운 듯 물었다.

"난, 무용가가 될래요." 그는 갑자기 명랑한 목소리를 내질렀다.

"이야." 나는 놀라서 그를 바라봤다. 잠시 그의 몸에서 광채가 뿜어져 나오는 것 같은 느낌이 들었다. "무용가가 된다고." 얼핏 나는 그가 정말로 대단한 무용가가 될지도 모르겠다고 생각했다.

"그렇구나."

"네 춤추는 것이 좋아요. 그런데 밝은 곳에서는 못 해요. 무용은 어두컴컴한 곳에서 하는 것이라던데요. 선생님은 싫어해요?"

"응 그건 정말 근사할 거야. 참 넌 체격도 정말 좋구나." 나는 꿈꾸는 것처럼 말했다. "선생님도 춤추는 것을 정말 좋아한단다."

내 눈앞에는 어려운 환경에서 태어나 상처입고 비뚤어진 한 소년이 무대 위에서 다리를 뻗고 팔을 펴서 쏟아지는 빨강과 파란색의 다양한 빛을 쫓으면서 온 힘을 다해서 계속 춤을 추는 이미지가 아른거렸다. 내 전신에서 생생한 기쁨과 감격이 넘쳐오는 것을 느꼈다. 그 또한 만족한 듯 미소를 띠면서 나를 바라봤다.

"이래 보여도 선생님은 춤을 만들어 본 적이 있을 정도야. 선생님도 어두컴컴한 곳에서 춤추는 것을 좋아하거든. 그렇지. 앞으로 선생님과 함께 춤 연습을 하도록 하자. 더 잘 추게 되면 훌륭한 선생님이 있는 곳으로 데려가 줄게." 내가 괜히 지어낸 말을 늘어놓고 있는 것은 아니다. 나도 한때는 무용가가 되려는 생각에 창작무용을 시도해 본 기억조차 있단다.

"네." 그의 눈은 파란 별처럼 반짝거렸다.

나는 '옳지 가까운 시일 내에 협회 근처 아파트에라도 집을 옮기기로 하자. 거기서 우선 둘만의 시간을 갖는 거야' 하고 자신에게 말했다.

어느새 우리는 한껏 들뜬 채로 노목 사이를 빠져나와 벤텐[弁天樣][26] 옆을 통과했다.

---

26) 칠복신(七福神) 중 하나. 인도의 여신으로 음악, 변설에 능하다고 알려져 있다. 예능의 신으로 불린다. 일본에서는 재복을 가져다주는 신으로 추앙받아서, 벤자이텐[弁財天]으로 쓰이기도 한다. 우에노 공원 안에는 이 벤텐 신을 모시는 벤텐당[弁天堂]이 있으며, 그 위치는 시노바즈이케[不忍池] 안이다.

지난밤 폭풍의 흔적이 곳곳에 남아 꺾인 가지가 떨어질 듯 말 듯 걸려 있었고, 비에 씻긴 지면에는 곳곳에 누런 잎들이 떨어져 있었다. 한 무리 비둘기가 벤텐 지붕과 오중(五重)으로 된 탑(塔) 주위를 소란스럽게 날아다녔다. 등롱 옆으로 나오자 아래쪽 수풀 사이를 통해서 시노바즈 연못[不忍池]27)이 펼쳐졌다. 연못은 거울을 깔아놓은 듯 석양에 반사되어 때때로 번들번들 금빛으로 빛났다. 그 위로 대여섯 척의 보트가 떠 있었다.28) 연못에 걸쳐 있는 돌다리 난간에는 많은 사람이 기대어 수면을 바라보고 있었다. 웬일인지 옅은 안개가 자욱이 끼기 시작한 것 같았다. 이제 서서히 황혼이 다가오고 있는 것이리라. 그것이 천천히 연못을 타고 이쪽을 향해 점차 퍼져가고 있는 것처럼 느껴졌다. 그에 따라 우리 두 사람의 마음은 점차로 청징(淸澄)하게 가라앉았다.

"동물원에 간다는 것이 여기까지 와버렸구나."

"그런데 난 보트에 타고 싶어요." 그는 수줍어하면서 말했다.

"그렇지 그럼 내려가자꾸나."

거기서부터 긴 계단이 이어져 있었다. 나와 하루오는 그것을 하나하나 밟고 내려갔다. 그는 나보다 한 계단 더 내려가서 마치 노인이라도 모시고 가는 것처럼 조심스레 내 손을 잡고 내려갔다. 하지만 그는 중간 정도 내려가서 갑자기 멈추고는 내 몸에 착 밀착해서 나를 올려다보며 어리광을 부리듯이 말했다.

"선생님, 난 선생님 이름을 알고 있어요."

"정말?" 나는 멋쩍음을 감추려고 웃었다. "말해보렴."

"남(南) 선생님이죠?" 그렇게 말하자마자 하루오는 자신의 겨드랑이에 끼고 있던 겉옷을 내 손에 던지고 즐거워하며 돌계단을 혼자서 뛰어 내려가는 것이었다.

나도 "후유." 하고 구제받은 듯한 가벼운 발걸음으로 쓰러지기라도 할 것처럼 발소리를 내며 하루오의 뒤를 쫓아 내려갔다.

---

27) 우에노공원 남서 방향에 위치한 연못.
28) 보트장은 벤텐당 너머에 있다.

천마(天馬)*

1

무거운 구름이 낮게 낀 어느 날 아침, 경성의 유명한 유곽인 신마치(新町) 뒷골목 한 창가(娼家)에서 초라한 풍채의 소설가 현룡(玄龍)이 너저분한 골목으로 내팽개쳐지듯이 튀어나왔다. 그는 정말로 난처한 듯 한동안 문 앞을 서성이다 도대체 어디서부터 혼마치(本町) 거리로 나온 것인지를 궁리하더니, 별안간 앞쪽 골목길로 성큼성큼 들어갔다. 하지만 골목이 골목인 만큼 땅을 기어가듯 집집마다 서로 으르렁대는 형상으로 얽히고설켜 있는 통에, 어디를 어떻게 지나가야 밖으로 빠져나갈 수 있을지 도무지 짐작이 가지 않았다. 오른쪽으로 꺾이는가 싶다가도 다시 왼쪽으로 들어간다. 겨우 왼쪽으로 빠져나간 후에도 다시 골목은 두 갈래로 갈라져서 어느 순간 우두커니 서 있게 된다. 무언가 깊은 생각에 잠겨서 그는 계속해서 터벅터벅 걸었지만, 막다른 골 목길 등에 이르면 흠칫 당황해하며 주위를 두리번거렸다. 앞이건 옆이건 간에 대문에 빨강이나 청색 페인트를 마구 칠한, 하나같이 토벽이 지금이라도 무너져 내릴 것 같 은 집들 뿐이다. 그리하여 다시 묵묵히 갔던 길을 되돌아 오며 이곳저곳 엉금엉금 걷 는 사이에, 결국 그는 길을 잃고 말았다. 그리 이르지 않은 시각인데도 어느 좁은 골 목도 쥐죽은 듯 조용하고 때때로 외박하고 돌아가는 손님이 쑥스러운 듯 어깨를 움츠 리고 휘청거리며 지나쳐 간다. 어딘지도 모르고 헤매 다니는 소금장수 영감은 닥치는 대로 "소금! 어이 소금이요!" 하고 소리치며 돌아다닌다. 현룡은 겨우 세 갈래로 갈라

---

*「천마」는 1940년 6월 『문예춘추(文藝春秋)』에 게재되었다가 첫 작품집 『光の中に』(小山書店 1940. 12. 10.)에
  수록된다.

진 곳에 이르러 천천히 '미도리' 한 개비를 꺼내 물고 주변을 둘러보면서 언짢은 듯
무언가 투덜투덜 거리며 중얼댔다. 도무지 마음에 들지 않는 계집을 안았던 탓인지,
돌아가는 길조차 이토록 생고생을 시킨다고 그는 푸념을 늘어놓았다. 하지만 그것보
다 조금 전부터 그의 마음 한구석에는 도저히 뿌리칠 수 없는 먹구름이 도사리고 있
었다. 때때로 그것은 가슴을 강하게 옥죄는 것과 같은 느낌마저 들었다. 실로 그는 제
힘으로는 어찌할 수 없는 어떠한 사정 때문에 이틀 안에 머리를 깎고 절[1]로 수행하
러 가지 않으면 안 되는 몸이었다. 그런고로 사바(娑婆) 세계에서 누렸던 즐거움도 이
것으로 끝장이라고 생각하자 흥분한 나머지, 지난 밤 자신을 상대한 창녀의 볼을 "메
론이다 메론이다"라고 소리치며 덥석 문 것인데, 계집은 이러한 기상천외한 예술가를
이해하려고 하지는 않고 소스라치며 자리를 뛰쳐나갔다. 그는 그런 불쾌한 기억을 떠
올리고는 빌어먹을 분하다며 다시 투덜거리면서, 어쨌든 우선 조금 더 높은 지대로
나가지 않으면 안 되겠다는 생각을 먹고 야트막한 언덕길로 된 골목길을 향해 다시
터벅터벅 걷기 시작했다. 역시 막다른 골목에 이르기도 하고, 구불구불 돌아가기도
하면서, 가까스로 언덕 위 양춘관(陽春館)이라고 하는 그것 또한 청색 페인트로 칠한
대문 앞에 이르렀다. 주변 일대에는 언덕길을 이루며 밀집한 수백 수천의 조선인 창
가 지붕이 전후 좌우 가릴 것 없이 굽이치고 있다. 뜨뜻한 초여름 바람을 맞아가며 누
군가의 시에 있듯이, 우리 지금 산위에 서있는 모습으로 우뚝 서 있자니, 물밀듯이 밀
려들어 오는 애절한 외로움을 어찌할 바 몰랐다. 골목 골목에 빨간 등불과 청색 등불
이 나란히 늘어서 있고, 사내들은 그 아래를 우왕좌왕 하고, 창녀들의 교성이 소리 높
게 울리던 곳이었다. 이곳이 지난밤 창가 일대였다고는 믿어지지 않을 만큼 주위는
인기척도 없이 괴괴했다. 하지만 이 넘칠 정도로 많은 집에 몇천 명도 넘는 젊은 여자
가 씻어 건져놓은 감자처럼 데굴거리며 살고 있음에도, 어째서 자신은 이틀이 지난
후 구중중한 묘광사(妙光寺)에 기거하지 않으면 안된단 말인가. 현룡은 거기서 두 대째
담배를 꺼내어 불을 붙이고 후우 담배연기를 내뿜었다. 아련하게 아지랑이가 피어올
라 흐릿해진 시야 너머로 좀 멀리 떨어진 서쪽 저편에 천주교 교회탑 종루가 높게 솟

---

1) 원문에는 '테라(寺)'로 나와 있는데 상세한 설명이 없어서 일본식 테라인지 아니면 조선 전통의 절인지는 알
수 없다. 그러므로 '절'로 통일해서 표기하기로 한다.

아올라있는 것이 보였고, 그 부근에는 고층 건물이 빙산처럼 무리지어 있었다. 바로 그가 향해 가려는 목표가 그곳이다. 그렇다 해도 도대체 어디에서부터 내려왔던 것인지 머리를 짜내며 생각하다가, 그는 저도 모르게 피식 웃었다. 조선인 가옥의 지붕을 넘어서 남쪽 기슭쪽을 바라봤을 때, 혼마치(本町) 오정목(五丁目)으로 보이는 부근에 검은색 변압기를 몇 개씩이나 얹은 전신주가 얼핏 눈에 들어왔다. 그것은 언제였던가 비뇨 병원을 찾아 헤매 다닐 때, 거기에 어떤 곳의 광고가 매달려 있던 것이 갑자기 떠올랐기 때문이다. 그렇지 저것을 표시 삼아 내려가면 좋겠다고 그는 자신에게 말했다.

하지만 그의 귓전에는 항상 오무라(大村)의 목소리가 쩌렁쩌렁 들려와서 괴롭게 했다.

"자넨 절에 들어가고 싶지 않다고 말하는 겐가? 반성의 기미가 보이지 않으면 이제 처넣겠다고 경찰도 말하고 있단 말일세!"

그는 도망치듯이 언덕을 서둘러 내려갔다. 혼마치 주변으로 말할 것 같으면 경성에서는 가장 번화한 내지인(內地人)들 거리로 그것은 꾸불꾸불하게 동서로 좁고 길게 이어져 있었다. 간신히 유곽 출구를 찾아내서 혼마치 오정목으로 현룡이 느릿느릿 모습을 드러낸 것은 이미 열시도 넘은 시각으로 주변에는 인파도 많았고 제법 번잡했다. 그는 문인이든 관사든 누군가 친한 사람과 만나고 싶다고 생각하면서, 눈꼬리를 내리고 조금 고개를 숙인 자세로 길가 한가운데를 안짱다리로 걷기 시작했다. 혹은 그 자신이 말하고 있는 것처럼 정말로 유도가 초단 이상이기 때문에 지나치게 넓은 어깨가 움푹 들어갔는지는 모르겠으나, 안짱다리 걸음은 저 묘한 전신주를 알게 된 이후부터 몸에 붙인 습관이었다. 특히 구원이 없는 것과 같은 고독과 깊은 근심 속에 사로잡힌 현재의 그였다. 그래도 결국 메이지 제과(明治製菓) 부근에 다다를 때까지 결국 단 한 사람도 만나지 못했다. 하지만 퍼뜩 이 명과(明菓)에서 열린 지난밤 회합 때의 일이 떠올랐다. "네놈이야 말로 조선 문화의 해로운 진드기다!"라고 외치고, 접시를 집어던진 평론가 이명식(李明植)의 예리한 얼굴이 불쑥 번쩍하고 보였다. 그는 깊은 생각에 잠겨 있던 입구 앞에 멈춰 서자, '흥 풋내기 새끼가. 지금이야 말로 유치장에서 뼈저리게 잘못을 깨닫고 있겠지.' 생각하면서 히죽 비웃음을 지었다. 그리고 어디 한번 행차해 볼까 하는 기분이 들었는지 갑자기 가슴을 펴고 어깨를 으쓱대고 부산스레 문을 밀고 들어갔다. 홀 안은 휑뎅그렁했고 구석진 곳에 외교관 풍의 사내 둘만이 마주 앉아 소곤소곤 얘기하고 있을 뿐이었다. 현룡은 그 한가운데로 천천히 걸어가서 털퍼덕 주저앉더니 여자 급사를 손짓으로 불러 잠시 동안 물끄러미 얼굴을 올려다보다가, 여자가 기분 나쁜 듯 얼굴이 빨개지는 것을 보자마자 황급히 외쳤다.

"코-히-(커피)"

여자 급사는 아연실색해서 뛰어갔다. 그러자 그는 완전히 만족한 듯 히죽히죽 웃음을 짓고 엉덩이를 들어 이번에는 어쩔 심산인지 냄새라도 맡은 개마냥 조리실 쪽으로 향해가고는,

"헤헤 미안하오." 하고 말하며 싱글벙글 대면서 손을 불쑥 내밀었다.

"물수건 하나만……."

이러한 스스럼없는 행동을 보더라도 조리사들은 이미 자신을 알고 있음에 틀림없다고 생각하고 있는 것이다. 아닌 게 아니라 그들은 지난밤 이층에서 일어난 불상사를 알고 있기에 현룡을 기억하고 있었다. 마침 조선 문인들의 회합이 있어서 모두가 서로 무언가를 열심히 토론하고 있을 때, 돌연 한구석에서 현룡이 낄낄거리며 마구 웃어대는가 싶더니, 갑자기 젊은 사내가 집어던진 접시에 머리를 얻어맞고 쓰러졌는데, 드러누운 채로도 더욱더 심통이 난 것 마냥 낄낄거리는 웃음을 멈추지 않았다. 그곳에서 이명식이라고 하는 젊은 사내는 상해 혐의로 임석하고 있던 경관에게 연행되어 갔다. 조리사들은 그 자리에서 현룡이 보여준 뻔뻔함에 적잖이 놀랐는데, 또다시 이러한 주방 같은 엉뚱한 곳에 그가 나타난 것을 보고는 더욱 당황하여 수상쩍은 듯 서로 얼굴을 마주보았다. 누구 하나 웃는 사람 없이 다만 한 직원이 놀란 듯 고개를 저으며 물수건이 없다는 몸짓을 했다. 그러자 그는 한 번 무섭게 곁눈으로 모두를 노려보다가 휙 하니 몸을 돌려 쥐새끼마냥 수도 쪽으로 달려가서 콸콸 물을 틀어놓고 머리를 쑥 내밀더니 쏴쏴 물을 뒤집어쓰면서 얼굴을 씻는 것이었다. 모두 처음부터 어리둥절해 했으나, 그가 헤헤헤 거리며 겸연쩍은 듯 웃으며 나갔을 때, "실성을 했나"라며 아까 그 직원이 고개를 갸우뚱 거렸다.

"아냐, 현룡이야 현룡이라고."

"그래 그자가 틀림없어."

"소설가 현룡이야."

이렇게 모두 입을 벌려 속닥거리며 배식구 쪽에 모여서 엿보기 시작했다. 보자 하니 현룡은 이미 자기 자리로 돌아가서, 마침 옆에 놓여있던 조간신문을 덥석 쥐고 얼굴과 목덜미를 닦고 있었다. 그는 거침없이 곁눈질로 조리사들이 모여서 자기를 주시하고 있는 것을 보고는 더욱더 우쭐해져서 새까맣게 젖어 구깃구깃해진 신문지를 탁하고 의젓하게 탁자 위에 던져 놓았다. 그리고 무심코 그것에 눈을 돌렸을 때, 종이 한 쪽 벽에 커다란 빈대 한 마리가 느릿느릿 기어다니는 것을 보고 눈을 부릅떴다. 엉겁결에 그는 빙긋 웃음을 머금고, 약간 몸을 쑥 내밀었다. 빈대는 피를 너무 탐닉해서 빨았던 것인지, 갑자기 도망치려는 자세를 취하기는 하였으나, 너무 발갛게 부풀어 올라서 다리가 말을 듣지 않는 듯 몸을 주체하지 못하는 모양새였다. 때때로 미끄러져서 굴러 떨어질 듯 하면서도 손끝을 대려고 하면 또 허둥대며 내뺐다. 그는 원래부터 빈대를 좋아했다. 땅바닥에 착 달라붙어서 기어가는 모습이 자신과 꽤 닮아 있다고 생각하는 것일까. 혹은 그 뻔뻔스러움이나 교활함이 마음에 들었는지도 모를 일이다. 게다가 어럽쇼 이 녀석은 지금까지 자신의 목덜미를 기어다녔음에 틀림없으며, 틀림없이 그 메론 볼때기를 한 여자한테서 옮겨온 놈이라고 생각하자 어째서인지 멋쩍은 듯한 감정 속에 노여움을 느끼는 것이었다. 그는 갑자기 어깨를 들썩거리며 히히히 웃었다. 그런데 어럽쇼, 생각을 해보니 어느 틈인가 빈대는 풀죽은 모습으로 이번에는 서둘러 벽 뒤쪽으로 도망쳐 숨으려 한다. 그는 재빨리 그 한쪽 끝을 손으로 집어 들고 살짝 뒤집어서 재미있다는 듯이 끝까지 그 행방을 집요하게 지켜봤다. 그런데 이삼분도 지나지 않는 사이에 갑자기 그는 그것을 보다가 깜짝 놀라 야단스럽게 일어났다. 빈대는 마침 어느 표제어 위를 지나가면서, 그가 무심결에 한 글자 한 글자를 읽도록 유도한 것이었다. 실로 말로 다 표현하기 힘든 상황이었다. 순간 이것은 천우(天佑)라고 부를 수 있는 좋은 찬스라고 그는 생각했다. 예수 그리스도가 부활한 것과 같은 일이라고 그는 생각했다. 비록 학예란 한 구석의 작은 활자라고는 하지만, 그와는 그야말로 실로 각별한 친분이 있는, 동경 문단의 작가 다나카(田中)가 만주(滿洲)로 가는 길에 경성에 들러 조선호텔2)에 투숙하고 있음을 알려주고 있었다.

"꼭 찾아가야겠다."

---

2) 한국 최초의 근대식 호텔로서, 일제강점기인 1914년 10월 10일 조선철도국에 의해 설립되었다.

현룡은 몸을 부르르 떨며 일어서서는 일단 침울하게 어깨를 움츠리고 출구를 향해 빈대처럼 움직이기 시작했다. 그에게는 굳게 염원하는 구석이 있었다. 마침 가는 길에 커피를 가져온 여자 급사와 부딪힐 뻔하자 낚아채듯이 찻잔을 집어 올려 뜨거운 것도 개의치 않고 벌컥벌컥 들이키고, 어리둥절해 있는 여자 급사나 조리사들은 본체만체 허겁지겁 밖으로 나가는 것이었다.

혼마치 거리는 아무리 오전 중이라 해도 메이지 제과 부근부터 거리의 출구 쪽까지는 언제나 인파가 범람할 정도로 북적댔다. 경망스럽게 게타(下駄, 나막신 – 역자주) 소리를 내면서 거닐고 있는 내지인이나, 입을 떡하니 벌린 채로 가게 앞을 바라보는 백의(白衣) 차림새의 상경한 시골 사람들, 진열창에 내놓은 눈동자가 움직이는 인형을 보고 깜짝 놀라는 노파들이나, 물건을 사러 외출하는 내지 부인, 요란스레 벨소리를 내며 달려가는 자전차를 탄 심부름꾼에, 불과 십 전 남짓의 품삯을 차지하려고 짐을 서로 뺏으려 드는 지게꾼 등으로. 현룡은 이런 인파를 피하려는 듯이 빠른 걸음으로 그곳을 지나가서 조선은행 앞 광장에 이르러 멈췄다. 전차가 빈번히 오가고 자동차가 무리를 지어 로터리를 돌고 있다. 그는 허둥지둥 대면서 광장을 가로질러서, 건너편의 조용한 하세가와마치(長谷川町)3) 쪽으로 들어갔다. 잠시 걸어가자 우측으로 고풍스러운 높은 담이 이어지고, 고색창연하고 굉장한 대문이 나타났다. 그것을 통과해 들어가자 넓은 정원 안쪽에 한국시대(대한제국시대 – 역자주) 어느 나라인가의 공사관이었다고 하는 훌륭한 양관(洋館)이 나왔다. 현룡은 그곳까지 정신없이 가서는, 가슴을 두근거리며 회전문을 밀고 밀려가듯이 들어갔다.

"다나카 군에게 전해 주시게."라고 그는 카운터 앞에 나타나자마자, 충분한 위엄을 갖추고 입을 열었다. "난, 현룡이란 사람이올시다."

머리를 깔끔하게 빗어 넘긴 보이는 이놈 또 왔구나 하는 기세로 현룡 쪽을 위아래로 훑어보고는,

"외출 중입니다만……."

"나갔다고?" 현룡은 대단히 의외인 것처럼, 게다가 자신은 그것을 충분히 의외라고 생각해도 좋을 사람이라고 하는 식으로, "대체 누구와 나갔나?"라고 말했다.

---

3) 현재 북창동 일대.

"네 그게." 보이는 다소 기가 질려서 몸 둘 바를 몰랐다. "그게 아무래도 잡지사 분들인 듯합니다만."

"잡지사 분들?"

퍼뜩 불길한 예감에 사로잡혀 다급하게 되묻는 현룡의 얼굴에는 명백하게 낭패한 듯한 초초하고 불안한 그림자가 스쳐 지나갔다. 그것은 분명 오무라임에 틀림없다. 오무라가 왔다고 한다면 이거야말로 큰일이라고 생각했던 것이다. 그래서 안달을 하며 물었다.

"U지의 오무라, 오무라 군이 왔다 간 게요?"

"거기까지는 모르겠습니다만." 이번에는 곁에 있던 다른 중년 보이가 마치 화가난 양 소리쳤다. 실제 내지 예술계에서 누군가 지명도가 있는 사람이 오기라도 하면, 시시한 문학 퇴물들이 마치 조선 문인을 대표라도 하는 낯짝으로 몰려들기 때문에, 보이들은 진절머리를 치는 것이었다. 지금도 다나카는 오무라와 어느 전문학교 교수들을 동반해서, 조선인 문학 퇴물들을 너댓 명 줄줄이 데리고 나간 뒤였다. 현룡은 특히 이렇게 방문할 때마다 버릇이 없는데다 매일같이 손님을 찾아오는 통에 보이들조차도 그를 주체할 수 없던 참이었다. "일일이 그런 것까지 기억할 수 없으니까요."

"혜 역시 그건 그렇고 말고요. 헤헤헤 듣고 보니 그것도 그렇네요."

하고, 현룡은 말하면서 머리에 손을 대고는 비굴하게 웃는 것이었다. 하지만 어찌해도 그 일이 마음에 걸려 어찌할 바를 모르고, "……아마 오무라 군은 아닐 겁니다. 그렇고 말고요. 분명 그렇고 말고요."라고 몇 번이고 말하면서 혼자서 세차게 고개를 끄덕거렸다.

그리고 갑자기 고개를 쑥 내밀더니, 손으로는 안쪽의 로비를 가리키면서,

"잠시 소파를 좀 빌리겠수다."

라고 말하고 홱 등을 돌렸다. 그리고 로비라는 곳은 사람을 기다리는 데 유용하다는 것을 자신은 이처럼 잘 알고 있다는 모습으로, 어깨를 건들건들 거리며 천천히 로비 쪽을 향해 걸어갔다. 그러고 보면 그의 소설에는 항상 호텔이나 로비라던가, 댄스홀, 살롱, 귀족부인, 흑인 운전수 등이 잔뜩 등장하는 것이었다. 그런데 그는 무언가 떠올린 것인지, 갑작스레 멈춰서는가 싶더니 뒤를 돌아보고는 소리쳤다.

"다나카 군이 돌아오면 좀 부탁 하겠소. 헤에, 이 몸은 졸립다오."

2

널따란 로비 소파에 드러누워 코고는 소리를 높여가며, 족히 너댓 시간이나 마음껏 수면을 취한 현룡은 양복에 묻은 먼지를 털어 내면서 조용히 몸을 일으켰다. 로비 안은 어느새 어둑어둑하고 휑뎅그렁했다. 양손을 벌려 천천히 기지개를 켜면서 몇 번이고 하품을 했다. 그러다 갑자기 그는 배고픔을 느끼는 것만 아니라, 좀처럼 다나카가 돌아올 것 같지 않았기에 우선 나가볼 요량으로 잠이 덜 깬 얼굴을 내밀어 카운터 쪽을 살펴보았다. 그런데 마침 다행스럽게도 카운터에는 아무도 없었기 때문에, 그는 재빨리 도망치는 토끼마냥 바깥으로 뛰쳐나갔다. 벌써 어렴풋한 오후 햇살이 쓸쓸히 큰길에 그림자를 드리우고, 강바람이 여기저기에 먼지를 날리고 있었다. 어딘가에서 값싼 식사를 마치고, 그 후 우선 다나카 일행이 갈법한 곳을 사방으로 찾아 다녀야겠다고 그는 생각했다. 하지만 제 자신도 어떠한 연유인지를 알 수 없었으나, 그는 다시 걸음을 옮기면서 괘씸하고 분개한 듯 투덜거렸다. 아마도 다나카가 자신에게 조선에 온다는 것을 알리는 엽서 한 장도 보내지 않았던 것을 말하는 것이리라. 분명히 그는 자신이 조선에 돌아와 현재는 어엿한 대가가 되어 있다고 하는 등, 터무니없는 말을 몇 번이고 했기 때문에.

우리 경성은 황금통(黃金通, 고가네도오리)을 경계선으로 그 이북이 순수한 조선인 거리이다. 하세가와마치에서 황금통으로 나가 다방 리라 앞을 지나가다가 현룡은 잠시 들여다만 보리라는 마음으로 머리를 들이밀고 대충 담배 연기 속을 둘러보았는데, 그 순간 저도 모르게 빙긋 웃었다. 사람들이 가득 똬리를 틀고 있는 가운데, 눈이 번쩍 뜨일 정도로 새하얗게 차려입은 여류 시인 문소옥(文素玉)이 백합처럼 청초하게 앉아 있는 것이었다. 그는 갑자기 행복한 기분이 들어서 넘어질 듯 그 안으로 들어갔다. 유명한 현룡이 나타났기 때문에 사람들은 서로 가볍게 쿡쿡 찔러대던가, 푸우 하고 웃음을 터뜨리거나, 일부러 경멸한다는 듯한 태도로 무시하고 있었다. 여류 시인은 마침 젊은 대학생 애인을 기다리던 참이었는데, 이런 세간의 화제가 되고 있는 소설가가 자기에게 다가오는 기쁨에 그만 모든 것을 잊어버리고, 조금 큰 감이 있는 입술을 비쭉대며 남몰래 웃음을 짓고 그를 맞았다.

"어머 현 선생님 이런 곳엔 어쩐 일이셔요."

"헤헤, 이런 또 더없이 재미난 곳에서……."

라며 다가서더니, 현룡은 그녀의 맞은편 쪽에 털썩 주저앉았다. 모두의 호기심 어린 시선은 일제히 이 두 사람에게 쏟아졌다. 하기는 그들은 이미 무료함을 느끼고 있었다. 그러한 무료함으로 치자면 매일같이 무료해 하는 무리들 밖에 없었다. 이른바 다방에 있는 그들 또한 현재 조선 사회가 낳은 특별한 종족의 하나일 것이다. 조금은 학문도 있으나 직장을 구하지 못하고, 아무 것도 할 일이 없으므로 머리라도 클라크 케이블[4]식으로 갈라보려고 하는 패들이나, 혹은 어디 제작비를 대줄만한 정신나간 부잣집 도련님은 없겠나 하고 머리를 짜는 콧수염을 기른 불량한 영화패들이나, 무언가 소곤소곤 구석에서 떠드는 금광 브로커들, 원고 뭉치를 한 손에 들고 다니지 않으면 예술가가 아니라고 확신하고 있는 문학 청년, 이러한 패거리들 뿐이었으나, 제아무리 그런 놈들이라 해도 두세 시간 이상 열을 내고 있자면 화제 거리도 더 이상 없는데다 머리도 피곤해져 오기 마련이어서, 돌연히 현룡이 나타나 아름다운 여류 시인과 마주보고 있는 사실이야말로 확실히 흥미진진한 사건임에 틀림없었다. 경성 문화계에서는 누구 하나 모르는 사람이 없는 두 사람이 우연히 함께 마주하여 대좌(對坐)하고 있는 것이었다. 게다가 문소옥은 현룡에게 단순히 여류 시인만이 아님도, 그들은 잘 알고 있었다.

"오늘은 어쩐 일이셔요."

그녀는 일부러 쑥스러운 듯 입가에 손수건을 갖다 대고 말했다.

"실은 헤노이에 슈타트(신마치)에 다녀오던 참이었습니다"라고 말하며 현룡은 자못 호기심을 돋우려는 듯 히죽거리는 웃음을 띄었다. 물론 여류 시인은 이 독일어의 의미를 알 턱이 없었기 때문에,

---

4) William Clark Gable. 1901~1960. 클락은 토키 영화 초기의 빅스타이다. <바람과 함께 사라지다>의 남자배우로 유명하다. 1935년 제7회 미국 아카데미 시상식 남우주연상을 수상했다.

"네?"

하고 그녀가 눈을 동그랗게 뜨자, 그는 더욱더 의기양양해서 뱃가죽을 뒤틀며 웃어대는 것이었다. 그리고 또 무언가 생각난 듯이 으흐흐 하고 웃어댔다. 그것을 보고 퇴폐스러운 그림자를 드리운 그녀의 뺨에는 홍조가 희미하게 퍼졌고, 곱슬곱슬한 앞머리는 흔들거리고 있는 듯이 보였다. 현룡은 갑자기 경련이라도 일으킨 것 마냥 몸이 굳어져서, 그녀의 얼굴을 파고들 듯한 눈초리로 응시했다.

경박한 여류 시인 문소옥은 현룡을 더할 나위 없이 존경하고 있었다. 그는 적절한 시어와 라틴어 및 프랑스어를 알고 있을 뿐만 아니라, 그녀가 좋아하는 랭보나 보들레르와도 다만 국적만이 다를 뿐이라고 굳게 믿고 있었다. 또한 현룡 자신이 그렇게 큰소리를 치고 다녔다. 아무튼 그녀는 시인으로서도 랭보의 시 몇 편을 흉내냈었던 정도인데, 그것을 현룡이 이삼류 잡지에 다뤄서 그녀의 미모와 함께 그 전도(前途)를 칭송했던 것이다. 그녀가 완전히 시인이라도 된 기분으로 남의 출판기념회 등에 무슨 일이 있어도 출석하게 된 것도 그 이후부터였다. 그녀가 눈부시게 요염한 차림새로 회장에 나타나기라도 하면, 현룡은 언제나 벌떡 일어나서 이쪽으로 이쪽으로 오라며 제 옆으로 데려가는 것이었다. 그녀도 결국은 현대 조선이 낳은 불행한 여성 중의 한 명이라고 말해야 할까. 입을 열면 표어라도 되는 양 봉건 타파라고 하는 젊디젊은 정열로 여학교를 나오자마자 결혼 문제조차 뿌리쳐 버리고 동경에까지 유학을 하기 위해 여행길에 올랐던 그녀였다. 하지만 내지에서 상급 학교를 졸업함과 동시에 전에 자신이 타파하지 않으면 안 된다고 주장하였고, 또한 싸워나갈 작정이었던 봉건성이라고 하는 복수를 맨 먼저 그녀 자신이 당하지 않으면 안 되었다. 당시는 결혼을 하더라도 조혼이었던 만큼 처(妻)를 갖지 않은 청년은 어디에서도 찾아볼 수 없었다. 애석하게도 청춘의 열정을 어찌할 바 모르고, 이렇게 점차 사내들과 접촉하는 사이에 난륜의 길로 빠져버렸다. 하지만 그녀는 그것이야말로 구제도에 정면으로 반항하여 새로운 자유연애의 길을 개척하는 선구자라고 확신하고, 차례차례 자기 쪽에서 사내를 꼬득였다. 현룡도 다름 아닌 그 상대 중 한 명이었다. 다만 다른 점이 있다면, 그것은 현룡하고만은 서로 광태(狂態)에 익숙해져서 완전히 만족하고 있다는 것이다.

"지난 밤 U지의 오무라 군이 또 내 거처로 찾아왔단 말이요. 알겠소? 그 오무라 군이 위스키를 들고 왔단 말이오." 하고 현룡은 말을 이어 나갔다. "오늘밤 안에 원고를 써 주지 않으면 돌아가지 않겠다고 하는 통에 말이요. 그렇게 나오는 통에 제 아무리 이 현룡이라 해도 질려버렸지 뭐겠소. 마침 동경에 보낼 원고를 쓰고 있던 참이었으니까. 썩 봐줄만한 것이라오. D라 하는 일류 잡지에서 삼개월 전부터 막무가내로 청하고 있는 원고라오."

"기대하겠어요." 여류 시인은 더할 나위 없이 감동한 듯 작은 눈을 반짝거렸다.

"난 이제 조선어로 창작하는 것에는 넌더리가 나오. 조선어 따위 똥이나 처먹으라 하오. 왜냐 그건 멸망으로 향해 가는 부적과도 같은 것이니까." 그러고는 지난 밤 회합 때의 일을 떠올리며 터무니없는 허세를 부렸다.

"난 동경 문단에 복귀할 생각이외다. 동경의 친구들도 모두가 그것을 간곡히 권하고 있소."

하지만 사실 문소옥과 같은 여자가 지난밤 메이지 제과에서 정말로 조선 문학을 부흥시키려하는 진지한 문인들 사이에 회합이 있었다는 것을 알 리가 없었다. 현룡조차도 어디선가 이 문인들의 모임이 있다는 냄새를 맡고, 거의 회합이 끝나갈 즈음에 어슬렁거리며 나타났던 것일 따름이다. 하지만 거기에는 그를 조선 문화의 해로운 진드기와 같은 존재로 증오하고 배척하는 남녀 문인들만이 쭉 늘어서서, 한 사람 한 사람이 긴장과 흥분이 넘치는 모습으로 조선 문화의 일반 문제라던가, 조선어로 저술하는 문제의 시시비비에 대해 열심히 토론을 하고 있었다. 그는 헤에 웃으면서 겸연쩍은 듯 한구석에 떨어져 오도카니 앉아 있었다. 예상대로 그들은 자기들의 손으로 조선 문화를 수립하고 그 독자성을 신장시켜야 할 의무가 있으며, 그것은 또한 결국 전일본문화(全日本文化)에 기여하고, 나아가서는 동양 문화를 위해서 세계 문화를 위하는 길이라고 말하고 있었다. 현룡은 한 사람 한 사람의 얼굴을 힐끗힐끗 빙 둘러보며, 마치 사람을 깔보듯 히죽히죽 웃고만 있는 것이었다. 한순간 젊고 혈기 왕성한 평론가 이명식의 날카로운 시선과 마주친 것을 떠올렸다. 그는 그때 저도 모르게 움칫 했다. 어쩐지 이명식은 신경 한 가닥 한 가닥을 부들부들 떨고 있는 것 같았다. 갑자기 이명식은 너무나 흥분한 나머지 목구멍을 꿀꺽 꿀꺽 거리며,

"그건 자명한 일일세."라고 소리쳤다. "조선어가 아니면 문학을 할 수 없다는 말이

아닐세. 나는 언어의 예술성만을 위해서 이런 말을 하고 있는 것이 아니야.”

 “그렇지. 우리들이 말하는 것의 의미는 아일랜드 예술가가 단지 언어의 예술성 때문에 켈트어를 주장한 것과는 달라.” 하고 한 사람이 동의했다.

 모두가 조용히 경청하고 있었다. 이명식은 말을 계속했다.

 “몇 백년이라고 하는 긴 시간 동안 한학(漢學)의 중압 아래 문화의 빛을 보지 못했던 우리가 그런대로 조금씩 우리들의 귀중한 문자와 문화를 자각해 왔던 오늘이 아니겠는가. 이조(李朝) 오백년 동안 계속된 악정(惡政)의 그늘에 매장되어 있던 문화의 보옥을 발굴하여, 그것을 통해 과거의 전통을 계승하기 위하여 지난 삼십 년 동안 우리들이 얼마나 피나는 노력을 기울여 이 정도의 조선 문학이나마 수립했던 것이 아닌가. 이 문학의 빛, 문화의 싹을 무슨 이유로 우리들의 손으로 다시 매장시켜야 한단 말인가. 하지만 나는 이것 때문에 또다시 공연히 감상적으로 말하는 것이 아닐세. 실로 중대한 문제는 조선인 팔할(八割)이 문맹이요, 게다가 문자를 이해하는 사람 중의 구십 퍼센트가 조선 글자 밖에는 읽지 못한다는 사실일세!”

 “저도 그 점을 강조해야 한다고 보는데요.” 하고 어느 여류 작가가 눈시울을 적시며 중얼거렸다.

 그때 현룡이 갑자기 키득키득 웃음소리를 냈다.

 “닥쳐라!”

 “닥쳐!”

라고 하는 목소리가 폭풍같이 일었다.

 “그냥 내버려 두게.” 하고 이명식은 눈을 감고 마음을 가라앉히려고 노력하면서 신음하듯 떨리는 목소리로 주장을 이어갔다. “조선어로 저술 활동을 하는 것이 이 사람들에게 문화의 빛을 안겨 주기 위해서도, 아니면 그들을 즐겁게 해주기 위해서도, 절대적으로 필요하다는 것은 이론의 여지가 없는 것이 아닌가. 지금도 엄연히 한글(朝鮮文字)로 발행되는 삼대 신문이 문화를 전하는 역할을 훌륭하게 수행하고 있으며, 한글로 나오는 잡지나 간행물도 민중의 마음을 풍족하게 하고 있다네. 조선어는 분명히 규슈(九州) 방언이나 도호쿠(東北) 방언과는 종류가 다르다네. 물론 나 또한 내지어로 창작하는 것을 반대하는 것은 아니라네. 적어도 언어의 쇼비니스트가 아니란 말일세.

내지어로 쓸 수 있는 사람은 우리들의 상황이나 마음이나 예술을 널리 전해주기 위해 전력을 다해 일해주지 않으면 안 되네. 그리고 내지어로 쓰는 것을 좋아하지 않는 사람이나, 또는 실제 쓸 수 없는 사람의 예술을 위해서는 이해심 있는 내지의 문화인의 지지와 후원 하에 번역 기관이라도 만들어 지속적으로 소개하도록 노력하는 것이 좋을 것일세. 내지어가 아니면 붓을 꺽어야 한다고 말하는 일파(一派)의 언설 따위는 정말로 언어도단일세." 거기서 갑자기 이명식은 탁자를 치며 일어섰다.

"그래서 말인데! 현룡 자넨 이 문제를 어떻게 생각하나?"

그가 현룡을 노려보는 눈에서는 불이 튀는 것 같았다. 그는 순간 무서워서 움츠러들었다. 실제 현룡은 겉만 그럴듯하게 애국주의자[5]라는 미명하에 숨어서, 조선어로 글을 쓰기는커녕 언어 그 자체의 존재조차도 정치적인 무언의 반역이라고 중상을 하고 돌아다니는 사람가운데 하나였다. 꼭 그런 것이 아니라고 해도 이러한 순수한 문화적 저술 활동도 조선이라고 하는 특수한 사정 때문에 그 본래적인 예술 정신조차도 자칫 잘못하면 정치적인 색책을 띤 것으로 당국에 오해를 사기 쉬운 것이라고 말하자면 그렇다 할 수 있다. 특히 사변이후(事變以後)[6] 그러한 위구(危懼)는 한층 정도가 심해졌다 하겠다. 현룡은 그것을 틈타서 애국주의를 내세워서 사람들을 팔아 넘겨 가며 지나치게 횡포를 부려댔다. 그래서 얼마나 많은 무고한 사람들이 불안과 초조, 고뇌의 심연 속으로 떨어졌단 말인가. 실제 이 회합은 현룡 일파의 언설에 대한 비판회(批判會)였던 것이다. 현룡은 그때 몸을 뒤로 젖히며 마치 깔보기라도 하는 듯

"조선어라."

하고 한마디를 내뱉더니 푸우 하고 웃음을 터뜨렸다. 이렇게 해서 결국 이명식이 발끈하고 화가 치밀어 올라 접시를 집어 던졌다. 모두가 왁자지껄 소란을 떨었다. 하지만 그는 머리를 얻어맞아 위를 보고 쓰러진 후에도 심통이 난 듯 계속 더욱더 낄낄댔고, 이명식이 상해죄로 검거된 일은 이미 모두 알고 있는 사실이다. 조금 후에 그는 회장을 나와서 홀로 신마치 유곽 안으로 마음이 들떠 들어가서는 어딘가 싼 술집(酤酒屋)에서 위스키를 몇 잔 들이키자마자, 내친걸음으로 사창가 문을 두드렸다. 그는 그

---

5) 여기서 말하는 애국주의자라 함은 일본의 식민주의에 협력하고, 일본이 수행하는 모든 정책을 지지하는 것을 의미한다. 달리 말하면 이 애국주의는 친일을 의미한다.
6) '사변'은 중일전쟁을 말한다.

것을 떠올리고는 어째서인지 멋쩍기도 하고 또한 우습기도 해서 피식 웃고 말았다. 그러고나서 그것을 숨기기라도 하듯 황망히 몸을 일으켰다.

"몇시쯤 됐소."

"어머나 벌써 일어나시게요. 정말 성미도 급하셔요." 하고 문소옥은 그렇게 말하면서 손목시계를 힐끔거렸다. "아직 여섯시 전이에요. 이봐요 커피 빨리 가져와요!"

"자 그럼 내친김에 토스트도 먹어볼까나." 하고 현룡은 말하고는 끌려들어가듯 자리에 앉았다.

"……아까 그 이야기입니다만. 암튼 사장인 오무라 군이 몸소 찾아왔지 뭐요. 결국 나도 별 수 없이 써주었습니다. 그랬더니 그작자 정말로 기뻐하며 나를 잡아끌고 가더이다. 곤드레만드레 술을 퍼먹고 그 나이에 슈타트에 데리고 들어가더란 말이요. 그런데 그게 말이요 메론같은 뺨을 한 미숙한 여자여서 말이요……."

그리고는 이 메론같다는 말이 너무나 육감적으로 들렸는지 스스로도 매우 마음에 들었던 모양으로, 다시 한 번 반복해서 강조했다.

"메론처럼 말이지."

제 아무리 여류 시인이라고 해도 그가 넉살도 좋게 갔다 왔다고 하는 의미를 알아차린 듯 저도 모르게 얼굴이 달아올랐는데, 그래도 자기가 어색해 하는 모습을 보여서는 싸게 보일 것이 틀림없다고 생각을 고쳐먹고는, 마치 그러한 것은 오래전에 매우 잘 알고 있었다는 태도로 이렇게 응수한 것이다.

"좋으셨겠는데요……. 멋지세요. 하지만 현 선생님을 절에 집어넣겠다던 분이 잘도음 그런 곳에 데리고 가셨는걸요." "그러니까 말이요." 하고 소설가는 얼굴 근육이 굳어지더니 당황한 듯 외쳐댔다. "그러니까 관료들 마음은 알 수 없다는 말이 있는 것이 아니겠소. 일종의 변덕이지요. 요컨대 오무라 군은 나란 인간을 아직 잘 모른단 말이요. 즉 범상치 않은 예술가를 알지 못한다는 것이요."

"맞아요." 여류 시인은 수연(愁然)한 모습으로 끄덕여 보이고는 느닷없이 깔깔깔 웃어댔다.

"아니 이건 웃을 일이 아니란 말이요. 랭보나 보들레르가 일반 속인들에게 얼마나 비난을 당했는지를 조금이라도 떠올려 보란 말이요."

현룡은 더욱더 웅변조가 되어서는 손을 번쩍 치켜 올렸다. "조선의 예술가는 이 얼마나 불행한 존재들이란 말이오. 자연은 황폐하고 민중은 무지하고, 인텔리는 또한 예술의 고귀함을 모르지 않소. 나는 여기서 고골리가 페테르부르크의 화가[7]를 한탄했던 것을 떠올렸소. 모든 것이 둔중(鈍重)하고 환희도 없으며 또한 누구 하나 조선의 예술가를 아끼지 않아요. 버려진 쓰레기 속에서 바르작 대고 있을 따름이오. 나 또한 쓰레기 속에 쓸려나온 희생자 가운데 하나요. 정말 난 누구보다 오무라 군과는 흉금을 터서 무슨 일이 있더라도 상의를 했었단 말이오. 그런데 이제 와서 그는 나보고 절로 들어가서 좌선을 하라고 하지 않겠소. 그가 그렇게 말하는 속내는 알겠으나 그것은 예술가에게 자살을 의미하는 것이요. 중이 되라고 하는 게 말이 되냔 말이오. 하지만 흐음 나도 다 생각하는 바가 있어 승낙을 했소. 보들레르도 시어에서, 오~ 고요한 평안함(靜諡)이여 고요한 평안함이여 라고 읊으며 그것을 동경했소."

하지만 그렇게 말을 맺으며 입가에 웃음을 띠고 있던 그의 얼굴은 묘하게도 경련을 일으킨 것처럼 떨렸다.

"일종의 보호관찰이군요. 사상범은 아니지만……."

"그렇지요." 하고 그는 울상을 지으면서 떨리는 목소리를 짜냈다. "난 모레까지는 중이 되어서 절로 가지 않으면 안 됩니다." 그리고 그는 부르르 떨며 일어서더니 무릎을 내밀었다.

"그런데 말이요. 실로 놀라운 것은 동경의 작가이자 내 친구이기도 한 다나카 군이 경성에 와 있지 뭡니까. 꼭 만나고 싶다고 해대서 방금 전에 조선호텔에 다녀왔는데, 너무 늦게 간 통에 그 녀석 기다리다 지쳐서 오무라 군 주변 사람들과 함께 외출한 모양이더이다. 너무 딱해 보이고 미안하기도 해서 난 지금부터 찾아보러 가려던 참이요. 괜찮다면 소개해 드릴까 합니다만, 조선의 죠르주 상드[8]로서 또한 내 리베[9]로

---

7) 페테르 부르크는 상트페테르부르크(Saint Petersburg)를 말한다. 고골리의 작품 「네프스키 거리」를 보면 다음과 같은 구절이 나온다.

　　페테르부르크의 화가! 눈으로 뒤덮인 나라의 화가! 정말 색다른 존재가 아닌가. 모든 것이 축축하고, 단조롭고, 창백하고, 잿빛이고, 안개가 자욱한 곳에서 사는 화가. 이들은 이탈리아의 물과 하늘처럼 자신만만하고 열렬한 이탈리아 화가와는 전혀 다르다. ― 「네프스키 거리」 중)

8) George Sand, 1804~1876. 프랑스의 여류 작가이며 초기 페미니스트로 잘 알려져 있다. 또한 문화계 유명인사들을 망라한 남성편력으로 유명하다.

서……."

"……." 시인은 눈을 감고 방긋이 웃었다. 그녀는 결국 젊은 대학생 애인과 약속을 했던 것을 완전히 잊어버렸다. "네 고맙습니다. 소개해 주세요."

"그러시다면." 현룡은 지그시 그녀의 웃는 얼굴을 바라보다가 순간 그렇지 오늘밤은 오랜만에 이 여자를 데리고 돌아가야겠다고 저 혼자 남몰래 정하고는,

"이 말을 들으면 다나카 군의 여동생이 질투를 하겠군요. 헤헤헤."

"어머나 그러셨군요. 동경에 있는 애인이 그분 동생? 호호호 그거 재밌네요."

"그렇지요. 그렇지요." 하고 그는 내키는 대로 일이 되어 가자 유쾌한 마음에 외쳤다. "내가 동경을 떠나올 때 그녀가 따라오겠다고 해서 큰일이었소. 어쨌든 다나카 군도 지금은 많이 커서 이제는 중견작가입니다. 어떻습니까 그를 불러 우리들이 한번 모일 테니 그때도 꼭 와 주시죠."

"그럼요 물론 가고 말고요."

"그런데 사실은 말입니다. 다나카 군은 오무라 군과는 대학 동창으로 매우 사이가 좋지요."

그는 몸을 뒤로 젖히고 갑자기 진지한 표정을 지었다. "그래서 나는 다나카 군에게 오무라 군을 설득하게 해달라고 할 생각입니다. 즉 예술가를 이해시키는 겁니다. 그렇소 그것은 확실히 파리 아가씨 안나와 만났던 것 이상으로 중대한 일이오. 그렇게 하면 반드시 나를 절에 보내지 않고 일이 매듭질 것이라고 생각하오."

"그렇군요. 그게 좋겠어요. 그렇게 하시면 되겠네요." 여류 시인은 어깨를 흔들면서 숨도 가쁘게 마음속에서 우러나온 기쁨을 표현했다. "정말로 그렇게 되면 좋겠어요."

사실 소설가 현룡도 그렇게 나쁜 인간이 아니고, 본성이 약한 겁쟁이로 문학적 재능도 조금은 타고난 편이라 할 수 있다. 다만 오랜 기간 어찌할 수 없는 궁핍과 고독과 절망이 그의 머리를 착란시키고야 말았다. 게다가 현재의 조선이라고 하는 특수한 사회가 그를 점점 더 혼미한 구렁텅이로 밀어 넣었다. 일종의 성격파탄 때문에 아버지나 형에게도 의절 당해서 학업을 마치지 못하고 생활비도 마련하지 못했다. 동경에서 보낸 십오 년간의 생활은 그것이야말로 실로 가엾게도 들개와 다를 바 없었다. 특

---

9) Liebe. 독일어로 번역하면 '사랑'이다.

히 딱한 것은 자기가 아무리 조선인임을 어떻게든 감추려 해도, 그의 골상이나 용모
가 틀림없는 조선인임을 말해주고 있어서, 하숙을 얻으려 해도 제일 먼저 얼굴이 문
제였고 게다가 너덜너덜한 바지차림으로 찾아갔기 때문에 바로 거절당하고 말았다.
그래서 그는 갑자기 신의 계시라도 받은 것 마냥 고육지책으로서 자신이 조선 귀족
집안의 아들이고 게다가 문학적으로도 천재일 뿐만이 아니라 조선 문단에서는 일류
작가라는 소문을 사방에 퍼뜨리고 다니기로 했다. 그는 그것으로 조선인이라서 쓸데
없이 당해야 하는 멸시와 거북함을 다소나마 완화시켜, 조금이나마 생활면에서도 도
움이 되게 할 심산이었다. 그런데 기적적인 일은 그 방법이 완전히 주효해서 차례차
례 두세 명의 여자가 후원자로 나섰다. 그리하여 이러니저러니 하는 사이에 일이 년
이 흘러갔고, 그는 정말로 자신이 완전한 조선 귀족이며 또한 문학적인 천재라는 착
각을 하기에 이르렀다. 하지만 문학의 길만은 어찌해 보아도 생각대로 되지 않아 고
민을 하던 참에 어느 해인가 여자를 칼로 벤 죄로 송환을 당하였고, 결국 자포자기 하
는 심정으로 조선에 돌아왔던 것이다. 그로부터는 조선어로 기괴함을 뽐내기라도 하
는 듯한 혹은 음란함의 극치를 보여주는 문장을 써서 저속한 잡지 여기저기에 글을
팔러 돌아다녔다. 온갖 휴대품을 넣는 자루에는 언제나 원고를 넣고 메고 다니면서,
바나 까페에서 소란을 피우다 순사에게 잡혀 직업이 뭐냐는 심문을 당하면, 득의양양
하게 문사 현룡이외다 하고 함부로 지껄였다. 초대 받지도 않은 모임에 나타나서 입
을 벌리면, 프랑스어나 독일어 라틴어 가운데 희미하게 기억하고 있는 단어를 엉터리
로 지껄이고, 사람들 앞에서는 자신이 유도 초단 이상이라고 하면서 가슴을 펴 보였
다. 그리고 항시 동경 문단에서 자신이 얼마나 큰 활약을 했는지 장황하게 자랑을 늘
어놓았다. 그것이 마치 현재 조선에서 자신의 위상을 높여주기라도 하는 것 마냥 생
각하는 듯, 만사가 모두 이런 형국이므로 점차 세상 사람들은 그를 미친놈으로 취급
하여 상대도 하지 않게 되었는데, 그러면 그럴수록 그는 그것이 쏙 마음에 든 양 더할
나위 없이 기뻐하며 진정한 천재야말로 속인들에게는 받아들여질 수 없는 법이라고
큰소리를 쳤다. 하지만 그의 본성이 차차 탄로남에 따라 결국 비속한 저널리즘조차도
그의 문장을 받아주지 않게 되어, 문화인들은 서로 결속해서 그를 문화권 밖으로 추
방하려고 했다. 이렇게 꼼짝도 못하게 된 그때부터 그는 술을 마셔도 유도 이야기는

뺑긋도 하지 않았고, 언제부터인가 아무한테나 네놈이야말로 감옥에 처넣어야 한다고 엄포를 놓아 겁을 주며 부르짖게끔 되었다. 동시에 그는 어떠한 일이라도 저지를 수 있는 사내로서 모두가 그를 두려워하기 시작했다. 이러한 사내에게조차 만일 시국적인 말로 협박을 해오는 한에는 벌벌 떨지 않으면 안 되는 노릇이니, 조선 문화인들에게 이 얼마나 한탄스러운 일이란 말인가. 그러면 그럴수록 현룡의 마음은 점차 더 황막해져서 이 일대에서 한층 폭행과 공갈과 외설적인 행위를 일삼게 되었는데, 이번에는 순사에게 검문을 당해도 깔깔거리며 내 신상은 오무라 군에게 물으라며 호통을 치는 것이었다.

그가 이렇게 남 앞에서 언제나 군을 붙여서 불러대는 오무라라고 하는 자는, 사실 조선민중의 애국 사상을 심화하기 위해 발행되던 시국 잡지 U의 책임자이다. 내지에서 건너온 지 얼마 되지 않은 본래 관리 출신으로, 조선과 그 문화 사정에 어두웠던 그는 처음으로 접근해온 현룡이야 말로 그의 말 그대로 조선 문단을 실제로 짊어지고 있는 소설가이며 또한 그 성격 파탄에 가까운 구석이야말로 확실히 비범한 예술가이기 때문이라고 철썩 같이 믿어버렸다. 그리하여 절망 속에 빠져있던 현룡은 손쉽게 오무라에게 뽑혀서 중용되었던 것이다. 그런데 호사다마라고 하였던가 그로부터 얼마 지나지 않아 현룡은 지극히 기묘한 연유로 스파이 혐의를 받고 헌병대에 검거되었다.

마침 어느 화창했던 오후 그는 늘 가곤하던 혼마치 거리에서 젊고 요염한 프랑스 여성 안나로 칭하는 여자를 만났다. 그는 용기를 내어 보나미라던가 마드모아젤, 위메르씨 등의 서투른 말을 늘어놓으며 다가갔다. 파란 눈의 여자도 꽤 알아들은 듯 더듬거리는 일본어이지만 자신은 유람을 하러 왔는데 헤매고 있다고 말하며 살포시 웃어 보였다. 그는 점점 우쭐해져서 사방팔방 그녀를 데리고 다니며 길가는 행인들에게 들으라는 듯이 봉쥬르, 트레비앙, 보걀르송, 스스와르 등의 알고 있는 프랑스어를 전부 외쳐댔다. 그리고 일부러 헌책방에 잡아끌어 들어가서는 자신의 프로필이 나와 있는 삼류 잡지를 찾아내서 그라비아[10] 페이지를 열고 이게 누구인지 알고 있냐며 득의양양하게 자신의 사진을 손가락으로 가리켰다. 그녀는 우와 하며 놀라는 시늉을 한

---

10) 그라비아(일본어 : グラビア)는 요판 인쇄를 가리키는 프랑스어 그라비어(프랑스어 : gravure)에서 파생된 단어이다.

다. 그러자 그는 마음속으로 흐뭇해서는 갑자기 사람 눈을 피해 그 사진을 뜯어내서 억지로 그녀의 핸드백에 우겨 넣었다. 그 후 안나가 두만강 국경에서 스파이로 검거되어, 그의 사진이 그녀의 수중에서 나온 연유로 같은 혐의를 받고 유치(留置)되었다. 그 결과 큰일이 날 뻔한 것을 오무라가 관청의 힘을 빌려 백방으로 해명하고 뛰어다닌 결과 자유로운 몸이 되었기 때문에, 그는 오무라에게는 일생일대의 은혜를 느끼게 되었던 것이다. 그것이 아니라 해도 현재의 그는 조선의 일반인들에게도 들개와 같은 취급을 받아서 오무라에게조차 버림을 받는 날에는 길바닥에서 죽는 수밖에는 뾰족한 수가 없었다. 하지만 지금은 이미 조선에서도 애국열(愛國熱)이 점차 높아져서 소기의 목적이 거의 달성되어 가고 있는 판국에, 애국주의를 내세워 사회의 안녕을 해치고 가는 곳마다 악행을 일삼는 현룡을 그대로 쓰는 것은 오무라의 위신과도 관계되는 일이라고 아니할 수 없었다. 사실은 현룡에 관한 사직 당국과 관계된 비난 공격이 심해서 경찰에서도 슬슬 내사를 시작한 것이었다. 그래도 오무라는 차마 경찰에 넘길 수는 없다는 마음과 타고난 천성인 깊은 신심(信心)에서, 절에 가서 좌선 수행을 해서 근신하는 모습이라도 보이라고 명한 것이다. 사태가 여기까지 이르자 현룡은 그 명령을 거부할 수 없게 되었다. 마침내 요 이틀 사이에 출가하지 않으면 안 됐다. 그런고로 요사이 동경의 작가인 동시에 또한 오무라의 동창인 다나카가 경성에 들른 것에 모든 희망을 걸고, 자신이 자유롭게 활보할 수 있도록 여러모로 오무라를 설득해 줄 것을 부탁하려던 것이다. 그러므로 파리 아가씨 안나와 만났던 것 이상으로 중대한 일임은 두말할 나위가 없다.

"나 지금부터 오무라 군을 찾으러 종로 뒷골목 쪽에 가보려 하오. 자아 한번 나가보실까요."

하고 현룡은 갑자기 기운이 나서 토스트를 한 번에 두 조각이나 입안에 쑤셔 넣으면서 엉덩이를 들었다.

"저도 같이 갈래요. ……아 그건 됐어요."

여류 시인은 이렇게 말하며 그의 손에서 계산서를 뺏으려 일어서다가 어찌된 연유에서인지 갑자기 표정이 굳어지며 돌덩이처럼 굳어졌다. 곧 그녀는 조금 주뼛거리기 시작했다. 어럽쇼 하고 현룡이 돌아보니 입구 쪽에 사각모자를 눈까지 내려쓴 키가 껑충 큰 대학생이 새파랗게 질린 얼굴을 하고 우두커니 서 있었다. 그리고 힐끗 현룡을 노려보았다. 그때 갑자기 정신사나운 스페인 민요 레코드판이 멈춰서 사람들의 시선이 일제히 이 세사람 쪽으로 쏟아졌다. 문소옥은 갑자기 허둥지둥 대며 몸을 돌려서 입구 쪽으로 가서는 문을 열고 젊은 대학생을 끌고 가듯이 밖으로 나가버렸다. 현룡은 만신창이가 된 듯 망연히 한동안 서서 그것을 바라봤다. 뒤쪽에서는 모두가 킥킥대는 소리가 들렸다. 그런데 다시 삼사분도 지나지 않은 사이에 그녀는 황급히 그에게 달려와서는, "제 사촌 동생이에요."라고 몹시 기침을 해가며 작은 소리로 외쳤다. "연극 보러 가기로 약속했던 것을 완전히 잊어 버렸지 뭐예요."

흠칫 놀라 생각하고 있는데,

"내일 아침 찾아뵐게요."

하고 그녀는 그의 귓가에 그렇게 속삭이더니 다시 뛰어 나갔다.

"기다려요. 기다려!"

하고, 그는 뒤에서 다급하게 낭패한 듯이 외쳐가며 손을 흔들면서 밖으로 뛰쳐나갔다. 하지만 이미 밖은 어두운 저녁 무렵이라 두 사람의 그림자는 어디로 간 것인지 이미 묘연히 사라지고 없었다.

3

"젠장 재수없게시리. 빌어먹을! 어디 두고 보자."

등등의 욕설을 퍼붓고, 소설가 현룡은 어깨를 움츠린 채로 몇 번이고 중얼중얼 거리며 조선인 거리 중에서 가장 번화한 종로통을 향해서 패나 들뜬 걸음을 옮겼다. 저 창부 년까지 나를 업신여기다니 정말 웃기고 있군 하고 그는 혼잣말을 했다. 어째서인지 귀중한 수중의 보물을 빼앗기기라도 한 듯한 기분이 들어서 어찌할 바를 몰랐다. 그러자 여느 때처럼 그녀의 조화롭지 못하게 긴 몸통 아래 이어지는 이상하리만치 커다란 엉덩이가 눈앞에 어른거리고, 그것을 향한 뜨끈한 피가 끓어올라 콸콸 흘러넘치는 애가 타는 쾌감을 느꼈다. 그는 혼자서 숨이 막혀 와서 꿀꺽 소리를 내며 마른 침을 삼켰다. 그때 퍼뜩 어찌된 일인지, 그는 귓가에 그녀가 속삭이는 소리가 들려온 듯한 생각에 흠칫 놀라서 뒤돌아보았다. 그렇지만 물론 거기에는 문소옥의 그림자조차 있을 리가 없었고, 다만 길가는 사람 중의 한 사람이 수상쩍은 듯이 멈춰서서 그의 모습을 쳐다봤다. 젠장 재수없게 하고 그는 다시 욕설을 중얼거렸다.

조선인이 경영하는 커다란 흰 벽 건물로 된 은행 앞을 지나 어느 틈인지 종로 네거리 쪽으로 가까워졌다. 갑자기 주변이 소란스러워졌고, 인력차가 달리고 자동차는 흐름을 이루며 달려가고 전차는 답답하다는 듯이 경적을 울려댔다. 화신 백화점과 한청(韓靑)빌딩과 같은 고층 건축물을 기점으로 동대문 쪽을 향해 큰길을 끼고 근사한 건물들이 해협처럼 늘어서 있었다. 마침 네거리 모퉁이에 서있는 구세기 유산인 종각 앞에 이르자, 웅크리고 있던 늙어빠진 걸인들이 손을 내밀었고, 꾀죄죄한 걸인들의 자식들은 어디서부터라고 할 것도 없이 메뚜기처럼 떼 지어 몰려왔다. 올해는 확연히 걸인이 늘었다. 그는 거세게 손을 휘저으며 아이들을 쫓아버렸다. 한청 빌딩 앞 근처 보도에는 이미 야점(夜店)이 나와 있고 인파로 붐비는 데다가 장사꾼들의 호객 소리가 왁자지껄 하게 울려 퍼지고 있다. 마침 그 야점 옆 입구 부근에는 구경하기 좋아하는 치들에게 둘려쌓인 채로 흰 두건을 두른 시골뜨기 사내가 술이 곤드레만드레 취한 듯 손을 저으며 무언가 목에 걸린 듯한 목소리로 연방 아우성쳐댔다. 대체 어찌된 일인가 하고 목을 내밀고 들여다보자니 그 사내 옆에는 지게가 세워져 있고, 거기에는 커다란 복숭아꽃이 잔뜩 달린 가지들이 실려 있었다. 그래서 지게가 꽃다발에 파묻힌 듯한 모습이고, 고개를 떨군 꽃들은 너무나도 애처로워 보였다.

"제가 여편네를 얻은 해에 둘이서 이 복숭아 나무를 심었습네다만. 그 여편네가 죽어버렸습네다. 그 여편네가." 하고 시골뜨기 사내가 부르짖었다. "흰쌀로 만든 미음이 먹고 싶다 해서 지주님 있는 곳에 꾸러 간 사이에 죽어버렸습네다. 이보시라요. 제가 그 복숭아 가지를 우지끈 잘라 메고 왔단 말입네다. 사주시라요. 한 가지에 이십 전. 많이도 필요 없시요. 이십 전만 주시라요."

산처럼 모여든 사람들은 흥미로운 얼굴을 서로 마주보며 키득키득 웃어댔다. 현룡은 가슴에 손을 넣은 채로 인산인해를 헤치고 안쪽에 불쑥 모습을 드러냈다. 그리고 잠시 동안 눈꼬리를 내리고, 너무나 감개무량하다는 듯한 모습으로 찬찬히 복숭아 가지를 바라봤다. 왠지 모르게 가슴속에 찌릿찌릿 전달되어 오는 슬픔을 느꼈다. 그는 마치 무언가에 홀리기라도 한듯이 성큼성큼 지게 쪽으로 다가가서 가지 하나를 집어 들고 물끄러미 집중해서 올려다보았다. 한창 만개해 흐드러지게 피어있는 담홍색 꽃이 스무 송이나 덩굴 모양으로 가지를 뒤덮고 있었다.

"자 나으리 하나 사 주시라요. 이 녀석들 싸게 팔아치우고 퍼마시고 확 죽어 버릴렵네다. 어라 모두 와 웃고 그랍니까. 사 주시라요. 웃지들 말라 안하오. 사 주시라요. ……혜 이런 고마울디가. 고맙습네다."

한 손으로 잔돈을 찾던 현룡이 백동화(白銅貨)를 두세 개 집어 들고 탁 던졌던 것이다.

시골뜨기 사내는 몹시 기뻐하며 머리를 땅바닥에 대고 넙죽 절을 했다. 그것을 본 체만체 현룡은 입을 다문채로 복숭아 가지를 어깨에 걸치고 사람들을 헤치고 나가면서 다시 북새통 속으로 들어갔다. 그때 그는 자신의 모습에서 느닷없이 이렇다 할 연관도 없이 십자가를 짊어진 예수 그리스도를 떠올리고, 자신에게도 그러한 순교자적인 비통한 운명을 느끼려고 했다. 자신이야말로 어떤 의미에서는 조선인의 고민과 비애를 한 몸에 짊어지고 서 있는 것과 같은 기분이 드는 것이었다. 참으로 조선이라고 하는 현실에서야 말로 그와 같은 인간도 태어나고, 또한 사회를 제 멋대로 휘젓고 다니는 것이 가능했다고 할 수 있다. '혼돈했던 조선이 나와 같은 인물을 필요로 하여 만들어 냈고, 그리고 지금에 이르러서는 그 역할이 끝나자 십자가를 메게 하고 있는 것이다'라는 자각에 다다르자 더욱더 슬픔이 북받쳐 올라와서 왈칵 통곡이라도 하고 싶을 정도였다. 하지만 그러한 것도 한순간, 보도를 가득채운 사람들이 놀란 듯이 모두 자신의 이상한 모습을 보고 있는 것을 눈치 채자, 오히려 이번에는 태연스러움을 되찾아서 조금 득의양양해 졌다. '풋내기 시인, 창녀 같은년. 네년이 따라왔다면 정말로 내 기상천외한 모습을 알 수 있었을 텐데. 병신같은 계집년 같으니라고.' 그는 마음속으로 문소옥에게 밉살스럽게 욕지거리를 퍼부었다. 야점 앞은 사람들로 붐벼서 매우 혼잡한 상황이었다. 아까부터 거지 아이들 대여섯이 재미있다는 모습으로 뒤를 따라왔다. 그 가운데 갑자기 앞쪽에서 싸움이라도 벌어진듯 소란스러워졌기 때문에, 그는 그것을 피할 요량으로 조금 되돌아와 예수서관(書館) 옆에서 꺾어져 어두컴컴한 골목길로 들어갔다. 거지 아이들은 이때다 싶은지 다시 한 번 그의 옆에 달라붙어서

는 손을 내밀고,

"나으리 한 푼 베풀어 줍쇼."

"베풀어 줍쇼"

하며 애처로운 목소리를 짜냈다. 그는 금세 울적해져서는 은화를 한 개씩 대여섯 개 주었다. 아이들은 기성(奇聲)을 내지르며 어둠 속에서 머리를 서로 부딪치면서 발버둥쳐댔다. 현룡은 그것을 뒤돌아보고는 히히히 하고 웃었지만, 갑자기 감정이 북받쳐 올라와서 당황하여 팔을 올려 얼굴을 훔쳤다.

뒷골목으로 나가면 거기가 이른바 종로 뒷골목으로 카페, 바, 선술집, 오뎅집, 마작, 아가씨 주선집, 음식점, 여관 등이 눈을 반짝반짝하며 빛나고 있든가, 입을 열기도 하고, 뒷걸음을 치기도 하고, 땅바닥에 착 달라붙듯이 웅크리고 있기도 했다. 레코드가 끽끽대는 소리를 내며 시끄럽게 주변 한곳에서 윙윙대고, 양복이나 흰옷 차림의 사람들이 배회하고 있었다. 경기가 좋은 상인이나, 총독부 부근의 조선인 고용원, 무직이면서 돈은 좀 있는 청년, 모던보이, 그리고 까페 음악가, 바의 맑시스트 등이 밤에는 자주 이 일대에서 기염을 토하고는 했다. 그 가운데는 거금을 뿌리기 위해 온 금광 부자도 있다. 드디어 목적지에 도착했다고 현룡은 생각했다. 가령 다나카가 오무라의 안내를 받지 않았다 하더라도 누군가의 안내를 받아 꼭 이 부근으로 조선색(朝鮮色)을 만끽하기 위해 와 있음이 틀림없었다. '되도록 오무라 군과 함께 있지 않기를……'이라고 그는 염원하면서 술집 한 곳 한 곳에 목을 들이밀고 찾아볼 심산이었다. 그 뒤를 역시 아이들이 히죽히죽 웃으면서 따라온다. 그는 설령 자신을 존경하는 자가 제 아무리 잡아끌어도 결단코 한눈을 팔지 않으리라 굳게 결심했다. 그런고로 카페 종로회관의 문을 열자마자 누군가가 이보게 현 선생 하고 소리 쳤을 때도, 그는 헤헤헤 웃기만 하고 걸음을 돌렸고, 바 신라 안 창문을 열어 들여다 봤을 때, "미친놈 거지 같은 놈!"이라는 욕설을 모두한테 들었을 때도 그는 단지 자신이 유도 초단이라는 것만을 떠올릴 뿐으로 실실거리며 자리를 떠날 뿐이었다. 한 곳은 무심코 뛰어 들어갔는데, 한복에 양복을 가직각색으로 차려입은 여자들이 꽃을 달라고 덤벼들었다. 그럼에도 그는 여자들 엉덩이 한 번 토닥여보지 못하고 꽃을 두세 개 던져 주면서 가까스로 도망쳤는데, 이처럼 이 일대를 서쪽에서부터 동쪽에 이르기까지 거의 이 잡듯 뒤지고 다녔음에도 아무래도 다나카 일행은 눈에 띄지 않았다. 그는 마침내 초조한 기분에 사로잡혀, 막연한 얄미움과 분노를 어찌할 바 몰라했다.

현룡은 다시 이렇다 할 목표도 없이 안짱다리를 무거운 듯이 끌면서 찾아 다녔다. 이번에는 곳곳에 머리를 들이밀고 여자들에게 물어보기조차 했다. 하지만 대강해도 두 시간 정도 찾아 다녔지만 전혀 발견할 기색도 보이지 않은데다 피곤함이 심하게 몰려와서 공복을 느낄 뿐이었다. 결국 우미관(優美館)11) 주변의 꽤나 적막한 곳까지 왔을 때는 한걸음도 걸을 수 없을 정도로 녹초가 되어, 우선 그 주변의 한 허름한 선술집에 기어들었다. 먼지가 많아 보이는 밝은 곳에는 초라한 행색의 사람들이 두세 명씩 짝을 지어 왁자지껄 소란을 떨면서 잔을 주고받고 있었다. 현룡은 복숭아 가지를 어깨에 올려놓은 채로 모두가 놀라워하는 시선을 한 몸에 받으면서 중앙 정면 쪽으로 느릿느릿 걸어갔다. 앞쪽에는 기다란 판자로 된 카운터가 붙박혀 있었는데, 그 맞은편에 깔끔하게 생긴 여자가 오도카니 앉아 있었다. 그는 카운터에 내준 커다란 잔을 받아 들고 누리끼리한 색이 나는 약주를 여자가 따라주자마자 한 잔을 벌컥 들이켰다. 그것은 묘하게 시큼한 맛이 났다. 그는 고개를 들고 주변을 한 번 흘끗 둘러 봤는데 누구 하나 아는 사람이 없었다. 다른 사람들은 그와 시선이 마주치기라도 하면 깜짝 놀란 듯 입을 꾹 다물고 모른 체를 했다. 그 때문에 현룡은 더욱 기분이 언짢아져서 좀 더 옆으로 가 옆쪽에 놓여 있던 망을 쳐놓고 통 속에서 요리 중이던 돼지 족발을 꺼내들고 우적우적 게걸스럽게 씹어 먹기 시작했다. 그곳은 조선 특유의 싸구려 술집으로 밥공기만한 크기의 잔에 술안주까지 곁들여서 단돈 오 전으로 마실 수 있었다. 그는 그토록 좋아하는 노골적인 음란한 농담조차 한 마디 할 겨를도 없이 선 채로 몇 잔이고 들이켰다. 밖에서 포렴(布簾) 속에 쑥쑥 고개를 밀어 넣고 그가 나오는 기색을 살피던 거지 아이들도 결국 포기하고 어느새 어딘가로 사라지고 없었다.

그는 이렇게 마시기 시작하면 이명이 들리고 다리가 움직일 수 없을 때까지 곤드레

---

11) 한국 최초의 상설 영화관으로 1910년에 설립되었다. 2층 건물에 1,000석 규모의 영화관이었다. 1910년 일본인에 의해 종각 부근(서울 종로구 관철동)에 '고등연예관'이라는 이름으로 세워져 15년 '우미관'으로 개칭되었다. 개관 당시 극장은 2층 벽돌 건물에 1,000명 가량이 관람할 수 있는 긴 나무의자가 마련되어 있었으나, 항상 2,000명이 넘는 관람객으로 들어 차 '우미관 구경 안하고 서울 다녀왔다는 말은 거짓말'이라는 말이 생길 정도로 전국에 알려졌다.

만드레 취하지 않고는 직성이 풀리지 않는 성격이다. 하지만 그가 만취하려면 이 약주로는 적어도 육십 잔은 마시지 않으면 안됐다. 이렇게 한 잔 또 한 잔 술잔을 기울여 가는 사이에 취기가 돌아 몸이 나른해지면서 취기가 전신에 돌아서 점차 가슴을 짓누르는 듯한 슬픔이 그를 엄습해 왔다. 오늘밤 중에 어떻게 해서든지 다나카를 붙들지 않으면 안 된다. 그렇지 지금부터 완전히 만취해서 밖으로 나가 조선호텔로 들이닥쳐 보는 거다. 그리고 다나카에게 도움을 청하면 만사가 좋게 풀릴 것임에 틀림없다. 이렇게 생각하자 왠지 자신이 절에 맡겨진다는 것이 갑자기 비참한 희극으로까지 느껴져서 견딜 수 없었다. 자신도 저 바가지 같은 빡빡 머리 중이 되어 승복을 몸에 걸치고, 콧물을 자주 훌쩍거리는 바닷거북처럼 대머리를 한 중 앞에서 매일 밤마다 염주를 목에 두르고 얌전하게 도를 닦지 않으면 안 된다니. 그는 이 비통함을 날려버리듯이 묘하게 목에 걸린 듯한 새된 소리를 내며 저 혼자 웃어봤다. 하지만 그는 자신의 웃음소리에 깜짝 놀라 당황해서 어깨에 걸치고 있던 복숭아 가지를 가슴에 안고 가만히 숨을 가라앉혔다. 잠시 그러고 있자니 마음은 고요하고 몸이 녹아버릴 것 같아서, 문득 어렴풋하게 한 줄기 빛을 띤 여러 여자들의 환영이 종잡을 수 없이 어찔어찔하게 움직이는 것이 보였다. ×××××[12] 메론 뺨을 한 여자. 그 뒤에서 여류 시인이 씩 웃고 있다. 입을 살짝 오므리고 내일 아침에 갈게요라고 속삭이고 있는 것처럼 들려온다. 그렇다 오늘밤은 무슨 일이 있어도 저 구질구질한 하숙 쪽방에 돌아가서 그녀를 기다려야 하는데……. 그러자 그녀의 물로 씻어낸것 같은 ××××××××[13]가 공중에 떠올라서, 그것이 점점 팔을 벌리고는 뜨겁고 숨막히는 듯 숨을 내뿜으며 자신의 몸을 덮쳐 오는듯한 착각이 들었다. 그런데 다나카는 도대체 어디에 있단 말인가. 그는 이처럼 현실과 몽상 사이를 우왕좌왕 하는 사이 이번에는 또 난데없이 다나카의 여동생인 아키코(明子)를 생각해 냈다. 다나카도 그 무렵에는 일개 문학청년으로 고생을 하고 있었는데, 함께 사는 여동생은 여대에 다니던 아름다운 처녀였다. 당시 그는 열과 성을 다해 정열을 기울여 그녀를 사랑한다고 생각했지만, 다나카와 그녀는 자신에게 좋은 감정을 갖지 않은 것은 물론이고 경멸하기까지 했던 것이다. 그는 곧잘 일

---

12) 원문에는 복자가 아니라 글이 지워진 채로 공백 그대로 있다. 5자 정도가 지워져 있다.
13) 원문에는 8자 정도가 공백이다.

리나 떨어진 아키코가 사는 곳까지 걸어가서는 여러 가지 대담하기 짝이 없는 짓을 벌였는데, 그녀는 그의 철면피에다가 이상스러운 정열을 업신여길 뿐이었다. 조선의 귀족으로 천재라고 하는 것도 그녀에게는 조금도 효과가 없었다. 이런 식으로 매일 그녀의 쌀쌀맞은 반응을 보고 돌아오는 밤길이면 예전부터 알고 지내던 여급(女給)의 거처에 가서 자곤 했다. 그가 이 여급을 칼로 베어서 상처를 입힌 것은 드디어 결심을 하고 다나카가 없는 틈을 타서 아키코를 덮친 것이 실패한 그 밤, 귀로에서였다. 그 때문에 내지에서 추방되어 조선에 송환당한 후 간신히 교섭을 해서 오락 잡지 등에 기고를 하게 되었는데, 그는 공상을 부풀려 이 젊은 사랑의 경험을 신비화해서 아키코라고 하는 미모에 순정을 갖고 있는 처녀에게 열렬한 사랑을 쏟았다는 등의 이야기를 발칸의 지사 인살로프와 러시아의 처녀 엘레나 간에 있었던 연애이야기를 모방해서 여기저기에 연이어 써댔던 것이다. 그래서 사람들도 이것만은 거짓말이 아닐 것이라고 믿었고, 본인 또한 몇 번이고 쓰는 가운데 그것이 실제 있었던 것 마냥 착각까지 해서 지금은 아름다운 추억이 되기에 이르렀다. 아~ 아키코는 지금 무얼 하고 있을까. 빨리 다나카와 만나서 물어보고 싶다. 모든 것이 지금에 와서는 자신을 슬프게 하는 것들 뿐이지 않은가.

갑자기 머리가 어질어질 하고, 무언가 거듭해서 엉뚱한 짓이라도 저지를 것 같은 기분이 들었다. 느닷없이 또한 아까 만났던 시골뜨기의 절망적인 아우성쳐대는 소리가 들려오는 것만 같았다. 자신이야말로 그 시골뜨기마냥 구원 없는 절망의 구렁텅이에 빠져서 발버둥치고 있는 인간임에 틀림없다. 음란한 말도 이미 쓸 대로 다 썼고, 허풍을 부려도 누구하나 믿어주지 않는다. 쥐꼬리만큼 알고 있는 독일어 단어도 이미 몇 번이고 반복해서 써먹었으며, 열세 단어 정도를 대충 외운 라틴어도 열세 번도 넘게 말했으며, 프랑스어는 말할 것도 없다. 문장 마지막에 반드시 FIN이라는 글자를 넣었는데 이제는 청탁이 뚝 끊겼기 때문에 그것도 끝이 났다. 유도가 초단 이상이라고 겁을 주는 것도 아무래도 효력이 사라졌으며, 요즘 세상에는 이단 삼단은 말할 나위도 없이 무시무시한 권투 선수까지 우글우글하다. 집도 없고, 처도 없고, 아이도 없고, 돈도 없다. 마지막으로 그가 기댈 곳은 애국주의라고 하는 미명하에 숨어서 모든 것을 향해 복수를 꾀하는 것뿐만이 아니라, 위세 있는 오무라의 비호를 받는 것이었다. 하지만 조선 문인들 사이에서도 팽배해 있던 시국 인식 운동이 고양되고, 선명한 물보라를 날리며 그들이 자신을 추월해 버렸다. 그것을 떠올리자 이를 갈만큼 다른 무리들이 증오스러워서 견딜 수 없었다. 지금에 와서는 네놈을 감옥에 쳐넣어 줄테다 하는 공갈도 먹히지 않았다. 그에게 남겨진 것은 여기저기 공갈을 치고 다니며 한 푼 없이도 술을 마실 수 있는 입밖에는 없었다. 그것이 괘씸하다며 오무라는 절로 들어 가라고 명령을 했던 것이 아니겠는가. 이제 오무라에게까지 버림을 받는 다면 아무데 도 갈 데가 없는 인간인 것이다. 현룡은 부려 먹을 만큼 부려먹고 이제 와서 새삼스럽 게 자신보고 절로 가라는 명령을 내린 오무라가 얄미워서 견딜 수 없었다. 하지만 기 력이 몹시 소진해서 복숭아 가지를 바닥에 떨어뜨리고, 그는 눈물까지 글썽거리며 더 욱 침울해져서는 술잔을 기울이기 시작했다.

4

한 열시쯤 됐을까, 현룡은 거의 고주망태가 되도록 취해 뻗어 버렸다. 손님은 쉴새 없이 오가며 바뀌고 소란스러웠는데 얼핏 뒤쪽에서 또 새로운 손님이 들어오는 기척 이 나더니 시원시원하고 분명한 내지어가 들려왔다.

"지극히도 느릿느릿한 조선인 술집치고는 퍽 재미있고 떠들썩한 곳이지요."

어럽쇼 어디선가 들어본 듯한 목소리가 아닌가 라고 생각하며 현룡은 잠자코 귀를 쫑긋 세웠다.

"뭐 내지로 말할 것 같으면 커다란 야키토리야[14]라고도 말할 수 있습니다만. 그 형 편없는 요보(鮮人)[15] 놈들로부터 해방된 후련한 기분으로 조선술이라도 마셔 보시지 않으시렵니까? 정말 보통 힘든 게 아닙니다."

새로 들어온 사내 둘은 현룡 옆에 나란히 앉았다. 이렇게 말하는 사내는 지금까지 그들의 뒤를 졸졸 따라다니고 맴돌면서 다나카에게 센세(先生) 센세 하며 굽실굽실 대

---

14) 야키토리야(燒鳥屋)는 꼬치구이집이다.
15) '요보'는 '여보'의 일본어 발음으로 조선인을 차별적으로 부르는 명칭 중 하나였다.

던 사대적인 퇴물 조선인 문학자들을 말하고 있음에 틀림없었다. 현룡은 경계하듯이 고개를 움츠렸다.

"그래도 흐음 재미있지 않은지요. 저런 인간들과 만나서 이야기를 해본다는 것도……실제적인 대륙 기분이 나서 말이지요."

확실히 이 거드름을 피우는 탁한 목소리는 다나카임에 틀림없다고 현룡은 부르르 귓불을 꿈틀거렸다.

"어허 그걸 진심으로 하는 말입니까?"

하고, 안내를 맡은 사내는 꽤나 못 마땅한 듯 소리쳤다. "당신은 묘한 것에 감탄을 하시는구만."

"아니 그 정도라고 할 것도 없습니다만……허나 실제로 그 사람들은 자기네들이 말하는 것처럼 정말로 문단이나 극단 등에서 상당한 활약을 하고 있는지요?"

"그렇죠. 저 치들이 일류입니다." 하고, 안내하는 방금 전의 사내가 안달이 나서는 사실을 왜곡해서 말하는 것이었다. "이제 와서 요보들의 작품이 내지어로 번역된 것을 읽어 보고 저는 우선 안심합니다. 완전히 안심했습니다. 그 정도라면 저와 같은 생무지라도 쓸 수 있지요. 조선의 지방적인 문화도 역시 이곳에 와 있는 우리들의 손으로 쌓아 올려야 할 필요가 있지요. 그건 그렇고 한 잔 하시지요."

다나카는 이렇게 말하며 잔을 들어 올렸다.

겨우 그때가 돼서야 현룡은 옆에서 겁이 나는 듯이 목을 내밀고 당황한 듯이 몽롱한 눈을 비비고 그쪽을 바라보고는 입을 빠끔히 벌렸다. 정말로 그것은 틀림없는 동경의 다나카였는데 어느 관립 전문학교 교수인 쓰노이(角井)의 안내를 받고 있었던 것이다. 잔을 입가로 가져가던 두 사람도 현룡을 알아보고는 깜짝 놀랐다.

"이야 다나카, 다나카!" 하고 현룡은 소리치면서 큰 손을 벌려서 바로 옆 홀쭉한 몸에 매달려 버렸다. 다른 손님과 여자는 모두 소스라쳐서 눈을 치켜뜨고 이 괴상한 광경에 혼이 나갔다. 내지인을 그런 식으로 대해서 과연 괜찮을지 언짢은 기분마저 들었던 것이다. 다나카는 한 눈에 그것이 방금 전에 오무라나 쓰노이와 셋이서 화제로 삼았던 현룡인 것을 알았지만, 너무도 예상치 못한 곳에서 해후한데다가 갑작스럽고 엉뚱한 포옹에 당황하고 말았다. 무엇보다 숨이 막힐 것 같아 괴로웠다. 현룡은 그를 안은 채로 미친 것처럼 빙글빙글 돌고 있었다.

"괜씸해, 괜씸해. 나는 자넬 원망했다네. 정말로 원망했다고. 알려주지도 않고 오는 법이 세상에 어디에 있는가 말이야."

"미안하네. 미안해."

하고, 다나카는 도움을 청하기라도 하는 듯한 희미한 목소리로 중얼거렸다.

"자자 그럼 한잔 마시세. 잔을 들게나!" 현룡은 재빨리 옆으로 물러서서 잔을 들어 올렸다.

"이봐 다나카 군. 난 자네가 조선에 들러 준 것에 감사한다네. 정말로 기쁘다네!" 다나카가 오무라와 함께 있지 않은 것이 무엇보다 기쁜 것임에 틀림없었다. 그는 다시 거의 매달리는 듯한 모습으로, "역시 자네가 와 주었군. 이 새로운 조선을 잘 관찰해 주시게. 부탁하네! 자 한잔 쭈욱 들이키게!"

그리고 흥에 겨워 야단법석을 떤 나머지,

"자 쓰노이상. 당신도 많이 드시지요" 하고 그의 등을 아플 정도로 두드렸다. 쓰노이는 현룡을 U지의 회의에서 두세 번 만났던 것뿐으로, 그렇지 이런 사내와 친한 것처럼 보이면 자신의 체통과 관련되는 문제라고 생각하는 것이었다. 원래 그는 대학 법과를 졸업하는 것과 함께 조선 구석에 와서 바로 교수가 되었는데 요즘에는 예술 분야 모임에까지 활개를 치고 나가는 등 내지인 현룡이라고 할 법한 존재였다. 돈벌이를 하려는 근성(根性)으로 조선에 건너온 일부 학자들의 통폐(通弊, 일반에 두루 있는 폐단—역자주)와 마찬가지로 그도 또한 입으로는 내선동인(內鮮同仁)을 주장하면서도 자신은 선택 받은 자로서 민족적으로 생활적으로도 남보다 갑절 낫다는 우월감을 갖고 있다. 하지만 다만 한 가지 예술분야 회합 등에 나가서는 자신이 조선 문인들처럼 예술적인 일을 아무것도 할 수 없다는 것에 열등감을 느끼고 그 반동으로 그들을 몹시 못마땅하게 생각하고 있었다. 그래서 특히 조선 문인들을 업신여기려고 작정을 하고, 내지에서 누군가 예술가라도 오기만 하면 현룡에게 뒤지지 않을 열정으로 수업마저 쉬고 외출해서, 정규 봉급 외의 돈을 아까워하지도 않고 여기저기 끌고 다니며 술을 먹여 가면서 사사건건 트집을 잡아서 조선인 험담을 학문적인 말로 늘어놓으며, 읽지도 않았으면서도 입버릇처럼 흠 저것을 보고 안심했다 하며 투덜댔다. 오늘밤은 특히 이렇게 누구보다 멸시해도 될법한 문인인 현룡과 만났기 때문에 바야흐로 그의 자존심은 더욱 치솟았던 것이다. 그래서 거보란 듯 과장되게 거들먹거리거나 체엣 하고 으르렁거리며 등을 돌려버렸다. 하지만 현룡도 보통내기가 아닌지라 그것은 거들떠보지도 않고 여전히 다나카를 붙잡고 놔주지 않은 채로 소리를 높이고 있었다.

"이보시게 다나카, 난 말일세. 자넬 찾아다니다가 완전히 녹초가 돼서 단단히 원망하면서 마셔대고 있던 참이란 말일세. 만나서 다행이네. 정말 육 년만이 아닌가. 그렇지 동생인 아키코 상은 건강한가? 난 지금도 아키코 상을 잊을 수가 없단 말일세."

다나카는 마음이 약하여 그가 되는 대로 떠벌여대는 말에 대충 응응 하고 고개를 끄덕거리며, 입을 오므리고 약주를 조금 맛보는 척을 했다.

쓰노이도 혼자서 마침 두 잔째 술을 입가에 가져가는 참이었는데, 아키코 이야기가 나오는 통에 웃음을 터뜨리고 말았다. 그리고 그것만으로는 부족하다고 생각했던 것인지 하하하 하고 소리를 내어 홍소(哄笑, 입을 크게 벌리고 떠들썩하게 웃는 것 - 역자 주)했다. 조금 전 현룡 이야기를 하는 중에 그는 이 사내가 다나카의 여동생에게 가당치도 않은 행동을 해서 곤란했었다는 이야기를 들었었기 때문이다. 현룡은 언제나 다나카가 없는 틈을 노리고 그녀를 찾아가서는, 다나카의 도테라[16]로 갈아입고서 완전히 주인인 양 책상을 차지해 으스대고 있다가, 본래 주인인 그가 돌아오면 마치 손님이라도 맞이하는 듯한 태도로 이것 참 오랜만이네 하고 대했다는 이야기였다. 이것도 어느 날 저녁 때 일로, 다나카는 느닷없이 거리에서 현룡을 만났는데, 큰일이 있으니 달라해서 갖고 있는 돈을 깡그리 빼앗겼다고 하는 것이다. 그리고 후에 집에 돌아가 보니 현룡이 사과와 슈크림을 잔뜩 사와서 여동생에게 억지로 먹여 가며 낄낄 대며 기뻐하고 있었다고 한다. 쓰노이는 그것을 떠올렸던 것이다. ― 그렇지만 현룡은 지금 다나카를 만난 것을 생각하는 것만으로도 모든 슬픔과 괴로움이 사라지고, 가만히 있어도 기뻐서 점점 말이 많아졌다. 특히나 옆에 쓰노이도 있는데다, 지금까지 글을 쓸 때마다 마구 으스댔던 체면도 있는지라 작정을 하고 과감하게 나갔다.

"돌아가거든 시마자키(島崎)[17] 선생님께도 모쪼록 잘 전해주시게나. 그 작자는 조선

---

16) 도테라(どてら)는 일본 동부지역의 방언으로 솜을 두텁게 넣은 의복을 말한다.

17) 시마자키 도손(島崎藤村, 1872~1943)은 낭만파 시인으로 출발하여, 소설가로 「파계(破戒)」를 써서 유명해졌다. 김사량이 일본 문단에 등장했던 1939년 무렵은 문단의 대가였다.

에 돌아가서도 제법 잘하고 있다고 말일세."

혹은,

"도쿠다(德田)[18]선생님은 건강하신가?"

그리고는,

"R군은 뭘 하고 있나?"

"D군의 부인은?"

하지만 다나카는 애꿎게도 시마자키 도손(島崎藤村)이나 도쿠다 슈세(德田秋聲) 둘 다 친하게 지내는 소설가가 아니었기 때문에 횡설수설하며 맞장구를 쳐줬다. 그는 요즘 슬럼프에 빠져 글을 쓸 수 없었기 때문에 유행을 타고 있는 만주(滿洲)에라도 가서 좀 여기저기 배회라도 하고 오면 다른 레테르가 붙어서 새로운 분야의 일을 할 수 있을지도 모른다고 생각해서 길을 떠났던 것이다. 그래도 떠날 때 한 잡지에서 '조선의 지식계급'이라는 문장을 써달라는 청탁을 받았기 때문에, 그는 방금 전까지 자신에게 센세(先生) 센세 하며 스스럼없이 따라와서는 주위를 맴돌던 저급한 문학 청년들을 흥미 깊게 관찰해서, 그들을 떠나보내고 나서는 오무라와 쓰노이에게 이런 저런 참고가 될 만한 의견을 들었던 참이었다. 특히 쓰노이의 인간학적인 설명에 따르면 조선 청년은 모조리 겁쟁이며 비뚤어진 근성이 있으며, 게다가 뻔뻔하고 당파심이 강한 족속이라는 것이다. 딱 들어맞는 좋은 표본이 다나카도 동경에서 알고 있는 현룡이라고 했다. 그런 까닭에 동경의 어느 저명한 작가인 오가타(尾形)가 경성에 들렀을 때, 오무라의 주선으로 조선 문인 몇 사람과 자리를 마련했을 때, 그 자리에서 그가 삼십분도 지나지 않은 사이에 현룡에게서 조선인 전부를 파악했다고 하자 오무라는 역시 날카로운 예술가의 형안(炯眼)을 보여준 것이라며 찬탄하고는 덧붙였다. 오가타가 여기에 조선이 있다고 외치면서 현룡을 가리켰을 때, 실로 조선 문인들은 완전히 아연실색하지 않을 수 없었다. 하지만 장본인인 현룡은 매우 득의양양하게 히죽히죽 웃으면서 마음속으로 기뻐했다. 다나카는 불과 한 이틀 머무르고 게다가 술에만 쫓겨 다녀서 관찰을 할 수 있는 상황이 아니었지만 오가타에게 지지 않을 정도의 신랄하고 독특한

---

18) 도쿠다 슈세(德田秋聲, 1872~1943)는 소설가로 메이지(明治) 시대부터 활동했다. 오자키 고요(尾崎紅葉) 문하에서 습작 활동을 하고 등장한 것으로 잘 알려져 있으며 서민과 여성의 삶을 그린 작품이 많다.

관찰을 해서 써 보내지 않으면 안되겠다고 막 결심하던 차였기 때문에, 오히려 전부터 알고 있는 대표적인 조선인의 표본이며 쓰노이가 틀림없다고 보증해준 현룡을 느닷없이 만난 것을 다소 기뻐했다. 그는 쓰노이의 악의에 가득 찬 말에 조금도 의문을 갖지 않았다. 바야흐로 자신의 직관이 얼마나 날카로운지를 보여줄 때가 당도하였다며 기를 써서 이번에는 조선 민족을 검분(檢分)하는 것과 같은 언동으로 스스로 먼저 말을 꺼냈다.

"자넨 돌아가서 조선어로 소설을 쓰고 있다면서."

"그렇다네. 그렇고말고."라며 현룡은 마치 기다리기라도 한듯 기뻐서 어쩔 줄 모르고 소리쳤다. "난 조선에 돌아오자마자 훌륭한 작품을 연달아 발표했다네. 처음에는 그놈들이 조선에도 천재 랭보가 나타났다고 눈이 휘둥그레졌다네. 하지만 점차 내 독자가 늘고 지위가 높아지자 문단 놈들은 나를 질투해서 매장시키려고까지 했네. 당최 자네도 보면 알겠지만 조선인이라고 하는 자들은 어찌 할 수 없을 정도네. 알겠는가? 교활한데다가 겁이 많아서 당파(黨派)를 만들어 남이 잘 될라 치면 밀어 떨어뜨리려 한다네." 그때 쓰노이는 그보란 듯이 다나카를 향해 얼굴을 치켜 올렸다. 다나카는 끄덕였다. "그놈들은 내가 동경 문단에서 모두에게 주목 받고 활약했다는 것조차 모른다니까." 그리고는 쓰노이 쪽을 훔쳐보고, "무지하다네. 정말로 무지해!"

그는 내지인과 마주 할 때는 일종의 비굴함에서 조선인 욕을 줄줄 늘어놓지 않고는 못 배기며, 그렇게 해서 비로소 자신도 내지인과 동등하게 무언가 말을 할 수 있는 것이라고 굳게 믿고 있었다. 점차 현룡은 불타올라 격렬하게 거친 숨을 쉬며 울부짖었다.

"나는 이처럼 구제하기 힘든 민족성을 생각하면 슬퍼서 견딜 수가 없다네. 다나카, 이보게 자네는 이런 내 마음을 이해해 주겠는가!"

그는 소리를 내서 펑펑 울어 버릴까 생각하다가, 단지 손으로 얼굴을 가리고 흐느껴 울 따름이었다. 다나카는 완전히 감동해서는,

"알고말고 알고말고."

라고 말하며 함께 울고 싶은 기분이 돼서, 역시 조선에도 오길 잘했다고 생각하는 것이었다. 내지에 틀어박혀 있어서는 섬나라 문학(島國文學) 밖에 할 수 없다고 말하는 것은 지당하다. 여기에 대륙 사람들이 고뇌하는 모습이 있다. 아무짝에도 쓸모없는 사

내였던 현룡조차도 보다 커다랗고 본질적인 것을 위해 전신(全身)을 떨면서 고뇌하고 있는 것이 아니겠는가. 그렇다, 이것이야말로 조선 지식계급의 자기 반성으로 내지에 알리자. 오가타에게 내 통찰력이 질소냐 하고 힘을 주어 절절히 기쁨을 느꼈다. 지나 인(支那人)을 알 수 없다고 하는 놈들은 더할 나위없이 어리석은 자들이다. 조선인을 불과 이틀에 파악한 이 기세라면 나는 나흘 정도에 충분히 파악해 보여야겠다 하고 마음속으로 외쳤다. 어쨌든 그러기 위해서라도 더욱더 현룡을 조선의 대표적인 인테 리로 잡아서 쓰지 않으면 안 되겠다고 머릿속으로 구상을 짜고 있었다. 하지만 쓰노 이에게 현룡은 너무나 우스꽝스러워서 견딜 수가 없었기 때문에, 마침내는 개가(凱歌) 를 올리고 싶다는 기분이 들어서 의미심장하게 그를 힐끗 보고나서,

"오무라 군은 무척 늦는군. 자기 혼자 돌아 갔으려나."

라고 다나카를 향해 말했다. 그는 현룡이 오무라를 마치 번개처럼 무서워하고 있음을 잘 알고 있었다.

"엇 오무라 군?" 역시 현룡은 한순간에 술이 깬 듯이 눈을 크게 뜨고 벌떡 몸을 일 으켰다. "오무라 군 오무라 군하고 함께였나?"

"응 그렇다네. 이 근처에서 무언가 살 것이 있다고 했네만."

의아한 얼굴을 하고 대답하는 다나카의 이야기를 듣고, 아 이거 안 되겠군 하고 황 망해하며,

"그렇군." 하고는 뜬금없는 말을 외쳤다. "그래서 난 오무라 군과 힘을 합쳐 조선민 족을 개량(改良)하기 위해 노력하고 있다네. 문제는 간단하다네. 모든 조선인이 지금까 지 갖었던 고루한 사상에서 벗어나, 동아(東亞)의 새로운 사태를 확인하고, 전적으로 야마토다마시(大和魂)[19] 세례를 받는 것이네. 그래서 난 사람들에게 미치광이라는 말 까지 들으면서도 오무라 군이 하고 있는 U지에 항상 센세이셔널한 논문을 쓴 것이라 네." 그러고는 갑자기 목소리를 죽이고 목을 들이밀고는,

"오무라 군은 내 이야기를 뭐라고 하지 않던가?" 하고 물었다.

"아니 뭐 별로……."

---

[19] 본래 야마토다마시(大和魂)는 일본이 외래 학문을 받아들일 때 필요한 판단력과 능력 등을 지칭하는 개념이 었다. 하지만 메이지 시대 이후, 일본 민족주의의 발흥과 함께 뜻이 전유되어, 일본의 군국주의를 상징하는 정신적 작용의 총체를 의미하는 말로 통용되었다.

하고 다나카는 얼버무렸는데, 현룡은 또 급작스레 본래 태도로 바뀌어서는,

"오무라 군은 정말로 당대에 보기 힘든 훌륭한 녀석이야. 그래서 나도 민간에 있으면서도 솔선수범해서 전력을 다해 돕고 있는 것이지. 그런데 애석하게도 말일세 호한 (好漢) 오무라도 예술가를 이해하지 못한단 말이지. 진정한 예술가라고 하는 것은 말이지…… 그렇지 다나카, 자네와 같은 작가가 오무라를 크게 계몽해 주어야 한다고 생각하고 있다네. 햄릿도 아닌데 나더러 절에 가라는 터무니없는 말을 하는 통에 유쾌 (愉快)하다네. 그것도 말이네만 비구니 절이라면 몰라도 대머리중이 있는 곳으로 가고 한다네. 안 그런가 내가 오필리어인가? 내 이래 뵈도 외람된 말이지만 제정신이란 말일세!"

쓰노이는 자못 불쌍해 하면서 다나카에게 웃어 보이고는, 현룡을 팽개쳐 두고 나가자는 듯 양복 옷자락을 잡아당겼다. 그런데 현룡이 묘하게도 목에 무엇인가 걸린 듯한 소리를 높이면서 허세를 부리고 있을 때, 장본인인 오무라가 입구 쪽에서 유유히 걸어 들어왔다. 보기에도 사십 안팎의 당당해 보이는 훌륭한 신사였다. 현룡은 완전히 당황해서 헤헤 웃어대면서 목덜미에 손을 대고는 꾸벅 고개를 숙였다. 쓰노이는 옆에서 심술궂은 목소리를 올리면서 갑자기 크크크큭 웃어댔다. 오무라는 거기에 현룡이 있는 것을 보고는 갑자기 언짢아 져서는 호통을 쳤다.

"어찌된 일인가. 자넨 또다시 이런 곳에 와서는 술주정을 하고 있는 것인가?" "헤헤 오무라 상, 헤에 이거 여기서 뵙는군요." 하고 현룡은 어찌할 바를 모르고는 허리를 굽혔다. "……실은 말입니다만, 다나카 군을 하루 종일 찾아다녔습니다. 그래서 배가 너무 고픈 나머지……. 그만 헤헤."

"꾸물꾸물 거리지 말고 하루라도 빨리 가라고!"

"네." 하고 현룡은 황공해 하며 난처한 듯 머뭇머뭇 거리며, "그건 이제 잘 알고 있습니다."라고 말했다.

오무라는 쓰노이와 다나카에게 힐끗 눈짓을 해서 보여주고 나서는 멀리서 온 손님도 있고 하니 자신이 조선에서 얼마나 조선인을 위하고 있는 지를 몸소 보여주지 않으면 안 되겠다고 생각했다.

"빨리 근신하는 모습을 보여주게! 경찰 손에 자네를 넘기는 것이 참을 수 없는 기

분이었기에 훌륭한 스님이 계신 곳에 가서 정신 상태를 고치고 오라고 하는 것이 아
닌가. 요컨대 자네와 같은 인간들의 혼(魂)을 향상시키기 위해서라네. 번뇌를 끊는 것
이야 번뇌를."

"네 그러니 저도……."

"알겠는가. 알아들었다니 다행이네." 그리고 득의양양해서는 어깨를 한 번 폈다. 손
님들은 어리둥절해서 모두 눈을 크게 뜨고 이 광경을 바라봤는데, 역시 다나카는 감
개무량한 듯 눈을 감은 채로 듣고 있었다. "지금이 어떤 시국이라고 생각하나. 확실히
시국을 인식하지 않으면 못 써. 술집에서 술값을 떼어먹고, 계집을 강탈하고, 남에게
공갈을 치고 다니는 것은 당치도 않아. 자넨 내선일체(內鮮一體) 내선일체 하고 미치광
이 마냥 부르짖고 다니지만, 조선인 누구 하나 자네를 상대하지 않지 않나. 조금 반성
해야 하네. 건실한 인간으로 돌아오라고 말하는 것이야. 알겠는가 내가 자네를 도와
주는 틈을 타서 사람의 호의를 이용해 먹으려고 하는 것은 절대로 용서할 수 없네. 그
토록 배은망덕한 줄은 내 이제서 알았네!" 그리고 오무라는 자신의 어조에 감동하여
그만 흥분하고 말았다. "정말로 배은망덕한 악당같으니라고! 아직도 자네의 못되먹은
구석이 무엇인지 모르겠는가! 내선일체라고 하는 것은 자네와 같은 인간의 혼(魂)까지
구제해서 정화해 내지인과 동등하게 하는 것이란 말일세."

"그건 그렇습니다. 그래서 저는 남들에게 미치광이라는 소리까지 들을 정도의 열정
으로 그것을 주장해 왔던 것입니다. 그렇고말고요. 실제 사내 역할을 하는 일본이 조
선에게 손을 뻗어서 사이 좋게 결혼하자고 하는 판에 그 손에 침을 뱉을 이유는 없습
니다. 한 몸이 됨으로 비로서 조선 민족도 구원을 받을 수 있습니다. 저는 감격한 나
머지 조선인에게 오해마저 받았던 것입니다. 조선인이라고 하는 자들은 시기심 깊은
열등한 민족이니까요."

"그건 너무 성급해." 하고 오무라는 깊이 생각한 듯 손을 들어 말을 멈추게 했다.
"자네들 조선인은 너무나 자학적인 생각에 빠져있네. 내 주변에 있는 조선인은 모두
자기 민족의 험담만을 해대는데 그것이 우선 가장 해서는 안 될 짓이네. 알겠는가. 물
론 반성하고 자신들의 나쁜 점을 고치는 것은 중요하네. 하지만 자신을 소중히 하지
않으면 못쓰네. 소중하게 말이야. 그것을 못하는 것이 ××××××××××[20] 열등한 점이

야, 내지인을 보게나! 내지인은 결코 그렇지 않다네."

"그렇습니다. 그렇지만 그렇지 않습니까." 하고 현룡은 당황한 탓인지 허둥대며 전혀 전후 문맥이 맞지 않는 말을 외쳐대기 시작했다. 그는 자기가 몇 번인가 써본 적이 있는, 지극히 학술적인 글귀를 전부터 떠올리고는 그것으로 머릿속이 가득차 있었다. "적어도 지리적으로 보더라도, 고고학적으로 보더라도, 그리고 인류학적으로 봐도, 즉 안트로폴로지적으로 보더라도, 생물학적으로 봐도……."

이렇게 계속 늘어놓고 있는데, 쓰노이는 갑자기 학자적인 양심에 부딪쳤기 때문에,

"그건 자네 안트로포로지가 아니고 안토로포로기[21]라네." 하고 정정해 줬다.

"그렇지요. 그 안토로포로기적으로 보더라도, 또 필로로기(文獻學 – 역자 주)적으로 보더라도 일본과 조선은 남자와 여자라고 하는 정도의 차이 밖에는 없습니다……."

오무라는 그의 퍼댄틱[22]하게 허둥대는 모습이 우스워서 저 혼자 히죽히죽 웃었는데, 퍼뜩 현룡이 그것을 보고 이제 오무라가 자신의 열정에 생각을 고쳐먹은 것에 틀림없다고 생각하고서, 갑자기 전신을 쑥 앞으로 내밀고,

"그런데 오무라 상."이라고 외쳤다. "다나카 군하고 저는 둘도 없는 친구랍니다."

하지만 오무라는 할 말은 다 했다는 태도로, 다나카와 쓰노이 쪽으로 휙 하고 방향을 틀고는 말했다.

"자 슬슬 가볼까요. 대충 어떤 곳인지 짐작이 가셨을 줄 압니다."

"아앗 오무라 상 벌써 돌아가는 겁니까?"

하고 현룡은 깜짝 놀라서 갑자기 용수철 장치에서 튕겨 오르듯이 오무라의 소맷자락에 매달리듯이 뛰쳐나가려고 했다. 하지만 바로 그 순간 바닥에 떨어져 있던 복숭아 가지에 다리가 걸렸기 때문에 그는 순식간에 그것을 집어 올려서 안은 채로 헐떡거렸다.

"오무라 상, 오무라 상!"

"왜 그러는가. 이번에는 또." 하고 오무라는 미심쩍은 듯이 몸을 돌려서 물끄러미

---

20) 원문에는 12자 정도가 공백으로 처리되어 있다. 편의상 복자를 집어넣는다.

21) 인류학(anthropology)의 일본식 읽기. 원문에는 'アントロポロジ(안토로포로지)', 'アントロポロギ(안트로포로기)' 이렇게 표시되어 있다.

22) 원문에는 'ペダンチック(페단칙)'으로 나와 있는데, 요즘 식 영어읽기 발음으로 고쳐놓는다. '퍼댄틱(pedantic)'은 '학자라고 뽐내는', '박식한 체하는', '현학적인'이라는 뜻이 있다.

바라보는가 싶더니, "또 그런 모습을 하고 싸돌아 댕기는 것인가. 자네 일은 이제 나도 몰라!"

"오무라 상, 오무라 상." 하고 현룡은 갑자기 휘청휘청 허리를 굽히고 처연하게 부르짖었다. "꽃이 너무 애처로워서 길가에서 시골뜨기한테서 사왔을 뿐입니다." 그때 자신이 마신 술값까지 쓰노이가 계산을 마치고 있을 것을 보고, 그는 겸연쩍었던 것인지 황급히 다나카 쪽으로 돌아와서는 소매를 잡아끌고 안달을 하면서,

"다나카 군, 다나카 군, 실은 자네에게 긴밀히 할 말이 있다네." 하고 애원하듯이 신음했다.

"조금만 함께 있다 가게나 조금만."

"오호 그것 정말 좋은 꽃이로구만."

하고, 다나카는 얼버무리듯이 횡설수설 중얼댔다. 그러자 현룡은 갑작스레 기세가 오른 듯 기운을 내서는 복숭아꽃을 어깨에 올리고서, "그렇지 좋은 꽃이라네. 복숭아꽃이라네. 복숭아꽃이라고." 징소리 같은 큰 소리를 내면서, 마치 병정놀이를 하는 아이처럼 앞장서서 갔다. 역시 자신도 이 높은 분들에게 달라붙어서 함께 돌아다니고 싶었기 때문이다. 오무라와 쓰노이, 다나카는 뒤에서 어쩔 수 없다는 듯 웃으면서 줄줄 나왔다. 달이 창연(蒼然)하게 하늘에 덩실 걸려 있었지만, 작은 골목길은 여전히 어두컴컴했다. 그는 조금 익살맞게 복숭아 가지를 맨 채로 몸을 흔들면서 두 간(間)[23) 정도 진군해 갔는데, 느닷없이 멈춰 서서 가슴을 펴고 하늘을 올려다보고는 돌연 복숭아 가지를 가랑이 아래로 질질 끌듯이 올라타는가 싶더니, 하늘에 신호를 보내듯이 손을 치키고는 한 번 케들케들 웃었다. 다른 세 사람은 모르는 척을 하고는 현룡 옆을 터덜터덜 지나쳐 갔다. 그는 당황해서 소리 높여 외치면서 반항하듯이,

"나는 하늘로 올라간다. 하늘로 올라간다. 현룡이 복숭아꽃을 타고 하늘로 올라간다!"

그리고는 마치 목마(木馬)를 탄 용사마냥 마구잡이로 그들 옆을 돌진해 갔다. 기상천외한 이 신비주의자를 봐 달라고 하듯이. 꽃들은 무참하게 머리가 꺾이고 꽃잎은 더러워져 여기저기 떨어져 흩어졌다. 현룡이 갑자기 무언가 생각이라도 난 듯이 뒤돌아

---

23) 간(間)은 길이의 단위이다. 한 간은 여섯 자로, 1.81818미터에 해당한다.

보자 다나카가 홀로 어둠 속에서 쓰레기 더미에 오줌을 누고 있었다. 현룡은 이때다 싶어 재빨리 그 옆으로 가서는 숨을 헐떡거리며,

"다나카 군." 하고 목구멍에 걸린 듯한 목소리로 소곤거렸다. "오무라 군에게 나를 잘 좀 부탁해주게. 절에 가지 않게 좀 해주게. 절에 말이야."

그 목소리가 너무나도 절망적인 비탄에 극심하게 떨리고 있어서 다나카는 깜짝 놀라 현룡의 얼굴을 바라봤다. 오싹할 정도로 일그러진 모습이 갑자기 흐트러지며 기분 나쁜 웃음을 짓는 것이었다. 그리고는 비굴하게 그의 한 쪽 손이 다나카의 어깨를 툭 쳤다.

"저 작자는 아무래도 관료여서 굽실굽실 대며 말하지 않으면 좋아하지 않는다네. 예술가라는 것을 이해하지 못한다니까……. 내일 호텔에 가겠네."
하고 말을 내뱉고는, 다시 여보란 듯이 복숭아 가지를 올라타 질질 끌고 다니면서 하늘을 우러러보고 아우성쳐대기 시작했다.

"현룡이 하늘로 올라간다. 하늘로 올라간다!"

그때 오무라와 쓰노이는 다나카를 좁은 옆 골목으로 끌고 가서 큰길가로 나가 자동차를 세우려고 손을 들었다. 좁은 골목에서는 더욱 우쭐해진 현룡이 계속해서 아우성치는 소리가 들려왔다.

5

결국 하늘에는 오르지 못했던 것이다. 다음날 아침 역시 그는 여느 때처럼 쪽방에서 비명을 지르는 것과 동시에 눈을 떴다. 누군가가 밧줄로 목을 조르는 악몽에 시달리고 있었다. 온몸이 땀에 흠뻑 젖어 있었다. 어쨌든 몸을 움직이는 것이 무서웠던 모양인지 다시 눈을 감고 숨만 거칠게 내쉬며 헐떡거렸다. 목 쪽은 정말 괜찮은가 하고 부들부들 떨면서 만져보려고 손을 가져가려던 찰나 무언가 거칠거칠한 것에 손끝이 닿아서 깜짝 놀랐다. 꿈이 아니었구나 하는 생각에 눈을 감은채로 숨을 꾸욱 참았다. 정말로 기도하는 기분으로 이번에는 주저하면서 가만히 반대편 손을 내밀어 주의 깊

게 목덜미 쪽에 가까이 가져가려고 했다. 어렵쇼, 그런 것도 아닌가보다 하고 생각하는 찰나에 무언가가 다시 손가락 끝에 닿아서 흠칫 놀라고는 그대로 돌부처럼 굳어졌다. 대략 이삼분이나 지났을까, 겨우 놀란 가슴을 진정시키고 이건 도대체 무어냐며 다시 한번 쿡쿡 찔러보려 했다. 기분 탓일까 이번에는 손끝에 닿은 것이 조금 흔드리는 것 같았다. 이거 영 이상하군 하고는 두 손가락 사이에 껴보기도 하고, 어렵쇼 어렵쇼 하며 질질 끌려가는대로 그것을 만지작 거리다가는,

"뭐야 이거!" 하고 기가막힌 듯이 소리치면서 그는 목덜미를 뒤덮고 있던 것을 허둥지둥 대며 떼어 내는 것과 동시에 벌떡 일어났다. 그것은 바삭바삭 소리를 내며 날아가 온돌 위에서 흔들거리고 있었다. 다름아닌 진흙투성이가 된 복숭아 가지였던 것이다. 그는 휴우 하고 숨을 내쉬고는 손으로 목덜미에 흘러내리는 땀을 닦아 내리고는, 갑자기 미친듯이 케들케들 웃어댔다. 하지만 그릇이 깨졌을 때 나는 듯한 자신의 목소리가 조금도 변하지 않았기 때문에, 그는 정말로 괜찮다는 듯 가슴을 쓸어내렸다.

누추한 방안이 여전히 어두운 것을 보면 아직 이른 아침인 것 같다. 하루 종일 햇빛이 조금도 비추지 않는 움막 같은 방이기는 했지만 그에게는 장지문(미닫이문-역자주)에 밝아오는 빛의 정도가 시계 대신이었다. 뒤쪽으로 이어진 부엌 토방에서는 노파가 오늘도 남편과 싸움을 하는 것인지 무언가를 통명스럽게 아우성쳐대면서 아궁이에 불을 지피고 있었다. 토방에는 한가득 자욱이 낀 연기가 뜯어진 장판(溫突紙)이나 장지에 뚫린 구멍 벽틈 등으로 한가득 침입해 온다. 그는 숨이 막히는 것 같아서 두세 번 괴로운 듯이 기침을 하고 험악하게 인상을 찌푸리고는 언짢은 표정으로 물끄러미 복숭아 가지를 응시했다. 이미 꽃은 완전히 다 떨어지고 가지 끝도 꺾여서 볼품없이 진흙에 더럽혀져 있었다. 재앙을 내리는 신일지라도 원한을 사지 않으면 재앙은 없다는 속담[24]처럼 모든 사내들이 두려워하는 현룡이 그까짓 꿈에 이건 또 뭐하는 짓이냐고 생각하니 갑자기 분한 생각이 들었다. 비참한 잔해를 드러내고 있는 복숭아 가지가 현재 자신의 모습 같았기 때문이다. 그러자 지난밤 꽃을 팔던 시골뜨기의 비참한 모습이 확대되어 나타나서는 그것이 양손을 흔들면서 절망적으로 부르짖는 음성

---

24) 일본의 속담으로 '사와라누카미니다타리나시(触らぬ神に祟りなし)'라고 한다. 원문에는 "触らぬ神に祟りはなし"로 되어있다.

이 들려왔다.

"어째 모두 웃어댄다요. 웃지 말라요. 난 이제 죽어버릴라 하오. 웃지 말라 하지 않았소!"

방안은 마치 연막(煙幕)을 쳐놓은 것 같았다. 현룡은 이러한 절망적인 목소리로부터 도망치려고, 갑자기 팔 사이로 머리를 감싸고 귀를 막았다. 그러고는 벌렁 그 자리에 쓰러져 몸부림을 쳤다. 그래, 나야말로 정말로 죽어주마! 종로 네거리 노상에서 자동차와 전차 사이에 끼어서 폭탄처럼 터져서 죽어주마! 사실 그는 지난밤부터 자신의 죽음만을 생각하고 있었던 것이다. 죽는 것은 교통사고로 자살하는 것이 제일이다. 큰길 한가운데서 참혹하게 죽음으로써 더할 나위 없는 최고의 복수가 가능하다고 생각하고 있다. 그래야 죽어도 여한이 없다. 그때 방안이 캄캄해지더니, 천장은 말할 것도 없이 벽에도 온돌 바닥에서도 여기저기서 자신의 잔해(殘骸)를 조소(嘲笑)하는 군중의 웃음소리가 와하하 하고 터져 나왔다. 그는 참을 수 없어서 그것을 몰아내듯 벌떡 일어나 악마처럼,

"내가 죽을 쏘냐, 죽을 쏘냔 말이다." 하고 울부짖었다. 격렬한 격투라도 하는 모양으로 양손을 있는 대로 휘두르면서 몹시 허둥지둥 댔다. 이미 연기로 눈은 잘 보이지 않고 숨 쉬는 것도 괴로웠다. 그는 마침내 제정신이 아닌 상태로 온돌 위를 빙글빙글 기어다녔는데, 무릎이 와들와들 떨렸다. 나는, 나는 하는 목소리들이 앞길을 막았고, 또한 여기저기서 활활 타오르는 붉은 불길이 육박해 왔다. 환영(幻影)에 사로잡혔던 것이다. 마침내 그는 공포에 관통되어 무언가를 외치고 또 외치면서 출구를 찾아 발버둥질치며 돌아다녔다. 노파는 이 미치광이 사내는 또 무슨 일인가 하고 문간 쪽에 와서는 덜덜 떨기 시작했다. 하지만 때마침 도망치며 길을 헤매는 그의 몸이 장지문을 덮쳤기 때문에 갑자기 밝은 땅바닥으로 나동그라졌다. 노파는 꺅 하는 비명을 지르며 잽싸게 물러섰다. 조금은 숨쉬는 것도 편해지고, 잠시 쓰러져 있는 사이에 무서운 환각도 사라졌기 때문에 그는 다만 멍한 상태로 커다란 눈만 되록되록 굴리고 있었다. 하늘에는 구름이 격렬하게 흘러가고 있다. 그때 약속대로 여류 시인 문소옥이 화려하게 몸치장을 하고 나타났다. 그녀는 이 광경을 보고 놀라서 멈춰섰는데, 곧 호들갑스럽게 손뼉을 치고 허리를 흔들면서 꺄꺄 포복절도 하고는,

“어머 어머 어떻게 된 거예요.”

하고 달려왔다. 하지만 현룡은 미친 사람마냥 다만 말똥말똥 그녀를 신기한 듯이 올려다볼 뿐이었다. 노파는 기겁을 했는지 투덜투덜 대면서 부엌 쪽으로 사라졌다. 문소옥은 혼자서 당혹스러워 하다가, 겨우 정신을 바로 하고 혼신의 힘을 다 짜내서 그를 안아 일으켰다. 그는 지난밤 곤드레만드레 취해서 돌아오자마자 침상에 엎어져서 엉엉 울다가 잠이 들었기 때문에, 양복을 입은 채로였다. 시인은 그의 양복에 묻은 먼지를 털어 내면서, “도대체 어찌 되신 일이에요.” 하고 말했다. “네에, 현룡 상, 오늘은 또 어떤 영감이라도 얻은 모양이신가 봐요. 빨리 가셔요. 이제 곧 시간이 된다고요.”

현룡은 천치처럼 앉아서 기분 나쁘게 히죽히죽 웃고만 있다가, 그때 아주 조금 의식의 파편이 번쩍 떠올랐던 것인지 의아한듯 목을 길게 빼고는 물었다.

“뭐라 했소?”

“어마나 이런.” 그녀는 현룡의 표정에 깜짝 놀라서 뒷걸음쳐서는 머뭇머뭇 거렸다. “……오늘은 국경일(祭日)이잖아요? 신사(神社)에 가는 거예요.”

“신사요?”

그는 무언가 어려운 일이라도 떠올리듯 되물었다.

“……그래요.”

그러자 현룡은 갑자기 어찌된 일인지 케득케득 웃어대기 시작했다. 신사라고 하는 말이 그에게는 갑자기 분하고 짜증스럽게 생각됐던 것이다. 신사의 신(神)은 내지인의 신이라고 누구도 참배를 하러 가지 않을 무렵, 솔선해서 내지인 무리에 몸을 던져서 신사 입구에 머리를 조아렸던 당초의 그는 참으로 중요한 인물로 후광마저 비춰서 갖가지 역할이 주어졌다. 하지만 이젠 그렇지도 않았다. 오히려 신사로 신사로 하면서 구름처럼 몰려드는 조선인들이 미워서 견딜 수 없을 정도였다. 문소옥은 몸의 털이 다 서는 것 마냥 소름이 끼쳐서 움츠리는가 싶더니,

“다녀올게요.”

하고 어렴풋하게 한마디 말을 내뱉고 헐레벌떡 도망쳤다. 그것을 보고 현룡은 유쾌한 듯이 케들케들 웃었는데 갑자기 놀란 듯이 벌떡 일어섰다. 하늘은 점점 더 후덥지근해지고 구름이 북쪽으로 북쪽으로 몰려갔다. 순간 그는 문소옥의 따뜻하고 촉촉한 전

신(全身)에 대한 욕정(慾情)에 사로잡혀, 지금이야말로 붙잡지 않으면 안 된다고 생각했다. 그는 내친걸음으로 황급히 다 쓰러져가는 쪽문을 빠져나와 마당으로 뛰어나갔다. 구질구질한 골목에 집들은 쓰레기통처럼 서로 으르렁대고, 하수구에서는 재나 더러운 것을 버리고 흘려버리거나 해서 악취가 숨막히게 코를 찌르고, 거센 바람에 재와 먼지가 날아다녔다. 좁은 골목을 빠져나와서 먼 곳을 향해 창황히 도망치는 여류 시인의 모습이 팔랑팔랑 나부끼고 있는 것처럼 보였다 현룡은 케들케들 웃으면서 안짱다리를 열심히 허우적대며 심술궂게 뒤를 쫓기 시작했다. 문소옥은 도망치다가 뒤를 한 번 돌아보자마자 양손을 저으며 달려오는 현룡을 눈치채고 더욱 기겁을 해서는 비명이라도 내지를 듯이 뛰기 시작했다. 그는 점차 따라잡게 되는 것을 보고는, 점점 더 흥미로워져서 무언가를 외치면서 아우성 쳐대기까지 했다. 흙담 옆에서 흙장난을 치고 있던 아이들 두셋이 손뼉을 치면서 놀리기 시작했다. 하지만, 문소옥은 아슬아슬한 순간에 넘어지듯이 골목길을 빠져나와서 황금통의 큰길가로 도망쳐 나왔다. 마침 그때였다. 현룡이 마지막 골목길을 돌려고 하는 순간에 갑자기 큰길 쪽에서 맑은 나팔 소리가 울려왔다. 현룡은 움찔하며 멈춰서는가 싶더니 갑자기 어찌된 영문인지 몸을 부들부들 떨기 시작했다. 다음 순간 자기 쪽에서 도망쳐서 숨듯이 옆집 굴뚝 뒤에 몸을 착 붙이고, 숨을 죽인 채 눈을 황황하게 번뜩거리며 큰 길가 쪽을 주시했다. 악대를 선두로 세운 긴 행렬이 신사 쪽을 향해 행진하고 있었다. 무언가 그것이 자신을 포위해서 육박해오는 듯한 생각이 들었다. 토르(무릎 아래에 감는 헝겊으로 만든 띠 ― 역자 주)를 감은 중학생과 전문학교 학생들이 가도 가도 끝도 없이 이어지고, 뒤쪽에서는 국민복(國民服)을 입은 선생이나 그 외에 신문과 잡지사 사람들이나 안면이 있는 문인들이 줄줄이 따라갔다.

행렬이 지나가 버리자 그는 또 갑자기 황급히 출구까지 뛰어나갔다. 그늘에서 숨을 죽이고 흐리멍덩한 눈으로 보자니, 그 행렬은 이미 멀리 쥐죽은 듯이 사라져 가려하고 있었다. 벌써 어느 행렬 속에라도 섞여 들어간 듯 모습을 감춘 여류 시인에 관한 일은 죄다 잊어버렸고, 현룡은 행렬이 나아간 방향과는 반대쪽으로 누군가에게 쫓기기라도 하는듯 도망쳐 갔다. 머릿속이 모래를 가득 처넣은 것처럼 어질어질 혼란스러웠다. 때때로 호텔, 절이라고 하는 상념이 운모(雲母)처럼 반짝반짝 빛을 띠고 정면을 가로막았지만, 서 있는 곳이 또 거센 모래바람에 뒤덮여 버린다. 어쩐지 으스스 추운 날이었다. 지금 달이라도 나올 것 같은 아침이라고 그의 마음 한구석에 다른 사람이 있어서 생각하고 있는 것 같았다. 하지만 달은커녕 가랑비가 보슬보슬 내리기 시작했다. 길을 가는 사람들의 발걸음이 눈에 띠게 바빠진다. 현룡은 전찻길 한가운데를 미친개마냥 목적도 없이 나아갔다. 이미 텁수룩한 머리가 비에 젖어서 소용돌이를 감고, 어깨는 비에 젖어 무거운 듯이 처졌다. 자동차가 옆을 스쳐 달려가고 전차는 뒤쪽에서 세찬 경적을 울린다. 그 소리가 겨우 귀에 들어오자 그는 입을 다문채로 조용히 비켜섰다. 때로는 비켜서는 동시에 뒤를 돌아보고 주먹을 치켜 올리며, "이 자식 나를 죽일 셈이냐." 하고 광인처럼 부르짖었다.

　그렇지만 반 시간 남짓이나 걸어서 사범학교 앞 근처까지 왔다고 생각했는데, 뜻밖에도 무언가에 홀린 듯 오른쪽으로 돌아서 작고 어두운 골목 쪽으로 들어갔다. 진흙이 구두에 튀고, 구두가 물을 걷어찼다. 그사이에 비가 본격적으로 쏟아지기 시작한다. 골목안을 허둥지둥 달리고 있던 사람들은 놀라서 멈춰 서더니 돌아보고는 머리를 저었다. 그는 어디까지라도 어디까지라도 작은 골목길이 이어지는 한 정신없이 왼쪽으로 돌던지 오른쪽으로 빠져 나오면서 누비고 다니는 것이었다. 지금 자기는 절을 찾아가는 것이라 하며 뿔뿔이 풀린 신경의 한 가닥이 먼 곳에 있는 것 마냥 소곤거린다. 그 작은 골목길을 끝까지 올라가면 묘광사(妙光寺)가 나온다고 생각하고 있었다. 다시 신마치 뒷골목의 거미줄 같은 미로 속으로 들어갔던 것이다. 환각에 빠진 현룡에게 그곳은 우뚝하게 솟은 포플라 나무가 서 있는 넓은 가로수 길처럼 보인다. 도랑 천지인 하수는 깨끗하게 물이 투명한 시냇물 물살처럼 보였다. 거기서는 개구리가 입을 모아 맹렬하게 개골개골 울어대는 통에 귀가 먹을 정도의 환청이 들렸다. 그 위를 바람이 휘익휘익 몰아쳐서 포플러 가지가 꺾일 것처럼 보였다. 그는 이미 발을 비틀거리다가 고꾸라지고는 하였고, 실수로 물구덩이에 빠지거나 했다. 하지만 그는 자신마저 잊고 몰두해서 언덕을 기어올라갔다. 그때 갑자기 발밑에서 개구리들이,

　"요보(鮮人)!"

　"요보!"

하고 소란을 떨기 시작한 것처럼 들렸다. 그는 겁을 먹은 듯 갑자기 귀를 막고 도망치

면서 부르짖었다.

"요보가 아니야!"

"요보가 아니야!"

그는 조선인이라서 벌어진 오늘의 비극으로부터 온몸을 떨면서도 도망치고 싶었던 것이리라. 그런데 갑자기 그의 고막이 핑음을 내며 폭발한 것 같더니, 불가사의 하게 도 방금 전에 들리던 개구리 울음소리는 사라지고 뭔가 갑자기 주변 일대에서 신기한 소리가 들려오기 시작했다. 어느 틈엔가 이미 몇 천 몇 만 명의 사람들이 합창을 하는 듯한, 남묘호렌게쿄(南無妙法蓮華經),[25) 남묘호렌게쿄라고 하는 염불이, 북과 목탁 소리 를 타고 바다처럼 그의 주위에 퍼져버렸다. 그는 그 속을 마치 헤엄치는 것처럼 발버 둥 치면서 도움을 청하듯 헤매 다녔다. 하지만 미로는 제멋대로 빙글빙글 제자리로 돌아가서, 아무리 걸어도 끝이 없었다. 혼란스러운 상태 속에 있다 해도, 현룡은 극도 로 초조한 기분에 내몰려서, 아 중놈들이 외워대는 독경과 염불이 일제히 나를 저주 하고 쫓아다니는 구나 하고 부르짖으면서 죽는 힘을 다해 달렸다. 그러다가 발이 걸 려서 털썩 넘어지는 일도 있었다. 느릿느릿 또 언덕을 기어 올라갔다. 그래서 그는 눈 만 새빨갛게 타올라 미쳐 날뛰는 진흙 범벅이 된 소처럼 무서운 모습이었다. 하지만 사실 이번에야말로 독경과 염불이 감도는 해풍(海風)에 실려, 둥실둥실 천상(天上)에 올 라갈 것 같은 기분이 들었다. 하지만 그렇지도 않았다. 그의 마음속에서는 확실히 자 신이 사창가 일대에 와 있음을 알고 있었다. 사실은 자신이 묵은 적이 있던 집들을 안 달을 해가며 찾아다니고 있던 것이다. 하지만 여기도 저기도 똑같이 빨강이나 청색 페인트를 덕지덕지 칠한 집들뿐으로, 마침 장대비로 변해 비가 좍좍 뿜어대는 물안개 에 시야가 부옇게 변해서 앞이 보이지 않았다. 그는 팔을 번쩍 쳐들고 무언가 두세 마 디 소리높여 부르짖었다. 그리고는 갑자기 또 살기등등한 단말마 투우처럼 무서울 정 도의 기세로 뛰어가기 시작해서, 한 집 한 집 대문을 두드리고 다니기 시작했다.

"이 내지인을 살려줘. 살려 달라고!"

---

25) '남묘호렌게쿄'는 일제 하에 '니치렌(日蓮, 일본의 불교 중 하나)' 계통이 포교되면서 들어왔다. 광복 후 이 종교는 이름을 몇 차례 바꾸면서 지금은 SGI의 한국 지부인 SGI한국불교회로 활동하고 있다. 당시 위와 같 은 발음으로 불렸다. 작품 속에서는 종파를 나타낸 것이 아니라, 불교의 나무아미타불처럼 외우는 구절이며, 그 뜻은 "우주의 대생명에 귀의하여 이를 통해 불성을 일으킨다"라고 한다.

그는 숨을 헐떡거리면서 아우성쳐대는 것이었다. 그리고 다시 다른 집으로 뛰어가서 대문을 두들겨 댄다.

"열어줘 이 내지인을 들여보내 주시오!"

다시 뛰기 시작한다. 대문을 두드린다.

"이제 난 요보가 아니야! 겐노가미 류노스케(玄の上龍之介)다, 류노스케다! 류노스케를 들여보내 줘!"

어디선가 천둥이 우르르 쾅쾅 울어 대고 있었다.

풀숲 깊숙이*

    첩첩하게 몇 겹이나 깊은 산에 둘러싸인 이런 벽읍(僻邑) 회당에서, 옛 스승인 코풀이 선생을 다시 보게 될 줄 박인식(朴仁植)은 꿈속에서도 생각지 못했다. 군수인 숙부가 한자리에 그러모아 놓은 산민(山民)들을 앞에 두고, 이른바 색의장려(色衣奬勵)[1] 연설을 하기 위해 위엄을 잡고 연단에 나타났을 때, 그의 뒤에서 굽실굽실 바람에 불려오듯이 따라나온 통역을 담당하는 목이 기다란 오십 영감이, 틀림없는 중학생 시절의 코풀이 선생이었던 것이다. 인식은 의외의 놀라움에 숨을 죽이고 눈을 부릅떴는데 어쨌든 그 순간에 오싹오싹 가슴에 와 닿는 무언가와 부딪쳤다. 역시 선생님은 예전 그대로 한 손에 한케치[2]를 들고 벌건 코를 연신 훔쳐냈다. 다만 그 손수건이 예전보다 훨씬 더러워져 있을 뿐이었다. 숙부는 한 개 군(郡)의 수장으로서 조선어를 사용하는 게 위신에 관련된 일이라 확신하고 있었기 때문에, 숙부가 내지어(內地語)로 말하면 코풀이 선생이 대신해서 조선어(朝鮮語)로 통역했던 까닭이었다. 인식은 사태가 여기에 이르자 숙부가 내지어 등을 전혀 모르는 젊은 첩을 향해서조차 어찌나 득의양양하게 그게 또한 대단한 내지어라도 되는 양 청산유수로 떠들어대는 것을 몇 번이고 봐왔기

---

* 『文藝(朝鮮特輯號)』(1940.7)에 게재되었다. 일제시대 나온 작품집에 수록되지 않았다.

1) 조선총독부의 촉탁으로 1920, 30년대에 조선의 민속을 조사하고 있던 일본의 민속학자 무라야마 지준(村山智順)은 『조선의 복장(朝鮮の服裝)』(조선총독부, 1927. 3)에서 "조선의 복장이 보행을 느리게 하는 한 가지 원인"이라고 하며, 조선인이 게으른 이유가 복장에 있고, '백의'의 경우는 이를 더욱 조장한다고 하고 있다. 조선총독부는 이러한 조사를 바탕으로 색의를 입을 것을 종용했다.

2) '한케치(ハンケチ)'는 '한카치(ハンカチ, 손수건)'가 조선에서 변용된 형태로 불렸던 것으로 보인다. 이 작품은 이러한 '언어유희(풍자)'가 가득해서, 이러한 원문을 간단히 '손수건'으로 번역할 경우, 원문 텍스트에 나타나 있는 '반식민주의적 기획'을 전부 지워버릴 위험성이 있다. 특히, 이러한 과정은 이 작품을 쓰기 전의 르포르타주 등과 비교해 보면 더욱 일목요연해진다. 이후 '한케치'는 독자의 편의를 위해 '손수건'으로 번역한다.

때문에, 숙부가 누구 하나 내지어를 알 바 없는 산민들을 향해, 군이 통역자를 대동해 실로 애처로울 정도로 괴상한 내지어 연설을 하고 있다는 사실에 대해서는 특별히 놀라지도 않았다. 하지만 인식은 코풀이 선생이 뚱뚱하게 살이 오른 숙부 옆에 주뼛주뼛 서서는 얼굴을 붉히거나, 코를 손수건으로 누르거나 하는 광경을 보고는 역시 참기 힘들어져서 "저런 그 선생님이……. 실로 비극이로다." 하고 중얼거렸다. 인식에게는 자신과 각별한 인연이 있는 옛 스승을 이런 곳에서 발견한 것이 큰 놀라움일 뿐만 아니라, 확실히 뭐라 말 할 수 없는 슬픈 일임에 틀림없었다. 여러모로 뜨거워진 그의 머릿속에 중학교 시절에 있었던 일들이 빙글빙글 소용돌이치기 시작했다. 그는 입술을 꼭 다물고 팔짱을 끼면서 물끄러미 연단을 바라봤다. 코풀이 선생은 한 손으로 손수건을 말아 쥐고, 약간 눈을 감은 채로 군수가 하는 말을 한마디도 놓치지 않겠다고 집중했다.

"에에 그러니까, 요오컨대 오인(吾人)은 흰 옷을 폐지하고, 색을 들인 옷을 츠악용(着用)하지 않으면 안 된다 이 말이 올시다."[3] 하고 숙부는 가슴을 펴고 태연하게 뒷짐을 지고 자랑스럽게 변설(辯舌)을 늘어놓았다. "죠센징(朝鮮人)이 궁핏(窮乏)해진 것은 흰 옷을 입었기 때문이올시다. 갱제적(經濟的)으로도 시갠적(時間的)으로도 갱제적이지 않다 이 말이올시다. 즉 흰 옷은 빨리 더러워 져서 돈이 들고, 씻는 데도 시간이 든다 이 말이 외다."

허리를 구부리고 납작 엎드려 있던 초라한 행색의 산민들은 입을 떡 벌리고, 무슨 소리를 하는 것인지 모르겠다며 신기한 듯 바라보고 있었다. 숙부는 한 단락을 말하고 나서 의기양양하게 일동을 둘러보고 잠시 콧수염을 쓰다듬어 보였다. 그러자 이번에는 코풀이 선생이 콧물을 연신 훔쳐내면서 조선어로 통역을 시작했다. 그 목소리는 오륙 년 전에 비해 확실히 떨림을 띠고 있었고 안절부절 못하고 있는 것처럼 보였다. 하지만 그러한 것에 대한 감상은 차치하고서, 인식은 혼자만의 앙분(昻奮) 때문에 숨이

---

3) 이 작품에서 군수의 말은 번역이 불가하다. 김사량은 군수가 "つまり"를 "ちゆまり"로 발음하게 하는 등, 군수가 사용하는 일본어를 통해 피식민자의 '모방'이라는 문제를 날카롭게 드러내고 있다. 군수의 일본어는 이런 식으로 틀려진 조선어의 억양과 발음으로 점철되어 있다. 이러한 부분을 번역에서는 제대로 옮길 수 없지만, 이를 감안하고 읽어줄 것을 부탁드린다. 이러한 점을 맛보게 하기 위해 번역자 또한 '김사량'의 이러한 시도를 군수의 대화를 한국어로 옮기는 과정에서 '모방' 및 '재현'해 보기로 하겠다.

가빠진 탓에 가슴속이 두근두근 떨려서 잠시도 견딜 수 없을 만큼 고통스러웠다. 본래 그가 이 산읍에 들어온 것은, 각 산마다 깊숙한 곳에 살고 있는 화전민(火田民)들의 질병을 조사하기 위해, 목적지인 양부산(兩斧山)에 가는 길에 들른 것일 따름이다. 하지만 그는 이곳에 온 후로는 매일 불가사의한 느낌이 들어서 어찌할 바를 몰랐다. 무언가 구제받지 못하는 사람들의 옛날이야기 속에 나오는 나라에 잘못 들어온 것 같았다. 사실 여기 모인 사람들에게는 옷이 흰색이든 검은색이든 어느 쪽이라 해도 아무 상관없지 않은가, 정말로 어처구니가 없다 하고 인식은 강한 반발을 느꼈다. 물론 그는 경제적인 견지에서도 또한 위생상의 문제에서도 색의장려라고 하는 방책에 찬성하지 않는 것은 아니었다 해도, 얼핏 봐도 거기에는 흰 옷을 걸친 사람은 한 사람도 없었으며, 그들의 후줄근하고 너덜너덜한 복장은 몇 년이고 줄곧 입어댄 것인지 죄수복처럼 토색이 아닌가. 게다가 회당 안에서 눈에 띄는 흰 옷이라고 한다면 연단 옆 의자에 반듯하게 앉아있는 내무주임(內務主任)의 린네르[4] 하복(夏服) 정도뿐이었다. 제 아무리 상부 관청의 명령이라고는 하지만 숙부는 이처럼 내일 먹을 양식도 없는 사람들을 모아 놓고 도대체 무엇을 말하려고 하는 것이란 말인가. 한 사람은 득의양양하게 가슴을 쑥 내밀고 내지어로 마구 떠들어 대고 있는가 하면, 또 예전에 중학교에서 자신을 가르쳤던 선생님은 몸둘 바를 몰라 하며 통역을 하고 있다. 참으로 산민들에게 잔혹하다는 생각이 들어서 어찌할 바를 몰라 했다. 마침내 인식은 자신을 지탱할 수 없을 만큼 숨이 막혀오는 기분이 들어서 자리를 박차고 일어나 모두의 시선을 한 몸에 받으며 회당을 나갔다. 풀 길 없는 미움과 한없는 비탄에 어찌해야 좋을지 몰랐던 것이다. 그는 바로 뒤편 언덕에 있는 숙부의 관사로 걸음을 옮기면서 이런저런 감개에 빠져들었다……

"그렇다. 생각해 보면 저 코풀이 선생이 이런 깊은 산속의 비참한 말단 관리가 된 것도, 그다지 놀란 말한 일은 아니야." 하고 그는 마음을 진정시키듯이 자신을 타일렀다. 하지만 어찌됐다 해도 이 옛 스승이 현재에 이르는 운명에 대해, 적어도 자신이 다소 간섭과 책임을 갖고 있다고 생각하자, 역시 어딘가 고배를 마시고 있는 듯한 기

---

4) 프랑스어 '리넨(linen)'의 일본식 표기이며 일제시대 당시 '린네르'로 통용되었다. '린네르'는 '아마직물', '흰 속옷', '흰 내의'를 가리키는 말이다. 여기서는 '흰 속옷'이라는 뜻으로 해석된다.

분이었다. 그것이 아니라고 해도 그는 때때로 이 옛 스승을 떠올리고는, 요즘 어떻게 지내는 것인가 하고 가엾다고조차 생각하는 것이다. 사실 중학교 오 학년 이 학기 때 전교생이 들고 일어나 동맹휴교에 들어갔을 때, 인식과 친구들은 이 코풀이 선생마저 함께 배척했다. 그것은 그를 무엇보다도 측은하게 생각했기 때문이었다. 코풀이 선생은 그들에게 조선어독본(朝鮮語讀本)을 가르쳤다. 하지만 본디 조선어 선생으로 치자면 가장 빛나지 않는 존재이다. 그래서 학교의 늙은 소사까지도 시골에 있는 고향에 돌아가서 술이라도 한 잔 걸치면 자신이 조선어 선생이었노라고 사방에 퍼뜨리고 다닌다는 소문마저 있을 정도였다. 코풀이 선생은 마치 비참한 선생의 표본을 몸소 보여주겠다는 듯이, 아무튼 매일 아침 제일 먼저 등교해서는 어둠이 내리고서야 비로소 퇴근을 했는데, 수업 시간에 교단위에 섰을 때도 그렇고 또한 교원실에서 몸을 앞으로 웅크리고 일을 하고 있을 때에도, 하루종일 얼굴이 새빨개서는 코만 훌쩍훌쩍 풀어 댔다. 다른 젊은 내지인 선생들은 딱 한 사람뿐인 조선인 선생인 그를 바보취급 해서, 자신들의 이런저런 일을 넌지시 명령한다던지 부탁하고는 했다. 본래 자격이 없는 선생으로, 십오 년간 모교인 이 중학교에서 조선어를 가르치고 있었지만, 관등(官等)도 가장 낮고 어디까지나 판임관(判任官) 칠 급이었다. 그에 비해 내지인은 아무리 젊은 나이에 건너왔다고 해도 봉직만 하면, 삼사 년도 지나지 않은 사이에 임관을 하게 되고, 판임급(判任級)에 있을 때도 가봉(加俸)을 합치면 거의 코풀이 선생의 몇 배를 받는 것이었다. 그래서인지 모두 코풀이 선생을 노복(奴僕, 머슴-역자주)정도로 밖에 생각하지 않았다.

"뭘로 하실 깝쇼." 하고 코풀이 선생은 점심시간이 되면 한 사람 한 사람에게 물으며 다녔다.

"아 그런가 벌써 점심시간인가. 나는 냉면으로 하겠네."

"난 오야코5)로 해주시게."

"난 됐네."

"우동."

이런 형편인지라 인식과 친구들은 무언가 잘못을 일으켜서 교관실에 야단을 맞으

---

5) '오야코돈부리(親子丼)'의 준말로 '닭고기 계란 덮밥'이다.

러 가도, 이 나이든 코풀이 선생을 보는 것이 더 이상 참을 수 없을 정도로 마음이 괴로웠다. 하지만 젊은 선생들에게 굽실굽실 묻고 다니며 주문을 다 받고 나서도 장본인인 그는 한구석에 있는 자신의 자리에 돌아와 점심도 거르고 다시 부스럭부스럭 일을 계속했다. 언젠가 어떤 생도(生徒)[6]가 흑판에 조선어로 '우리들은 ××가 아니다'라고 쓴 적이 있다. 교실에 들어서며 언뜻 그것을 본 코풀이 선생은, 사지를 격렬하게 떨면서 어여차 교단 위까지 왔지만, 잠시 얼굴이 하얗게 됐다가 시뻘개져서는 손수건으로 땀을 훔쳐낼 따름이었다. 그리고 겨우 마음을 가다듬어 교과서를 펼치고 쵸크(분필 – 역자 주)를 손으로 집어 흑판을 향해 손을 올렸는데, 그 손은 오들오들 떨려서 무언가 글자를 열심히 떠올리려고 하는 것만 같았다. 하지만 어찌된 일인지 그 손은 낙서와 똑같은 ××라고 하는 글자를 쓰고 말았다. 이런 일을 견주어 생각해 보면, 지금 코풀이 선생이 더욱더 가련하게 생각 되어서 참을 수 없었다. 인식은 그 길로 관사에 들어가 모든 상념을 물리치기라도 하듯이 벌렁 드러누웠다. 하지만 희미한 새벽빛이 비추듯 동맹휴업을 단행했던 날의 광경이 떠오르기 시작한다. 부르짖는 소리가 들려온다. 몹시 호통치는 소리가 울린다. 전교생이 이층 각 교실에서 농성하며 서로 야단법석을 떨고 있는 가운데 코풀이 선생은 눈이 새빨갛게 부어서 숨을 헐떡헐떡 거리며 올라온다. 모두가 격분해서 수풀처럼 주먹을 휘두르며, "×× 꺼져라. 꺼져라!" 하고 부르짖는다. 코풀이 선생은 이미 혼이 나간 양 생도 속으로 밀어 젖히며 들어간다. 그런 북새통 속에서 인식은 누군가가 자신의 양어깨를 있는 힘껏 부둥켜안는 것을 느낀다. 놀라서 올려 보자 콧물을 잔뜩 흘리고 울며 매달리는 코풀이 선생이다.

"나까지 몰아내서, 나까지 몰아내서." 하고 그는 헐떡헐떡 대며 목이 잠긴 목소리로 신음한다. "어, 어찌할 생각입니까."

그리고 목에 매달려서 큰 소리를 내며 울음을 터뜨린다.

"내게 무슨 원한이 있는가. 원한이 있다면 나를 때려 주시게! 우리 집에는 아이들이 구더기가 들끓는 것처럼 잔뜩 있다네. 좀 봐주시게!"

인식과 친구들은 바보 취급을 당하고 고통받고 있는 이 비굴한 동족 선생을 보는 것을 단 하루도 참을 수 없는 심정이었다. 그래서 이참에 노회(老獪)한 교장과 그밖에

---

6) 전에 중등학교 이하의 학생을 이르던 말이다.

선생 한둘과 함께 그를 배척하기로 했다. 그러나 결국 생도 오십 명 가까이가 교문 밖으로 추방되었고, 코풀이 선생도 면직 처분이 됐지만, 얼마 지나지 않아 교장은 경성 쪽으로 전임되어 갔고, 그밖에 선생들은 각기 임관을 했다. 그로부터 실로 오륙 년이라고 하는 세월이 지났고 뜻밖에도 이 늙은 선생을 이런 곳에서 다시금 발견한 것이다. 코풀이 선생은 어찌된 영문인지 인식을 특별히 아꼈던 것 같다. 그에 비해 자신은 너무나도 배은망덕한 태도로 그를 대했던 것이 아닌가. 오늘 다시 옛 스승의 너무나도 비참한 모습을 보았을 때, 그는 정말 뭐라고 형용할 수 없는 울고 싶어도 울 수 없는 기분이었다.

이렇게 홀로 괴로운 생각 안에 잠겨있을 때 드디어 숙부가 목덜미의 땀을 훔쳐내면서 득의양양하게 들어왔다.

"넌 어째서 도중에 나갔느냐?"

"워낙 무더워야 말이죠" 인식은 몸을 일으키면서 짜증난다는 듯 조선어로 투덜거렸다.

"무시아쯔캇타?"[7] 그는 그렇게 내지어로 말을 받고는, "흐음, 그래 대에학생(大學生)[8] 내 연설하는 모습이 어떻더냐." 하고 생긋 웃고는 대답을 기대하는 얼굴로 닭과 같은 눈을 하고 응시했다.

사실 아까도 군수는 자신이 연설하는 모습을 보아 달라며, 억지로 인식을 회당으로 끌고 갔던 것이었다.

"네……." 하고 인식이 대답할 말이 없어서 횡설수설하자,

"헤, 어떻더냐, 훌륭하지 않더냔 말이다. 허, 이 녀석 보거라. 내 연설로 치자면 사앙관(上官)[9]들도 인정하고 있단 말이다. 즈윽 나를 웅변가라고 모두가 말하고 다닌다 이 말이다." 그리고는 갑자기 목을 쑤욱 내밀고 허허허 웃고 나서 이번에는 조선어로 목소리를 죽여 가며 말했다. "저 여우같은 낯짝을 하고 있는 내무주임은 말이다. 연설만은 나를 당해낼 수 없어서 두 손 두 발 다 들었단 말이렷다. 아무리 지가 내지인에

---

7) "蒸し暑かつた?"가 원문이다. 뜻은 "더웠다고?"이다.
8) 원 발음은 '다이가쿠세(だいがくせい)'이지만 원문에는 '타이가쿠세(たいがくせい)'로 표기되어 있다. '숙부'의 일본어는 이런 식으로 '내지어'를 모방하고 이를 자만하고 있지만, 실제로 그가 뱉어내는 내지어는 '표준어'와는 거리가 먼 '이질적'인 것임을 알 수 있다.
9) 원문에는 "ぞうかん"으로 틀린 음이 달려 있다. 원래는 "じょうかん"이다. 그 외에 "つまり"는 "ちゆまり"로 되어 있다. 이 부분을 대화에서 재현해서 표기한 것으로 오식이 아님을 거듭 밝혀둔다.

상관인 나보다 실권이 있고 수입이 많다 해서 잘난 척을 해도, 연설하는 것을 보면 내가 월등한 점을 일목요연하게 알 수 있는 것이니까 말이다. 우하하하.”

하고 배를 흔들어 대며 웃는 것이었다.

 하지만 숙부가 이렇게 자기 앞에서 대단한 척을 하고 있지만, 인식은 이미 그의 흉중을 꿰뚫어 보고 있었다. 사립대 전문부를 나온 후 문관 자격도 없어서, 사십 대도 반을 넘기고서야 겨우 이 깊은 산속 군수로 임명된 그였다. 하지만 군수로 말할 것 같으면 급료도 낮고 나가는 돈은 터무니없이 많은 존재로, 실권은 또한 늘 부하 직원인 내무주임이 갖고 있었다. 인식이 본 바, 군수는 정해진 작은 관방(官房)에서 쿨쿨 낮잠을 자거나, 시도 때도 없이 차나 마셔 대거나, 하품을 하면서 그날그날을 보내고 있었다. 모든 행정은 주임에게 맡겨놓고 모든 일이 빈틈없이 수행되고 있다고 믿을 따름이다. 때때로 부하가 결재를 요청해 오면 커다란 도장을 쾅쾅 찍는 것이 낙이었다. 다만 한 가지 중대한 역할이 있다고 한다면, 그것은 도(道[縣]) 등 상부 관청에서 누군가 출장이라도 올 때면, 굽실굽실 그 뒤를 졸졸 따라가며, 밤에는 군청 간부를 그러모아 요정에서 성대한 연회를 열어 극진하게 접대를 하는 일이었다. 특히 그와 같은 어정뱅이 군수는 목이 잘리는 날이 뻔히 보이는 만큼, 이런 유일한 역할에 한층 충실해지기 마련이어서, 백 엔도 되지 않는 월급으로는 매달 생활도 하기 힘들었다. 그래서 부채가 막중해져 유산으로 받은 전답을 팔게 됐다는 이야기를 인식은 고향에 있는 정실(正室)인 숙모에게 들어서 잘 알고 있었다. 군수 자신도 다만 봉건적인 관직 욕심에서 마차를 끄는 말처럼 길들여졌다고는 하지만, 매일 밤이 유쾌할 리가 없었다. 수입으로 봐도 부하인 내무주임 쪽이 가봉까지 합치면 오히려 훨씬 많은 정도였고, 또한 연회비만 해도 내무주임은 쩨쩨하게 호주머니를 딱 닫고 있어서, 물론 숙부 자신도 이러한 자신의 지위에 불만이 매우 많을 터였다.

 “하지만 연설이 아무리 훌륭하다고 해도…….” 하고 인식은 젊은 대학생에 걸맞게 분개한 태도로 밉살맞다는 듯 소리쳤다.

 “그게 도대체 뭘 하는 것입니까. 실제 거기서 흰 옷을 입고 있던 사람은 오직 숙부님 부하인 내무주임뿐이었어요!”

 “그렇지. 그렇고말고.” 하고 숙부는 옳거니 하고 말하는 듯 무릎을 내밀고 자연스레 조선어로, "그래서 곤란하단 말이다. 내무주임은 내지인이라는 구실로 스스로 나서서 모범을 보이는 일을 하지 않는단 말이다. 괘씸하다 이 말이야. 정말로 괘씸해."

"그건 그렇다 치고, 거기 모인 사람들의 옷은 모두 훌륭한 색의(色衣)였어요." 그는 자기 목소리가 떨리는 것을 느꼈다.

"모두 흙색의……. 그 흙투성이가 돼서 닳을 대로 닳은 옷이 어쨌다고 하는 겁니까."

"아니 그렇게 말해선 안 되지." 하고 숙부는 넥타이를 풀려던 손을 멈추고는, 다시 급변해서 내지어로 말했다.

"그놈들은 교오활(狡猾)해서 일부러 그런 옷차림으로 나타난 것이야. 대에학생(大學生)의 눈으로는 알 수 없어. 하지만 오늘 내 연설로 그놈들도 완전히 가암복(感服)했을 것이야. 즈윽 이걸로 다시 색의를 입는 사람이 늘었단 말이다. 시일제(實際) 이걸로 내 업적도 올라가고 말고. 엇떻게든 그 스웃자(數字)를 늘려놓지 않으면 군수를 해먹을 수가 없다니까. 너와 같은 대에학생은 알 길이 없겠지만. 관청에서는 뭐든지 스웃자 스웃자란 말이야. 이제 조금이라도 우리 군의 업적도 올라갈 것이야. 내일이 장이 서는 날이라 직접 또 장에 가서 자앙려(獎勵)할 테니까 말이야."

그리고는 갑자기 후후후, 후후후 하고 웃어 대기 시작하고는 인식의 소매를 끌면서 창문 쪽을 가리켰다.

"저걸 보거라. 저걸 보란 말이다."

손가락으로 가리키는 곳을 창을 통해 바라보니, 방금 회당에 모여 있었던 것이 틀림없는 남자나 여자들이 놀랍게도 등에 먹물로 ○나 △ 또는 ×라는 표시가 하나씩 찍힌 채로, 한 사람 두 사람 맥없이 지나쳐 간다. 제아무리 숙부라 할지라도 약간 마음이 켕겼는지, 이 순간을 얼버무리듯 한결 더 후후후, 후후후 하고 연신 웃어댔다.

"대체 무얼 하는 겁니까? 저 사람들에게……." 인식은 일시에 핏기가 사라진 듯 새파랗게 질린 채로 일어서서, 의분에 몸부림치며 격렬하게 와들와들 떨면서 외쳤다. 그리고 엄한 얼굴로 숙부의 얼굴을 응시했다.

"너야 말로 어찌된 일이냐. 그런 눈초리를 하고서." 하고 말하고 군수는 다소 기가 질려서 몸을 돌렸다. "아까 그 녀석들이 내 연설에 가암복(感服)해서, 돌아가는 길에 출구에서 색의로 바꾸겠다는 증표로 먹물로 표시를 해달라고 한 것이야.”

“도대체 누가…….”

“요컨대 내 부하들이 하고 있다 이 말이야.”

“통역하고 있던 그 노인도요?” 하고 인식은 갑자기 휘청휘청 거리며 무언가가 두려워 주저하는 듯이 희미한 소리로 물었다.

“그렇지. 그 사람은 예전에 내 중학 선생이었는데, 지금은 군청에서 교화주임(敎化敎化)이니까 물론이고 말고.”

“……제 선생님이기도 했습니다.”

“나도 알고 있어. 네 녀석들이 쓰을데없는 짓을 해서 저 선생이 쫓겨나서 곤란해하고 있어서, 부하로 쓰고 있는 것이야. 붓글씨를 잘 써서 정말 여러모로 쓸모가 있다니까.”

“…….”

두 사람은 각기 생각에 잠겨, 저편 좁은 골목으로 사라져 가는 사람들을 멍하니 바라보고 있었다. 다시금 그들의 눈앞에는 먹물로 된 표시가 칠해진 사내들이 대여섯, 죄수처럼 묵묵히 이어서 가는 뒷모습이 나타났던 것이다.

“교화주우임이 널 만나고 싶다던데. 좀 있다 찾아온다 하더라…….”

“……제가 와 있는 것을 알고 있습니까?”

“네가 도중에 나가는 것을 본 모양이구나.”

인식은 마침내 내일 아침 일찍 목적지인 양부산으로 가리라고 결심했다. 더 이상 한시도 부질없이 이곳에 머물 수 없을 것 같은 초조함에 어찌할 바를 몰랐다. 게다가 함께 같은 대학에 적을 둔 다른 학우들은 이미 양부산 화전민 집단 지구에 도착해서 각자 분담된 일에 따라 산민 경제(山民經濟)나, 종교 신앙(宗敎信仰), 문자 해독 정도, 질병 상태 등의 조사에 착수했음이 틀림없었다. 아무튼 그 무렵은 대학생을 시작으로 중학생에 이르기까지, 모두가 젊디젊은 열정을 안고서 여름방학을 이용해, 농촌과 어촌으로 산간으로 파고 들어가던 시절이었다. 야학을 열어 문맹에 빛을 안겨주기 위해, 또는 구석구석까지 그 생활을 조사해서, 그들과 호흡을 함께 하기 위해서 인식 자신도 같은 대학 출신으로 구성된 유학생 한 반으로 참가해서 양부산을 중심으로, 의학도의 한 사람으로서 산민들의 위생을 조사해서, 혹은 동시에 간이 치료를 실시하거나 하기 위해서 떠나왔던 것이다. 오랜만에 돌아와 보니 한 줌의 흙, 한 움큼의 풀조차 마음에 새로운 떨림을 느끼는 그였다. 하지만 본디 극히 소박한 감수성이 넘치는 젊은 인식에게는, 조사라고 하는 직무보다도 오히려 쫓겨 가는 화전민과 함께 통곡을 하고 싶은 어쩌면 감상적인 기분이, 부질없이 앞섰던 것이었는지도 몰랐다. 또한 어떤 면에서는 이러한 가장 황폐한 고향의 품에 돌아와, 무언가 알 수 없는 맹렬하게 사나운 자연에 연약한 마음을 질타당하고 채찍질당하는 것을 원했는지도 모르겠다. 경성에서 삼십 리 동쪽으로 준령(峻嶺)이나 협곡 사이를 합승 버스로 이 오지까지 들어오면서, 그는 자신의 감정이 얼마나 고양되었는지를 기억하고 있다. 몽땅 태워버린 험준한 산언저리에 화전민의 간이 움집을 바라봤을 때, 자신의 가슴에서 붉은 피가 그곳에 튄 것 같은 고통마저 느껴졌다. 이 뭐라 해야 할 비참한 고향의 모습이란 말인가. 도리어 그것을 아는 것이 무시무시한 기분마저 들었다. 우리들의 생활을 우선 알지 않으면 안 된다는 데 공감해서 따라온 그가 아닌가. 하지만 오늘처럼 또 도저히 비극적인 광경에 직면하게 되니, 마침내 자신마저 가련한 산민들 무리 속에 내쫓기고 있는 듯 했다. 그는 자신의 그러한 기분을 헤아릴 여유는 없었다. 하지만 역시 일종의 체념에 통해 있는 감상이라고 해야 할 것인가, 그저 다만 모든 의욕을 잃고 빈궁 속에 시달리는 화전민들 안으로 들어가기만 하면, 자신의 마음만이라도 가벼워질 것이라고 생각했다. 그래서 정작 자신이 그들을 어떻게 할 수 있는 것도 아니었다. 다만 자신도 그 가운데 한사람이라고 생각할 때, 곧 자신은 구제될 수 있다고 생각하는 것이다. 인식은 이것이야말로 감상적인 에고이즘인 것인가 하고 눈물을 글썽이며 생각했다.

　인식은 저녁밥을 물리고 뭐가 됐든 준비가 덜된 자질구레한 것들을 이 읍을 끝으로 두루 갖추지 않으면 안 되겠다고 생각했기 때문에, 코풀이 선생이 찾아오기 전에 어두운 읍내로 내려갔다. 산간 지방인 만큼 날도 일찍 저물어, 한여름인데도 밤은 현저하게 추워진다. 작년에 겨우 들어오게 되었다는 전등도, 거리 점포에조차 그다지 많이 켜있지 않고, 대개가 가게 앞에 석유램프를 흐릿하게 밝히고 있다. 길가 곳곳에 멍석을 깔고 모깃불 연기를 피우면서, 너덧 명씩 배를 깔고 길게 드러누워 있다. 시커먼 조선 개가 멍멍 하고 요란스레 짖어 대곤 했다. 이발소의 젊은 사내들이 창가에 두셋 기대서 괴아한 듯 그가 지나가는 것을 바라보고는 했다. 그는 우선 어딘가 약방이라도 없을까 하고 찾아 돌아다녔다. 경성을 떠나기 전에 돈복약(頓服藥),[10] 위장약, 키니네,[11] 안약 등을 일단 갖추고, 또한 선배 의사에게 여러 가지 주사약을 등을 받아서 떠나오기는 했지만, 이 산읍에 와서 처음으로 화전민에게는 무엇보다도 피부약이 가장 필요하리라는 것을 떠올렸던 것이다.

거기서 미량의 고약(膏藥)을 겨우 발견하고 양말, 타월 등과 함께 사서 뒷골목을 터벅터벅 걸어 돌아올 때였다. 조금 전부터 어쩐지 앞 쪽 어딘가에서 시끄럽게 부부가 아우성쳐 대는 소리가 들린다 싶더니, 마침 그곳을 지나가면서 보자니 생각했던 대로 어떤 그을린 작은 초가집 앞 어두컴컴한 곳에 대여섯 사람의 그림자가 서 있었고, 그 안에서는 살림살이가 던져지거나 깨지는 듯한 소리가 악다구니를 써 대는 부인의 소리와 함께 울렸다. 그런가 싶더니, 더러운 옷차림의 사내애가 도망치듯 쪽문을 뛰쳐나갔다.

"히히히." 하고 아이는 백치처럼 웃었다. 어둠 속에서 눈 쪽이 커다랗고 새하얗게 빛나 보였다. "어, 어무이가 아부지를 때리고 있다요."

"그려? 왜 그런다냐?" 하고 모두가 모여들었다.

"모른다요. 히히히. 들어와 보면 안다 안 하요. 들어와요. 들어오라 안 하요." 하고, 아이는 선두에 서서 연신 손짓을 하면서 다시 들어갔다. 두세 명의 사내가 겁먹은 듯이 줄줄 쪽문 안으로 따라 들어갔다.

초가집 안은 살기등등한 여자의 새된 소리로 울려 댔다. 당황해서 두세 마디 신음하듯 말하는 코풀이 선생의 코맹맹이 소리도 들려왔다. 그런데 그와 동시에 방금 전 패거리들이 허둥지둥 뛰쳐나왔다. 그 뒤로 살찐 한 부인이 미친 듯한 모습으로 키가 큰 코풀이 선생을 밀어내면서 튀어나왔다. 선생은 쓰러질 듯한 자세로 비명을 내질렀다.

"꺼지라요. 흥 이 늙다리 영감. 꺼지라지 않소! 이 미친 놈팽이, 빌어먹을 영감!"

---

10) 한꺼번에 다 먹는 약. 설사약 따위를 이른다.
11) 키니네(Quinine)는 항말라리아 약이다. 키니네는 거의 유일한 말라리아 특효약으로 제2차 세계대전 경까지는 매우 중요한 위치를 점하고 있었다. 열대지방에 식민지를 지배하고 있던 유럽 제국들은 키니네를 대량으로 소비했다. 일본은 다이쇼(大正) 말기(1910년대 말)에 세계 제 2위의 키니네 생산국이 됐다.

"왜 이러오. 왜 이러냐니까."

하면서, 옛 스승은 팔을 휘둘러 자신을 때리는 것을 필사적으로 피하려 하면서 신음했다. 뚱뚱한 부인은 산발한 머리를 늘어뜨리고 어찌하면 마음이 후련해질까만을 생각하며, 코풀이 선생의 등을 때리거나, 목덜미를 할퀴고, 허리띠를 쥐고 물거나 덤벼들고 있었다. 가까스로 사람들이 사이를 파고 들어와서 두 사람을 떼어놓았다. 그렇지만 부인은 아직 성이 차지 않았던 것인지, 계속해서 덤벼들면서 한바탕 탄식을 하기 시작했다. 인식은 그곳을 재빠르게 벗어나 관사로 가는 작은 골목길로 서둘러 가면서 은근슬쩍 엿들었다.

"자 여러분들일랑 들어들 보소. 이 늙어빠진 영감이 하나밖에 없는 흰 치마에 먹칠을 해댔다 안하오. 이 빌어먹을 영감탱이야. 네놈이 나한테 흰 비단 치마 하나라도 해줬느냐 말이다! 고것이 아니면 돈이라도 남겨서 가져왔느냐 이 말이요? 매일 밤 지주제에 술이 다 웬 말이요. 에, 연회라고라? 내일 처먹을 쌀도 없는 살림에 당췌 연회가 뭐 다요? 내 흰 치마를 어찌해줄 참이요. 어찌 할 것이냐고야. 군청 사람들만 혀도 지 집에 있는 옷은 수단 좋게 잘 간수한다 안 하느냐 말이요……."

"이제 그만들 혀시오. 그만 하라요." 하고 사람들이 달래려고 했으나, 이번에는 부인이 작정을 하고 아이고아이고 곡소리를 하는 것이 들려왔다. 뭐라 형언할 수 없을 정도로 슬픈 기분에 인식은 터벅터벅 걷고 있었는데, 갑자기 어떠한 기척이 나서 뒤를 돌아보자, 옛 스승이 숨이 차오르는 듯 숨을 후우후우 쉬면서, 도망치듯 자신의 뒤를 따라왔다. 이렇게 해서 결국 몇 분간 두 사람은 나란히 길 위를 터덜터덜 걸으며 걸음을 재촉했는데, 갑자기 코풀이 선생이 그를 알아보고는 급히 멈춰서자마자, 이것이야말로 일 년에 한두 번밖에 없는 일이라는 듯, 진심으로 기쁜 양 탁한 목소리로,

"박군이신가."

하고 미소를 띠고 말하면서 다가왔다. 방금 전에 벌어진 꺼림칙하고 부끄러운 사건을 인식이 알리가 없다고 생각한 것인가, 아니면 스스로 이미 까맣게 잊어버린 것일까.

"이야 선생님이십니까." 인식은 당혹한 기색을 숨기고 아무렇지 않아 보이게 노력하면서 그렇게 중얼거렸다.

"내 시방 마침." 하고 말을 걸면서 선생은 손수건에 코를 풀었다. 소매가 차마 볼

수 없을 정도로 찢겨져 있었다. "관사로 자네를 찾아가던 길이야."

"그 일 뒤로 별일 없으셨나요." 인식은 이번에는 오히려 침통한 기분으로 말했다. "학창시절에 정말 제멋대로 굴어서."

"아니야. 이미 난 그런 옛날 일은 생각하지 않기로 했다네. 그런데 도쿄에 있는 대학에 다니고 있다던데."

"예."

"정말 훌륭하네. 정말 여러분이 학교에서 추방 당했을 때는, 전도유망한 젊은이들이 이제부터 어찌 될 것인가 하면서 걱정을 했단 말이지."

어느새 그들은 좁은 골목을 벗어나 개천을 끼고 풀밭 위를 조용히 걷고 있었다. 맑고 차가운 물을 가득 채운 물살이 졸졸 소리를 내고 있었다. 먼 산기슭에 숨어 있던 달이 서서히 얼굴을 드러내고 있어서, 황금색 같은 월광(月光)은 빠져들 듯이 물살에 잠기고, 그것은 수면을 스치는 미풍에 흔들거려 야릇하게 아름다웠다.

"선생님이야말로 정말로 저희들 때문에……" 하고 인식은 마음속으로부터 동정을 금할 수 없는 기분으로 말했다. 이렇게 둘이서 무심코 걷고 있자니 코풀이 선생이 그저 가련해서 견딜 수가 없었다. "정말 난처해지셔서 어찌해야 할지……"

"무슨 소릴 하시는가. 어차피 그리 될 일이었어. 나도 좋아서 했던 일은 아니었지요." 그는 마치 인식과 함께 동맹휴업이라도 했다는 듯한 어조로, 시종 콧물을 훌쩍거리며 중얼거렸다. "……전공은 무슨 과신가."

"의과 쪽입니다." 하고 대답하면서 인식은 무심코 나이든 옛 스승의 얼굴을 올려다봤다. 희미한 달빛을 받아 약간 대머리진 얼굴이 빛나 보였고 예전에 혈색이 감돌던 흔적도 없이, 양 볼은 검게 그림자를 새겨 주름이 졌으며, 그전부터 선명하지 않던 눈은 한층 더 흐리멍덩하고 탁하게 변해 있었다. 코가 이상할 정도로 희미한 색으로 빛나고 있었다.

"호오 자네가, ……그거 정말……" 하고 말하며 그는 얼굴을 들어 빛나는 코를 손수건으로 닦았다. "인식군은 분명 정치과가 아니면 법과에 가리라고 생각하고 있었지요……법과였다면 고문(高文)[12]을 치는 게 제일이지요. 뭐든 전부 자격을 따지게 되는

---

12) 고등 문관 시험의 준말.

것이니까 말이지요."

"……."

"군수님도 자격없이 벼락출세를 했기 때문에, 이런저런 일로 참 딱한 일에 처할 경우가 이만저만 해야 말이지요……. 군수님은 내 제자였지요."

"네, 중학교 때입니까."

"그렇지요. 군수님은 그래도 실로 명관이시라서." 라고 말하면서, 인식의 심사를 살피는 듯한 시선으로 비굴하게 그의 얼굴을 살짝 보았다. "그래서 윗사람에게도 평판이 좋고 아랫사람에게도 인기가 있지요. 실로 대단한 수완을 갖춘 분이시지요."

인식은 듣고 있는 것조차 민망해서 엉겁결에 얼굴을 돌렸다. 이제 그림처럼 둥근 달은 완전히 산기슭을 나와서 소리도 없이 빛을 내려보내고, 아름다운 수증기가 달빛에 반짝반짝 빛나는 가운데를, 이슬은 조용히 내려와서는 무성한 풀밭을 적시고 있었다. 걸을 때마다 구두는 쓸쓸한 소리를 올리며 젖어들고, 방울벌레가 주변 일대에서 따르르 따르르 하고 매우 낮고 힘없는 음으로 울고 있었다. 멀리서 희미하게 들려오던 부인의 곡성도 더 이상 들리지 않았다. 옛 스승도 무언가 깊은 근심에 빠져있는 것인가, 코도 훌쩍이지 않고 잠시 동안 입을 굳게 다물고 있었다. 온화한 은색 달빛이 녹아들은 개울의 물살을 물끄러미 지켜볼 뿐.

"난 자네와 만나서 오늘 밤은 학교에 있을 때 가르치던 달 노래(조선의 와카)[13]를 떠올렸다네. 사 학년 교과서에 있었지요. 좋은 노래였지요."

"예, 그랬었지요……." 인식도 문득 회고적인 쓸쓸한 기분이 들어서, "선생님" 하고 입을 열었다. "이제 여기서 헤어지시겠습니까? 저는 내일 아침 일찍 떠나야 합니다만……."

"어느 쪽으로." 하고 코풀이 선생은 인식의 얼굴을 의아한 듯이 바라봤다. 그 눈에는 젊은 제자에 대한 쓸쓸한 애정어린 빛이 깃들어 있었다.

"네. 군(郡)의 경계를 넘어서 H군(郡)에 있는 양부산 쪽에 가려고 생각합니다만……."

---

13) 원문에는 '달의 시조(月の詩調)'라고 되어 있고 시조 위에 '노래(うた)'라는 토가 달려있다. 그리고 괄호치고 '조선의 와카(朝鮮の和歌)'라는 부연설명이 있다. 이는 일본의 독자에게 생소한 부분을 설명하기 위함인데, 번역시에 이것을 우리말로 부연설명 없이 바꾸면, 원작이 창작된 배경 및 의도를 느낄 수 없기에 그대로 번역한다.

"그렇게 또 대단히 힘든 일을……. 길도 없는 험한 곳인데."

"예. 산에 오르는 것을 좋아해서요."

"오호 역시. 젊은 사람들은 힘이 넘치는군요. 자네도 역시 브나로드(당시의 문자보급운동)입니까. ……하지만, 무엇보다 몸을 소중히 하셔야 하네." 하고 코풀이 선생은 진심으로 말했다. "하지만 관사까지라도 함께 가시려나. 나도 군수님께 마침 용건이 있으니……."

두 사람은 다시 침묵하고 걷기 시작했다.

"또 언제 다시 만날 수 있으려나." 하고 옛 스승은 슬픈 듯 멈춰 서서 중얼거리곤 했다.

잠시 후에 관사에 도착해 문으로 들어가자, 창문을 활짝 열어젖혀 놓은 밝은 객실 한 가운데에 유카타(浴衣)를 걸친 숙부가 등의자에 몸을 젖히고 턱 버티고 앉아서, 쑥 내민 커다란 배에 부채로 바람을 보내고 있었다. 코풀이 선생은 현관으로 들어 가려고 하지 않고, 창문 쪽으로 가면서 숙부쪽을 보고는 정중하게 허리를 굽혔다. 군수는 전혀 눈치채지 못한 것인지, 조금도 몸을 움직이려는 기색이 없었다. 인식은 마침내 참을 수 없을 것 같은, 게다가 예전에 가르치던 제자인 군수 앞에서 늙은 옛 스승의 비참한 모습을 보는 것이 잔인한 것 같은 생각이 들어서, 앞서 총총걸음으로 현관에 들어갔다. 하지만 객실 뒤쪽 복도에 접어들었을 때,

"인조쿠"[14] 하고 숙부가 변함없는 내지어로 부르는 것을 듣고는,

"네." 하고 대답하며 멈춰섰다.

"들어 오거라."

미닫이를 열더니,

"정말로, 너는 결국 내일 떠어날 생각이더냐."

"네 내일 아침 떠날 생각입니다."

보아하니 코풀이 선생은 창문 밖에서 창가에 기대듯이 서서 이쪽을 바라보고 있었다. 아마 이 옛 스승이 그가 내일 떠나는 것을 군수에게 말했던 것이리라.

"그러냐. 그러면 H군이나 F군 쪽으로 가는 것이 좋을 것이야. 시일제(實際) 화전민이

---

14) 주인공 '인식'의 일본어식 읽기. 원문을 보면 '植' 위에 '조쿠(ぞく)'라는 토가 달려있다.

라는 자들은 내 관할 군에는 조금밖에 없단다. 즈으윽 내 정책이 좋아서 거의 모두를 평지로 내려 보내 노동민으로 만들었단다. 저 선생도 알고 있는 일이지. 그렇지 않나?"

코풀이 선생은 순간 당황한 듯 고개를 끄덕끄덕해 보이고는,

"전임 군수님 때보다 오분지 일도 안 된다 이 말씀입죠. 헤헤." 하고 극히 격조가 낮은 내지어로 추종하는 듯이 낮은 소리로 중얼거렸다. "화전민이라면 다른 군이 좋을 것입죠. 그래서 인식 도련님도 H군에 있는 양부산으로 떠난다고 말씀입죠."

"그게 좋아. 그곳은 관청에서도 대놓고 화전민이 사는 것을 허용하는 지구(地區)니까."라고 말하고, 목에서 그르렁그르렁 넘쳐나던 거담을 밖으로 뱉어 내려고 코풀이 선생 머리 위쪽으로 몸을 내미는가 싶더니, "이거 큰일이군!" 하고 갑자기 소리를 질렀다. "앗 산불이얏. 산불!"

그 말에 놀라 인식도 창가에 달려가서 바라봤는데, 동쪽 먼 산악지대 위로 조금 붉은 저녁놀과 같은 연기와 안개가 그 일대에 자욱이 끼어 있는 것이었다. 옆쪽으로 길게 끼어 있는 권적운이 마치 타고 있는 것 같아서, 그 위에는 또 이상하리만큼 붉게 달아오른 달이 둥실 떠올라 있었다.

"이런 빌어먹을. 재수없게시리." 하고 숙부는 이를 갈면서 법석을 떨었다. "아직까지 저런 곳에 화전민 놈들이 숨어 있었단 말이냐!"

"저건 분명 H군에 틀림없습죠." 하고 코풀이 선생은 갈팡질팡하며 중얼거렸다. 그리고는 갑자기 어찌해야 좋을지를 몰라서 허둥대더니 네다섯 걸음 문쪽으로 뛰어갔다.

"이봐 선생!" 하고 군수는 당황해서 큰 소리로 멈춰 세웠다. "아니지. 교화주임 상. 얼른 모두 군청에 모이도록 손을 쓰시오. 산림 감시원도 어서 불러 모아야 하지 않겠소."

"예엡, 예엡." 하고 몇 번이고 허리를 굽히고서 코풀이 선생은 어둠 속으로 사라졌다.

그 뒤를 숙부도 뒤쫓아서 허둥지둥 방을 뛰쳐나갔다. 인식은 창가에 기댄 채로 격렬하게 가슴이 떨리는 것을 느끼면서, 점차 거세져 가는 불길을 바라봤다. 들가에는 안개가 껴서 산들이 바다처럼 부침하고 있는 것처럼 보였고, 다만 동쪽 산 능선 주변만이 흐릿한 붉은 색으로 희미하게 타오르고, 때때로 숲이 타오르면서 딱딱 튀어 바람에 휘날려 오는 것일까, 지금이라도 천둥소리라도 우르르쾅쾅 울려낼 것처럼 번개

마냥 하늘이 새하얗게 일그러져 보이거나 했다. 달은 화염에 가려 희미해져서 이미 빛을 잃었고, 무언가 흉조(凶兆)라도 보여주듯 어슴푸레하게 떠 있었다. 그러는 사이에 주위도 어수선해져 갔다. 사람들이 언덕 위쪽으로 이 처참한 광경을 구경하러 온 것이다. 산속으로 산속으로 쫓겨나기만 하는 화전민들은 그렇게 바람도 없는 백주 대낮인데도 경지를 얻기 위해서 산에 불을 붙였다. 하지만 갑자기 바람이 불거나 해서 산불이 잇따르면 이렇게 또 관청에까지 알려지게 되는 것이었다. 게다가 이곳 산민들에게는 그러한 산불이 번지는 광경이 무엇보다 아름다우며 저주 받은 볼거리임에 틀림없었다.

"잘 타오른다!"

"대단히 큰 산불이 아닌감. 저래서는 며칠 밤낮이고 계속될지 모르겠구먼."

등등 저마다 소리치는 소리가 들려왔다.

"H군에 틀림없드레요. 분명 H군이드레요."

"그래 내일은 저쪽을 향해 가보자."하고, 인식은 자신에게 중얼거리는 것이었다. "그곳을 통과해서 양부에 가는 거다."

다음날 아침 일찍 일어나서 바라보니 지난 밤 화염이 치솟았던 동쪽에 연이어 있는 산들 위로는 안개처럼 보이는 하얀 연기가 뭉게뭉게 하늘로 빨려 들어갈 것처럼 그 일대에 자욱하게 끼어 있었다. 이제 점차 바람도 그쳐서 불기운이 약해져 가는 걸까. 하지만 그는 여행을 떠날 차비를 마치자, 어쨌든 타고 갈 수 있는 곳까지는 승합 버스를 타고 가려고, 하루에 한 번밖에 운행하지 않는 버스에 늦지 않기 위해 차부(車部)로 서둘러 떠났다.

그 날은 마침 시장이 서서, 이미 거리 양쪽에는 천막이 삐라를 뿌려놓은 듯이 세워졌고, 잡화나 포목, 포리, 밤 그리고 건어물, 다시마 등이 그 아래에 놓여있었다. 두건을 쓴 검게 탄 장돌뱅이 사내들이 큰소리로 기운 좋게 떠들어 댔다. 그 천막 사이를 산읍 사람들과 깊은 산속에서 장을 보러 나온 사내들이, 왁자지껄 소란을 피워가며 분주하게 오가고 있다. 인식은 이 극도로 초라한 시장 안을 누비기라도 하는 것 마냥 바삐 지나갔다. 아낙네 두세 명이 천막 아래에 쪼그리고 앉아서 빗을 고르거나, 천조각을 대보는가 하면, 또 어느 곳에서는 노파에게 밤 떡을 사먹거나 하는 사내들이 있었다. 그때 문득 그는 이 사람들 사이에 어제마냥 등에 먹물로 표시를 한 사람들이 있는 것을 보고 깜짝 놀랐다. 어쨌든 그것이 방금 전에 칠해진 것처럼 먹물이 방울져 떨어지는 것 마냥 생생했던 것이다. 과연 또 한구석에는 새하얀 저고리를 입은 아낙네들이 두셋 서로의 등에 찍힌 표시를 마주 보면서 한스러운 듯 아우성치고 있었다. 어어럽쇼 이상하군, 하면서 여기저기 주위를 살피면서, 거의 시장을 다 빠져나올 무렵, 건너편 광장에서 승합버스가 갑자기 부우부우하는 경적을 울리며 지금이라도 발차(發車)하려는 듯한 태세여서, 그는 서둘러서 그쪽으로 뛰어갔다.

차는 낡고 소형이었는데 예상대로 사람이 적어서, 쉽게 탈 수 있었다. 그리고 그는 가솔린이 내뿜는 매연과 악취 속에서 상의를 벗고는, 손수건으로 목덜미에 배인 땀을 닦아내면서 무심코 창밖으로 눈길을 가져갔다. 그런데 그 순간 그의 눈은 얼어붙은 듯 움직이지 않았다. 거기서부터 얼마 떨어지지 않은 시장 입구에 해당하는 포플러 나무 밑에 두세 명의 군청 직원과 함께 손에 먹통과 붓을 든 키가 껑충 큰 코풀이 선생이 서 있는 것을 발견했던 것이다. 그 뒤로는 숙부와 내무주임이 대기하고 부채질을 하면서, 싱글벙글 유쾌한 듯 지휘하고 있다. 젊은 사내들이 아무것도 모른 채 시장에 들어오려고 하는 남자와 여자를 잡아 오면, 코풀이 선생이 그 지저분한 옷에 먹물로 표시를 했다. 모두 케들케들 웃어 댔다. 하지만 코풀이 선생은 얼굴의 땀과 코를 연신 훔쳐 댈 뿐이었고, 먹물이 칠해진 남자도 또한 입을 다물고 목덜미에서 땀을 닦아내면서 사라졌다. 과연 한 여자가 손을 휘저으며 비명을 내질렀다. 그러자 군수를 비롯한 사내들은 더욱더 기분이 좋은 듯 마구 소리를 내서 웃어 댔다.

인식은 조용히 눈을 감고 부들부들 떨리는 마음을 진정시켜보려 했지만, 가슴속에서 부글부글 치밀어 올라오는 분노를 어떻게 하면 좋을지 알 수 없었다. 차가 움직이기 시작했을 때, 결국 그는 아이처럼 양손에 얼굴을 묻고 잠시 동안 미동도 하지 않았다.

종점인 산속에 당도해 차에서 내려서, 조운령(鳥雲嶺)이라고 하는 산을 넘어 드디어 H군 경계에 들어가게 되었다. 연기가 치솟고 있는 방향을 향해 가는 것인데, 전방에는 거대한 산에 연이은 봉우리가 병풍처럼 앞을 가로막아서 연기도 분명하게 보이지 않고 다만 조운령 위에 하얀 구름이 피어오르고 있을 뿐이었다. 깎아지른 협곡 위를 오르면서 멀리 바라보니, 산 중턱부터 정상에 걸쳐 화전민 손에 황폐해진 검푸르게 변한 산들이 서로 으르렁대고, 적송과 낙엽송, 상수리나무 등으로 이뤄진 숲은 휘어질 정도로 흔들거리고, 아래에는 한강 백 리 상류가 검게 보일 정도로 푸른 물살이 도망치듯이 흰 물보라를 일으키며 흘러가고 있다.

심산 속으로 깊이깊이 들어가니, 바람은 차고 햇빛은 또한 희미해져 갔다. 게다가 산들이 황폐해짐도 갈수록 심각해 만신창이라고 해도 좋을 벌거숭이가 되어 있었고, 버려진 화전이 고약을 붙인 상처처럼 군데군데 검게 그을린 채로 착 달라붙어 있었다. 협곡을 사이에 둔 맞은편 낭떠러지 산 위에는 누가 살고 있는 것인지, 노란 귀리밭 물결이 바람에 나부끼고, 한 쪽으로는 간이 움집이 죽은 새처럼 걸려있었다.

깊어가는 산속을 몇 시간이고 걸어가는 사이에, 드디어 좀 높은 산자락 사이에서 움집을 발견했다. 움집은 숨듯이 납작 엎드려 있었고, 뒤로는 적송 세 그루가 서 있었다. 그 아래쪽으로는 널따란 화전이 경작되어 있었는데, 그것은 신기하게도 퍼런 것들로 뒤덮여 있었다. 당장이라도 날아갈 것 같은 움집 안은 쥐 죽은 듯이 조용해서 말을 걸어봤지만, 대답이 없다. 토방을 엿보니 깨진 항아리나 더러운 사발 몇 개가 놓여있고, 작은 바구니 옆에는 지게가 하나 세워져 있었다. 어두컴컴한 방안을 살펴보았는데, 거기에도 또한 이렇다 할 가재도구는 없다. 무언가 상한 듯 악취가 풍기는 가운데 파리가 윙윙 소리를 내며 날아다니고, 토벽에는 묵으로 쓴 수상한 부적이 더덕더덕 붙어 있었다. 야릇한 기분으로 그것을 바라보고 있을 때, 갑자기 방안에서 아이들의 날카로운 울음소리가 들려와서, 인식은 흠칫 놀라 우뚝 선 채 꼼작도 하지 않았다. 보자니 과연 어두운 구석에 두 아이의 그림자가 벽에 딱 달라붙은 채로 겁에 질려서 울고 있었다.

"이런 꼬마들이 거기 있었구나." 묘하게 숨이 막히는 듯한 소리로 그는 입을 열었다. "난 무서운 사람이 아니란다. 아버지랑 어머니는 어디에 가셨니."

아이들은 나오기는커녕, 점점 더 불이라도 데인 듯이 마구 울어 댔다. 부모는 멀리서 그가 오는 것을 보고, 분명히 산림 감시원이라고 확신하고 아이들을 남겨둔 채로, 어딘가로 황망히 도망쳐 숨어버린 것에 틀림없었다.

"난 조금도 무서운 사람이 아니란다." 하고 말하면서, 인식은 허리를 굽히고 륙색을 어깨에서 내려놓았다. "꼬마들아 자 이리 오렴. 울지 않아도 된단다."

하지만 륙색에서 단 것을 싼 보자기를 꺼내려던 그의 손은, 짐작 탓인지 격렬하게 떨렸다. 자 뭣들 해, 맛있는 것을 줄게라는 소리가, 어찌해도 이어져 나오지 않았다. 이렇게 산에 사는 아이들에게는 장난감을 줘도 노는 방법을 모르고, 또한 과자를 줘도 먹을 것이라는 사실을 모른다는 이야기를, 그는 갑자기 떠올렸기 때문이다. 아이들은 점점 더 무서워졌는지 구석에서 서로 꼭 껴안은 채로 뒷걸음질을 쳤다. 그런데 갑자기 울음소리가 그쳤다고 생각돼서 돌아보자, 슬금슬금 쥐처럼 두 아이가 토방 쪽을 빠져나가, 다시 으앙 하고 울음을 터뜨리면서 바깥쪽으로 모습을 드러내고 도망쳤다. 인식은 저도 모르게 털퍼덕 그곳에 주저앉고 말았다. 등줄기에 흥건히 땀이 배어 나오는 것을 느꼈다. 몸을 움직일 수조차 없었다. 아이는 둘 다 상의를 입지 않았고 게다가 맨발이었다. 큰 아이는 여자아이 같았는데, 머리가 텁수룩하게 까치집을 짓고 있었고, 작은 사내아이의 손을 연신 잡아끌면서 내달려 갔다. 사내아이가 넘어지려하자 그녀는 아이를 앞으로 껴안듯 다시 자갈 위를 달려가는 것이었다. 산바람은 격렬하게 치불어서 그들은 넘어질 듯 말듯 한 갈지자걸음으로 걸었고, 태양은 그러한 시커먼 벌거숭이 상반신을 바로 위에서 적동(赤銅)처럼 내리쬐고 있었다.

"엄마, 엄마." 하며 작은 사내아이는 마구 울어 댔다. 그 소리에 놀란 듯 근처 바위 그늘에서 커다란 매 한 마리가 날아올랐다.

인식은 할 수 없이 말없이 일어나 륙색을 짊어지고, 반대 방향으로 산을 타고 올라갔다. 그는 지금 받은 인상이 너무나도 강렬한 나머지, 뭔가에 자신이 쫓기고 있는 듯한 기분이 들었다. 아무래도 나와 같은 사람이 올 곳이 아니다. 정말 어째서 이런 여행을 떠나온 것인가 하고 자문마저 했다. 이것이야말로 내 감상벽(感傷癖)을 요령 좋게 만족시키기 위한 여행이 아니란 말이냐. 비참하다 비참하다 하고 내가 외치고 다닌다 해서, 그게 도대체 그 사람들에게 무슨 도움이라도 된단 말인가. 그는 제대로 난 길도 없는 산속을 도망이라도 치는 듯 서두르면서, 자신을 한없이 책망했다.

하지만 이렇게 다시 산속을 헤매며 걷는 사이에 두세 칸의 움집을 발견하기는 했지만, 모두 빈집으로 아무도 살고 있지 않았다. 어쨌든 화전민은 산에 불을 질러서 그

타고 남은 재를 거름삼아 산중턱이나 산꼭대기를 경작해서, 감자나 콩, 귀리, 도토리 등을 먹고 연명하는 사람들이다. 하지만 한 곳에 이삼 년이나 기거하다 보면 거름이 더 이상 효과가 없어져서, 다시 움집을 버리고 보다 깊은 산속 처녀지를 향해 불을 지르면서 들어간다. 방화는 쫓겨나는 그들이 세상을 향해 보여주는 저주라고 해야 할 것인가. 군청에서는 또 자신들이 관리하는 구역에서만큼은 그들을 살지 못하게 하려고 해서, 여기저기서 화전민을 쫓아낼 뿐이었기 때문에, 그들은 어쩔 수 없이 전인미답(前人未踏)인 산속 깊숙이 마치 치번책(治蕃策)에 걸려든 야만족처럼 도망쳐 들어가는 것이었다.

하지만 가까스로 조운령 한 봉우리에 이르러 그걸 넘어 H군 쪽으로 내려가려고 할 때, 우연히 오후 햇볕을 받아 건너편에 잘 경작해 놓은 화전 슬로프가 눈이 번쩍 뜨이도록 반짝이고 있는 것을 보았다. 그는 깜짝 놀라서 거의 누군가 잡아당기듯이 그 쪽으로 지팡이를 짚으며 서둘러 갔다. 암석 위에 서서 내려다보니, 역시 생각했던 대로 부채꼴로 퍼진 경사 전체가 정말 구석구석까지 빈틈없이 경작되어 있어서 설익은 곡초로 일대가 뒤덮여 있었다.

먼 곳 바위 그늘이나 또는 대수롭지 않은 나무 아래에 띄엄띄엄 화전민 움집이 산재해 있어서, 금빛을 받아 반짝반짝 빛나 보였다. 그래서 그는 이미 저녁때도 되었고 해서, 아무쪼록 이 부락에서 재워달라고 해야겠다고 생각하고는 산을 내려가기 시작했다. 그런데 그때 먼 곳에서 누군가가 큰 소리로 무언가를 소리친 것 같아서 급히 걸음을 멈추고 섰다. 역시 누군가가 자신이 오는 모습을 재빠르게 발견하고, 같은 부락민들에게 급하게 소식을 전하려고 소리를 지른 것에 틀림없었다. 갑자기 여기저기 움집에서 두세 명의 남자와 여자가 기어 나오더니, 맞은 편 산비탈 쪽을 향해 도망치는 작은 그림자가 보였다.

인식은 표연히 발뒤꿈치를 돌렸다. 역시 그만두리라 생각했던 것이다. 그래서 다시 산 위로 올라가고 있을 때, 이번에는 문득 저 멀리 동북 방면에서 몇 개의 산을 넘은 건너편에, 저녁노을의 반사를 받고 거무스름한 연기가 뭉게뭉게 피어올라 아름답고 맑은 하늘에 바림질을 하듯이 멀리 퍼져가는 것을 보았다. 그렇지, 바로 저기야 꽤 가까이 왔군 하고 그는 저도 모르게 기쁜 듯이 외쳤다. 그리고 마치 자신은 그곳에만은 어찌해도 가지 않으면 안 되는 용건이라도 있다는 듯, 서둘러 그 방향을 향해 내려가기 시작했다. 하지만 도중에 작은 끈과 같은 모양의 지름길을 발견하고 그 길을 통해서 가는 중에, 깊은 소나무숲 속에 들어갔는데, 얼마 멀지 않는 곳에 귀를 먹게 할 정도로 높은 곳에서 떨어지는 폭포가 있었고, 그 암벽 위에는 육 층으로 된 탑이 날개를 펼치고 서 있는 것을 보았다. 그래서 분명히 어떤 사찰이라도 있는 것이 틀림없다고 생각하고, 폭포 옆을 통과해서 어스레한 숲속을 헤치면서 들어가자, 오히려 절이라고 하기보다는 무슨 사당이라고 해야 할 법한 기와로 된 움막이 세워져 있었다. 거기에는 극락전(極樂殿)이라고 하는 낡아빠진 현판이 걸려 있었다. 석양은 이끼 낀 기와지붕과 풀이 자란 처마 끝을 비추고, 쓸쓸해 보이는 그림자는 살며시 낡은 초석(礎石)이 남아있는 마당에 떨어지고 있었다. 기거하는 중을 찾아보니 번들번들한 대머리에 덩치가 큰 노승이, 장지문을 열고 눈을 깜박거리면서 얼굴을 내밀었다. 그는 가던 길에 날이 저물었으므로 하룻밤 재워달라고 말했다. 노인은 수상쩍다는 듯 아무 말도 하지 않고 빤히 인식의 행색을 위에서부터 아래까지 훑어보고는, 갑자기 몸을 움츠리고 잠시동안 안에 있는 사람과 무언가를 속닥속닥 상의하는 것 같더니, 턱을 치켜 올리면서 들어오라는 시늉을 했다. 법당 앞을 지나가면서 보자니, 목각 불상 하나가 어두컴컴한 가운데 홀로 외로이 놓여져 있을 뿐, 향은 물론 염불 소리 하나조차 읊지 않는 버려진 절이 분명해 보였다.

음산한 방안에는 노승 이외에 얼굴이 갸름하고 새하얀 옷을 걸친 서른 살 정도의 사내가 쭈그리고 앉아 찐 옥수수를 먹다가 몸을 일으켜서 흘깃 인식을 노려봤다. 실로 날렵하고 사나운, 무서울 정도로 번쩍번쩍 빛나는 눈이었다. 한구석에는 연적이 놓여있고 그 옆에는 방금 전 화전민 집에 있던 벽에서 보았던 것과 똑같은 먹글씨로 마구 써 댄 부적이 가득 겹쳐 있었다. 이 두 사람이 무지한 그들에게 이 부적을 팔아서 먹고 살고 있는 것이라고 그는 생각했다. 순간 불안한 마음이 들어서 표정이 어두워졌다. 두 사람은 경계하는 듯이 서로 눈짓을 주고받으면서, 인식에게 두런두런 여러 가지를 물어보았다. 그리고 그가 단순히 여행 중인 학생인 것을 확인하고는 그제서야 안심하는 눈치였다. 사내는 자신의 이름이 아무개라고 말하고, 이 고찰에 백일기도를 올리기 위해 와 있노라고 사칭했다. 노승은 간사하게 눈을 번득이면서, 이 사람은 아무개 선생의 이름난 제자로 이미 신선과 매한가지인 분이므로, 그를 믿기만 하면 무병무재(無病無災), 불로장생(不老長生) 할 수 있다고 말하는 것이었다. 그때 사내는 얼굴을 들더니 눈을 뻔적이며 노승을 노려봤다. 그러자 노승은 당황해서 헤헤— 하고 침을 흘리며 웃고는, 갑자기 놀라서는 서둘러 입을 다물어 버렸다. 인식은 어쩐지 등에 냉수를 끼얹은 것처럼 오싹해졌다. 조금 있다 사내가 무언가 볼일이 있어 나갔을 때, 노승은 인식에게 그 사내에 대해 좀 더 자세하게 알려주고 싶었던 모양인지, 소매를 끌면서 목소리를 죽여서 말하는 것이었다.

“저 분은 말일세. 열흘 동안 아무것도 먹지 않고 산다네.”

그때 갑자기 남아있던 햇살마저 사라져서 방안은 어두워졌다. 어디선가 뻐꾸기가 울고 있었다. 그날 밤은 신기하게도 바람도 멎고 청명한 달빛이 방안으로 흘러 들어왔다. 인식의 마음속은 다만 어둡고 큰 구멍을 뚫어놓기라도 한 듯, 감정도 감각도 축 늘어진 피로감에 공허함 속을 부유하고 있는 것 같았다. 육체적인 피로도 심했던 것이다. 인식은 다만 한 구석에 몸을 앞으로 웅크리고 노승이 퍼온 맑은 물만 몇 번이고 들이켰다. 희미한 등불 아래 두 사람이 이상한 맛이 나는 식빵을 걸신들린 듯이 게걸스레 급히 먹고 있었다.

“당신네들.” 하고 인식은 기분 나쁜 듯이 물어봤다. “그렇게 수행을 해서 어찌하시려는 겁니까.”

사내는 잠시 뒤돌아보더니 껄껄대며 웃었다.

“불쌍한 창생(蒼生)을 구제하는 겁니다.”

“창생을?”

“그렇습죠. 우리 대 선생님의 가르침을 믿으면, 가까운 날에 물의 심판이 있어서 세상의 중생이 모두 물에 빠져 죽어도 우리들만은 금강산 피수궁(避水宮)에 인도되어 신선이 되는 것입죠. 불의 심판이 내리는 것도 머지않았습니다.”

“헤헤헤, 정말 지당하신 말씀을.”이라고 말하고 노승은 추종한다는 듯 사내 쪽으로 눈웃음을 던졌다. “그래서 이 근처 산에 사는 사람들은 말입죠, 이분을 신선으로 추종하고 있는 겁니다요. 기도로 병을 고쳐 주시기도 하고, 게다가 감사한 것이 열성적인 신자는 앞으로 먹지 않고도 살아갈 수 있는 비법을 가르쳐준다 하지 않냐 말입죠. 헤헤, 정말, 정말로……."

인식은 이러한 산간에 가지각색의 사교(邪敎)가 발호해서, 무지한 산민들의 비참한 생활 속에 기생하고 있음을 알고 있었다. 이 치들도 분명 그러한 일당에 틀림없다고 생각하자니, 인식은 으스스해진 듯 순간 얼굴이 굳어져서, 사내를 가만히 응시했다. 사내는 당황한 듯 갑자기 얼굴색이 변해서는, 다시 기묘한 목소리를 내면서 껄껄껄 웃어 댔다.

"우리 흰 옷을 입는 조선동포는 누가 뭐라 해도 정감록(鄭鑑錄, 고래(古來)의 요서(妖書))에 의지하지 않으면 구원받지 못한단 말입지요. 분명히 책 안에 백의동포가 나아갈 길과 운명이 예언되어 있습죠."

"정감록?"

"낄낄낄 어려운 것일랑 없다요. 흰 옷을 입고 ××××××××××15)라고 외우면 그걸로 구원을 받는다고 정감록에 써 있으니까 말이야. 케케케……."

산간으로 쫓겨난 사람들은 무언가 하늘로부터 기적이라도 일어나기를 너무도 기원한 나머지, 언젠가는 행복한 나라로 인도받아 간다고 생각하고 몸을 잔인무도한 자들에게 맡기는 것이었다. 그것을 생각하자 인식은 무언가 가슴을 세게 짓누르는 것 같아서, 다만 이러한 끔찍한 현실에서 눈을 가리고 싶다는 생각이 들 뿐이었다. 이 사내들은 조선인은 백의를 벗어서는 구원받을 수 없다는 교의를 갖고 있는 것일지도 모르겠다. 문득 그의 눈 앞에는 그것과 대조적으로 시장입구 포플러 나무 아래에 서 있던 숙부와 코풀이 선생의 모습이 어른거렸다. 그러는 사이에 사내와 노승은 누워서 쿨쿨 코를 골기 시작했는데, 인식은 도무지 쉽게 잠이 들지 않았다. 전전 반측하다가, 밀려들어오는 상념에 신음하면서. 공중의 날짐승을 보라. 씨 뿌리지도 아니하고 거두지도 아니하며 곳간에 모아들이지도 아니하되. 너희 하늘 아버지께서 먹이시나니 너희는 날짐승보다 훨씬 더 귀하지 아니하냐(마태전(馬太傳)).16) 들에 있는 백합이 어떻게 자라는가 생각해 보라. 수고도 아니하고 길쌈도 아니하느니라.17) 하물며 너희들이랴. 하지만 여기에 힘들여서 씨뿌릴 토지도 없고, 거둘래야 거둘 것도 없고, 먹을래야 먹을 것

---

15) 원문에는 '복자'가 엑스자가 아닌 공백으로 표시돼 있다.
16) 「마태복음」 6장 26절(킹제임스판 참조).
17) 「마태복음」 6장 28절.

이 없으니, 하늘을 나는 날짐승보다도 "오늘 있다가 내일 아궁이에 던져 질 들풀"[18] 보다 못하게 버려진 민족이 있다. 그리고 그들의 생명은 잔인무도한 자들의 손에 맡겨져서, 그 생활마저 끊임없이 위협받고 있는 것이다. 무서운 악몽이 그를 덮치고 있었다. 자신은 또 이 뭐라 할 우스꽝스러운 존재란 말이냐. 코풀이 선생과 함께 자신이 산에 사는 화전민에게 습격을 당해서 정신없이 도망치는 꿈에 가위눌리고, 또 다음에는 무서운 산사내들에게 붙잡혀서 짐과 옷까지 빼앗기고, 무시무시한 폭포 위에서 천 길낭떠러지에 떨어지기도 했다. 그는 공포에 사로잡혀 발을 구르며 몸부림치는 가운데 마침내 물방울이 튀었다고 느끼고는 아악 비명을 내지르고, 자신의 목소리에 놀라서 한밤중에 눈을 번쩍 떴다. 주위를 살펴보니 이미 거기에는 방금 전에 있던 두 사람의 모습은 보이지 않았다. 그날은 신기하게 조용한 밤으로, 달빛이 넘쳐흐르듯이 방안으로 들어와서 안이 훤했다. 어럽쇼 하며 그는 벌떡 일어났는데, 그때 마당 앞쪽 곳곳에서 사람들이 무언가를 서로 외우는 소리가 들려왔다. 그는 거기서 주변을 조심스럽게 한 번 둘러보고, 몸을 내밀어 장지문이 찢어진 구멍으로 밖을 훔쳐보기 시작했다.

얇게 푸른 빛을 띠기 시작한 달의 희미한 불빛이 물결치듯 흘러가고 있는 마당에, 수십 명이나 되는 남자와 여자의 검은 그림자가 무슨 쌀자루처럼 웅크리고 앉아 중얼중얼 주문을 외우고 있었다. 법당 툇마루 끝에서는 방금 전 그 사내가 바투에 있는 노승의 시중을 받으며 정좌하고, 감동한 듯 저속한 어조로 교리를 설파하고 있었다. 그의 옆에서는 남자와 여자들이 시주하기 위해 가져온 것이 틀림없는 산에서 난 곡식을 넣은 자루가 겹겹이 쌓여 있었다. 인식은 자신이 방금 전보다 지금 더욱더 악몽에 시달리고 있는 것이 아닌가 하고 자신을 다시 한 번 의심해 보았다. 훌쩍훌쩍 아낙네들의 우는 소리가 들려온다. 달빛은 흔들리면서 더러워진 옷차림의 그들을 해골처럼 부각시킨다. 으응 으응 하고 신음하는 사내도 있다. 인식은 쩌릿하게 전신이 마비되는 것 같았다. 물론 그것은 어제 회당에서 숙부와 코풀이 선생을 대했을 때와는 또 다른 놀라움과 비탄에서였다. 마당 끝자락 한구석에 촉촉이 젖은 덤불 속에는, 백백합(白百合) 몇 송이나 고개를 숙이고 있다. 꽃잎에 이슬이 맺혀 그것이 아름답게 달빛에 빛나

---

18) 큰 따옴표가 되어 있는 부분이 「마태복음」 6장 30절의 구절 중 일부분이다. 그 나머지는 성서에서 끼워맞췄거나, 김사량이 임의로 쓴 내용이다.

며, 바람이 불어오는 대로 반짝반짝 꽃잎은 흔들리는 것처럼 보였다. 그때마다 백합꽃도 서로 무언가 슬픈 이야기를 속삭이는 듯이 고개를 서로 끄덕거렸다. 툇마루에 앉아있던 사내는 다시 무언가 준엄한 목소리로 부르짖기 시작했다. 그리고 뒷짐을 지고 가슴을 젖히고는 웅변을 하지 않는 대신, 양손을 합장하고 눈을 감더니 자못 세상을 저주한다는 듯한 주문을 외우기 시작했다. 그 옆에서 시중을 들던 노승은 손수건으로 코를 닦는 대신에 몇 번이고 몇 번이고 대머리를 손으로 벅벅 긁고 있었다.

그때 갑자기 강한 바람이 불어와서 그가 훔쳐보고 있던 장지문이 열렸다. 그는 자기도 조금 몸을 뒤로 젖히고는, 놀란 듯이 맞은편 산 쪽에서 어젯밤보다 더욱 끔찍하게 퍼져가는 화염이 새빨갛게 타오르는 것을 보았다. 역시 어젯밤부터 계속 타다가 점점 불길이 커진 것에 틀림없었다.

"불타올라라. 모든 것을 태워 버려라."

하고 인식은 미친 사람처럼 눈을 번뜩이면서 혼잣말을 외쳤다.

"그래, 모든 것을 연기로……."

주문을 외우는 의식은 달빛이 사라질 때까지 계속 이어졌다. 하지만 의식을 마치고 사내와 노승이 방에 돌아왔을 때, 인식은 여행도구를 정리해서 어딘가로 떠난 후였다. 인식은 날이 밝아옴과 동시에, 다시 도망치듯이 그곳을 떠났던 것이다.

이렇게 이 기록도 또한 슬픔이 많은 청춘시절의 한 일기이다. 그 후 세월은 이미 삼사 년이 지나, 인식은 대학을 졸업함과 동시에 지금은 도(都)에서 멀리 서쪽으로 떨어진 외딴 시골에서, 변변치 못한 의원 간판을 내건 청년 의사로 일하고 있다. 수많은 청년들이 귀농(歸農)해서 괭이를 잡았듯이 그도 농촌에 들어가면서 자신에게 주어진 천직을 살려, 더욱이 또한 조금이라도 자신에게 충실하면서 가난한 사람들을 위해 진력을 다할 수 있다고 믿었기 때문이다. 그 사이에 숙부와 코풀이 선생의 운명에도 큰 변화가 있었다. 숙부는 일단 다른 군으로 영전(榮轉)했지만, 점차 불어나는 부채에 쫓겨, 결국 어떤 어리석은 뇌물사건을 일으키고 면직당해서, 고향 도(都)로 돌아와 지금은 토지 브로커가 되었다. 하지만 지금껏 코풀이 선생이 그 후 어떻게 됐는지 소식이 묘연하여 듣지 못했다. 언젠가 숙부가 그가 있는 곳에 토지와 관계된 일을 보러온 김에 잠시 들렀을 때, 옛 스승의 일을 물어 보았다. 숙부도 지금은 완전히 조선어로 바뀌어, 코풀이 선생은 인식과 만났던 해 가을, 산속으로 색의장려를 하기 위해 출장을 떠난 채로 돌아오지 않았노라고 차분하게 말하는 것이었다. 혹은 산속에서 큰 비를 만나, 물살에 떠내려 갔는지도 모르는 일이다.

그로부터 얼마 지나지 않은 어느 날 인식은 도(都)에서 배달된 잡지 속에서, 지금까지 그 유례를 찾아보기 힘들 만큼 참혹하기 그지없는 백백교(白白教)[19] 공판기록을 읽으면서, 전신이 오싹해지는 오한을 느꼈다. 그것은 그 마교(魔教)의 간부 일당이 가련한 농민과 산민들을 속여서, 피땀 어린 그들의 재산과 식량을 빼앗은 것뿐만이 아니라, 그 아내와 딸마저 겁탈하고, 결국에는 자신들에게 복종하지 않는 자들을 삼백사십 명이나 살해했다는 사실이다. 이러한 전율할 만한 사건이 현재 자신들이 살고 있는 조선에서 어떻게 벌어질 수 있단 말인가. 게다가 뭐니 뭐니 해도 쇼와(昭和) 십이년(1937년 - 역자주) 이후 사 년간 무려 백구회에 걸쳐 전 조선의 각 분소(分所)에서 자행되었다고 하는 이런 무서운 살인사건이, 지금껏 사직 당국의 손에 어째서 발각되지 않았단 말인가, 정말로 암담해 하지 않을 수 없었다. 하지만 읽어 나가는 중에 무엇보다도 전기 충격을 받기라도 한 것처럼 놀란 것은, 이 마교의 살인 현장 가운데 하나가, 예전에 그가 찾아간 적이 있던 버려진 절 부근으로 보이는 산간도 언급되어 있는 것을 발견했기 때문이었다. 그는 그 기록이 실린 책을 덮고 눈을 감고는 한층 감개에 젖어들었다. 혹시 그 이상한 사내와 노승은 이 마교 분소를 맡고 있던 무서운 살인자였던 것은 아니었을까. 그렇게 생각하자니 기록 속에 나와 있는 백백교 교리의 구절과, 사내로부터 들었던 말이 상응하는 구절들이 있는 것도 같았다. 그 달빛이 구석구석까지 비추던 마당 앞에 웅크리고 있던 화전민들도, 혹은 그 자들의 비위를 건드려서 차례차례 무참하게 살해되었던 것일까. 인식은 절로 눈시울이 젖어오는 것을 느꼈다. 하지만 그는 문득 다시 코풀이 선생의 일을 떠올리고는 놀란 듯이 다시 그 공판기록을 끌어당겨서 펼쳐보았다. 의심을 하기 시작하면 끝도 없는 법이라 혹은 또 코

---

19) 백도교에서 파생된 동학의 유사 종교의 하나. 1923년 차병간(車秉幹)이 유·불·선의 교리를 통합하여 광명세계를 이룩한다는 이름 아래 경기도 가평에서 창건하였는데, 뒤에 교주가 갖은 악행을 저지르면서 경찰의 단속과 세상의 여론으로 자취를 감추었다. 1937년 4월에 소위 '백백교 사건'이 발생하여 세상에 깜짝 놀랄만한 충격을 주었다.

풀이 선생도 그 조운령 깊은 산속에 출장을 간 것을 끝으로, 저 사내들에게라도 살해당한 것은 아닌가 하고 한순간 생각했다. 그렇게 억측을 하자니 또 영락없이 그런 것임에 틀림없다는 생각이 들었다. 인식은 다시 잡지를 내려두고 깊은 한숨을 쉬었다. 백의(白衣)의 교도(敎徒)인만큼 색의장려와는 서로 용납할 수 없는 것이 있지 않았겠는가. 가련한 코풀이 선생은 그 깊은 산속 폐찰에 가서 어떻게든 화전민들을 모이게 했을지도 모르겠다. 그리고 자기 혼자 신이 나서 우선 그 이상야릇한 내지어로 말을 하고 다시 스스로 그것을 득의양양하게 통역하다가, 뒤에서 그 두 사람에게 습격을 당해서 살해당한 것이 아니겠는가, 따위로 인식은 밑도 끝도 없이 슬픈 생각에 잠기는 것이었다.

무궁일가*

1.

정각 열두시에 하타가야[2] 차고에 차를 넣고 야밤의 어둡고 적적한 비탈길을 터벅터벅 걸어 오다큐[3] 연선(沿線)에 위치한 집으로 돌아가는 최동성(崔東成)의 마음은 오늘 밤 특히 암흑처럼 어둡고 무거웠다. 뒤편 하늘에는 낫 모양의 예리해 보이는 초승달이 걸려있어서 그의 그림자를 눈 앞 땅 위에 소리 없이 드리우고 있다. 그는 한 걸음 한 걸음 그것을 힘껏 밟으면서 자신의 측은함도 짓밟는 심정으로 가득 차 있었다.

온 힘을 다해 일을 해도 하루 벌어 하루 먹고 살기도 힘든데 설상가상으로 맹막염(盲膜炎)에까지 걸려서 한 달 가량 몸져 누워있는 동안 근무처인 차고(車庫)도 완전히 회사제(會社制)로 바뀌어서, 지금까지 격일 출근이었던 것이 이틀 연속으로 출근하고 하루 쉬는 식이었다. 게다가 비번인 날조차도 출근할 때처럼 아침 일곱 시까지 일단 나가 출근부에 도장을 날인하고 차체를 닦아 파트너에게 넘겨주지 않으면 안 됐다. 게다가 수입마저 뚝 떨어진 형국이었다. 거듭되는 가솔린 통제 때문에 다시 쉬는 차량이 많아져 그로 인한 수입 감소를 주로 운전수들에게 부담시키고 있기 때문이었다. 이렇게 된 이상 이제 가을부터라도 어떻게 해서든지 야학 전문부에 다니리라고 끙끙이셈을 했던 계획도 완전히 엉망이 돼버렸다. 무엇보다 경제적으로 더욱 괴로워지는

---

* 「무궁일가(無窮一家)」는 일본 잡지 『개조(改造)』(1940.9.)에 게재된 이후, 김사량의 두 번째 일본어 작품집 『故鄕』(甲鳥書林) 1942.4.)에 수록되었다.

2) 하타가야(幡ヶ谷)는 도쿄도 시부야구 북부에 있는 지명이다.
3) 오다큐(小田急)는 철도회사로 도쿄도와 가나가와현에 철도를 운영한다.

데다 몸은 혹사를 당해 점차 피로해지고 충분히 잘 수 있는 여유마저 없어질 것이기 때문이다.

'과연 나는 평생 이 자동차로 벌어먹는 일로부터 벗어날 수 있을 것인가' 하고 동성은 오늘도 하루 종일 차를 몰고 돌아다니면서, 얼마나 그것만을 생각했는지 모른다. 현실을 타개하려면 할수록 그것이 그물코처럼 자신을 친친 얽어매려고 했다. 가족에 대한 생각으로 시선을 돌리자 그의 마음은 다시 암담함의 밑바닥으로 떨어지고 말았다. 알콜 중독자인 부친, 오륙 개월이나 밀린 집세와 사개월분의 전기세, 다 지불하지 못한 수술비 등. …정신을 바짝 차려야지 그래야해 하며 채찍질 하는 심정도 아무 소용없이, 그저 눈앞이 캄캄해질 때도 있다. 태우고 가는 손님도 향해 가는 길도 의식 속에 확실히 선명하게 떠오르지 않았다.

"정말 어처구니없는 놈이로구나. 여기서 왼쪽으로 꺾으라고!"

별안간 날아든 호통에 놀라 처음으로 앗 하고 브레이크를 넣은 그였다. 그러나 그는 천천히 핸들을 꺾어 후진하면서 흘낏 앞면 거울을 훔쳐본 순간 어랏 하고 뛸 듯이 놀랐다. 멍청하게도 처음에 태울 때는 눈치채지 못했는데 파나마모자를 쓰고 있는 모습이나 반들반들하게 벗겨진 이마, 그리고 뱀 눈빛을 숨긴 작은 눈이 휙 날붙이처럼 그의 기억 속을 날카롭게 찔렀다. 그는 마치 무시무시한 적이라도 마주친 것처럼 저도 모르게 숨을 죽이고, '이놈이 바로 윤천수(尹千壽)란 말이지.' 하고 마음속으로 부르짖었다. 실로 그 모습은 어릴 적 보았던 얼굴임이 틀림이 없었다. 그리고 마침내 예전에도 본 적이 있는 목교(木橋)에 이르렀을 때 역시 그는 자신이 단정한 것이 틀리지 않았음을 깨달았다.

학자금이 지속되지 않아서 중학교를 사 년 반 만에 그만두고 시즈오카(靜岡) 해안에 있는 부모님 곁을 떠나서 혈혈단신 도쿄로 올라간 것이 10년 전 일이었다. 사정이 어찌됐든 일하면서 학교를 계속 다니고 싶었기 때문이었다. 하지만 휘몰아치는 불황이라는 폭풍은 가차없이 열일곱 소년을 유리공장의 직공, 인쇄공, 제유회사의 심부름꾼, 신문배달부 등으로 전전하게 해서 사정없이 쫓아냈다. 한 줌의 돈과 학교에 갈 수 있는 시간이 참을 수 없을 정도로 간절했던 때, 괴로운 노동에 허덕이던 그의 지친 다리가 몇 번이고 이 다리를 건너려고 했단 말인가. 다만 이곳을 건너서 이 사내의 저택

문을 두드리기만 하면, 그가 자신의 아버지에게 지고 있는 옛 은혜 때문에라도 윤천수가 자신에게 분명히 좋은 길을 열어줄 것임이 틀림없다고 믿었다. 무엇보다 윤천수는 거대한 부를 쌓아 이 일대에 대저택을 마련하고 내지에 살고 있는 명사들에게까지 위세를 떨치고 있다. 하지만 그의 근본을 따지자면 젊은 시절 누마쓰(沼津)4)에 있던 최동성 집안이 운영하던 함바5)에서 신세를 지고 있던 일개 토역꾼에 지나지 않았다. 비록 당시 그의 아버지는 꿈을 이루지 못하고 패잔병처럼 지냈지만, 한학인(漢學人)으로서 일찍이 각성해 있었다. 그래서 일본에서 일을 하면서 그곳의 개화문명을 받아들여 고향으로 돌아가려는 뜻을 세우고 멀리서 바다를 건너왔다. 그렇기에 함바를 하고는 있다고 해도 흔해빠진 십장[親方] 근성과는 거리가 멀었다. 최동성의 부친은 적어도 이향(異鄕) 땅에서 몸이 바스러지도록 일하고 있는 가련한 동포 몇 사람이라도 보살펴 줘야겠다는 절절한 동포애를 갖고 온몸을 바쳐 백방으로 그들을 위해 애를 쓰고 있었다. 그러나 윤천수만은 뻔뻔하게 폭력을 구사하며 비참한 동포들을 짓밟아서 자신만 잘 살려고 불덩어리처럼 타오르고 있었다. 그 당시 동성은 어린 아이였지만, 터무니없이 간악하게 행동하는 그를 보면서 얼마나 증오와 의분을 느꼈는지 몰랐다. 그가 시즈오카 해안을 떠날 무렵 부친은 만취한 발걸음으로 역 앞까지 달려와서 어떠한 어려움이 있더라도 윤천수 같은 놈에게 무릎을 꿇고 도움을 청해서는 안 된다고 하며 눈물을 글썽이고 쉰 목소리로 헥헥대며 소리쳤었다. 하지만 처음부터 어찌할 수 없는 절망의 구렁텅이 속에 떨어졌을 때, 아버지가 필사적으로 외쳤던 목소리는 오히려 희미하지만 마지막 희망을 건 장소를 알려줬던 것이라는 생각이 들었다. 어쩔 수 없을 때는 윤천수에게라도 보내야 할지도 모른다는 상념에서, 혹은 아버지 자신이 그러한 생각과 격투를 하기 위해서 발버둥을 치고 있었던 것은 아니었을까. 마침 완고하고 고고(孤高)한 소년의 마음이 현실의 중압에 짓눌리고 있을 때 윤천수가 서생을 모집하고 있다는 광고가 신문에 났다. 그는 놀라서 눈을 번쩍 떴다. 무엇보다도 서생이라고 하는 적어도 학문과 이어진 말이 이 가련한 소년을 강하게 사로잡았다. 어찌돼도 좋다, 나만 눈을 가리고 홀로 훌륭하게 공부를 할 수 있다면, 그것으로 충분하다고 마음

---

4) 누마쓰는 시즈오카 현에 속한 시이다.
5) '함바'는 일본어 '飯場'에서 온 말이다. 이 말은 현재까지도 공사장 노무자 합숙소 및 밥집을 이르는 말로 통용되고 있어서 그대로 옮긴다.

속에서 부르짖었다. 그리고 그는 이제 자신의 전도가 갑자기 트이기라도 한 것처럼 전신이 욱신거리는 것과 같은 흥분 가운데서 다리를 뛰어서 건너 이 길을 서둘러 갔다. 하지만 역시 그는 비참하게도 도둑고양이처럼 간단히 현관 앞에서 쫓겨나버렸다. 석조물로 위풍당당한 대문을 지키는 무섭게 생긴 현관 당번 내지인 사내가 홀로 우뚝 서 있었다. 그는 최동성의 얼굴을 한 번 보고는 조센진[朝鮮人]을 쓰려고 하는 것이 아니야 하고 문지방에조차 얼씬도 못 하게 했다. 그는 한마디도 하지 못한 채 되돌아 나왔다. 그때 일을 생각하면 가슴 속에서 불꽃이 튀어나올 것만 같았다. 동성은 마치 불타오르는 기둥처럼 경직돼서 백미러를 분노하는 마음으로 노려봤다. 하지만, 앗 이 저택이잖아 하고 생각하기가 바쁘게 어째서인지 그는 급브레이크를 걸고 차를 세웠다. 손님은 괴이해 하며 험악한 눈초리로 힐끗 돌아보더니 예전과 하나도 달라지지 않은 대문 안으로 어깨를 치켜세우고 들어간다.

이런 생각에 이르자, 동성은 갑자기 놀란 듯 서둘러서 뒤쪽으로 날쌔게 물러섰다. 나는 언젠가는 오다큐(小田急) 노선에서 벗어나려고 한다. 철도건널목 경고 벨이 갑자기 찌르릉 하고 울리자 그제서 정신이 퍼뜩 든 것이다. 그때 잠시 쌩 하고 바람을 불러일으키면서 그의 옆을 오다와라(小田原) 행 마지막 열차가 굉장한 울림을 전달하면서 지나쳐갔다. 그는 마치 얼간이처럼 잠시동안 멍하니 전차가 멀리 달려가는 밝은 빛 그림자를 바라보다 다시 고개를 숙인채 그곳을 건너더니, 왼쪽으로 방향을 틀어 바로 나오는 선로 옆 단층 연립 주택의 어두운 현관을 향해 나아갔다.

죽음과도 같은 적막 가운데 텅텅 속이 빈 듯이 삐걱대는 문짝을 열어젖히고 들어갔지만 집안은 오늘밤 이상하게도 암흑 속이었다. "누구니, 동성이냐?"라고 하는, 어머니의 졸린듯한 소리도 들리지 않았다. 이게 무슨 일일까. 묘하게 쥐죽은 듯 고요하다고 생각하면서 그는 현관을 닫고 털썩 발판 위에 앉았다. 피로함이 한꺼번에 몰려온 듯이 구두끈을 푸는 손마저 묘하게 께느른했다.

"동성아." 하고 현관 바닥 사이의 맹장지를 열고서, 숨을 죽이고 슬픈 듯한 목소리로 말하면서, 그의 옆으로 흰 옷을 입은 어머니가 나타났다. "지금 오니. 몸도 약한데 이렇게 늦게까지……그런데 말이다." 하고 조금 말하기 힘든 것처럼 말했다. "이거 또 난리가 났단다. 니 아버지가 오늘도 술이 떡이 돼서 난동을 부렸단다."

마침 집 안쪽에서 아버지의 으윽- 으윽- 신음하는 소리가 들려오자,

"시끄러워요, 당신." 하고 어머니는 엄하게 나무라듯이 돌아보고 소리쳤다. "동성이 가 돌아왔어요."

아버지도 갑자기 정신을 차리고 겁을 먹었던 것이리라. 죽은 듯이 목소리를 낮추고 그 후로 신음 소리조차 내지 않았다. 그는 하나뿐인 이 건강한 아들 앞에서는 고주망 태가 되고 나서조차 역시 신경을 쓰지 않을 수 없었다. 동성이 일어나서 현관 옆의 삼 조(疊) 널빤지 칸으로 들어가서는,

"그게 말이다. 동성아." 하고 어머니가 따라왔다. "그게 말이다. 니 아버지가, 나는 이제 죽을란다. 이런 말세는 싫다. 딱 질색이라고 화를 내면서, 선로에 뛰어들어 드러 눕고 몇 번이고 자리에 쓰러지지 않겠냐. 정말 질겁을 했지 뭐니. 옆집 담뱃가게 아저 씨가 도와줘서 겨우 데려왔지, 이번에는 또……." 하고 흐느끼면서, "걸려만 봐라. 뭣 이든지 다 때려 부쉬주마 하고 날뛰면서, 이렇게 암흑으로……전기까지 때려 부쉈지 뭐냐."

"네 알았다니까요." 하고 동성은 질린 듯 혀가 잘 돌아가지 않는 조선어로 중얼거 렸다. 내지에서 태어나 내지에서 자랐기 때문에 오히려 조선어를 더듬거렸다. 그는 '아 또 저질렀군' 하고 원망스럽게 생각하면서도 너무 지쳐서 아버지를 몰아세울 힘 도 없을 만큼 생활에 지쳐있었다.

"……내일 또 빨리 나가야 해요. 여섯시에 깨워주세요."

"여섯시라고? 도대체 어찌 되가는 게야."

하고, 어머니는 누우려고 하는 그의 몸을 조심스레 받쳐 눕히고, 이불을 덮으면서, "병원에서 나온 지 얼마되지 않아 몸도 좋지 않은데"

"이제부턴 이틀 연속해서 나가지 않으면 안돼요."

"흐음 규칙이 왜 또 변했다냐. 뭐든지 규칙 규칙 소리만 하고. 돈이라도 더 주면 또 모르겠다만……."

"그게……."

"동성아 정말 환장하것다. 오늘도 전기회사에서 와서 내일은 무슨 일이 있어도 다 떼어간다며 몸서리치게 겁을 주더구나." 그리고는 앞니가 빠진 입을 일그러뜨리고 약

간 목소리를 죽이고 원망을 늘어놓았다. "돈이 들어와야 할 곳에서 한 푼도 안 들어오니 말이다. 강(姜) 씨 동생도 해도 너무 하지 않냐. 점심을 먹으러 와서는…… 우리가 전기료를 체납해서 혼나고 있는 것을 자기 눈으로 보면서도 어찌 지 주머니만 챙기고 있단 말이냐. 그걸 보더니 아버지가 부아가 치밀어서 술을 퍼마시고 와서 한바탕 소동을 피운 것이야."

그 후로 미닫이 하나를 두고 떨어져 있는 옆 다다미 방으로부터 방금 전까지 강명선(姜明善) 부부가 두런두런 나누던 말소리가 그쳤다. 그의 동생은 콘크리트 바닥으로 된 두 첩(疊) 방에서 기거하고 있다. 그녀는 이런 얘기가 나오면 언제나 "돈이 들어올 곳에서는 안 들어오고……." 하며 강 씨가 이 년이나 내지 않고 있는 집세로 이야기를 끌고 갔다.

"그만 좀 하세요. 됐다고요. 어머니 이미 늦은 시간이잖아요." 하고, 동성은 달래듯이 어머니가 말하는 도중에 말을 가로채고는 이불을 코 위까지 끌어올려 덮었다. "그만 가서 쉬세요."

어머니가 깊이 한숨을 쉬고 자기 방으로 건너가는 기색을 보이는 사이에 동성은 어리마리 격한 피로 가운데 잠이 들어버렸다. 이미 생활에 대해서라면 더 이상 고민할 수도 없을 만큼 지쳐서, 어떻게든 되겠지 하는 생각으로, 반쯤 절망적이지만 대담한 마음이 드는 것이었다. 그리고 반시간 정도 지났을까. "최 쨩, 최 쨩." 하며 숨을 죽이고 부르는 익숙한 콧소리가 그를 포로로 삼고 있던 수마(睡魔) 멀리부터 두 번 세 번 들려온 것 같은데, 어느새 자신의 몸을 잠시 흔들어 깨우는 자가 있었다. 그는 이 집에서는 어릴 적부터 내지어(內地語)로 최 쨩(ちゃん)이라는 애칭으로 불렸다. 동성은 "아자낸" 하고 비몽사몽간에 신음하며 눈을 떴다.

"나라고 최 쨩."

옆에는 생각한대로 강명선이 언제나처럼 책상다리를 하고 다소 긴 목을 갸웃거리고 있었다. 몸집이 크고 키가 컸는데 특히나 상반신이 길어서 앉아 있어도 웬만한 어른 정도 키는 돼 보였다.

"일 원 오십 전 밖에 없지만 갖고 왔네." 하고, 명선은 이불 옆에 오십 전 지폐로 보이는 것을 긴 손으로 내밀었다. 동성은 잠자코 고개를 끄덕이면서 명선의 얼굴을 올려다봤다. "한달치 전기요금이라도 마련해보자 생각해서 말이야. ……동생을 지금까지 설득해서 가까스로 이것이나마 받아냈네. 우리 부부만으로도 폐를 끼치고 있는데 동생 녀석까지 이렇게 와서…… 정말로."

"……아버지가 전기를 완전히 부숴버렸어."

하며, 동성은 하품을 참으며 말했다.

"맞아. 강 짱. 회사에서 퇴근하고 오자 큰 소동이 벌어져서 어찌할 바를 몰랐지."

그는 요즘 무슨 말을 해도 회사, 회사란 말을 달고 산다. 오래도록 분양지(分讓地)에서 토역꾼 생활을 그만두고, 원래 마음에 품고 있던 영화 회사에 나가게 된 것만으로도 기쁜 것임이 틀림없었다. 그러나 그의 동생은 그 옛날 동성이 그랬던 것처럼 학자금 때문에 중학교를 계속 다닐 수 없게 됐다. 그러자 그는 도쿄에 있는 형을 믿고 청운의 뜻을 세우고 상경했는데 형이 어찌할 도리가 없이 괴롭게 살아가는 모습을 보게 된 것이다. 그 후 그는 자기 힘으로 학자금을 벌지 않으면 안 되겠다고 생각하고 이를 악다물고는 얼마 전부터 화장장(火葬場) 밖 분양지 땅고르기 공사에 나가기 시작했다. 동성은 명선이 남의 일처럼 무신경하게 이야기 하는 것에 때때로 화가 나기도 했다. 하지만, 그의 동생이 이제 열여섯 된 어린 나이에 토역꾼으로 전락해서까지 다시 학교를 다니기 위해 고집스레 여린 품을 여미고 있는 것을 생각하니 화가 나기는커녕 눈물이 날 정도였다.

"어찌됐든 그 녀석이 그렇게 나온 게 문제였어. 전기회사에서 나와서 욕하는 것을 보면서도 초연히 식사는 식사대로 다 하고 또 일을 하러 간 모양이야. 아저씨가 그걸 보고 노발대발 화를 내며 술을 마시고 오셔서는 '이놈 전기를 다 부숴버려서 공부를 못하게 해놓으마' 하고 미터기를 박살내버렸다네. 그걸 보고 정말 어찌할 바를 몰랐다네. 최 짱."

"미터기를." 하고, 동성은 벼락을 맞은 것처럼 놀라서 완전히 졸음이 달아난 얼굴로 눈을 크게 떴다. "정말 터무니없는 일을 하셨어. 완전히 박살났나?"

"그래. 정말이라고. 방금 전에 담뱃가게 아저씨에게 물어보니 이백 엔은 물게 될 거라고 하질 않나. 나도 그 액수를 듣고 너무 놀라서 입을 닫을 수가 없었어."

"…………."

"최 짱. 아무리 고심해 봐도 좋은 수가 떠오르질 않아. 그래, 그러니까……."

그리고는 잠시 말을 머뭇거리며 발을 조용히 떨기 시작했다. "어쨌든 내가 내일 회사에서 돌아오는 길에 전기회사에 가보고 어찌해도 이야기가 통하지 않으면 역시 어디론가 각자 이사를 가는 수밖엔 없겠지. …내 마누라도 한 달 정도면 아이가 태어나기 때문에 고향에 돌려보내려고 해. 나는 또 나대로 혼자서 열심히 해보겠네. 이 이상 폐를 끼쳐서는 최 짱을 볼 낯이 없어. 어차피 나는 고생할 각오를 하고 온 거니까. 매달 이십오 엔 월급이지만 야간에 또 할 수 있는 일을 찾아봐서 어떻게든 변통해 봄세."

물론 명선이 이렇게 말하는 것은 동성네 일가를 걱정해 주려는 것임이 틀림없었다. 하지만 이토록 괴로워하면서도 사실 자기 혼자 태평하게 이야기만을 늘어놓고 있는 것을 보고 있자니 암담한 나머지 그는 '일이 이렇게 되니 네놈 혼자 똑똑하게 도망치려 하는 게냐' 하는 마음에 쓸쓸한 기분마저 들었다. 그러나 사실을 말하자면 강명선이 이렇게 확실하게 나서서 나가겠다고 말해준 것을 그는 오히려 감사하게 생각하지 않으면 안 됐다. 어차피 이대로는 어찌할 방도가 없었다. 이렇게 서로 점차 괴롭게 살 바에는 그 고통을 분담하기 위해서라도 두 가족이 함께 이 연립주택에서 나가지 않으면 안 된다고 생각해 왔다. 사실 최 씨 집에게 강 씨네 집은 조선 속담으로 말하자면, 눈 위에 서리를 더하는[6] 무거운 짐이 될 뿐이다. 그래도 이번에는 어쩔 수 없다손 치더라도 막상 방이 작고 비용 부담이 적은 집이나마 찾으려고 하더라도, 지금처럼 주택이 품귀한 시세에, 게다가 조선인 신분으로 시키킨(敷金)[7]조차 비축해 두지 않은 경우에는 아무런 수도 없었다. "아아 이 일을 또 어찌 하면 좋단 말인가." 하며 그는 답답한 마음으로 아무런 말도 하지 못하고 공허하게 눈을 크게 뜨고 바라볼 뿐이었다.

"최 짱 내일 또 얘기하자고. 너무 마음 쓰지 말고 쉬어."

하고 말하고 명선의 커다란 몸은 옆 방 안으로 그림자처럼 사라졌다. 하지만 그것을 보고 있자니 어째서인지, 내 자신은[8] 그에게 배반을 당한 듯한 기분이 들었다. 명선이 이처럼 대담하고 탁 트인 생각을 말한 것은 지금까지 한 번도 없었기 때문일까. 혹

---

6) 설상가상(雪上加霜).
7) 보증금.
8) 원문 그대로. 이 작품은 삼인칭임에도 곳곳에 인칭상의 혼동이 있다.

은 이렇게 근심이 클 때 서로 함께 고생하고 싶다, 아무리 해도 혼자서는 떠안을 수 없다는 괴로운 심정 때문이었을까. 몸 위로 천근만근 무거운 것이라도 올려진 것처럼 답답하고, 자신의 풀죽은 모습과 오늘 운전 중에 있었던 일, 그리고 집에서 벌어진 일 등이 분주하게 주마등처럼 망막 앞에 덮쳐 왔다. 하지만 그는 여러모로 앞일을 생각 하고 고민 하는 사이 몸도 너무나도 고달팠기 때문일까. 어느새 그는 다시 망연(茫然) 한 잠이 지배하는 황야의 세계로 헤매 들어가고 있었다.

2.

동성은 다음날 아침 여섯시 무렵 어머니가 흔들어 깨우는 바람에 일어나 콘크리트 방에서 안쪽 방을 통과해 펌프가 있는 우물로 나갔다. 명선의 동생은 어느새 일을 하 러 나간 모양인지 콘크리트 방은 깨끗하게 정리돼 있었는데, 안방 육 첩방 구석에서 는 이불을 돌돌 만 아버지가 새우처럼 몸을 둥글게 말고 누워있었다. 우물가와 곁하 고 있는 부엌에서는, 산달이 가까운 명선의 삐쩍 마른 아내가, 불룩해서 아래로 쏟아 질 것 같은 배를 안고 뒤뚱뒤뚱 움직이고 있다. 이제 밥을 짓기 시작한 것으로 봐서 는, 아침 일찍 공장으로 일하러 나간 시동생에게 오늘도 아침밥을 차려주지 않은 것 같았다. 그녀는 시동생이 나간 후에, 항상 조용히 일어났다.

연장자인 아버지는 동성이 부엌에 나타나 전기미터기 쪽을 물끄러미 올려보고 가 만히 움직이지 않고 있자, 고개를 움츠리고 이불 속으로 깊이 파고들면서 으으 하고 신음했다. 미터기는 이미 알아 볼 수 없을 정도로 부서져, 그 형체가 찌그러지고 유리 는 깨져서 떨어져 있었고, 계량 바늘은 어딘가로 사라지고 없었다. 이 상태로는 어찌 할 도리가 없어 보였다. 노망이라도 났다고 해야 할까. 동성은 자신의 부친이 문제아 처럼 매번 무언가를 저지르는 것이 원망스럽기도 했고 한편으로는 슬펐다. 그는 입을 다문채로 방으로 들어가서는 밥상 앞에 조용히 앉았다. 그리고 번민에 가득 찬 가슴 을 단숨에 억누르기라도 하듯 찐 밥에 따뜻한 물을 부어서 소리도 내지 않고 입에 그 러넣었다. 그는 자신의 손이 희미하게 떨리는 것을 느꼈다. 한동안 괴로운 침묵이 방안을 짓누르고 있었다. 하지만 그는 주뼛주뼛 하며 걱정하고 있는 노부모를 앞에 두자, 오히려 자신의 울적한 마음이 숨막힘을 참지 못하고 있음을 느꼈다. 그는 자칫하면 자신의 마음이 천진난만하게 무너지려 하고 있음을 알았다.

"당신은 이제 일어나요."

하고 어머니가 거친 말투로 재촉했다. 하지만 그녀는 남편에게 예절을 다해야 한다고 굳게 믿고 있었기 때문에 그 말에는 사실은 바늘이 들어있지 않았다. 오히려 가엾고 딱한 젊은 아들을 동정하고 눈치를 본 것뿐이었다. 최 노인 또한 또 술에 취해 자신이 무슨 짓을 한 것인가 하고 통렬히 후회하며 마음이 안 좋았던 것일까. 그는 허둥대며 두 세 번 신음 소리를 내더니 겁먹은 것처럼 이불 끝자락을 걷어 올리고 그 틈 사이로 물끄러미 아들의 뒷모습을 훔쳐보고 있었다.

"어머니. 제가 말입니다." 하고 마치 침울한 공기를 떨쳐버리듯 동성은 말문을 열었다. 묘하게 목에 걸린 금방이라도 울 것 같은 목소리였다. "오늘 아침 이상한 꿈을 꿨습니다."

"뭔 꿈을 꿨다니. 또 악몽이라도 꾼 건 아니고."

하며 무슨 일에나 걱정부터 앞서는 어머니가 침울한 표정으로 물었다. 고맙게도 타고난 몸만은 건강하고 심성이 비교적 너글너글한데다, 언제나 녹초가 돼서 잠이 들기 때문일까 그는 신기하게도 꿈을 잘 꾸지 않았다. 하지만 어제 밤만은 꿈속에서도 무언가 구원을 구하고 싶은 듯, 꿈속 세상을 더듬거려 찾으려 하는듯한 잠자리였다. 마치 깊은 잠 바깥에 또 다른 자신이 또 한 명 있는 것처럼. 그는 매우 더듬거리는 조선어이기는 했지만 꿈이야기를 매우 밝게 수식하려고 노력하면서,

"동틀 녘에 해변에 서서 말이죠." 하고 차분하게 중얼거렸다. "기대에 부풀어 앞바다를 바라보고 있자니 자줏빛 조각구름 사이로 붉은 태양이 떠오르는 꿈이에요. 예전에 아버지가 시즈오카 해안에서 함바를 할 때 곧잘 놀러갔던 기억이 있는 곳이었는데……."

"아 동성아 그것은……." 하고, 어머니는 기쁜 듯 한결 밝아진 얼굴을 반짝이며 말했다. "예전 같으면 그런 꿈을 본 사람은 꼭 출세한다고 했지. 아무나 꿀 수 있는 꿈이 아니야. 그렇죠. 여보."

"그, 그, 그건…그, 그럼 그렇고 말고……."

하며 아버지는 이불 뒤에서 조용히 고개를 내민채로 애매한 말을 횡설수설 중얼거렸다. 사실 그는 자신의 늙은 부인과는 달리 꿈 해몽을 달리 하고 있었다. 그는 꿈속에서 피 이외에 붉은 것을 보는 것은 금물이라고 믿고 있었다. 그래서 그는 선뜻 대답을 하지 못했다.

"……서몽(瑞夢)이라고 할 수 있지. 분명히 그럴거야."

"당신은 또 그 무슨 바보 같은 소리를 하고 그래요."

하고 어머니는 아버지를 나무랐다. 하지만 그녀는 갑자기 눈물을 짓고 있었다. 기쁜 일이든 슬픈 일이든 무슨 일이라도 아들에 관해서라면 이유 없이 눈물이 많아진다. "그건 분명히 앞으로 출세한다는 전조가 아니냐. 열심히 해야 한다. 참말로 네가 운전을 그만두고 다른 안전한 일을 하는 것을 보고 죽을 수만 있다면…… 그렇지 분명히 무언가 보답이 있을거야."

"이런, 왜 또 울고 그래."

하고 아버지는 비난하듯 투덜댔다. 그는 아들이 꾼 꿈을 어떻게 해석하면 좋을지 그 생각만으로 머릿속이 가득했다.

"어젯밤에도 말이다. 내가 목욕탕에서 멱을 감고 있는데 젊은 아가씨가 욕조에서 뛰어오더니 '조선에서 온 아주머니신가요? 타향에서 얼마나 고생이 많으세요.' 하고 말해주지 뭐냐. 근처에 살고 있는 유학생임이 틀림없어. 그렇게 친절한 아가씨를 네 아내로 맞으면 얼마나 좋을지. 가족은 몇 명이냐, 온돌이 없는데 추운 겨울 어르신이 얼마나 힘드시냐, 무슨 일을 해서 생활하시냐고 물어보더구나. 차마 네가 자동차 운전수를 하고 있다는 말이 나오지 않아서 회사에 다니고 있다고 말했단다."

하고 말하면서 그녀는 울다 웃었다.

"그러고 보니 제가 일하는 곳도 이번에 회사로 바뀌었답니다." 하고 동성도 쓴웃음을 지었다. "…그러니까 어엿한 회사원이라고 할 수 있답니다."

"아무리 그런 곳이 회사라고 해도 네가 자동차를 운전하는 동안 밤이면 마음 놓고 잘 수 없단다. 니 애비도 좀 점잖게 지내면 좋으련만. 어제도 또……."

"전 이제 나가야겠습니다."

하고 동성은 갑자기 아버지가 딱하게 느껴져서 어머니 말이 끝나기도 전에 괘종시계를 올려다보며 일어섰다. 어머니는 따라오면서,

"동성아. 그럼 이제부터는 항상 이틀 연속으로 나가지 않으면 안 되는 거니. 푹 자지도 못했는데." 하고 마음이 아픈 듯 말했다. "만사에 조심하려무나. 늘 느긋하게 차를 몰아야 한다. 알겠니."

현관 앞에 서서 멀리까지 배웅하는 어머니의 시선을 등 뒤로 느끼면서, 동성은 다시 건널목을 건너 아침 당번을 위해 출근했다. 이른 아침 공기는 상쾌했다. 새롭게 개척한 분양지의 자갈길을 걷고 있으면 크게 비걱비걱 소리가 잠이 모자라 흐리멍덩한 그의 머릿속까지 울려오는 듯했다. 또한 그의 다리는 어느 때보다 무거웠다. 그 길을 오른쪽으로 꺾어서 구릉 아래 오솔길을 걷고 있노라면 이미 조선인 노동자들이 한가득 나와서 구릉 슬로프에서 소나무를 쓰러뜨리거나 트럭에 흙을 나르는 것이 보였다. 흙먼지가 연막(煙幕)처럼 무리를 지어 올라가는 가운데 때때로 격려하는 소리가 들리거나, 삽이 아침 햇살을 받아 번들번들 빛났다. 동성은 그 아래쪽을 지나가는 순간 알고 지내는 너 댓 사내들과 아침 인사를 나눴다. 그때 문득 그는 강명선의 동생이 애처로운 모습으로 모두가 있는 곳으로부터 외따로 떨어진 한 곳에서 쓸쓸히 서있는 것을 발견했다. 자못 무거운 듯이 허리를 굽히고 삽으로 땅을 파고 있었다. 짧은 바지 차림에 수건을 목에 감고 있었다. 그는 얼핏 뒤돌아보고 동성이 온 것을 눈치챘음에도 허둥대며 다시 삽으로 땅을 팠다. 그러더니 안타깝게도 약 이삼 분 가량 움츠린 듯 꿈적도 하지 않았다. 동성은 어째서인지 눈시울이 따끔따끔 경련하는 것을 느꼈다. 누구보다 그는 이 소년의 마음을 깊이 이해하고 있다고 생각했다. 특히 오늘은 더욱 그랬다. 그가 도쿄에 살고 있는 형의 집에라도 가면 어떻게든 되겠지 하고 생각하고 상경했을 때 느꼈을 실망감을 헤아리고도 남았기 때문이다. 형 부부가 비참하게 생활하는 것을 보고 난 후 자신만큼은 결코 그렇게 되지 않겠노라고, 그렇게는 되지 않겠다고 다짐하며 학자금을 모으기 위해 아직 뼈도 단단해지기 전인 나이에 토역꾼이 되었던 것이다. 하지만 역시 자신이 이렇게 일하고 있는 비참한 모습을 누구에게도 보이고 싶지 않았던 것이리라. 동성도 얼굴을 돌리고 일부러 못 본 체를 하면서 풀숲 지름길을 가로질러서 하타가야를 향해 발걸음을 재촉했다. 그는 오히려 이 작은 소년이 느끼고

있을 기분을 소중히 생각하고 그것을 더 발전적으로 키워나가지 않으면 안 된다고 생각했다. 자기 자신은 부모님에 대한 것이나 다른 사람들 일에 지나칠 정도로 구속돼 있어서, 정작 자기 자신의 가려운 곳은 정작 긁지 못하지 않는가. 아버지나 어머니도 역시 똑같다. 남들 일을 돌봐주는 것을 좋아한다고 해야 할까. 아니면 거기에 빠졌다고 해야 할까. 의협심과 동포사랑에 과도하게 빠져서 정작 자기 자식은 중학교조차 졸업시키지 못하지 않았는가.

"고집을 꺾지 말고 살아라. 고집을 꺾지 말고 살거라──" 하고 성을 내듯 자신의 마음을 책망함과 동시에 그는 소년을 강하게 안아주고 싶은 마음으로 가득차 소리 없이 외쳤다.

"주변 신경을 쓰지 말고, 과감하게 나가라."

3.

동성이 차고에 나가자마자 최 노인은 이불 밖으로 어슬렁어슬렁 기어 나와 구석에 있는 석유상자 주변에 다가가서 앉았다. 그리고는 상자 안에서 붓글씨용 두루마리를 꺼내서 붓을 들고 잠시 무언가를 고심하고 있었다. 멀리까지 아들이 가는 것을 눈 배웅하고 방으로 돌아온 노파는 의아스러운 표정으로 물었다.

"뭘 하려 그래요."

"최 짱 방에 가서 붉은색 잉크나 가져와!" 하고 그는 위용을 부리며 명령했다. "흉몽을 보지 않게 부적을 쓰려고 하니까……."

"말도 안 되는 소리를. 여보 흉몽을 누가 꿨다고 그럽디까."

"어서 가져와. 아무 것도 알지도 못하는 주제에 빨리 가져오지 못해."

심상치 않게 노기등등한 모습을 보고 노파는 혼이 빠진 듯 뛰어가서 붉은 잉크통을 가져왔다. 그러자 그는 그 안에 붓을 천천히 적시기 시작했다. 알코올 중독에 빠지고 나서는 붓을 쥔 손도 떨렸지만 아들을 생각하는 마음이 다시 예전의 벽서(壁書) 습관을 끌어냈다. 그는 두루마리에 무언가를 쓰기 위해 일어서서는 동성이 기거하는 널빤지

방으로 종잇조각과 밥덩이를 들고 들어갔다. 등 뒤로 문을 잠그고는 그 곳에 우두커
니 서서 방안을 뚫어지게 둘러봤다. 오른편에 있는 작은 책장에는 최 짱이 모아둔 책
이 한 가득 나열돼 있다. 그는 새삼스럽게 아들 녀석이 기특하다 생각하며 조용히 머
리를 문질렀다. 책장 위 벽에는 동성이 태어난 이후 삼년 전 처음으로 조선에 다녀오
며 사온 아름다운 도홍색(桃紅色) 꽃으로 액자를 뒤덮듯 조선 강산 모양으로 자수를 높
은 액자가 걸려있다. 그는 그 앞에 서서 공손히 손을 모아 합장했다. 바로 맞은편 벽
에는 이름도 모르는 수염이 덥수룩이 난 서양 노인의 사진이 붙어있었다. 그는 그것
을 보더니 확연한 경멸감을 표시했다. 하지만 그는 무엇보다 방안을 둘러보고 자신이
아들이 없을 때 조심조심 들어와서 가끔 붙여놓은 종잇조각이 하나도 남김없이 없어
진 것을 발견했다. 그래서 그는 그중 하나도 아들을 만족시키지 못한 것 같다는 생각
에 깊은 슬픔에 빠져들었다. 그런데 고개를 돌려 문구석 쪽을 올려다보니 거기에는
이삼일 전에 써 붙인 어느 옛 성현의 시 하나만이 벗겨지지 않은 채 남아있었다. 그는
그것을 보고 정말 눈물이 나올 정도로 기뻐서 다소 몸을 뒤로 젖히고 감개무량한 기
분으로 읊조렸다.

青春不習詩書禮
霜落頭邊恨奈何
(젊을 때 시경, 서경, 예기를 배우지 않고
나이를 먹고 원망한다고 무엇이 되겠는가)

잠시 동안 조용히 '아 참으로 그 정신'이 '그 정신'이 하며 마음속으로 중얼거렸다.
그러더니 겨우 그렇지 이 부적은 덧문짝에 붙여서 몽마(夢魔)의 침입을 막아야겠다고
생각하며, 그 자리에 주저앉아 덧문짝 위에 밥덩이를 발라서 착 붙였다. 거기에는 붉
은색 글자로 다음과 같은 두 구가 적혀있었다.

亂夢極凶
壁書大吉
(난몽이 너무나도 흉하더라도

벽서를 하면 대길하리)

말하고자 하는 의미는 이상하리만큼 돌려서 장황하고 신중한 것으로, 즉 난몽은 극히 불길하기 때문에 내 사랑하는 아이에게는 다가오지 마라, 하지만 이렇게 내가 붉은 글자로 벽에 쓴 이상은 네 놈도 가까이 오지 못할터이니, 큰 행운이 오리라. 아 이것으로 나는 이제 안심이라고 하는 식이다. 그는 그것을 잠시 기도하는 마음으로 바라보는 사이 마침내 완전히 안심하는 마음이 들어, 그 방에서 가만히 빠져나와서는 노파에게 가까이 다가갔다.

"할멈. 사십 전만."

하고 손가락을 네 개 보였다.

"어젯밤에 그 난리를 부려놓고 아직 덜 혼났지." 하고 예상대로 노파는 김을 뺐다. "오늘도 또 꼭두새벽부터 그래."

"아니 그게 아니고. 한 참봉(韓參奉, 유학자의 존칭)이 오늘 낮에 아들 유골을 갖고 돌아간다고 해서 말이여. 정차장에 배웅하러 가려고 그러지⋯⋯그럼 삼십 전만이라도!" 하고 히히히 웃으면서 손가락 하나는 접어 보이고, 다른 손으로는 그녀의 치마를 끌어당겼다. 그걸 보고 예절 있는 부인으로서 그녀는 역시 수치심을 느껴서 다소 허둥대며 치마 자락을 홱 잡아 당겨 원래대로 돌려놓고 빙글 등을 돌렸다. 어제 남편의 술주정에 혼이났던 것에 대한 원망도 담겨있었다.

"이게 뭘 하는 거에요. 누가 보기라도 하면⋯⋯."

하지만 다음 순간 자신이 너무하다고 느껴던 것일까. 백동화 세 개를 꺼내서 그는 뒤편에 손을 돌려서 "여기." 하고 매우 딱딱한 표정으로 화가 난 것처럼 외쳤다.

최 노인은 기분이 좋아져서 히히히 하고 표정을 바꾸고 나가서는 내친걸음으로 공사장에서 일하고 있는 사람들의 함바를 향해 나갔다. 함바는 건널목 건너 조금 지나 오른 쪽으로 꺾은 저지대 수풀 가운데 널빤지 조각과 암페라 거적으로 둘러싼, 마치 조악한 창고처럼 몸을 웅크리고 있었다. 함바 사람들은 모두 일하러 나갔기 때문에 이상할 만큼 쥐죽은듯 고요했다.

"한 참봉 계신가?"

하고 말하며 그는 널빤지 조각문을 열고 불쑥 안을 엿보았다. 햇빛이 널빤지와 널빤지를 이은 사이로 빠져 나와 어두컴컴한 방안에 선을 그으며 다투고 다녔다. 쓰레기가 그 빛에 비춰져 노란 빛으로 빛나는 것이 보였다. 마침 구석 쪽에서 새하얀 수염을 쓰다듬고 있던 한 참봉은 최 노인이 들어오는 기색에 간신히 묵상에서 깨어나,

"오서 오시게. 최 노인."

하고 작은 소리로 신음하듯 말하고 앉음새를 고쳤다. 이렇게 둘은 또 마주 앉았다. 얼마 전 이 함바에서는 동료들이 노동자 한 명의 시체를 메고 가까운 화장장으로 갔다. 이 노인이 그 부모로서 먼 조선에서 달려왔을 때, 이미 환자는 숨이 거의 끊어져가고 있어서 아버지가 병상 옆에서 하염없이 울고 있는 것조차 알지 못했다. 이 한 참봉과 최 노인은 같은 마을 출신으로 스물일곱 여덟 해 만에 이렇게 재회했다. 그래서 최 노인은 최근 오륙일 간은 매일 한 참봉을 위로하러 와서 세상을 비관하며 함께 술을 마셨다. 참봉은 마침내 오늘 유골을 갖고 돌아가려고 했다. 이미 둘 앞에는 부엌에서 가져온 삼집 전 어치의 소주와 함께 노란 빛이 도는 잘게 썬 배추절임이 놓여있었다.

"우선 나같이 세상물정 모르는 작자가 새로운 사상을 배우려고 스미토모(住友) 인부 모집에 응해서 건너온 것부터가 망하려고 작정을 했던 것임이 틀림없구만 그래."

하며 최 노인은 잔을 손에 들고 절실하게 술회했다. 새로운 시세의 여명이 마을에 비춰왔을 때, 더 이상 늦어서는 안 된다며 조선인에게 신지식 신지식을 하고 외치며, 턱수염을 깎고 사방에 전파하고 다녔던 것이 엊그제 일처럼 떠올랐다. 하지만, 자신이 뛰어난 선각자라도 된 것처럼 뜻을 크게 품고 오사카로 건너오자마자 그는 어느새 최하층 노예와도 같은 생활을 할 수밖에 없는 신분이 됐다.

"모든 꿈이 부서지고 이렇게 영락해서 천하의 최가가 그저 술주정뱅이로 전락하니, 모두가 말했던 것처럼 역시 나는 그저 미치광이였던 것인지도 모르겠어."

"누구나 모두 부초(浮草)처럼 떠도는 백성이니 도탄(塗炭)의 괴로움을 피할 수 없지."

하고 한 참봉은 최 노인을 위로하기 보다는 오히려 죽은 아들이 먼저 떠올라 검은 색수정(水晶) 안경을 벗고 눈물을 훔쳤다. 무엇보다 자식의 시체를 화장한 것이 그에게는 가슴이 아파 어찌할 수 없었다. 그 사이 술잔은 또 그의 손으로 넘어왔다. "죽어서조차 자신의 몸을 소중히 묻어주지 않는 세상이라니…… 이렇게 된 이상 최 노인도 서

둘러 짐을 챙겨 고국[鄕國]으로 돌아가시게. 그래도 이 몸은 고국 하늘 아래 묻힐 수 있어서 좋은 신분이네만……."

하고 아무렇지도 않게 다소 자기 자랑을 한다. 아들의 유골을 갖고 돌아가지 않으면 안 되는 자신의 처지가 너무나도 비참한 생각이 들어서였을 것이다.

"이 몸도 물론 고향에 돌아가 죽으려고 각오를 정하고 있다네." 하며 최 노인도 좀처럼 지지 않는다. "이렇게 늙어빠져서 눈도 흐릿하고 어리석어서 겨우 어로(魚魯)를 변별할 수 있을 뿐 신거(㠯巨)를 알 수 없게 됐어. 공연히 타향 하늘 아래 치욕을 당하는 것뿐이라네." 잔을 또 손에서 손으로 돌리며 그의 목소리는 묘하게 가라앉아 떨리고 있었다. 정말 이 지경에 이르자, 노후라도 고향 땅에서 보내고 싶다는 마음이 간절했지만 그것은 현재로서는 언제 실현될지 알 수 없는 일이었다. "앞으로 일 년이 지나기 전에, 지나기 전에." 하고, 그는 혼잣말처럼 중얼거렸다. "나도 분명 고향 하늘이……."

"그걸로 됐어. 그걸로 됐다네." 하고 한 참봉은 붉은 코를 더러운 수건으로 닦으면서 몇 번이고 고개를 끄덕였다. "우리 모두는 이를테면 모두 패잔병이라네. 이제와 돌아가면 뭐하나 하는 마음은 완전히 버리는 편이 좋아. 자네가 보낸 삼십 년 타지생활은 그래도 훌륭했어. 정말로 사람이 가지 말아야 할 길로는 들어서지 않았지 않나. 그 보답으로 모두 부러워하는 아드님을 받은 것이야."

그 말을 듣고 최 노인은 다소 기분이 좋아져,

"아니 정말 그렇다네. 나처럼 아들 녀석 최 짱도 사람이 가야 할 길을 아는 녀석이라네." 하고 말하는 가운데 마침내 흥이 나서, 그의 유일한 자랑거리인 아들 이야기를 또 시작했다. "내 자식이지만 정말 감탄스럽다네, …… 그런데 한 참봉 고국에 돌아가시걸랑 결혼할 처자가 있으면 꼭 한 명 소개시켜 주시게. 도무지 노후의 즐거움이 없어."

"그럼. 그거야 말로 내가 해주고말고. 분명히 제대로 된 양반가 규수를 하나 물색하겠네. 예절을 갖추고 양친에게 효행할 수 있는." 그렇게 말하고는 갑자기 고향에 남아 있는 죽은 아들의 처자가 생각나서 목이 막혔다. "…좋고말고."

"이것으로 나도 겨우 안심할 수 있겠군. 결코 자랑을 하려는 것은 아니지만 내 자식은 정말 잘 자라줬다네. 하지만 어쨌든 아직 젊기 때문에 자칫 판단을 잘못 내리면 안 된다고 생각해서 매일같이 내 앞에 무릎을 꿇리고 훈계를 하고 있다네. '최 짱아. 알아듣겠니. 무슨 일이 있어도 결코 여기에 와 있는 동포를 착취해서는 안 된다. 서로 돕지 않으면 안 돼…' 이렇게 말하면 최 짱도 이렇게 말한다네. '아버지 저는 잘 알고 있습니다. 결코 윤천수와 같은 놈이 돼서는 안 된다' 하고 말이네…."

하지만 최근 오륙일 동안 윤천수 이야기라면 무려 수 십 회 넘게 들었기 때문에 윤 참봉은 또 그 이야긴가 하며 질려버려서, 잔을 돌려 화제를 바꾸려는 듯,

"아드님이 올해 몇이신가."

"약관 스물여섯이네. 정말 이제부터라고 할 수 있으니 꼭 좋은 처자를 한 명……."

"그럼 좋고말고. 좋고말고."

"일이 성사된다면 그걸로 내 마지막 소망도 이뤄지게 되겠네. 하지만 이제와서 이야기 하네만 윤천수 그놈만은……." 하고 최 노인은 그을린 램프처럼 검은 눈에 붉은 빛을 띠었다. 어두컴컴한 방안에서 그 눈은 흘끗흘끗 흔들렸다. 왕년에 품고 있던 정열의 열기는 그래도 윤천수에 대한 이야기를 할 때만은 어렴풋하지만 불꽃을 뿜으며 터져나왔다. "내가 무척이나 그 녀석을 돌봐줬지만 역시 처음부터 그놈은 이리와 같은 음흉한 마음을 갖고 있었지. 동료를 배신하고 괴롭히고 공갈협박을 하고…… 그러면서 어느새 무시무시하고 잔인한 모임까지 만들어서 그때 진재(震災)[9] 당시." ……하고 그는 목소리를 삼키고 목이 메일 뿐이었다. "몇 만이나 되는 동포가 길거리에서 헤매고 있을 때 조선에 있는 동포들이 그걸 듣고서 진심을 담아서 위문품으로 보낸 쌀이나 밤, 보리를 자신이 그 단체의 회장이라는 것을 이용해서 전부 착복해서 자신의 배를 채웠다니까. 게다가 돗자리나 대자리, 함석 등 몇 십만 판을 고가에 팔고, 돈을 받고 빌려줘서, 오늘 저렇게 부자가 된 놈이라니까. 그래. 그러니까 놈은 동포의 피를 빨아먹은 것이나 다름없어. 그래. 그렇고말고."

그는 흥분한 나머지 숨을 거칠게 쉬며 전신을 격렬하게 떨었다. 한 참봉도 거기에 마음이 움직여서,

"나도 잘 알아. 알고말고." 하며 고개를 끄덕이면서 달래듯이, "이미 지난 일이 아

---

9) 1923년 2월 1일 발생한 관동대진재(關東大震災).

닌가. 잊어버려. 진정하시게. 잊어버리는 것이 가장 좋은 방법일세."

"나는 당시 누마쓰에 있었는데 동포들 문병을 위해 도쿄에 가서 그 이야기를 들었기 때문에 놈을 죽이겠노라 화를 내며 달려들었는데, 그놈이 부하 수십 명을 써서 나를 긴시쵸 수로[10] 속에 처넣었다니까. 그로부터 결국 나는 누마쓰에서도 버티지 못하고 시즈오카 해안까지 달아났지……."

마침 그때 괘종시계가 음침한 반향을 내며 시간을 알려서 잠시 말이 끊어졌다. 하지만 둘은 오히려 한숨 돌린 듯한 기분이 들었다. 한 참봉이 손꼽아 세보니 여덟시였다.

"이제 슬슬 나가야겠네."

"열두시 기차인가?" 하고 이번에는 이상하게 풀이 죽은 목소리로 최 노인은 신음하듯 말했다. "아직 멀었네 그려."

"아닐세. 열두시라고 해도 금방이야. 무엇보다도 안전이 제일이고 게다가 유골도 있으니까." 하고 말하면서 한 참봉은 손가락 끝으로 콧물을 팽 풀어서 바지에 문질렀다. 그리고 뒤편에서 흰 신겐 주머니(信玄袋)[11]와 유골함을 소중하게 끌어당겼다. "내가 죽기 전에 자네랑 이곳에서 다시 한 번 만나서 너무 기뻐……이제 다시 이별이구만, 떠나가는 사람은 쫓지 않는다고 하질 않나……."

"나중에 내가 정류장까지 안내하겠네. 갈아타기도 해야 하니 한 참봉 혼자서는 알기 힘들거야. 나도 좀 위험할 정도니까. 좀 있다가 젊은이라도 하나 앞세우겠네. 나는 요 이삼일 한 참봉이 돌아간다고 해서 시를 한 수 때때로 고심하며 지었네."

"호오. 정말인가." 하고 한 참봉도 기쁜 듯 고쳐 쓰고는, "내 수첩에 써주지 않겠나. 나도 집에 가면 한 수 지어서 답구를 하겠네."

하고 말하면서 품에서 너덜너덜해서 바랜 수첩을 꺼내서 연필에 침을 발랐다. 최 노인은 잔을 든 채로 눈을 감고 슬픔에 젖어 떨리는 쉰 목소리로 억양이 풍부한 목소리로 읊기 시작했다. 때때로 눈물을 닦으며 목소리가 막혀 메이기도 했다.

謾作東遊別有天 艱難世路蜀山川

---

10) 긴시쵸(錦糸町)에 있는 수로. 긴시쵸는 도쿄 스미다구 남부에 있는 지구다.
11) 잡화를 넣는 주머니. 일본 전국시대 다이묘(大名) 다케다 신겐(武田信玄, 1521~1573)의 주머니와 닮았다고 해서 붙여진 이름이라고 하는 설이 있다.

暖日紅花依舊歲　旅窓白髮已哀年

父國歸程千里外　異邦別淚一樽前

臨岐慷慨何得贈　折取柳條結後綠

(잘못해서 동쪽(일본)에 오니 완전히 다른 세상 / 세상을 살아가는 길은 간난한 촉나라 길처럼 험난하도다

따뜻한 날 붉은 꽃은 옛날 그대로 / 여행 길 백발이 돼 이미 노인이 되었네

부국에 돌아가는 길 천리 밖 / 눈물을 흘리며 고향을 떠나기 전에 술 한 잔 하세

갈라진 길에 들어선 슬픔은 무엇 하나 갖고 있지 않도다 / 버드나무 가지를 부러뜨려서 후일 만날 날을 기약하세)

4.

마침 그때 그늘도 꽤 옅어질 무렵, 아카사카산노(赤坂山王) S호텔 사층에서였다. 꾀죄죄한 옷을 입은 강명선의 볼품없는 길쭉한 모습이 붉은 양탄자가 아름답게 깔려있는 어두컴컴한 복도를 비틀거리며 헤매고 있었다. 웨이트리스가 때때로 멈춰 서서 수상쩍다는 듯이 뒤돌아 봤다. 분명히 있는 것 같은데 하고 그는 혼잣말로 중얼거렸다. 보이가 바로 안내를 해준 것도 그렇고, 그러더니 바로 방에 없다고 시치미를 뗀 것도 그렇다. 사촌형과 오늘은 꼭 만나야 한다. 무슨 일이 있어도 만나야 한다. 그 정도로 그는 지금 막다른 골목까지 자신이 몰리고 있다는 것을 느꼈다. 긴 오후 시간 동안 아무것도 먹지 못하고 회사에서부터 이 리(里) 되는 길을 걸어 왔기 때문에 극도로 피곤했기 때문일까. 그는 몸의 중심조차 잡기 힘들 정도로 어질어질 했다. 하지만 카운터의 눈을 속이고 양해도 구하지 않은 채 인기척도 없이 괴괴한 위층에 올라왔다고 하는 꺼림칙한 기분 때문일까, 그의 가슴은 잔뜩 긴장해 있었지만, 머릿속은 모래바람이 마구 부는 것 같은 상태였다.

"어디에 가시죠."

앗 하고 생각하던 사이 방금 그의 옆을 지나치던 흰색 상복을 입은 보이가 그를 멈춰 세웠다. 그는 기가 눌려서 무서워 움츠러든 듯 뒤돌아보며,

"강 씨가 투…투숙하고 있는 방이 어…어디죠." 하고 말을 더듬었다.

보이가 수상하다는 듯 우뚝 서서 흰 손으로 오른쪽 구석방을 입을 다문채로 가리키는 것이 희미하게 보였다. 그는 드디어 가까이 왔군 하고 억지로라도 용기를 내며 다시 걸음을 옮겼다. 하지만 자신의 등 뒤로 파고드는 날카로운 시선을 의식하지 않을 수 없었다. 다행히 방문이 열린 채로 있었다. 살짝 몸을 비스듬하게 기울여 안을 들여다보니 건장한 사내들이 셔츠 차림으로 탁자 주위로 둘러앉아 껄껄 웃어대며 맥주를 마시고 있었다. 창가 쪽에 가까운 맞은편 의자에 앉아있던 턱 끝이 뾰족하게 튀어나온 덩치가 작은 사내가 흠칫 하고 그가 온 것을 눈치 채더니 몸을 젖혀 다른 사내들의 뒤로 얼굴을 숨겼다. 그는 사촌형이 틀림없다고 생각했다. 사정을 다 털어놓고 도움을 받아야겠다는 절박한 생각 이외에는 아무것도 떠오르지 않았다. 하지만 그는 도대체 어떤 식으로 이곳에 도착했는지 자신조차 의아해 하는 사이 자신의 신체가 이곳에 있음을 확실하게 인지한 순간,

"자네. 안 돼, 안 된다고."

하며 사내들에게 쫓겨났다. 그와 동시에 방금 전에 봤던 보이가 자신의 팔을 단숨에 쥐고 조르는 것을 느꼈다. 그는 갑자기 몸 중심이 무너지고 의식조차 멀어지고 있는 것 같았다. 그리고 정신을 차려보니 호텔 현관 앞이었는데 자신이 어떻게 여기까지 끌려왔는지조차 알 수 없었다.

하지만 그는 역시 집으로 가려하지 않고 어느새 현관에서 조금 떨어진 곳에서 사람들 눈을 꺼려하며 서있었다. 땀이 줄줄 흘러 목덜미가 흠뻑 젖었다. 오랜 토역꾼 생활 때문에 그을린 말뚝처럼 검게 탄 얼굴 가운데 두 개의 침착함을 잃은 눈만이 뒤룩뒤룩 번뜩일 뿐이었다. 차들이 끊임없이 드나들고 있었는데, 무리지어 몰려오는 여러 상념을 마치 쫓아버리기라도 하듯, 가솔린 연기를 내뿜으며 폭음 속에 사라져갔다. 도무지 수가 없었기 때문에 오늘은 사촌형이 나오는 것을 기다렸다 붙잡자고 하는 일념으로 버티고 있었다. 사촌형은 어째서 자신과 만나주지조차 않는 것인가. 내가 이 년 동안 불운하게 된 원인을 만든 것은 바로 사촌형 자신이 아니냔 말이다. 생각해 보면 여기 산노 S호텔도 반드시 깊은 인연이 없는 것은 아니었다. 오히려 생각하기에 따라서는 이 호텔에서 가졌던 그 하룻밤 만찬이 자신의 전도(前途)를 망쳐놨다고 조차

할 수 있지 않을까? 아무튼 그때 당시 그는 미술학교에 다니고 있었지만 직업이 없어 밥벌이도 못하고 있었기 때문에 아는 친구 소개로 작은 회사에서 일하고 있었다. 그 무렵 사촌형은 윤천수 밑에서 젊은 대학생 출신으로 부하처럼 그를 모시면서 조선과 연고 깊은 정치가들의 저택에 출입했다. 그가 사촌형에게 오십 엔 정도의 빚을 진 것도 바로 그때였다. 하지만 월급 육십 엔으로는 이제 막 여학교를 졸업한 여자와 결혼까지 한터라 빚을 갚는 것은 역시 쉽지 않았다. 그러다 사촌형은 조선의 둘도 없는 전도유망한 청년이라는 평가를 받고 내지인 중에서도 유력한 정치가, Z 집안에 데릴사위로 들어가게 되면서 급전이 필요하게 되었다.

"자네 그런 회사에 매달려 있는 것이 원하던 바가 아니지 않나." 하는 사촌형의 꼬임에,

"그건 그렇습니다." 하고 본래 갖고 있던 생각을 말했다. "저는 정말 영화를 하고 싶습니다."

"아 그런가. 그런 것이라면 간단하지 않나. 나는 P · C · L[12) 중역들을 잘 알고 있어. 남도 아니고 자네가 원한다면 소개를 시켜주겠네."

"아. 정말이십니까?" 하고 명선은 눈이 휘둥그레져서 무릎을 움직여 사촌형에게 바짝 다가갔다. 자신의 그림을 그리는 재능을 단념하고 어떻게 해서든 영화 쪽으로 새롭게 나아가고 싶다는 마음이 강하던 무렵이었다. "형님. 부탁드립니다. 꼭 소개해 주십쇼."

"그래. 하지만 그러려면 우선 지금 다니는 회사를 그만둬야겠지." 하고 말하고 흘낏 곁눈질을 했다.

"그런데 그만두면 퇴직금도 꽤 받게 되나."

"그럼요. 음. 삼백 엔 정도는 받겠죠. 지난달에도 한 사람 그만뒀는데 그정도 받았습니다."

"그거 참 잘됐군. 그 돈 중에 이백 엔 정도 나한테 융통해 주지 않겠나."

"그거야 문제없습니다." 하고 그 자리에서 선선히 수락을 했던 것이다. "어차피 저

---

12) 1929년에 마쓰타니 린(增谷麟)이 '사진화학연구소(Photo Chemical Laboratory, 약칭 P.C.L.)를 설립. 1937년 12월 5일에 도호(東宝)에 합병된 영화회사다. 선구적인 유성영화를 제작하던 것으로 유명하다. 도호의 전신으로 알려져 있다.

도 형님에게 오십 엔 빌린 것도 있지 않습니까. 그걸 갚지 않으면 마음이 편하지 않습니다.”

“그런 건 신경 쓰지 마시게. 내가 그 정도 자네에게 못해 주겠나. 하지만 요새 내가 좀 돈이 필요한 일이 많아. 자네도 아시다시피 Z 가의 규수를 아내로 맞게 됐어. 피로연을 아카사카 산노 S호텔에서 할거야.”

“그거 참 멋지군요.”

하며 그는 S호텔을 우선 찬탄(讚嘆)하며 마침내 제대로 출세하는 사촌형의 모습에 감격했다.

“그래서 말이네만. 다이진(大臣)을 시작으로 정계, 실업계에서 높으신 분들이 많이 올 거야. 비용은 물론 Z 가와 윤천수 선생이 대주신다고 하는데 나도 품에 천 엔 정도는 갖고 있어야 하지 않겠나. 만일의 경우도 있고…….”

“그야 그렇지요.”

“그래서 자네와 상의하려고 하네만. 어떤가. 용감하게 회사를 그만두면 어떻겠나. 뒤는 내가 전부 책임져 줄 테니. 사실 자네에게만 말하는 거네만. 이번에 윤 선생님이 자본을 대서 군수회사를 만들기로 했다네. 거기 사무는 내가 전부 맡게 될 거야. 그때 자네도 영화 쪽 일이 싫으면 그 회사로 와도 돼. 자네도 생각해 보게.”

이렇게 그는 이게 무슨 갑자기 하늘에서 내려온 행운인가 하고만 생각하고 그 다음 날 바로 사표를 냈다. 그런데 경솔하게도 그는 사직서를 피고용인이 먼저 낸 경우 일한 만큼의 월급 밖에는 받을 수 없다는 회사의 규칙을 알지 못했다. 게다가 회사에서 불같이 화를 내며 겨우 쥐어준 사십 엔은 통째로 사촌형 품속으로 들어갔다. 그 덕분에 여기 산노 S호텔 피로연 말석에 초대를 받았던 것이다. 하지만 그는 자신을 실업자로 전락시킨 사촌형을 여전히 원망조차 하지 않고, 오히려 호텔에 초대를 받고 가서 언감생심 평소 만날 수 없는 명사들의 얼굴을 올려다보는 것만으로도 영광으로 생각할 정도였다. 사람이 너무 선량하고 의젓하다고 해야 할까. 혹은 세상물정을 모른다고 해야 할까. 그 후 P·C·L은 조직이 바뀌어서 손도 쓸 수 없게 됐고, 윤천수가 자본을 댄 회사는 세워지기는 했지만 그 후 유령회사처럼 눈깜작할 사이에 물거품처럼 사라졌다. 그 후 명선네 부부는 먹고 살 길이 끊겨버렸다.

이 무렵부터 그들 부부는 동성네 집안에 신세를 지게 됐다. 이렇게 된 것은 무엇보다도 서로 사는 곳이 가까웠기 때문이다. 또한 최가네 노파는 근처 조선인 집이라면 어디든지 가서 얼굴을 내밀고 힘든 일이라도 있으면 친엄마처럼 돌봐줬고, 고맙다는 말조차 듣지 못할 일까지 쓸데없이 참견하는 성격이다. 그렇기 때문에 강명선네 새댁이 눈물을 뚝뚝 떨어뜨리며 이야기를 하는 것을 다 듣고 나서는 완전히 흥분하고 말았던 것이다. 그녀는 내친걸음으로 바로 집에 가서 늙은 남편을 붙잡고 호소했다. 무엇보다 명선의 사촌형이 윤천수의 부하라는 사실이 최 노인 귀에 들어간 것이 또 좋지 않았다. 그것은 이 늙은 패잔병이 윤천수에게 품고 있던 슬플 정도의 대항의식마저 자극하는 것이었다. 그 결과 동성의 의분까지 합쳐져 명선 부부에게 자진해서 방을 무상으로 제공하게 되었다. 하지만 살 곳은 어찌됐다 해도 명선 부부는 당장 먹을 것조차 구하지 못해 곤란한 상황이었다. 그래서 명선은 적당한 직장을 찾을 때까지라도 호구를 해야겠다는 생각에 눈물을 삼키고 근처 분양지 땅고르기 공사에 나가게 됐다. 하지만 그 일은 하루 이틀 늘어나더니 결국 이 년여 동안 계속됐다.

그래도 마침내 최근에 원하던 바가 이뤄져 영화회사에 나가게 됐다. 하지만 이번엔 또 월급이 겨우 이십오 엔이라서 다시 궁핍한 생활에 쫓기게 됐다. 토역꾼을 하던 때가 그나마 나았던 것이다. 하지만 본래 패기 없는 성품에다 사려 깊지 않은 아내의 말참견에도 좌우당해서, 동성 일가의 호의를 이용해 뒤에서는 눈을 감은 채, 어차피 신세를 지는 이상은이라고 하며, 얼굴 가죽을 두껍게 하고 지내왔던 것이다. 하지만 사변이후(事變以後)13) 동성네 집안 수입도 점차 줄어들어갈 뿐이었다. 이렇게 방을 계속 무상으로 제공하는 것이 점차 동성 일가의 생계에도 크게 영향을 끼치기 시작했다. 사태가 이 지경에 이르자 최씨네 노부부의 마음도 평온하지만은 못해서 사람이 은혜를 베푼 것을 계속 이용하는 것도 정도가 있다는 생각이 점차 들어 비위가 상하기 시작했다. 동성 또한 사람을 바보취급하고 있다는 기분이 들었다. 그렇지만 지금 방을 공짜로 세주고 있는 것에 아무리 거북함을 느끼고 있다고 하더라도 이미 방세 문제를 넘어서고 있었다. 새로 합류한 명선의 동생은 또 그들 부부가 이 집안에 보이는 태도에 대한 복수라도 하듯이 이기적으로 굴었다. 이런 식이어서 가족 두 명을 더 먹여 살

---

13) 중일전쟁. 1937년 발발.

릴 그날 그 날의 쌀이 부족한 비참한 상황 속에서 교통비조차 없어서 회사까지 걸어서 다녀야 할 형편이었다. 게다가 아내의 산달도 거의 닥쳐와서 앞으로 한 달 후면 아이가 태어나는 궁지에 몰리고 있었다. 그런 가운데 지금까지 경성에 가서 무언가를 꾸미고 있던 사촌형이 다시 상경해서 이 호텔에 묵고 있다는 소식을 들었다. 때문에 잠시도 참지 못할 것 같은 기분으로 사촌형의 정에 기대려는 심산으로 요 사흘간 매일같이 찾아와서 오늘 방 앞에까지 찾아가게 됐던 것이다. 하지만 그는 그것을 창피하게 생각할 마음의 여유가 없었고, 또한 자신과 만나주지 않는 가증스런 사촌형에게 화를 내고 원망하는 마음을 품지도 않았다.

"무슨 일이 있어도 오십 엔은 받아야 해."

하며 그는 조용히 눈을 감으면서 신음했다. 그 생각만이 가슴속에 가득했다. 오십 엔만 있으면 아이를 무사히 낳을 수 있고 또한 고향에 돌아갈 수도 있다. 고생을 각오한 이상 아내를 고향에 보내고 혼자서 이번에야말로 무슨 일이 있더라도 훌륭하고 어엿한 카메라맨이 돼야해. 옳지. 이제부터 새로 시작 하는 거야, 하며 그런 생각에만 빠져서 당장이라도 모든 것이 원만하게 잘 될 것 같다는 생각에 가슴이 뛰었다. 그 때 누군가 그의 어깨를 두드렸다. 아앗. 내쫓으려고 하는 보이가 아닌가 하고 깜짝 놀라서 뒤돌아 봤다. 의외로 그곳에는 자동차를 옆에 세워두고 온 최동성이 서있었다. 그를 본 순간 후유 하고 한숨을 쉬는 듯한 또한 어째서인지 기분이 맑아지는 기분이 들었다. 하지만 왠지 또 그런 것이 쑥스러운 기분이 들어서 바싹 마른 입가를 조금 우물우물 거렸다.

"이야 최 짱이 아닌가. 손님이라도 태우고 왔나."

"응 그렇지." 동성은 묘하게 안절부절못하는 명선의 얼굴을 수상쩍게 올려봤다. "자네는?"

"… 회사일 때문에 왔지." 하고 명선은 또 과거 입버릇처럼 나오던 회사 핑계를 댔다. "누굴 좀 기다리고 있어."

"나는 방금 전에 신주쿠(新宿)에 있는 전기회사에 가서 사정을 좀 봐달라고 하소연하고 왔는데 씨도 먹히지 않더군."

하고 동성은 매우 어두운 목소리로 말했다.

"아 그랬군. 내가 돌아가는 길에 들르려고 했었네만……."

"얼마나 분위기가 험악하던지. 그건 네놈들이 전기를 훔칠 생각으로 그런 것이 아니냐! 바로 사람을 보내서 조사할테니 배상금을 내야 할 거야 하며 화를 내지 뭔가."

둘은 잠시 동안 걱정스럽다는 듯이 얼굴을 마주봤다.

"최 짱. 이렇게 된 이상 집을 비워주는 수밖엔 없겠어." 하고 침을 꿀떡 삼키면서 말했다. "그래도 일월이나 이월까지는 힘을 내서 살면 될 거야. 그 사이에 각자 방을 찾아서 나가는 게 어떤가? 벌금도 내고 배상금도 내라니 어쩌란 것인지. 게다가 밀린 몇 달치 집세도 내야 하는데 말이야. 어찌됐든 나도 마누라가 아이라도 낳으면 고향에 데려다 놓고 회사 근처에 작은 방이라도 찾아서 동생과 자취를 할 생각이야. 그런 수도 있다네. 최 짱도 우리가 나가면 부담이 꽤 줄테니 방이라도 빌리면 되지 않나……."

"뭐 그건 그렇겠지." 하면서 동성은 자신의 암담한 기분에 비해서 명선의 느긋한 태도에 조금 기분이 상했기 때문에 혈색이 변했다. "……명선 자네 집말이네만. 자네 동생이 과연 자네와 함께 같이 살까 모르겠네."

"물론이지. 그걸 말이라고 하나. 형제지간이 아닌가. 다만 내 아내와 동생이 성격이 도무지 맞질 않는다네."

"그런데 당장 자네 아내가 애라도 낳으면 제법 또 돈이 들어가지 않나."

강명선은 사실은 그 때문에 여기 와 있는 것이라고 순간 말하고 싶었지만 그것을 억누르면서,

"그야 그렇지." 하고 말했다. "그렇지만 우리 회사에서도 특별히 임시 보조금 같은 것이 나올 것이 틀림없어. 대체로 좋은 회사는 전부 그렇게 하니까."

이렇게 지극히 곤란한 이야기를 서로 나누고 있을 때, 사내 한 명이 자신의 차에 올라타는 것을 보고 동성은 인사도 하지 못하고 자동차로 뛰어갔다. 동성의 차가 마침내 시야에서 사라지는 것을 확인한 후에 명선은 얼마간 어리둥절한 기분으로 그 자리에 서있었다. 마음속으로 계산을 하며 앞뒤 가리지 않고 길바닥에 서있자니 마치 뜻이 이뤄질 것 같은 구원받은 기분이 들었다. 특히 그 순간 보스턴백을 들고 나오는 보이들 뒤로 어디선가 본 기억이 있는 몸집이 큰 사내가 현관 앞에 나타난 것을 봤다.

그 순간 그는 마침내 환희에 가슴이 메어서 눈을 부릅뜨고 입을 빠금 벌렸다. 그 무리 중에는 방금 전에 자신을 호텔 방 앞에서 내쫓은 보이뿐만이 아니라 키가 작은 사촌형도 끼어있었다. 그는 놀라 달려가서 등을 돌리고 있는 가장 왜소한 사내에게 매달리듯이 달려들더니 커다란 몸을 꾸벅 숙였다. 그 무리 사내들과 보이들이 놀라서 둘 사이를 둘러싸듯 좁혀왔다.

"형님 접니다. 강명선입니다. 방금 전에는 정말……."

"음 자넨가." 하고 사촌형은 낭패를 본 듯이 부산스레 뒤를 돌아봤다. 하지만 강명선이 품고 있는 외곬의 기상에 완전히 기가 눌려서 주위에 몰려든 사내와 보이들을 물리치고는 옆 쪽으로 명선을 데리고 가며 비명에 가까운 소리를 질렀다.

"사실 말이네 내가 지금 너무 바빠."

"아 그러십니까." 명선은 숨도 쉬지 않고 바로 물었다. "이제 경성에라도 돌아가시나요?"

다른 사내들은 수상한 듯이 뒤돌아보면서 바로 옆에 도착한 자동차 안으로 한 명 한 명 타더니 사라졌다. 사촌형은 당황하며 주머니에서 지갑을 꺼내더니 십 엔 지폐를 한 장 손에 쥐어주고는, "필요한 곳에 쓰시게." 하고 말하기가 무섭게 잽싸게 차에 타더니 그대로 떠나버렸다. 가솔린 연기가 망연자실하게 서있는 명선의 온몸을 뒤덮었다.

이것으로 그가 품고 있던 마지막 희망의 끈은 끊어졌다. 그는 코를 훌쩍대며 조용히 큰길로 무거운 다리를 움직였다. 절망이라 해야 할 깊은 슬픔이 그를 강타해서 한동안 정신을 차릴 수 없게 만들었다. 하지만 선천적으로 낙천적인 그는 어떻게든 일이 좋게 돌아갈 것임이 틀림없다고 생각할 뿐이었다. 그에게는 모든 것이 이처럼 잘 될 것 같았지만 사실은 삼십여 년을 살아온 반생(半生) 동안 무엇 하나 제대로 된 일이 없었다. 아무리 사람들이 서른이 넘은 나이에 영화 조수 나부랭이나 하고 있다고 경멸을 하더라도 그는 이제야 자신이 한평생을 통해 할 수 있는 일을 찾아 하고 있다고 믿었었다. 그러나 이제는 그러한 직업마저도 완전히 위기에 봉착하고 말았다. 다시 토역꾼으로 전락하지 않는한 어떻게 한 달 후에 태어날 아이와 산모를 구할 수 있단 말인가.

그는 몇 번이고 사촌형이 손에 쥐어주고 떠난 십 엔 지폐를 들여다봤다. 손은 부들부들 떨렸고 눈앞에는 안개가 끼었다. 피곤한 것인가 하고 생각해 본다. 그렇게 건장했던 자신의 몸이 하루하루 약해지고 있다는 것을 그는 요즘 의식하고 있었다. 그는 앞날이 깜깜해서 가던 길을 종종 멈춰 섰다. 어느새 거리에는 전기가 들어왔다. 오늘 밤에는 또 어떻게 해서 가시 돋친 말을 하며 달려드는 마누라를 달랠 수 있을까. 누구보다 공처가인 그였다. 사실 그는 사촌형과 만나고 온다고 하면서 아내에게 아이 낳는 것은 걱정하지 말라, 사촌형과는 이미 약속을 다 잡아놨다고 터무니없는 말을 하고 외출을 했었다. 주위는 어느새 어둑어둑 해지기 시작했다. 그는 절대절명의 절망에 빠져 온 몸을 다해 고뇌하며 몸부림을 쳤다. 동생 녀석이 이삼십 엔 정도는 분명히 저축하고 있겠지. 하지만 또 동생의 날카로운 눈초리를 보고 머뭇거리다 뒷걸음질을 칠 것 같다는 기분이 들었다. 그는 다시 목적지도 없이 걷기 시작했다. 손에 십 엔짜리 지폐 한 장을 들고서는 아내 앞에 설 용기가 없었다. 그러다 그는 깜짝 놀란 듯 멈춰 전방에 높이 서있는 전신주를 보고 눈을 부릅떴다. 광부채용, 하루 오 엔이라고 하는 삐라가 붙어있다. 그는 꼼짝하지 않고 서서 움직이지 않고 빙빙 어지러움을 느끼면서 하루 오 엔 하루 오 엔 하고 중얼거렸다. 장소는 홋카이도[北海道] 헤비타군[蛇田郡] 여비는 도착 후 지불해줌이라고 쓰여 있었다. 그는 한순간 너무나 큰 충격을 받았던 탓인지 크고 긴 몸을 높은 전주에 기대고 잠시 동안 눈을 감고 있었다.

그리고는 끝내 움직이지 않았다.

5.

다음날은 아침부터 비가 내렸다. 동성은 비번(非番)이었지만 역시 평상시처럼 같은 시간에 한 번은 회사에 가서 얼굴을 비춰야 했다. 어젯밤 번 돈을 납금(納金)하고서 차체를 닦은 후에 집에 오니 어느새 열시를 넘었다. 어젯밤부터 전기가 들어오지 않아서 결국 촛불을 밝혀놓고 지내야 했다. 그는 당면한 이 문제 때문에 머릿속이 뒤죽박죽이었다. 대체 어떻게 하면 이 복잡한 난국을 타개할 수 있단 말인가. 집세가 밀려

집주인은 매일같이 들이닥쳐 꽥꽥 욕설을 퍼붓고 돌아갔다. 아니 또 금방 들이닥칠 것이다. 또한 전기회사가 무서워 어찌해야할 바를 몰랐다. 이웃들이 성가셔 못 견딜 지경에 이르렀다. 무슨 일이라도 있으면, 그들은 짜기라도 한 것처럼 목을 들이밀고 입을 일그러뜨렸다. 부모님은 이미 해탈을 한 듯한 허탈함과 무신경한 구석이 있었지만, 그는 도저히 견딜 수 없는 일이었다. 어찌됐든 끔찍한 일임은 틀림이 없었다. 그는 오늘 드디어 결심을 굳혔다. 맹장염(盲腸炎) 수술 자국이 완치되면 그로부터 사흘째 되는 휴일에 자동차 아래로 몸을 밀어 넣고 수리나 조립 기술까지 익히자. 그리고 어엿한 엔지니어가 된다면 부모님을 모시고 조선으로 돌아가자. 그것이 부모님을 위해서도 또한 자신을 위해서도 최선책이라고 생각했다. 역시 실속 없는 학문을 계속한다는 것이 자신에게는 얼마나 공상에 가까운 일인지를 뼈저리게 느꼈다. 하지만 비참하게도 패배자 모습이 되는 것 같은 생각에 그는 슬픔을 가눌 수 없었다. 아버지는 동쪽 나라로 일단 건너온 이상 적어도 너라도 성공을 하라는 의미에서 동성(東成)이라는 이름을 붙였다고 말했다. 동성, 동성 하고 그는 마치 실성한 사람처럼 중얼거려봤다. 그와 동시에 그는 어디에 하소연 할 곳도 없는 증오가 불끈불끈 일어나는 것을 전신으로 느꼈다. 벌거숭이 몸 그대로 자신을 넓은 고통의 바다 속에 풍덩 내던진 부모님을 미워하는 마음도 들었다. 어째서 여럿이 합세해서 나를 고통스럽게 하는 것인가! 바람이 낡은 양산(洋傘)에 달라붙어서 큰소리로 울려 퍼졌다. 비는 그의 발부터 하반신을 흠뻑 적셨다. 하지만 그는 마치 무엇에 씐 듯 눈을 반짝이며 우당탕 소리를 내며 걸어갔다.

그러나 깊은 슬픔에 싸여 집 앞에 도착하자마자 그는 깜짝 놀라 멈춰 섰다. 집 안에서는 가구가 와르르 하고 부서지는 소리와 으르렁대는 소리가 들려왔다. 안방에서 아버지와 누군가가 대 난투극을 벌이고 있는 듯 밀치락달치락 야단법석을 떨고 있었다. 그는 줄창 쏟아지는 비를 맞으며 처참한 기분을 느끼며 떨고 있었다. 술에 취한 아버지의 윽박지르는 소리가 들렸다. 그는 놀란 듯 현관문을 활짝 열고서 갑자기 뛰어 들어갔다. 하지만 그는 맹장지를 여는 것과 동시에 그 자리에 멈춰 설 수밖에 없었다.

아버지가 부서진 커다란 용기를 높이 치켜들고 서서 분노에 불타서 소년을 내려치려고 의기탱천해 있지 않은가. 소년은 몸을 앞으로 기울이고 아버지가 내려치려 치켜든 팔목을 필사적으로 막고 있었다. 그는 동성이 들어오는 것을 보고는 격렬하게 어깨를 들썩이더니 갑자기 으앙 하고 울음을 터뜨렸다. 어머니는 뒤쪽에서 아버지를 껴안고 미친 사람처럼 머리카락을 늘어뜨리고 뒤로 끌고 가면서,

"나를 때려요. 다른 집 아이를 때리시려거든 차라리 날 죽이라고요." 하며 아우성쳤다.

"동성아, 동성아. 큰 일 나기 전에 니 애비를 좀 말려라."

"아아. 너 같은 놈은. 놈은." 하고 아버지는 잡힌 몸을 풀려고 몸부림을 치면서 입에 거품을 물고 불분명한 목소리를 올려서,

"의리와 인정을 버린 놈은 돼지와 다를 게 없어! 돼지와 말이야!"

"어째서 내가 돼지에요. 돼지냐고요!" 하며 소년은 극심한 공포를 느끼면서도 아버지의 팔을 풀어주지 않으려는 듯 몸을 아래로 지탱하면서 얼굴을 들이밀고 절규했다.

"의리 인정을 지켜서 아저씨는 이렇게 훌륭하게 살고 계신가요? 저는 하나도 부럽지 않습니다. 여기야말로 돼지우리가 아니고 뭐에요. 돼지우리라고요. 돼지우리."

동성은 의연하게 선채로 몸을 부들부들 떨뿐 아무 것도 할 수 없었다. 결국 아버지가 격앙해서 공중제비를 넘으려고 하면서,

"뭐, 뭐라고!" 하면서 격렬하게 팔을 위로 올리려고 했지만 노파와 소년에게 꽉 잡힌 채 제지당해서 함께 소용돌이치듯 비틀거릴 뿐이었다. "내 비록 이렇게 지지리도 가난하게 살지만 한 번도 파렴치한 짓을 한 적이 없어. 이놈 내가 하려고만 했으면 돈을 못 벌었을 줄 아느냐. 알겠느냐. 나는 윤, 윤천수처럼 개같은 놈과는 달라. 알겠냐. 네 놈은 윤천수 눈깔이라도 빼올 정도로 지독한 놈이렷다! 제길. 나가. 썩 나가라!"

"고정하세요. 아버지." 동성은 이때 처음으로 아버지와 소년 사이에 들어가 둘을 떼났다. "이렇게 흥분해서." "그래. 최 짱. 나도 처음엔 이놈에게 어른스럽게 대했어. 소란을 떨려고 한 것이 아니야. 하지만 어젯밤 명선이가 돌아오지 않아서 밤새 그 아내가 울고 있지를 않냐……."

"동성아 어젯밤 명선이가 정말 집에 안 들어왔단다."

하고 아버지를 제지하기 위해 안고 있던 어머니가 지금이라도 울음을 터뜨릴 것 같은 표정으로 외쳤다. 옆방에서는 이 소리를 듣고 명선의 아내가 엎어져서 큰 소리로 우는 소리가 들렸다.

"명선네 아내가 쌀이 떨어져서 이놈에게 조금이나마 돈을 달라고 했더니. 내가 이 두 귀로 똑똑히 들었다. 그러자 이놈이 뭐라고 한 줄 아냐. 나한테 그런 돈이 어디 있소. 아침밥도 못 얻어먹는 놈에게 그런 돈이 있을 리가 없지라고 하더라. 이 나쁜 놈. 설령 형수가 못되게 굴었다고 하더라도 이렇게 힘들 때 가족 간에 인정머리 없이 그게 할 말이냐. 내가 그런 말을 듣고도 참을 줄 알았더냐. 네놈은 형이 돌아오지 않는 것이 걱정도 안 되느냐. 어제도 그렇지. 네놈 하는 짓이 하도 비열해 보여서 전기를 모두 때려 부쉈단 말이다. 전기를 증오해서 한 짓이 아니야. 똑똑히 들어라 이 윤천수랑 다를 바 없는 버르장머리 없는 놈. 너야말로 평생 토역꾼이나 하면서 뒈져버려라. 토역꾼 말이다!"

"그만 두세요." 하고 동성은 호되게 소리쳤다. 소년은 동성의 옆에서 눈을 황황히 빛내며 지금까지 격렬하게 어깨를 떨며 숨을 헐떡이고 있다가 마침내 불끈 타올라서,

"지금 뭐라고 하신 겁니까." 하고 정신없이 울고 소리치며 노인에게 달려들었다. 그와 함께 동성의 아버지에게 뒤지지 않을 정도로 난폭하게 굴었다. "어디 한 번 또 말해보세요. 내가 왜 토역꾼에서 벗어나질 못합니까! 난 지금이라도 토역꾼 따위 안 하면 그만입니다. 이제 그만두고 학교로 가렵니다. 형처럼은 살지 않아요. 그건 바보짓이야. 정말 멍청하다고. 내겐 가야할 길이 있다고요!"

"그럼 그렇고말고." 하며 동성은 격렬하게 요동치는 몸을 끌어안고 외쳤다. 그것은 마치 동성 자신의 우렁찬 외침이기도 했다. "훌륭하게 출세해 보라고! 넌 윤천수와는 달라!"

그곳에는 일순간 격렬하게 서로 째려보는 손가락으로 튕기면 소리라도 울려퍼질 것 같은 절박한 긴장감이 감돌았다. 가슴 한가득 답답함을 안고 있던 동성의 감정이 폭발한 것이다. 아버지도 순간 그 기운에 눌린 것처럼 멍하니 서서 어두컴컴한 가운데서 밝게 빛나고 있는 자기 아들과 소년의 네 개의 눈을 주시했다. 손에 들고 던지려던 용기가 댕강하는 소리를 내며 떨어졌다. 입술을 두 세 차례 바르르 떨더니 갑자기 몸이 무너질 듯이 비틀거렸다.

"왜 이리 소란을 떨어요." 하고 어머니는 울음 섞인 소리로 외쳤다. "어째서 서로 화목하게 지내지 못하고 서로 으르렁대. 동성아 너도 좀 진정을 해라."

동성도 그동안 참고 참았던 슬픔이 복받쳐 올라 자신의 눈에서 뜨거운 눈물이 뚝뚝 넘쳐 흐르는 것을 느꼈다. 그는 마치 무언가에 놀란 사람처럼 자신의 팔에 얼굴을 파묻었다. 그때 소년은 자신의 콘크리트 방으로 갑자기 뛰어 들어가 작은 이불을 손으로 안고 흑흑 소리를 내며 울다가 비가 쏟아지고 있는 밖으로 뛰쳐나갔다. 함바에 가려는 것이 틀림없었다. 노파는 그것을 막으려고 소년 뒤를 따라가다가,

"이봐. 이보시게."

하고 외쳤다. 그 목소리가 빗소리에 묻혀 점차 멀어져갔다. 비는 점차 본격적으로 내리기 시작해서 정오전인데도 갑자기 사위가 어두워지기 시작했다. 그리고 마치 저녁 무렵처럼 무서운 기세로 주위가 어두컴컴해졌다. 천둥이 우르르 울리더니 번개가 푸른 도깨비불을 번쩍이며 방안을 기분 나쁘게 비췄다. 동성은 잠시 실신한 것처럼 그 자리에서 어리둥절한 표정으로 서 있다가 끝내는 비틀대며 자기 방으로 갔다. 끝도 없이 눈물이 나와서 어찌할 바를 몰랐다. 젠장 어째서 이토록 눈물이 나오는가. 하지만 문을 열고 방에 들어가려던 순간 무언가가 발끝에 스윽 하고 닿은 것 같았다. 그는 깜짝 놀라 멈춰서서 그것을 바로 주웠다. 역시 예상한 대로 그것은 명선이 자신에게 보낸 편지였다. 묘하게도 순간 들썽들썽한 태도를 보였던 어제 명선의 얼굴이 휙 떠올랐다. 서둘러 창가로 가서 봉투를 뜯으려고 보니 누군가가 먼저 개봉해서 본 흔적이 남아있었다. 봉투를 닫은 곳에 지독하게 찢긴 자국이 남아있었다. 하지만 그런 것을 신경 쓸 여유가 없었다. 서둘러 내용물을 꺼내 펼치고 숨을 고르며 편지를 읽어나갔다. 그 사이 그는 자신의 목소리가 희미하게 떨리고 있음을 느꼈다.

"최 짱! 신주쿠[新宿]까지 왔는데 도무지 집에 갈 용기가 나지 않아서 그 걸음으로 우에노[上野] 역으로 달리듯 왔다네. 아내에게는 갑자기 출장이 잡혀서 도호쿠[東北] 지방에 한 달 남짓 예정으로 출장을 간다고 간단하게 편지와 함께 엽서를 보내두려고 하네. 내게는 삶과 연관된 소중한 일이므로 회사에는 고향에 계신 아버지가 위중해 그곳에 간다고 편지를 써뒀네. 지금부터 나는 홋카이도에 가려하네."

순간 동성은 불길한 예감을 떨쳐버린 듯해서 한숨 돌렸다. 하지만 그 후 다시 밀려오는 불안한 기분 때문에 몸을 떨었다. 옆방에서는 명선의 처가 오열하는 소리가 높아만 갔다. 그녀가 불안한 마음에 자신에게 온 것도 아닌 이 편지를 읽은 것은 아닌가

하는 생각이 갑자기 들었다. 그는 다시 서둘러서 편지를 이어 읽었다. 번개가 끊임없이 울려 기분 나쁘게 번쩍번쩍 편지 종이를 비추는 통에, 그의 마음은 초조해졌다.

"한 달 후면 아이도 태어날 것이고 또 아내와 아이를 고향으로 돌려보낼 돈이 필요해. ……오늘 간신히 편도 여비(旅費)를 손에 넣었다네. 그곳에 가면 여비도 받을 수 있고 일급 오 엔에 식사도 나오는 모양이야. 한 달만 일해도 삼오십오, 백오십 엔은 모을 수 있을 것 같아……"

정신을 차려보니 그는 편지를 손에 쥔 채 잠시 멍하게 서있었다. 명선은 어쩌면 이리도 어수룩한 선택을 할 수 있었단 말인가. 도대체 홋카이도 어디로 무슨 일을 하러 간단 말인가. 분명히 광산임이 틀림없다. 그러자 그는 지금까지 들어왔던 감옥방이라는 것을 떠올리고 전기에 감전된 것처럼 몸이 경직됐다. 설마 그럴 리가 하며 그는 고개를 저으며 강하게 부정하려고 했다. 하지만 결코 그런 일이 없다고 하더라도, 도대체 그곳은 비가 오나 눈이 오나, 매일 사람들을 혹사시키는 일인 것일까. 게다가 점차 약해져 가는 그 몸으로, 거친 산에서 하는 일을 과연 버텨내려나. 그는 이 비극의 모든 책임이 마치 자신에게 쏟아지는 것 같은 기분마저 느꼈다. 일어서자, 일어서자 하면서도 괴로운 생활 심연(深淵)에 빠져 옴싹달싹할 수 없는 명선의 처지에서 그는 자신의 모습을 발견했던 것이다. 그리고 사실 명선이 몇 년 만에 그토록 원하던 영화회사에 들어간 것도, 그것이 비록 이상한 인연이라고 해도, 동성이 고생을 했기 때문이다. 그 누구도 멀리까지 자동차를 쓰지 않는 요즈음, 한 손님이 고후[甲府]까지 불우한 일 때문에 서둘러 가야한다고 하기에 마음 편히 태웠더니, 어쩌다보니 영화 쪽 이야기로 화제가 튀었는데 이 손님이 마침 영화회사에서 중요한 직책을 맡고 있었는데, 어쨌든 자네 친한 친구라면 채용해주겠다고 해서 명선이 취직을 하게 됐던 것이다. 하지만 그것이 오히려 독이 돼서 그를 결국 꼼짝할 수 없는 궁핍 가운데로 밀어 넣었던 것은 아니었을까.

동성은 맥없이 쓰러질 듯 창 근처에 기대서 호우가 세게 내려치는 풀숲 길을 우두커니 바라봤다. 그러자 어느 순간 그 주위에 홋카이도 깊은 산속으로 초연히 걸어 들어가는 검고 큰 강명선의 그림자가 한가득 비쳤다. 그것이 얼마나 슬프게 보였는지 몰랐다. 발돋움을 해서 일어나려고 해도 힘을 주면 줄수록 점점 더 깊은 진흙탕 속에 발이 빠져들 뿐이 아닌가. 그때 쏴아 하고 놀라울 정도의 기세로 비가 격렬해졌고 폭풍이 휘몰아쳐서 창문을 흔들어 소리가 크게 났다. 이 일대에 비안개가 피어오르고 지금까지 보였던 강명선의 그림자가 흩어져 사라졌다. 그러자마자 그는 순간 너무 놀라서 뛸 듯이 물러서서 양팔 사이에 얼굴을 묻고, 미치광이처럼 발을 동동 구르며 단말마의 비명을 내뱉고 아우성치기 시작했다.

"싫어. 안된다고."

"싫어."

"싫다고."

6.

갑자기 그날 밤부터 강명선의 아내는 격렬한 복통을 호소하기 시작했다. 큰 정신적 타격을 받은 후인만큼 산달이 앞당겨져서 진통을 일으키고 있는 것인지도 몰랐다. 물론 전기가 들어오지 않아서 방안은 칠흑 같은 어둠 속이었다. 빗발이 약해져서 창을 치는 바람이 웅성거릴 뿐이었다. 때때로 그녀가 내지르는 비명이 으스스하게 울려 되돌아왔다. 아이고 아이고 하고 울부짖거나, 끙끙대는 신음소리를 내서 집안 가득 불안한 기운이 팽팽하게 감돌았다. 그녀는 평상시 과묵하고 얌전해 보이지만 일단 이런 때가 되면 대놓고 자신이 아프다는 것을 드러내놓고 다른 사람들을 잠시도 편안하게 해주지 않았다. 하지만 역시 그녀 자신은 격렬한 통증 외에도 초조함과 불안함, 고민, 공포감 때문에 새파랗게 질려있을 것임이 틀림없었다. 겉으로는 비록 안타까운 감정을 불러일으키는 남편이었지만 그녀도 내심으로는 남편이 무척 초조해 하고 있었음을 알고 있었다. 그런데도 자신은 요 며칠 간 있는 말 없는 말 다 해가며 남편을 얼마나 매도하고 바가지를 긁었단 말인가. 토역꾼 주제에 나를 잘도 속이고 결혼을 했다든가, 사기꾼이라든가, 앞으로 나를 어떻게 할 작정이냐든가 하면서. 그런 말을 한 것에 대해 그녀는 후회하는 마음으로 자신을 호되게 책망했다. 남편이 갑자기 보낸 엽서를 현관 앞에서 주워든 순간 그녀는 이미 마음속에 집히는 구석이 있었다. 허둥대고 서둘러 읽으면서도 믿을 수 없었다. 믿을 수 없다. 그리고 어느새 부들부들 떨리는 자신의 손은 동성에게 온 편지 봉투를 움켜지고 있었다.

그녀는 앞으로 자신의 앞날을 생각하면 숨조차 막힐 것 같은 기분이 들었다. 그래도 남자가 미술학교를 나왔다고 해서 가난한 꿈이지만 작은 가슴 한가득 그것을 안고 바다를 건너온 것이었다. 남편이 이전에 경솔한 짓을 해서 회사를 그만두고 토역꾼으로까지 전락했을 때, 그녀 또한 몸이 절단되는 것 같은 고통마저 느꼈다. 하지만 그러한 남편조차 지금 옆을 떠나 멀리 가버렸다. 게다가 도련님도 도망을 쳐서 가족 누구 하나 옆을 지키지 않는 캄캄한 방속에서 홀로 신음하고 있다. 낳지도 못하고 뱃속 아이와 함께 죽을지도 모르는 것이 아닌가. 아무 것도 먹지 못한 공복은 흉기에라도 베인 듯 쓰라리고 아플뿐 아니라, 어지럼증까지 덮쳐와서 눈앞이 캄캄해지고 전신이 둥실둥실 날아오를 것 같은 기분마저 들었다.

"새댁. 이럴 때일수록 정신을 똑바로 차려야해." 노파는 그녀 옆에서 걱정이 가득담긴 떨리는 목소리를 짜냈다. 평소 뒤에서 앞니가 빠진 입을 삐쭉거리며 새댁은 마음씨가 글러먹었다며 욕을 했었지만, 이런 상황이 되자 인정에 약한 성격으로 변했다. "새댁 그렇게 함부로 뒹굴면 아이한테 좋지 않아."

"아주머니."

"왜 그래…."

"저 콱 죽을래요."

"말도 안 되는 소리를……."

"아이고 숨이 막혀요. 창문 좀 열어주세요."

"안 돼. 새댁. 그러다 감기라도 들면 어쩌려고 그래. 곧 아이가 태어나려는 것이 틀림없어."

"아이고. 오마니 오마니."

"참아야 해." 그리고는 방 안쪽을 향해 갑자기 소리쳤다. "동성 아버지. 혹시 모르니까 뜨거운 물을 좀 끓여요."

그러자 안쪽에서 아버지가 부스럭대며 일어나는가 싶더니, 어두워서 선반에라도 부딪쳤던 것일까. 용기기가 떨어져 깨지는 소리가 들려왔다. 옆 마루방에 꼼짝 않고 누워있던 동성도, 제정신이 아니라 때때로 손에 계속 땀이 찼다. 정말 어두운 이 야밤에 명선도 없는 곳에서 아이가 태어난단 말인가. 초산이 가장 힘들다고 다들 그러지 않는가. 이렇게 한 달이나 이른 조산을 하는데 과연 모체(母體)와 작은 생명에게 아무런 지장도 없을 것인가. 또한 아이가 태어난다고 해도 앞으로 또 어떻게 될 것인가. 하지만 그러한 것을 자세하게 생각할 여유가 없었다. 다만 그는 곧 태어날 작은 생명이 가령 어떠한 괴로운 운명을 짊어지고 태어난다 하더라도, 이토록 모체를 고통스럽게 한다는 것에 대해, 오히려 무언가 신성한 느낌마저 들 정도였다. 저 비명이야말로 새롭게 태어나려고 하는 자신의 고통에 찬 소리인지도 모른다. 아니다. 우리들 모두의 고통에 찬 소리인지도 모른다. 하지만 실제로 자신의 일가는 여러 갈래로 엉클어진 마음을 굳게 모아서, 태어나려고 하는 작은 생명을 위해 축복의 땀을 쥐고 있는 것이 아니겠는가. 평상시 같으면 아버지도 지금쯤은 고주망태가 돼서 주정을 했을 것이다. 그렇다. 무엇보다 지금부터 아버지를 달래고 또 어린 마음에 반발해서 집을 나가 함바로 간 소년도 데리고 와서, 적어도 이 집 사람들의 마음을 하나로 해 강명선의 비장한 부재(不在)를 지키고 곧 태어날 아이와 산모의 귀중한 생명을 위해서 힘을 합쳐야 한다. 집주인과도 다시 말을 해보자. 전기회사에도 이야기를 다시 잘 해보면 된다. 그러자 무언가 후유 하고 한숨을 돌린 듯 어깨가 가벼워지는 것을 느꼈다. 옆방에서는 어머니가 성냥을 켜는 소리가 들렸다. 준비해 둔 초에 불을 붙이고 있는 것이다. 조금 환해진 빛이 산모의 방에서 동성의 옆 마루방으로 넘실대며 새어나오고 있었다. 그녀는 여전히 신음소리를 내며 괴로워하고 있었다. 그래도 동성은 마침 이 방안에서 촛불과도 같은 희미하고 어렴풋한 구원의 빛이 천상을 향해 올라가고 있는 듯한 기분이 들었다.

"최 짱. 최 짱."

하고 그때 갑자기 방 안쪽에서 부르는 소리가 들렸다. 마치 끌려가듯이 "예." 하고 묘하게 칼칼한 목소리로 대답하면서 자리에서 일어났다. 그리고 이게 무슨 일인가 하며 조용히 미닫이를 열고 부친의 방으로 들어갔다. 아버지는 석유상자 위에 촛불을 하나 세우고 그 옆에 무릎을 꿇고 붓을 들어 두루마리를 지긋하게 쳐다보고 있었다. 그는 지금이라도 아이가 태어날 것이라고 생각하고 아이의 출생 일시를 정확하게 쓰려고

하는 것이다. 하지만 아버지는 동성에게 무언가 눈치를 보는 듯 잠시 부스럭 대더니,

"지금 몇 시인고." 하고 한마디 했다.

"여덟시입니다." 하고 동성은 괘종시계에 가까이 가서 어둠 속에서 시침을 올려다보며 말했다.

"그러냐. 술시(戌時)구만." 하고 별일 없다는 듯이 끄덕이더니 경술년(庚戌年) 음력 유월 병자일(丙子日)이라고 중얼거리며 그것을 적었다. "축시(丑時)에 갓난아기의 울음소리가 시원시원하기만 하다면. 그보다 더 좋은 것은 없어."

그리고는 정말로 내키지 않는다는 듯이 얼버무리며,

"함바에 다녀와라." 하고 신음하듯 말했다. "가족에게 우선 알려줘야지……."

아버지 또한 자신을 책망하는 마음이 있었던 것이리라. 동성은 자신도 모르게 웃음을 터뜨리고 싶을 정도로 밝은 기분을 느끼면서 게타를 신고 밖으로 나왔다. 어느새 비는 완전히 그쳐서, 선로 옆 풀숲 위에 비가 젖어서 반짝이고 있었다. 시원한 바람이 불어오기 시작했다. 그런데 그는 철도 건널목을 건너 함바에 가던 도중에 우연히 건장한 체구의 미륵(彌勒)이라는 사내를 발견하고 서둘러 옆으로 다가갔다. 미륵은 내지(內地)에서 가보지 않은 곳이 없을 정도로 오랜 기간 토역꾼으로 살아온 파란만장한 삶의 역사를 갖고 있었다. 그래서 홋카이도로 일하러간 명선에 대해 상의하고 싶었다. 하지만 어둠이 걷히는 가운데 얼굴을 마주보자 미륵은 먼저 히죽 웃으며 마늘 냄새가 진동하는 입을 열었다.

"자네 집에 사는 꼬마 녀석은 정말 재밌는 놈이야."

"명선이 동생말인가?"

"그래 그 녀석. 아까 비가 그렇게 오는데 이불을 안고 뛰어오질 않겠어. 그래서 이 녀석 애송이 토역꾼 자식이라고 말하자. 갑자기 이놈이 난 토역꾼이 아니야 아니라고 하잖아. 너희 같은 놈들과 난 달라 다르다고 아우성을 치면서 울더라니까."

"…그랬군."

"그래서 내가 이놈, 네가 아무리 그렇게 생각하더라도 토역꾼 일을 하고 있으면 토역꾼이 아니냐 하고 되받아쳤다네. 그러자 드디어 이 녀석이 하는 말이 아주 가관이더군. 나는 고학생(苦學生)이다. 학문을 하는 사람이라고. 토역꾼이 아니라고 하면서 미

친놈처럼 달려들지 않나. 모두 웃고 아주 난리였어. 지금도 그 녀석 전기를 자기 혼자 있는 구석에 가져다가 달아놨어. 네놈들은 전기를 달아놓고 도박판이나 벌리고 술판이나 벌리다고 하면서. 난 학문을 하고 있어, 하며 기가 막힐 정도로 노기등등하더라니까."

어느새 함바 근처까지 다가가자 볕이 드는 창문도 없는 널빤지 조각으로 둘러싸인 방안에서 사내들이 복작대며 난리를 피우고 있었다. 기뻐하는 치들, 아우성치는 치들, 깔깔대며 웃어대는 치들. 두셋은 부산히 방안에서 뛰어나가 어딘가 어둠속으로 도망쳤다. 동성은 잠시 입을 다물고 있다가 조용한 목소리로,

"사실 저 녀석 형인 명선이 홋카이도에 갔어." 하고 말했다.

"홋카이도 어디로 갔어?"

"그건 몰라. 혹시라도 감옥방에라도 들어간 것이 아닐까 해서 걱정이라고."

"그 그건 아닐 거야. 걱정 말게." 하고 미륵이 쌀쌀맞은 태도로 부정했다. "그 녀석 또한 토역꾼이야. 잘 해 낼거야. 누가 뭐래도 우리들이 감옥방 따위에 들어갔다고 하더라도 바로 뭉쳐서 그걸 해치워 버릴 정도는 되니까. 애초에 무서워하며 들어가지 않아." 그는 이렇게 가슴을 펴고 주먹을 들어 올리며 슬픈 허세이기는 했지만 평소처럼 으스댔다.

"그렇지만 명선이는……."

"무슨 소리야. 아무 문제없다니까. 게다가 또 거기에 가 있는 우리 동료도 그것을 알면 혼자 내버려두지 않아. 나도 작년 여름 홋카이도에 있는 산속에서 일했는데 그때도 옆 감옥방에 신참이 두세 명 잡혀있다는 이야기를 들었지. 그래서 우리 대여섯 명이 들이 닥쳐서 다시 빼왔을 정도였으니까. 그런 건 대단한거야."

"정말 그런가." 하며 동성은 자신도 모르게 처음으로 근심이 누그러지고 미소를 지었다. 물론 믿지 못할 말이라는 것은 알았지만 그래도 그 말을 들으니 마음이 진정이 되고 안심이 됐다. 아니다. 오히려 일부러라도 그렇게 생각하려고 노력했다. "나도 설마 나쁜 일이야 있겠나 싶다가도 걱정이 돼서 말이지."

그때 옆에서 물을 쏟아버리는 소리가 쏴아 하고 들려서 돌아보자 흰 옷을 입고 가는 그림자가 움직이더니 물통을 든 함바집 노파가 나타났다. 그녀는 동성을 토역꾼들

보다 훌륭한 사람이라고 생각하고 있었는데 그가 밤에 나타난 것에 조금 놀라서,

"안녕하세요. 그런데 무슨 일로 오셨어요. 이런 곳에를 다. 헤헤."

"그게 말이죠 아주머니." 하고 동성은 말을 꺼내기 어려워하며 말문을 열었다. "지금 집에서 명선이 처가 아이를 낳기 직전이랍니다."

"오호. 그 사람 부인이 아이를 낳는다고요."

"네. 하필 이런 때 남편이 멀리 힘든 곳으로 가게 돼서 그 처가 지금 뒤집어졌습니다. 우리집에서는 모두 거품을 물고 쓰러지기 직전입니다. 무엇보다 진통이 시작돼서 난리도 아닙니다."

"정리가 끝나거들랑 나도 빨리 도와주러 갈 테니까. 헤헤."

하고 말하더니 노파가 자기 일을 하러 가려는 것을 잡더니,

"지금 제가 한 말을 명선이 동생에게도 대신 좀 말해주세요." 하고 부탁했다. "……오늘 여기 오죠? 우리 아버지가 오라고 했다고 꼭 전해주세요. 제가 그랬다고 하면 또 괜히 옹고집을 부릴지도 모르니까요."

"헤헤. 그렇지 그거야. 이렇게 경사스러운 일은 한시라도 빨리 알려야지." 그녀는 물통을 움직여 서둘러 함바 쪽으로 돌아갔다. "내가 확실히 가서 알려줄 테니까."

"명선이 놈 마누라는 바보같군. 토역꾼 마누라로는 낙제야." 하고 미륵은 웃었다. "쑥 하고 낳으면 얼마나 좋아. 자네 집도 지금 비상이겠는데. 명선이도 지금 없고 말이야."

"산모가 몸이 많이 약해져 있어. 그래도 어떻게든 잘 되겠지 싶어."

"그렇고말고. 어떻게든 될 거야. 게다가 축하할 일이 아닌가 말이야. 아이가 태어나면 모두 축하주라도 한 잔 하세. 우리도 힘껏 돕겠네."

"고맙네. 고마우이." 하고 동성은 자신도 모르게 눈물마저 글썽이며 무수히 머리를 숙여 감사 표시를 했다.

이렇게 해서 이 사내와 헤어지고 나서 동성은 한두 정(町) 떨어진 변두리 가게에 가서 밤이 깊어진 후에 쓸 생각으로 양초를 샀다. 그리고 집에 돌아오는 길에 그는 오랜만에 절실하게 구원을 받은 듯한 기분이 들었다. 나 혼자만이 구렁텅이 안에서 발버둥치고 있는 것이 아니다. 우리들 모두 한 사람도 빠짐없이 똑같이 괴로워하고 있다.

그리고 그것은 우리들 각각과 이어진 고통이며, 그것을 빠져나가려고 하는 고민과 용기, 그리고 동경, 분투 또한 모두의 것이다. 이렇게 우리는 지금까지 살아왔으며 앞으로도 또한 끝없는 괴로움과 기쁨 가운데서 영원히 살아갈 것임이 틀림없다. 미륵만 해도 아버지만 해도 모두 괴로워하면서도 사실은 즐거워 보이지 않는가. 그렇게 생각하자 지금까지 자기 혼자만의 일에 구속돼 절망이라는 골창을 파고 있던 자신의 모습을 새삼 되돌아보게 됐다. 하지만 그래도 탁 하고 바로 두 손을 들듯, 지금 네놈은 자신을 가엾어 하며 허구의 위안에 몸을 맡기고 있다고 하는 자각의 소리가 들려왔다. 무엇 하나 좋은 쪽으로 향해가는 것이 없지 않냐. 그는 놀란 듯 멈춰섰다. 하지만 그는 어두운 하늘을 올려다보면서 조용히 머리를 흔들었다. 그러고는 아니다, 나는 어쨌든 아주 조금이라도 빛을 희구하게 됐다 하며 중얼거렸다.

보기에도 험악해 보이는 구름이 흘러가는 하늘 가운데 편운(片雲) 사이로 군데군데 작은 별이 한 두 개 떨 듯이 빛나고 있었다. 그것이 머지않아 세 개, 네 개, 다섯 개로 늘어나 그의 머리 위로 떨어져서 이마에 아로새겨질 것 같은 기분이 들었다. 그는 잠시 동안 그것을 질리지도 않고 지긋이 올려다봤다. 그러고 있자 무언가 발톱 끝으로부터 전신에 걸쳐서 가득차서 넘칠 정도의 힘이 물밀 듯이 밀려오는 것 같은 밝은 기운을 느꼈다. 그렇다. 내 안에는 다시 이러한 힘이 용솟음치고 있다. 하고 그는 눈동자를 빛내며 외쳤다. 그러고는 앙양된 기분으로 총총히 걷기 시작했다. 그는 다시 과거 열일곱 소년으로 돌아가, 시즈오카 해안을 뒤로 하고 도쿄로 오던 당시 계속해서 괴로워하고 그것을 돌파하기 위해 싸워왔던 강인한 정신을 다시 갖게 된 것 같았다. 그는 홀로 몸을 떨었다.

"그래. 훌륭한 엔지니어가 돼서 내 인생을 새롭게 쌓아 올리겠다!"

그리고 매우 행복한 듯 마음이 급해지기 시작했다. 하지만 철도 건널목을 건너서 집에 가까이 다가갔을 때 그는 어랏 하고 그 자리에서 멈춰 섰다. 자신의 집 주위에 한 사내의 검은 그림자가 배회하고 있는 것이 보였다. 어두운 밤이어서 그게 누군지 확실히 보이지는 않았다. 하지만 직감적으로 그것이 명선의 동생이라는 것을 알았다. 어느새 그 그림자는 현관 앞으로 가더니 몸을 문간에 착 기대더니 움직이지 않았다. 함바집 노파에게 이야기를 듣고 역시 마음이 움직여서 여기까지 온 것이리라. 형수의 신음 소리에 귀를 쫑긋 세우고 있는 것이 틀림없다. 동성은 잠시 동안 깊은 감동에 몸을 맡겼다. 전신이 찡 하고 마비되는 것 같은 기분이 들었다.

잠시 있다 그는 정신을 차리고 이번에는 일부러 발소리까지 터벅터벅 내면서 현관 앞으로 다가갔다. 소년은 발소리에 놀라서 돌아보더니 그 순간 누군가 오는 것을 알아채고 두 세 걸음 옆걸음질을 치더니 눈을 반짝거리며 도망치려는 자세를 취했다. 동성은 꾹 숨을 참고 온힘을 다해 소년의 목덜미를 움켜잡고 성큼성큼 길가로 끌고 갔다. 두 사람은 몇 분이나 숨을 골랐다. 그때 동성은 소년의 얼굴에 두 줄기의 눈물이 흘러내리는 것을 봤다.

"이 녀석 바보같이." 하고 자신도 모르게 목이 막혀 울면서 외쳤다. "이제 돌아와. 이 녀석아. 바보같이 굴지 말고 돌아오라고."

소년은 팔로 눈물을 닦더니 뛰어갔다. 동성은 잠시 동안 우두커니 선채로 그 검은 그림자가 멀리 사라지는 것을 바라보고 있다가. 혼잣말로 중얼거렸다.

"난 혼자가 아니야. 난 혼자가 아니야."

유치장에서 만난 사나이*

　우리들은 부산 발 신경 행 급행열차 식당 안에서 비-루병과 일본술 도꾸리를 지저분히 벌려 놓은 양탁을 사이에 두고 앉았다. 마침 연말휴가로 귀향하던 도중 우리는 부산에서 서로 만난 것이다. 넷이 모두 대학동창이요 또 모두가 같이 동경에 남아서 살고 있었다. 한 사람은 광고장이, 한 사람은 축산회사원, 한 사람은 조선신문 동경지국 기자, 그리고 나. 우리들은 기실 대학을 나온 이래 이렇게 오랜 시간 마주 앉아 보기는 처음이었다. 그래 우리는 만취하기까지 술잔을 기울이며 여러 가지로 이야기했다. 그리고 우리는 드디어 술에도 담배에도 이야기에도 시진했다. 그때에 신문기자는 이 열차에 오를 적마다 머릿속에 깊이 박혀 사라지지 않는 기억이 하나 있노라 하며 다시 우리들의 주의를 이끌어 다음과 같은 이야기를 시작했다.

　지금 세상에는 종잡을 수 없는 사람이 퍽이나 많기도 하다. 아무리 생각해 보아도 그는 이상한 사나이였다.

　하나 나는 아직까지도 그의 본명을 모른다. 그래 여러 사람이 부르던 것처럼 나도 여기서 그를 왕백작이라고 부르기로 하련다.

　그런데 내가 처음 왕백작을 만나기는 그다지 큰소리로 말할 것은 못되나 사실은 동경 A 유치장 속에서였다. 바로 삼 년 전의 일이나 내가 ××사건에 관계하여 들어갔을 때이다. 그러므로 그를 왕백작이라고 부르고 있었다는 것도 이를테면 구류들과 형사들과 간수들을 두고 하는 말이다.

　그러나 흥미 있는 일은 청년 왕백작이 대체 무슨 사건으로 해서 들어와 있는지는 알 수 없었으나 유치장 속에서 대단히 인기가 있는 것만은 사실이다. 그것은 그가 누

* 『문장』, 1941. 2.

구에게 대하여서나 제일 부쩍이 좋았고 또 호통을 잘 부려 주위 사람들을 매우 우습
게 혹은 귀찮게까지 만들기 때문이다. 퉁명스런 구류인들도 결국은 그의 일을 놀리든
가 핀잔을 하든가 하면서 그나마 무료함을 꺼주는 위로로 삼고 있는 터였다. 사람의
심란한 낮 졸음을 깨우치는 것도 그 사나이였다.

"탄나, 탄나상."

이렇게 그는 밖으로 향해 부르기가 일쑤였다.

유치장에 들어간 다음날 나는 이 기이한 발음에 퍽이나 놀랐었다. 그것은 바로 맞
은편 쪽 방으로부터였으나 아무래도 그 목소리의 임자가 조선 사나이임에 틀림없기
때문이다.

"포쿠데스요. 포쿠, 변소, 변소에 가구 싶어요."

"왕백작인가."

"하이 하잇."

그것이 아주 질겁할 만치 황송한 목소리이다. 구류인들은 모두 참지 못하고 웃고
말았다. 그래도 간수는 그이가 백작이라 하여 그런 것은 아니겠지만 변소에 내보낼
시간이 아닌데도 드디어는 패검 소리를 제가닥 대며 철창문을 열며 그쪽으로 간다.
이래서 감방사람들은 말장 졸음을 깨치고 그래서 또 투덜투덜 불평을 늘어놓는다. 물
론 그다지 불평일 것도 없지만. 그냥 너무 지루하던 끝이라 그렇게나마 파적을 하는
것이렸다. 그러나 그 중에도 이 음산한 분위기에서 겨우 구함을 받은 것 같아 철창 문
밖을 몰래 내다보려고 우쭉우쭉 엉덩이를 쳐드는 작자도 있다. 내 바로 옆에 쭈그리
고 있던 전과 삼범의 대아머리는 목을 움츠리고 어깨를 으쓱 올리면서 푸념을 한다.

"자식 또 떠들어대네."

"저 사내는 어째서 들어온 모양인가?"고 나는 나지막한 목소리로 물어 보았다.

"그야 모르지만, 저래 보여두 저고사 자네네 백작이랍데" 하고 전과자가 입맛 쓰다
는 듯이 웅얼거린다.

"저놈은 내가 사상가야, 라구 아주 얼러 댄다니까."

"저 녀석 애비가 조선 어딘가의 지사이라나."

이번은 맞은편에 쭈그리고 있던 쇠들쇠들 말라빠진 고무도적이 말을 건넸다. 그때

나는 옳지 하고 생각이 났다. 암 그렇지, 그놈이 ××도지사의 아들임에 틀림없지. 근데 가만있게나, 거기서 이놈이 또 수작을 하는 거야. 이놈은 본시 백작과 같은 방에 있으면서 백작하구 몰래 수군거리다가 간수의 눈에 띄어 전방(轉房)되었다던가 그래서 왕백작의 일을 잘 알고 있는 셈이지.

"들으니까 저 녀석이 또 백만장자이라겠지. 그래 조선 신마이 자네는 모르는가, 그래 몰라? 저놈은 저래두 사람은 무척 좋은 사나일세."

"언제쯤 들어왔는가."

나는 재차 물었다.

"반년두 더 되었더군."

"무슨 일로."

"나두 모르지만 제딴은 아주 큰일을 저즐렀다고 그러든데."

그리고 이 고무도적의 설명에 의하면 왕백작은 매일 특고실에 불려 나가 마음대로 사먹고 싶은 맛나는 음식을 주문해 먹으면서 신문과 잡지도 자유롭게 읽으며 또 놀기도 한다는 것이다. 그도 그럴 것이 주의해 보니까 그는 하루에 한 번씩은 꼭 점심 전에 불리어 나간다. 그러면 고무도적이 그 뒤에서 입맛을 쩍쩍 다시면서 이렇게 중얼대곤 했다.

"저 녀석은 오늘은 중국요리를 먹구 들어올 게야…… 아— 아 나는 담배라두 한 대 피워 물었으면, 담배라두 한 대……"

그런데 나는 드디어 특고실에서 그 고무도적의 이야기와는 얼토당토않은 일을 하고 있는 왕백작을 발견했다. 유치장을 나서면 바루 오른쪽에 이 층으로 올라가는 층계가 있다. 거기를 올라가 막다른 곳에 특고실의 표찰이 걸려 있었다. 나는 갑자기 밝은 데로 나갔던 탓인지, 눈이 부시어 보이지 않고 눈물이 솟구어 나오는 것을 깨달았다. 그래서 한켠 모퉁이 의자에 걸터앉아 현기와 가쁜 숨결을 죽이려 했다. 겨우 제정신이 들어 눈을 떠보니까 내 앞에는 어느새 유령과 같이 한 사나이가 서 있었다. 그것이 히죽이 웃는다.

바로 이 사나이로구나 하고 나는 생각했다. 그를 보는 것은 이것이 처음이었다. 그 꼬락지. 나이는 한 이십육칠, 포로가 된 달단인(韃靼人)같이 해어진 양복에 머리는 장발

적(長髮賊)의 그것같이 길고 더부룩하다. 다만 그 희고도 넓은 이마와 공허스런 큼직한 눈, 둥그스름한 얼굴이 겨우 사람이라는 현실감을 일으키게 한다. 그러나 그럴사라 하여 그런지 얼굴과 몸가짐의 어느 구석엔가 어딘지 모르게 부드러운 즐거움과 상인 아닌 귀공자풍이 깃들어 있었다. 그것이 소매를 치키고 손에 흠뻑 더러운 걸레를 쥐고 서 있다. 조리도 걸치지 않은 채 걸레질을 하고 있기 때문에 발은 십일 십일과 같이 더러웠다. 그리고 발가락 사이로 시꺼먼 흙이 삐죽 삐죽 비어져 나오고 있었다. 그도 딴 사상혐의와 같이 불려 나가 매일 수기를 쓰고 있음에는 틀림없었다. 그리고 그 날은 또 특별히 소제(掃除)를 독고 있던 것인지도 모른다. 그는 이윽하여 대밭 밑에 몸을 구부리면서 걸레질을 하는 시늉을 지으며 주위를 꺼리는 듯한 나지막한 조선말로 속삭였다.

"실수 없이 하게나. 똥그래미가 있으면…… 잘 부탁만 하면 모찌떡 사먹을 수가 있다네."

그리고는 그는 얼굴을 쳐들고 입맛이 당기는 듯한 비굴한 동정의 웃음을 빙그레 웃어 보였다. 그리고 옆에 놓인 바께쯔 속에 걸레를 넣어 쥐어짜더니 그만 옆 테이블 밑으로 엉금엉금 기어 들어갔다. 나는 그의 병적으로 뚱뚱 부어 오른 꺼먼 다리를 보면서 심한 각기로구나 하고 생각했다. 그 후 얼마 되지 않아 그의 탈은 더욱 악화된 모양으로 그의 방에서 신음 소리가 들려 왔고 그 때문인가 오랜 동안 예(例)의 호출도 오지 않게 되었다.

어떤 날 밤 나는 잠깐이나마 변소 안에서 그와 함께 몰래 이야기를 할 수가 있었다. 내 방 사람들이 모두 변소에 나갔을 때라. 바로 왕백작은 괴로운 자세로 같은 방 사람들보다 떨어져서 혼자 소변대 위에 서 있었다. 나는 그의 옆으로 가서 나란히 섰다.

"몸은 괜찮은가."

"응 고맙네…… 괜찮아."

라고 그는 대답했다. 하나 그 목소리가 듣기에 너무나 가늘고 숨이 괴로워 뵈기에 나는 놀라 그의 얼굴을 한참 들여다보았다. 그런즉 그는 아주 뻐기는 듯이 힛죽 웃더니, "나는 죠-렌 <常連>이어서 머" 한다. 그 얼굴이 이상하게도 질린 듯이 새하얬다.

"언제 나가는가."

"나야 아마 송국(送局)일 걸."

그러나마 기운 없는 떨리는 목소리면서도 어쩐지 내심 득이양양한 눈치였다.

"크게 다치는 일인가."

"나? 헤헤헤, 그게야 누구 보구 말할 수 있나 헤헤헤" 하더니만 그는 별안간 커다란 공허스런 눈을 희번덕이며 목구멍이 메인 듯한 목소리로 묻는다. "그런데 아나키스트란 무언가?"

"아나키스트라니, 거야 말하자면……" 하고 나는 그, 문이 막히어 어쩔 줄을 모르며 끝을 못 맺었다. 글쎄 한 삼 년 전의 일이니까 옛적이라고도 할까. 그 시절에 있어서는 아나키스트도 있기는 하였을 것이다. 그러자 왕백작이 돌연 넘어질 듯이 몸을 비틀거리며 에헤에헤 웃어대면서 이렇게 소리를 질렀다.

"에헤헤 에헤 내가 그것이라우 바루 그것이야."

그게 너무 엉뚱한 큰소리였기 때문에 나는 펄쩍 놀라며 술통 앞으로 미끄러져 내려가 오금을 펴지 못했다. 간수가 듣지나 않았을까 하여. 어쨌든 이 모양으로 그는 실로 무지하고 광신적이며 또 그리고 곧잘 허풍을 떠는 성질이었다. 그는 병이 중태에 이르렀을 때에도 간수의 눈을 피해 가며 철창 문 옆에 비스듬히 기대고는 아무 방 사나이 보고라도 말을 걸고 선전했다. "이봐 결국 나는 아나키스트란 말이야. 무슨 일이 나기만 하면 턱 하고 붙들려 오거던. 그런데 이봐 아나키스트란 무엔지 네 아냐 말이다? 응, 그렇지 모를 테지?"

그러나 감방 사람들은 누구 하나 그의 말을 곧이 들으려고는 하지 않았다. 그저 헤벌심 헤벌심 불어 넘기고 만다. 하나 나는 하루는 다시 특고실로 불려갔을 때 그에 대한 모든 일을 알 수가 있었다. 거기에는 그의 아버지가 찾아와 앉았다. 금테 안경을 낀 허어연 수염을 단 뚱뚱하고 점잖은 신사였다. 물론 ××도지사이었음에 틀림없다. 주임이 이 노백작에게 그의 아들의 일을 설명하고 있는 것이다. 젊은 왕백작은 사실로 수십 회나 여러 곳 서(署)에 붙들려 다닌 모양이다. 그러고 보니 죠오렌이라는 것도 믿을 성싶은 말이다. 그리고 그의 범죄라는 것이 또 늘 아주 기괴했다. 어디서든지 불온한 사람이 검속된 것을 안 다치면 무슨 생각엔지 그 뒷달음으로 주인공인 사람한테 자못 중대해 보이는 편지를 써 보내는 것이다. 그러면 이게 큰일이구나 해서 뛰쳐가

살펴보면 역시 이 사나이의 짓인 것이 판명되곤 했다. 이번만 하더라도 같이 하숙하고 있는 대학생이 무슨 혐의론지 붙들려 가자 이어 그 방으로 들어가서 수상해 보이는 서적이며 그 외 증거물 같은 것을 자기 방으로 옮겨다 놓았던 것이다. 형사가 가택수색을 하러 나가본즉 온통 방 안 몰론이 달라졌기에 알아보니까 왕백작이 그것을 갖다가 이 모퉁이 저 모퉁이 쌓아 두고서 그 가운데 네 활개를 펴고 드러누워 있었다. 그래 동행을 요구하니까 그는 벌떡 일어나 덜렁덜렁 따라나왔다는 것이다.

"사실로 백작님 아드님한테는 어떻게 해야 좋을지 알 수가 있어야 말이지요."라고 주임은 머리를 긁적거리었다.

"유행을 따른다고 하기에는 너무 지나쳤으며…… 그리고 인제는 또 그러한 불온사상도 유행하지 않습니다."

"대체 그게 무어라는 사상인데."

"네, 글쎄 아나키스트라구나 말씀 드릴런지요."

확실히 그것은 그 뒤 이삼 일 지나서인가 생각된다. 내가 일건 서류와 함께 검사국으로 넘어가게 된 것은. 그런데 그날의 가련한 아나키스트의 인상이란 나에게 있어 일생 동안 잊지 못할 만치 깊은 것이다. 그날 아침 나는 감방 밖으로 나가 거진 두 달 만에 구두를 신으며 주섬주섬 차비를 차리고 있었다. 그는 어느 구류인들과 같이 철창 문지방에 몸을 기대고 나의 얼굴을 멀거니 내려다보고 있었다.

"단나상한테 부탁하여 담배라두 한 대 피우도록 하거니……"라고 그는 중얼거렸다.

"고맙네."

나는 왜 그런지 갑자기 마음이 언짢아져 그쪽으로 얼굴을 돌려 쳐다보았다. 그의 그 총명해 보이는 넓은 이마에는 서너 줄의 움푹한 주름이 잡혔고 공허스런 눈은 힘없이 보이며 덥수룩히 수염을 기른 입 가장자리는 삐죽삐죽 움직이고 있었다.

"될 수 있는 대루 자동차루 가게나."

나는 포승을 걸친 몸뚱이에 오바를 걸치고 모자를 깊숙이 쓴 다음 그에게 목례를 했다.

그리고 유치장 문을 막 나서려 할 때 별안간 왕백작의 목이 갈한 듯한 그러나 큰 고함을 지르는 소리가 내 귀를 째앵 울리며 들려 왔다.

"우마꾸 야레요오."

나에게는 지금도 아직 그 목소리가 내 귀청을 찌르며 들려오는 것 같다. 그리고 찌르르— 가슴이 미어지는 것 같은 느낌이 없이는 그 고함 소리를 생각해 낼 수가 없다…… 자, 비-루를 좀더 따라 주게나. 여기서 말을 잠시 끊고서 신문기자는 또 한 잔 꿀꺽 들이마셨다. 기차는 어둠 속을 조금도 쉴 새 없이 그냥 북으로 북으로 맥진을 계속하고 있을 뿐이다.

그 후 아마 재작년 지금쯤의 일인가 싶다. 나는 다시금 자유로운 몸이 되었다. 아니 오히려 갱생한 것이라 할까. 그리고 바로 이 경부선 열차를 타고 고향으로 돌아가던 도중이었다. 나는 실로 그때에 다시 한 번 이 왕백작을 만났던 것이다. 그러나 그것은 드디어 무서운 일이 되고 말았다. 아무리 하여도 돌이킬 수 없는 일로 되고 말았다. 나는 그때 일을 생각하면 이상한 생각이 든다. 괴로워진다. 그리고 양심의 가책을 받는다. 그렇다. 나는 갱생이라는 인생의 재출발 벽두에 있어서 또 하나의 큰 죄를 저지른 것처럼 생각된다.

그날 밤은 오늘밤과 같이 달이 화안히 비치고 있지는 않았다. 배에서 내렸을 때 부산 부두에는 비가 내리고 있었다. 그리고 해질 무렵 기차가 추풍령 협곡에 다다랐을 때는 태백산맥에 부딪친 대륙의 태풍이 노호를 하고 있었다. 주위일변에는 눈보라가 치며 하늘은 검푸르게 내려앉고 소나무와 섭나무의 숲이 바위 잔등에서 떨고 있었다. 열차는 골짜기를 지나서는 어둠이 벌어지는 낙막한 전야로 돌진했다.

헤일 수 없이 많은 까마귀들이 울면서 하늘 높이 떠오른다. 그때부터 실로 말하자면 음산한 밤이 시작된 것이다.

그런데 기차 속은 만주광야로 이주하는 이민군들로 가득 찼었다. 그들은 짐짝과 같이 웅크리고 쭈그리고 쓰러지고 혹은 넘어지고 모로 눕기도 하고 자리에서 비어져 나온 사람은 통로에서 타구를 안은 채 세상모르게 잠들고 있다. 모두들 무던히 피곤한 듯 침침히 잠이 들어 누구 하나 까딱하는 기색이 보이지 않았다. 때때로 어린애들이 팅팅 보챈다. 여기저기서 부인네들은 구역질을 하고.

끈으로 꿰어 돌터구에 매단 바가지는 서로 마주치며 달가락달가락 소리를 내고 있다.

나는 그 한 모퉁이에 움츠리고 있었다. 내 아무 것도 생각지 않으랴 과거의 일은 과거대로 묻어 버리고 말리라고 눈을 감은 채였다. 그러나 나는 절망하고 있지는 않았다. 오히려 나는 내 체내에 새 생명의 피와 힘이 용솟음치는 것을 느꼈다. 그리고 심지어는 그 저주받을 풍수해로 말미암아 논, 밭, 집을 몽땅 물에 띄워 버리니 백성들이 이제부터 새로운 광명을 찾아 멀리 광야로 출발함을 볼 때 나는 더욱 더욱 자기도 용기를 내어 갱생치 않으면 안 되겠다, 새로운 생명을 다시금 찾아들이지 않으면 안 되겠다고 맹세하는 것이었다. 이리하여 나는 혼자 흥분한 나머지 차츰 체열이 생기어 거진 상기까지 할 지경이 되었다.

그 사이에도 이 이민열차는 쉴 새 없이 기적을 울리면서 맥진하고 있었다. 바로 이 기차 모양으로 연결되며 또 그 지방의 이민군들이 우르르 오르곤 한다. 너무나 그 정거장에서 기다리고 있던 수백 명의 이민군이 꾸러미와 보따리를 안기도 하고 지기도 하고서 마치 파도와 같이 뒤 차량으로 비명을 지르며 몰려가는 것이다. 그게 바로 난민의 무리와도 같이 보인다. 그러는데 어느새인지 우리들의 차량으로도 수십 명의 이민들이 들어와 보려고 얼굴을 들려 밀었다가 무엇인지 지껄이면서 황망히 다시금 밖으로 물러 나간다. 그러나 그는 그 뒤로 꺼먼 외투에 흰 명주 마후라를 걸친 중키의 한 신사가 비틀비틀거리며 들어서는 것을 보았다. 그는 문 어귀에 멍하니 한참 서서 차 속을 둘러보는 것이다. 아주 퍽 괴로운 듯이 몇 번이고 양미간을 찌푸리며 두터운 입술을 비죽인다. 얼굴은 뻘겋게 달고 있다. 이마에는 서너 줄의 주름이 가로 접혀졌다.

숨이 몹시 가쁜 듯. 몹시 술에 취한 게로구나고 나는 생각했다. 그러나 그와 동시에 나는 저도 모르게 펄쩍 놀라며 일어섰던 것이다.

그도 나를 알아차린 듯 갑자기 눈을 휘둥그렇게 뜨더니만 힛죽 웃는다. 그 웃는 얼굴을 보고는 나도 무엇이라 소리를 쳤다. 그것은 언제인가 A서 특고실에서 내 앞에 나타나 히죽이 웃던 왕백작임에 틀림이 없었던 것이다. 그는 엎어질 듯 비틀거리며 가까이 오더니만 덥썩 나한테로 달려 붙는다. 술 냄새가 휙 코를 찌른다.

"동경의 동지!"

이렇게 그는 아무 거리낌 없이 다짜로 부르짖었다. 술기운 때문에 이전보다도 더욱 혀가 돌아가지 않는 국어를 쓴다.

"응, 이게 웬일인가. 대체 자네는 그 후 무사했는가. 얼굴빛이 아주 나쁘구먼."

"어서 여기라도 좀 앉게나."

하고 나는 그에게 자리를 내주려고 일어났다. 그런즉 그는 갑자기 무엇에 놀란 것처럼 괜찮아 괜찮아 하며 손을 내저어 가며 뒷걸음을 치더니 그냥 그대로 통로에 털썩 주저앉고 말았다. 그리고는 마냥 떠들어대는 것이다.

"아니 나는 여기가 더 좋을세, 여기가. 응 그런데 여보게, 동경의 동지 나는 자네가 송국될 때 근심했다네. 아주 크게 걱정을 했다네, 저것이 처음이 되어 금시에 헤타바루 하지나 않을까 하구 응."

"고마울세. 그러나 자네 지금 좀 쉬는 게 좋을 것 같은데."

하며 나는 그를 타이르듯이 조용히 달래었다. 그런즉 그는 두 팔 안쪽으로 유순히 무르팍을 모아 세우고 머리를 숙였다. 그리고는 괴로운 듯이 신음 소리를 내기 시작한다. 그때 기차가 굉음을 지르며 움직이기 시작했다. 홈과 차 속으로부터 일제히 통곡과 환성이 천동하듯 일어났다. 서로 멀리 이별할 순간이 되자 모두 울음통이 터진 것이다. 왕백작은 뜨거운 물이라도 끼얹히운 듯이 머리를 획 쳐들었다.

"이게 무슨 소리야!"

무서운 공포에 쌓인 것처럼 손발이 부들부들 떨리고 있었다. 하나 그 희멀게 한 속에는 비웃는 듯한 음흉스런 기쁨의 빛이 서리고 있었다. 그는 두어서너 번 핏질을 하더니

"응 무슨 소리야, 이게 무슨 소리야!"

"그러면 그렇지, 그러면 그렇지."

하며 그는 아주 미치기라도 한 사람 모양으로 에헤헤 에헤헤 웃어댔다. 그러더니 갑자기 이상하게도 왕백작은 소리를 내어 꽹꽹 체울기 시작한 것이다.

주위의 사람들은 모두 놀라 눈을 뜨고 말소리를 죽이고서 망연한 태도로 이 이상한 왕백작을 굽어보기 시작했다. 짐짓 기차도 플랫폼을 지나고 나니 차 속도 차츰 조용해졌다. 어느덧 이아근부터는 눈보라도 개이고 멀리 첩첩 쌓인 산이며 지질펀하니 누운 전야가 은백색에 쌓이어 우스름한 달빛 아래 흘러 달아나 버린다. 다시 차 속은 아주 고요해졌다. 그러나 왕백작의 울음소리는 점점 더 높아갈 뿐으로 어떻게 손을 대일래야 대일 수가 없었다. 그는 다시 발작이라도 일어난 듯 낯을 치켜들더니 이번에

는 대번 조선말로 또 떠들기 시작했다.

"나두 통곡을 하구 싶어요. 큰소리를 지르며 통곡을 하고 싶어. 나는 울기를 좋아하는 거야, 울기를. 그래서 나는 늘 이 이민열차에 오르곤 하겠지."

거기서 그는 갑자기 울음을 뚝 그치고 목소리를 낮추더니 얼굴 근육에 몹쓸 경련을 일으켰다. 나는 이 광열적인 사내가 우리들도 흔히 빠지곤 하는 절망적인 고독감에 사로잡힌 것을 알았다.

그렇다. 그는 늘 적대의 고독 속에 묻혀 있는 것이다. 그것은 또 무서운 절망임에 틀림없다. 나는 그가 빨리 진정되어 주기만 바랐다. 그러나 그의 턱아리는 차츰 더 푸들푸들 떨리기 시작했다. 그러자 갑자기 비명과 같은 소리를 빽 지르더니 그는 뒤로 움츠러든다.

"네 네놈은……날 보구 복수를 하려는 게지."

잠깐 동안 음참한 침묵이 흘렀다. 그는 입을 머엉하니 열고서 내 얼굴을 한참 동안이나 쳐다본다. 나는 공연히 가슴이 떨리는 것을 깨달았다.

"그렇다. 이놈 저놈 할 것 없이 나에게 복수를 하려는구나. 네놈두 그렇지? 그래 그렇지 않단 말이냐? 저것 보게 차츰 얼굴빛이 달라져 간다, 에구 달라져 가누나."

"무슨 환영을 쫓고 있는가부네. 그리고 그것에 또 자네가 쫓겨다니구 있는 걸세." 하고 나는 측은한 낯빛을 웃어 보이었다.

사실 나는 그를 어떻게 해석함이 옳은지 몰랐다. 하여튼 이것을 병이라고 말한다면 확실히 그것은 유치장에 있을 때보다 더 악화된 모양 같았다. 나는 위로하듯이 덧붙여서 말했다.

"자네가 무슨 말을 하고 있는지 나는 통 종을 못 잡겠네."

"네놈은 시침을 떼려 드느냐. 응, 복수를 해고고 싶지 않으냐 말이다, 내게. 응, 나에게 에헤헤 에헤헤."

"대체 어떻게 된 셈인가." 하고 나는 조금 캐듯이 물었다.

"아니 그 그……"

그는 다시 괴로운 소리를 내며 신음했다.

"나는 아아 지금 당장 내 자신으로부터도 복수를 받고 있는 터이야. 목줄을 졸라매구 있는 터이야. 희망두 없구 즐거움두 없구 슬픔도 없구 그리구 또 목적조차 없구…… 아아 나는 이 이민열차에 탔을 때만이 행복인 걸 어떡허나. 나는 그들과 같이 울 수가 있구 부르짖을 수가 있어.”

"하나 이 사람들은 희망을 붙들고 가는 것이지, 슬퍼하러 가는 것은 아닐 텐데.”

"그게야 아무러면 어때. 나는 그냥 그들과 같은 차로 같은 방향으로 간다는 것만이 기뻐 죽겠어. 그리구 같이 울기두 하구 부르짖는 것두 함께 한다는 것이. 그러나 어떡헐까 나는 어떡할까 이 사람들이 국경을 넘어서면 나는 혼자서 되짚어 오지 않으면 안 되니 나는 그때 생각을 하면……”

하고 그는 또 쿨쩍쿨쩍 울기 시작했다. 나는 더욱 어쩔 줄을 몰랐다. 그러나 어쩐지 그의 일이 뜻 없이 측은히 생각되어 나도 덩달아 같이 슬퍼하고 싶은 생각까지 들었다. 물론 냉정히 생각한다면 이런 불쌍한 사람이 어디 있을 것인가. 이런 사람이야말로 차츰 멸망할 인간이라고 할 것이다.

"그만두게 이것이 무슨 짓이람.”

그러자 그는 움찔하더니 푸들푸들 다시 몸을 떨기 시작했다. 눈을 휘황하게 뜨고 턱아리가 떡떡 마주쳐 일어서려고 애를 쓴다. 나는 잠시 망연하여졌다. 그 얼굴은 사상(死相)을 띠고 몸은 벅벅 극매인다. 마치 죽어 가는 사람이 천국을 거부당한 것처럼. 최후의 기쁨을 빼앗긴 것처럼 그리고 팔을 휘저으며,,

"이눔 날더러 가만있으라구.”

하고 고함을 벽력같이 지르니 그만 기운이 빠져 그 자리에 넌지시 엉덩이를 박고 넘어졌다. 좀 있더니 입으로 침을 흘리며 그리고 얼굴과 함께 상반신을 그냥 철썩 통로 바닥에 파묻어 버렸다. 얼굴은 흙투성이가 되었다. 나는 잔인스럽게도 그만 잘 되었다, 이제는 잠이 들 것이라고,

"그러나 그때 잘 되었다고 생각한 것에 대하여 나는 아직도 가슴이 데저린 듯한 느낌을 가지는 것이다. 그 일이 이 이 년래 나를 얼마나 심한 고문에 걸고 있는 것일까.”

하며 신문기자는 비험(悲險)한 안색을 졌다.

"술을 좀더 부어 주게, 응. 술을 좀더 부어 주게나.”

"그래서 어쨌단 말인가."

축산회사원은 뒤가 궁금한 듯이 재촉했다.

"글쎄 가만있게나. 그런데 기차는 좀 있으면 대전에 닿게 되었더란 말이야. 군들도 알지만 나는 대전서 호남선으로 차를 바꿔 타야지 않는가. 그래 그때 나는 내릴 준비를 하면서 생각하였네. 자 작별을 하기 위해 이 왕백작을 깨워야 옳은가 그냥 두는 게 옳은가. 그는 정신 모르고 그냥 쓰러져 누워 있네, 그래 구태여 깨울 필요가 없다구 생각하였지."

그러자 거의 가까워진 모양으로 기적 소리가 울렸다. 그래 나는 양손에 트렁크를 들고 일어서서 나오려고 했다. 그런데 기차가 몹시 흔들리기 때문에 그 통에 나는 넘어질 뻔하며 그만 잘못되어 왕백작의 잔등 위에 엎어졌다. 백작은 아주 펄저덕 쓰러지고 말았다. 나는 혼이 나서 버둥거리며 일어섰다. 하나 그는 통로 바닥에 쓰러진 채 몸을 꼼짝도 않는다. 이리하여 더욱 나는 그에게 인사를 못하게끔 되었다.

그때 벌써 플랫폼의 등불이 보이기 시작했다. 그러나 나는 그를 깨워야겠다는 생각이 들었다.

"왕백작."

불러도 대답이 없다. 취해서 그만 잠이 들었구나 했다.

기차는 차츰 멎기 시작한다. 플랫폼의 분주한 양이 보인다. 소연스런 소리. 나는 어서 내리지 않으면 안 되겠다고 마음이 분주해진다.

"왕백작 여보게."

여전히 그는 쓰러진 채 몸 하나 달싹 않는다. 나는 트렁크를 내려놓고 그를 깨울 지혜까지는 나지 않았다. 그래서 마음은 더욱 분주했다.

"왕백작, 어떻게 된 셈인가 일어나게. 거기서 자다가는 짓밟히네 여보게 백작, 일어나게나."

드디어 기차는 멎었다. 라우드스피커는 소리를 지르고 플랫폼에는 사람들이 뛰어 덤빈다. 나는 반사적으로 두어 걸음 문 옆으로 달려나가면서 돌아보았다. 그때보다 못해 옆에 사람이 왕백작을 끄집어 일으켜 내려고

"여보 일나나시우. 예? 여보."

하며 백작의 몸을 흔들기 시작했다.

그때에 내 앞으로 승객들이 우르르 쓸어 들어왔다. 그래서 황망중에 나는 막 빠져 나가려고만 했다. 그러나 그 순간 뒤에서 백작을 깨우던 사내가 놀라 고함을 지르며 일어선 것 같았다.

"아앗!"

나는 놀라 홱 돌아다보았다. 그러나 나는 새로이 올라탄 그 많은 승객들 틈에 끼어 몸을 비비댈 수도 없어졌다. 그야말로 수라장이었으며 아비규환이라 할 지경이었다. 왕백작이 그 뒤 어떻게 되었는지는 모른다. 보이지가 않았다. 왜 그런지 나는 그때는 내린다는 것만으로 가슴이 꽉 찼었다. 그래 사실 차가 떠나기 전에 내렸을 때는 숨을 내쉬었다. 그러나 기차가 움직이기 시작하자 나는 갑자기 무엇에 놀란 것처럼 트렁크를 든 채 기차를 막 따라가며 죽기를 한사코 부르짖는 것이다.

"왕백작! 왕백작!"

"벌써 아까 숨이 끊어졌던가 부지."

하고 광고쟁이는 측은스레 물었다.

"그것이 내게는 아직두 알 수 없는 의문인 것이다. 지금까지두 나는 그것 때문에 얼마나 괴로운지 모른다. 아마 벌써 숨이 넘어갔던지도 모른다. 이것을 생각하면 나는 몹시 양심의 가책을 받는다. 내리지를 않았어야 꼭 옳을 뻔했다. 아아 정말루 왕백작이 지금두 이 땅에서 살고 있다면."

신문기자는 거기서 땀과 함께 눈물을 훔치었다. 그리고는 이야기를 뚝 끊었다.

그 후에는 한 번도 만난 일은 없느냐고 축산회사원이 물으니까 그는 잠시 동안 묵묵히 있더니만 다시 무거운 목소리로 혼잣소리같이 시작했다.

나는 작년 여름에 좀 조사할 것이 있어 강원도 산 속으로 들어갔었다. 그때에 수가 사나우려니까 열흘 동안이나 폭풍우가 계속되었다. 한강 상류는 아주 큰 창수(漲水)로 탁류가 된 것이다. 어떤 날 그 강 쪽에서부터 사람 살리라는 소리가 들려 왔다. 나는 어쩐지 낯익은 목소리 같아 뛰쳐나가 보았다. 중류지대에 누아떼가 내려가고 있다. 그 위에 두어서너 사람의 그림자가 보인다. 비안개가 자욱하며 똑똑히는 보이지 않으나 그중에는 양복 입은 사람도 하나 끼어 있는 것 같았다. 그것이 단말마의 소리를 내어 부르짖고 있는 모양이다. 그 몸 모양이 어쩐지 눈에 익은 것 같기도 하다. 그렇다. 그것이 왕백작이 아니었던가 하는 생각도 나는 것이 물론 그럴싸라 해서이겠지만. 나는 그 후 서울 어느 젊은 재목상인이 누아떼와 운명을 같이했다는 소리를 산읍에 내려와서 들었다. 그러나 그 사내의 이름이 무엇이라는 것은 누구 하나 아는 사람이 없었다.

"아무럼, 그것이 왕백작이겠는가."

고 광고쟁이는 중얼거렸다.

그리고 이번 봄의 일이다. 서울에 출장을 나와 종로에서 동대문 행 전차를 탔을 때이다. 바로 그래 방공연습(防空演習) 당일이었다고 생각된다. 전차가 막 오정목 네거리를 지나가려 할 때였다. 그 길가에서는 경방단원(警防團圓)이 훈련을 받고 있었다.

별로 그다지 키가 크지 않은 한 사나이가 외줄로 쭉 늘어선 단원에게 훈시를 하고 있다. 나는 그 사내의 뒷모습 밖에는 보지 못했다. 그러나 지금 생각하면 아무래도 그것이 왕백작이었던 것 같기도 하다.

"그럴 게야. 꼭 그게 왕백작임이 틀림없을 게야. 그는 전쟁이 벌어져 기뻐할 걸, 왜 그런고 하면 지금의 우리나라는 현실적인 괴로움은 있지. 그러나 일정한 방향을 향하여 거국일치의 체제로 매진에 매진을 거듭하고 있으니 말일세. 그는 이제는 생활의 목표와 의의를 언어 메었는지두 모르지, 경방단 반장쯤 넉넉히 지냄직한 걸."

모두들 묵묵히 끄덕이었다.

"그랬으면 좋으련만."

하며 신문기자는 한참 동안 비루 잔을 들여다보더니 한숨을 짓는다. 그리고 또다시 계속했다.

"그러나 그 뒤 또 어떤 날……"

지기미*

　원래가 퍽 사람을 그리워하여, 사람 없이는 하루 한시라도 못 견디는 고독한 인간이다. 무턱대고 사람을 그리워한다. 두 번만 만나면 나는 어깨를 치고 허허 웃고 또 심지어 그이가 뚱뚱보라면 꾹꾹 그 배를 찌르고야 만다. 그래 한번은 뚱뚱보인 고등관을 성내우고 말았다. 실로 말이지 내가 알기는 대신급에서부터 토역군에 이르기까지이다. 더욱이 그 부인네들과는 안면이 깊다. 그건 내가 '걸레장사'라는 바로 이 고장말로 하면 구즈야이기 때문이다. 아니 구즈야는 내 생활수단에 지나지 않는다. 나는 어엿한 화가이다. 그림 공부하는 사나이다. 그러나 고등관의 욕을 얻어먹은 뒤부터는 일체 관리들과는 교제를 끊었다. 아니 거래를 끊었다는 말이다. 나는 나를 멸시하는 인간을 멸시하기 때문이다. 하기는 이 고장에는 내 마음을 이해해 줄 사람이 하나도 없다. 어깨를 툭툭 칠 만한 사람이 없는 것이다. 그러고 보니 외롭다. 고독하기 그지없다. 이 고독감은 기주적(期週的)으로 가분재기 침노를 한다. 그러면 아편쟁이가 아편 생각이 난 때처럼 못 견디게 사람이 그리워진다. 그러나 하나도 얼싸안을 녀석이 보이지 않는다. 그때는 나는 다룽치를 메고서 시바우라(芝浦)로 간다.

　시바우라해안은 조선사람의 천지이다. 각 지방에서 온 뱃짐(주로 석탄짐)을 푸는 일을 하는 오끼나까시(沖沖仕)는 거진 다 조선사람이다. 모두들 거무스름한 합삐를 두르고 머리를 수건으로 동여 매든가 혹은 도리우찌며 험한 토수래모자들을 쓰고서 밤중 두세 시경과 저녁때면 그 아근을 어깨를 들먹이며 다닌다. 그리고 어느 함바(飯場)에나 열빡(十疊) 남짓한 방에 한 사십 명씩이 들고 날친다. 감자더미처럼, 어쩌면 또 석탄더미처럼 밤만 되면은 그들은 여덟 시부터 볏짚짝 같은 이불을 뒤집어쓰고 세상 모르게

* 삼천리. 1941.4

잠이 들어 꾸르렁거린다. 새벽 세 시에 일을 나가고 저녁 세 시가 넘어서야 돌아오는 것이다. 열두 시간의 고된 노동인데 또 새벽에 나가야만 되는 일이라 밤이 이른 터이다. 이런 일을 하는 오끼나까시가 이 일 구에만 해도 한 육백여 명이나 된다. 그렇다고 해서 이게 모두 내 동무들인가 하면 아예 그럴 리가 없다. 나 같은 사람은 거들떠보지도 않는다. 여기서 섣불리 지나가는 사내 등이라도 한번 툭툭 쳤다가는 대번에 '와 익해' 하고 따귀를 얻어맞기가 예상사고 자칫하다가는 태평양 바다에 귀신도 모르게 둘러메치우고 말 것이다. 사실로 이 사내들은 여기 바다를 동경만이라지 않고 태평양이라 부르고 바람은 아메리카 바람이라 한다. 만약 함바서 자는 놈 발가락 하나라도 어쩌다 잘못해서 밟았다가는 메리켕주먹에 목숨 날아가기가 십상이다. 그러기에 이런 곳에 내가 섣불리 동무를 많이 만들어 두었을 리도 만무하다. 동무라고는 꼭 하나밖에 없는데 이름은 지기미라 하는 영감이다. 나는 무시로 이 영감이 그리워져, 그리워지면 참지를 못하고 터불터불 찾아오는 것이다.

지기미는 아편쟁이로 벌써 나이 육십인데 게다가 키는 헛말로 구 척이나 되므로 아메리카 바람이 사나울 때는 몸이 부러질 듯이 휘청거린다. 그러나 지기미는 늘 마라톤 선수처럼 두 주먹을 가슴에 얹고서 헐떡거리며 분주히 다닌다. 참말로 이 인생을 마라톤이라 하면 그는 벌써 끝에 가까이 왔기도 하려니와, 아주 기진맥진하여 쓰러질 듯한 선수이다. 다니면서 무슨 의미인지는 모르나 지기미지기미지기미 중얼거린다. 지기미기로서니 처음부터 제 이름이 없었으랴마는 이 때문에 이름이 지기미가 되고 말았다. 지기미도 인제는 제 이름이 본시부터 지기미였던 줄로 안다. 이 지기미도 아편이나 숨이 턱에 닿도록 그리울 때를 내놓고는 나를 언제나 그리고 있다. 하기는 아편이 그리웁길래 더욱 나를 몸이 달도록 기다릴 때도 있다. 아편 살 돈 단 두 냥이 없을 때의 일이다. 나는 그래도 잘사는 사람들의 뒷구멍이나 설구어 주면서 외롭지만, 지기미는 이 고역을 하는 사람들 구역에 살면서까지 천애고독한 인간이다. 거기 사람들은 지기미 같은 영감은 이 세상이 한 번도 필요로 하지 않는, 외려 조선사람에게 수치를 주는 존재라고 생각을 한다. 이리하여 지기미는 더욱 외롭다. 나를 만나기만 하면 그의 가느스레 감은 눈이 반짝하고 뜨인다. 그리고 그 조그만 눈이 차츰 서리서리 불빛을 띠는 것이다. 그 다음엔 하나밖에 없는 새까만 이를 빼어 물고 회회회 웃는다.

사실로 목소리가 새어 그런지 회회회 웃는다.

그런데 지기믄 늘 이아근을 나가 돌아다니기만 한다. 밤에는 일꾼들이 호곤히 자고 있는 이 함바 저 함바로 개웃개웃 다녀 보며 조금이라도 빈틈이 있으면 살금살금 들어가 쪼그리고 누워 본다. 하나 대체로 발들여 놓을 틈도 없을 뿐더러 심한 데는 너무 사람이 많아 수도간까지 이불을 끌고 나가 너저분히 누워서 코를 드르렁거리는 지경이다. 뿌엿한 십 촉 전등 하나가 이 모양을 내려다보며 묵묵히 지키고 있을 뿐 오시이레(押入)는 문짝을 젖혔는데 그 윗장에는 소위 세화야끼라는 방 대장이 누워 자고 그 아랫장엔 권세 좋은 자가 누워 잔다. 지기미는 이 윗장 자리에 한없이 미련을 가지고 있다. 그건 이런 함바에서도 버젓스레 못 눕고 한편 구석에 남보고 쪼그리고 누워야만 되는 제 미미한 존재에 대한 내심의 반역일 것이다. 그래도 지기미는 제가 아무런 의미로라도 이 시바우라 해안에 존재 의의를 가졌다고 생각코자 한다. 존재에 대한 하염없는 향수였다. 그래 모두들 일에 나가고 아무도 없을 적엔 방 안에 살금살금 들어와 이 윗장 대장자리에 다리를 펴고 반듯이 누워 적이 만족하여 골골 잠이 들기도 한다. 나도 한번은 지기미 영감 바람에 멋도 모르고 그와 같이 여기서 자다가 흥쭈루기 그날 일을 나가지 않은 방 대장에게 들켜 허리가 부러지게 어지간히 얻어맞았다. 하기는 대체로 매일 밤 지기미가 달낙집달낙집하는 조선 밥장삿집 부엌 안에서 웅크리고 잠이 든다. 그러다가 밤중 한시 반쯤이면 일어나 밑바닥에 내려와 우들우들 떨며 밥짓는 일을 도와준다. 물도 길어다 주고 솥아궁에 불도 때어 주고, 그리고 두시 반쯤만 되면 예의 마라톤 선수 모양으로 할딱거리며 그 근방 모든 함바로 "회-잇, 오끼로 오끼로!" "시간(時間)이다. 회-잇, 회-잇, 오끼로!" 하며 깨우러 다닌다. 누가 깨워 달래서 그러는 것도 아니고, 단지 지기미는 제가 얼마나 그들의 필요한, 없어서는 안 될 인물인가를 알리고자 하기 때문이다. 아니 외려 제가 그것을 굳게 확인하며 또 그 인정을 즐기고자 하기 때문이다. 나도 지기미와 같이 밥장사 부엌에서 자고 난 새벽에 나는 그 뒤를 따라다닌다. 지기미는 옛날 청소년 시절엔 한국 병정이었다. 병정 삼정위였더라 한다. 그래 그런지 "회-잇, 회-잇" 하는 소리에는 목이 갈린듯하면서도 쇳소리 쟁쟁한 서슬 푸른 데가 있다. 이러면서 다니노라면 이 구석 저 구석으로부터 오끼나까시들이 머리에 모자를 푹 눌러 쓰고서 혹은 수건으로 졸라매고 아메리카 바람이 윙윙 불어 대는 큰 길가로 줄렁줄렁 나온다. 그리고는 제각각 밥장사를 찾아 여기저기로 몰려간다.

이곳 저곳에 초롱불을 달고 파는 우동 구루마가 보이며 또 다히야끼(鯛燒) 후지미야끼(富士見燒) 구루마도 군데군데 보인다. 그 앞에도 사내들이 쭉 둘러서 있다. 사방에서는 퉁퉁거리는 뱃소리가 들린다.

이윽하여 이 골목 저 골목에 기배듯한 그들의 행렬이 늘어선다. 전마선을 타고 큰 기선에 일하러 나가는 것인데, 전마선 속에서는 먼저 들어간 사내들이 석탄불을 펄펄 피우고서 둘러앉아 있다. 이런 전마선 불들이 여기저기서 뻘겋게 타올라 컴컴한 부두에 아주 거창스런 광경을 정한다. 멀리 바다 쪽에서는 등대불이 번쩍거린다. 그리고 또 바다 한가운데서 기선은 내가 여기 있노라는 것을 알리노라 횃불을 든다. 이리하여 시바우라 부두는 새벽 세 시경엔 흥성흥성해진다.

"내가 이럭카자않음 저눔들 일들두 몬나간닥하있까" 하며 지기미는 더욱 신이 나서,

"회ㅡ잇, 오끼로 오끼로."

"야, 우루사이하다 이 지기마!" 하고 한 녀석이 핀잔을 할 것 같으면, 지기마는 회ㅡ잇하며 딱바루 기착을 하고 경립을 부치고는 또 달아난다.

"회ㅡ잇 오끼로 오끼로 지간다!"

이처럼 그는 필사적이다. 그래 가지고 한 바퀴 두루 돈 뒤에는 무슨 구미 무슨 구미하는 조합집들 새 골목으로 기어 들어간다. 그리고 그 밑에서부터 그득히 일꾼들을 태우고 펄펄 불꽃을 날리면서 퉁퉁퉁 떠나는 전마선을 전송한다. 그걸 한참 서서 보고서는 또 되돌아 나와 이번은 다른 골목 새로 들어간다. 거기서도 또 딴 배가 이 모양으로 떠나는 것을 전송한다. 이 전마선이 모두 바다 가운데로 떠난 뒤에야, 그는 비로소 제 중대한 임무를 마친 것처럼 생각하고 밥장사 달낙집으로 돌아온다. 그러나 돌아올 때는 벌써 한풀 풀기가 없고 어깨가 척 늘어져서 아주 구슬픈 소리로 지기미 지기미지기미 할 뿐이다. 돌아와서는 다시 가마를 부셔 주기도 하고 물도 길어서 이층으로 나르고 방도 쓸어 주고 이런다. 그 뒤 날이 활짝 밝아서야 식은 밥덩이나 부엌에서 좀 얻어먹고는 또 내려온다. 이번은 빈 함바 속을 개웃거리며 혹시 아파서 일 못 나간 사내들이나 있으면 문안을 하는 차례다. 다리를 다쳐서 누워 있는 사내, 배가 아

파 엎드려 있는 사내, 온몸이 쑤시고 아파 끙끙거리는 사내. 지기미는 창문 안으로 머리만 개웃이 들이밀고 "어디 아푼교" "어디 아푼교" 한다. 누워 앓는 사내들은 눈을 거슴츠레 뜨고 쳐다본다. 지기미는 위안을 주려는 듯이 회회회 웃어 보이며 아편을 먹으면 진작 낫는다는 말을 한다. 그러면 모두들 벌떡 일어나며 아무 것이나 집어서 칠려고 한다. 지기미는 그제는 혼이 나 회─잇 하고 꽁지가 빠지게 달아난다. 역시 그도 저 혼자만이 아편쟁이가 되어 외꼬투리로 외로움을 앓고 있다. 그 때문에 제가 아무한테도 더욱 수모를 받고 있는 것을 알고 있다. 그래 같이 아편을 먹는 동무를 만들고 싶은 것이다.

지기미는 날 보고도 언제나 아편을 먹으라고 자꾸 못 견디게 굴어 댄다. 그러나 내가 그 말에 까딱이나 할 것인가. 이래뵈어도 나는 걸레장수일망정, 대지(大志)를 품고 바다를 건너온 사내다. 적어도 남아입지출향관(男兒立志出鄕關)이다.

그리고 걸레장사를 하면서라도 그때의 큰 뜻대로, 나는 그림 공부를 꾸준히 유속(維續)하고 있다. 길을 가다가라도 가분재기 그려 보고 싶은 게 있으면 다룽치를 벗어 놓고, 스케치북을 끄집어낸다. 이 어엿한 사내가 아편을 먹어 될 말인가? 다만 나도 비길 데 없이 외로운데다, 이 지기미가 내 마음에 드는 다시없는 동무이기에 가까이 지낼 따름이다. 한번은 그래 그때도 지기미가 아편을 먹으라고 못 살게 굴기에 나는 크게 어성을 높이어 꾸짖은 일이 있다. 지기미는 너무 슬퍼져 한참 내 얼굴을 쳐다보더니 그만 쪼르르 눈물을 흘렸다.

"니가 아편을 먹우므 더 친해질낀디……"

나도 아주 마음이 언짢아져서 묵묵히 앉은 채 고개를 끄덕끄덕 했다. 알지 못하는 사이에 눈물도 흘러내렸다. 에이 빌어먹을 것 하나도 좋은 일은 없는데 나도 아편이나 먹으며 이 지기미와 같이 지내고 말까, 하는 유혹이 가슴속에서 불현듯 일어났다. 그러나 잇따라 바다를 건너오던 당시의 큰 뜻이 걸핏 떠올랐다. 나는 놀란 듯이 더욱 눈물을 흘리며 이번은 머리를 설레설레 저었다. 그러니까 지기미는 더욱 더욱 눈물을 흘리며 그러지 말고 한 번만이라도 좋으니 먹으러 가자고 애걸한다. 그제는 나는 여지없이 마음이 약해져 더욱더욱더욱 눈물을 흘리며 그만 고개를 끄덕끄덕 하다가, 제김에 펄쩍 놀라 주먹을 들어 후려갈기려 했다. 그러자 지기미는 내 몸뚱이에 바싹 달라붙어 얼싸안더니 이번은 나보다도 더욱더욱더욱더욱 눈물을 흘리며 운다. 나는 이 모양을 보고는 어쩔 줄 모르게 측은하여져 용서를 했다. 단연히 아편만은 먹지 않기로 결심하면서 ─ 이제 어디서인고 하니 바로 밥장사네 달낙집을 오르내리는 널찍한 구름다리 위 한쪽 끝에 달린, 모노호시(物干)대 위에서의 일이다. 달낙집이라고 하니 꽤 웬만한 집이라 생각하겠지만, 실인즉은 창고 속 윗 공간을 이용하여 널쪽을 펴고 곽하(廓下)를 사이에 두고서 방을 좌우 쪽에 오륙 칸 만들어 놓은 것에 불과하다. 아래쪽은 역시 창고로 늘 양하리꼬랴 소리가 들린다. 이 청깐집 곽하 끝 구름다리 위와 옆집 지붕 위를 걸친 게 바로 우리들이 지금 있는 모노호시대인 것이다. 본시부터 말재주가 없는 나로서는 이 이상야릇한 장소를 눈앞에 여실하게 이야기하기는 지난한 일이다. 그것도 혹시 연필로라도 스케치나 하라면 모르겠다. 여기서는 창고며 조합들 지붕 위를 넘어 동쪽에 바다가 보인다. 바닷바람은 이 위를 스쳐 넘어간다. 아래쪽은 이 모노호시대 때문에 태양이 내려쪼이지 못할 만치 좁은 불과 삼사 평의 막다른 틈새기다. 구름다리 바로 아래는 변소로 늘 구린내가 역하다. 변소 앞쪽 구석에는 수도가 있는데, 그 옆에는 버죽이 항아리 솔아궁 바께쓰 장통 물통 냄비 소랭이 이런 것이 지저분히 널려 있다. 밤에는 그래도 구름다리 꼭대기에 달린 전등불 때문에 좀 환히 비치지만 낮에는 태양빛이 못 들어와 컴컴하기 그지없다. 달낙집 밥장사네가 여기서 밥을 짓는 터이다. 지기미가 불을 때어 주고 물을 길어 주는 데도 여기다. 그리고 이 모노호시대 한끝을 지붕으로 받든 집은 역시 함바로, 여기 일꾼들이 이 수도와 변소를 사용하기 때문에 저녁때나 새벽에는 이 모노호시대 아래가 수라장을 이룬다. 다시 말하면 여기에 시바우라 생활의 축위(縮圍)가 벌어진다. 그러나 여기에도 오후 한 시부터 세 시 사이에는 얼룩이 지는 광선이 희미하게나마 비친다. 모노호시대의 잘게 연달린 널쪽 틈으로 태양이 그 밑에다 겨우 광선을 흘리는 때문이다. 그 광선이 그림자를 떨구면 그것은 마치 철창 쇠창살처럼 얼굴이 진다. 바로 이런 시간에 나는 지기미를 여기 모노호시대 위에서 만나 그를 스케치하고 있던 것이다. 지기미는 아까처럼 다시 널쪽 위에 누웠으며 나는 다시 목탄 연필을 들었다.

지기미는 최근 일 개월 넘어는 해만 나는 날이면 아무리 춥고 떨릴지라도, 오후 한 시부터 세 시까지는 이 위에 포대자루를 깔고 누워 있는 것이다. 여태까지는 이 시간

에는 아편을 밀매하는 한약방 영감네 집에 가 누워 있었지만 요 달포 동안은 이 위에
서 침으로 살도 뚫고 약도 빨고 그런다. 여기에는 또 깊은 이유가 있는 것이었다. 그
래 이걸 보고 한 젊은 대학생이 발광한 일이 달포 전에 있었다. 본시가 심한 신경쇠약
인데다 무슨 빌어먹을 통계를 한다고 야단을 치는 이상한 대학생이었다. 몰골은 고학
생 꼴이었다. 쩍하면 한다는 소리가 조선사람이 일 년에 태어나기는 칠십구만 몇 천
몇 백 몇 명인데 죽기는 불과 삼 십 팔 만하고 얼마 얼마이니 결국은 사십만 얼마 얼
마 명이 느는 것이다. 장하지 않느냐는 둥, 일 년에 조선 사람이 먹어 없애는 담뱃값
이 얼마 얼마, 그걸 가지고는 소학교를 몇 천 몇 백 몇 십 몇 개를 세울 수가 있는데,
술값을 쳐보면 일 년에 얼마 얼마이니, 이걸 가지고는 중학교를 암만 개를 만들 수 있
잖으냐? 심지어는 조선 인구통계로 보아 남자가 여자보다 삼백 몇 만하고 얼마 얼마
명이나 많은데, 어디서 나온 숫자인지는 모르나 게다가 첩을 얻은 놈이 얼마 얼마이
니 이래 가지고야 분배의 공평을 기할 수 있겠느냐는 둥 이런 따위다. 그리고 숫자는
신성불가침이다. 너희들도 잘살려면은 이런 숫자를 충분히 이해할 줄 알아야 된다.
아— 너희들은 이걸 모르는구나. 도대체 내가 여기를 무엇 하러 온 줄 아느냐, 나는
결코 고학생이 아니다. 대학생도 이만저만한 대학생이 아니고 어엿한 ×× 대학 사회학
부 자비유학생이다. 결코 노동을 하러 온 것이 아니다. 너희들이 어떤 생활을 하는가
를 알고자 찾아온 것이다. 나는 여기서도 이 며칠 동안 훌륭한 통계를 잡았다. 아니
훌륭하다기보다 그것은 너무도 비참한 통계이다. 사방 일 정 이 지역에만도 너희가
몇 백 몇 십 몇 명. 그중 독신자가 얼마 얼마인데 알코올 중독자가 몇 명, 도박 상습
자가 몇 명, 위생지식이 없기 때문에 성병을 앓는 자가 얼마얼마 아— 비참하다, 비참
하다, 이러면서 그 다음은 통곡을 하는 것이다. 그래 몇 날 동안은 모노호시대 아래쪽
이 함바 안이 전보다도 더 수통스러웠다. 처음에는 후려갈기는 사내고 있었으나 나중
에는 모두 웃고 넘겼다. 그런데 하루는 학교에도 안 나가고 부들부들 몸을 떨며 누구
의 것인지 노동복을 얻어 입더니 지까다비를 신고서 일터로 따라나갔다. 아마 돈이
아주 떨어졌던 모양이다. 그러나 저녁에 돌아와서는 코피를 쏟으며 신열을 내며 신음
소리와 같이 헛소리를 발했다. 암만 몸이 건장한 사내라도 이곳 일에는 처음 몇 날은
된 고통을 보는 것이다. 그는 누웠다가도 벌떡 일어나서 코피를 청청 흘리면서 아—

내가 그 지옥 같은 뱃속엘 왜 들어갔던 줄 아느냐? 너희들을 위해서이다. 너희들을 불쌍히 생각하였기 때문이다. 거기서 너희들이 얼마나 고역을 하는가 내 자신 경험하고 싶었기 때문이다 하면서 가슴을 치고 부르짖곤 했다. 모두 이 모양을 보며 미치지나 않을까 하는 불쌍한 생각에 침통하여졌다. 드디어 바로 그 다음날 두 시쯤 해서, 즉 영창에 창살이 쭉 늘어서는 시간에 그는 발광하고 만 것이다. 나를 왜 가두었느냐고 같이 아파 누워 있는 사람들을 죽인다고 덤비며 날뛰었다. 문안을 왔던 지기미는 그 옆으로 앞으로 뒤로 팔팔 뛰면서 이 약을 먹으면 낫는다, 이 약을 먹으면 낫는다고 아편을 들고 야단을 쳤다. 여러 사내들은 간신히 이 대학생을 붙들어 뉘어 놓았다. 그리고 진정을 시키려다 못해 지기미의 약을 먹여 재우고 말았다. 지기미는 그날 얼마나 기뻐하였는지 모른다. 그 다음날 함바 사람들은 돈을 모아 차표를 사서이 대학생을 고향 나가는 사람 편에 딸려 보냈다. 이 일이 있은 뒤부터 지기미는 또다시 미치는 사내가 생겨서는 안 되겠다고 암만 바람이 세찬 차운 날이래도 흐리지 않으면 모노호 시대 위에 태양이 있는 시간엔 꼭 여기에다가 포대자루를 펴고 드러누워 있는 것이다. 그러면 태양은 이 아래에다 창살 같은 얼굴이 지는 광선을 흘리지 못했다.

　지기미는 팔을 베고 창살 같은 널쪽 위에 누워서 또다시 간들간들 졸고 있다. 나는 한쪽 기둥에 몸을 기대고 묵묵히 목탄연필을 달리고 있었다. 그다지 춥지는 않으나 태평양바다로부터 쌀쌀한 조풍(潮風)이 불어 와 때때로 그림 종이를 펄럭거리게 한다. 동경만 검푸른 바다는 언제와 같이 지질펀히 누웠는데, 초봄의 태양이 그 위를 거닐며 은파금파를 일으켰다. 나는 문득 붓대를 멈추고 시름없이 바다를 바라보았다. 어쩐 일인지 차츰 나는 파선을 타고서 대해 위를 표류하기 시작한 것 같은 애수를 느끼었다. 함바에는 그날은 앓아누워 있는 이도 없는 모양으로 신음 소리 하나 들려오지 않는다. 때때로 부두에서 크레인 소리며 윈치가 울리는 소리 우르르르 들려 올 뿐, 또 때때로 통통배들이 빽빽거리며 오고가는 소리만 들려 올 뿐, 나는 밑도끝도없이 혼자서 깊은 감상에 빠지고 말았는데 고향의 배따래기 소리가 자기도 모르는 사이에 입으로부터 새어 나왔다.

　"우리는 구태여 선인 되어 타고 다니는 것은 칠성판이요 먹고 다니는 것은 사잣밥이라, 입고 다니는 것은 매장포로다. 요 내 일신을 생각하면 불쌍코 가련치 않단 말이냐, 지와자 좋다, 이선하야 배를 타고 만경창파 대해 중에 천리만리로 불려 갈제 양쪽

돛대는 직근 부러져 삼 동강이 나고 뱃머리는 빙빙 정신은 아득하여 삼혼칠혼이 흩어질 제 사십 명 동무를 수중에 넣고 명천 하나님은 굽어 살피사 요내 여러 동무를 살려 내소서. 나 혼자 살아나서 배 널조각을 집어 타고 무변대해로 내려갈 제 초록같은 물에 안개 자욱하니 갈 길이 천리인지 만리인지 지향무처로구나……"

나는 여기까지 부르고 나니 자못 마음이 더 허전하여 목탄 연필을 고쳐 잡으며,

"지기미 영감두 그만하면 인제는 고향엘 돌아가야지?" 하였드니,

"그게 무슨 소린고?" 하며 눈을 반짝하니 뜬다.

"내가 고향 가버리면 여기 이 사람들 뒤는 뉘가 치능교……"

"지랄할, 지기미, 혀를 날름날름 빼물지 말어, 어디 그릴 수가 있어야지." 하면서 나는 할 수 없이 웃었다.

"하기는 지기미 영감 소리가 맞었네."

"맞다마다. 고향이란 니나 내나 생각만 해도 고향이 되지만 이 사람들 일은 멀리서 생각만 해가지고 안 된닥하이까."

"것두 그렇기는 하지만."

나는 고개를 끄덕거리다가 제김에 벌씬 웃으며 "그러나 지기미 영감이야 갈래두 고향이 있어야지." 했다.

"와 내가 고향이 없어." 그는 눈이 파래지며 자못 못마땅하다는 표정을 짓고는, "별한 소리 다 하능기라. 현해탄만 건너서면 고향 아닌교." 한다.

"조선두 하구 넓은데 어디가 고향이냐 말이지?"

"횟, 얏보능기라 횟 경상도지."

"경상도두 남도와 북도가 있는 걸, 어느 도냐 말이지."

"횟 그저 경상도면 알어볼께지라. 내가 고향 살 적엔 그런 분간 없던게라."

"고개를 회회 젓지 말구. 아까처럼 점잖게 하구 있으라는데…… 그럼 떠나온진?……"

"30년은 될능기."

"가만 누워 있어. 몸을 가지고 비틀지두 말구. 제길 그릴 수가 있어야지. 이제 코를 그릴 텐데 너무 고개를 개웃거리면 코모양이 바루 잽히지를 않네. 저런 지기미 네 코 끝 오른쪽에 큰 허물이 있능 거?"

"전쟁하다 생긴 허물이지……"

"전쟁은 또 언제?"

"옛날 한국 병정쩍 횟, 그 원세개란 놈이 민비청을 궁성 지키려 병정을 거느리구 와가지고 지드럭거리길래 한 놈을 총틀로 때려 부셨지. 그때 칼로 코끝을 찔리운 기라. 나는 그래 그놈 귀를 하나 잘라 버리고 달아났지. 그 뒤 숨어 다니다 건너온 게지. 건너와서는 매일 연병장에만 가서 먼바루 구경하며 살았능기라……"

하더니만 가분재기 무슨 생각이 났던지 발딱 일어서서 기착을 하고 움직이지를 않는다. 그래도 이왕에 군인이었던 탓인지 이 자세에도 서슬 사나운 데가 있다.

"어쩌자고 이래, 일어서지 말어."

하면서도 나는 다소간 그 위의에 억눌리었다. 그다음은 지기미는 아주 내 말은 귀에도 담지 않고 병정 놀이를 실제로 하기 시작했다. 앞으로 갓! 좌향좌 우향웃! 그리고 또 기착! 하고서 한 삼 분 가량 까딱도 않고 빳빳 굳어진 채 바다 편을 바라보는 것이다. 내가 무어라고 말하여도 그는 들은 체도 않는다. 나도 하는 수 없이 멍하니 바다 쪽을 바라보니 멀리서 가물가물 전마선들이 돌아오는 게 보인다.

그게즌 모든 것을 알아차리고 나도 부슬부슬 일어났다. 그대 지기미는 다시 앞으로 갓! 하더니 구름다리를 통통통 내려가기 시작했다. 나도 그 뒤를 따라 저벅저벅 내려 갔다. 그는 밑바닥까지 다 내려오더니 그다음은 또 마라톤 선수처럼 앞가슴에 두 주 먹을 댔다. 또 뛸려는 게 분명하기에 나도 스케치북을 옆채기에 넣고 준비를 했다. 그 제는 지지미는 한번 나를 돌아보더니 무어라고 또 호령을 하고 지기미지기미 하면서 달아났다. 나도 그 뒤를 따랐다. 다시 오끼나까시를 태우고 돌아오는 전마선을 맞이 하러 나가는 것이다. 바닷가에 나가보니 바로 적전상륙을 하려드는 배들을 박은 영화 모양으로 전마선들이 빽빽 소리를 지르며 수십 척 앞서거니 뒤서거니 널려서 이리로 향하여 온다. 거기에는 시꺼먼 사내들이 짐짝처럼 한배짐씩 실려서 이쪽을 응시하고 있다. 지기미는 한 손을 들어 보이면서 회ㅡ잇, 회ㅡ잇 무어라고 부르짖는 것이다. 나 는 그 본때를 따라 회ㅡ잇, 회ㅡ잇 하며 손을 들어뵈었다. 세 시 반쯤까지는 이 전마 선들은 다시 제자리에 와 닿는다

향수(鄕愁)*

1

그 무렵 개통한 지 얼마 되지 않은 북경행 직행열차는 만주나 북지(北支)¹⁾로 몰려가는 사람들을 가득 태우고 평양을 한밤중에 통과하고 있었다. 이현(李絃)은 홀로 이곳에서 기차에 탔다. 손에 든 짐 하나 없이 홀연히 결심한 여행이었다. 현은 여기저기 짐 짝처럼 조용히 쓰러져 자고 있는 사람들 사이에서 긴장한 채로 앉아, 애써 눈을 붙여 보려고 했으나, 이러저런 상념이 꼬리를 물고 이어져서 머릿속은 점점 더 예민해져 갔다. 무언가 검은 그림자가 자신의 뒤를 따라서 올라탄 것 같은 느낌마저 들어 공연스레 가슴이 두근거리기도 했다. 아무튼 그가 북지에 다녀오고 싶다고 여행권 발급을 부탁했을 때, 처음부터 의아한 눈빛을 보내오던 당국이었다. '지나(支那) 고미술 시찰'이라는 명목은 이런 지방당국이 봤을 때, 그다지 목적상 절실한 것으로 여겨지지 않았던 것이리라. 그러나 그보다 당국으로서도 그를 수상하게 여길만한 구석이 분명 있었다. 그것은 예전에 북만주를 중심으로 동분서주하며 활약했던 평판 높은 망명정객 윤장산(尹長山)이 바로 그의 매형이기 때문이었다. 사실 대정(大正) 팔 년 삼월 사건²⁾ 이

---

* 『文藝春秋』(1941년 7월)에 게재되었다가 두 번째 단편집 『故鄕』(甲鳥書林 1942년 4월)에 수록되었다.

1) 화북(華北) 일대를 지칭하며, 베이징과 하북성(河北省), 산서성(山西省), 산동성(山東省), 하남성(河南省) 등으로 이루어졌다. 일제시대에는 북지로 통용됐다(또한, 본문에 나오는 지나(支那)는 중국을 지칭하는 것이며, 이는 일본이 중국을 낮춰 부르기 위해 만든 말이다. 내지는 일본을, 내지어는 일본어를 칭하는 말이다. 북경의 지명은 현재 바뀐 것도 원문 그대로 표기했다. 또한 기타 용어는 현대식으로 바꾸지 않고 모두 원문에 따랐다).

2) 3・1 독립만세운동.

후 망명과 유랑의 길을 떠난 누님 부부가 당시 북경에 와 있다는 소식을 갑작스레 듣고, 실로 이십여 년 전의 기억을 더듬으며 만나러 가는 것이 겉으로 드러내지 않은 또 하나의 목적이기도 했다.

이십여 년 전이라고 하면 현이 여섯 일곱 살 무렵이었다. 으스스 추웠던 어느 날 오후, 마을과 거리에서 벌어진 무서운 광경을 그는 어렴풋하게나마 기억하고 있었다. 기독교도인 어머니와 누님도 화살처럼 군중들 속으로 뛰어 들어갔다. 현은 이층에서 지붕 위로 기어 올라가 마을 군중들을 가만히 내려다보고 있었다. 그 후 며칠이 지난 어느 날 밤의 일이었을까 그는 문득 놀라서 눈을 떴다. 수상한 사내들 대여섯이 방안에 뛰어 들어와 있었다. 게다가 어머니와 누님으로는 성이 차지 않는 것인지, 집안을 샅샅이 뒤지기 시작했다. 그때 무엇보다도 먼저 그의 머릿속을 불꽃처럼 스치고 지나간 것은 매형이 창고 안에 있다는 사실이었다. 그것을 생각하자 그는 움직일 수조차 없었다. 마침 이삼일 전에 그는 누님인 가야(伽倻)가 밥상 같은 것을 들고 창고 안으로 들어가는 것을 슬쩍 본 적이 있었다. 현은 어린 마음에 모든 것을 안 것 같은 느낌이 들었던 것이다. 그래서 한번은 어머니와 누님의 눈을 피해 혼자서 몰래 창고 안으로 들어가 보았다. 창고 안은 겨울 난 쌀가마니가 산처럼 잔뜩 쌓여 있어 낮에도 컴컴했다. 무엇 하나 이렇다고 할 만한 모습도 보이지 않았고 또한 소리도 없었다. 과감히 쌀가마니 위에 올라가 보았다. 그때 그는 한쪽 구석의 어둠 속에서 누군가의 날카로운 눈이 번뜩이고 있는 것을 보고 저도 모르게 흠칫했다. 그가 곧바로 하얀 이를 보이며 웃어 주었으나, 현은 점점 더 겁이 나서 구르듯 뛰어내려왔다. 이런 일이 있었기 때문에 사내들이 창고 문을 열라고 아버지에게 강요했을 때 그는 이제는 글렀다고 생각하고 체념한 채 눈을 감고 합장하며 하느님께 기도를 올렸다. 그런데 이상하게도 장산은 나오지 않았다. 나중에 들은 바 매형은 마침 그 전날 밤을 이용해 나라 밖으로 도망을 쳤던 것이었다. 한 달도 안 돼서 어머니와 누님은 돌아왔으나, 얼마 지나지 않아 누님도 북방행 열차를 타고 다시 돌아오지 못 할 여행을 떠났다. 안개비가 줄기차게 내리던 그날, 달처럼 얼굴이 둥글고 흰 누님의 볼에는 계속해서 눈물이 흘러 뺨을 적시고 있었다. 그 후에는 바람에 전해오듯 누님 부부가 시베리아 혹은 연해주, 북만주, 동만주 등지를 떠돌아 다니면서 이주 동포들의 지도 조직을 맡고 있다는 소식이

들려왔다. 만주사변(滿洲事變)3) 발발을 전후로 해서 아버지는 돌아가셨지만 그 이후로
도 어머니를 비롯해 우리 가족 일가는 누님 부부가 무사한지 여부가 걱정되어 무엇보
다도 가슴이 아팠다. 틀림없이 황군(皇軍)의 손에 체포되어 처형된 것이라는 생각밖에
는 들지 않았다. 그러면 그들 사이에서 태어난 아들 무수(蕪水)군은 어떻게 되었을까.
모두 재난을 피해 북지로 갔을 것이라는 소문이 없었던 것도 아니었다. 또한 다른 소
식통에 따르면 매형이 지나군에게 잡혀가 중대한 임무를 맡고 있다느니, 지금은 소비
에트에 들어가 있다느니, 혹은 지방의 작은 대학에서 동양사를 강의하고 있다느니 하
는 소문들이 그럴싸하게 들려왔다.

이렇게 오리무중의 세월이 흘러가고 있었는데 바로 사흘 전의 일로, 노환으로 오랫
동안 앓아누워 계시던 어머니의 병상에 낯설고 신기한 손님이 한 명 찾아 왔다. 중머
리를 하고 볼이 홀쭉하며 눈이 크고 둥글둥글한 얼굴을 한 그 사내는 마흔 살이 되려
면 아직 좀 먼 듯 해 보였다. 그는 그림자처럼 나타나서, 윤장산의 옛 제자 박준(朴俊)
이라고 이름을 밝히고, 지금까지 형무소에서 복역했다고 말했다.

"그 속에서 만주사변과 또한 소비에트와의 충돌도 들었고, 중일전쟁이 일어난 것도
알고 있었습니다. 실은 제 처가 지금도 선생님 부부에게 보살핌을 받고 있을 것이 틀
림없지요. 새롭게 들어온 친구들로부터 주워들은 이야기에 따르면, 부인은 북경에 있
다고 하며 선생님만은 행방불명—쓸 것을 빌려주세요. 부인의 주소는—나중에 찢어
드리죠. 저는 형무소 안에서 급변하는 세상사를 응시하면서 육년간 생각에 생각을 거
듭했습니다. 그리고 지금은 생각을 완전히 바꾸고 새로이 마음을 다져먹고 선생님을
구하러 북경으로 가고자 합니다. 지금이 바로 그때라고 생각합니다. 윤장산 선생님
부부를 버리지 말아주십시오."라는 말을 남긴 채, 그는 서둘러 떠나갔다.

박준의 신기한 출현 이후, 어머니의 병세는 점점 더 악화되어 거의 재기 가망성이
없어 보였다. 때때로 한밤중에조차 미친 사람처럼 일어나서 하느님에게 기도를 올렸
다. 그리고 한 번만이라도 좋으니까 누님 부부를 만나게 해달라고 흐느꼈다. 그러나

---

3) 1931년 9월 18일 류탸오거우사건(柳條溝事件)으로 비롯된 일본 관동군(關東軍)의 만주(지금의 중국 둥베이 지
  방)에 대한 침략전쟁. 류타오거우에서 일본군은 스스로 만철 선로를 폭파하고 이를 중국측 소행으로 몰아 만
  철 연선에서 북만주로 군사행동을 개시했다. 이로 인해 1932년 초 일본은 만주전역을 점령했고, 3월 1일에는
  만주국이 설립되었다.

그것이 덧없는 소망이라는 것을 알자, 적어도 두 사람 사이에 태어난 첫 손자 무수만이라도 곁으로 불러오라고 재촉하는 것이었다. 그녀 자신도 진취적인 초대 기독교 집안에서 자란 까닭인지 모르겠으나 봉건적이고 고루한 집안으로 시집을 가게 된 후에도 예전부터 오늘날까지 오랜 세월 계몽운동에 종사해 왔다. 그러나 세월의 흐름에 왕년의 기백도 약해져 일종의 체념의 경지에 도달했다고나 해야 할까. 지금은 단지 모든 것이 하느님의 생각대로 될 뿐이라고 생각하고 있었다. 그런 까닭에 어떤 경우에라도 모든 사람이 행복해지기만을 바랐다. 그런데 급작스레 안부를 걱정해 오던 딸이 현재 어디에 살고 있는지를 듣게 되자, 지금까지 어디에 있는지 짐작조차 할 수 없어 막막했던 딸에 대한 애정의 불꽃이 일시에 불타올랐던 것이다. 현도 어머니의 이런 애절하고 슬픈 기분을 지켜보다 못해 도저히 참지 못하여, 또한 그 자신이 가능하면 누님 가족을 새로운 생활로 구해내려고 하는 마음과, 한 번 누님 부부를 만나고 오겠다는 마음으로 북경행을 자청하였다. 누님이 이미 황군의 손에 넘어간 북경 성내에 현재 살고 있다는 것, 그것이 그에게는 일종의 기이한 희망과 더불어 구제할 수 있다는 희열을 안겨주었다. 왜냐하면 지금까지 자신이 알고 있는 누님이라고 한다면 당연히 남하(南下)하고 있을 것이기 때문이었다.

"현아 정말로 가야와 만나게 되면 이 어미 걱정은 조금도 하지 말라고 전해 다오." 라고 어머니는 병상에서 몸을 일으켜, 그의 손을 열정적으로 문지르면서, "이 손으로 이 손으로 가야의 손을 세게 잡아 주렴. 모든 것을 다 하느님의 은혜에 기대라고 말이다. 또한 장산이나 가야는 어쩔 수 없겠지만 무수만이라도 데리고 돌아오도록 하렴……."

기차는 미명 속을 북으로 북으로 향해 달리더니, 어느덧 압록강 철교를 요란한 소리를 울리며 지나가고 있었다. 이미 이동경찰(移動警察)이 차량 마다 두세 명씩 나타나서 승객을 한 사람씩 흔들어 깨워 면밀히 조사를 하며 돌아다녔다. 현은 자신의 순서가 되어 명함을 요구 받았을 때 가능한 시간이 걸리지 않도록 여행권까지 첨부해서 보여주었다. 경관은 가만히 그것을 노려보기라도 할 듯 바라보다가 수첩에 일일이 옮겨 적기 시작했다. 나이는 스물일곱 살, 동경제국대학(東京帝國大學) 미학연구실 재적, 목적은 지나 고미술 시찰. 그러나 지나 고미술 시찰 때문이라고 하는 것도 반드시 거짓이라고는 할 수 없었다. 사실 현은 지금까지 그런 목적으로라도 북경에 한번 갔다 오고 싶다고 매우 바라왔었다. 그것은 조선의 고려나 이조(李朝) 시대 도자기를 지나의 송(宋), 명(明) 시대의 것과 비교연구할 목적도 있었던 것이다. 그래서 이번에 누님 가족을 만나러 가는 길에 적어도 이삼 일 정도 북경을 둘러보고 오려고 내심 기대하고 있었다. 특히 요즘 들어 그는 조선의 과거 예술 유산에 대해 강한 애정과 함께 연구를 해보고 싶은 욕심을 품게 되었다. 다만 본디 이런 방면에 흥미를 가지고 있었다고 하더라도, 사상에 심취해 있었을 당시 그에게는 그것이 그렇게 절실한 것으로 생각되지는 않았다. 역시 그것보다 더 중요한 일이 너무도 많았었던 것이었다. 그것이 오늘날에 이르러 보니, 사상은 짧고 문화는 길다는 생각이 들었다. 역사는 지금까지와 마찬가지로 주어진 궤도를 달릴 것이다. 세계도 또한 마찬가지로 지금부터도 자신의 운명하에 전개될 것이다. 그러한 가운데 영구히 화려한 광채를 발해 왔던 조선의 독자적인 문화예술, 이런 고귀한 것을 학문적으로 연구하고 그리고 어떤 형태로든 발전시켜 보호하지 않으면 안 된다. 그에게는 아무래도 그것이 자신의 사명처럼 혹은 의무처럼 생각되기 시작했던 것이다.

　세관의 검사도 무사히 마치고 기차가 안봉선(安奉線)[4]으로 들어간 뒤에야 현은 드디어 한숨 잘 수 있을 것 같은 여유를 얻을 수 있었다. 자신에게 검은 그림자가 따라붙은 듯한 마음 속 먹구름도 사라졌다. 그 대신 선잠을 자는 중에도 그의 뇌리에는 다양한 그림자가 끊임없이 오가고 있음을 의식했다. 유년시절 기억 속에만 살아 숨쉬는 매형이 방황하는 사람들의 무리 속에 섞여 누님의 손을 끌면서 있는 힘껏 소리를 질러대는 모습이 떠오르기도 했다. 이상한 것은 매형은 옛날과 조금도 다르지 않은 건강한 양복차림을 하고 있으며, 검은 수염을 기르고 오른손에는 큰 막대기를 들고 흔들고 있었다. 가야는 무릎을 꿇기도 하고 비틀거리기도 하면서 비명을 지르고 있었다. 어째서인지 그는 더 이상 누님이 지나복을 입고 머리까지도 지나풍의 모습을 한 부인으로밖에는 그 모습이 떠오르지 않았다. 더구나 이십여 년 전 기억에 그녀는 달처럼 아름다운 여인이었으나 눈앞에 어른거리는 형상은 지나치게 마르고 얼굴이 검푸르게 변해있었다. 오랫동안 시베리아의 바람을 맞으면서 산속과 밀림 속에서 방랑 생활을

---

4) 안동(단둥)－봉천(심양)간의 철도.

계속하고 있던 데다가, 어쩌다가 도회지로 나와도 병적으로 사람 눈을 피해 다니고 있기 때문일까? 그런데 어느덧 이 방랑하는 사람들 무리 주변을 파란 눈을 가진 사막의 병사들이 포위했던 것이다. 총구에 붙은 검이 번쩍번쩍 얼음처럼 빛을 내고 있었다. 이들 무리는 바닷물처럼 소용돌이치며 웅성거리기 시작했다. 그 물결에 부침(浮沈)하듯이 누님은 비명을 지르면서 쓰러지기도 하고 앞으로 고꾸라지기도 하고, 장산에게 매달리기도 했다.

현이 놀라 뛰어 오를듯 번쩍하고 눈을 떴을 때는 벌써 점심시간이 지난 것 같았다. 처음보다 기차안도 제법 여유가 생긴 듯했으나, 공기는 여전히 찌는 듯 안개가 낀 듯 탁한 상태였다. 그는 드레지게 하품을 했다. 그리고 오버 깃에 목덜미를 집어넣으면서 왜 나는 오늘 이런 일만 생각해야 하는 것일까 하고 마음속으로 중얼거렸다. 차창 밖에는 조금도 변하지 않는 광야가 끝도 없이 펼쳐지고 있었다. 모든 것이 거무스름한 색으로 물들어 있는 하늘에도 어두침침한 회색이 드리워져 있었다. 군데군데 아주 멀리 작은 덩어리로 보이는 마을을 배경으로 버드나무 숲이 가지를 드러내 놓고 희미한 선을 계속 그리면서 이어지고 있었다. 그는 다시 조용히 눈을 감았다. 그러자 그렇게 잠시 있는 동안, 이번에는 돌진에 돌진을 거듭해 가는 기차의 굉장한 소리가, 그의 가슴속에 경쾌한 흥분을 불러 일으켰다. 갑주(甲冑)로 몸을 강화한 고구려 병사의 함성소리와 모래먼지를 일으키며 밀어 닥치는 말의 힘찬 울음소리가 들려오는 것만 같았다. 자신이 지금 돌진해 가는 이 광야를 그 옛날 몇십만의 고구려 병사가 질주했던 것이다. 그들은 강대한 힘을 갖고 만주를 평정했으며, 국경을 장성선(長城線)5)까지 연장하여 국위를 사해에 떨쳤다. 그때부터 어떤 식으로 조선의 역사가 진행됐단 말이냐. 명과 연합하고, 청(淸)을 섬기고, 특히 한일합방 직후에는 친청, 친러, 친미, 친일을 전전하며, 고매한 정치적 이상을 갖은 적이 한 번이라도 있었단 말인가. 오늘날 이 광야에는 철도가 놓이고 만주국도 건강한 발전을 이루어, 나는 또 한 사람의 완전한 일본국민으로서 북경으로 가고자 이 만주국을 횡단하고 있다. 북지는 이미 황군의 위력으로 평정되어 북경성도 손에 넣었다. 현은 그곳에 멀리서 부터 찾아가는 자신의 용무를 생각하자 불현듯 눈에서 눈물이 어리는 것을 느꼈다. 이것이 바로 역사의 감상이

---

5) 만리장성까지를 말함.

라고 하는 것인가? 그래도 오늘날 그에게는 이 만주국에 와 있는 백수십만의 동포나 혹은 셀 수 없을 정도로 많은 지나 거주민 동포가 적어도 오늘날처럼 동아(東亞)에 여명을 비추는 건설적인 시기를 맞아 점점 더 인간적으로도 생활적으로도 향상해 가려니 하는 마음만으로 가득했다. 또 그와 같은 생각은 다시 누님 부부의 생활로 옮겨갔다. 매형이 행방불명이라고 한다면 누님은 가냘픈 여자 혼자 몸으로 도대체 무엇을 하며 하루하루 먹고 살고 있다는 말인가. 누님은 나라를 떠날 때까지 생활의 고통과는 도무지 거리가 먼, 대단히 행복한 생활을 했던 것이다. 시집가서도 희망과 정열에 불타 남편 장산과 함께 아름다운 마을에서 사학교(私學教)[6]를 경영하며 아이들이나 마을 사람들에게 계몽사상을 보급시키는 일을 했다. 그중에서도 누님은 마을 부인들의 계몽에 힘쓰고 있었다. 언제였던가 그것은 아마 현이 여섯 살 때쯤 일이었을 것이다. 현은 어머니를 따라 누님이 있는 곳에 간 적이 있었다. 작은 초가집이었는데 지붕에는 큰 호리병박이 달린 줄기가 기어 올라가고 정원에는 복숭아와 은행나무가 빽빽하게 서 있고 고량다발로 짠 벽에는 색색이 들장미가 피어 병풍처럼 자수를 놓고 있었다. 그 앞 화단에는 봉선화나 금잔화, 양귀비, 채송화 등이 한가득 흐드러지게 피어있었다. 누님은 이 정원에서 나비처럼 뛰놀고는 했다. 그 당시 가야가 어머니에게 이런 이야기를 하면서 웃던 온화한 얼굴이 어린 현의 마음속에는 인상 깊이 뇌리에 박혀 있었다.

 "조선의 어떤 집에도 이렇게 꽃이 한가득 필 무렵에 하느님은 반드시 은총을 내려주시겠지요."

 누님 가야는 지금 생각해 보면, 상당히 아름다운 것을 좋아했으며, 명상적이며 마음이 약한 여자였다. 그에 비해 매형은 정진 정명한 실천주의자라는 느낌이 드는, 말수가 적고 결단력이 강한데다가 상당히 생각이 치밀하며 탁월한 웅변가로 널리 알려진 사내였다. 매형은 망명생활 속에서도 자신에게 아무런 모순도 느끼지 않고 점점 더 본래의 성격을 강하게 다져가면서 그의 길을 걸어갔을 것이다. 누님은 그와 반대로 정신뿐만 아니라 육체적으로도 힘든 생활 속에서 얼마나 자주 자신을 잃어버릴 뻔

---

6) 구한말 일본의 조선침략에 반대해 민족독립을 지키려고 애국지사들이 설립했던 사학교들이 일제시대에도 근근히 그 명맥을 유지해 나갔다.

했을 것인가. 그런 것을 생각하면, 현은 한층 더 마음이 아프고 슬퍼졌다. 그가 어머니를 따라 갔던 다음 날의 일로, 현은 매형이 하던 학교에 창가를 부르러 어머니와 누님과 함께 갔던 일이 어렴풋하게 떠올랐다. 그때 매형은 명어조로 모두의 앞에서 평양에서 어린 친구가 노래를 불러주기 위해 멀리서 왔다고 그를 소개했다. 그래서 현은 누님이 치는 풍금소리에 맞추어 소리 높여 유치원에서 배운 "학도여, 학도여"라는 노래를 불렀다. 그는 그것을 읊조려보면서, 갑자기 감상에 젖어 눈물을 글썽거리는 것이었다.

2

드디어 북경의 동차참(東車站)7)에 도착한 것은 밤 열두시였다. 오후 세시경 산해관(山海關)에서 지나의 대지로 들어서면서 큰 결심을 하고 누님에게 전보를 쳐 두었지만, 기차에서 내렸을 때 현은 썰렁한 플랫폼 한 구석에 혼자 덩그러니 남겨졌다. 그는 다소 당황한 듯, 갑자기 두려움이 몸 전체로 밀려오는 듯한 느낌에 빠졌다. 역 앞에는 하늘을 찌를 듯한 정양문(正陽門)의 거무칙칙한 형체가 천고의 꿈을 칭송하며 밤하늘을 크게 가로막고 있었다. 역전 광장에 나오자 차부(車夫)들이 소리를 지르며 닭 무리들처럼 모여들었다. 그는 그중 한대로 성큼성큼 다가가서 몸을 실은 뒤 외쳤다.

"×× 후통(胡同)."

인력거는 큰길로 나오자마자 왼쪽으로 단숨에 돌아갔다. 그는 중학시절 장래에 북경의 대학에서 공부한 뒤 미국으로 가려고 했었다. 그래서 강습회 같은 곳에 나가 지나어를 배운 적이 있기 때문에 조금은 말이 통했다. 녹초가 되어 흔들리는 대로 몸을 맡기면서 현은 도대체 누님이 왜 마중을 나오지 않은 것인지 불안한 마음으로 가득했다. 이 북경성내에도 있을 수가 없어서 혹은 그것을 떳떳하게 드러내지 못하기 때문에 어디엔가 숨어 있는 것인가. 혹은 두 사람 모두 체포된 것은 아니겠는가. 그때 차

---

7) 차참(車站)은 정차장이다.

부는 큰소리로 번지를 물었다. 그는 저도 모르게 몸을 떨면서 소리쳐 대답했다. 어느덧 인력거는 조용하고 어두운 골목길을 덜커덩 덜커덩 달리고 있었다. 그곳은 외성(外城)에서도 꽤나 변두리로 보였으며, 잿빛으로 가라앉은 집들은 유령처럼 침묵하고 있었는데, 그 지붕과 지붕 사이로 차갑도록 맑은 하늘에 반달이 떠 있는 것이 보였다. 차부는 이런 골목길을 반 시간 정도 달린 끝에 갑자기 한 모퉁이로 나오더니 당황스러운 듯 인력거를 세우고 주변을 둘러보았다. 그리고 고개를 갸우뚱거리며 큰 창고 벽이 성벽처럼 육박해오는 골목길로 느릿느릿 걸어 들어갔다. 그는 도중에 집집마다 난간을 들여다보다가 쓰레기 더미를 모아 놓은 곳 옆에 쭈그리고 앉아 있는 걸식으로 보이는 노인을 그만 밟을 뻔하여 큰 소리로 외치면서 고려인의 집이 어디냐고 큰 소리로 물었다. 그 걸식노인은 웅크리고 앉은 채 덜덜 떨리는 손을 뻗어 엇비스듬히 마주보고 있는 낡고 작은 집을 가리켰다. 현은 그 다 쓰러져가는 문 앞에 내렸을 때 자신의 심장 뛰는 소리가 들리는 듯했다. 헌등(軒燈)도 없는 어두컴컴한 가운데 문은 기분 나쁜 적갈색 빛을 띠고 있었다. 한가운데쯤에 노란 빛 놋쇠로 된 둥근 고리 같은 것이 매달려 있었다. 그는 그것을 잡고 조용히 몇 번이고 문을 두드려 보았다. 집안은 조용한 채로 사람이 나오는 기척도 없었다. 그래서 이번에는 아까보다 조금 더 강하게 두드리면서 아무렇지도 않은 듯 살짝 문을 밀자 무언가 양철 고리라도 걸어 놓은 듯 덜그럭 덜그럭 매우 기분 나쁜 소리가 났다. 그는 허를 찔린 듯 놀라며 재빨리 뒤로 물러섰다. 드디어 누군가가 나오는 것 같더니 젊은 하인 같아 보이는 지나인 사내가 빗장을 빼고 문을 반쯤 열고는 의아해 하는 얼굴로 불쑥 나타났다. 현은 아무 말도 하지 않은 채 명함을 내밀었다. 하인이 다시 문을 닫고 들어가는가 싶더니 안쪽에서 두세 마디 지나어로 소곤소곤 이야기를 하는 듯한 소리가 들린 후, 서둘러 안주인이라도 나오는 것과 같은 발소리가 들려왔다. 현은 몸을 뒤로 젖히듯 문에서 조금 뒤로 물러섰다. 과연 지나복을 입은 부인이 숨을 죽인 채 문밖으로 조용히 나왔다. 그러나 그것은 그의 아름다운 추억 속에 살아 숨쉬던 젊은 시절의 누님과는 너무나 동떨어져 있었고, 또한 상상 속에서 그리던 누님의 모습과도 너무나 달랐다. 얼마나 번뜩이는 눈빛이란 말인가. 이 얼마나 어두운 그림자를 드리운 음기가 드리워진 얼굴이란 말이냐. 정말로 이 초라하고 바싹 바른 부인이 내 누님이란 말인가. 갑자기 부인은 다가와서 그의 코끝에까지 얼굴을 가까이 대더니 한층 더 눈빛을 번뜩이며 점점 더 아래 턱을 떨고 있었다. 현은 드디어 몸이 굳어져 아무 말도 할 수가 없었다. 부인은 바들바들 떨리는 두 손으로 갑자기 그의 얼굴이나 목덜미를 만지면서 눈물을 뚝뚝 흘리고 있었다. 그리고 겨우 목멘 소리로 "현이니"라고 한마디 외칠 뿐이었다. 이렇게 해서 그들 남매는 만났던 것이다.

문 안쪽에 하인이 서 있다가 두 사람이 들어가자 눈을 크게 뜨고 인사를 한 뒤 다시 문을 닫았다. 그는 본채의 왼쪽 끝에 있는 작은 방으로 안내를 받았다. 검고 어두운 전광(電光) 아래에는 싸늘한 공기가 퍼져있었고, 중간에는 다리가 휘어진 원탁과 의자가 두세 개 놓여 있었다. 검게 그을린 벽지에는 여기저기 빈대를 짓눌러 죽인 흔적이 남아 있었고 안쪽 구석에는 낡고 싼 침대가 놓여 있었다. 그쪽 윗벽에는 월계수관을 머리에 쓰고 볼에 피를 뚝뚝 떨어뜨리고 있는 예수의 액자가 걸려 있었으며, 그 바로 아래에는 작은 마리아 주상(鑄像)이 끈에 매달려 있었다. 가야는 그것을 앞에 두고 침대 위에 엎드려 소리를 죽이고 몸을 떨면서 오열했다. 현은 만감이 교차하는 마음으로 일어선 채로 누님의 마른 가지 같은 어깨가 심하게 떨리는 것을 보고 있었다. 젊고 아름답던 기억에 비하면 이 얼마나 많이 변해버린 누님의 모습이란 말인가. 누님이야말로 마치 시온8)의 여자처럼 옛날에는 눈처럼 맑고, 우유보다 희고, 몸이 산호보다도 더 주홍색이었다. 그러던 것이 이제는 얼굴이 무척 검고, 거리에 있더라도 사람들이 알지 못할 정도로 그 살갗은 뼈에 말라 붙어버려 마른 고목처럼 변해버렸다.9) 그는 누님을 만난 순간 이미 누님을 잃어버린 것 같은 느낌이 들었다. 무엇부터 이야기해야만 하는 걸까. 뭐라고 그녀를 위로하면 좋겠는가. 과연 자신에게 그런 힘이 있는 것일까. 그는 "누님"이라고 부르려고 했다. 그러나 목이 막혀 목소리가 나오지 않았다. 밤은 조용히 깊어 갔고 뒤따르듯 때때로 골목길에 인력거가 지나가는 듯한 소리가 들려왔다. 게다가 기분 탓인지, 현에게는 이 정적이 왠지 모르게 무수히 많은 사람들이 소리를 죽이고 숨소리를 참고 있는 것과 같은 기분 나쁜 느낌이 들었다. 그리고 보니 조금 떨어져 있는 하인방에서 주변을 신경 쓰는 듯한 기침소리도 들려왔고,

---

8) 시온은 예루살렘 부근 언덕의 명칭이며, 시온이라 함은 예루살렘의 주민을 뜻한다.
9) 구약성서 「예레미야 애가」 1장을 읽어보면, 시온의 딸들에게 닥친 고난이 나온다.

또한 성냥을 계속해서 긋고 있는 소리도 들려오는 것 같았다. 갑자기 방문을 살짝 여는 듯한 소리가 들리기도 하고 두세 명의 사내가 잇달아 나가는 듯한 기색이었다. 도대체 저들은 어떤 사람들일까 하고 현은 도대체 뭐라고 해야 할지 몰라 두려워하며 벌떡 일어섰다. 누님은 한 순간 얼굴이 굳어지는가 싶더니 발작이라도 일으킨 것 마냥 웃었다. 그 웃는 얼굴 안에서도 현은 옛날 가야의 모습을 찾아볼 수가 없어 한층 더 슬퍼져서 무언가를 찾듯이 그녀의 얼굴을 멀뚱멀뚱 바라보았다.

"현아 나를 그런 눈으로 보지 말거라."

그녀는 정말로 무서울 정도로 새파랗게 질려 몸을 젖히면서 외쳤다.

"그렇구나 너는 나를 만나서 실망하고 있는 게 틀림없는 것이야."

"누님은 왜 그런 말씀을 하십니까."

그는 드디어 슬픈 듯이 혼잣말을 했다.

"왠지 나는 현이 니 두 눈이 무서워서 견딜 수가 없구나. 내가 그렇게 몹쓸 여자로 보이는 거니. 제발 나를 그런 무서운 눈빛으로 보지 말거라. 그런 식으로 들여다 보지 말아다오."

"누님은 흥분하신 것 같습니다."

"아무려무나 참말로 그렇고 말고. 나는 흥분하고 있고 말고. 그리고 어머니는, 어머니는……."

"어머니도 조금만 젊었더라도 같이 오고 싶다고 말씀하셨답니다."

역시 어머니가 중병으로 누워계신다고는 말할 수 없었다.

"요즘 어머니는 점점 더 신앙심이 깊어져가는 것 같더군요. 한시도 하느님의 은총 아래에서 멀어지지 않도록 하라고 전해 주라고……."

'아 지금의 내가 하느님의 은총 없이 어떻게 단 하루라도 살아갈 수 있단 말이냐'라고 말하듯 누님은 계속 테이블 위에 얼굴을 묻고 흐느껴 울기 시작했다.

"나는 아버지가 돌아가신 것도 이번에 박준 씨에게서 들었단다. 게다가 틀림없이 네가 방문해 올 것 같은 예감이 들었지 뭐냐……."

"그런데다가 어머니는……." 하고 현은 목이 메는 듯한 기분이 되어 이어서 말했다.

"북경에 가거든 가능한 누님 옆에 있어 주라고……."

"그만해라 그만. 그런 이야기는."

"그리고 돌아오는 길에는 무수라도 데리고 오라고……."

그는 한층 더 목소리를 떨었다.

"무수가 벌써 스무 살이지요. 지금 자고 있습니까?"

그러자 그녀는 갑자기 그 후로 심하게 기침을 해서 숨이 막히는 듯했다. 결국 그녀는 의자에서 내려와 바닥 위에 쓰러지면서 더욱 심하게 어깨를 비틀고 숨쉬기 곤란한 듯 헐떡이며 고통에 몸부림치고 있었다. 그는 누님 쪽으로 다가가 끌어안듯 온힘을 다해 등을 쓸어내리기 시작했다. 가야는 한층 더 심하게 기침을 하면서 이번에는 더듬더듬 지나어로 무언가를 말하기 시작했다. 그는 어떻게 하면 좋을지 몰라 망설였다. 그러자 그때 문소리가 들리더니 지나인 남자하인이 물병을 들고 들어왔다. 그 하인은 무언가 알아들을 수 없는 지나어로 중얼거리면서 한쪽 손에 쥐고 있던 하얀 종이의 약봉지를 조심스럽게 펴서 내밀었다. 현은 순간 무서운 느낌을 받아 왜 그러냐고 말하고 그것을 낚아채려고 했다. 하인은 깜짝 놀라 비명을 지르며 펄쩍 뛰더니 한 손을 내밀어 계속 기침을 하고 있는 가야에게 약봉지를 넘겨 버렸다. 그녀는 그것을 얼른 삼켜 버렸다. 현은 잠시 동안 멍한 상태로 움직일 수 없었다. 하인이 그녀의 몸을 침대 위로 끌어 올리는 것을 보고 비로소 그도 정신을 차린 듯 가까이 가서 도와주었다. 그러자 놀랍게도 누님은 괴로운 듯이 기침을 몇 번 약하게 했을 뿐 그 뒤에는 정신없이 마취상태에 빠져 버렸다.

현은 그저 아무 말도 할 수 없는 멍한 상태에서 언제까지고 언제까지고 그녀 옆에서 있었다. 왠지 눈물이 계속해서 흘러 나왔다. 무서울 정도로 실망에 충격을 받아 슬픔이 가슴속에 가득 찼다. 이 사람은 진정 내 누님이 아니다. 망가진 누님의 껍데기일 뿐이다. 아! 누님은 완전히 정신이 이상해졌다. 중독자가 되었다. 피나도록 비참한 망명 생활이 저 탐스럽던 볼을 이토록 홀쭉하게 하고, 게다가 결국에는 저 윤기 있던 광채를 잃게 했구나. 게다가 마지막에는 그녀의 육체뿐만 아니라 정신까지 이처럼 불구로 만들어 버린 게 아닌가. 때때로 신음소리를 내더니 가야는 겨우 혼수상태에서 평화로운 꿈나라로 들어갔다. 그에 따라 숨소리도 점점 더 평온해져서, 이상하게도 얼굴색도 차츰 하얗게 되돌아온 듯했다. 그러자 현은 갑자기 놀란 듯이 눈을 부릅떴다.

모든 고민을 벗어 던지고 조용하게 자고 있는 그녀의 얼굴에서 그는 어렴풋이 누님의 옛날 모습을 찾아낼 수 있었다. 모습을 찾아볼 수 없을 정도로 야윈 양볼 사이로 꽃같이 하얀 피부와 팽팽함이 어슴푸레 피어오르고 혈색을 잃어버린 검고 작은 입언저리에서는 까닭모를 미소가 몇 번이고 흘러나오고 있었다. 깊게 패인 눈의 깊숙한 곳에서는 눈꺼풀 사이를 빠져나와 반짝이는 빛이 무지개처럼 반짝이는 것 같았다. 현은 그 곳에서 맥없이 쓰러지는 것과 동시에 끝없이 눈물을 흘리면서 조용히 가야의 손을 잡았다. 그리고 이것은 어머니의 손입니다 어머니의 손이에요 라고 마음속으로 외치면서 세게 손을 잡은 채 몸을 떨고 있었다.

3

다음날 아침 눈을 떠보니 어떻게 된 일인지 그는 누님이 자고 있던 침대 위에 누워 있었다. 매우 늦은 아침시간인지 하나밖에 없는 창으로부터 조금 새어 나오는 햇빛이 눈이 따가울 정도로 강렬했다. 공허한 기분으로 천정을 바라보고 있자니 왠지 악몽에서 깨어난 듯한 기분이었다. 실로 그것은 악몽임에 틀림없었다. 더구나 그는 그것이 정말로 악몽이었기를 바랬다. 자신도 알지 못하는 사이에 그의 몸에는 열까지 나고 있었다. 몸이 나른할 정도로 달아오른 얼굴에서는 뜨거운 피가 요동치고 있는 듯한 느낌이 들었다. 그때 누님이 문을 살짝 열고 들어와 그가 깨어 있는 것을 보고는 조금 놀란 듯 조용히 몸을 움츠렸다. 그렇게 현의 눈을 피하듯이 그의 뒤쪽으로 돌아가서는 침대 철장에 양손을 얹었다. 현은 다시 눈을 감은 채 그녀가 깊게 숨을 들이쉬는 소리에 가만히 귀를 기울였다. 한동안 참기 어려운 침묵이 그를 억누르듯이 계속됐다.

"현아 모든 게 다 운명의 장난이라고 생각하고, 나를 괴롭히지 않겠다고 약속해 줄 수 있겠니? 나를 불쌍히 여겨 아무것도 물어보지 않을 수 있겠니? 그대신 나도 아무것도 묻지 않기로 할테니. 새삼스레 들어 무엇이 달라지겠니."

그리고 그녀는 목에 걸린 울음섞인 소리를 삼켰다. 그와 동시에 그의 볼에 뚝하고 그녀의 뜨거운 눈물이 한 방울 떨어졌다. 그리고 그것은 바로 차가워져서 귀 옆으로 줄기를 이루며 굴러 떨어졌다. 또 한 방울이 뚝하고 떨어졌다.

"현이 넌 열이 좀 있는 거 같구나. 열이 좀 내리면 오늘 중으로 내성(內城)에라도 숙소를 잡아서 옮기는 것이 좋을 거 같구나. 그것이 서로를 위한 길이야. 여기는 네가 있을 만한 곳이 못 된단다. 현이 네가 산해관에서 친 전보도 오늘 아침에 받았단다. 여기 전보는 늦단다. 내가 전보를 어젯밤에 받아 보았더라면 어딘가로 모습을 감추어서 너와 만나지 않았을 텐데. 무슨 말인지 알겠니?"

"누님, 저는 아무것도 모릅니다!"

현은 가슴이 터질 것 같아 이렇게 외치면서 갑자기 일어나서 기듯 다가가며 누님의 얼굴을 올려다보았다.

"가르쳐 주세요. 도대체 무슨 일이 있었던 겁니까?"

"……."

가야는 조금 뒤로 물러났다. 눈을 꼭 감고 숨이 격해지는 것을 억누르기라도 하듯, 파랗게 질린 얼굴을 천정 쪽으로 돌린 채 움직이지 않았다.

"매형은 어떻게 되었나요? 행방불명이라는 소문이 들리던데……."

"무슨 일이 있어도 꼭 들어야겠다는 거니?"

"무수군은 어디에 있습니까?"

"전쟁에 나갔단다. 그 아이는……."

누님은 숨이 거칠어지고 있었다.

"전쟁이라고요?"

현은 앵무새마냥 말을 따라했다.

"그렇단다."

가야는 여전히 눈을 감고 우두커니 선 채였다.

"그 아이는…… 그 아이는 일본군에 통역을 지원해서 나갔단다. 지금 산서성(山西省)에 가 있단다……."

너무나도 의외의 말에 현은 눈을 크게 뜨고 가야의 얼굴을 뚫어지도록 바라보았다. 완고한 성격을 갖고 있는 망명 중인 민족주의자 누님 부부의 외아들이라는 것을 생각하면 그것은 도무지 상상하기 어려운 일이었다. 그런 만큼 그가 얼마나 자아 상극과

회의와 고민 속에 침울해 있을 것이란 말인가. 그때 그의 뒤쪽에 있는 창문에 누군가 큰 사내의 그림자가 나타나 힐끗 안을 훔쳐보는 것 같더니 다시 획 하고 사라져 버렸다. 현은 그것이 어릴 적 기억 속의 매형의 모습이 아니라는 것은 알 수 있었지만, 그래도 수상쩍어 가슴이 두근거렸다. 누님은 그 사내의 존재를 눈치채지 못했다.

"그 아이는 자신이 종군하면 만에 하나 나쁜 일이 생겼을 때도, 그로 인해 우리 부부의 죄가 조금이라도 가벼워질 것이라고 하더구나."

그녀는 두 번 다시 어젯밤처럼 평정심을 잃지 않기 위해서 마음을 다스리고 있었다.

"나는 무수에게 처음에 물어 보았단다. 정말로 너는 우리들 때문에 가는 건지, 그게 아니라면 혹은 이미 네 마음속에 우리들과 다른 사상이 싹트기 시작한 것인지를. 그 아이는 눈물을 흘리면서 양쪽 다라고 하더구나. 이제는 어떻게도 할 수 없는 일이야. 시대의 추세가 달라졌다고 해야 할까. 아… 우리들은 무엇을 위해 나라를 떠나, 무엇을 위해 이 아이를 안고 유랑을 계속했단 말이냐. 하지만 조선 사람들의 행복을 위해서라고 하는 생각 속에 여러 생각이 나타나기 시작했단다. 무수가 전쟁에 나가고 난 후 나는 결국 이런 신세가 되었고……."

그녀는 히스테릭하게 말끝을 끌어 올리면서 새된 소리를 내며 울기 시작했다. 현은 외쳤다.

"누님, 지금부터라도 늦지 않았습니다!"라고 현은 호소하듯이 소리쳤다.

"누님! 앞으로의 인생을 생각하세요. 저도 그것 때문에 여기에 온 겁니다."

"아… 아무 말도 하지 말아라. 이미 늦었단다. 이미 늦었단 말이다. 너만 여기서 나가면 된다. 그러면 된단 말이다. 난 지금부터 네 숙소를 정하러 가련다. 장산까지 나를 버리고 다른 여자와 함께 북경 성내를 도망 다니고 있는 이 마당에. 이걸로 모든 것이 끝이야……."

그녀는 그렇게 말하는 중에 눈물이 쏟아져 나와서 양손으로 얼굴을 가리며 오열을 참으면서 뛰쳐나갔다. 그녀의 마지막 말이 남기고 간 너무나도 큰 충격으로 인해, 현은 망연자실해 하고 있었다. 그것은 오히려 제정신이 아니었다고 말하는 편이 나을지도 모른다. 모든 것이 깊은 안개 속에 쌓인 듯이 의식조차 몽롱해져 왔다. 그것은 누님에게 얼마나 무섭고 잔인한 일이었을까. 그때 문에서 강한 노크 소리가 마치 먼 곳에서 들려오는 것처럼 나더니, 아까 본 키가 크고 몸집이 거대한 오십이 넘어 보이는 사내가 불쑥 나타났다. 그는 두꺼운 모피 오바를 입고 음울해 보이는 얼굴을 한 채, 현의 흐리멍덩한 망막 앞을 가로막았다. 어깨가 넓적하고 깊게 패인 찢어진 듯한 작은 눈이 충혈된 채 빛을 발하고 있었으며, 흰 색이 생기기 시작한 수염이 바르르 떨렸다.

"나는 자네가 누구인지 알고 있네. 아까 보이에게 물어 보았지."라고 말하며, 사내는 뒷짐을 지고 이리저리 방안을 돌아다니면서, 뺨이 부풀더니 조용히 기침을 하기 시작했다.

"또한 자네 눈을 보고, 자네가 지금 무엇을 두려워하고 있는지도 알고 있네. 자네 눈은 시의(猜疑)와 공포와 혼란 가운데 빛을 품고 있구만. … 아 그렇지. 내 소개가 늦었네. 난 윤장산 선생님의 옛 부하 옥상열(玉相烈)이라고 하네."

그는 그렇게 한번 허리를 굽혀 인사를 하더니 계속해서 이야기를 하기 시작했다.

"하지만 자네는 조금도 나를 두려워 할 필요는 없네. 오히려 내가 자네 같은 청년들을 두려워 해야 할 걸세. 처음에는 나도 자네들 같이 새파랗게 젊은 애송이들이 무슨 말을 해대냐면서 증오했었지. 알겠는가. 증오하고 있었단 말이네. 이렇게 말하면 자넨 비난 받을 만한 것은 없다고 말하고 싶을 걸세. 그렇지, 정말 그렇고말고. 그렇고말고. 허나 좀 더 내 이야기를 들어 보시게나. 요즘 들어서는 내 자신이 무슨 말을 하고 있는지 모르겠네만. 그래도 한바탕 외쳐대고 싶다네. 나는 결코 자네를 놓아주지 않을 걸세. 알겠는가. 내가 이야기하다 지칠 때까지 자네를 놓아드리지 않을 것이란 말일세. 그렇지. 자네는 어쩌면 나를 알고 있을지도 모르겠군. 만주와 지나를 오가며 한때는 조선인 사이에 그 용맹이 알려진 직접 행동대장이었던 이 옥상열을 말이야. 허나 그것은 참말로 과거의 옥상열이란 말일세. 그 옥상열은 이미 죽어버렸다네. 이것 보시게나. 자네 눈빛이 많이 변하지 않았는가!"

옥상열은 그렇게 말하자 갑자기 얼굴이 굳어지더니 현의 코 끝에 바짝 다가와 섰다.

"그래 이제 이것으로 됐네. 이것으로 됐단 말이네. 으흠 지금 내가 무엇을 하고 있다고 생각하는가? 날 이 나를 똑바로 바라보시게. 이 옥상열이 지금 무엇을 하고 있느냐는 것을 말하자는 것이네."

그는 그렇게 말하고 괴로움에 허덕이면서 현의 곁을 떠나가며 말하는 것이었다.

"음 이 옥상열은 말이네. 놀라지 마시게나. 실은 특무기관에서 일하고 있다네! 아…… 이것으로 됐어. 이제 이것으로 됐다네. 나는 무척 그것을 말하고 싶었다네. 특히 자네에게 그것을 털어 놓았으니 이제 그것으로 됐네."

그리고 그는 정말로 지쳐 버린 듯이 의자 위에 털썩 주저앉았다. 그리고 거친 숨소리를 토해 내면서 손등으로 이마나 얼굴의 땀을 닦기 시작했다. 밖에서는 강한 바람이 불어 창문을 강하게 흔들고 있었다. 사내는 그로부터 독백처럼 무거운 목소리로 다시 이야기를 시작했다.

"자네들은 새로운 시대에 태어나 새로운 사고방식 하에 자랐네. 그리고 자네들이 괴로워하는 방식 또한 아무래도 우리와는 완전히 반대인 듯 하구만. 그것이 도대체 어떤 내용인지 나는 알고 싶었다네."라고 말하면서 그는 다시 일어났다. 그리고 한층 더 열기를 더해갔다.

"난 자네들에게 사상적으로도 시대적으로도 뒤처져 있는 것이 무엇보다도 두려웠다네. 처음에 난 단지 우리들이 살아가는 방식이 조선인들을 위해 가장 좋은 것이라고 생각하고 있었네. 그래서 나는 자네 매형인 윤선생님의 지도라면 죽을 각오로 충실히 임하기만 하면 된다고 생각했었지. 그러나 우리들의 꿈은 너무나도 무참하게 배반당하고 말았다네. 만주사변이 일어나 우리들이 쫓겨난 때부터 내 생각은 조금씩 달라졌네. 여기저기에서 일본 군대의 위세 높은 행진 나팔소리가 울려 퍼져 왔네. 나는 눈을 감고 생각했다네. 사랑하는 우리 조선인들을 위해서 과연 어떤 길이 옳은 것인가 하고. 더욱 더 비참해지는 것을 나로서는 도저히 참을 수 없었지. 이렇게 해서 나는 이제 겨우 자네들의 사고방식에 도달했다네. 이 옥상열도 나이를 먹어서인가. 아니지 아니야. 난 더 젊어졌지!"

그는 소리쳐 외치며 손을 번쩍 쳐들었다. 그의 눈에는 눈물이 가득 고여 있었다. 그리고 천천히 품에서 시커멓게 더러워진 손수건을 꺼내 눈물을 닦고, 닦던 손수건을 눈가에 댄 채로 갑자기 흐느껴 울기 시작했다.

"자네는 내 마음을 헤아려 주시겠는가? 이런 내 마음을. 옛 동지들도 나와 뜻을 같이 해서 재출발을 하게 되었다네."

현도 창백한 얼굴에 눈물을 가득 담은 채 조용히 고개를 끄덕여 보였다. 소신을 위해 몸과 마음을 바쳤던 사람들에게 전향(轉向)의 고통이 얼마나 피를 마시는 것과 같이 절절했는지 어렴풋하게나마 느낄 수 있었다. 게다가 불행하게도 잘못된 사상운동에 몸을 던지고 있었다고 하더라도, 또 이처럼 크게 후회를 하고 있다손 치더라도, 결국은 고향 사람들을 가장 사랑했기 때문이었다고 하는 점에서 깊은 존경과 신뢰조차 느낄 수 있었다. 이 사내는 지금도 끊이지 않고 자기문답(自己問答), 자기회의(自己懷疑), 자기제시(自己提示) 속에서 자신의 새로운 결의가 옳았음을 확신하고자 몸부림치고 있는 것임에 틀림없었다.

"나는 선생님이 이런 기분을 어떻게 해서든 알아주셨으면 하고 매일 찾아 다녔다네. 무엇보다도 윤 선생님의 사상에 상당히 균열이 생기기 시작한 것도 사실이었으니까. 제일 먼저 자네도 알고 있는 박준이 감옥에 들어가 있는 동안 선생님이 부하인 그의 아내와 그릇된 애정관계를 맺은 것 자체가 그것을 여실히 말해주고 있다네. 물론 그 부인이 더욱 나빴다고 할 수 있다네. 허나 무엇보다도 세계정세가 시시각각으로 변해 가서 동아의 상황도 점점 더 복잡하게 되어 감에도 불구하고, 저 지조 높은 선생님이 그런 실수까지 하게 되다니. 박준이 감옥에서 나와, 선생님에게 몇 번이고 강하게 간언을 했다네. 허나 선생님은 눈물을 뚝뚝 흘리면서 자네 손으로 나를 죽여주시게 라고 애원하시지 않겠는가. 드디어 북경에 일본군이 입성해 들어오려던 때, 오른쪽으로 가야 할 것인지 왼쪽으로 가야 할 것인지 가장 결정하지 못하고 힘들어 했던 것은 선생님이었다네. 이것이 선생님의 사상상의 파탄을 의미하는 것이 아니고 무엇이겠는가. 나는 그때 선생님이 느꼈을 괴로움을 눈물 없이는 헤아릴 수 없었다네. 그것을 생각하면 앉아 있을 수도 서 있을 수도 없네. 선생님은 음식도 드시지 못하고 낡은 옷을 입으신 채 북경성내를 방황하고 계시지. 나는 한 번 선생님을 마을 밖 빈민촌에서 뵌 적이 있네. 그때 나는 울며 매달리면서, 선생님 아무쪼록 나와 함께 가 주세요. 아시겠습니까. 나는 그렇게 말했다네. 드디어 더 나빠지기 전에 자수하시라고……."

이처럼 그를 통해 하나에서 열까지 듣고 있는 중에 현은 완전히 경직되어, 온 몸이 뚝뚝 꺾어지는 것 마냥 괴로웠다. 그는 옥상열을 조금도 의심하지 않게 되었다. 매형은 어떻게 되려나 그리고 남편에게 버림받고 자식을 떠나보낸 누님은 또 어떻게 하면 좋을 것인가. 아득히 멀리서 온 내가 누님네 식구를 위해 도대체 무엇을 해 줄 수 있다고 한단 말인가. 현은 오히려 절망 속에서 애원하듯이 외쳤다.

"옥선생님, 매형을…… 누님을 도와 주세요! 도와 주십시오!"

목이 말라서 목소리는 쉬어있었다. 옥상열은 휙 방향을 바꾸더니 꼿꼿이 선 수염을 실룩실룩 댔다. 그리고 얼굴이 마치 무너지기라도 할 것과 같은 감격적인 표정을 짓고는, "아 자네는 똑똑히 내게 그렇게 말씀해 주는 것인가. 고맙네. 고마우이. 역시 자네는 내 적이 아니었군. 자네가 그렇게 말해 주니 정말 고맙네."라고 입에 거품을 물고 외쳤다.

"허나 슬프게도 내게는 그런 힘이 없다네. 그럴 힘이 없단 말이네. 보시게나. 무엇보다도 먼저 난 자네 누님의 비참하면서도 고통과 죄악에 찬 생활을 눈뜨고 볼 수가 없을 지경이라네. 아시다시피 선생님은 집에 돌아오지 않고 있고, 가야씨는 정신적 고통과 생활고가 너무 심해서 이런 곳에서 사람 눈을 피해 아편 밀매까지 하고 있으니……."

이 무시무시한 말은 현의 가슴을 경악과 절망의 칼로 갈기갈기 찢어놓았다. 그것은 너무나도 참기 어려운 칼날이었다. 일시적으로 고열이 화기처럼 올라오고 전신이 뜨거워져 의식마저 잃어버릴 것 같았다. 그러나 옥상열은 점점 더 흥분해서 목소리를 높이며 방안을 정신없이 왔다갔다 했다.

"흠, 어떻게 된건가? 자네 안색이 또 변하지 않았는가. 그것이 어떻다는 말씀이신가. 아직 모르고 있었다 말하시고 싶으신 겐가. 그 일이야 말로 실로 부끄럽고 창피한 돈벌이가 아니고 무엇인가! 우리들 망명객에게는 철통과 같은 규칙이 있었다네. 아무리 힘들어도 아편을 해서는 안 된다. 또한 아편을 팔아서 지나인의 피를 빨아 들여서도 안 된다. 아시겠는가. 즉 조선인만의 행복을 위해서 하는 것은 안 된다는 것이라네. 그것은 일본인의 경우에도 그렇고 또한 지나인 경우에도 그래야만 하는 것이라네. 그렇기 때문에 이번에 우리가 전향한 것이라네. 아니 생각을 전진시켰다고 해야 할 것이네. 결국 우리들도 이 비극적인 사변이 하루라도 빨리 우리 동아의 대지에서 없어지도록 협력해야 비로소 일본인을 위해서도, 고향사람을 위해서도, 혹은 지나인을 위해서도 좋을 거라고 생각했던 것이라네. 자네는 우리의 이런 기분을 헤아려 줄 수 있겠는가. 내 이런 기분을!"

그렇게 말하고 그는 바싹 다가왔다.

"부탁하네. 부탁허이. 자네야 말로 내 힘이 되어 주시게나!"

그러나 이상하다 싶어 손을 뻗어 현의 몸을 만져본 그는 그의 심한 고열에 깜짝 놀라 이상한 소리를 내더니 급하게 바깥쪽을 향해 "보이, 보이!"하며 하인을 불렀다.

4

누님 가야가 잡아놓은 여관은 내성 북쪽 구석 동서북대가(東西北大街)의 안쪽에 있는 지나인이 경영하는 곳이라고 했다. 다음날 낮 그는 어느 정도 열이 내려, 다소 마음의 침착함을 찾았기 때문에 누님을 따라 인력거로 그쪽으로 향했다. 그러나 역시 정신적인 혼란이 심해 내심으로는 어렴풋하게 보이는 빛을 구하려고 하는 것과 같은, 눈앞의 안개를 걷어내려고 하는 것과도 같은 괴로운 심정이었다. 누님은 나라에서도 쫓겨나고 주의 사상으로부터도 배반당하고, 사랑하는 외아들마저 떠나가 버렸다. 결국 유일하게 의지할 수 있는 남편에게도 버림을 받아 아름답던 몸과 마음도 마약중독으로 버린 채, 결국에는 아편 밀매까지 하고 있다는 이 무서운 사실을 생각하면, 그는 어찌해도 자신의 혼을 바쳐 통곡 하지 않을 수 없었다. 무엇보다도 그는 누님과 매형이 지금까지는 어떤 사상적인 잘못을 했다고 하더라도 인간으로서는 하늘을 우러러 보아도 땅에 엎드려도 한 점 부끄러움이 없는 훌륭한 생활을 해왔을 것이라고 생각했고, 또 그것을 바라고 있었다. 인간적으로 먼저 구원 받는 몸이 될 때 비로소 사상적으로도 주의적으로도 구원을 받을 수 있는 것이 아니겠는가. 그것을 생각하면 누님의 얼굴을 보는 것만으로도 절망 속에, 또 그것에서 벗어나려고 하는 육친의 애정에서 오는 번민으로 눈물이 먼저 쏟아져 나올 것 같아 어떻게도 할 수 없었다.

인력거는 골목길을 빠져 나와 어느 새인가 대책란(大柵欄)[10]이라는 화려한 지나식 상점가를 달려 거기서 또 어수선한 옆 좁은 골목길 쪽으로 빠져나와 정양문(正陽門)[11]

---

10) 대책란가는 북경 전문대가의 서쪽에 위치한 골목으로, 1644년 만주족이 청을 건국하자, 한족 등이 각지에서 들고 일어나 북경정부는 각 골목입구에 책란(울타리)을 설치하였던 것에서 비롯된 명칭이다.
11) 중국 베이징의 천안문 광장 남쪽 끝에 위치하는 성문. 과거 베이징의 성문 중에서 황제만이 출입할 수 있었던 베이징 내성의 정문이다.

쪽으로 나오려고 하고 있었다. 지나가는 길에 그는 무심코 조선여관이라고 써있는 작은 간판을 보고 놀란듯 멈추라고 큰소리로 외쳤다. 누님은 의아한 표정으로 왜 그러느냐고 물었다. 그는 가야에게 들어오라고 하지도 않고 내려서는 성큼성큼 그 안으로 들어갔다. 누추한데다가 밟으면 마루가 삐걱삐걱 소리를 내는 이층 방 하나를 안내받았을 때 그는 누님을 향해 나는 오히려 여기에 머물고 싶다고 말했다. 그는 역시 무의식적으로나마 이 대륙에 와 있는 조선인들의 생활상의 일단을 보고 싶었던 것이리라. 그 정도로까지 그 또한 남보다 몇 배나 자기 동족을 사랑하고 있었고, 그들이 행복하게 되기를 바랐던 것이다. 짧은 기간이지만 고향 사람들 사이에서 함께 아우성치고 괴로워하고 함께 즐거워하고 싶었던 것이다.

한참 동안 음울한 침묵이 흐른 뒤 그는 가야가 권하는 대로 북경 관광을 위해 다시 인력거에 몸을 실었다. 두 대의 인력거는 흔들흔들 거리면서 천안문에서 북쪽으로 중산 공원(中山公園)을 지나 남해(南海) 중해(中海)의 호수 끝을 거쳐, 옛 자금성의 자주색 벽을 따라갔다. 여기까지 오는 동안 두 사람은 아무 말도 하지 않았다. 아무런 할 말이 없었기 때문이다. 버드나무 새싹이 뿌옇게 나오고 상록수인 회화 나무숲도 무성해져 있고, 맑게 갠 하늘에는 비둘기가 무리를 지어 날고 있었다. 호수에는 예쁜 다리가 걸려 있고 수면에는 연꽃잎이 마치 별 같았다. 이들 사이를 색칠하듯 자금성의 광대한 궁전에는 황금색과 남색의 기와지붕이 즐비하게 늘어서 있어 현란한 두루마리 그림책을 이루고 있는 것 같았다. 끝없이 계속되는 푸른 남빛 하늘의 저쪽에는 북해공원(北海公園) 원탑의 하얀 색이 보였다.

"옛 황성 주변만 해도 약 이리하고 반이나 된다고 하구나. 자금성(紫禁城) 궁전과 금원(禁苑)의 장관으로 치자면 비교할 만한 것이 없지 뭐냐. 막대한 자금과 인력으로 만들어진 것일 게야."라고 가야는 혼자 감격에 겨운 목소리로 두런두런 중얼거렸다.

"그렇지만 역사의 힘은 어찌 할 수 없는 것이 아니고 무엇이겠니. 이 내성은 옛날 화려했던 청조 시대에는 황족이나 신하들의 저택이 있었던 마을이라고 하는데 오늘날은 눈색조차 다른 다양한 외국인의 조계(租界)로 여러 갈래로 찢겨져 버린데다가 이 금원(禁苑) 만해도 우리들이 걸을 수 있는 곳으로 바뀌어 있잖니. 그래서 나는 이 주변을 지날 때면 언제나 생각한단다……"

"무슨 말씀이죠."라고 현은 그녀와 마찬가지로 감개에 젖으면서 마음으로 위로하듯이 물었다.

"우리들 가까운 조상 중에 누군지는 정확히 모르지만 훌륭한 분이 계셔서, 일본에 사자로 가시기도 하고 또 청황제에게 알현하기 위해 북경에 오기도 했다고 언제나 아버지가 자랑을 하셨더랬지. 그 선조는 도대체 어느 문에서 어떤 식으로 들어와서 어디에서 허리를 굽혔던 것일까. 조금 더 내려가 보지 않으련. 이 고궁 안에 들어가 보지 않겠니? 왠지 너무 쓸쓸한 기분이 든단다. 우리와 같은 다른 나라 사람이 이런 문턱 높은, 금원(禁苑) 안에 발을 들여 놓을 수 있다니……."라고 누님이 말해도, 슬프게도 현에게는 이들의 모든 명미(明媚)한 풍경이나 다채로운 궁전도 꿈속을 걷는 듯한 느낌이 들어서 현실적인 감흥이 동반되지 않았기에, 그러한 것을 내려가서 보고 싶은 생각이 들지 않았다. 그래도 누님이 옛날의 다정다감한 마음을 서서히 되찾고 있는 것 같아서 그는 한층 더 가련함을 느꼈다. 현은 그녀가 모처럼 부드러운 기분을 갖게 된 것을 상하게 하고 싶지 않아서, 이런저런 말을 하며 중얼거리는 그녀의 목소리에 여러모로 맞장구를 치면서 구경은 나중에 천천히, 박물관도 나중에 혼자서 와야겠다고 혼잣말을 했다. 실은 그는 이들 궁전의 호화로움과 과거의 영화로움을 이야기 하는 멋진 경치가 오히려 덧없게 느껴져서, 그 안에 동화될 마음의 여유를 갖지 못했다. 어느새 누님은 소리를 질러 인력거를 세웠다. 그곳은 북해공원의 동쪽으로 벌써 사람의 그림자가 많지 않고 조용한 그늘이 드리워져 있었다. 드디어 그들은 벤치 하나를 찾아 거기에 나란히 앉았다. 드물게 따뜻한 날씨로 그 곳에서는 북해 호수 가운데 숲 위로 흰색 원탑이 한층 더 돋보였다. 그들 앞을 때때로 훌륭하게 차려 입은 지나인 남녀가 유유히 걷고 있었다.

"조금 쉬고 나서 저 흰 탑 위에 올라가 보자꾸나. 저 위에서 바라보면 마치 이 삼해[12]가 조선의 지도와 아주 비슷하게 보인단다. 나는 가끔 저기에 올라가서 고향에 돌아온 듯한, 꿈과 같은 기분에 젖어든단다."

그녀는 조금 상기된 듯 얼굴에 쓸쓸한 미소를 지었다. 역시 누님은 때때로 참을 수 없을 정도로 조국에 돌아가고 싶은 향수를 느끼고 있는 것인가. 그렇게 생각하자 현

---

12) 북해공원안의 세 호수, 북해, 중해, 남해를 말한다.

은 문득 놀라면서, 그렇다. 누님은 옛날의 아름다운 마음과 영혼의 고향으로 돌아가고 싶어하고 있는 것이로구나, 이것이 어쩌면 그녀가 무턱대고 절망하고만 있지 않고 나락 속에서 다시 자신의 몸과 마음을 구하려고 하는 모습일지도 모른다. 누님이 내민 손을 잡으려고 하고 있는 것이라고 생각하자 눈물이 나왔다.

"그리 보자면 바로 저 곳은 조선에서도 평양 정도이려나. 그래서 나는 예전에 곧잘 산책을 하던 모란봉 위에 있는 듯한 착각이 든단다. 그런 때면 저 삼해의 푸른 물이 대동강처럼 보여서, 게다가 오월에는 빨간 연꽃이 가득……"

그렇게 말하고 그녀는 갑자기 공포와 당혹감이 겹친 표정을 지으며 말을 멈췄다. 맞은 편에서 카메라를 어깨에 맨 서너 명의 일본 군인들이 우르르 오고 있는 것을 보았던 것이다. 그리고 나서 바로 묘한 일이 일어나고 말았다. 가야는 눈에 띄게 안절부절 하지 못하고 있었다. 현의 뇌리에는 무수군과 매형이 스쳐 지나갔다. 뿐만 아니라 군관헌의 눈을 피하지 않으면 안 되는 아편 밀매자인 누님의 일이 번개처럼 번쩍 떠올랐다. 결국 운 나쁘게 군인들은 그늘진 길을 지나갈 작정인 듯 그들 자매가 앉아 있는 쪽을 향해 오기 시작했다. 그와 동시에 현은 어 하고 외치면서 문득 일어섰다. 그리고 대여섯 걸음 정도 나가고는 꼼짝 못하고 멈춰섰다. 그때 상대 쪽의 키가 크고 눈썹이 짙은 한 사람의 병사도 놀라서 눈을 크게 뜨고 무언가 괴상한 소리를 질렀다. 실로 그것은 해후였다. 이토 소위(伊藤 少尉)와 현은 한참동안 거기에 우뚝 선 채로 서로 할 말을 찾지 못할 지경이었다. 같은 고교에서 같은 대학으로 함께 진학한 두 사람은 그 기간동안 단순한 학우에 그치지 않고 매우 깊이 결속되어 있었다. 두 사람도 한때는 사조(思潮)의 물결에 휩싸여 고교 때부터 서로 마음속으로 동지라고 부르고 손을 꼭 잡던 사이였다. 그것이 비록 씻어낼 수 없는 과오를 범했다고 하더라도 매우 거친 열정으로 지역을 뛰어넘고 민족을 뛰어넘어 이 세계가 아름답고 살기 좋은 곳이 되기를 바랐기 때문이 아니었겠는가. 그러나 동양의 평화, 더 나아가서는 세계의 평화를 위해 이 사변이 멈출 줄 모르는 운명으로 발발했고, 이토도 역시 전쟁에 징집되는 신세가 되어 만세 소리가 넘치는 환송 소리를 들으며 동경역을 출발했다. 그 환송하는 사람들 사이에는 현도 끼여 있었다. 지금 현은 이 그리운 옛 친구를 통해, 예전의 근심걱정이나 번민, 회의를 벗어던지고 청징(淸澄)함을 간직한, 그것이야말로 속세를 초

연했다고 해도 좋을 정도로 훌륭한 군인으로 성장한 새로운 이토를 보고 눈부심을 느
끼는 동시에 마음속으로 안도했다. 이토 소위는 빙그레 웃으면서 이제는 전과 같이
오른손을 내밀어 악수를 할 수 없게 되었다고 말했다. 현은 놀라서 눈을 크게 떴다.
과연 오른손에는 하얀 장갑이 끼어 있었다. 그러나 현은 마음 한 구석에 자기가 지금
누님과 함께 와 있다는 것을 자각하고 있었기에, 이번에는 어떻게 된 일이냐고 말하
면서 놀란 듯 뒤를 돌아보았다. 그때, 그의 눈에는 벤치를 떠나 회화나무 숲으로 울타
리를 벗어난 토끼마냥 도망가는 푸른 지나복 차림의 누님이 언뜻 보였다. 현은 더욱
놀라서 튀어나가듯이 달리면서 외쳤다.

"오마치구다사이(お待ち下さい)! 오마치구다사이!"[13]

그러나 지금까지 이토와 내지어(內地語)로 대화를 나눈 직전이었기에 저도 모르게
그것은 내지어였다. 게다가 그는 지금 자신이 내지어로 외치고 있다는 것을 알아차리
지 못했다. 말은 모르지만 동생의 큰 목소리에 가야는 꼼짝 못하게 돼서는 한번 뒤돌
아 보았는데, 마침 그곳에는 또 이토가 도대체 어떻게 된 일이냐고 외치며 현 쪽으로
달려온다. 가야는 드디어 망상의 공포에 몰린 듯 숲 속으로 사라져 버렸다. 현은 또
현 나름대로 무엇 하나 생각할 새 없이 그녀의 뒤를 쫓아 달리면서 "또 만나세, 또 만
나."라고 뒤돌아 보면서 외쳤다. 이토는 어안이 벙벙해서 망연히 선 채로 아무 말도
하지 않았다. 하지만 현이 숲 속의 어둠 가운데로 뛰어 들어갔을 때, 가야는 이미 큰
길가로 나와 인력거를 잡아타고 도망을 친 것인지, 정신없이 찾아다녔지만 모습이 보
이지 않았다. 그도 허둥지둥 큰길로 나오자마자 어떻게 하면 좋을지도 모른 채 큰 소
리로 인력거를 불러 올라탔던 것이다.

5

아무리 해도 두근거림이 멈추지 않았다. 현은 가야가 가장 두려워하는 군인과 함께

---

13) "기다려 주세요! 기다려 주세요!"

그녀를 뒤쫓아간 것처럼 보였을 자신을 생각하니 뭐라 해야 좋을지 모를 기분이었다. 바로 그녀의 뒤를 쫓아 갈수도 없었다. 그것은 점점 더 그녀를 곤혹과 공포 속으로 내모는 것임에 틀림없기 때문이다. 그래도 기회를 보아 천천히 흉금을 털어놓고 이야기하지 않으면 안 되리라. 갱생의 길로 나와 밝고 건강한 생활을 시작할 수 있도록 마음을 털어 놓고 호소하지 않으면 안 될 것이다. 그것이 아무리 어렵고 힘든 사정이 있다고 하더라도, 잠시라도 주저할 때가 아니다. 누님을 납득시키고 함께 다시금 재생의 길을 탐구하지 않으면 안 된다. 시온에서 쫓겨난 여자가 시온에 다시 돌아올 때에는 꿈에 따르는 것이 아니라 하느님의 자식으로 돌아올 수밖에 없는 것이다. 매형도 마찬가지다. 이 두 사람의 영혼을 절망과 자포자기 속에서 구해낸다는 것은, 내가 미력하나마 용감하게 노력하지 않으면 안 될 일이다. 그 일에 더해 우선 이토 소위와도 무릎을 맞대고 누님 부부에 대해 이야기하고 싶었다. 그러나 이토는 도대체 어디에 있는 어느 부대로 간 것일까. 이제 되돌아간다고 해도 이미 늦었다고 생각하자 마음을 어떻게 진정시켜야 할지 알 수 없었다. 그는 어쨌든 어딘지도 모르는 길을 무조건 똑바로 똑바로 가달라고 고함쳤다. 인력거는 어하교(御河橋)를 건너 근대적 건축물로 보이는 큰 도서관을 오른쪽으로 보면서 서쪽으로 계속 달리고 있었다. 차부는 서안문(西安門)까지 오자, 그로부터 남과 북 어느 쪽으로 가면 되느냐고 뒤를 돌아보며 외쳤다. 현은 갑자기 생각난 듯이 융복사(隆福寺)[14]라고 외쳤다. 차부는 뒤돌아서 눈을 희번덕거리면서 도대체 어떻게 된 일인지 묻고 싶어하는 표정이었다. 현은 어찌된 일인지 문득 융복사라든지, 호국사(護國寺) 경내의 노점에서 한 달에 이틀 정도 골동품 시장이 열린다고 하는 이야기를 생각해 내고는 거기에라도 가볼까 하는 심산이었던 것이다. 차부는 융복사라면 정반대방향으로 왔으니, 골동품 시장을 둘러보러 갈 생각이라면 오늘은 시장이 서지 않기 때문에 유리창(琉璃廠)[15]에 가는 것은 어떻겠느냐고 말했다. 그러면서도 차부가 그러나 뭐니 뭐니 해도 외성에서 멀다라며 꺼려하는 것을, 현은 품삯이라면 얼마든지 괜찮다 그러니 유리창 쪽으로 가주시게나 하고 외쳤다.

　흑회색(黑灰色)으로 그을린 골동품 가게가 좁고 너저분한 길 양편에 묵묵하게 늘어

14) 당나라 현종 때인 743년에 건설되었으며, 초기 이름은 보덕사(報德寺)였고, 송대(宋代)에 융복사(隆福寺)로 개명되었다.
15) 유리창은 북경성 남쪽에 있는 거리 이름으로, 명대부터 서적, 골동품 가게가 늘어서 있던 곳이다.

서 있었다. 이 유리창 근처에 당도할 즈음 오후의 그림자도 차츰 흐려져 으스한 색조로 한층 깊은 음영이 깃들어 있었다. 그는 무언가에 홀린 것과 같이 눈앞에 어떤 환영을 쫓는 듯한 발걸음으로 차례차례로 어두운 가게 안을 둘러보면서 걸었다. 진열창을 비롯해 몇 개의 선반이나 진열대에는 현란한 칠보(七寶)나 황금색이 거무칙칙하게 벗겨 떨어진 불상, 그리고 다양한 모습을 한 말의 조각, 썩어버린 목상, 목판, 석판 조각, 도자기, 옛 항아리, 옛날 돈 같은 것이 잔뜩 진열되어 있었다. 그는 그것들이 발하는 혼기(魂氣)나 환영, 요기 가운데를 서성이면서 지나 민족의 감정이나 의지, 그리고 혼령의 숨소리를 절실히 느꼈다. 부드럽게 빛나는 호화(豪華)함, 몹시 강렬한 형상, 존대한 의지, 소박함이 녹아들지 않은 완벽함. 그렇기 때문에 그는 조선이나 내지(內地)의 골동품 가게에 있는 것과는 전혀 다른 감정에 빠져 들었다. 이것들은 흙 속에서 발굴했다고 해도 그다지 놀라는 모습도 없었고, 또한 먼지와 어둠 속에 묻혀 있어도 지루해하지도 쓸쓸해하지도 않고 그렇다고 해서 답답해 하는 기색도 않았다. 대여섯 채를 돌고 있는 중에 드디어 어두워져서 흐릿하게 전등이 켜졌다. 현은 이번에는 장식 창에 말의 조각상을 서너개 진열해 놓은 가게 안으로 들어갔다. 전기라도 고장 났는지. 불빛은 아직 켜져 있지 않았다. 단지 장식 창을 통해 저물어 가는 잔광이 비쳐 들어와, 방안 가득히 어렴풋하게 푸른 그늘이 감돌고 있었다. 어두운 가운데 가게 안을 얼추 둘러보고 출입구에 다다른 바로 그때 최후의 잔광이 눈부시게 비쳐 와서 출구 옆 선반위에 문득 눈을 사로잡는 것이 있었다. 그는 놀라서 선채로 눈을 크게 떴다. 그는 잔광을 받아서 줄어 들 것처럼 눈부시게 몸을 떨고 있는 것 같은 작은 청자를 갑자기 양손으로 들어 올렸다. 그리고 그는 숨을 가다듬고 긴장한 채로 그것을 가만히 바라보고 있었다. 그것은 틀림없이 고려시대의 것이었다. 구름과 학 문양이었는데, 안으로 가라앉을 것 같은 옅은 물색을 한 하늘 위에 상감(象嵌)된 흰 구름이 조각조각 떠 있었고, 그 사이를 네 마리의 학이 날개를 펴고 아득히 먼 곳을 향해 날아가고 있었다. 귀를 기울이고 있자, 흥분에 숨이 막혀 있는 그를 향해 거기서부터 무수히 많은 혼의 신음소리가 들려오는 것 같았다. 주변은 벌써 완전히 어두워져 있었다.

　그것이 암흑 속에서 기다리고 있었습니다. 제가 얼마나 기다렸는지 모릅니다라고 말하고 있는 듯 했다. 너무도 너무도 오랜 동안 두렵기도 하고 답답하기도 하고 슬프

기도 했다고 속삭였다. 현은 견딜 수 없는 목소리로 주인을 불러 그 주변을 전등으로
비춰 달라고 부탁했다. 이외에도 이것과 마찬가지로 괴로워하고 있는 것이 있을 것으
로 생각되었기 때문이다. 전등이 묘하게 따뜻함이 없이 사납게 그의 앞을 비췄다. 과
연 송대나 명대 도자기 사이에서 두 점만이 비명 같은 목소리로 속삭이기 시작했다.

  저를 구해 주세요. 저도 저도 구해주세요.

  아…… 그렇게 하고말고. 그렇게 하고말고.

  그는 마음속으로 외치면서 그것들을 집어 들었다. 너희들은 역시 조선의 것이다.
고향 사람들의 안위와 애정을 희구하는 조선의 것이다. 그것이 너희들의 속성이기도
하다. 하나는 그의 눈으로 보기에 이조 백자임에 틀림없었다. 이렇게 빛을 감추고 괴
로움이 깃든 들뜨지 않은 색감이 확실히 이조 사람들의 얼굴인 것이다. 또 하나는 훼
손된 질그릇이었다. 흑갈색의 소박한 형태를 띤 것으로 목부분에 상처가 있는 것으로
볼 때 실로 오랫동안 고통 속에서 꾹 신음소리를 참아 왔던 것이었다. 그것이 쇠처럼
단단해서 한 번 손끝으로 두드리자 일종의 비통한 울림이 담긴 소리가 났다. 그 소리
속에서 그는 죽음과도 같은 누님의 신음소리가 들리는 듯 했다. 그는 아아 누님이 도
움을 청하고 있는 소리야, 도움을 청하고 있는 소리야라고 외쳤다. 그리고 와들와들
떨리는 손을 가슴에 넣어, 달라는 만큼 돈을 꺼내 주인에게 건네자마자 휘청거리며
가게를 빠져 나왔다. 오랜 동안 이 땅에 살면서 움츠리고 신음하고 있던 누님을 구해
기라도 한 듯한 극도의 흥분과 환희를 느끼면서. 현은 거기서 인력거를 탄 뒤 자신의
모자와 목도리로 그것을 싼 뒤 양손으로 세게 겨드랑이에 끼어 넣었다. 그러자 그들
의 고동이 사무치게 가슴에까지 전해져 오기만 하는 것뿐만이 아니라 그 훈김이 자신
의 호흡과 섞여서, 그 목소리가 귀밑에서 구불구불 물결치는 듯한 착각마저 들었다.
그때는 이미 그의 몸에 열이 심하게 나서 의식도 신경도 이상하게 혼미해져 있었다.

  거의 몽환의 경계를 헤매며 숙소로 돌아오자, 머리 앞에 옛 도자기를 나란히 두고
심하게 떨리는 오한을 참을 수 없어 옷을 입은 채로 이불 속으로 기어들어갔다. 약을
한꺼번에 복용한 효과가 있었는지 조금 안정도 되고 땀도 나기 시작했다. 그러나 그
는 계속해서 병적이라고 말할 수 있을 정도로 흥분된 상태에 빠져 있었다. 역시 할 수
있다면 이국으로 건너온 이 옛 도자기처럼 먼 지나의 하늘 아래, 더러운 지역에 묻혀

절망의 심연에서 괴로워하고 있는 누님과 매형을 구해내고 싶었던 것이리라. 그런 마음으로 적어도 이런 옛 도자기라도 주워가려고 하는 기묘하고도 열렬한 욕구를 느꼈던 것이 아니겠는가. 그래서 출발할 때 누님에게 건네주라고 어머니가 맡긴 삼백 원을 아낌없이 다 써 버렸던 것이다.

몇 겹의 꿈이나 환상이 겹쳐지고 스스로도 심하게 괴로운 듯 무언가 헛소리를 하고 있는 것처럼 꿈속에서 느꼈다. 몇 번이고 침대 위에서 몸을 뒤척였다. 그러나 아까부터 머리에 남은 채로 떨어지지 않는 환상의 편영(片影)이 있었다. 그것은 헌신짝에 찢어진 모자, 그리고 닳고 낡은 지나복을 두른 매형이 드디어 황군의 영창에 갇힌 몸이 되어 있는 모습이었다. 어째서인지 어머니도 병든 몸을 이끈 채 북경 땅에 와 있었다. 그는 누님과 함께 어머니의 양팔을 부축하며 특무 기관의 뒤편 현관 쪽에 서 있었다. 다만 한번이라도 장산을 만나게 해달라고 어머니는 금방이라도 쓰러질 듯한 몸으로 청원했다. 그 목소리가 단말마와 같은 울림이어서 몽환 중에 그의 몸을 불길한 예감으로 떨게 했다. 이 면회 중개를 해 준 것은 바로 옥상열이었다. 그러나 그것도 생각대로 잘 되지 않아 그들을 돌려보내려, 패검(佩劍)을 쨍그렁거리며 한 사관이 나타났다. 그것이 뜻밖에도 아까 북해공원 근처에서 만난 이토 소위였다. 두 사람 모두 놀라서 몸을 움찔했다. 사관을 본 어머니가 곧 정신을 잃고 쓰러졌기 때문에 그는 급히 어머니의 몸에 매달리면서 "어머니, 어머니!"하고 외쳤다. 그 목소리에 놀라 갑자기 눈을 떴다. 전신이 땀으로 흠뻑 젖어 있었다. 시계를 보니 일곱 시가 겨우 지난 시각으로 잠든 지 두 시간도 채 안 되었다. 이상한 꿈 탓에 어머니나 매형에 관한 무섭고 불길한 감정이 마음속에 다시 소용돌이 쳐서, 다시 정신을 가다듬을 수 없어 마치 제정신을 잃은 사람같았다.

언제나처럼 바로 방 밖의 계단 입구에는 손님들이 모여서 소란스럽게 무언가 이야기를 나누고 있었다. 그 커다란 소리의 조선어가 그의 방안에까지도 확실하게 들려왔다. 제일선에서 군대를 상대로 시계 수선이라든가 매매를 하고 있다고 자신을 소개한 남자가 지나에 새로이 건너온 사람들에게 조금 과장을 섞어서 유창하게 설명을 하고 있었다.

"아무튼 황군이 공격한 후에 하루의 여유도 두지 않고 몰려가는 것은 바로 우리들입죠. 맨 먼저 물품이나 식료품을 공급하기 위해 가는 상인이 그렇고 또한 주보(酒保)[16]라든가 상점으로 뛰어 가는 것도 이쪽이 선두있습죠. 그래서 병사들과 우리들이 겨우 어떻게든 살아가게 되면 바로 이어서 잔뜩 돈을 가진 사람들이 들어와서 가게를 크게 차리게 되는 것입지요.”

현은 아직 확실히 꿈과 환상의 세계에서 깨어나지 않는 모습으로 나와 사내들이 서로 이야기 하고 있는 옆에 가까이 다가가서 멍하니 서 있었다. 말하고 있는 시계상인은 생각했던 것보다 젊은 남자로 민첩하면서도 순진한 얼굴을 하고 있었다. 그 주변에 서너 명의 초라한 행색의 사내들이 의자에 앉아서 떨떠름한 얼굴로 그의 설명을 듣고 있었다. 젊은 남자는 수상쩍은 듯이 흘끗 현의 얼굴을 올려다 본 뒤 또 무언가 질문에 답한 후 이야기하기 시작했다.

“어쨌든 이 전쟁의 완수를 위해 고향 사람들이 상상 이상으로 진력을 다하고 있는 것만은 틀림없는 사실입죠. 그러나 아침에 점령하면 그날 저녁에는 벌써 밀려와 가게를 내는 건 우리 동료들인데, 통역이나 운전을 하기도 하고, 도망간 주민을 모아 오기도 하고, 그밖에도 여러 분야에서 애를 쓰죠. 군인처럼 생명을 안중에 두지 않는 용감함이 없으면 전선에 따라갈 수 없다 이겁니다. 당신들도 그 각오가 없으면 좀처럼 해나갈 수가 없을 거란 말입죠. 장사치를 하려고 해도 자금이 필요하니까 좀처럼 안 될 일입죠. 자동차 운전이라도 가능하다면, 특별히 지원해서 고용이 되는 경우도 없진 않습니다만. 그리고 보니 통역에는 반도 출신이 아주 많습죠. 제가 전선에서 통역하는 남자에게 물어봤습니다만, 포로를 조사해 보니, 그중에는 지나 중학교 때의 친구가 몇 명이나 나왔다고 하지 뭡니까. 이상한 기분이 들었을 게 틀림없습죠.”

현은 이 남자의 이야기를 멍하니 들으며 조카 무수군의 일이 머리에 떠올랐다. 만약 이 남자가 그를 만난 적은 없을까. 누군가가 시계 쪽은 돈을 버느냐고 물었다.

“물론 그야 벌자고 수단을 가리지 않고 덤벼들면 얼마든지 벌지 않겠습니까. 어쨌든 병사들은 전쟁 중에 즐거움이 많지 않으니. 그래서 무엇보다도 필수품인 시계 취미가 유행을 하고 있습죠. 서로 교환해 차기도 하고 싼 것을 두세 개 사 보기도 하고 팔에 차는 것은 있으니까 이번에는 늘어뜨리는 것으로 하겠다는 식입니다. 게다가 전

---

16) ‘군매점(軍賣店)’의 구칭.

쟁이라도 벌였다 손 치자면 시계도 망가지게 됩지요. 유리가 깨졌거나 바늘이 튄다던 가 회전축이 휜다던가 물이 들어갔다든가. 그때마다 바로 수선을 하러 옵니다. 그러 나 수선이 끝나기도 전에 출근을 해야 하는 경우도 있습죠. 그러면 마침 있는 다른 것 으로 바꾸어 가게 된다는 겁니다. 하지만 보통 때와는 다르게 격전이 예상될 때는 출 근 명령 뒤에 반드시 몇 명인가 찾아 와서 이것을 맡아주시게나 혹 받으러 못 올지도 모르오라고 말하며 웃곤 합니다. 그럴 때는 참을 수 없을 정도로 슬퍼집니다만 넌지 시 고향을 물어 봅지요. 그리고 살짝 적어 둔다 아닙니까. 역시 전투가 끝나도 받으러 오지 않는 사람이 있습죠. 전사를 한 거죠. 이번에 북경에 나온 것도 시계 열여섯 개 정도를 특무 기관에 갖다 주기 위해서입니다. 저야 돈을 번다기보다는 이제는 병사들 의 시계를 다룬다는 헌신적인 기분으로 어디까지라도 쫓아갈 생각입니다……"

"당신은 통역하는 윤무수라는 사람을 알고 있습니까."라고 현은 갑자기 자신도 깜 짝 놀랄만한 목소리로 물어보았다. 놀란 눈을 한 사내들이 그쪽을 바라보았다. 시계 상 남자는 마치 겁에 질린 듯한 얼굴이 되어, 허겁지겁 머리를 흔들어 보였다. 그래서 현은 여전히 환상을 쫓는 듯한 기분으로 휘청 휘청거리며 계단을 내려와 숙소로 돌아 왔다. 밤의 대책란 거리는 역시 혼잡이 더해져, 지나복 차림 사내들이 우르로 몰려나 와 지나갔고, 젊은 여자들이 주저앉아 있기도 하고, 차부가 아우성대며 서로 지나쳐 가고, 거리의 네 귀퉁이에는 순경이 서서 무언가 큰 소리로 외쳐댔다. 그는 들 뜬 발 걸음으로 연관(煙館)[17]이라든가 토약점(土藥店)[18]이라든가 금색 문자 간판을 건 호화로 운 가게가 나란히 늘어서 있는 화류계에서 가까운 한 유곽으로 나왔다. 이 근처는 특 히 밝은데다가 가게 앞에는 몇 채나 되는 자가용이 서 있어 사람이 여간 붐비는 것이 아니었다. 게다가 골목의 입구 등에는 포장마차가 몇 개나 나와 있었고, 아세틸린 램 프가 팔랑팔랑 흔들리는 광채 아래에서는 쿨리[苦力][19]와 차부 그리고 빈민들이 쭈그 리고 앉거나 서서 돼지고기 국물을 마시고 있기도 했다. 여기서 누님이 있는 곳은 매

---

17) 담뱃 가게.
18) 아편 밀매점.
19) 제2차 세계대전 전후에 중국과 인도의 노동자를 말한다. 특히 짐꾼, 광부, 인력거꾼 등을 가리켜 외국인이 부르던 호칭이다. 인간노동력으로서 매매된 점에서는 노예와 비슷한 신분이었다. 2차 세계대전이 끝난 후 폐지된다.

우 멀리 떨어져 있는 듯한 느낌이 들었다. 어찌해서라도 그는 가야를 다시 만나고 싶었는지 자연스레 발이 그쪽으로 향해 갔다. 그러나 그는 가끔씩 깜짝 놀라서 돼지고기 국물을 마시고 있는 부랑민 모습의 남자들을 흠칫흠칫 엿보기도 했다. 혹 이것이 자신의 매형의 영락한 모습이 아닐 것인가 하고, 아주 먼 옛날 어렸을 적 기억을 되살려 보았다. 그러나 바로 실망하고 그는 다시 슬픈 듯이 그곳을 떠났다. 이렇게 해서 한 시간 남짓 그 주변을 떠돌 듯이 걸어보았으나, 결국 어떻게 찾아가면 좋을지 알 수 없어서 할 수 없이 또 인력거를 타기로 했다.

6

현은 주인 가야의 남동생이니 아무것도 무서워할 것이 없다는 듯 날카로운 목소리로 고함을 질러 하인에게 문을 열게 하여, 안으로 들어갔으나 누님은 없는 것 같았다. 그녀의 방은 컴컴했고 첫날 그가 묵은 방에도 불은 켜져 있지 않았다. 달도 없고 정원조차 어두웠다. 어디에 갔는지 물어도 하인은 대답을 하지 못했다. 그때 안방의 처마 밑에서 검고 큰 그림자가 불쑥 나타났다

"이런 이런 또 어처구니없이 길이 서로 엇갈렸군 그래. 난 지난번에 만난 옥상열이오. 어쨌든 자네와 만나서 이 방랑자도 조금은 기뻤다오. 그런데 가야 누님은 분명히 자네 숙소에 가신 것으로 알고 있네만."이라고 말하며 그는 현 앞에 짐짓 큰 몸집으로 막아서며 말했다.

"이현씨! 놀라지 마시고 들게나. 잘은 모르겠소만 모친께서 위독하시다는 전보가 와 있다네."

"전보가 와 있다고요?"

현은 나락으로 뚝 떨어지는 듯한 기분으로 들었고, 그의 입 주위에는 가벼운 경련이 일고 있었다.

"그렇군요. 그래서 누님은 내가 있는 곳으로 가셨단 말이군요. 정말 대단히 감사합니다."

"한 시간쯤 전일 것이라네. 그런데 자네는 오늘 밤 즉시 떠나지 않으면 안 되겠군."

사내는 왠지 험악한 형상으로 그의 얼굴을 내려다보았다.

"……."

"자넨 모처럼 이 북경 땅까지 와서 장산 선생님도 만나지 않고 돌아가도 괜찮다는 말인가? 아니 물론 모친의 일도 걱정이 되겠지만……. 하긴 한번쯤은 어디선가 만나 뵈었는지도 모르겠군."

사내는 어색하면서도 고집스런 얼굴을 하고 웃었다.

"당치도 않아요. 만나고 싶어도 어떻게 해서 만날 수 있다는 말입니까. 무엇보다 어디에 있는지도 모르니."

"아까 누님과 어디에 갔다 오셨소?"

"북해공원에 갔었습니다. 단지 구경만 했습니다만."이라고 현은 조금 당황스러운 마음을 꾹 참으면서 어깨를 으쓱해 보였다.

"가야 누님이 대단히 흥분해 있었던 것 같네만……."

"그것은 저는 모르는 일이지요. 설마 저를 심문하실 작정은 아니시겠죠?"

"허허허 내가 자네를 말인가……."

옥상열은 신기한 우물거리는 소리를 내며 웃었다.

"자네도 예외 없이 이곳 사람들처럼 공포증에 사로 잡혀 가고 있구만. 그러나 나까지도 엉뚱한 방향으로 나가서는 안 되겠지. 나는 윤장산 선생님의 제자이며 또한 가야누님에게는 평생 갚지 못할 은혜를 입고 있다네. 그렇다면 한 가지 내가 어떤 사내인지 보여 줘도 되겠나? …자 이쪽으로 따라 오시게나!"

옥상열은 그렇게 명령하듯이 외치고 뒤도 돌아보지 않고 성큼성큼 누님 방으로 향해 나아가기 시작했다. 현은 알 수 없는 불안과 공포에 눌려 마치 무언가에 홀린 듯이 그의 뒤를 따라 갔다. 사내는 흙발 채로 방안에 들어가서 손을 천정에 대더니 전등을 쥐고 스위치를 비틀었다. 저촉의 전광에 비친 방은 묘하게 우울하고 어두웠다. 게다가 그것은 작은 온돌방으로 가재도구라고 할 만한 것도 없었으며, 한쪽 구석에 작은 책상이 놓여 있고 그 위에 예전부터 있었던 흰색 약봉지가 오륙십 개 정도 늘어서 있을 뿐이었다. 그 옆에는 싸구려 양절연초(兩切煙草)를 정중앙에서 두 개로 자른 무수히 많은 연초가 천역덕스럽게 나뒹굴고 있었다. 현은 깜짝 놀랐다. 그는 무조건 그 하얀 약봉지와 함께 연초(煙草)를 두 개 정도 싸서 그것을 현의 코끝에 들이대고 괴로운 듯이 그의 얼굴을 째려보았다.

"자 아시겠는가. 이게 뭐라고 생각하시나? 인간의 피를 빨아먹는 모르핀이라네. 이 연초에 그것을 붙여서 피우는 것이지. 합계 겨우 ××전이라네. 아시겠는가? 겨우 ××전이란 말이지. 그러나 이것이 몇 십 몇 백 원 분의 피를 빨아 먹는다네. 나는 제대로 이 사실을 알고 있다네. 이래도 내가 밀고자인가. 지금까지 어디에도 밀고하지 않고 있네만, 혹 그래도 나를 믿지 못하겠다고 한다면."

사내는 그렇게 말하더니 전등을 끄고 몸을 돌렸다.

"이쪽으로 따라 오는 게 좋겠소 이쪽으로!"

이번에는 현을 데리고 그 방에서 사선 방향의 하인이 있는 동으로 가는가 싶더니 갑자기 그 부엌의 문을 열었다.

"자 보시게나!"

숨이 콱 막힐 듯한 비린내 나는 연기 냄새가 어둠 속에서 코를 찔러왔다. 사내는 현을 어두운 헛간으로 끌어당김과 동시에 방 입구에 매달려 있는 마포 같은 것을 걷어치우듯이 하면서 뒤를 한번 휙 둘러보면서 다그쳤다.

"어떠신가. 어디 들어가 보시려나! 이래도 나를 못 믿으시겠는가. 으음? 이 안에는 지금 지나인들이 피와 같은 연기를 내뱉고 있단 말이네!"

현은 엿볼 정도의 용기도 없었고, 그는 선채로 숨이 막혀 버릴 것 같았다.

"우리들은, 아니 가야 누님은 이런 무서운 생활을 하고 있다네. 흠, 이게 도대체 어찌된 일이란 말인가?"

그때 문을 두드리는 소리가 작게 달그락거리며 들렸기 때문에 사내는 말을 멈추고 귀를 귀울였다. 가야가 돌아온 것이 아닐까 불안해진 것이었다. 그래서 그는 문을 열고 나오자 하인의 뒤에서 현의 옷자락을 잡아당기면서 정원 앞으로 나왔다. 밤에 보더라도 더러운 누더기를 걸친 한 노인이 기듯이 들어와 지팡이를 짚으면서 부엌 쪽으로 다가갔다. 아니 저런 하며 현은 눈을 크게 떴다. 그것이 누구인지 생각났기 때문이다. 그는 그저께 밤늦게 이 집을 방문해 왔을 때 문 앞 근처 쓰레기더미 옆에 쭈그리고 앉은 채, 고려인의 집이 저기라고 손을 들어 차부에게 가르쳐 주었던 걸식 노인임에 틀림없었다.

"그렇군. 또 한 사람의 희생양이 기어들어온 것이 아니겠는가. 음 이것을 우리가 빈정거리며 웃음으로 지나쳐 버릴 수 있겠는가."라고 옥상열은 다시 과격한 어조로 말했다.

"이현 씨. 우리들에게도 생활적으로나 정신적으로 다시 생각해 봐야 할 때가 온 게 아닌가 생각하네. 이 전쟁도 언제가 끝날 것이 틀림없으니. 우리들도 적극적으로 지나 대륙의 명랑화를 위해 최선을 다해야 하지 않겠는가. 지나와 만주에 걸쳐 사는 수백만의 동포들을 위해서라도 하루 빨리 밝은 시대가 와서 그들이 행복하고 명랑하게 살아갈 수 있도록 하지 않으면 안 될 것이네. 그것이 또한 같은 고향 사람들 모두를 위한 일이기도 하다네. 나는 어떻게 해서든 선생님을 만나서 이 일을 말씀 드리고 싶다네. 마지막에는 지도자 윤 선생님의 부인까지 이러한 일을 하지 않으면 안 된다고 한다면, 나는 그 혁명운동에 피로 된 침을 뱉고 싶다네. 피로 된 침을……."

현은 눈에 눈물을 가득 담고 가만히 옥상열의 얼굴을 바라보았다. 이 사내의 열렬한 언설에 압도되었다고 하기보다는 그것을 듣고 매형이나 누님의 구제를 위해서 지금 이곳 북경 땅에 서서 활동할 수 없다는 사실이 가슴 아팠다. 우선 위독한 어머니 곁으로 돌아가지 않으면 안 된다. 그러나 돌아가서 나는 누님 부부의 일을 뭐라고 설명하면 좋을까. 아아 과연 어머니는 아직 숨을 거두시지 않고 신음하면서 내가 돌아오는 것을 기다리고 계실 것인가. 어쨌든 처음부터 다시 한 번 재출발하여 안정을 되찾아 누님 부부에게 손을 내밀어 줘야지 하고 굳은 결심을 가슴에 품었다. 사내의 얼굴도 이상하게 굳어져 있었고 살벌한 빛을 발하고 있던 눈매에도 눈물이 어려 있었다.

"그런데 자넨 역시 오늘밤 출발하실 것인가?"

그리고 현이 축 늘어져서 슬프게 끄덕이는 것을 보고 그는 갑자기 격하게 다가왔다.

"내겐 한 가지 소망이 있네만, 들어 주시겠나."

"어떤 것인지요?"라고 현은 조금 압도되어 뒤로 물러나듯 물었다.

"제가 할 수 있는 일이라면……."

"내 고향, 평안남도 강서(江西)에 가족이 살고 있다네. 고향을 떠나올 때 아직 말도 하지 못했던 내 아들놈이 지금은 결혼을 했다는 소식을 소문으로 들었다네. 자네에게 전보가 왔다는 소식을 듣고 있는 돈을 모두 털어 값싼 구두 두 켤레를 샀다네. 하나는 아들에게 또 하나는 며느리에게. 그리고 처에게는 돋보기안경을 하나 샀다네. 수정옥으로 된 것이지. 전해 주실 수 있으시겠는가.”

현은 이 노혁명가의 동정을 자아내는 상당히 슬픈 감정에 감동받아 손을 내밀었다.

그러자 사내는 그 손을 꼭 잡았다.

“고맙네, 고마우이. 실은 나에게도 정말로 강렬한 향수(鄕愁)가 있다네. 얼마나 변했는지 고향에 한번 가보고 싶네. 그러나 그것이 평생 나에게는 불가능하다네. 저 물건들은 자네가 하룻밤 잤던 침대 위에 올려놓았다네.”

마침 그때 돌아온 가야가 하인을 부르면서 문을 두드렸기 때문에 옥상열은 조금 당황하며 두 번 정도 강하게 현의 손을 잡아 흔들었다.

“그리고 한 가지 더 전해주겠네. 무수군의 일은 안심하시게나. 가야 누님에게 부탁받아 조사해 보았네만 지금 ××전선에서 아주 좋은 전공(戰功)을 세우고 있다고 하네.”

그렇게 말하자마자, 그는 문을 열고 숨차게 뛰어 들어 온 가야와 스쳐 지나가듯 그림자처럼 사라져갔다. 현은 여전히 그곳에 서있었다. 가야도 현의 모습을 보고 움찔 잠시 멈춰 섰으나 하인이 거처하는 동의 문이 열려 있는 것을 보고 모든 것이 동생에게 알려진 것을 알아차렸다. 마음속으로 치밀어 오르는 울분이 갑자기 폭발한 듯 눈물과 슬픔이 솟구쳐 올라왔다. 그녀는 손으로 얼굴을 가리고 큰 소리로 오열하면서, 침대가 있는 방으로 뛰어 들어갔다. 현은 휘청거리듯 그 뒤를 따라 들어갔다. 그녀는 침대 위에 엎드려 격한 오열의 소리를 멈추지 않았다. 엷은 달빛이 단 하나의 창문으로부터 새어 들어왔다. 그녀의 어깨 주변이 희미하게 비쳐져 어렴풋이 흔들렸다. 그는 그 뒤에 바짝 붙어서 가만히 눈을 감았으나 숨소리는 점점 더 거칠어지고 있었다. 그는 어깨 위에 가만히 손을 올렸다.

“누님 전보가 온 것도 알고 있습니다. 그리고 모든 것을 알고 있습니다.”

그 목소리는 눈물에 젖어 떨고 있었다.

“그러나 저는 이렇게 아무렇지도 않지 않습니까. 누님 진정 하십시오.”

“아무 말도 하지 말아라. 아무 말도 하지 마. 단지 고향에 돌아가서 어머니께 이 가야 부부와 손자 무수는 이미 북경에는 없었다고 말해 주렴…… 그리고 어딘가에 무사히 살고 있을 것이라고."

"누님은 앞으로도 이런 생활을……."

그는 여기에서 자신의 격한 가슴의 두근거림을 억누르지 못하고 외쳤다.

"누님 부탁이에요. 그만 두시죠. 이런 생활은!"

"나보고 아사(餓死)하라고 하는 것이니?"

그녀는 경련을 일으킨 듯이 떨면서 외쳤다.

"아사하는 것보다도 더 나쁜 일일지도 몰라요. 이 일은 우선 하느님이 허락해 주시지 않을 겁니다."

"무슨 말을 하는 거야."라고 귀청을 찢는 듯한 소리를 쥐어 짜내며, 가야가 벌떡 몸을 일으켜 뒤돌아보았다. 그리고 깔깔거리며 히스테릭하게 웃기 시작했다. 제멋대로 흐트러진 머리칼 사이로 핏빛을 띠는 두 눈이 현을 움츠러들게 했다.

"가련한 여인들의 손이 자기 자식들을 삶았으니 내 백성의 딸이 멸망할 때에 그 자식들이 그들의 음식이 되었다는 것은 알바 아니야. 이 쓰레기 같은 자들을 어찌 한다고 하여도……."[20]

그러나 그녀는 이미 몹시 기력을 잃어버린 듯, 그 장소에 다시 쓰러져서 오열을 계속했다.

"아…그렇지만 현아, 부탁할게. 우리들을 위해서 기도해 다오, 기도해 다오. 어머니에게도 그렇게 부탁해 주거라……."

"누님, 진정 하세요. 진정 하십시오!"라고 현은 가야를 뒤에서 끌어안고 떨쳐버리기 힘든 슬픔에 떨었다. 다시 어젯밤과 같은 무서운 발작이 그녀를 덮치지 않기를 마음속으로 빌면서.

"결코 절망 따위를 하셔서는 아니 됩니다. 지금부터도 늦지 않아요. 누님과 매형이 재생하는 길을 생각해 보아야 하지 않겠습니까. 내가 너의 곁에 있어, 너를 구해주리라. ……그래도 너희만은 멸하지 않으리라. 나는 너희가 죄 없다고 하지 않으나, 그래서 법대로 벌하였다[21] 라는 말씀도 있지 않습니까. 누님, 우선 하느님께 구원을 받을

---

20) 구약성경 예레미야애가 4장 10절.
21) 구약성경 예레미야애가 30장 11절.

수 있도록 몸과 마음을 새롭게 하여, 빛이 넘치는 새로운 생활을 하셔야 하지 않겠습니까. 결코 지금부터라도 늦지 않아요.…… 저는 역시 오늘밤 안으로는 떠나야 할 것 같습니다. 그러나 반드시 다시 돌아오겠습니다. 저도 좀 더 숙고하여 생각을 정리한 후 다시 오겠습니다……."라고 말하고 몸을 일으켜 눈물을 닦으며 옆에 놓여 있는 옥상열로부터 부탁 받은 것과 짐 꾸러미를 안고, 비틀거리면서 출구 쪽으로 나갔다.

"누님 제가 또 올 때까지 기다려 주십시오. 안녕히 계세요. 그럼 누님 안녕히……." 그리고 갑자기 생각난 듯 선채로 뒤를 휙 돌아보았다. 가야는 가슴이 점점 더 메어지듯이 울고 있었다.

"그런데 누님 저는 누님에게 한 가지 사죄해야 할 일이 있습니다. 평양을 떠날 때 어머니가 누님에게 전해 달라고 삼백 원을 주셨어요. 그러나 저는 누님에게 필요한 것은 돈이 아니라 정신적인 구원이라는 것을 알았습니다. 게다가 지난번 유리창의 어느 가게에 먼지에 뒤덮여 슬픈 듯이 움츠리고 있는 오래된 조선의 그릇들을 발견하고 사 버렸습니다. 지금의 저에게는 겨우 그런 일 밖에는 할 수가 없었습니다. 그러나 조금만 기다려 주세요. 반드시 다시 돌아오겠습니다. 안녕히 계세요. 안녕히……."

현은 그렇게 말하고 정원으로 나왔으나 눈물이 멈추지 않고 계속 흘러 나와 어찌할 바를 몰랐다. 문을 나오자 어두운 길을 쏜살같이 달려 나와 큰길로 나왔다. 인력거를 타고 숙소로 돌아와 빠른 기차를 알아보았으나 부산행을 타려면 한 시간 정도 밖에 여유가 없었기 때문에 서둘러 옛 그릇을 신문지에 싸서 끈으로 묶기 시작했다. 그것들이 서로 호소하듯 외치고 있는 것 같은 환청이 들려왔다.

"우리들은 외롭고 약한 것들입니다. 지금까지 얼마나 억눌려서 숨이 막혔는지 모릅니다. 우리들은 역시 우아하고 순정이 가득하며 근심 많은 조선 사람들의 것입니다. 어떻게든 그러한 마음과 눈으로 따뜻하게 지켜줄 사람들이 있는 고향으로 돌아가고 싶습니다. 도와주세요. 데리고 가 주세요."

"그럼 그렇게 하고말고. 그렇게 하고말고. 데리고 가고말고. 너희들은 우리들의 것이다. 분명 우리들의 애정을 필요로 하고 있음에 틀림없어. 그렇고말고. 그렇고말고." 라고 현은 왠지 다시 한 번 흘러나오는 눈물을 삼키면서 외쳤다.

"내게는 슬프게도 지금 누님과 매형을 데리고 돌아갈 힘이 없단다. 아 하지만 나는

너희들을 버리지 않을 것이야. 그래 지금부터 우선 너희들과 함께 돌아간다. 돌아가는 것이다!'

그는 차부를 다그쳐서 황급하게 동차참으로 달려갔다. 열한시 기차가 십분 정도 후에 출발하려고 하는 아슬아슬한 때였다. 그래서 개찰구 쪽으로 뛰어들 듯이 달려갔는데, 그는 그 한 발자국 바로 앞에서 갑자기 멈추어 섰다. 마침 그 개찰구에서 지나 복장을 한 가야가 허리를 굽히고 혼자 표를 사고 있는 것이었다. 그것을 보니 앞쪽에 십전이나 오전 정도에 상당하는 몽강권(蒙疆券)22)이라든가 법폐(法幣)23) 만주권(滿洲券)24) 연은권(聯銀券)25) 등의 지폐를 여러개 겹쳐서 내고 있었다. 그는 잠시 그 뒤에서 움직이지 않고 서 있었다. 이 돈은 저 아편 소매를 해서 쿨리나 차부, 순경(巡警), 부랑민, 걸식자 등의 피와 함께 착취한 것임에 틀림없었다. 하지만 그는 그것을 거절할 수 없었다. 표를 받아 들자, 누님과 함께 매와 같이 재빨리 플랫폼으로 뛰어갔다. 그렇게 해서 겨우 마지막 차량에 올라탈 수 있었는데, 그와 동시에 기차는 움직이기 시작했다. 누님은 어두운 가운데 가만히 선채로 움직이지 않고 배웅을 하고 있었다. 그도 마지막 기차 칸의 계단에 서 있었다. 그리고 드디어 멀어져서 보이지 않을 때까지 불꽃 같은 눈으로 서로를 바라보고 있었다. 불꽃은 처음에는 서로를 부르며 함께 불타고, 한줄기 광명을 이루려 하고 있었다. 현은 오분 간이나 그렇게 서있었으나 어렴풋한 무엇인가를 느끼면서 마음속으로 중얼거렸다.

"나는 이 표로 돌아간다. 내 체내에도 이 가치 만큼의 지나인의 피가 녹아 들어가 있는 것이다. 이렇게 해서 나는 훌륭한 동아의 한사람, 세계의 한 사람이 되는 것이다. 그렇다. 다시 한 번 누님과 매형을 위해 오리라. 이번에는 누님과 매형차례다."

1938년 5월도 끝나갈 무렵의 일이었다.

---

22) 서몽고에서 통용되던 지폐.
23) 국법으로 제정된 지폐.
24) 만주정부가 정한 지폐.
25) 은행이 연합해서 발행한 지폐.

해방이전 | **산문**

북경왕래(北京往來)*

　지난번 북경(北京)에 갔다 왔지만 가면서도 막연(漠然)한 길을 떠났다. 그렇기에 안동(安東)을 건너서면서 순사(巡査)에게 무슨 장사꾼이냐고 힐문(詰問)을 당할 적에는 대답하기가 어색하였다. 여행권을 내보이니 고개를 끄떡끄떡한다. 그럴 법도 한 일이다. 거창스럽게도 북경 고대문화 시찰이라 하였으니. 그러나 초만원을 이루어 북지(北支)로 몰려가는 이 차에는 수를 피우려는 축들만이 몰려가는 모양이다. 순경은 고개를 끄떡끄떡 한 뒤에는 "그럼 당신은 골동품장사인게로군"한다. 흔한 색시장사가 아닌 것만이 좀 신기하다는 이야기인가 싶다.

　미리 산해관(山海關)을 넘어 서면서 전보를 쳤으나 세 시간이면 간다드니, 그 이튿날 밤에야 연락이 된 탓으로 몇 시간 차이로 믿고 떠난 이군(李君)은 벌써 딴 곳으로 떠난 뒤였다. 그러나 북경서만 한다 해도 뜻하지 않고 만난 사람이 많다. 낮에는, 주로 대학이나 혹은 박물관을 찾아다니고 밤에는 중국 희극을 보려 다녔는데, 만수산(萬壽山)[1]에 가는 길에-곤충학자 석주명(石宙明)[2] 군을 버스 정차장에서 만난 것은 의외였다. 학회에 보고할 일로 만주와 북지의 곤충 여행을 떠난 것이라는데 바로 연경대학(燕京大學)에 가는 길이었다. 하루는 북경대학에 갔는데, 미리 소개를 받은 전 문과교수 주작인(周作人) 씨를 만나려고 구내에 있는 북지문화협의회(北支文化協議會)라는 곳에 들어갔다가, 범군(范君)을 만난 것도 참으로 놀랄만한 일이었다. 범군은 나와 한때 동경서

---

* 이 글은 『박문』(1939.8)에 실려 있는 에세이다.
1) 만수산은 중국(中國) 북경 근처(近處)에 있는 산이다.
2) 석주명(石宙明, 1908. 11. 13~1950. 10. 6)은 김사량과 같은 평양 출신으로 박물학자이며 나비학자이다. 개성 송도중학교와 일본의 가고시마[鹿兒島] 고등농림학교를 졸업한 후 모교에서 교편생활을 하며 나비 연구에 몰두, 표본을 수집하여 미국 박물관과 교환하였다. 하버드대학교 비교동물학관 관장 T. 바버 박사의 경제적 원조로 연구 활동을 계속하였다. 100여 편의 나비 관계 연구논문 중 특히 <배추흰나비의 변이곡선>은 생물의 분류학이나 측정학 상 뛰어난 업적으로 알려져 있다.

한 아파트에서 살았는데 같은 대학문학부에서 동양사를 전공하고 있었다. 그리고 동안시장(東安市場)3)에서 야마다(山田) 군을 만난 것도 통쾌한 일이다. 군은 고교는 선배지만 대학은 나보다 늦게 들어와 미학을 공부하다가 소집되어 이곳에 주둔하고 있는 병졸 중의 하나였다. 한 번 편지를 받은 적은 있었으나 이런 곳에서 만나게 될 줄은 몰랐다. 또 다른 해후는 북경에서 오압황(吳炟煌) 군을 만난 일이다. 오 군이라면 아는 사람도 많을 줄 안다. 대만 출신의 시인으로－동경서도 문명(文名)을 날리고 있었다. 그는 현재 천진(天津)에서 살지만 바로 북경을 가는 길이라는데, 차가 와서 우리는 일분 동안도 이야기를 하지 못한 것은 매우 섭섭하다. 대학 말이 났으니 말이지만, 천진서는 남개대학(南開大學)의 폭격된 자리를 주둔 부대의 지시로 참관하였는데, 여기 대학생은 완전히 공산화한 무장부대였다는데 많이 학교의 주춧돌을 베고 죽었으며, 나머지는 현재 북경 만수산(萬壽山) 뒤의 험준한 산악에 반거해서 저항하고 있다고 한다.

무엇보다도 북경서 첫째로 생각한 것은 모든 것에 '위버'4)라는 접두사를 붙여야 되겠다는 것이다. 궁궐도 너무 거대하고 실물도 너무 찬란하고 사람의 수효도 너무 많고, 또 떠드는 소리도 너무 크다. 주요섭(朱耀燮) 씨 부부의 초대로 김득수(金得洙) 씨 부부와 고의사(高醫師) 부부와도 함께, 중국 일류 요정에서 저녁을 먹었는데 그때의 요리도 너무 맛있고 너무 가짓수도 어수선하였다. 이것을 중국의 위대라 하겠지만은 과연 위대하기는 하나 역시 조선사람이 되어 그런지 우리의 고아함과 소담함이 없음이 슴슴하였다. 그들의 개인주의는 옛적부터 흔히 질타를 당해왔는데, 궁궐문화만은 참으로 민중생활을 떠난 그들 왕후의 개인주의의 승리를 말한다. 장사는 중국인 최대의 장기라고 하더니 과연 가관이었다. 장개석의 명령이 울리는 시절에는, 아편 밀매인이 보이기만하면 목을 베서 죽였다는 시 교외에 있는 천교(天橋)라는 곳에도 나가 보았지만 현재는 길거리에 한집 건너서 토약점(土藥店, 아편 흡연소)이 서 있으니, 그들의 장사가 이익을 위해서, 얼마나 돌격 태세를 가지고 있는지를 알 수가 있겠다. 그러나 게릴라 전법이 유행하는 시절이 돼서 그런지, 장사도 게릴라 전법에 따라서 무장된 것 같다. 북경서 돌아올 때에 그곳 사람들의 말을 듣고 정말로 여기서 사십 원(四十圓)은 하

---

3) 북경 왕부정(王府井)에 있는 동안시장은 1903년에 문을 연, 대형 상설 시장이다. 근처에 동안문이 있어 시장 이름도 동안시장이 되었다. 시장은 이전과 달리 매일 문을 열었고, 위치가 좋고 교통이 편리하여 점포가 계속 들어났다고 한다.
4) '위버'는 독일어이며, 영어로 하면 'over'와 거의 같은 뜻이다.

는 고도방 구두가 십육 원이면 살 수 있기에 한 켤레 사 신고 나왔더니 한 달도 못 신어서 앞 뿔이 한 치나 되게 터지고 말았다. 게릴라 전법을 다각전 이라고 해석하는 한에서는 이것도 전쟁의 일부문일 것이다.

요즘 나는 한 달도 못가서 터진 고도방 구두를 신고 다니면서 남들의 구두를 유심히 보는 습관이 생겼다. 그렇게 본다면, 서울 장안에만 하여도 수를 피우려고 북지를 다니면서 구두만 속아서 사온 사람이 매우 많은 모양이다. 내 것과 꼭 같은 고도방 구두를 삐그덕 거리며 신고 다니는 사람들이 드물게 보이다. 그러나 우리들은 에나멜 구두의 패잔병이다. 누구인가 그곳에서 나온 사람의 말을 들으면 그것은 고도방이 아니라 어느 가죽에 에나멜 칠을 한것이라 하니 그들의 총에 나는 바로 다리를 맞은 셈이다.

밀항*

그것도 벌써 7년이나 되었으니 옛적 일이 되고 말았다. 요즘은 두 달도 못가서 서울 생활을 그만두고 다시 떠나게 되어 그런지, 두서없이 처음에 현해탄을 건너가던 일이 생각난다. 그때에는 열여덟 살의 추운 12월이었는데, 정당히 배를 탈 수 없는 사정이 있어, 잔교(棧橋)서 실패만 보고 말았다. 그때의 나는 바닷가에 서서 찬바람에 오돌오돌 떨면서, 가슴 속의 따뜻한 희망을 어떡하여야 현해탄 건너 쪽에 세울 수 있을까 하고 동경하였던 것이다. 더욱 지각이 없는 나에게 배움의 길도 끊긴지 몇 날이 않았던 때 다. 급급하고 초조함이 이루 말할 수 없었다. 하루는 비 섞인 눈이 펄펄 쏟아지었다. 이 날도 나는 역시 범선과 소기선(小汽船)이 주룽주룽 이마를 맞대이고 있는 바닷가를 거닐 고 있었는데, 시커먼 안경을 쓴 젊은 사내가 지나가면서 하는 말이, 바다를 건너려면은 내일 새벽 세시에, 저편 산기슭으로 나오라고 한다. 나는 놀래여, 돌아섰다. 사내는 퍼 붓는 눈 속에, 간곳이 없이 사라지었다. 그날 저녁은 나는 얼마나 고민하였는지 모른다. 더욱이 전날부터 여관 주인이 20원을 내고 밀항을 하라고 유인을 하여 오던 때문이다. 그날 밤에도 연락선이 들어왔다. 그런데 옆방에는 동경서 걸레 장사를 하든 사내가 들 어왔다. 나는 어찌나 궁하였던지, 밤중에 이 사내를 깨워 의견을 물었더니, 애여 마음 도 내지 말라고, 손을 내어젔는 바람에, 그만 단념하고 말았다. 지금도 생각이 난다. 그 이는 조그마한 입가에 까맣게 수염이 난 약간 절름뱅이였다. 그이도 갈 때에 여행권이 없어 연락선은 못 타고, 누구인가의 꾀임으로 밀항을 하였다는 것이다. 겨우 몇 십 돈 (頓)의 배속에 주어 모아온 밀항군을 산송장처럼 쌓아 채이고, 사나운 바다를 개울거리 며 밤낮 하루를 지나 다음날 새벽녘에야 어데인가 산비탈에 부려다 놓고는 황망히 달

* 이 글은 『문장』에 1939년 10월 발표된 한국어 에세이이다.

아나더라 한다. 승객들은 모두 배멀미에 반죽음을 하여 엎드린 채 날이 밝도록 움직이
지를 못하였다. 그러나 그는 마음을 가다듬고, 주위를 살피었던 모양이다. 다행히 그곳
은 북 규슈(北九州)의 해안이었더라 한다. 그는 달음질을 쳐서 산을 넘어 거리로 들어갔
다. 그리하여 흰 옷을 입은 다른 남부녀(男婦女)는 방황하다가 잡혀서 송환되었지마는,
그이는 까므작한 수염이 있고, 또 타관에 떠난다고 양복을 사 입었던 탓으로 쉬 발견
되지를 않아 내지의 5, 6년 동안 양복생활을 하게 되었다는 것이다. 그리고 걸레장사도
인제는 시세가 맞지 않으니, 돈을 벌 생각이거든 건너갈 마음도 먹지 말라고 친절히
일러주었다.

다음 날 그이는 고향에 돌아간다고, 역시 헌 양복에 보퉁이를 하나 든 채 부산진에
서 떠났다. 나는 하도 이야기할 사람이 귀하였던 모양으로, 친형이나 보내는 것 같은
섭섭한 마음으로, 전송(餞送)까지 하였는데, 이 까므작한 수염 임자는 지금은 어떻게나
지내는지.

그 후에 나는 북 규수의 고교에 학적을 두게 되었다. 이 지방 신문에는 매일같이 조선
사람 밀항단이 잡혔다는 기사가 실리는데, 그것을 볼 때 마다 감개가 무량하였다. 밀항선
은 거의 북 규슈의 해안에 닿지마는, 그 해안의 주민은 아주 훈련을 받아 감시하기 때문
에 좀 하여서는 상륙한 뒤에 성공하기가 힘든 모양이었다. 몇 살 난 소학생이 상학(上學)
하는 길에 밀항단을 발견하고, 주재소에 고발하여 표창되었다는 기사가 웬만큼 많지를
않다.

아마 졸업 학년의 초가을이었던가 한다. 하루는 현재 교토 대학에 남아 있는 동무
와 같이 해수욕장으로 유명한 가라츠(唐津)에 갔다. 여름도 지난 뒤이라, 해변에는 빈
'빠락'과 부서진 배 조각만 남아 있는데 바다 속에 뻗쳐나간 아름다운 송림의 죽방에
바다의 잔잔한 바람이 나부끼고 있었다. 참으로 얻기 어려운 풍경이었다. 그때에 하얗
게 입은 부녀자 두 셋이 어느 사이엔가, 멀리 모랫가에 나와 다니는 것이 보인다. 때
마침 저녁노을이 끼쳐 바닷가는 아주 황홀하였다. 적지 않게 나는 놀래었다. 바로 저
희들이 밀항을 한 사람들이 아닌가 하고 그러나 우리가 마주치면서 본 바로는 그들
은 아마 근처에 살고 있는 이주민이었던 모양이다. 젊은 예쁜 부인네들은 '게다'를 벗
어 들고, 모래밭에 숨은 소라를 골라잡고 있었다. "저녁 해는 타는데, 요시이하마 하

늘의 선녀가, 미역을 감네." 하는 그 지방의 노래가 있었다. 금색을 온 몸에 받고 모래 밭을 다니는 광경도 이 아니 선녀의 그림이 아닌가.

사람은 때로는 별일이 다 생각되는 모양이다. 그때에 내가 밀항을 하였으면 지금은 어떻게 되었을 것이며, 나중에 현해탄을 건너갔으나 또 상해도 가려다가 그만 두었지만, 기어이 실행하였더라면, 지금은 또 어디서 어떻게 살고나 있을까. 그때에는 학교가 싫어서 나온 뒤요, 이번은 일신상의 이유로 여러 선배나 친고(親故)에 의리가 없는 길을 떠난다. 그러나 밑도 끝도 없이 그때의 일이 불현듯이 생각나는 것이다.

물론 이번은 신분 증명서를 가졌다.

어머니께 드리는 편지*

사랑하옵는 어머니

역시 제 소설 「빛 속으로」는 아쿠타가와상(芥川賞) 후보작으로 문예춘추에 실려 있었습니다. 그 살갗을 에이는 듯한 이월의 차가운 바람이 마구 불어 대던 평양역 앞에서, 감기가 걸린 듯한 제 몸과 도착할 곳에 대해 여러모로 염려하시면서 "어서 타거라. 어서 타렴." 하며 재촉하시어 탄 오전 특급 '노조미'가, 열두시 경에 신막(新幕)[1]에 잠시 정차했을 때, 제가 산 오사카아사히(大阪朝日)에 그 잡지 광고가 실려 있었습니다. 저는 역시 그 광고를 일종의 흥분과 긴장 속에 펼쳐보고, 과연 내 소설도 실려 있다고 마음속으로 외쳤습니다. 제 소설 광고 색인 아래에는, 사토 하루오(佐藤春夫)[2]라고 하는 작가의 비평으로, "사소설 가운데 민족의 비통한 운명을 충분히 짜낸 작품"이라는 식의 글이, 괄호 속에 들어 있었습니다.

"이것으로 된 것인가. 이것으로 된 것인가."

저는 자신에게 말했습니다. 아마 그때도 상당히 열이 있었던 것 같습니다. 문예춘추에 자신의 작품이 실렸다는 것에 새삼스럽게 마음이 흐트러진 것은 아니었습니다. 왜냐하면 거기에 실린다는 것은 야스다카 도쿠조(保高德藏)[3] 씨의 전보를 받고, 이미

---

* 「母へ手紙」는 『文藝首都』(1940.4)에 게재되었다.
1) 황해도 서흥군에 있는 읍.
2) 사토 하루오(1892~1964)는 일본의 소설가이며 시인이다. 1909년에 서정시를 통해 데뷔한 이후, 왕성한 활약을 펼쳤다.
3) 야스다카 도쿠조(保高德藏, 1889~1971)는 오사카에서 태어났다. 1907년 경성에서 석탄 수입상을 하던 아버지 도쿠마쓰(德松)의 부름으로 조선으로 가게 된다. '제1회 개조사 현상소설'에 당선되어 문단에 등장한 후, 1933년 『문예수도』(1933년 1월~1970년 1월)를 주간하며, 김사량·장혁주 등 조선인 출신 작가들과 친교를 맺는다. 그는 곧잘 "조선은 내 마음의 고향"이라고 말했다고 한다. 그의 지원으로 김사량과 장혁주가 일본 문단에서 보다 쉽게 정착한 것만은 사실이다. 특히 1939년 김사량이 장혁주의 소개장을 가지고 그를 방문해 『문

이전부터 알고 있었던 까닭입니다.

사랑하옵는 어머니, 저는 생각했던 겁니다. 정말로 저는 사토 하루오 씨가 말하고 있는 것을 쓴 것인지. 무언가 저는 일개 소설을 쓴 것이 아니라, 무언가 커다란 큼직한 것이 야단법석 가운데서 스프링에 튕겨져서 튀어나간 것처럼 가슴이 답답해 오는 것을 느꼈습니다. 적어도 그 순간 그렇게 쓸데없는 걱정을 했던 것입니다. 저는 본래 자신의 작품이면서도 「빛 속으로」는 마음이 후련하지 않은 무언가가 있었습니다. 거짓말이다, 아직도 나는 거짓을 말하고 있는 것이라고, 쓸 때조차 저는 자신에게 말하고 있었던 것입니다. 나중에 그 점에 대해서 여러모로 선배와 친구들에게 지적을 받았습니다. 저는 입을 다물고 있을 수밖에 없었습니다.

사랑하옵는 어머니

저는 격렬한 기차의 요동 속에 몸을 싣고, 여러 가지 일들을 생각해 보았습니다. 그리고 조금이나마 동경에서 글을 쓸 수 있게 된다고 생각하자, 두려운 마음이 들었습니다. 제가 처음으로 이 기차에 몸을 실은 것은 열일곱 살 때, 추운 십이월이었습니다. 당신 홀로 저를 작은 역까지 사람들의 이목을 피해서 전송해주었습니다. 저는 그때 오 년간 다니던 중학교의 단추는 하나도 달지 못했고, 모자도 쓸 수 없었습니다. 당신은 제 머리에 숄을 감싸주면서 우셨습니다. 저 또한 와악 하고 울었습니다. 중학교를 나오면 바로 북경의 대학에 가서 거기서 미국으로 건너가려던 제가, 남방(南方)으로 가는 기차에 타고 있는 것입니다. 이 또한 하나의 소년적인 반발이겠지요. 나도 고등학교에 진학한다는 애타는 마음만이, 사람들 눈을 피하지 않으면 안 되었던 저를 대담하게도 기차에 태웠던 것입니다. 기차가 떠날 때 당신은 제게 등을 돌렸습니다. 하지만 이번에 제가 떠날 때, 당신은 제가 고교에 들어갔을 때보다도 기쁘다고 말씀하셨지요, 저는 그 말씀을 아무리 해도 잊을 수 없습니다. 자기 혼자 무얼 그리 흥분하고 있냐고 하는 분도 계시겠지요. 사실 그탓도 있겠습니다만, 저는 현해탄을 건너는 삼등선(三等船) 속에서 더욱더 지독하게 열이 나서, 시모노세키에서 탄 기차 속에서는 거의 앓아누울 정도였습니다. 하지만 저는 그렇다, 지금부터는 보다 더 사실된 것

예수도』의 동인된 시점을 기점으로, 그는 김사량이 일본 문단에서 활약할 수 있도록 물심양면으로 후원한 후견인으로서의 역할을 했다.

을 쓰지 않으면 안 된다 하고 자신에게 몇 번이고 말했습니다.

사랑하옵는 어머니

삼월 육일 밤이 아쿠타가와상 수여식으로, 저도 문예춘추사 초대로, 야스다카 도쿠
조 씨와 함께 레인보우 그릴이라는 곳에 갔습니다. 그때의 일을 말씀드리겠습니다.
회장은 상당히 훌륭한 곳으로, 선고(選考) 위원을 비롯해서 여러 문학자들이 보였습니
다. 드디어 시간이 돼서 만찬 테이블에 이 열로 마주보고 앉게 되었습니다. 저는 다만
수상자인 사무가와 고타로(寒川光太郎)[4] 씨에게 마음에서 우러나는 축하 인사를 보내려
고 온 것뿐이므로 한 구석에 얌전히 앉아있는데, 구메 마사오(久米正雄) 씨라고 하는 분
이 나를 중앙에 있는 사무가와 씨 옆자리로 막무가내로 가라고 하는 것이었습니다.
저는 하는 수 없이 야스다카 씨의 옆자리를 떠나서 사무가와 씨 옆으로 갔습니다. 역
시 상상했던 바대로 사무가와 씨는 제가 마침 고국으로 돌아가기 전 날에 어느 선배
의 집에서 만났던 사람임에 틀림없었습니다.

"의외로군요." 하며 우리들은 마주보며 웃었습니다. 이분은 선배이기도 하고, 문학
적 수양으로 봐도 물론 저보다 훨씬 위이며, 제가 가는 소설의 길과는 대조적인만큼
여러모로 배울 점이 많으며, 굉장히 겸손한 사람이었습니다. 사무가와 씨의 앞 쪽에
기쿠지 간(菊池寬)이라는 분이 앉아있습니다. 소설가이며 또한 문예춘추사의 사장입니
다. 두 분 다 키가 작고 살이 쪄서, 실례인 것을 알면서도 조금 명콤비라고 생각했습니
다. 하지만 처음에는 아무리 생각해도 제 자리가 거북해서 어쩔 바를 몰랐습니다.

저는 어지간히도 무언가 공개된 곳에서 상을 받게끔 생겨먹지 않았던 것이겠지요.
퍼뜩 소학교를 졸업할 때를 떠올렸습니다. 졸업식 예행연습 때 우등상을 받는 연습을
했는데, 결국 당일에는 받지 못했었지요. 아무래도 스스로 그때 일을 떠올려보면 이
자리가 우스워서 어찌할 바를 모르겠습니다. 게다가 사무가와 씨 옆자리에는 사할린
에서 온 아버지가 앉아 계셨습니다. 저는 그때 당신을 떠올리며, 그리고 고등학교를
졸업할 때도 또 작년 대학을 졸업할 때도 졸업식에조차 가지 않았던 것을 떠올렸습니
다. 저하고 비스듬한 방향에 있는 야스다카 씨가 미소를 보냅니다. 저도 무심코 어린

---

4) 사무가와 고타로(1908~1977)는 홋카이도 출신인 소설가로, 1940년 『밀렵자(密獵者)』로 아쿠타가와상을 받
는다. 사할린에 관한 작품이 많다.

아이처럼 웃어 버렸습니다.

　그런데 어느 틈에 기쿠지 간 씨의 스피치가 시작됐습니다. 기쿠지 간 씨는 상당히 유머러스한 어조로, 저한테 상을 주려던 의견을 자신이 강하게 반대해서 무산이 됐지만, 이렇게 두 사람이 나란히 앉아있는 것을 보고 있자니 역시 무언가 주고 싶은 마음이 일어난다고 나를 격려하면서 마무리를 했습니다. 그건 제게 결코 나쁜 기분이 드는 말이 아니었으며, 또한 소학교 졸업식 때 일을 떠올리게 했습니다. 그리고 디저트 코스에 들어가서, 조선의 초인형(草人形)5)과 같은 느낌이 드는 구메 마사오 씨가 일어나서, 사무가와 씨의 작품을 칭찬하고 또한 제 소설에 대해 여러모로 칭찬을 하고, 「코시야마인 기(コシヤマイン記)」와 「성외(城外)」가 공동 수상했던 만큼, 이번에도 함께 수상했어야 한다고 말할 때, 더욱더 겸연쩍어서 어찌할 바를 몰랐습니다.6)

　그 후 그 사회자 지명으로 야스다카 도쿠조 씨가 일어서서 저에 대해 좋은 말로 소개를 하고, 어머님 당신이 굉장히 기뻐하셨다는 것을 전해주셨습니다. 다만 이날 사회자인 나가이 씨(永井氏)7)의 이야기를 듣고 알았는데, 야스다카 씨는 이번에 저 때문에 큰일을 겪었다고 합니다. 문예춘추사가 요청해서, 제 「빛 속으로」가 게재된 문예수도를 열 부 정도 보내기 위해서 자동차에 탈 때, 잘못해서 문에 머리를 부딪쳐서 선혈이 뚝뚝 떨어지는 상태로 오사카빌딩(문예춘추 소재지 - 역자 주)까지 올라갔다고 하는 것입니다. 자신이 덜렁 대서라고 몇 번이고 말씀하셨지만, 뭐라 해야 할지 모르는 죄송한 기분이었습니다.

　어쨌든 저는 그날 상당히 행복한 기분이었습니다. 누구나 아쿠타가와상을 받게 되면, 자신은 놀라서 당황했다고 말하는 모양인데, 저는 의외로 제게 준다고 해도 당황하지 않겠다며 다소 기대를 하고 있었기 때문에 다소 유감이었습니다만, 여러 분들이 말씀하셨듯이 역시 어쩌면 딱 걸맞은 행운인지도 모르겠다는 기분이 들었습니다. 나중에 일어선 이시카와 다츠쵸(石川達三)라고 하는 젊은 작가도 그런 의미의 말을 하면

---

5) '초인'은 '제웅'이라 하며 짚으로 만든 사람 모양의 물건이다. 음력 정월 열나흗날 저녁에 제웅직성이 든 사람의 옷을 입히고 푼돈도 넣고 이름과 생년을 적어서 길가에 버림으로써 액막이를 하거나, 무당이 앓는 사람을 위하여 산영장을 지내는 데 쓴다.

6) 「코시야마인 기」는 쓰루타 도모야(鶴田知也)의 소설이며, 「성외」는 오다 다케오(小田嶽夫)의 소설이다. 이 두 작품은 제3회 아쿠타가와상을 공동 수상하였다.

7) '나가이'는 나가이 류오(永井 龍男, 1904~1990)이다. 나가이 류오는 소설가, 수필가, 편집자로 활약했다.

서 상당히 격려해 주었습니다. 그래서 조선을 떠날 때와 같이 혼자만의 흥분은 추호도 없었고, 대단히 상쾌한 기분으로 앞으로 되도록 좋은 작업을 하겠노라고 가슴속으로 소곤거렸습니다.

그래서 지금은 상을 받지 않은 주제에 자리에서 너무 생글생글 댄 것은 아닌가 하고 생각해 보는 것입니다. 내지라고 하는 곳은 선(禪)을 믿는 사람이 많아서, 기뻐함과 노여운 빛을 지나치게 겉으로 드러내면 사람이 아직 덜 됐다는 험담을 듣게 된답니다.

봄 방학에는 경성에 가 있는 누이동생도 돌아오겠지요. 이 내지어 편지는 번역해 달라고 해서 읽으세요. 부디 평안하시길.

조선문화통신*

1. 지식계급을 위해

조선의 신문화라고 해도 불과 삼십 년의 역사밖에 갖고 있지 않기 때문에 조선에서 적어도 문화 영역 안에 있는 모든 것은 젊다. 이조(李朝) 쇄국의 악몽에서 깨어난 결과, 갑오개혁 운동이 일어났고 이때부터 조선은 새롭게 태어났다 말할 수 있다. 세계정세와 일본의 흥륭(興隆)에 놀라운 눈을 돌려, 거기에 자극을 받고 신문화 신교육을 열렬하게 요구하여, 과학 정신과 신의학의 지식 등의 배양에 열중했던 것도 그 이후의 일이다.

하지만 이처럼 무엇이고 간에 젊은 바, 그만큼 젊은 특징인 청신하며 게다가 활력이 넘쳐서 건설적인 희망에 불타올라서, 또한 거의 맨발로 전진해 온 느낌이다. 그런고로 때로는 초조해 하며 허둥지둥 대는 경향이 없지 않으나, 하지만 조선의 문화 일반이라고 하는 것은 그러한 점으로 설명을 할 수 있으며 또한 이해해야 할 것이리라. 예를 들어 이러한 것은 조선의 신문학에도 적용할 수 있다. 조선문학은 과거 불과 삼십 년이라는 시간 동안 모든 사회 사조의 격랑 속에 유례없이 모든 선진문학을 받아들인 것은 물론이고, 또한 그것을 피와 뼈로 삼아 자신의 육체마저도 새롭게 구축하지 않으면 안됐다. 임화 씨는 시인적인 말을 통해, 우리들의 문학은 마치 승합차에 타

---

* 이 평론은 「朝鮮文化通信」(『現地報告』, 1940. 9)을 번역한 것이다. 『현지보고』는 문예춘추사가 발행한 잡지로 1940년 5월부터 1943년 4월까지 임시증간호를 구성해 비정기적으로 낸 잡지로 일본의 전쟁 수행에 관련된 종합적인 정보를 담고 있다. 특히 전쟁 르포르타주가 대거 연재되면서 일본 국민들에게 전쟁에 관한 정보를 제공했다. 지금 시점에서 보면 객관적인 보도라고 하기보다는 침략전쟁을 미화하는 프로파간다로 가득한 잡지이다.

고 여기저기를 돌아다니며 성장하는 소년들과 같다고 말했다.[1] 실로 적절한 말이라고 하겠다. 그리 생각해 보자면, 조선에서는 문학만이 아니라 모든 영역의 문화가 각각 버스에 타고 있다고 할 수 있겠다. 앉아서 자리를 데울 틈도 없이, 눈은 앞으로만 내달려간다. 너무나 어지럽고 빠르다고 하는 사람도 있다. 자동차도 벼락치기로 만든 것으로 완전히 몸에 익지 않았다며 비난당한다. 덜커덩덜커덩 지나치게 흔들리는 경향도 있다. 이리하여 실은 또한 조선문화와 문화인에 대해 외부에서 이런저런 해석과 억측이 행해지고 있는 것이다.

조선문화가 승합차에 흔들리고 있다고 할 경우, 또한 범위를 넓혀서 생각해 보면 조선의 인텔리겐차 자신이 각기 자동차를 몰고 있는 운전수라고 할 수 있다. 그러므로 나는 이 문화적인 의욕에도 건설적인 정열에도 조선의 유능한 인텔리겐차야말로, 외람되지만 그 이름에 가장 어울리는 것 중에 하나가 아닌가 한다.

그런데 한때 조선 인텔리겐차에 대해 내지에서 이런저런 피상적인 인식에서 오해와 억측을 하여, 그 성격적인 결함에 대해 이러쿵저러쿵 말이 많았다. 물론 우리들은 자신들을 돌아보고 반성하고 또한 자신들이 운전하는 차를 주의 깊게 재점검한다고 하는 기분에 인색하지 않으나— 혹은 지금까지 성급한 너무 그 점을 약간 등한시 했는지도 모르겠다— 하지만, 우리는 이러한 부당한 억측이나 독단을 그대로 전면적으로 받아들일 수 없다. 특히 요즘 그러한 것으로 이미 조선 인텔리, 더 나아가서는 조선인 일반의 인간성이 이미 결정이 났다는 식의 상황에 이르러서는, 더욱더 그렇다고 할 수 있다. 그리고 만약 작년 장혁주 씨의 지론, 「조선의 지식인에게 호소한다」(문예지상)[2]가 여러 의미에서 내지인의 조선인에 대한 인식을 잘못 보게 하는 요인을 만들었고, 또한 어떠한 의미에서는 트집 꺼리를 안겨주었다고 한다면, 장 씨의 진정을 잘 이해하고 있는 한 사람으로 몹시 유감스러운 마음을 금할 길이 없다. 그 내용이 다소 이기적이고 자기 치부를 드러냈다고 하지만, 오히려 그것은 우리들이 반성하고 재고할만한 점을 강조하는 것이었으나, 그 반향은 확실히 역방향으로 나타났다. 내 경우를 들어 생각해 보면, 졸작 「천마(天馬)」 가운데 내가 부정적인 면만을 집요하게 물고

---

1) 임화는 「現代朝鮮文学の環境」(『文藝』, 1940. 7)이라는 평론에서 조선문학을 위와 같이 비유적으로 말했다.
2) 「朝鮮の知識人に訴ふ」(『文藝』, 1937. 2).

늘어진 경향이 있기는 했으나, 그래도 도저히 참을 수 없는 마음으로, 잘도 증오해야할 주인공을 횡행하게 나두는 사회를 저주하고, 더욱이 그러한 인물을 보고 조선인 전반(全般)에 대해 이러쿵저러쿵 말해서는 곤란하다는 것을 암시하고 싶었던 것인데, 도리어 사실상 역효과를 불러온 것인지, 내지인 친구 한둘과 비평가에게서 지나치게 자학적이라는 말을 들었다. 그것을 듣고 나는 절실하게 소설의 어려운 점과 함께 문장을 쓰는 책임이 막중한 것을 통감하지 않을 수 없었다. 그것은 어찌되었든, 장 씨의 논문 이후에 갑자기 조선 인텔리겐차의 성격적 결함에 대해 이러쿵저러쿵 말이 많아지게 된 것만큼은 부정할 수 없을 것이다. 하지만 이러한 점도, 내지 사람들이 진정으로 조선 사람을 이해하려고 하는 따듯한 마음을 갖지 않고서, 사람의 승합차에 잠시 앉아 보고는 제멋대로 비평을 한 것에 그 원인이 있다고 생각한다. 우선 말해둘 것은 이렇다. 말하기를, 조선 인텔리겐차는 교활하고 신용할 수 없다. 말하기를, 당파심이 강하고 질투심이 깊다. 말하기를, 덧붙여서 격해지기 쉽다고.

나는 우선 무엇보다도 상호 문화의 교류와 감정을 융화하기 위해서는, 내지 사람들을 향해 윗사람(優者)의 미덕으로 겸양과 따듯하게 사람을 보는 마음과 사람을 구별하려고 하는 정열에만 휩쓸리지 말고, 사람의 좋은 점을 우선 보려고 하는 큰 도량을 바라마지 않는다고 말하고 싶다. 특히 다른 민족 간의 문화와 생활을 말하는 경우에는 더욱더 그러하며, 극히 일면적인 인상을 중심으로 책임을 질 수 없는 결론을 내리지 않도록 삼가야 할 것이다. 게다가 만일 현재 조선의 인텔리겐차를 논할 경우에는 특수한 조선의 사회 환경이나 문화가 젊다는 것, 그리고 그것을 활발하게 부흥시키려고 하는 인텔리겐차의 애타는 마음을 참작하고 나서야말로 실상을 이해할 수 있을 것이며, 또한 꼭 그렇게 해주기를 바란다. 새로운 의욕을 갖은 문화를 태운 승합차는 벼락치기로 만든 데다가 운전수와 차장까지 젊고 미숙하여 혈기만 왕성하여 조금은 눈빛도 변할 수 있는 것이고, 또한 조선의 현실 그 자체처럼 가로(街路)도 제대로 정리가 되어 있지 않기에, 때로는 오도 가도 못해 하며 또 때로는 서로가 무서운 기세로 충돌하려고 한다고 말할 수 있는 것이 아니겠는가. 물론 이러한 것은 우리들이 여러모로 생각해서 수정하거나, 타인에게 배워서 비판을 들어 보거나, 스스로 고민해 보아야 할 성질의 것으로, 또한 애를 써가며 그리 하고 있는 터이다. 그러므로 우리들이 다른 이들에게 이러쿵저러쿵 듣는 말의 일부분은 그것이 사실임을 인정하지 않을 수는 없다. 하지만 어떠한 지방과 민족에게도 특히 현저하며 고유한(本具的) 장점은 늘 새롭게 흘러가고 있음이 확실하지 않을까. 그것을 우선 인식해 주기를 바란다. 오히려 나는 우리들의 선배가 설령 급조한 자동차일지언정, 그것으로 잘도 게을러지지 않고 꾸준하게 고난의 길을 개척하고 나아갔다고 하는 감사의 마음을 금할 길이 없다. 그리고 조선 문화의 오늘을 있게 했다는 것에 대해 어떤 의미에서는 엄숙함마저 느끼고 있다. 나는 이를 조선 인텔리겐차의 명예를 위해서라도 소리 높여 말하지 않을 수 없다. 그리고 이렇게 문장을 쓰는 것이, 지나치게 늦은 감이 있을 정도이다.

　요컨대 조선에는 무엇이든 젊다고 하는 한마디로 정리가 된다. 그래서 지나치게 허둥지둥 대며 이러한 어지러운 삼십 년 동안 선진 문화의 뒤를 따라서 흡수에 흡수를 더해 왔다. 때로는 격심한 시류에 휩쓸려 갈 것 같았고 또 때로는 격심하게 흔들려서 눈앞이 어두워질 것 같으면서도. 하지만 그래도 오늘날 그럭저럭, 일단 안정된 느낌을 갖고 또한 자신의 호흡기로 호흡할 수 있게 됐다고 할 수 있다. 이 점에 대해서는 시대적인 계기가 그것에 박차를 가했다고 하는 점과 또한 과거의 전통이 갖고 있던 힘이 있었음을 잊어서는 안 된다. 무엇보다도 조선에서 과거 삼십 년 간은, 그것이야말로 슈투름 운트 드랑(질풍노도 – 역자 주)의 시대라고 해야 하며, 모든 추하고 낡은 것을 질풍노도로 없애 버리고 초조해 하며, 새로운 광명과 새로운 문화를 요구했던 것이었다. 조선의 유능한 인텔리겐차로서 누구 하나 여기에 참여하지 않은 사람은 없었다. 하지만 그 노도(怒濤) 속에서도 전통의 힘은 강하게 뻗쳐있어서, 숨 가쁘기는 했지만 새롭게 흡수할 것에 대해서는 비판적인 촬영(撮影)[3]을 잊지 않았다.

　그리하여 특히 현재의 조선 문화계는 실로 과거의 전통을 보다 엄밀하게 음미하고, 게다가 그것을 정당하게 계승하여, 드디어 독자적인 조선문화를 수립하려고 하는 단계에 도달한 느낌이다. 여기서 불타고 있는 들불과 같은 기세로 새롭게 대두한 것이 조선학에 관한 연구이다. 혹은 이것은 바닷물처럼 밀려들어 온 외래문화에 대한, 반동적인 행동이라고 해석될지도 모르겠다. 하지만 오히려 이것은 선진문화로부터 눈을

---

3) 원문에도 '촬영'으로 나와 있는데, 의미가 조금 불분명하기는 하지만 원문 그대로 옮겼다. 당시 유행했던 말일 수도 있으나, 오식으로 보인다.

가리고, 자기의 빈약한 아성(牙城)에 틀어박히려고 하는 고집스러움 때문이 아니라, 그 것을 자신의 육체를 통해 되살리기 위한 한때의 회고이다. 우리들은 또한 이제부터도 긴장해서 선진문화를 뒤따라가지 않으면 안 되는 숙명을 짊어지고 있기 때문에. 그리 고 특히 오늘날과 같은 시대에는 조선의 독자적인 문화의 모습을 규명하고, 그것을 훌륭하게 구축해서 또한 장래의 전망을 할 수 있는 것이야말로, 동아(東亞)의 문화협력 이라는 이념에도 합치하며, 전일본문화(全日本文化)의 일익(一翼)을 장식한다는 자각이 있는 것이다.

그러한 의미에서 현재 조선에서는 정열을 갖고 언어, 문학, 역사, 민속, 철학, 종교 등 전반에 걸친 연구가, 연로한 대가에서부터 신진 기예(氣銳)한 학도에 이르기까지 모 든 사람을 망라해서 진행되고 있다. 그중에서도 언어학 영역에서는 이극로, 이윤재 씨 등을 중심으로 한 조선어학회의 『조선어사전』의 획기적인 편찬이나, 또한 제씨(諸 氏)의 신라 향가 고어(古語) 연구, 고야가사(高野歌詞)[4] 해석 등은 주목해 봄직하다. 문학 에서도, 김태준 씨의 조선소설사연구 및 조윤제 씨의 시가연구와 함께, 임화 씨의 근 세문학 연구가 큰 성과를 거두고 있는 것 같다. 역사학 방면에서는 최근 작고한 문일 평 씨는 제외하고, 안재홍 씨와 같은 선배를 시작으로 실로 다양한 느낌이 있는데, 특 히 이병도 씨 등의 사회사적인 연구 방향이나, 황의돈 씨를 중심으로 한 향토사 연구 회의 활약이나, 이병기 씨의 시조에 대한 학문적인 연구 등은 그 의의가 깊은 것이 아 닌가 생각한다. 민속고고학 방면에서는 손진태 씨나 송석하 씨 등이 각각의 분야에서 활약하고 있으며, 그 외에도 모든 분야에 걸쳐 실로 많은 뛰어난 사람들이 연구에 몰 두하고 있다. 그중에서도 경성제대 조선문학과 계열의 젊은 세대 인재들이 현장에서 민요의 채집이나 무속 조사, 속담의 채집, 묻혀있던 부녀자 문학의 불굴 등을 통해, 조선학을 수립하는 방향으로 진영을 굳혀가며 움직이는 그 절정기의 모습은 눈여겨 보아야 한다고 생각한다.

---

4) 원문 그대로이며 이것은 '고려가사'의 오식이 확실해 보인다.

2. 조선문학과 언어문제

한편 현재 조선문학에 대한 것인데 전술한 것처럼 그것도 발아한 이래, 불과 삼십 년의 역사밖에 갖고 있지 않기 때문에, 문학의 질량으로 봐도 작가들의 나이로 보다 굉장히 젊은 것은 사실이다. 하지만 그렇다고 해도 신문학이 서구문학이나 일본문학의 영향만을 받고, 아무런 태반(胎盤)도 없이 갑자기 탄생했다고 할 수는 없다. 물론 한문에서 해방되어 민중의 언어인 조선어로 돌아간 것과 동시에 또한 전통의 가요 형태의 문학과도 결별하는 것으로 현대 조선문학이 탄생했다고 하는 것은 사실이다. 그래도 그것은 역시 오랜 시간 동안 배양된 민족문학의 전통이라는 토양 위에, 현대에 밀려들어온 바람을 가미해 개화했다고 해석하지 않으면 안 된다. 사실 갑오년 이후, 신문학운동이 일어나고 조선어로 쓰여진 소설이 나타났지만, 당초에는 그것이 서구나 일본소설의 단순한 모방에 그친 것은 부정할 수 없다. 그것을 통상 조선문학사에서는 신소설이라고 부르고 있는데, 하지만 그것이 율격이나 정신, 표현 등을 볼 때, 어떠한 의미에서는 구소설의 피를 이어받고 있다는 점은 명확하다. 또한 이광수 씨 이후 오늘의 이른바 현대소설도, 십여 년에 이르는 신소설의 발전을 토대로 해서 탄생했다는 것을 놓쳐서는 안 될 것이다.

그러므로 현재 늦은 감은 있지만, 조선문학이 점차 내지에도 소개되고 그 독자성이 일반에게도 인정되기에 이른 점도, 조선문학이 단순히 서구문학이나 일본문학을 모방한 것이 아니라는 점을 잘 보여주는 것이다. 그것에 더해 또한 당연한 것이지만, 조선문학은 기후와 풍토 및 오랜 역사에 순응하며 만들어진, 조선인 독자의 기질이나 성격, 언어, 감성이 뒷받침된 것이며 또한 반영된 것이기 때문이다. 하지만 어찌됐든 조선문학이 초기에 러시아의 자연주의 문학의 영향을 특히 받았던 점은 부정할 수 없는 것이리라. 그렇다는 것도 혹은 우리들의 토지나 기후 풍토가 대륙계이며, 또한 정신적인 면에서도 대륙적인 특징을 더욱 갖고 있기 때문일 것이다.

어찌됐든 이 짧은 삼십 년 동안에 오늘날과 같이 조선문학을 왕성하게 구축하게 된 것은 경탄하기에 부족함이 없다고 할 만하며, 그 한 면에는 얼마나 조선 사람들의 강렬한 계몽적인 정열과 시민적인 욕구가, 문학 가운데 작용하고 있는 것인지를 알 수 있으리라. 최근 출판계의 이상한 호황 등으로 보자면, 아마도 그것이 변질적인 요인을 갖고 있다고 하더라도 조선문학의 황금시대가 나타났다는 느낌을 지울 수 없다.

그리고 조선 문단의 구체적인 상황이라고 해도, 지금까지 여기저기 소개되어 있기 때문에 나로서는 특별히 내세워서 말할 것을 갖고 있지 않으나, 지금은 조선문학이 선배 대가들의 손을 떠나서, 이태준, 한설야, 유진오, 이효석, 김남천, 이무영, 채만식, 박태원 등 제씨와 같은 중견작가에 의해 굳건히 지켜지고 있다는 것은, 특필하기에 충분하다고 생각한다. 게다가 문예 주류가 혼란스러워진 후에는 요컨대 제 각기 작가가 정신적인 세계로 보다 깊이 침투해 가서 혼자 방황을 시작하여, 사람이나 생활을 정확히 파악하고 새로운 모럴의 수립을 향해 서로 노력해 가고 있다는 것은 역설(力說)할 수 있다. 그러므로 그 어느 시기보다도 각각의 작가가 한층 진지하고 더욱이 냉철한 태도로 문학에 임해서, 조선문학 본연의 모습을 상세하게 검토하고 규명하여, 어떻게 하면 현재의 문학을 보다 충실하고 더욱이 앙양(昂揚)할 수 있을지 혼신의 노력을 보이고 있다. 이어서, 최근의 작가 전반에 걸친 공통된 노력은 조선어의 새로운 발견이라는 점에 기울여졌고, 그것이 또한 성공적으로 착착 진행돼서 고전문학으로부터 풍부한 언어 유산을 계승하였고, 또한 한층 언어의 통일이나 감각을 조탁(彫琢)하는 데까지 이르렀다. 이러한 점에서 드디어 조선문학도 그 권위가 무거워졌으며 기 기초도 백 년에 걸쳐 굳어졌다고 할 수 있으리라. 즉 한문학(漢文學)의 지배를 완전하게 타파하고, 고전문학의 유산을 계승하며 또한 조선어 확립을 위해 무수히 많은 선구자의 작업도 완성하게 됨에 따라. — 주지하는 것처럼 독일에서는 18세기, 적대적이었던 프랑스 문화가 침윤(浸潤)하는 가운데에서도, 독일어의 아버지 크롭프슈톡도 태어나고 레씽도 괴테도 태어났다. 그런 의미에서 지금부터 조선에서도, 조선어를 통일하고 순화하여 조선문학을 대성시킬 수 있는 위대한 괴테가 태어날 것이다. 그리고 지금이 그 탄생이 가장 필요한 시기로 보인다. 하지만 그렇다고 해도 언어 문제부터 해서 우리들이 편협한 기분으로 조선문학 쇼비니즘에 빠져서는 안 된다고 하는 것은 경계해야 할 점이다.

그런데 요즘 동시에 언어에 관한 문제가 꽤 까다로워져서, 조선의 작가도 모두가 내지어로 써야 하지 않겠는가 하는 논의가 일어나서, 일부에서는 조선문학은 지금이야말로 수난기라고 말하고 있는 것 같다. 하지만 우리들은 이 문제에 즈음해서, 그다지 신경질적으로 반응하지 않아도 된다. 모든 언어학자나 문학사가의 증언을 빌릴 필요도 없이, 또한 역사발전의 증명을 통해서 민족어가 존속하는 것에 대해서 이러니저러니 비관할 것까지는 없다. 또한 그뿐 아니라, 조선에서 문맹이 아닌 사람들 대부분이 조선문학밖에 읽지 못하는 현 상황에서, 갑자기 조선 작가가 모두 조선어를 버리고 내지어로 쓰는 것은 문화를 사랑하는 길이 아닌 것이다. 요컨대 자명한 것을 실정에 대조해 보고 조선문학자 입장에서 허심탄회하게 설명을 해보는 것이다. 하지만 조선어로 저술하는 것이 비애국적이라고 하는 일파(一派)의 주장에 대해서 우리들은 결코 묵과할 수 없다. 현재 시국논객으로 그 요직을 차지하고 있는 인정식(印貞植)도「내선일체의 이념」(인문평론)이라는 논문 가운데 확실하게 결론짓고 있다. 즉 조선 안의 문학자가 아무리 시국에 눈을 뜨고, 내선일체의 이상이라는 것을 위해 움직인다 하더라도, 실제로 조선 사람 대부분이 읽지 못하는 내지어로 쓴다면, 그것이야말로 피리는 불지만 사람은 춤추지 않는다[5]고 하는 것이 되리라고. ― 나는 이렇게 생각하는 것이 가장 귀중하다고 본다. 왜냐하면 문학이라는 것은 역시 민중 가운데 흘러 들어가고 그에 따라 읽히는 것을 절대적으로 필요로 하기 때문이다. 덧붙여서 작년 시월, 전 조선(全朝鮮) 문단인이 시국적인 인식 하에 동원되어, 조선문인협회가 발족되었는데, 만약 조선문(朝鮮文)이라는 것이 반국가적인 것이라고 한다면, 이 협회의 임무나 실천은 도대체 어디서 찾아낼 수 있다고 하는 것인가.

본질적인 의미로 생각하자면, 역시 조선문학은 조선작가가 조선어로 씀으로써 비로소 성립되는 것은 자명한 일이다. 하지만 이러한 어려운 논의는 제쳐두고, 작가 측의 실질적인 입장에서 생각해 보면 조선의 작가가 내지어로 쓰게 될 경우에는 여러 가지로 곤란하고 불편한 문제가 따라와서 정열을 분산시킬 위험성이 충분하다. 우선 조선문단의 현실을 털어놓고 말하자면, 조선인 독자가 읽어주기를 바라는 마음에서 자신의 언어로 좋은 작품을 쓴다는 것이 고작이며, 조선문학을 활성화시키리라는 정열이 앞서서 내지어로 쓰려는 여유를 갖기 힘든 것이 현실이다. 이것은 무엇보다도 강한

---

5) 일본 속담으로 원문은 "笛吹けど人は踊らず"이다. 위정자의 호소에 민중이 바라는 대로 움직여 주지 않는 것을 형용하는 말이다.

주관적인 이유인데 그러므로 밥도 못 먹는 조선어 창작을 그만두고 내지어로 쓰라고 하는 호소도 그다지 영향력을 갖지 못하는 까닭이다.

그 다음으로, 조선의 사회나 환경에서 그 동기나 정열에 내몰려서, 그것에 따라 포착한 내용을 형상화 하는 경우 그것을 조선어가 아닌 내지어로 쓰려고 할 때 작품이 아무리 해도 일본적인 감정이나 감각에 끌려가는 재앙을 초래하고 만다. 감각이나 감정, 내용은 언어와 결부된 후에 처음으로 가슴속에 떠오르게 된다. 극단적으로 말하자면 우리들은 조선인의 감각이나 감정으로, 기쁨을 알고 슬픔을 느낄 뿐만 아니라 그러한 표현은 그 자체와 불가분으로 맺어져 있는 조선말에 의하지 않으면 확연하게 떠오르지 않는다. 예를 들어 슬픔이나 욕만 해도, 그것을 내지어로 옮기려면 직관이나 감정을 상당히 빙빙 돌려서 장황하리만치 번역하지 않으면 안 된다. 그것을 못하면 순연한 일본적 감각으로 바꿔서 문장을 쓰게 된다. 그러므로 장혁주 씨나 나와 같은 사람, 그 외에 내지어로 쓰려고 하는 많은 사람들은 작가가 의식하고 있든 아니든 일본적인 감각이나 감정으로 이행하여 휩쓸려 갈 것 같은 위험성을 느낀다. 더 나아가서는 자신이 쓴 것이면서도, 이그조틱 한 것에 현혹되기 쉽다. 이러한 것을 나는 실제로 조선어 창작과 내지어 창작을 아울러 시도해 보면서 통감했던 사람 중 하나이다.

어찌됐든 내지어로 쓰든 그렇지 않든, 그것은 작가 한 개인의 문제이며 조선문학을 조선어로 창작해야 한다는 것은 엄연한 진리일 것이다. 조선이라는 현실 사회 속에 살면서 거기서 감정이나 동기를 느끼고 붓을 드는 경우, 자신에게 손쉬운 언어로 또한 그러한 언어밖에는 알지 못하는 다수 독자를 위해 쓰는 것에 대해서 무엇을 이상하게 생각 할 필요가 있겠는가.

또한 세 번째로 무엇보다도 근본적인 것은 내지어로 쓰라 하여도, 실제로는 내지어로 예술적인 형상화를 할 수 있는 작가는 극히 소수밖에 없다는 사실이다.

3. 번역 기관의 필요성

이상 언급했던 것과 같이 실제적인 문제로, 조선의 작가가 모두 내지어로 써야 한다는 것은 응할 수 없는 논의인데, 만약에 그것이 어쨌든 가능하게 되더라도, 그렇게 된다면 지금까지 애써 쌓아올린 독자적인 조선문학은 붕괴하게 될 것이다. 또한 그것은 전일본문화, 동양문화, 더 나아가서는 세계문화를 위해서도 슬퍼해야 할 손실임에 틀림없다. 가와카미 데쓰타로6)는 조선문학을 접한 감상으로, 세계문학이 20세기라는 시대에 지방적인 꽃을 피웠다……고 말하고 있다. 또한 구메 마사오 씨나 하야시 후사오 씨는 조선문학이 아일랜드 문학과 비교할 수 있는 문학이 된다면, 그 이상 좋을 것은 없다는 의미의 말을 하고 있다. 그것은 필경 영국문학이 아일랜드문학을 일익(一翼)으로 거느리고 있음으로, 한층 눈부심을 더해 간다는 사실을 우리들이 알고 있기 때문이다. 조선문학의 존재도 확실히 일본문학의 일익을 장식하는 것이라고 나는 믿어 의심치 않는다.

하지만 지금까지 조선문학은 좁은 영역에 틀어박혀서 자신의 육체를 구축하는 데 급급한 나머지, 영국문학에 있어서 아일랜드문학처럼, 일본 문단과 그다지 밀접한 거리를 갖고 있지 않았다. 그러한 상황에서 상호교류를 하는 이 시점에, 지금부터 문제가 발생하고 있는 것이다. 하지만 지금은 새로운 시세(時勢)의 전개와 함께, 내지에서는 조선문학에 대한 인식이 좋아지고 또한 평판도 점차적으로 높아지게 되었다. 그것도 과거 삼십 년 간에 걸친 조선문학자들의 평범하지 않은 노력이 반영 되어서 인정 받기 시작한 것에 다름아니다. 그리고 조선문학도 지금까지 일개 지방에 국척(跼蹐)7)하고 있었지만, 점차적으로 발을 넓혀서 보다 넓은 세계로 각광을 받기 시작하고 있다. 뭐라 하여도 이것은 전일본문학을 위해서도, 또한 조선문학을 위해서도 기뻐해야 할 일이라고 말하지 않을 수 없다.

그 여파로 내지에서 일부 문학자들이 조선의 작가도 내지어로 써야 하지 않겠냐는 의견을 내놓았던 것인데, 전술했던 현실적인 이유에서 그것은 실제로는 매우 지난한 일이다. 하지만 그것에 대해 조선의 작가들도 여러모로 오해를 하거나 억측을 할 필

---

6) 가와카미 데쓰타로(河上徹太郎, 1902~1980)는 일본의 문예비평가, 음악평론가이다. 예술원회원이었으며 고바야시 히데오(小林秀雄), 오오카 쇼헤이(大岡昇平) 등과 친교가 두터웠다. 일제말기에는 일본문학보국회에 깊숙이 관여하여, 패전이후 신일본문학회의 오다기리 히데오(小田切秀雄)에게 '전범문학자(戰犯文学者)'로 규탄을 받았다.
7) 황송하여 몸을 굽히다라는 말이다.

요는 없을 것이다. 오히려 그것은 내지의 문학자가 조선의 작가마저도 맞아들이려고 하는 아량을 보여준 것이라고 이해해야 할 것이다. 그리고 또 한편으로는 대국적으로 생각해 보면, 현실은 훨씬 우리들을 앞서 진행하고 있음을 인정하지 않을 수 없다. 내지어 철저화 방침도 점차 그 강도가 거세지고 있으며, 가까운 시일에 의무교육까지 실시된다면, 보다 넓은 범위로 내지어가 보급될 것이다. 또한 이러한 점은 내선(內鮮)의 융화와 일체를 위해서도 꼭 필요한 일이다. 그리고 현재 소학생이나 중학생이 사회인이 돼서, 새로운 독자층을 형성할 날을 상상해 보면 장래에는 내지어로 쓰는 것에 설령 예술적인 집중이 이뤄진다 해도, 그 문학적인 존재성이나 필요성을 부정할 수 없을 것이다. 물론 내가 여기서 말하는 것은 본질적인, 예술적인 견지에서 전술했던 조선언어주의(朝鮮言語主義)가 현실적인 상황 앞에서 그 진리성이 전복돼야 한다고 말하는 것은 아니다. 진리는 어디까지나 진리이지 않으면 안 된다. 하지만 나는 여러 가지 불편한 점을 참아가며 내지어로 쓰는 사람이나, 쓰려고 하는 사람들의 입장까지 이해하지 않으면 안 된다고 생각한다. 그것은 어째서인가. 즉 내가 말하는 것은 현재 모든 희생을 감수해 가며, 자신의 언어와 말로 대화해야 하는 넓은 독자층을 갖고 있으면서도 그것을 아랑곳 하지 않고 일부러 내지어로 쓰는 사람들은, 그 당사자에게 절대적인 어떠한 절실한 심적인 동기가 없으면 안 된다는 것을, 전제로 해야 한다고 생각하기 때문이다. 조선의 문화와 생활, 감정을 보다 넓은 내지 독자에게 호소하려는 동기, 혹은 다른 의미로 말하자면 더 나아가서는 조선문화를 내지와 동양, 세계로 널리 알리기 위해서, 미력하지만 그 중개자라는 수고를 감수하겠다는 동기 등도 그러한 것이리라. 또한 그것을 무엇보다 현 시대는 요구하고 있다. 그리고 내지 문단이 조선 문학자에게 호소하는 이유도 거기에 있다고 생각한다.

그러한 의미에서 나는 조선의 작가 가운데, 내지어로 충분히 쓸 수 있는 사람은 조선어 저술을 하는 한편으로 내지 문단에도 계속 좋은 작품을 써서 보낼 필요가 있다고 생각한다. 그리고 조선인이라고 하는 것과 그 생활이나 감정을 널리 이해시키고 동시에 조선문학의 진가를 묻는 것은 그 자체로 조선문학의 발전을 위해서이며, 또한 조선문학이 제삼자에게 비판당하는 것을 통해서, 이바지하는 점이 큰 것도 틀림없다. 정신적인 진정한 내선일체도 문학을 통해서만이 제대로 이루어질 수 있을 것이다. 하지만 경계해야 할 점은, 내지어로만 써야 한다고 하는 사고방식일 것이다.

하지만 현재처럼 조선에서 유능한 작가 대부분이 내지어로는 쓸 수 없는 시기에, 나는 이 기회에 꼭 내지문학과 교류를 꾀하기 위해 권위 있는 번역 기관을 만들 필요가 있다고 생각한다. 즉 조선문학의 고전이나 현대 작품에 국한되지 않은 적어도 널리 소개하기에 부족함이 없는 작품을 지금부터 번역하여 소개하는 것은 매우 의미 있는 일이기 때문이다. 나는 이 필요성을 한두 번 조선이나 내지에서 제창했는데, 특히 최근 갑자기 조선문학 작품이 다양하게 번역되어 소개됨에 이르러, 더욱더 그 필요성을 절실하게 느끼지 않을 수 없게 되었다. 그것은 작품을 비판적으로 선택하고, 또한 불친절하게 번역하는 혼란을 막고, 무분별하게 출판사가 이익과 욕심으로 향해가는 정책에 이용당해서, 조선문학이 모처럼 출발하는 것이 어이없이 좌절해서는 안 되기 때문이다.

현재 조선의 작가가 응할 수 없는 논의를 해서 내지어로 쓰라고 하는 것은 뭐라 해도 무리이다. 그 대신에 조선문학을 번역하는 조직을 만들어서 조선문학이 진정으로 조선어로 쓰지 않으면 안 되는 까닭을 보여줘야 할 것이다. 당장 조선총독부가 솔선해서 번역국(飜譯局) 등을 설치해서 그러한 유익한 문화사업에 뛰어드는 것도 좋다. 그것이 아니라도 경성제대 조선문학부 출신의 모든 학도부터라도 고전문학 번역회라도 조직해서, 자신들의 전문인 고전문학을 번역해서 소개할 마음은 없는가. 현대문학은 꼭 그렇지도 않지만 역시 고려문학이나 이조문학(李朝文學)은 이러한 학도의 힘을 크게 빌리지 않으면 안 된다. 나는 요즘 춘향전 원본 번역을 시도하고 있는데, 절실하게 그것을 통감하고 있다. 그리고 이러한 학도들도 이러한 것을 기획해도 좋을 시기이다. 그와 동시에 현대문학 번역회와 같은 것이라도 만들어서, 서로간의 협의를 통해 선정한 것을 완벽을 기하는 번역으로 완성해서 소개한다면, 조선문학의 자부심을 내외에 떨치는 것이 되며, 또한 그것 자체가 조선 문학자의 노고를 위로하고 활력을 불어넣는 하나의 방편이 될 것이라고 생각한다. 게다가 번역을 실제로 하려면 여러모로 어려운 점이 있는데, 나는 한두 번 실제로 그러한 문제와 부딪쳐 보고 역시 공동으로 연구해야 할 여지가 많다고 생각하고 있다. 이 점에 대해서 여러모로 처음에는 무리가 있을 지도 모르겠으나, 나는 번역을 할 때도 조선어 뉘앙스나, 격율, 어감 등을 되도록 살리는 쪽으로 궁리해야 한다고 생각하고 있다.

역시 이상적인 것은 보다 광범위한 번역 기관이 생겨서 거기서 고전문학 멤버나 현대문학 멤버를 포함시켜, 번역에 대해 공동으로 연구해 가면서, 각각 자신의 분담에 따라서 서로 노력해 가는 것이리라. 거기에는 동경에 있는 조선의 문화인들도 적극적으로 가담해서 함께 협력해서 연락을 취해야 할 것이며, 또한 그 점에 관해서는 동경의 출판사나 문학자 제씨들도 호의와 기쁜 마음으로 힘을 빌려 줄 것이 틀림없다고 생각한다. 어쨌든 이런 권위 있는 번역 기관이 하루 속히 조직된다면 조선문학의 모습을 내지 사람들에게 널리 뚜렷하게 인상짓고, 그것이 현재 동아(東亞)의 한 척박한 땅에 오랜 기간 전통을 갖고 이어져서, 가련하고 아름다운 꽃을 피우고 있는 것을 과시하고, 더 나아가서는 오늘의 어려운 언어문제를 과도기에 있어 훌륭하게 그 역할을 다하고 싶다.

용영종(龍瑛宗)에게 보낸 편지*

오늘 아침 편지 잘 받았습니다. 감사합니다. 서로 까마득히 먼 장소에 태어났으면서도, 다른 나라의 말로 글을 썼기 때문에 귀형과 이렇게 새로운 친구가 될 수 있었던 것이 무엇보다도 기쁩니다. 저는 소학생 중학생 때부터 대만을 좋아해서 소년적인 열정으로 대만을 주목해 왔습니다. 지금도 대만에 가보고 싶은 마음이 큽니다. 귀형도 말하셨듯이 남방의 꿈 많은 대만은 우리들에게 있어서는 그리스일지도 모릅니다. 거기에 가는 것은 로마로 떠나는 여행이 될지도 모릅니다. 그런 것을 생각하기도 합니다. 그리고 또한 무엇보다도 귀형처럼 민족 감정에 잠겨 생활에 익숙해지려는 욕망도 있습니다. 올 여름쯤에는 사할린에 갔다 올지도 모릅니다. 그쪽에 가 있는 동포들의 생활을 보고 싶습니다. 대만에도 상당히 많은 조선인들이 가있다고 들었습니다. 언젠가는 꼭 한번쯤 갈 생각입니다. 귀형도 휴가를 내 조선에 와 보십시오. 그렇지만 자랑할 수 있는 것은 지금의 조선이 아닙니다. 귀형의 혜안으로 모든 것을 보아주십시오. 저희 나라도 예술의 나라입니다.

혹 귀형은 대만 출신의 시인 오곤황(吳坤煌)을 알고 계십니까? 뜻밖에 어느 ○○ 안에서 만났는데 이목구비가 뚜렷한 사람으로 참 인상이 깊었습니다. 작년 북경에 갔다가 천진(天津)으로 돌아갈 때 천진 역의 플랫 홈에서 우연히 만났습니다. 그리고 지금 이렇게 쓰고 있는 중에도 생각을 하고 있습니다만 소설을 쓰고 계신 분으로 생각됩니다만 장문환(張文環)이라고 하는 분은 이제는 소설을 쓰지 않으시는지요. 어딘가에서 읽은 듯합니다. 귀형도 문학을 하는 과정에서 여러 가지로 어려움이 많을 것이라 생각합니다. 전통이라고 하는 것 말입니다. 이것은 어떻게도 할 수 없는 일이더군요. 자

---

* 이 편지는 김사량이 대만 작가 龍瑛宗에게 보낸 것을 번역한 것이다. 'O'는 판독 불가.

신의 피에 흐르고 있는 전통적인 정신이라고 하는 것은 어떻게 할 수 없는 것이겠지요. 그렇게 말하면 결국 소중한 것입니다. 그것을 의식적으로 거부해서는 안 되겠지요. 그것을 충실하게 살려가면서 자신의 문학을 새롭게 세워야만 하겠죠. 저도 통절히 느끼는 바입니다. 역시 귀형은 대만인의 문학을 하고 있고 앞으로도 또한 해나가야만 합니다. 그리고 저는 조선인 문학을 하고 있고 또 해 나가야만 합니다. 너무나 당연한 일인 것 같지만 중요한 일입니다. 귀형의 <초저녁 달>을 읽고 저는 대단히 친근감을 느꼈습니다. 역시 귀형이 있는 곳도 제가 있는 곳도 현실적으로는 변하지 않은 것 같아서 소름이 끼쳤습니다. 물론 이 작품은 현실폭로가 아니고 극히 당연한 것처럼 쓰려고 한 작품입니다. 그러나 저는 그 속에서 귀형의 떨고 있는 손을 본 것 같습니다. 제 독단이나 감상일지도 모르겠습니다. 용서해 주십시오.

귀형은 저 모순(茅盾)이라는 작가를 어떻게 생각하십니까. 그렇게 뛰어난 작가는 아닙니다만 확실히 좋은 작가인 것 같습니다. 노신(魯迅)은 제가 좋아하는 작가입니다. 그는 훌륭했어요. 귀형이야말로 대만의 노신이라 생각하고 자신을 쌓아 올려 가십시오. 아니 그런 식으로 말하면 실례일지도 모르겠습니다. 단지 노신과 같은 범문학적인 일을 해 주십사 하는 정도의 의미입니다. 저도 가능한 한 초조해 하지 말고 좋은 작품을 건실하게 써 나갈 작정입니다. 나중에라도 시간적인 여유가 있으면 또 편지를 씁시다. 귀형도 일을 척척 진행시켜 주십시오. 서로 격려하고 도웁시다. 「빛 속으로」에 대한 귀형의 비평은 최고라고 생각합니다. 저도 언젠가 그 작품을 개정할 수 있을 때가 오기를 마음속으로 기다리고 있습니다. 좋아하는 작품은 아닙니다. 역시 내지인 취향입니다. 저도 확실히 알고 있습니다. 그것을 너무나도 잘 알고 있기 때문에 두렵습니다.

(1941년) 2월 8일 김사량

먼 곳의 벗

룽잉쭝 씨 机下

대만에서는 보통 편지에 씨라고 쓰는지요. 조선에서는 그렇습니다. 조선풍으로 쓰게 해주시기 바랍니다.

해방이후 | 소설

마식령(馬息嶺)
칠현금

마식령(馬息嶺)*

1

굽이가 아흔 아홉이래서 흔히 아홉의 고개라고 부르는 산허리를 타고 넘어 굽이굽이 감돌아 내려오니 이번은 더 드센 첩첩 산이 앞길을 꽉 둘러막는 것이었다. 새어 나가기는 고사하고 올라가려야 올라갈 틈서리조차 없어 보인다. 이런 태산준령에 둘러싸인 심심 산중 골 바닥에 이름 모를 조그만 부락이 하나 있었다.

드디어 이 평원가도에서도 험준하기로 유명한 마식령(馬息嶺)에 다다른 것이다. 나귀도 숨을 태워 넘는다고 마식령, 하늘을 어루만질 수 있대서 마천령(摩天嶺)이라고도 불리운다고 한다. 하여간 이것만 넘으면 원산은 엎어지면 코밑이다.

이 마을에다 화물차를 세우고 우리 승객 일동은 길 나들이 국수집에 들어앉아 점심 식사를 하게 되었다. 차 자체도 숯을 갈아 넣느니 엔진을 검사하느니 물을 보급하느니 매우 단단한 차비를 차리게 되었기 때문이었다.

섣달도 구름이 혹한이라 승객들은 모두가 솜붙이 아니면 개털로 아래위를 씌운 몸이어서 곰처럼 늘어앉아 둥기적거리며 대포를 한잔씩 나누고 있었다.

나는 동행이 없으므로 해서 지방으로 출장 나가는 기관사들 틈에 한 자리 엇붙어 앉게 되었다. 실로 화물차 꼭대기는 매우 어지러웠고 바이없이 또한 춥기도 하였다.

더욱이 심산지대로 들어섰기 때문에 기온이 내려앉고 햇빛조차 비치지 않아 동해처럼 언 몸뚱이에 술기운이 호되게 고마워 모두들 웅크리고 앉아서 손을 서걱서걱 비

* 이 작품은 해방후 김사량의 작품집 『풍상』(민주조선출판사, 1947)에 수록되었다.

비며 돌림잔만 기다린다. 그러나 아랫방에서는 우리와 같이 꼭대기에 달려오던 장사꾼들과 운전수가 양덕서부터 운전대에 타고 온 중년 여편네를 중심으로 서로 어울려 너스레를 놓으며 주발뚜껑을 돌린다.

　모두 어지간한 술꾼들인 모양이었다. 아직 도계표는 보지 못했으나 이 아홉의 고개를 넘고 나니 어태(語態)는 완전히 '허우다'의 함경도 말씨다. 평양서 고무신과 무명천을 사간다는 장사꾼들이 한잔 먹은 김이라 소불하 얼마가 남느니, 들어다 보느니, 호기지게 폼을 내며 두 마디 안짝에는,

　"그래 아즈망이는 그런 헛장사만 했단 말이우?"

　하며 놀려댄다. 그러나 이쪽은 원체 비위가 촘촘하여

　"잔말씀 작작 하구 술이나 한잔 더 붓소세. 생각만 해두 기참에……."

　말을 보아서는 그다지 기가 찬 모양도 아니었다. 보아하니 곱슬머리 꽁진 본때일지금 껍질을 씌운 앞니이며 수다스런 입심이 술장사 퇴물임에 틀림없음직하다.

　"자― 운전수 아즈방이 한잔만 더 듭세. 수구하시는데……. 어째 자꾸 일어만 날라구 그러메?"

　"역시 운전수 동무는 그만 하시지요?"

　우리 쪽에서는 험준한 산악의 얼음길이 불안해서였다.

　"히! 힛히……."

　여편네가 산드러지게 웃는다.

　"벼랑에 차를 쳐 박을까봐 저 손님들 매우 무서운게다."

　"손님들 말씀이 옳수다."

　운전수는 장갑을 주섬주섬 끼면서 일어난다.

　"아즈망이 밑천까지 놓아서야 되겠슴?"

　"무시기 밑천? 몸뚱이 하나밖에 남지 않았는데. 몸뚱이는 제대로 파는 세상이가디?"

　보기 좋게 쭉 들이키고 나서 운전수의 팔을 붙들며

　"차운데 좀 더 하시구 나가랑이까……. 제미. 그럼 떠나게 되면 뿡뿡 합세!"

　운전수가 문을 열고 나가니까 불이 나게 돌아앉으며,

"그럼 아즈방이 나와 같이 천장사할까?"

언 몸이 술기운에 녹아들어 꺼덕꺼덕 졸고 있던 무명천 장수 턱수염은 터가리를 내어 밀고 눈을 끔적거리며,

"왜 또 나까지 못살게 만들 생각이우?"

"앙이. 내사 장시야 본래 잘합지비……. 이래 바두 해방 전엔 희한하게 큰 영업을 벌기구 장꺼리를 싸대던 솜씨랑이……."

이러면서 싯누런 말상에 눈웃음을 치느라고 흰자위를 굴린다. 사십 주름이 징그럽게도 처량한 느낌이었다.

"내사 원 죽을 신수 들었으면 들었지비. 글쎄 그따우 날도적놈한테 속아넘겠슴?"

"하……. 암만 그래두 천장시야 이를갑세 글렀당이까……."

"글쎄, 걱정 말구 한 행부만이라두 나를 앞세우구 해봅세. 척척 구다사이 할 테니."

"헤헤 그렇게 잘하는 장시?"

바로 옆에 웅크리고 앉은 버텅니가 여편네의 무릎을 치며 키득키득 웃어댄다. 하니까,

"옳지. 이 아즈방이가 활달해 보이더라……. 남자가 좀 활발해야지."

하며 이번은 그쪽을 향해 돌아앉았다. 우리가 보기에도 턱수염은 좀해 넘지 않을 듯하였다.

"아즈방이 그래 나하구 고무신장시 같이 해보겠슴? 이래 바두 장시 물게가 황 하당이……." 뒷손으로 턱수염을 밀어 제치며,

"저런 아즈방이는 엉꾸레가 돼서틀렸당이까. 동사할 때는 첫째 성미가 맞아야지비……."하며 타근스레 다가와 앉는다.

"우리 젠장 빌어먹을 거 고무신을 팔아가지고 명태 실구 돌아갑세. 내 장담입찌비 화물차에는 암만이래두 짐짝을 거저 실릴 수 있당이!"

주발뚜껑을 들이키려던 버텅니는 무슨 생각에서인지 돌아보며 씩 웃었다. 레커차 없이도 물건을 실릴 수 있다는 말이 매우 귀에 담길 성이 있는 모양이었다. 여편네는 주발뚜껑을 입에 대어주며 게슴츠레 눈웃음을 친다.

"어서 쭉 한잔 내우다!"

"으으으……."

"왜 아즈망이 이번 행부엔 재미 못봤어요?"

술 주전자를 들고 들어오던 이 집 일꾼의 묻는 말에 넌지시 쳐다보며,

"이거봅세 조카님. 한 입에 싹 까옇고 말았슴메."

"이를갑세 이 금가락지만 해두 아직 밑천이 톡톡하우다레."

턱수염 천장사가 음흉스레 손길을 잡아 쓰다듬으니까, 버텅니가 눈을 둥기죽하고 건너다보더니,

"거 가금 앙이우?"

"페랍당이 가금이랑이?"

"그럼 거나 팔게!"

여편네는 버텅니의 무릎을 꼬집어 비틀었다.

"실루 이 아즈방이 나같은기래두 금가락지 하나쯤 끼워줄 생각은 까먹구?"

"에구―천 필 팔아 금가락지에 다 넣을 뻔했군……. 어디 나두 같이 동사해 볼까 했덩이……."

하며 허급을 떨어보이는 천장사의 턱수염을 여편네가 잡아당겨 아구구― 아구구 하는 바람에 모두 껄걸 웃는다.

"이 아즈방이는 틀렸어, 틀렸어……."

"이번엔 무스거 가지구 갔어요?"

"이거 봅세 조카님. 물천꿀을 열 초롱이나 해 가지구 갔당이."

하더니 두어 번 눈을 끔적끔적하며,

"그런데 나 뜨근 국 한 그릇 더 못줄까?"

"그러게오."

"이거 국시럭 단단히 쓰게 됐구만!"

버텅니가 자진하여 핑살이가 될 각오를 단단히 하는 모양이었다.

"아깝지 않게 되었지. 운전수한테 칼침이나 맞지 않도록 하우다……."

"무시기? 내가 운전수와 상관이 있가디?"

턱수염의 경고를 여편네는 이렇게 간단히 받아넘기고 나서,

"조카님, 그래 하던 얘기나 마저합세…… 피양 가보니까 서너 곱이나 되었습네게 레……"

"그럼 머 폭 되었게요?"

턱수염이

"허, 그 조카님 ……성미두 되우 바쁘다! 조카님은 갑재기 또 무슨 놈의 조카님이야……"

"글세 천천히 들어봅세…… 한 여관에 든 놈이 국수쟁반을 한턱 내겠다기에 이 정신 나간거 따라나선게 불찰이지비. 무시기 그놈이 날도적놈인 줄 알았겠슴. 이놈이 쟁반을 시켜놓구서 갑재기 뒤가 마렵다구 나가더니…… 아 글쎄 그 달음으루 여관에 달려가 내 짐을 깡그리 메구 달아났당이…… 달아났어……"

"거 정말 낭패우다."

"낭패랑이……. 말 맙세. 팔자에 없는 쟁반 값만 뒤집어쓰구 여관 밥 값두 모자라 세루주의 팔아 물구왔당이까……"

방안 사람들은 모두 불기하고 파안일소하였다. 여편네는 우리들 쪽을 넌지시 건너다보며 금니가 번쩍이게 마주 웃더니,

"가만히 있소. 내 저 하이칼라 손님들과 한잔 더 먹어얍지비……"

하며 일어나 넘어오다가 버텅니를 돌아보며,

"좀 있다가 같이 갑세. 엥. 이번에사 아즈방이랑 한 자리에 타야겠군. 꼭 붙어서 떨어지지 않겠당이……"

우리 좌석에 끼어서도 아양을 떨고 엉석을 부려보느라고 말상을 실룩거리며 여기저기 남아돌던 술잔을 거침없이 하나하나 집어치우기 시작한다.

"아즈방이는 어디메 가오?"

개차밥처럼 지근대는 놀음에 마지못해, 길주(吉州)를 간다면 제 고향이 길주(吉州)라며 나진(羅津)을 간다면 나두 나진(羅津)갈까 함흥(咸興)이라면 제 집이 바로 함흥(咸興)이니 여관 잡을 생각은 말라는 둥 어느 언덕이든지 찾아 부비려는 태도가 어지간히 안정치 못한 눈치였다. 그러고 보면 역시 이번 행보에 실패는 큰 실패를 본 것 같기도 하다. 이런 태도가 기분에 거슬렀던 모양인지 시큰둥하여 버텅니가 일어서니까 큰일

난 것처럼 뒤따라 나선다.

구세기의 유물 같은 하이힐을 척 걸치더니 일꾼을 돌아보며,

"조카님 그럼 올 때 또 봅세…… 엥."

"그런데 아침에 웬 사람이 찾아와서 아즈망의 일을 소상히 묻쌉디다."

하며 일꾼이 일어선다.

"어떤 사람이?"

"글세 잘 모를 분인데……. 장사꾼 같지는 않거던요……."

일꾼도 적이 의심쩍은 눈치로

"이름두 말합디다만, 생김생김을 해눙하는 거 짜장 아즈망이거둥."

"이봅세 박을녀랍데?"

경계하듯이 말소리를 떨어뜨린다.

"예 그러던갑소."

여편네의 얼굴이 갑자기 시리 죽는 것이 이상하다면 이상하였다.

"게럽습메. 내 이름을 알 사람이 뉘긴데……. 청승 무시기 일인 소견입메?"

"이를갑세 말이우다. 언제 대녀갔느냐 언제쯤 지내갈 듯 하냐구만 묻거던요."

잠시 당황한 빛이 스쳐 지내가더니 여편네가 다그쳐 묻기를,

"그래 무시기라구 대답했습데?"

"마구제비 모르겠다구 말었지."

"제미. 차는 또 왜 상기 안떠남메? 무슨 놈의 차가……. 제미. 좀 나가봐야겠군……."

하며 문을 젖히고 황망히 나가버린다. 적이 수상한 인상을 주는 일이었다. 어떻게 된 여인이냐고 물으니까 일꾼은 빈 그릇을 덧두기며 이렇게 말한다.

"글쎄, 나 보구는 첫날부터 조카님이라구 합데만 친척은 앙이에요. X장거리에서 술장사를 하던 모양인데 이 평원가도에서 그 아즈망이 모르는 이는 하나도 없눈 걸요. 한 달에두 몇차례씩 다니는데 수단이가 좋아서 화물차에 짐두 공으루만 실어 나르는 갑죠. 그런데 이번엔 아마 정말루 실패본 소견이지요?"

"글쎄요."

"하기는 번번이 손해를 보았대면서 손님을 하나씩 골라쥐구서 껍질을 벗끼군하는

데……. 돈은 벌어 어디다 쳐박는지……."

"남편은 없구?"

"없답데다. 들릴 때마다 각시를 얻어준다고 말만 널어놓고는 재촉하면 저부터 새 서방 얻구 볼 일이라면서 손님들 앞에서 새도랭이 없이 떠들어 요지간은 챙피해서 말 두 못하는 걸요. 제기 빌어먹을거?"

아무래두 좀 위인이 부족한 모양이다.

"그래두 좋은 사람만 있으면 맘대루 장가 들 수 있는 법령이 나왔다는데 정말이에 요?"

하릴없이 웃으며,

"저 혼자만 좋아서야 되겠소. 둘이가 다 마음이 맞아야지……."

이때에 경적이 울리어 우리 일행은 바삐 세음을 치르고 밖으로 나오게 되었다. 나 와 보니 캐부렛터인가 무엇인가가 새로 또 잘못되어 한 반시간은 더 기다려야 발동이 되리라고 한다.

을녀는 달아나는 버텅니를 좇아다니다가 붙잡아 가지고 다시 국수집으로 끌고 들 어간다. 본네트를 제끼고 기계를 고치던 운전수는 한참동안 이 광경을 노려보더니 무 어라고 조수에게 꽥 고함을 친다. 입맛이 쓴 모양이었다. 쓰기도 할 것이 간밤에 양덕 여관에서부터 둘이의 배가 맞아 한자리에 타고 오던 것이다.

다시 국수집으로 피하기 위해 어떤 초가집 앞을 지나려고 하는데 바로 그 집이 성인 학교인 모양으로 글 외는 소리가 우렁차게 들려온다. 나는 문득 멈춰서서 한참 동안 귀를 기울이다가 주춤주춤 그리로 발길을 옮기었다. 이런 심심 산중에서 글소리 듣는 감개 적이 무량함이 있었다. 토방 위에 올라앉아 담배를 붙여 물고 듣노라니 '악 습을 버리자'는 과목을 모두 소리 낮추어 불러 나간다. 선생이 한 구절을 앞서 읽으면 뒤따라 생도들이 외는데 어린애의 앳된 목소리, 부드러운 부인의 음성, 노인네의 쉰 독청이 서로 한데 어울려 흐뭇한 조화를 이루어 울려나온다. 선생의 목소리는 은방울 을 굴리는 듯 듣기에도 감미로운 낭랑한 젊은 여자의 음성이었다. 동기방학을 이용하 여 지식의 등불을 들고 방방곡곡으로 흩어져 들어가더니 이 산중에도 원산서나 중앙 에서 여학생이 글소경 퇴치차로 들어온 것일까?

낭독이 몇 번인가 반복된 후에 이번은 여선생의 옥을 깨치는 듯한 음성이 들려나온다. 자상치는 아니나 새로 맞이할 면, 리 인민위원 선거에 대한 해설인상 싶었다.

이것이 끝나자 문이 열리며 먼저 꼬마 학생들이 우루루 쏟아져 나온다. 노방 아래로 내려서서 나는 한 여가리에 자리를 비끼었다.

꼬마 학생들의 뒤를 이어 부인 학생, 노인 학생들도 공책과 연필을 허리춤에 찌르며 줄렁줄렁 나온다.

"선생님, 늦었는데 우리 집에서 주무시구 가우."

하는 부인의 말소리에 돌아보니 여선생은 뒷모습만 보아도 도회지의 여학생이 아니라, 수목으로 수수하니 차린 머리도 예사 낭자머리의 산골 아낙이었다.

"아직 해가 멀었어요. 염려 마시구 안녕히들 가시우다……."

여선생이 이렇게 대답을 하며 생도들에게 인사를 한 뒤에 돌아섰을 때 나는 홀제 놀랜 사람처럼 그 자리에 굳어져 버렸다. 이런 형용이 가능하다면 휘영청 밝은 둥근 달이 솟아오른 듯한 황홀스러운 느낌이었다. 티 하나 없이 맑아 바이없이 아름다운 얼굴이었다. 커다란 눈이 수정같이 정기로우며 몽싯한 입가장에 미소가 포근히 담기었다. 그렇다고 분결처럼 흰 얼굴은 아니면서도 어디인가 달같이 선명한 운곽으로 떠오르며 황홀한 느낌을 주는, 한번 보면 좀해서 다시는 잊어지지 않는 그러한 종류의 얼굴이었다. 부인네들은 한사코 따라오며 붙든다.

"앙이되우. 눈이래두오면 어쩌겠소?"

"삼십 리 고갯길을 어떻게 이제 넘겠수꺄?"

"오늘이 처음이라구요……. 즐러가면 겨우 이십 리 남짓한 걸요……."

종시 우기어 작별 인사를 짓더니 산길을 향해 총총히 걸음발을 떼어놓는다.

뒤에서 어린애들이 손을 흔들며,

"선생님!"

하고 부르니까 돌아서서 별처럼 웃어보인다.

"모레두 정말 오시우다!"

몇 번이고 몇 번이고 고개를 끄덕이며 여선생은 인사를 한다. 순전히 의젓하고 수줍은 산골 부인이었다. 이렇게 추운 겨울에 험준한 고개를 넘어 이십 리 얼음길을 글

배워주려 내려오는 산골 색시는 대체 어디에 사는 것이랴? 눈이 뒤덮인 오솔길로 접어 올라가는 그의 뒷모양을 멀리멀리 눈으로 바래며 나는 무어라 말할 수 없는 깊은 감개에 젖는 것이다.

"어디 사는 부인인가요?"

아낙네에게 물어보니,

"저 큰 고개 넘으켠 골채기에……"

"골채기에? 거기 동네가 있어요?"

"아 저런 깊은 산 골채기에 무시기 동네가 있겠수꺄?"

그러면 저런 이도 역시 부대를 파는 화전민의 아낙네일까?

이때에 차가 발동이 되어 국수집으로부터 승객이 쏟아져 나온다. 비틀거리며 나오는 술장사 퇴물 그림자가 이 여선생의 영자를 가리우며 막아설 때 나는 무슨 징그러운 짐승이라도 본 듯이 얼굴을 찡그리고 눈을 지리 감았다. 이 아름다운 인상을 홀제 감히 가슴 속에 고이고이 간직하려는 듯이.

다시 차중의 몸이 되었을 때 을녀는 제맘대로 운전대에 오르지 않고 부러 찬바람이 끼없는 짐칸에 올라와 가마니 짐 위에 버텅니와 붙어 앉아서 히히덕거린다. 추위가 무던한지 사내의 주의자랑을 잡아다녀 그 속에 머리를 파묻어도 보며 으스러지게 사내의 몸둥이를 껴안고 서로 음란스레 떠들기도 하였다.

처음에는 엔진 소리도 비교적 괜치 않고 속력도 웬만하여 이대로 가기만 한다면 해 있어서 원산에 대일 듯도 싶었다. 그러나 산밑을 끼고 얼마간 두루두루 돌아 정작 올리바지 산길로 올라서면서부터는 라지에터가 얼어 엔진히 푸드렁거리기 시작하여 불안하기 바이없다. 눈 속에 잠긴 얼음길을 차바퀴에 걸친 체인의 굴러 도는 소리가 지르럭지르럭…… 게다가 싸락눈이 바람에 안겨 휘날리며 앞길을 어지럽힌다. 차 오는 소리에 조심히 산모퉁이에 길을 비켜서서 아까의 그 여선생은 털실목도리로 머리 위까지 감싸 두르고 우리 일행을 쳐다보다가 반색을 하며 인사한다. 흰 눈 보다도 더 하얀 이가 이쁘장한 입새로 반짝이었다. 바로 뒤에 앉은 목출모를 눌러쓴 청년이,

"타시지 않으려오?"

하며 차를 멈추려고 일어나니까 여선생은 손을 흔들어 보이며 부르짖었다.

"앙이오. 앙이오! 들러갈 데가 있어요!"

"그럼 만츰 갑네다!"

국수집이 있는 마을에서 새로 오른 이었다. 거리가 차츰차츰 멀어지면서 여인의 그림자도 어느 듯 눈바람 속에 희미하니 흐려져 간다. 지름길로 찾아들며 올라오는 모양이 조그만 점을 이루고 나중에는 아주 멀리 싸락눈의 장막 속에 사라지고 말았다.

차 위에는 펄펄 날리는 싸락눈과 얼음장같은 추위와 꽁꽁 얼어붙은 태만이 휩싸여 돌뿐이었다. 무엇인가 신이나게 버텅니와 주거니 받거니 떠버리던 여편네도 늘어지게 하품을 하더니 어느새 사내의 무릎 위에 얼굴을 구겨 박고 잠이 들어버린다.

그래도 차는 허이허이 숨이 턱에 닿은 소리를 지르면서도 부지런히 산허리를 조여 가며 감돌아 오른다. 때로는 바드득 바드득 안간힘을 쓰기도 하고 이따금 헛구역질도 하고 가다가는 발동이 멎기도 하였다. 그래도 이런 적마다 분주히 내려 가마니를 겹겹이 라지에터에 감싸는 둥 가스 발생로의 풀무를 두르는 둥 갖은 신고는 계속되었다.

높기도 바이없는 기나긴 고개 길이었다. 굽이를 돌 적마다 밑에는 가파른 산협이 깔리우고 그 새를 눈보라가 해류처럼 술렁이었다. 치받쳐 올라감에 따라 눈보라로 차츰 흩어지기 시작이다.

어쨌든 하늘 아래 뫼이지만 구름 위의 산임에는 틀림없었다. 이 마식령은 인적이 묘연한 험산이라 그런지 화전이 많기로도 또한 그 유례가 없을 듯하였다. 쳐다보면 깎아질 듯한 등배기에 화전이 매어달리고 둘러보아도 뙤악뙤악 화전이 널려서 빈대처럼 기어오른다. 온통 이 산악이 반창고 투성인 느낌이었다. 초옥이 십 리 오 리에 가다가다 하나씩 산비탈에 새둥지 마냥 걸려서 눈보라 속에 떨고 앉았다. 어디선가 산 위에서 '땅'하고 총소리가 일어나 요란한 산울림을 일으키더니 또 한번 재차 일어난다. 고개 길에는 사람의 종자 하나 얼씬하지 않는다. 때때로 마주 오는 화물차와 재리재리 위태한 길목에서 어기적거리느라고 조수와 조수끼리 서로 목을 내밀고 고함을 지르며 조바심으로 얼음길을 더듬을 뿐이었다.

돌각담의 비탈마을밭 치렁넝쿨을 헤쳐가면서 가까스로 일구어 뿌리고 거둔 감자와 귀밀로 동면기에 든 화전지대였다. 일년 내내 구름을 타고 밭머리에 서 있지 않으면 굴 속 같은 집 속에 장작불을 피우고 배겨있는 이곳 주민들이었다.

이때에 차는 굽이돌아 산허리를 끼고 오르다가 불행히 기관 고장으로 정거하게 되었다. 조수는 재빨리 뛰어내려 바퀴 밑에 미리부터 준비해두었던 돌덩어리를 괴었다. 급경사를 이룬 얼음길을 뒤로 미끄러져 내릴까 두려웠기 때문이었다. 운전수는 풀풀거리며 본네트를 열고 기관을 검사하며 조수는 숯 가마니를 새로 터쳐서 발생로에 쏟아 넣고 갈구리로 쑤시기 시작한다.

그래도 고개턱이 머지 않는 높은 곳이라 눈보라는 발 밑에 깔리우고 앞뒤에는 산등허리가 굽이쳐 막아섰기 때문에 바람골이 아니라 비교적 전대내기 수월하였다.

운전수는 고장을 고치고 나서 발생로의 풀무채를 분주스레 돌리다가 넌지시 울려다보더니 입가죽을 비죽이었다.

"잘한다. 저 아즈망이 벌써 저렇게 됐나……. 종내 물주를 잡았수꺄?"

을녀는 버텅니의 무릎에 얼굴을 묻은 채 정신을 모르고 있었다. 사내는 좀 열적은 듯이 제 무릎을 흔들어 깨운다.

"아즈망이 일어나우다!"

움칠움칠 하다가 부시시 일어나며,

"여기가 어디메오?"

"신선놀음에 도끼자루 썩겠당이……."

버텅니가 벙싯하니 웃음을 지으며,

"아직 고개는 멀었수다."

"아즈망이 톡톡히 호사함메……. 이번에 고무신이우?"

"헤헤……."

여편네는 늙술고양이 같이 눈을 감았다.

"저 운전수 아즈방이는 공연스레 강짜 한당이……."

운전수는 넘겨받을 줄은 모르고 뭉클해진 모양으로,

"여관 밥벌이는 틀림 없겠수다!"

"헤헤. 앙이 내가 아무려면 백 원짜리 밖에 안 되가디?"

버텅니는 면구스러워 고개를 수그리고 무릎으로 궁상만 떤다. 짐짝 꼭대기에서 무명천 장사 턱수염이 캐들캐들 웃으며,

"저 아즈망이 두끼만 먹을 모양인가? 점심 값은 내가 내게우!"

"차 값은 누가 내구?"

운전수는 한다면 둘한 소리만 한다.

"에구, 참 저 아즈방인 애발(인색)이랑이. 어젯밤에 양덕 일 생각 안나오? 아무 소리 말구 돌아갈 때 명태 짐이나 실어줍세! 어서 이 영감 좀 무릎을 페께나!"

술이 깨나면서 추위가 어지간한지 또다시 머리를 구겨 박는다. 그제는 운전수도 창피한 모양으로 조수에게 고함을 쳐 발생로 뚜껑을 열고 다시 쑤시라고 이르더니 자기는 눈을 한아름 거두어 안고 앞대구리로 옮아갔다. 숯재가 끼얹는 바람에 할 수 없이 뒤쪽으로 자리를 피해 앉았다. 우리는 새로 올라탄 목출모 청년과 이야기 중이었다.

"이런 데까지 공작 나오려면 무던하겠소."

"네……. 관내이기 때문에……."

청년은 고운 손으로 가루 담배를 종이에 말아 담으며,

"그러나 힘은 들지만 이 산사람에게도 해방의 고마움을 더 절실히 알게 하고 나라를 완전히 찾을 각오를 단단히 세워주며 우리의 산림을 아낄 줄 알도록 계몽해야지요……. 하기는 십 리 이십 리에 한 개씩 널려 있으니 이런 데서는 선전도 계몽도 참 바쁘군요. 돌아다니며 보시면 아시겠지만 실로 요즘은 방방곡곡 동네마다 성인학교가 벌어졌지요. 그야말루 투전 땅이나 주물고 세금 독촉장이나 받아들인 손에 남녀노소 없이 모두 책을 펴들고 글 외는 광경이란……."

우리는 홍조를 띠운다. 개털둥지 속에 팔을 찌르며,

"그러나 대체로 이런 산중에선 별 도리가 없군요. 화전민에 대한 근본 대책을 정부에서 세우고 있는 모양입니다마는…… 하나 이 마식령만은 여니 데와 다릅니다."

"왜?"

청년은 미소를 지었다.

"이 산중에는 훌륭한 지도자가 있기 때문이지요. 아까 이 산길을 올라올 때 제가 인사하던 여성 동무가 있지 않았소? 그 동무가 바루 아랫마을 성인학교 선생이며 또 그의 부인입니다."

"그럼 역시 화전민이군요?"

"물론 그렇지요. 이제 가시느라면 그네 집이 뵈입니다……. 이 마식령의 공작은 남편이 혼자 맡아보기 때문에 부인은 하루건너 마을루 내려가 문맹 퇴치 사업을 도와주지요……. 하여간 이 근방 산중을 지나실 때에 총소리가 들리면 그의 남편이 공작을 나와 다니는 줄 아셔도 틀림없습니다."

"아까 총소리가 이 부근에서 났었지요?"

"글세 말입니다. 오늘두 나와 다니는 모양이군요. 지대가 지대인 만큼 그 동무의 일이란 집집을 찾아다니는 것이 일이니까요."

"포수입니까?"

"그렇습니다. 하나 해방 뒤부터 메구 대니까 포수루서야 역사는 오래지 않지만 원체 날래구 용감해서……."

"본래부터 화전민인가요?"

"아닙니다. 한 사 년째 되는군요."

"부인은?"

"부인두 물론 그때부터이지요. 거기에는 긴 사연이 있습니다마는 이 근방에서는 하나의 전설처럼 되다시피 유명한 부부입니다……."

이렇게 허두를 놓은 뒤에 정식으로 이야기를 펴려는 차에 뒷산으로부터 눈구덩의 비탈길을 솔가지를 휘어잡으며 내려오는 사내가 있었다. 나는 희한한 생각에 청년을 잡아뜯었다.

"혹시 저분이 아니오!"

"허허……. 참 시골사람 제 소리하면 나타난다더니 바루 오나봅니다……."

하며 청년은 손짓을 하며 부르짖었다.

"어! 풍구 선생!"

이렇게 공교로이 되어 나는 이 이야기의 주인공까지 노상에서 친히 관찰할 수 있게 된 것이다.

방한모를 푹 눌러쓰고 소달구지꾼식 짤두막한 무명 솜주의를 탄띠[彈帶]로 가운데 질끈 동인 다부진 몸뚱이에 사내는 쌍알배기 사냥총을 둘러메고 있었다.

등에는 너구리와 토끼며 꿩 서너 마리를 짊어진 채 바위 위에 덥석 올라서더니 의

아스러운 듯이 유심히 바라본다. 청년이 목출모를 벗어 뵈니까 그제야 알아챈 모양으로 싱긋이 웃었다. 눈에 걸은 적동색의 얼굴에 두 눈이 야수처럼 번득거리며 묵직한 메추리신으로 내짚을 때 땅이 꺼질 상 싶도록 듬석듬석 힘있게 다가온다. 나이는 삼십 전후로 보였다.

손을 내밀고 청년과 위아래에서 악수를 하더니,

"어디 갔댔소?"

거 쉰 목소리였다.

"XX리에 갔다옵니다. 수확이 크구려."

"무슨? 좀 볼일이 있더라니 나서는 길에 메구 나와 심심이나 꼈수다……. 이재(금방) 분하게 멧돼지를 놓치지 않았소."

"호랑이가 멧돼지를 놓치서야 되겠소?"

"허허허……."

포수의 호탕하게 웃는 폼이, 그러고보니 그야말로 산중의 호랑이 같은 느낌이었다.

"요지음은 부처서 공작이군요. 부인두 아까 돌아올라 옵디다."

"돌아옵데까?"

포수는 귀에 반기는 모양으로 방긋이 웃으며,

"그 양반……. 꼴에 성인학교 선생님이랑이!"

"핑계 삼아 부인 마중 나온 길이나 아니오, 풍구 선생?"

"허허허……."

마주 웃으며,

"그렇대면 좋겠소만……. 면, 리 인민위원 선거법이 나왔기에 해설하러 돌아다니던 길이우다. 가는 길에 노루 한 마리 쏘아 웃드메 잔치하는 집에 선사하구. 허허 이거난 어디 오래간만에 국이라두 끓여볼지……. 진 새벽부터 한 백여 리를 쏘다니며 열두여 집을 돌았수다마는 여기서야 앓는 이가 있어두 약을 쓸 수 있어야지요……. 눈앓이에 초약으루 무시기 좋은지 아시우?"

"눈앓이에는 시대기 나무 껍질을 삶아 발라야지요."

턱수염이 옆에서 듣고 나오니까,

"시대기 나무요? 시대기 껍질이라⋯⋯."

포수는 옆채기에서 수첩을 꺼내어 연필에 침을 발라 가며 적는다.

"⋯⋯골머릿 중에는 역시 멧비둘기가 신통하거든요. 옹바윗골 할머니가 머리를 싸매구 들어 누웠기에 들린 길에 멧비둘기 한 놈을 몰아치구서 돌아오다 둘러보았더니 천연히 일어나 앉았다랑이⋯⋯."

포수는 곰방대에 잎담배를 비벼 담으며,

"어서 우리들두 나라의 지시를 얻어 평지 개척하러 이주를 하든지 해얍지비⋯⋯. 이제는 우리 산이구 우리 나무니까디⋯⋯. 전에는 될대루 되라구 산에 막 불을 지르기 일쑤였지만 우리두 실루 요새는 깼수다."

호기지게 너털웃음을 터뜨린다.

"아마 화전민의 이주 문제두 구체적으로 서나봅디다⋯⋯. 벌써 어디선가는⋯⋯."

"암 우리 김장군이 계신데야 어련하겠수꺄⋯⋯."

부시시 잠이 깨어나서 포수의 용모와 말소리가 의아한 듯이 엉거주춤 일어나 살펴보던 을녀가,

"앙이 풍구 아즈방이 앙이오?"

이 소리에 떨어진 숯불에 담배를 붙이던 포수가 고개를 들고 물끄럼히 쳐다보며 한 모금 푹 들이키더니 곰처럼 일어났다. 그리고 한참동안 여편네의 얼굴을 뚫어지게 들여다본다. 을녀는 제김에 어쩔 줄을 모르고 당황하여 두 손을 쥐어틀며 물러난다.

"에구, 무섭당이. 저 아즈방인 어째 저러우? 그래 여기서 사우다?"

포수는 얼굴 가죽을 경련적으로 실룩거리더니 땅 속에서 울려오는 미어지는 듯한 외마디 소리로,

"형 놀랑 간나!"

목출모 청년의 눈이 이 순간 이상스레 빛나며 입 가장자리에 야릇한 미소가 떠돌았다.

"어째 이러우. 이 불쌍한 것 보구. 그러지 마우다⋯⋯."

을녀는 짐 위에 주저앉으며,

"팔자가 이젠 아즈방이와 싹 바뀌운 꼴이랑이⋯⋯. 해방 놀음에 밑천은 다 털어 바치구⋯⋯."

"천하에 뒤지지 않은 것만 해두 고마운 줄 모르구?"

"앙이 세상에두 그 성미 아직 못 고쳤당이. 그래 보비랑 잘있음메? 미시래 그렇게 으로대는 김메?"

하더니 다시 일어나며 헤벌쭉 웃었다.

"아즈방이 옛날 정지루 봐서 나 그 까투리 한마디 못 주겠슴?"

포수는 한번 킁하고 콧방귀를 울리더니 회심의 미소를 짓는다.

"설께 되었구나! 참 좋은 세상 되었너이……."

하며 일소에 붙이고 나서 목출모 청년을 돌아보며,

"미륵거리 김 과부네가 열 가마니나 애국미를 바쳤다는 소문이 정말이우?"

"아 정말이지요. 그 과부어망의 말이 남편 살았을 때는 반작 살이와 공출 놀음에 죽두 못 끓여먹었는데 이번에는 홀몸으루 농사 지어 1년 계량 하구두 남을 테니 그 분량만이래두 나라에 바치겠누라구 어린 아들과 같이 소달구지를 끌구 왔던데요……."

화물차가 발동에 성공하여 퉁퉁거리며 움직이기 시작하자 포수는 꿩꾸러미를 던져 주며,

"내가 보내더라구 전해 주우다. 한 마리는 동무가 배달료루 받구요……. 그 아즈망이 남편이 어렸을 적의 씨름 동무우다."

"고맙소……. 집이 아직 먼데 올라타우다."

"이 아랫골에 또 한 집 찾아보구 천천히 갑지비."

포수는 길도 없는 눈에 쌓인 똘작이를 덤석덤석 내리밟으며 언덕 밑으로 내려가는 것이다. 내려가면서 목청을 돋우어 고요한 산정기를 드렁드렁 울리는 노래 소리가 꿈길에 술린 듯 가없이 멀리까지 들려온다. 청일지 음조일지 멋들어지게 흐느적거리는 노래 솜씨였다. 잠시 정신이 팔려 귀를 기울이고 있노라니 청년도 감동된 낯으로,

"어떻습니까? 화전산중(火田山中) 농민위원장의 노래 솜씨가? 저 노래두 또 내력이 있는 노래외다."

"앙이 아즈방이!"

을녀가 놀란 듯 눈이 둥그래진 채,

"세상에두 저 무쇠풍구가 글쎄 농민위원장이란 말임메?"

"그렇소……. 왜요?"

"응, 실루 좋은 세월이랑이. 난 또 산적이나 만난 줄 알았지비."

비꼬아 트는 품이 그에 대하여 내심 오죽치 않은 적개심을 가지고 있는 모양이었다. 포수의 태도도 역시 심상치 않던 것으로 보아 필유곡절이라,

"아즈마니는 이재 그분을 언제부터 아오?"

하고 물어보았다.

"내가 어째(왜) 모르겠슴? 흥, 내 살림살이 거덜난 게 뉘기 때문인데……."

"놀랑관 아즈망이지요?"

청년이 슬쩍 묻는 말에 경계하듯이 흘낏 쳐다보며,

"글쎄 말임메."

청년은 가벼이 끄덕이더니 천천히 담배를 갈아대며 대략 다음과 같은 이야기를 펴기 시작하였다.

2

이 마식령에서 칠십여 리를 상거한 X장거리에 술망나니요, 싸움꾼으로 유명한 젊은 대장장이가 하나 살고 있었다. 간해 여름에 무거운 짐이 그득히 든 석유상자와 이불때기를 짊어지고 그는 이지가 외로이 단신으로 해 저문 이 장거리에 나타났다. 이튿날 장거리 끝 솔밭 너머로 바다가 내다보이는 빈 터전에 통나무를 뚝뚝 잘라 세우더니 짚단을 올리고 대장간을 벌이었다. 이 광경을 본 뒤부터의 일이 그의 역사에 대한 장거리 사람들의 지식의 전부였다.

처음에는 얼음장같이 차갑고 침중해 보이는 용모에 억눌려 그들은 이 사내를 어디 살인패나 아닌가 하고 수군대며 경계했던 것이다. 그래도 대장장이로서 기술은 상당하여 근방 농민들과 장거리 사람들 간에는 보배로운 존재로 주문이 물밀 듯 하였다. 하나 역시 성미가 고약하여 한번 안 된다고 도리도리를 하면 천하없는 놈의 부탁이라도 막무가내로 마음이 내키지 않으면 솔밭 속에 들어가 번듯이 네 활개를 펴고 드러

누워 드르렁드르렁 코만 골아대었다.

혼자서 미친 사내처럼 밭두렁을 오르내리며 무엇이라고 중얼거리기도 때로는 바닷가에 나가 바위 위에 외로이 앉아 흩어진 머리를 바람에 휘날리며 처량스레 노래를 부르기도 일쑤였다. 하기는 이 노래가 소문을 놓게스리 명창으로 비장하고도 애절하기 한이 없어 노래 소리만 들리면 여염집 부인네도 길 가다가 발을 멈추고 처녀애는 창문을 열고 귀를 기울이었다.

그러나 이 사내가 온다면 젖먹이 애가 울다가도 그친다는 그런 무시무시한 존재임에는 틀림 없었다.

그러면서도 알고 보면 용모와는 딴판으로 곰처럼 유순하기 비길 데 없는 면도 없지 않았다. 필요 이상의 말은 하지 않으나 기분이 좋을 때는 언제나 혼자 시물시물 웃으며 태평춘처럼 노래를 흥얼거리면서 풀무질을 하고 마치도 내리다진다. 그래 장거리 각다귀 애들은 어른이나 젖먹이 애와는 달리 무서워하기는커녕 이 대장간에 모여들어 떠들며 놀기를 좋아하였다. 사내는 풀무질을 하면서 무슨 의미인지는 모르나, 늘 이런 노래를 흥얼거려 어린애들도 따라 부르곤 한다.

무쇠풍구는 돌풍구
대국천자는 호천자

물론 옛날부터 내려오는 민요임에는 틀림없으나 만약에 무쇠풍구도 돌풍구나 매한가지로 두려울 바 못되고 대국천자도 오랑캐밖에 안 된다는 호기진 기개를 말함이라면 바로 그의 성격을 두고 하는 말이나 진배없었다. 어쨌건 이렇게 되어 그에게 무쇠풍구라는 별호가 달린 것이다.

그러나 무엇 무엇해야 일단 술을 먹었을 때처럼 질색은 없었다. 웃통을 벗어 던지고 두 팔을 쩍 벌리고 큰 행길가에 나서서 그는 이렇게 호통을 뽑았다.

"다 나와라. 이 간나새끼들아!!"

사람들은 이 젊은 대장장이의 항아리만한 가슴패기와 근육이 불퉁불퉁한 팔따시에 기가 질려 모두 슬슬 꽁무니를 뽑았다.

"이봅세, 그리루 가지 마우다. 무쇠풍구가 술을 먹고 나섰당이⋯⋯."

하면 그만으로 장날도 큰 길이 통행금지가 될 지경이었다.

하나 술을 먹어도 각다귀 애들에게는 그냥⋯⋯. 아니 일층 더 인기로 죄 몰려나와 그를 에워싸고 소리 맞추어 무쇠풍구 타령을 부르며 떠들어대었다. 그가 저핏저핏 움직이면 또 다시 우르르 몰리어 벌떼처럼 따라 나서는 것이다.

"요놈 잡았다!"

하며 부리나케 달려들어 도망치는 애들 중에서 한 놈을 잡아서는 제 몸 위에 올려 앉히고 또 한 놈을 붙들어서는 어깨에 싣고,

"두 놈에 하나⋯⋯."

그제는 한 팔을 풀무채 두르듯이 휘두르며 달리었다.

"이 새끼들 앙이 나오느냐? 우리 삼부자 다 나왔당이!"

애놈들은 더욱이 신이 나서 키득거린다. 하기는 누구보다도 벼슬아치가 그와 맞다들려 봉변 당하는 일이 더 많았다. 금융 조합 서기에게는 이놈아 어째서 내게는 빚을 안주냐고 힐난을 불이고 면장이나 면서기한테는 이 자라 같은 놈 나를 보국대로 뽑았다만 봐라 네 모가지가 동갱이 난다고 위협을 하고 칼을 찬 순사한테는 그따위 환도보다는 이 대장장이 벼리는 식도가 더 선들선들 한 줄을 몰라 하며 강시비를 걸고 대들었다.

한번은 장거리 최 아무개네 집에 집행을 하러 나온 집달리를 도랑에 쳐박았으며 언젠가는 공출미에 불자를 치어 농민과 다툼이 생긴 곡물 검사원을 뒷다리를 둘러메어 곤두박은 일까지 있었다.

섣불리 건드리었다가는 두셋은 너저분히 코가 깨지어 쓰러졌다. 워낙 힘이 항장사요, 천하에 또한 겁이라고는 몰라 호랑이처럼 날뛰는 놀음에 누구 하나 걸고 틀어볼 생각은 염두에도 못 내었다.

"저도 몇 차례 싸움 구경을 했습니다마는⋯⋯. 순사들까지도 무쇠풍구가 행길에서 호령질을 하면 마주 서기를 꺼려 뒷골목으루 어물어물 꽁무니를 빼군 했으니까요. 놈들은 무쇠풍구가 사상이 나쁘다구까지 했더랍니다."

"아이구 이 아즈방이 그렇게 애기 하니까디 무시기 호걸장군이라두 되는 것 같으

우다. 기운이 세면 쇠가 왕 노릇을 하겠슴?"

못마땅한 기색으로 목을 늘이우고 엿듣고 앉았던 을녀가 입을 비죽이었다.

"천하에 고얀 놈이지 말할게 있소……. 그걸 이 진골 자랑이라구 하구 있수까?"

노래와 싸움도 천하일품이지마는 어기뚱한 점도 어지간하여 술만 먹으며 가히 상상조차 못할 큰 일을 줄창 저지르곤 하였다. 한번은 어떤 중요한 범인이 잠입했다는 정보 밑에 무장경관대가 쇄도했을 때의 일이다. 그들은 이 X장거리를 이 고장말로 '싹' 둘러 포위하고 집집을 이 잡듯이 수색하고 있었다. 마침 무쇠풍구는 대포로 몇 잔 술을 들이키고 네길어름에 나타나 두 팔을 쭉 뻗치었다.

"지난밤에 우리 대장간에서 수상한 사람이 잤다!!"

이렇게 고래고래 지르는 소리에 경관대는 놀래어 한패는 대장간으로 몰려가고 한패는 그를 붙들어 매려고 달려 붙었다. 무쇠풍구는 날개 돋친 황새처럼 이리저리 뜀박질을 하며,

"첫 새벽에 떠났다. 앗하하. 벌써 떠났다야!"

경관대는 칼자루를 데그럭거리며 팔을 내저으면서 쫓으려다가 서로 부딪히며 엎어지며 쓰러지며 대소란을 일으켰다. 기무라 부장은 걸핏 붙들렸다가 넌지시 메다 꼰지우고는 다시 일어나 쫓아가며 애원하다시피 하였다.

"고노 바가자식아 어디루 갓다까. 말이 해라 좋소! 말이 해라!"

하니까 돌아서며,

"바다루 나갔다. 배 타러 바다루 나간단다더라!!"

경관대는 또다시 당황스레 해안선으로 몰려나갔다. 이날 저녁 솔 속에 누워 코를 드르렁거리며 깊이 잠이 들었던 무쇠풍구는 기무라 일행에게 습격을 당하여 뒷결박으로 꽁지어 왔다. 일이 일인만큼 된 코에 걸리지 않을 수 없었다. 무쇠풍구가 똥을 쌌다는 말이 생긴 것도 이래서이때의 일이다. 사실 분풀이 삼아 무던히 들구치며 쑤시고 지리밟다 못해 메어 달기까지 하였던 모양이다. 어느 회석에서 기무라가 녀석에게 비행기를 태웠더니 따는 놈도 기급한 지 똥을 싸고야 말았다고 한 말이 퍼진 것이다. 행길에서 망신한 보복을 톡톡히 하여 기무라는 매우 고소한 모양이었다.

"결국은 터무니없는 거짓말을 하여 수사진을 혼란시켰구려……."

"말하자면 그렇지오!"

"흥 알기는 신통하게도 아우다. 사연이 그런 줄 아우?"

하며 을녀는 혼자만 아는 비밀이 매우 대견했는지 이번은 정식으로 말간참을 할 양으로 내려앉으며,

"좀 비키우다."

"그럼 무슨 또 다른 깊은 곡절이라두 있었소?"

청년의 묻는 말에

"있기만 하겠슴? 그거 다 속내가 있어서 한 일입지비. 그저 개버릇이 돼서 미치광이를 떤 걸루만 암메. 잡으려는 사람을 재워 보냈지비 족히 그럴 놈이지 머…….

"글쎄 그건 또 모르겠소."

"모르기는 어째서 모름메? 천천히 좀 들어봅세 털어놓고 한마디루 말하멘야 보비 때문이지. 보비 그년 때문이랑이……. 천만량 싼 얘기를 할 테니 어서 담배나 한 대 줍세…….

"보비라니 아까 그…….

청년을 쳐다보니까 그는 웃음을 지으며 끄덕이었다.

"하기는 그 부인의 일은 이 아즈망이가 누구보다도 더 자세히 알거외다."

이 여편네의 영업집인 놀랑관에는 얼마 전부터 인물이 뛰어나게 청수한 젊은 색시 하나가 나타났었다. 둥근 얼굴에 수정같이 맑은 눈매와 무불진 볼록한 턱이 참으로 보름달마냥 환하여 달마중 오듯이 장거리와 근방 농어촌의 돈푼이나 쓴다는 한량이란 한량은 물론 장사치를 비롯하여 반질반질한 판공서원까지 모두 이 집으로 모여들었다.

그렇다고 해서 손님을 구슬릴 줄을 알랴 좌석을 꾸밀 줄을 알랴 노래를 부를 줄 알랴. 이처럼 순진한 풋내기며 애숭이며 또한 이단자(異端者)였던 것이다.

심지어는 좌석에 나가기까지 싫어하여 노 이불을 뒤집어쓰고 드러누우려는 것을 말 약 먹이듯이 달래어 억지로 내보내면 비스듬히 앉아 술조차 부을 생각도 하지 않았다. 그래도 얼빠진 손님들은 이래서 또 멋이 지다고……. 옆에 앉혀놓고 보기만 해도 흐뭇하다면서 서로 다투어 이 색시를 자기네 좌석에 독점하려던가― 오래 두고 보

려는 데서 때때로 우격다짐까지 일 지경이었다. 그렇다고 무슨 새침데기라던가 특별히 교만해 그런 바도 아닌데 어쩐지 함부로 범접치 못하게 하는 그 무엇이 어디인가 또한 서리어 있었다. 불가사의한 인기의 존재로, 이름을 보비라고 하였다.

하여간 여주인 을녀의 호주머니는 재미가 나게끔 자꾸자꾸 불어만 간다. 그러니 금노다지 보비를 공주 위하듯이 위하는 일방 혹시나 달아나지 않을까 좀이나 먹지 않을까 하고 남몰래 대단한 조바심이 일밖에.

"대체 어디서 데려왔덴가요?"

을녀는 대답치 않고 한참동안 망설이는 눈치더니,

"이제와서야 못할 말이 있가디."

하며 무슨 큰 결심이라도 하는 듯이,

"데리구 오기야 기무라가 데리구 왔지비."

우리는 모두 놀래었다.

"기무라가?"

을녀의 늘여놓는 이야기를 종합해 보자면 보비는 머지않은 어떤 어촌에서 자라났었다. 오빠가 어느 해 가을 정어리 배를 타고 동네 몇 청년과 같이 먼바다로 나간 채 돌아오지 않았다. 풍파를 만나 배가 부서진 줄만 알았더니 몇 달 뒤에 동네 사내들은 우즐렁우즐렁 돌아왔다. 풍랑이 거친 밤 돛을 내리우다 휘감기어 바다에서 멀어졌다는 것이 그들의 하나같은 대답이었다. 그 뒤의 어느 해 가을 아버지 역시 배를 타고 나간 채 돌아오지 않았다. 이번은 같이 타고 떠난 동네 사람들도 감감 무소식이었다.

그러나 아버지가 고기밥이 된 일은 사실이나 오빠는 어떤 경로를 밟았는지는 모르되 만주에 들어가 밀림의 유격대로 활약하고 있었다. 그러다가 이번에 중요한 연락 임무를 띠고 잠입했다는 정보가 들어와 아연 긴장케 했던 것이다. 이 놀음에 이왕에 같이 배를 타고 떠났던 동네 청년들은 장거리 경찰서로 붙들려 들어가 졸경을 치르고 나왔으며 볼모로 잡혀 들어갔던 어머니는 유치장에서 사병에 걸려 누운 채 일어나지 못하였다.

그 대신 이번은 홀로 남게된 보비가 오빠로부터 무슨 연락이라도 달렸을까 하여 검속되어 한동안 기무라의 취조를 받았었다. 하나 암만 유치해 놓고 치다루고 볶아대도

티끌 하나 틀릴 일이 있을 리 없었다. 이에 기무라는 사고무친한 보비를 놀랑관에 집
어넣고는 비밀히 감시를 하는 일방 저녁마다 찾아와 지근대는 것이었다. 그 역시 마
음이 애달파서였다.

하여간 채 말은 하지 못하나 수상한 사내라도 찾아와 보비를 만나기만 한다면 즉시
로 보고할 임무를 을녀도 지니고 있었던 모양이다. 그러나 보비의 도망을 경찰에서도
단단히 경계를 해주어 이 점은 역시 그로서 뜻하지도 않은 고마운 일이 아닐 수 없었다.

"그러면 잡누라구 야단치던 사내가 보비오빠였게?"

이번은 새삼스레 놀랜 듯이 청년이 되묻는다.

"아 분명히 그랬지비. 그 아침으로 보비가 붙들려 들어간 것만 봅세. 저녁에는 무쇠
풍구 녀석이 꽁지워 가구……."

"이를갑세 장거리에서 이 내막을 아는 사람이라구야 나 혼자바께 없었지비……."

일층 신이 나서 다가와 앉으며,

"찾아오는 사람이 있대두 주목을 하겠지만 보비가 혹시 사내와 둘이만이 만나는
일이 있대두 눈에 쌍심지를 세우게 되더랑이……. 그래도 이 애가 어느 뉘기게. 얘기
붙이기는 고사하구 말 한마디를 공손히 받기라두 하는 금새가듸? 그러니 필경엔 무쇠
풍구만이 수상한 녀석이 될 밖에 없었당이."

"왜?"

해동 무렵 보비가 온 지 달포도 못되는 어느 달이 밝아 명랑한 밤이었다. 날짜로
따지자면 무쇠풍구가 붙들려 들어간, 다시 말하면 보비의 오빠를 잡노라고 대소동이
일어난 바로 그 전날 밤이었다. 이날 밤 놀랑관에서는 금융조합의 연회가 벌어져 초
저녁부터 법석이었다.

소위 여흥순서로 옮아들면서 그중 노래 잘 부르기로 이름난 계홍이가 일어나 장고
를 짊어 메고 두드리며 미여지듯 쏟아지듯 청을 돋우어 노래를 부르고 있었다. 여느
기생들도 모두 일어나 얼시구 좋다, 절시구 흥에 겨워 춤을 추며 돌았다. 다만 보비만
이 한 구석에 송구스레 앉아서 푹 고개를 수그리고 있었다.

"자, 소리 받으소."

"소리 받으우다!"

　계홍의 소리도 그만하면 시골서는 판을 칠 정도로 감히 누구 하나 생이도 못 내었다. 난데없이 이 때에 끝 모퉁이 건넌방으로부터 조용히 화답하는 어떤 사내의 노래소리가 들려오기 시작한 것이다. 처음에는 잔잔한 바다를 스치는 미풍처럼 연연히 퍼져 흐르다가 차츰차츰 구슬프게도 애절하게 흐늑이더니 어느덧 물결이 거칠어지며 파도소리가 이는 듯이 몰아댄다.

　"무쇠풍구가 온게루!"

　갑자기 사내들은 서로 돌아보며 수군대었다. 노래는 희한하기 바이없으되, 뒷차례로 봉변 당할까 싶은 두려운 마음도 또한 없지 않았다.

　"이거 큰 코 다칠까부다."

　"쉬−쉬−."

　"여기를 어떻게 왔을까?"

　하기는 이 놀랑관에 여태 한번도 발을 들여놓은 적이 없는 그였으며 신세로 보아도 올 번나 할 일이 아니었다. 이제 와서 생각하면 이 일부터 의심쩍은 일이 아닐 수 없었다. 하나 사내들은 또 다시 숨소리를 죽였으며 춤을 추던 기생들은 화석처럼 늘어선 채 움직일 줄을 몰랐다. 방안은 물을 뿌린 듯이 조용하였다.

　이 몇 순간 계홍이도 스르르 눈을 내리감고 꼼작하지 못하더니 제 몸에 녹아들 듯이 그 자리에 주저앉았다. 주저앉으며 저절로 손길이 두덩덩 장고를 울리며 간신히 외마디로 꿈소리처럼,

　"좋다−."

　이 대신 보비가 신에 접한 사람처럼 안개와 같이 일어났다. 방안의 온 시선이 물결처럼 그리로 몰리었다.

　이때에 노래는 올리닿은 파도 위에 일엽편주를 심고 흠실거리는 가운데 사나운 풍우가 몰아오는 듯하더니 급기야 하늘이 무너질까 싶게 복받치던 음성은 휘우듬히 굽이를 넘어 휘황한 새벽 노을이 퍼져 오르기 시작한다. 살랑살랑 미풍이 다시금 나부끼며 흰 갈매기는 풍우로 지새운 바다 위에 지치를 펴고……

　마침내 얼굴이 상기라도 한 듯이 새하얘진 보비는 즈츰즈츰 발길을 옮기더니 창문을 열어 젖히고 마루로 나섰다. 그리고 어떤 보이지 않는 노끈에 이끌리는 듯 신발도

걸치는 둥 마는 둥 노래 소리가 들리는 방으로 달려가 서슴없이 문을 열었다. 커다란 사내 하나가 혼자 구들바닥에 술병을 배게 삼아 네 활개를 펼치고 누워 노래를 부르고 있었다.

행색이 남루하여 발에 걸친 양말조차 꾸역꾸역 비누재만 한 구멍이 뚫려졌었다. 무쇠풍구는 인기척에 일어나 앉았다. 보비는 감격에 사무친 숨가쁜 소리로 무어라고 부르짖으며 쓰러졌다.

"용선이 아즈방이!"

호랑이 같은 눈으로 한참동안 들여다보더니 사내는 싱그레 웃었다.

"정말이지, 너 보비로구나!"

보비는 소리도 못 내고 흐느껴 울었다. 사내는 갑자기 그의 몸뚱이를 덥석 끌어안더니,

"보비야!!"

한참동안 부르르 몸을 떨었다.

"일이 났어. 왔다!"

"무시긴데?"

보비는 반듯이 얼굴을 치켜들며 다급스런 목소리로 되물었다.

"네, 오라방이가."

"엣……."

보비는 흠칫 물러나 앉는다. 일순간 놀라움이 공포의 빛으로 휩싸이며,

"오라방이가? ……있다가 만나기오."

놀란 토끼처럼 나가려하자 사내는 팔을 붙들려고 하였다.

"아ー 큰일나요!"

보비는 뿌리치며 허둥지둥 달아나 어둠 속으로 피하였다. 이 일에 누가 기수를 채지나 않았을까 하고 가슴이 두근두근 뛰놀며 온몸이 떨렸다.

연회실에서 지각없이 실신한 사람처럼 뛰쳐 나온 일이 사뭇 후회되었다. 하나 그 노랫소리가 들렸을 때 보비는 도저히 제 자신을 걷잡을 도리가 없었던 것이다. 모든 일이 꿈 같았다.

"용선이루구나……."

배를 타면 언제나 그리운 아버지도 오빠도 부르던 바다의 찬가(讚歌), 더구나 용선이가 이 노래를 부를 때는 거친 파도도 숨길을 죽이고 바다의 선녀가 나타나 춤을 춘다고 하였다.

뿐만 아니라 보비에게는 용선에게 대한 어렸을 때의 가지가지의 아름다운 추억이 있었으며 이 추억도 역시 이 날까지 한갓 하염없는 그리움으로 성장하였다.

더구나 제 자신 의지가지 없는 외롭고도 서글픈 신세가 되면서부터 소식이 묘연한 용선의 일이 안타까이 그리웠었다.

물새가 지종지종 노래하는 양지알 모래상반에서 소라 껍질로 소꿉장난을 치노라면 살며시 기어와서는 꽂게를 풀어놓아 놀램을 주던 심술쟁이 용선이…… 달밤에 처녀애들이 수박따기를 하며 노노라면 짚검불을 뒤집어쓰고 동동할미 왔노라고 막대를 집고 끼울끼울 나타나던 우수꽝이 용선이…….

그러면서도 바다에 일등가는 싸움꾼의 용선이…….

"보비가 방어만해지면 내 낚시에 물리게 해주우다."

하여 팔팔거리며 달려들어 꼬집어 주던 일……. 눈을 감고 웃으며 끄덕이던 채수염의 아내지, 오빠의 벙글거리던 시원한 얼굴, ……용선이는 어려서부터 바다에 양친을 빼앗겨 불스러운 고아였다. 오빠와 둘도 없는 형제와 같이 친밀한 사이로 마당귀에 마주 앉아 그물을 뜨면서,

"어서 커라 보비야. 그물 떠서 도미 잡아줄게. 어서 커!"

이렇게 실없이 굴다가 어머니가 삿대를 둘러메고,

"이 녀석, 옷가지도 한 채 못해 올 꼴에 수작질은……."

하며 쫓아다니면 보비는 영문도 모르고 좋아서 키들거렸다.

용선이는 히들히들 웃으며 연신 삿대를 부여잡고,

"왜요, 고등어 껍질 베껴 저고리 하구 꽂생우 엮어서 치마해 보낼제보우다."

하던 익말맞은 용선이…….

하나 이 평화스러운 어촌의 즐거움도 오래오래 계속되지는 못하였다. 방어잡이로 유명하던 앞 바다의 닥섬어장이 왜놈의 손에 넘어가 그들은 밥술을 매달았던 가장 중요한 고기잡이 터를 잃게 되었다. 그리고 또 이 어촌에 난데없이 정어리 기름공장이

들어서면서는 왜놈들의 요보자식의 소리에 날이 밝으며 해가 저물게 되었다. 결국은 이렇게 변하고 보니 실상 기름을 재우기는 정어리가 아니라 그들 자신이었으며 그물에 걸리기도 방어가 아니라 역시 그들 자신이었다. 이에 그들은 오직 이 공장 자체와 어장 주인과 더불어 싸움으로서만이 살 수 있음을 알게 되었다. 용선이와 이 보비의 오빠는 정어리 공장의 인부였다. 벌써 하나의 어부로서 견뎌내기 어려웠던 것이다.

하루는 인부와 어부들이 노기 등등하여 공장주에게 달려들어 힐난을 하게 되었다. 이때에 젊은이의 선두에 섰던 용선이와 오빠가 분결에 내려친 주먹에 그 녀석의 어깨 쭉지가 부서진 것이 불행의 장본이다. 오빠는 배를 타고 바다로 나가 종적을 감추었으며 용선이는 살인미수죄로 붙들려간 채 돌아오지 않았다. 이날 이렇게 만나게 될 줄은 사실 꿈에도 생각지 못한 일이다.

소문에만 듣던 그 무쇠풍구가 용선일 줄이야……. 더구나 오매불망으로 그리던 오빠의 소식을 가지고 그 용선이가 이렇게 나타날 줄을! 오빠― 오빠도 왔다! 반가움과 두려움이 한데 뭉쳐 그의 몸뚱이를 채 바퀴처럼 휘―휘― 내두르는 듯하였다.

어차피 들어간 김에 오빠의 일을 좀 더 세세히 묻지를 못하였던고? 하기는 마음 같아서는 금방 다시 뛰쳐들어가 용선이와 손에 손을 마주 잡고 오빠 있는 데로 달려가고 싶었다. 그러나 눈이 많아 안될 일! 조심할 일! 도리가 없었다. 보비는 머리가 아프다는 핑계를 하고 제 방으로 들어와 머리를 쓸어안고 혼자 세운 무릎을 동동 굴렀다.

그래도 요행이기는 여주인 을녀가 말하면 골방에서 젊은 정남을 구슬리기에, 칼쟁이는 회를 친다기에, 정신이 없어 터럭만치도 눈치 채일 새가 없었다.

더욱이 고맙기는 무쇠풍구의 술 취한 뒤끝이 불안하여 연회실에서 몇 접시 좋은 안주와 술을 그의 방으로 들여보내게 된 것이다.

오래 앉았기만 하면 어떻게든 기회를 잡을 수가 있으리라!

그러나 사태는 정반대로 뒤집히고 말았다. 용선이 자신이 일각이 여삼추로 보비가 다시 만나고 싶었다. 첫째는 중요한 전갈이 있어, 둘째는……. 아니, 아니……. 역시 만나고 싶었다.

흘러간 7년 새에 어리둥절할 만큼 성장한 그리운 보비, 사랑하는 보비……. 이제는 제법 방어만 하다고 생각하였다.

그러나 보비의 당황해 하던 눈치를 냉정히 따져 보자면 눈치코치 없이 덤볐다가는 그들 남매에게 엄청난 봉변이 없지 않을 것이었다. 전갈은 간단하였다.

'나는 죽지 않고 살아 있다. 어서 하루바삐 몸을 뽑아 용선이와 같이 달아나거라. 나를 찾을 생각은 아예 말아라! 나라를 찾은 뒤에 만나자! 못보고 떠남이 서럽지마는……'

'없을까 만나는 수는?'

이때에 칼쟁이가 푸짐한 안주상에 술병을 들고 히죽이며 들어와 사연을 말하게 되었다. 분노가 받쳐 오르기도 했지만,

'그렇다. 복대기를 쳐 이 기회를 이용해 보자.'

그는 다짜고짜 일어나 술병을 걷어차며 돈을 쥐어 뿌리더니 술상을 집어들고 마루로 뛰쳐나왔다.

"이 년놈들아!"

집채가 무너질 듯한 호령이었다. 칼쟁이는 질겁하여 팔쭉지에 매여 달리자 걷어차는 바람에 마루 아래로 떨어졌다.

"무쇠풍구를 장타령이나 노래 거지로 알았더냐. 이 괘씸한 년놈들!"

동시에 뜨락 바닥에 술상이 떨어지어 냄비는 날고 그릇개비는 부스러지고 간장병은 튕겨났다. 손님들은 공연히 자는 범을 일구어 놓고 실랑이라도 붙일까 두려워서 모두 목을 움츠리고 찍소리도 내지 못한다. 마누라가 뛰쳐나와 이 광경을 목격하니 눈에 횃불이 일었으나,

"앙이 풍구 아즈방이 왜 또 이러우……. 성수가 왔씀메? 그러지 맙세. 내가 너무 아즈방이 노래 소리에 반해 그저 대접이나 해보려구 한 일이랑이."

이런 때에 들러멘 주먹이 사정없이 내려다지는 것이 예사였으나, 어쩐 일인지 장승처럼 뻣뻣이 굳어지며 치켜든 그의 팔이 힘없이 떨어졌다. 보비가 살며시 마루 위에 나타나 달빛을 듬뿍이 온몸에 안고 오돌오돌 떨고 있던 것이다. 그의 눈은 일순간 스르르 감기우고 입가장에는 빙그레 행복스런 미소가 떠돌았다. 바로 이때에 기무라 부장이 칼자루를 번득거리며 들어온 터이다. 부임한 지 얼마 안 되어 무쇠풍구라고는 소문에만 들었지 이런 행패꾼이 바로 그인 줄은 알배 없었다. 첫마디가,

"나쁜자식이다나."

"무시기?"

그러나 기무라는 바람결처럼 방안으로 새어들어가는 보비를 발견하여 시비를 걸 새도 없이 달려가며,

"하하 우리 보비 고운 색시 여기 있소다까?"

벌써 무쇠풍구는 토방 아래로 뛰쳐 내렸었다. 눈에 번개가 치더니 어느 길에 기무라의 목덜미를 잡아 낚았다. 부장은 비틀비틀거리다가 토방가에 엉덩방아를 찍었다. 불길 같은 분노와 질투에 전후를 가릴 정황이 없었던 것이다.

"자식, 무시기라구? 죽어보구 싶가듸?"

이 소동에 모른 채 할 수 없어 손님들도 하나 둘 머뭇거리며 마루도 나오고 기생들은 우루루 뛰쳐나와 수선을 떨었다. 기무라도 제법 유도 깨나 쓰기 때문에 그리 호락호락치는 않아 연신 일어나며 대들었다. 싸움이 시작되어 드디어 뜰 안은 파도처럼 술렁거린다. 모조리 들어 붙어서 떼어 말리느라고 가운데 들었다가 새우 등 치우듯 부딪히며 쓰러지고 꼬꾸라지고 하였다. 무쇠풍구가 사람을 가리지 않고 닥치는 대로 막 후려잡는 판이었다. 부장은 팔팔거리며 대들었다가 멧다 꼰지우기를 네 다섯 번 거퍼 하더니 돌뿌리에 이마빼기를 깨치고는 다시 대들 생각을 하지 못하며,

"요ㅡ시. 요ㅡ시."

으리기만 하였다.

"다 나오라. 이 간나새끼들아!!"

손님들은 혼이 빠져 모조리 쥐구멍을 찾아 헤맨다. 한 여가리에서 사시나무처럼 떨고 있던 보비는 용선이를 잡아끌고 대문으로 인도하며,

"어서 도망쳐요, 둘이서!"

"엉, 너하구?"

만일을 생각하여 오빠와 둘이서 바삐 피하라는 말이었다. 그러나 보비는 끄덕였다. 저와 같이 가자는 이 요구가 역시 고마웠기에.

"실수 없이 해, 응?"

"그 염려는 말어. 어서 너두 준비해!"

"응, 응. 그러나 인차는 안돼. 인차는!"

하며 떠밀어 내보내고는 마치 기무라의 추격을 몸으로 막으려는 듯이 잠가버린 대문 짝을 등에 싣고 한참동안 가슴의 고동을 억제하지 못하였다. 그러다가 뛰쳐 들어오더니 전에 없이 반기는 태도로 부장의 팔을 잡아 일으켰다.

"부장나리 어서 들어가 한잔 합지비!"

이를 갈던 기무라는 떨떠름하여 보비의 얼굴을 쳐다보았다. 보비는 상긋이 눈웃음을 쳤다.

망신한 생각도 이마빼기가 깨여진 아픔도 스르르 얼음 녹듯 풀려나간다. 하루에도 두세 차례씩 찾아오고야 보지만 이런 반가운 말을 듣기는 듣던 중 처음이었다. 옆에 앉아서 보기조차 하늘에 별 따기보다도 힘들었던 것이다.

그는 고양이처럼 눈을 감으며 혀를 회회 내저었다.

"야 좋소도. 좋소도. 바까 자식이 우리 내일 잡았소. 오늘밤은 우리 보비와 술이 먹었소. 헷헤 우리 보비 말이 자리 들었소도⋯⋯."

부장이 밤중으로 돌아가 경관대를 풀어 용선네 대장간을 덮치지 않도록 하느라고 보비는 밤을 새워 달래가며 술을 먹여 곤죽을 만들기에 성공하였다. 하나 이튿날 새벽에 정보가 들이다어 무쇠풍구와 보비는 미처 손을 쓸 사이도 없었다. 그날 새벽으로 보비는 붙들려 갔으며 저녁으로 무쇠풍구도 검속되었으니 같이 도망가자던 약속은 석방이 되면서야 결행되었다. 무쇠풍구는 이날 날이 지새도록 온밤중 놀랑관 근방을 배회하며 대문이 열리기를 기다렸었다. 그러나 이 대문을 달려와 첫 참으로 뚜들고 열기는 무장경관대이며 기무라 부장 자신이 보비를 보기 좋게 끌고 나왔다. 무쇠풍구는 안절부절을 못하였다. 차라리 제가 대신 잡혀들어가고 싶었다. 안 된다면 유치장에서 같이 매라도 맞고 싶었다. 그렇지 않아도 백방으로 자기를 수사 중인 줄은 모르고 이에 술을 들이키고 내길어름에 나섰던 것이다.

하여간 보비가 유치장에서 나온 참으로 감쪽같이 자취를 감추고 보니 노다지를 잃은 놀랑관에만 대소동이 인 것이 아니라, 경찰은 중요한 볼모를 놓쳐버려 대경실색하여 수색을 펴게 되었다. 더욱이 무쇠풍구까지 한날 한시에 없어진 것이 판정되었을 때는 모두가 입을 쩍 벌렸다. 너무도 겨레가 맞지 않았기 때문이었다.

하지만 무쇠풍구가 없어진 뒤부터 장거리는 조용해졌다. 그러나 이들의 수수께끼 같은 실종에 사람들은 모두 알고도 모를 일이라고 모여 앉기만 하면 뒷공론이다. 어떤 이는 필경 바다로 몰려나가 풍덩실 정사를 했으리라고 주장하였다. 또 어떤 이는 천만에 닿이지 않는 것이기에 보름달인 줄을 알고 보비를 산골짜기로 끌고 들어가 찔러 죽인 뒤에 자기도 배를 가르고 그 위에 덧 덮여 죽었으리라고, 무쇠풍구가 가히 그럼직한 위인이라고 무시무시한 추측을 늘여 놓기도 하였다. 죽기는 왜 죽어 몸을 빼려고 달아난 기맥을 알고 찾으려 떠나 오늘은 충청도, 내일은 경상도로 팔도강산을 편답 중일 것이라고 증간하는 이도 있었다. 하여간 이 공론이 장거리와 근방에서 사라지기까지는 상당한 시일이 걸리지 않을 수 없었다.

목출도 청년과 놀랑관 여주인이 서로 보충해 가며 대략 여기까지 이야기를 하였을 때 차는 이미 꼭두마리 고개턱을 넘어 내리바지 길을 달리고 있었다. 드디어 강원도 땅에 들어선 것이다. 눈보라도 이제는 씻은 듯하고 흐릿한 하늘만이 꽉 내려 덮여 침침한 산중이었다.

"그놈이 없어지면서 나만 영업을 둘러엎었지비……. 보비가 없이 개이으니까 손님의 발은 덜리지, 기무란지 개무란지는 화풀이를 애매한 우리에게 들이대며 이래라저래라 영업은 몇 시까지다! 벌금이다!"

을녀는 입맛을 다시며 물러나 앉았다.

"아무래껀 그런가 다 농민위원장이라구야. 흥 장하우다……. 그래 이 산끝에 숨어 살면서 부대나 키구 있었더랬지. 제 금새를 알기는 아는갑지비."

청년은 가볍게 웃어넘기며,

"만약에 그이가 없었더면 이 산지대 오십여 호가 지난해를 파동해내기도 어려웠을 게요. 아마 될 대로 되라구 산에 막 불을 질러 엄청난 범위로 밭을 일구었던 모양입니다. 혼자서 온 산중 사람을 먹여 살렸다니까요……."

우리들은 덤덤히 앉아 고개만 끄덕이었다. 청년은 다시 말을 이어,

"물론 이 부부의 종적은 끝내 묘연하였습니다. 그러다가 8·15 해방 직후의 일인데……."

하루는 감자섬을 산더미처럼 쌓아올린 화물차 한 대가 이 X장거리로 몰아 들어왔

다. 마침 축하 행렬을 하느라고 길을 메워 흐르던 사람떼가 요란한 경적소리에 놀래어 비켜서며 돌아다 보니 짐 꼭대기 위에 무쇠풍구가 웅크리고 앉아 있지 않은가? 그들은 모두 눈이 둥그래졌다.

"무쇠풍구!"

"풍구가 왔다!"

여기저기서 저런 소리가 일어났다. 전에 없이 수염이 시커멓고 거칠하니 파리해 보이나 우무덕한 눈이며 두드러진 관골이며 실룩한 입이 분명히 그였다. 야수처럼 늘진하니 허리를 펴며 운전대 위 판장을 몇 번이고 두드리더니, 반신을 내어 밀고 뒤돌아보는 조수에게 그는 인민위원회로 가라고 고함을 쳤다. 장거리 각다귀 애들은 하도 오래간만에 맞게된 무쇠풍구의 뒤를 따라 환호성을 지르며 쫓아가기 시작하였다. 화물차는 먼지를 뽀야니 일으키며 지름길로 접어들어 인민위원회의 현관 앞마당으로 들이 닿았다. 이에, 그는 혼자서 땀을 뻘뻘 흘리며 짐짝을 마당에 부려 놓더니 거처, 성명도 말하지 않고 차를 다시 재촉하여 되돌아 총총히 사라졌다. 장거리에는 또 다시 이 새로운 수수께끼를 푸느라고 여러 가지로 공론이 떠돌게 되었다. 그가 이 마식령 깊은 산중에 화전민이 되어 보비와 같이 살고 있는 사실이 판명되기는 이 산골에 농민위원회가 조직되면서였다. 나중에 알려진 일이나 이보다 앞서 붉은 군대가 원산에 상륙한 지 불과 며칠 만에 지나가는 빈 화물차를 잡아 가지고 또한 감자를 한 짐 잔뜩 싣고서 원산 주둔 사령부를 찾은 일이 있었다. 여기서도 역시 짐을 부려 놓고 말없이 훌훌히 돌아가려는 것을 사령관이 붙잡아 들여다 앉히고 심심히 사의를 표한 뒤에 물었다.

"그대의 소원이 무엇이뇨?"

"없습니다."

"이름이 누귀요?"

"없습니다."

그냥 도리도리에, 사령관은 빙그레 웃음을 지었다.

그리고는 무엇이든 원하는 것을 내어주라고 부관에게 이르는 눈치였다. 그러자 무쇠풍구는 갑자기 무슨 큰일이라도 난 것처럼 문을 열고 달아나기 시작하였다. 부관이 따라가며 한사코 멈추라고 외치나 사내는 뒷손을 치며 어디론가 날쌘 짐승처럼 사라지고 말았다. 이러나 이날 산으로 돌아오는 그이 잔등에는 쌍알베기 엽총이 메워있었다. 어디서 생긴 것이냐고 보비가 물으나 무쇠풍구는 말없이 웃을 뿐이었다. 돌아오는 산길 나들이에서 엽총을 메고 이남으로 달아나는 전날의 기무라 부장을 만났던 것이다. 낭떠러지에 굴러 떨어진 기무라의 시체를 갈가귀떼만이 알고 있었다. 이 수수께기의 엽총이 우금껏 산 사람들의 보양에 큰 역할을 했을 뿐 아니라 시초에는 남으로 도망을 가며 산촌을 잔악스레 노략하던 왜놈 패잔병들도 또한 수없이 많이 무찌른 것이다. 이 산사람들은 산 위에서 난데없이 불지르는 소리가 이는 동시에 총칼을 들이대며 야료질하던 왜병들이 푹푹 쓰러지는 것을 보고 놀랜 적이 한두 번이 아니었다. 흡사 천상에서 떨어지는 신의 조작과도 같았다. 근방 주민들은 산 위에 신인이 사신다고 수군댔다.

"놀래시지 마시오. 바루 저기 저것이 그의 집입니다."

하는데 보니 굽이굽이 산을 끼고 돌아내려 가는 발 밑으로 굽어 뵈는 깊은 골짜기 속 외그루 이깔나무 밑에 물줄기를 앞에 두고 아담한 초가집이 하나 들어앉아 있었다. 만약에 이 평원가도를 달리는 길이 있다면 이 유명한 무쇠풍구의 이야기를 회상하면서 여러분도 이 집을 유심히 보아주기 원한다.

이 마식령 중의 가장 높은 고개를 넘어 불과 1~2킬로미터의 거리로서 원두막처럼 생겼으나, 제법 영창까지 달린 이층 채가 유별하여 첫 눈에 알아볼 수 있는 터이다.

"저게 이층이구려?"

"그렇습니다. 본래 호기진 성품이라 노상 문화 주택이라고 뻐기면서 우스개 말이 아니라 앞으로는 화전민도 이렇게 이층집을 쓰게되얀다나요……."

우리는 다 같이 유쾌히 웃었다. 본디는 마식령에서도 그중 으슥한 골짜기에 찾아들어 남이 버리고 달아난 움막집에 기어들어 몇 해간 숨어살다가 해방 이후에 이리로 내다지었다고 한다.

이런 옛말 같은 이야기가 끝나면서 마식령도 거의 내려서게 되었는데, 마주 오던 화물차가 고장 차를 앞세우고 빠져 나오지를 못해 연달려 서있는 산모퉁이에 다다르니 또 다시 한참동안 머물 수밖에 없었다. 우리들도 다 같이 내려서 여느 차의 승객을 도와 고장 차를 길섶으로 밀어 넣느라고 힘내기를 하였다. 산 속은 빙고간처럼 덜덜이가 떨리었다. 다시 발동을 걸고 떠나게 되었을 때다. 갑자기 버텅니가 눈이 둥그래 덤비며,

"아즈망이 어디 갔소. 아즈망이!"

부르짖는다. 역시 그의 그림자가 차 안에 보이지 않았다. 그러나 차는 모른 체하고 심술 사납게 움직이기 시작하였다. 버텅니가 아무리 위 판장을 두들기며 정거하라고 야단을 치나 그냥 덜거덕거리며 달아난다. 운전수가 속으로 고소하니 생각하는 모양이었다. 이 때에야 을녀가 골짜기 속에서 승냥이처럼 뛰쳐나오더니 큰 일이 나서 달려오며 그야말로 똥싼 년처럼 떠벌인다.

"이봅세, 멈추우다? 아즈방이! 아즈방이!"

한참동안 웃기만 하던 청년이 일어나 판장을 두들기며 호령기 있게 멈추라고 외쳤다. 그제야 속력을 늘이며 창문을 열고 조수가 상반신을 내어 밀고,

"저 에미네 차 값 낼 분이 있소?"

"네 내가 내우다. 내가!"

버텅니는 허겁스레 지갑을 찾느라고 부수를 떨며,

"어서 멈춰 주우다. 돈은 내가 내우다!"

이렇게 되어 을녀는 요행히도 다시 차에 오르게 되었다. 오르면서 청년에게 치사를 하는 둥 버텅니에게 아양을 떠는 둥 어쩔 줄 몰라하며,

"네 참, 그런 망할 놈의 심보 사나운 운전수는 보다가 처음 보겠당이까……. 원산은 아무래두 XX여관이 좋당이 불두 제일 뜻뜻하기 때주구……. 아즈방이 내 목도리 드릴까!"

"실수다."

버텅니는 계면쩍은 듯이 얼굴을 돌리며 번번한 터가리만 쓰다듬는다.

마식령을 도망이라도 치듯이 허이적거리며 빠져 내려오니 어둠이 안개처럼 내려덮이는 석양 무렵으로 차는 평지대로라 제법 쾌속으로 달린다. 돌아보면 허공에 검극을 두른 듯이 드높이 솟은 마식령과 아홉의 고개의 천학만봉이 태연히 앉아 은보라색의 구름 속에 고요히 잠기어 축원을 올리는 듯하였다. 하드분한 구름이 춤추는 선녀들의

베일인처럼 이리저리 뭉실뭉실 떠도는 가운데 깃을 찾아드는 솔개가 한 마리 낙조(落照)를 받아 날개를 휘황히 물들이며 한 바퀴 커다란 동그라미를 그리고 있었다.

이제 와서는 그처럼 험준하던 마식령이 성산(聖山)과도 같은 느낌이었다.

어느덧 멀리 앞으로 송도원의 검푸른 바다가 내다보이는 덕원거리를 통과할 때였다. 이제 불과 십 리를 못 가서 원산 시내로 들어가는 것이다. 별안간 청년이 일어나 보안서 분주소 앞에 차를 멈추더니 우리들에게 악수를 청하며 작별 인사를 짓는다.

"X장거리는 여기서 갈아타야 되기 때문에 먼저 실례하겠습니다. 기회 있어서 들리시는 길에라도 찾아주신다면 감사하겠습니다. 저 보안서에 있습니다."

하더니 옆 채기에서 슬며시 신분증명서를 꺼내어 을녀에게 보이며 시물적 웃었다.

"아즈망이, 내려야겠습니다."

"앙이. 내가?"

엉겁결에 외마디 소리를 지르며 움쳐 앉는다. 사실 우리들까지도 산 넘어 국수집에 을녀의 일을 탐지하러 왔더란 이가 청년일 줄은 영 짐작 못하고 있었다.

"……내가 무시래? 원산 가는데……."

을녀의 목소리는 매우 떨렸다.

"차운데 공연히 산길에 나와 기다렸겠소? 번번이 알면서……. 어서 내리시우……."

하며 앞서 내려선다.

"내가 무시기 죄가 있가디?"

"이 아즈망이, 다 말해야 알겠소? 공장 약품을 실어낸 아즈망의 공범이 벌써 붙잡혀 죄 자백했어요!"

평양 싣고 가서 낭패보았다는 것이 물천꿀이 아니라 실로 도적해낸 약품이었던 모양이다.

을녀는 가뜩이나 검은 얼굴이 새카맣게 죽으며 입술이 푸들푸들 경련을 일으킨다.

"그거 무슨 소림메? 내사 모를 소리랑이! 나는 그런 사람 앙이오!"

"자 어서 내리오. 손님들에게 방해가 되니……."

운전수가 문을 열고 내다보다가 부르짖었다. 매우 가슴속이 후련한지,

"도적년 지랄 말고 어서 내려!"

급하면 부처님 다리를 붙든다고 을녀는 버텅니에게 달려들어 몸을 껴안고 비명을
지른다.

"아이구……. 어서 떠나우다. 떠나우다!"

청년이 눈짓을 하니까 총을 메고 옆에 나와 섰던 서원이 발버둥이치는 여편네를 잡
아끌어 내렸다. 버텅니는 저까지 붙들려 내릴까 무서웠는지 한사코 을녀의 팔을 제
모가지에서 풀어놓더니 고개를 움츠리고 죽었소였다. 어둠이 짙어졌다. 얼음판에 떨
어져 매어 달리며 비리대괄하는 을녀에게 청년은 웃어 보이며,

"발명은 흥남 가서 실컷 하기로 하시오! 우리는 원적지래서 수색원이 왔기에 붙들
었을 뿐이니까……."

을녀는 어쩔 줄을 몰라 이런 소리까지 늘여놓아 우리를 웃기었다.

"나랏님 그건 내가 먹지두 못했슴메. 한번만 용서해주옵세. 엥!……. 나랏님! 저두
평양서 속았지비!"

"허허, 되우 분하우? ……자 그럼 어서들 떠나시지요!"

을녀는 엉이엉이 비명을 지르며 보안서원에게 끌려들어 간다.

차는 다시 움직이기 시작하였다. 이때에 청년은 단정히 기척을 하더니 서원식으로
우리에게 경례를 하는 것이었다.

"안녕히들 가십시오. 길이 더디게 되어 미안합니다."

원산항에 들어설 때는 이미 밤이었다.

『풍상』, 민주조선출판사, 1947

칠현금*

1

얼마 전 이 국영제철소에 문학 동맹중앙위원회로부터 파견되어 나온 작가 S는 직장위원회 문화부의 걸상에 앉아 지금까지 이곳 제철로 동자들이 손수 써놓은 문예작품들을 뒤적거리고 있었다.

생산계획 초과달성과 기간단축운동의 최후 돌격기에 들어간 제철소는 공장전체를 들어 그야말로 장엄한 군악을 울리는 듯하였다.

중천에 버티고 앉아 쇳물을 내뿜으면 지동을 치는 용광로 불기이며 너울너울 무쇠가 끊어 번지는 불가마들이며 활개를 저으며 달리는 기중기, 불방아를 찧으며 돌아가는 압연로라, 그 밑으로 몸부림을 치며 달려나오는 시뻘건 철판, 흠실흠실 무너져나오는 해탄더미의 불담벽! 제철소의 웅심깊은 호흡과 장쾌한 파동이 그의 가슴속을 벅차게 넘쳐흐르는 듯하였다.

이처럼 우람차고도 감동적인 면모와 인상의 반영을 여기 노동자들의 작품 속에서도 찾아보려고 하였다.

그리고 S는 어느 정도 이점에서도 만족을 얻을 수 있었다. 표현수식이 잘 되고 못된 것은 둘째치고 거의 모두가 철자법부터 틀린 개발글이었으나 불과 몇 줄 씩 안 되는 시가의 구절가운데서도 자기네의 공장과 노동에 대한 열렬한 찬미와 민주개혁을 베풀어준 민족의 태양 김일성장군님에 대한 불타는 충성심이며 반동반역에 대한 피

---

* 이 작품은 『문학예술』(2-6, 1949. 6)에 게재된 것이다.

를 물고 이를 가는 듯한 적개심 등이 글자 속으로부터 푹푹 기름내와 쇳가루를 내뿜으며 용솟음치는 듯하였다.

특히 격조 높고도 씩씩하고 아름다운 시가의 귀중한 새싹들이 남몰래 움트고 있음을 엿볼 수 있었다. 이렇듯 소담한 새싹들을 어째서 아직까지 묻어두었을까 하고 직장위원회 문화부의 등한한 처사를 비난하기 전에 S는 도리어 작가자신들이 무관심성을 뉘우치게 되었다. 따라서 여기에 나오기가 너무도 늦었음을 후회하기 전에 그는 뒤늦으나마 지금이라도 이처럼 나오게 된 것을 적이 다행한 일로 여기려고 하였다. 하루바삐 자리 잡고 앉아 작품창조의 길을 개척하는 한편 청신하고도 기운찬 노동예술가들의 싹을 발견하고 키워내리라……

작가 S는 흐뭇한 행복감에 가슴속이 부풀어오르는 듯하였다.

새시대를 맞이한 새나라 작가로서의 새로운 삶의 길을 찾으려는 S자신의 자기요구도 또한 어지간했던 것이다. 형형색색의 종이위에 각가지 글씨와 문체로 써넣은 글들은 대개가 시편이 아니면 감상문이었다. 이것들을 하나 하나 정리해나가느라면 그 중에는 도시 제목부터 없는 또 있대야 <용접공 용감시>니 <해탄수월>이니 따위의 엉터리없는 것들이었으며 또 가다가는 겨우 다섯장 밖에 안 되는 12막 3장이라는 전대미문의 희곡도 튀어나와 실소를 금치 못하게 하였다.

그러나 이와 같은 작품 아닌 작품을 대하게 되어도 그 소재가 한결같이 공장의 실생활과 노동자의 생동한 감정에 토대를 둔 적절한 내용임에 새삼스레 놀라게 되는 경우가 많았다. 하나 설마 이 원고뭉치 속에 지금까지 아무에게도 발견됨이 없이 무한한 진통을 겪으며 있는 하나의 우수한 재능이 숨어있으리라고는 전혀 뜻하지 못 하였던 것이다.

수많은 이 원고 가운데 소설도 4~5편 되었으나 그중의 한편이 유난히도 그의 주목을 끌었다.

작가 S는 중도에서 이 원고부터 집어들게 되었다. 일제시대의 엽서 크기만한 공용천 뒷면 백판에다 연필로 깨알같이 한자 한자 잘게 박아 쓴 옹골찬 글씨부터가 매우 인상적이었다. 그것이 열두서너 장, 200자 원고지로 한다면 60~70매 길이나 될까? S는 이와 같이 기다랗게 얘기 거리를 늘어놓을 수 있는 사람이 있었던가고 우선 이점에서부터 은연히 놀라는 마음이었다. 비교적 빈 구석이 없는 탐탐한 문장으로 어감도 부드럽고 화술도 능란한 편이었다. S는 결코 처음 써보는 솜씨가 아니라고 혼자 끄덕이면서 옆에 앉아있는 문화부 동무에게 이 사람을 아느냐고 물어보았다.

"윤남주?"

그 동무는 이렇게 이름을 한자씩 떼어서 읽더니 귀에 설은 이름인 모양 고개를 기웃거리며 또 다른 동무들에게 물어본다. 맨 구석에 쭈그리고 앉아 주판을 대고 종이 위에 선을 긋고 있던 중년 동무가 깔깔한 노랑수염을 만지작거리며 말했다.

"아마 병원에 누워 있는 동무지이."

"무슨 병으로?"

"글세 자세히 알 수 없습니다. 그렇다는 말만 들었을 뿐이니까요."

문화부 동무들이 이럴제는 이 필자의 존재가 그다지 주목되어 있지도 않은 모양이었다. 캐어물을 필요도 없기에 다시금 원고를 집어들고 계속해 읽어나간다. 그러나 S는 공장 동무가 어째서 이런 소설을 썼을가고 진작 머리를 기우뚱거리게 되었다.

문화직 소양도 풍부하고 재능도 출중한 편으로 얘깃거리는 비교적 규모있게 짜여졌으나 너무도 노동자들의 생활과 거리가 먼 공허하고도 허구적인 내용을 담은 작품이었다.

"아마 이것도 그 동무의 것인가 봅니다. 일전에 보내왔습니다."

앞에 앉아 서랍 속을 뒤적이던 동무가 넘겨주는 것을 S는 받아들고 또다시 앉은자리에서 내려읽었다.

이것도 역시 한 본새로 공용천 뒷면에 연필로 박아쓴 깨알 글씨이며 또 필자의 필력을 충분히 보장함에는 틀림없는 30~40매 가량의 단편이었다. 그러나 어떤 절망적인 고독과 설움을 그린 그 내용이 또한 이상스럽게 생각되었다.

"이 공장 노동자입니까?"

원고지를 접으며 이렇게 의아스럽게 다시 묻고있는 차에 마침 부장 동무가 들어왔다.

"그 동무는 해방 전부터 누워있다고 합니다."

"해방 전부터?"

"그렇습니다. 본시 전기기술공이었는데 작업 중에 부상을 당한 이래 전혀 운신을 못한다고 합니다."

"그럼 불구자로군?"

S는 놀란 듯이 허리를 펴며 정좌하였다.

"그렇지요. 이 원고도 병원 간호원이 일전에 가지고 왔습니다. 읽어보셨는가요? 노동자라고 농촌을 못 그리고 운신을 못하는 몸이라고 가보지도 못한 선거장 풍경을 못 그리겠소만 워낙 허궁 뜬 얘기가 되어서 실감이 나지 않을 것 같습니다."

"글쎄말입니다."

"그 뒤에 또 써온 것은 없고?"

사실 이런 이유에서만도 S는 이 필자에 대하여 가벼운 놀람과 동시에 일종의 위구에 가까운 홍미를 느끼지 않을 수 없었다. 그것은 선거에 대한 작품이었던 것이다.

"없습니다. 아직은……. 사람을 보내어 쓴 것이 있으면 달래올까요? 하여간 불쌍한 동무입니다. 여−연락원 동무!"

S는 부장 동무를 제지하며 자리에서 일어났다.

"제가 문병겸 올라가볼렵니다."

이리하여 작가 S는 불행한 병자를 방문하기 위하여 공장병원으로 찾아 올라오게 되었다. 병원은 제철소 전경이 눈앞에 바라보이는 언덕위의 아늑한 곳에 자리 잡고 있었다. 겨울을 저버린 듯 한낮의 다양한 햇빛이 졸고 있는 기다란 복도를 지나 입원병동으로 통하는 길로 접어들려는데 갓 지나온 간호원실에서,

"여보세요."

하고 부르는 소리가 들린다.

"어디를 가세요?"

S는 주춤 멈춰서면서 주사기에 약을 놓던 손길을 멈추고 빠끔히 내다보는 얼굴이 갸름한 간호원에게 병자를 면회하러 간다고 말하였다.

"면회는 일요일 오후 한시부터 세시사이에만 하게 되어있습니다."

하면서 간호원은 부채질처럼 긴 살눈썹을 내리깔고 다시 주사약을 뽑아 넣는다.

"……"

"오늘 꼭 찾아보셔야겠어요?"

계면쩍게 웃으며 끄덕이니까

"어느 분을 찾아가세요…… 윤남주 동무요?"

간호원은 약간 기색이 달라지며 다시 한번 살며시 쳐다보더니

"그럼 이리 들어오세요."

하고 펜을 들고 의자에 앉으며 특별면회용지를 꺼내놓으며 연거푸 묻는다.

"용건은?"

"어데서 오셨는데요?"

"평양? 그럼 전부터 아세요?"

무척 친절은 하나 어지간히 다사스러운 간호원이라고 생각하면서 아직 면식은 없지만 꼭 만나 볼일이 있어서 왔다고 하니까 용건란에 문병이라고 기입하더니 긴 살눈썹을 살짝 치켜올리며,

"S 선생님 아니세요?"

하고 기대어린 빛으로 묻는다. S는 짐짓 놀라는 체하면서 그렇다고 고개를 끄덕였다.

"역시 선생님이 오셨군요."

간호원이 반색을 하며 새물새물 웃는 바람에 작가 S는 더욱 어리둥절할 수밖에 없었다.

"……"

"그렇지 않아도 윤 동무가 아까 선생님 얘기를 하던데요. 아이참 우연한 일치인데."

간호원은 혼자 신이 나서 덤비며 뒤를 향하여 기쁜 빛으로 말을 건넨다.

"과장 선생님 그렇죠?"

지금까지 뒤쪽에서 환자들의 병력서를 뒤적거리고 있던 나이 지긋한 의사 한분이 이쪽을 물끄러미 바라보다가 다가오며 악수를 청하였다.

"바루 선생님이시군요. 윤 동무가 얼마나 기뻐할지 모르겠습니다. 저는 여기 외과 과장입니다."

S가 어리둥절해하자 간호원이 잽싸게 참견해 나섰다.

"아까 공장 스피커루 방송이 있었다나봐요. 선생님이 오셨으니 문학써클원들은 전부 노동자회관으로 모이라구요……. 윤 동무는 우리 병원내의 청신경이랍니다."

그제야 비로소 어떻게 된 영문인지를 알게 된 S는 대체 언제부터 본인이 누워있으며 또 병은 무슨 병이냐고 물었다.

"저는 가제 부임해왔기 때문에 아직 자초지종을 자세히는 모릅니다만은 이 신 간호원이……"

"6년 동안이예요."

신이라고 불리운 이 간호원이 또 나서는 바람에 외과과장은 설명 할 사이도 없었다.

"6년 동안!"

"왜놈들이 며칠 안으로 죽을거라고 손 한번 대지 않고 그냥 내버려두었기 때문에 아주 폐이니 되고 말았어요."

"병명은 압박증 척수염 등시메뼈가 부러진 겁니다. 바루 이쯤……"
하면서 과장선생은 자기의 허리밑에 손을 돌리며 이렇게 설명하였다.

"뼈가 부려졌기 때문에 쪼각뼈들이 눌러버려 하반신을 움직이지 못합니다. 전혀 감각도 없습니다. 오줌도 고무줄로 뽑아내고 대변도 관장으로 풀고 있는 형편입니다."

"……." 너무도 참혹한 애기에 압도 되여 S는 말이 나오지 않았다.

"일간 렌트겐사진을 찍어보렵니다만은 워낙 너무 시기를 놓쳤기 때문에……."

"왜놈들은 우리들의 철도, 광산, 공장만 파괴한 것이 아니라 우리 조선사람들의 신체까지 파괴한 셈이에요."

신 간호원이 숨을 돌이키며 새촘하니 질린 얼굴에 까만 눈망울을 불송이 처럼 번뜩이었다.

"그렇습니다…… 파괴된 그 신체들을 회복시키는 일이 저희들의 임무지요."

과장선생은 무거운 어조로 이렇게 중얼거렸다.

"그러나 윤 동무에 대해서만은 별도리가 없을 것 같습니다. 현재 치료라고는 오래 누워있었기 때문에 살이 꺼지고 물커지는 데를 소위 욕창을 소독하고 약을 발라주는 데 불과합니다. 세상 말할 수 없이 비참한 병자입니다. 언제나 책읽기를 좋아하고 또 자기도 글을 쓰노라고 바닥바닥 애를 쓰는군요."

"때때로 자기가 쓴 동화가 방송되는 것을 들으며 위로를 받는 모양입니다."

애기를 듣고 보니 아까 읽은 그의 작품에도 어덴지 동화작가다운 필치와 풍격이 서리어 있듯이 느껴졌다.

"먼저 달에도 방송을 나왔어요."

신 간호원은 비록 말이 다사한 탓만이 아닌 듯하였다.

"저희들은 수직실에서 들었는데 어찌 재미있던지 모르겠어요."

"그래? 어떤 얘기인데."

돌아보며 웃음을 띠우는 과장 선생도 매우 사람 좋은이로 보이었다.

"제목이 여우가 판 함정에는 누가 빠졌나? 이런 얘기요. 들어보면 여우가 꼭 일제시대의 왜놈원장이겠죠. 그놈이 윤 동무를 저렇게 만들었거던요. 그래 그놈의 얘기가 아니냐구 본인에게 물으니까 반동요물 리승만! 이러겠죠. 하기야 왜놈이나 리승만이나 여우나 다 엇비슷한 요물들이죠 뭐……."

무심중 모두 웃음을 터트렸다. 신 간호원은 이렇게 분위기를 제 마음대로 하는 명랑하고도 귀여운 매력적인 처녀였다.

"그러나 이제는 그의 동화도 다 들었어요!"

"왜?"

과정선생의 눈이 동그래졌다.

"소설루 돌아서나봐요."

"소설? 소설도 좋지."

하면서 과장선생은 병력서를 몇 장 뽑아들고 일어나더니 이렇게 말하는 것이었다.

"어쨌든 우리 병원에서 가장 자랑하는 귀중한 문화인재입니다. 본인에게 많은 위로와 지도를 주십시오, 저녁시간이 되기 전에 어서 들어가 보시지요. 윤 동무의 방은 저 －동병사 9호실입니다."

남으로 창문이 열린 외간 넓이의 병실 안은 중기 돌아가는 소리만 시그랑거릴 뿐 고요하였다. 담벽 한쪽에 붙여 놓은 침상위 흰 이불속에 첫눈에도 여윈 몸매 가느다란 청년이 돌아 누워 있었다. 그는 조용히 들어서는 S에게 돌아누운 채 숨소리도 나직이 물었다.

"누구신가요?"

S는 한 걸음 가까이 나서며 간단히 내방의 뜻을 말하였다. 순간 청년은 한 팔을 들

어 헤엄치듯이 허공을 저으며 반색하였다.

"아— 선생님이에요?"

그 손을 다가가 붙들며 S는 뜨거운 촉감에 신열이 있구나 하였다.

"선생님이 이렇게 찾아오실 줄은……. 누구 좀 불러주십시오. 혼자 돌아눕지를 못합니다."

이렇게 말이 떨어지기도 전에 문이 열리며 기다리고나 있었던 것처럼 그 신 간호원이 들어와 침상 곁으로 다가온다. 아마 S의 뒤를 따라온 모양이었다. 병자를 돌아눕히려고 하는데 새 한 마리가 이불자락 밑에서 오독독 뛰어나와 머리맡위로 올라붙더니 낯선 방문객을 또록또록 살펴본다. S도 이 본새다른 조그만 방주인을 놀라운 눈으로 바라보며 뒤쪽에 놓인 감병인용의 나무침상위에 걸터앉는다. 신 간호원이 병자의 몸뚱이를 유리곽이라도 다루듯이 조심스레 움직여 반듯이 눕혀놓은 동안에 S는 방안을 한번 둘러보았다.

병자가 늘 바라보게 되는 앞벽면에는 파라우리한 사기로 된 붕어형 꽃병이 걸리고 그 붕어입이 종이로 만든 빨간 다리아꽃 두 송이를 물고 있었다.

침상가의 벽면에는 책상이 놓이고 거기에는 옥편, 사전, 시집, 소설책, 잡지, 그의 학습장 등이 꽂혀있고 자기 손으로 스위치를 비틀 수 있게 가까이 놓여있는 탁자위에는 라디오가 마주앉아 있었다. 그리고 머리맡 구석에는 실내온기에 잎이 싱싱한 한길 가량의 석류나무가 그럴 듯이 모양좋게 가장구를 드리우고 그 끝가지 위에는 어느 사이 새란놈이 올라앉아 목덜미의 보숨털을 보르르 떨면서 반쯤 내리뜬 눈 위에 흰자위를 굴리고 있었다. 잘라준지 오래인 듯 어지간히 길어진 날개를 이따금 펼치며 조그만 발을 바둥거리기도 한다.

불우한 동화작가의 방다운 독특한 분위기였다.

햇빛이 마냥 퍼붓는 들창 밖으로는 차가운 하늘위에 나란히 솟은 열한개의 열풍로 굴뚝들이 신화에 나오는 천신들의 거문고처럼 번들거린다. 그 사이에 거인과도 같이 버티고 앉아있는 용광로와 육중하고 등실한 대형가스 탱크며 거무끼레한 고층 건물 등 웅장한 공장전경도 아연하게 바라보인다.

"신 동무, S 선생님이요……."

　이불자락을 여며주고있는 간호원에게 이렇게 병자가 가만히 들려주는 말을 받아신 간호원이 말했다.

　"아까 저희들 방에서 뵈었지요……."

　"그래요, 제가 그래도 글줄을 써본다구 위에 선생님이 찾아오셨겠지요……."

　저윽이 행복스런 어조였다.

　"글쎄말이예요……. 고맙습니다."

　신 간호원이 웃음을 머금고 S를 향하여 사뿐 인사한다.

　"그런데 선생님이, 이 윤 동무에겐 좋지 못한 버릇이 하나 있어요. 신열이 나고 몸이 편찮을 때는 쉬어야겠는데 그런 때면 더 극성을 부리며 무엇에 쫓기기라도 하는 사람처럼 붓을 들고 원고를 쓰신답니다. 악을 바락바락 받치면서 뻘겋게 뜬 얼굴이 꼭 반미친사람 같이 되어가지고 혼자 중얼거리며……. 윤 동무 그렇죠?"
하고 돌아보며 해죽이 웃으니까 병자는 악의 없는 눈길로 흘겨본다.

　"또 쓸데없는 말을……."

　"선생님, 충고해주세요. 그럼 실례합니다."

　신 간호원이 나간 뒤에 작가 S는 불행한 이 병자에게 무슨 말부터 시작해야 좋을지 망설이다가 새를 퍽 좋아하는 모양이라고 하니까 해맑은 웃음빛을 띤 얼굴을 이쪽으로 돌리며,

　"글쎄요, 좋아한다 할는지 전에는 그렇지도 않았지만 너무 오랫동안 새와 꽃과는 담을 쌓은 생활이기 때문에……."
하고 말하는 그의 얼굴은 어떤 뛰어난 조각작품처럼 이목이 수려하기 그지없었다.

　굳은 의지를 말하는 도톰한 콧날이며 미소를 머금은 탐스러운 입모습과 어떤 알지 못할 깊은 속에서 내다보는 듯한 눈매- 그리고 코밑에 박힌 기미도 매우 인상적이었다. 나이는 27∼28세나 됐을까? 혹시 하나 둘 더 많을지도 모른다. 파리한 몸이어서 그런지 두팔만이 어울리지 않게 유별히 길어보인다. 그리고 무심히 쥐었다 폈다하며 부단히 움직거리는 북두갈구리 같은 큼직한 손은 역시 감출 수 없는 노동자의 손이었다.

　그러나 어둠침침하고도 뒤숭숭한 방안과 불에 그슬린 썩정구와도 같은 병자의 모양을 예상하였던 S는 실내의 밝은 분위기와 병자의 명랑한 인상만으로도 우선 숨길

이 좀 트이는 것 같았다.

"벌써 아홉달째 됩니다. 지난봄에 인민학교 학생이 잡아다 주길래⋯⋯."

"무슨 새입니까? 얼핏보기에는 방울새 같기도 하구⋯⋯."

사실 생긴 모양이나 몸의 크기는 방울새 비슷하였다.

"방울새와는 머리모양이 좀 다르지요. 울줄도 모릅니다. 별루 이름도 없는 새인가 봐요. 아주 길이 들대로 들어 손에건 이마에건 막 날아와 붙는 걸요. 창문을 열어놓아도 나갈 생각을 못합니다. 오히려 제가 저 새를 동정하게 될 때가 있어요⋯⋯."

하면서 그는 쓸쓸한 웃음을 지었다.

그리고 보면 날개를 잘리운 메새나 하반신의 자유를 잃어버린 이 병자나 매한가지의 신세로 생각되어 S는 덩달아 웃지를 못할 심정이었다.

병자는 연속 웃음빛으로 얼굴을 적셔가며 제철소에 대한 감상을 묻고 공장내용도 서명해주고 나중에는 문학이야기를 꺼내면서 여러 가지로 질문을 시작하였다.

이로부터 수월히 담화가 벌어지게 되어 S에게는 그나마 다행으로 생각되었다.

사실 그의 비참한 불행에 대하여 아무런 예비 지식도 없다면 모르려니와 일부러 모르는 체하고 그의 병상에 대하여 화제를 펴거나 더욱이 메사로운 위안의 말을 늘어놓거나 하기에는 너무도 그의 정상이 참혹하고 애처로운 느낌이었던 것이다.

다만 이와 같은 침상의 불행 속에서도 어떻게든지 그을 써보려고 노력하는 그의 엄숙하고도 놀라운 기개에 대하여 충심으로 경의를 표하고 싶어지는 것이다.

"그러나 배운 것도 읽은 것도 없기 때문에 쓸 줄이나 알아야지요. 이렇게 미이라처럼 드러누워 종이를 얼굴 위에 맞대고 써보느라니 이어 팔죽지가 떨어져오고 숨결이 가빠지고 또 생각도 흩어지고 해서⋯⋯. 그런데 언제까지나 계실 작정입니까?"

"여기서 겨울을 날 테니까 앞으로도 종종 찾아오리다."

이렇게 위로하듯이 대답하여 S는 슬며시 말머리를 돌리었다.

"동무는 선거도 이 방에서 치렀겠군요?"

"물론 이동함에다 투표했습니다."

"남보다 특별히 다른 감격이었겠습니다?"

"말해서요⋯⋯. 저 같은 사람에게까지 선거권을 주니⋯⋯."

"이왕 선거이야기를 쓸 바엔 그때의 동무의 세계라든가 심정을 그렸더라면⋯⋯."

"부끄럽습니다. 선생님이 벌써 읽어주셨군요."

"역시 작가란 자신이 제일 잘 알고 깊이 느낀 일을 제일 잘 쓰게 마련입니다."

이렇게 말하면서 허구한 세월을 병상에 누워있는 몸으로 인민의 대표를 위하여 이동함에다 투표하는 사실 자체만도 그 얼마나 감격적이냐? 아무에게나 뼈저린 공감을 줄 수 있는 가장 특이하고도 특별한 자기의 감정세계를 그려보는 것이 어떠냐고, 이렇게 들려주고 싶던 얘기를 하였다. 그러자 지그시 눈을 감고 듣기만 하고 있던 병자는 자못 심란한 웃음을 지으며,

"제 일이 무엇이 잘난일이라고 쓰겠어요?"

하고 짓는 그의 웃음을 진작 또 서글픈 빛으로 변하였다.

"저는 이 제철소의 하나의 쓰지 못할 녹쓸은 나사못입니다."

"그 녹쓸은 나사못이 자기의 과거체험과 현재의 심정을 솔직히 말하기 위하여 붓을 든다는 겁니다."

"그러나 저는 그러고 싶지 않아요. 그럴 필요가⋯⋯."

하면서 그는 별안간 굳어지는 얼굴 속에 말꼬리를 삼켜버리었다.

S는 고개를 들고 정색하며 그의 얼굴위에 나타나는 심각한 표정의 변화를 놓치지 않았다. 심상하게 배앗는 말과도 같으나 내심 뜨끔하니 질리는 구석이 없지도 않다. 너무도 비참하고 불행한 운명이기에 자기에 대하여 일체 눈을 가리우고 싶은 심정에서일까? 그 반작용으로 새와 꽃과 짐승들을 환상 속에 그리는 아름다운 동화의 세계로 달리는 것일까? 아직도 자신의 장래에 대한 기적을 기다리는 꿈에서 자기를 굳게 쇠잠그려는 것일까? 하여간 S는 불우하고도 유능한 이 청년작가를 바로 이해하여 그에게 도움을 주기 위하여 그의 여러 작품들을 세밀히 검토해 보고 싶었다. 그런 마음에서 작품들을 보여 달라고 하니까 병자는 보일만한게 하나도 없다면서 이렇게 덧붙이는 것이었다.

"장난이지요⋯⋯. 그게 글이라구요⋯⋯. 선생님이 계시는 동안 열심히 써 보겠습니다. 억지루라도 쓰겠습니다. 지금까지 동화라고 여러문편 방송은 되었지만, 그것도⋯⋯."

"초고라도 좋으니……."

"통 없습니다. 워낙 이렇게 누워서 겨우겨우 몇 줄씩 써보는 형편이니 어디 초고니 등본이니 해놓을 힘이 있어야지요. 저는 하나의 산송장입니다!"

그는 마치 땅속에서처럼 중얼거리었다.

"그렇습니다. 저는 썩어들어가는 산송장입니다."

"너무 자기를 괴롭히지 마오."

S는 자리에서 일어나며 이렇게 말하였다.

"새롭게 살길을 찾아야지요."

"새롭게 살길?"

병자는 항의라도 하려는 듯이 얼굴을 치켜들었다. 열기를 띤 그의 눈속에는 불빛이 서물거리는 듯하였다.

"선생님, 제가 이 몸으로 무엇을 하면 좋단 말씀입니까?"

"나는 동무의 손에 문학창작의 귀중한 붓대가 쥐여져 있다는 것을 동무를 위해서나 사회를 위해서나 천만 행복으로 아오……."

S는 사실 그렇게 생각하였다. 그리고 또 이렇게 가없는 절망과 고독속을 헤매는 불쌍한 병자를 있는 힘껏 도우리라 결심하고 있었다.

"그러나 문학을 해보자니 제게 아는게 있습니까. 쓰는 재주가 있습니까."

병자의 말소리는 비감으로 떨리었다.

"저는 노동자입니다. 이렇게 단 하나 밑천인 몸까지 부자유해가지고서야……."

"동무와 같은 순진한 노동자로서 훌륭한 소설을 쓴 이도 많았소. 동무에게는 쓰라린 생활이 있었고 또 현재가 있고 남에게 못잖은 우수한 재질까지 있지 않소. 거기에서 힘을 얻어야지요. 그리고 또 동무보다 몇 갑절 더 참혹한 불구자이던 작가들도 얼마든지 있는 겁니다……."

작가 S는 위로와 격려를 겸하여 이렇게 말하였다.

문학에 전혀 문외한이던 우랄철제공장 노동자의 몸으로 어떤 광부일가의 비참한 역사와 자기의 불우한 과거를 골자로 대작품을 쓴 알렉산드르 아브덴꼬 얘기도 들려주었다. 뒤이어 참혹한 불구작가 느. 오쓰뜨롭스끼의 얘기도 좋은 자료로 꺼내었다.

너무 지나치게 참혹한 얘기가 아닐가 하면서도.

　"가령 그와 같은 사람에 비한다면 동무의 불행쯤은 약과입니다. 기운을 내어 더 많이 읽고 생각하고 또 자꾸 자꾸 쓰시오……."

　"어떤 작가입니까? 어떤 불구자였던가요? 어떤 내용입니까?"

　병자는 숨가쁜 목소리로 이렇게 다그쳐 물었다.

　S는 거의 전신불구가 된 그 작가가 자기의 투쟁생활의 계승을 위하여 병상에서 어떻게 문학공부를 쌓아 작가로서의 혁혁한 새출발을 했으며 또 어떻게 조국과 인민에게 복무하는 훌륭한 작품들을 남기었는가에 대하여 그의 작가로서의 성장과정을 상세히 얘기해 주었다. 줄기차고도 감격적인 이 불구작가의 이야기에 병자는 비상히 감동되는 듯하였다.

　그가 구술로써 역은 『강철은 어떻게 단련되었는가』의 작품내용이 국내 전쟁시기에 조그만 불기둥이 되어 싸운 강직하고도 슬기로운 소년 빠벨 꼴챠낀의 이름을 빌린 작가자신이 있는 그대로의 자전적 기록이라는 점을 은연히 강조하는 것도 잊지 않았다. 얘기가 그의 참혹한 병상에까지 이르렀을 때,

　"눈까지 못 보았던가요?"

하고 병자는 숨죽인 목소리로 물었다.

　"나중에는 두 눈까지 시력을 잃었지요. 자기 소설에 그대로 나옵니다. 한쪽 팔을 못 쓰게 되고 두 무릎이 또 굳어지고 그 뒤에 폐안까지 된 겁니다. 투쟁과 사업을 떠나서는 살 수 없는 꼴챠낀이 이 절대절명의 경지에서 어떻게 사느냐? 그러나 입이 아직 살아있다. 귀가 들린다. 이것을 무기로 소설을 쓰자. 이렇게 된 겁니다."

　방안을 조용히 거닐며 이렇게 얘기하던 S는 가까이 다가가 병자의 얼굴에 미소를 던지며,

　"기운을 내오. 느. 오쓰뜨롭스끼야말로 우리들이 따라 배워야 할 작가인줄 압니다. 그 기개와 노력과 문학에 대한 신심이 얼마나 위대하오!"

하면서 그의 손목을 잡아 흔들었다.

　"동무는 조선의 오쓰뜨롭스끼가 되어야 하오!"

　그러나 이렇게 얘기하고 나서 역시 S는 안 할 말까지 지나치게 했나보다 하고 후회

하였다. 아직도 그와 같은 숙명적인 절망 속을 헤치고나갈 과감한 각오와 정신력이 준비되지 못한 듯한 그에게 참혹한 운명의 진전을 전제 해 놓은 이런 얘기를 퍼놓은 것이 마음에 괴로워서였다.

그러나 어차피 그의 운명은 운명대로의 길을 밟을 것이 또한 애처로운 일이었다.

"그 소설책을 볼 수 없을까요?"

"이 다음 평양갔다올제 가지구 나오리다……. 요컨대 동무와 같이 외계와의 교섭이 끊어진 작가로서는 자기의 영창을 통하여 보고 듣고 느끼는 것을 쓰는게 좋을 것이요. 내게는 그렇게 생각됩니다. 자기가 직접 체험하고 시련 받은 일을 말할 때에 독자들에게도 더욱 커다란 공감을 일으키는 법입니다. 만약 소설을 쓸려거든……."

"압니다. 압니다……."

병자의 반신경질적인 반응에 S는 방긋이 웃음을 머금었다.

"오계의 활동과 분리된 생활 속에서 동화의 길을 취한 동무의 방향도 충분히 이해할 수 있고 또……."

"저는 동화세계에서 떠나고 싶어요……."

"그렇다고 소설이래서 또 동무자신의 얘기를 꼭 써야 된다는 게 아니라…"

"……."

병자의 얼굴은 서글픈 표정으로 흐려진다.

"동무의 심정은 이해되오."

S는 이야기를 뚝 그치고 무거운 감개로 끄덕이며 가방 속에서 원고철을 몇 권 꺼내었다.

"원고지를 드리고 가리다."

병자는 원고지를 받아들고 가슴에 끼여안더니 그의 손을 힘있게 쥐었다.

"고맙습니다. 언제쯤 또 와주실수 있겠습니까?"

이렇게 애원하듯이 말하는 병자의 손길을 마주잡으며,

"짬을 보아 또 오리다."

하며 S는 외려 자기에게 단단한 다짐을 주는 듯하였다.

"몸조심 각별히 하며 공부 많이 하시오."

2

이날이 있는 뒤부터 S의 머릿속에는 이 불우한 병자에 대한 생각이 언제나 떠나지 않고 있었다. 실상 불꽃을 튕기며 돌아가는 생산돌격전속에서 자신을 단련함 경험을 실제로 육체화하고저 나온 그에게 있어서 병자 자신의 말대로 하나의 '녹쓸은 나사못'에 불과한 이 불구병자에게 마음이 끌리게 되었다는 것은 하나의 웃음거리라면 웃음거리였다. 그러나 이 제철소에 나온 이래 S도 전에 없이 바쁜 나날을 보내게 되었다.

군중문화사업이 아직도 노동자들 속에 깊이 침투되지 못하였음을 깨닫게 된 그는 우선 직장위원회의 문화사업을 협조함으로써 이 제철소와 직접 연결되고자 하였다.

결국은 의욕과 열성은 왕성하면서도 문화지도일군들이 부족한데 그 부진의 원인이 있는 것이었다. 이런 이유에서 S는 직장위원회와 또 여느 예술가 동무들과 토론을 한 결과 군중문화써클활동의 핵심적 역할을 할 수 있는 노동문학예술일군들을 길러 내기 위한 문화공작예술창조 실제에 관한 단기강습회 같은 것을 상설적으로 가졌으면 하였다.

이리하여 그는 이 조직사업에 분망하게 되었다. 한편 군중문화운동의 실정을 이해하고 숨죽인 써클들을 발동시키기 위하여 매일 아침부터 생산현장으로 민주선전실로 본사무실로 그밖에 공장 내 여러 사회단체들을 찾아다니게 되었다. 그래 S는 병원을 다시 찾을만한 마음과 시간의 여유를 좀처럼 가질 수가 없었다.

그러다가 하루저녁 병원민주선전실의 형편을 보기 위하여 올라갔던 길에 다시금 병자의 병상을 찾게 되었다.

민주선전실에서는 요즈음 보급되기 시작한 무도회가 한창이었다.

몇 동무는 새로 벽면을 장식하느라고 풀그릇을 들고 돌아간다. 여기서 그는 춤을 배우고 있는 외과과장을 다시 만나게 되었다. 구석쪽 걸상에 마주 앉았을 때 화제에 자연히 또 불우한 병자를 올리게 되었다.

"문학의 길에 그렇게 대한한 재주가 있는 줄은 처음 알았습니다. 그저 심심소일거리로 글장난을 하거나 했군요."

과장선생도 역시 이 병자에 대하여 특별한 애정과 관심을 가지고 있는 모양이었다.

"아마 그 동무자신 그런 생각에 설겁니다."

"글쎄요. 어쨌든 간에 잠시도 가만 못 있는 성품 같습니다. 그 동무야말로 불사조라고 하는지요. 어쩌면 또 그렇게 자기의 불행과 고통을 다른 사람들 앞에서 감추려 할수 있겠습니까?"

이렇게 얘기하는 소리를 듣고 S는 저윽이 의아한 생각이 들었다. 외려 자기는 이 병자와의 면회에서 다시없이 고독하고도 절망적이며 자학적인 인상을 받았었다. 그리고 또 그것은 결코 무리는 아니라고 생각하였었다.

이래서 저번날 만났을 때의 일을 대강 얘기하자 과장선생은 이상하다는 표정을 지었으며 또 그가 손수 쓴 소설이 전혀 허구적인 내용이 아니면 절망적인 세계라는 것을 말하였을 때엔 비상한 놀라움을 느끼는 모양이었다. 그러나 과장선생은 진작 이것을 부인하려고 하였다.

"그럴까요? 저는 도리어 정반대인줄 압니다. 생각해보십시오. 병세는 별로 차도가 없는데 욕창에서 패혈증이라도 일어나면 그땐 마지막입니다. 그렇다고 별다른 신통한 수도 없으리라는 걸 본인도 잘 알고 있습니다. 그러나 조금도 그런체 없는 태도로 어떻게든 공장과 병원을 위해 무엇이든 일해보려고 애를 쓰고 있으니 이 사실을 어떻게 설명해야 하겠습니까?"

"가령?……"

이번은 S가 놀라게 되었다.

"윤 동무는 그런 반신불수이면서도 국가와 인민과 주위에 대하여 무관심은커녕 가장 열성적이며 헌신적이니……. 웃으시는군요."

하더니 그 역시 웃음빛을 띠며 말을 이었다.

"산송장이 헌신적이란 말이 매우 우습기는 합니다만 사실은 그야말로 헌신적입니다. 첫째 병원내의 교양사업은 그 동무가 전적으로 지도하고 있다고 해도 과언이 아닐 겁니다. 시사정치문제에 들어서 윤 동무만치 정통한 사람이 아마 쉽지 않으리다. 라디오가 바루 그 동무의 종합대학입니다. 누구나 모른 게 있으면 그 방으로 들러 가고 또 강사차례가 되면 으레히 그 동무의 세세한 해설을 참고하여 제강을 꾸미군하지요. 밤낮없는 학습! 이것이 윤 동무의 생활전부입니다. 저는 이 동무를 오히려 대단한 현실주의자라고 봅니다. 병상에 누워서 여러 가지로 전기기계의 고안을 하며 공장 복구사업을 도왔다는 얘기도 들었습니다. 죽는 날까지 소용이 있건 없건 간에 어쨌든 지식을 쌓으며 남을 위해 일해보리라는 그와 같은 태도는……."

"처음 듣는 얘기입니다."

작가 S는 비상한 감동에 휩싸였다. 새로운 살길을 찾지 못하여 절망 속을 헤매이듯이 보이던 병자자신이 벌써 이처럼 훌륭한 삶의 정열과 의의를 소유하고 있지 않는가? 얼마나 고귀하고도 눈물겨운 정성이며 노력이라고 할 것인가? 좀체로 상상조차 할 수 없는 일인만치 S의 놀람과 감동은 더욱 클 수밖에 없었다. 그렇다면 과연 문학을 심심소일의 한낱 장난거리로 알고 있는 것일가? 그의 열심한 태도와 총명한 기질로 보아 결코 그럴리 없는 것이다. 그렇다면 어째서 자기의 세계를 건드리기를 그렇게도 두려워하며 또 작품 속에서 절망의 길까지 달리는 것일까?

"저는 윤 동무가 때때로 혼자 몰래 깊은 우울증에 빠지지나 않을가 생각되는군요. 역시 그 처지라면 그렇게 아닙니까? 아마 그런 때의 심정이 가끔 반영되는 게지요?"

"……."

그렇게도 생각되지 않는 바 아니었다.

"동화는 대개 어떤 내용입니까?"

"그건 또 아주 명랑하고도 씩씩합니다. 아마 그와 같은 비참한 병자의 손에서 된거라면 아무도 믿지 않으려고 할겁니다. 그러니 또 이상해지는군요……. 동화는 그렇고 소설은 이렇고……. 동화의 세계에서는 떠나간다면서요?"

"글쎄말입니다. 요즈음 특별히 전과 달라지는 데는 없어 보이는가요?"

"전연 없습니다. 더욱 의욕이 왕성해질 뿐이지요. 동무들, 그것 좀 이리 가져오우!"

마침 몇 동무가 새로 제작한 벽신문을 맞들고 들어오는 참이었다. 붓대를 입에 물고 종이 한끝을 꺼내들고 오던 신 간호원이 S를 발견하고 얼굴이 빨개지며 붓대를 어른 손에 집어든다.

"자, 이 벽신문을 보십시오!"

과장선생은 앞에다 펴놓으며 설명을 시작하였다.

다른 동무들도 여럿이 모여든다.

"풍부하고도 다채로운 이 원고들이 거의 다 그 동무의 손에서 쓰여진 겁니다. 이 기사도 그렇고 또 이 호소문, 그리고……."

"이것도 윤 동무가 쓴 거예요."

신 간호원이 가리키는 데를 보니 몇 줄 안 되는 알뜰한 콩트도 한편 실려있었다.

S는 한참동안 벽신문의 내용을 유심히 들여다보았다.

그중에서도 남주가 쓴 원고는 재료의 선택일지, 내용의 초점일지, 솜씨 좋은 필치일지 모두 참신하고도 교양적 의의가 큰 것이어서 매우 대견스러웠다. 사실 그것은 이 제철소내의 10여종의 벽신문 중에서도 가장 모범적으로 된 것이라고 할 만하였다. 벽면에 붙이려고 옮겨간 뒤에 원고도 원고려니와 체계와 형식 등 실지 제작솜씨도 또한 비범하다고 말하니까 과장선생은 벙긋 웃으며,

"실지 제 작자가 누기인줄 아십니까? 바로 이 신 간호원입니다. 그렇지요?"

하고 신 간호원을 돌아본다.

"신 동무는 윤 동무의 일이라면 무엇이나 극진하니까……."

"아니 선생님두……. 편집부원이 돼서 그렇지 윤 동무의 일이래서 그런건 아니예요."

"아— 잘못했소. 취소요. 취소……."

하면서도 과장선생은 사람좋은 웃음을 지으며 오금박듯 따져묻는다.

"그러나 이 병원에서 한사람은 간호원으로 다른 한사람은 병자로 그렇게 오랜 세월을 같이 왜놈들에게 부대껴온 처지는 그렇지도 않은 모양인데…… 맞았지?"

"신 동무는 언제부터입니까? 이 병원이……."

S가 물었다.

"7년 전부터예요"

"그러면 남주 동무를 부상당시부터 알겠군요? 도대체 어떻게 부상당했습니까?"

"자 여기 앉아서 들려드리우."

과장선생은 제자리를 신 간호원을 붙들어 앉히며 일어선다.

"그러면 저는 가보아야겠습니다. 어쨌든 저희들도 윤 동무를 위해 최선을 다해보렵니다. 요즘 척수염과 심장병이 과한 치험례들을 조사해보며 최근의 외국문헌도 여러

가지로 참고연구 중입니다. 이 거리에 있는 소련 적십자 병원에서도 일간 와주기로 하였습니다. 그러나 이 동무의 살아나갈 앞길에 대해서는 우리들보다도 선생님의 힘이 더 필요할 것 같습니다."

"함께 노력합시다."

S는 무량한 감개로 그와 악수를 하였다. 사실 불쌍한 윤 동무의 앞길을 개척하는 데 도움을 주리라는 생각은 이제 와서 생긴 것은 아니었으나 그래도 이때처럼 굳어진 적은 없는 듯하였다.

과장선생이 나간 뒤에 S는 다시 신 간호원과 마주앉게 되었다. 회의라도 있는 모양인지 하나, 둘 스럼스럼 나가버리고 실내는 차차 조용해졌다.

"윤 동무가 병원에 실려온 게 43년 가을이에요."

"현장에서입니까?"

"네, 그 당시 전기공이었는데 제철소 안에 있는 변전소 근무였대요."

신 간호원은 손가락 끝으로 무릎을 매만지면 이렇게 얘기를 시작하였다.

"오일스위치라고 6백키로나 되는 앞쪽은 무겁고 뒤가 가벼워 중심이 잘 잡히지 않는 쇠통이 있다나요. 왜놈감독들이 무거운 쪽을 가까스로 쳐들고서 그쪽으로 기여들어가 쟈끼를 받치라고 야단치는 바람에 들어갔다가……."

"놈들이 놓아버렸군요?"

"그렇죠. 한 동무가 뛰어오며 위험하다고 고함을 쳐 빠져나오려는 찰라……."

"……."

"조선사람들이야 무슨 성명이 있었어요? 저희놈같으면 팔 하나만 삐여져도 성대병원이다, 구대병원이다 하고 일본까지 보내면서도……. 원장놈과 과장놈은 이렇게 허리가 부러져들어온 사람을 예전에 상처 한 번 세밀히 진찰해 볼 생각도 안하고 무어라 둘이서 수군거리더니 간호원들에게 간단한 지혈조치만 분부하고 나가겠지요. 그놈들은 윤 동무의 몸뚱이에 거적때기만 씌우지 않았을 뿐 그시로 돌려놓은 셈이었어요. 그러기에 북쪽병사 외따른 침침한 독방에다 집어넣고 말았지요. 조선사람에게는 그 독방이 바루 지옥의 대문간이었답니다. 독방 입원실이 50개나 되는 큰 병원이지만 조선사람은 한다하는 원직공중에서도 공상자래야 침대가 열 스물씩 되는 대병실에 겨우 입원할 수 있으나마나 였습니다. 여기 입원시켰다가 운명이 가까워오면 죽기 임박하여 잠시 독방으로 옮겨놓았으니까요……."

신 간호원은 지그시 입술을 깨물며 말끝을 머금는다. 전기종소리가 복도를 통하여 울려오기 시작하였다.

"이제부터 저희들 종업원회의에요."

"가보시오."

S는 따라 일어나 그와 같이 선전실을 나오며 이렇게 말하였다.

"나는 입원실에 가보겠소. 언제든 한번 조용히 얘기를 듣고 싶군요."

"네, 저도 그랬으면 합니다. 하기야 윤 동무가 더 잘 알지요. 같이 가십시다. 바루 저기 보이는 허청간 같은 집이 윤 동무가 들어갔던 독방이랍니다."

"저 창고말입니까?"

아카시아나무아래 거무끄름한 목조집 한 채가 침침하게 잠겨있었다.

"네, 지금 석탄창고로 쓰고 있어요."

신 간호원은 S를 입원동 모퉁이까지 바래다주려는 모양이었다.

"글세 그놈들은 윤 동무를 들어온 즉시로 저기 독방에다 쓸어넣고는 그냥 내버려두었어요. 해나 드는뎬줄 아세요? 물론 상처에 나무때기하나 대어줄리 없었지요. 이틀이면 알아본다는 게 그놈들의 진단이었습니다. 그를 이렇게 생병신 만들어 놓은 왜놈들이 책임이라도 돌아올가 싶어 후과를 근심하니까 이틀이 못 갈 텐데 무슨 걱정이냐, 좋도록 꾸며대라고 원장놈이 얘기하는걸 복도를 지나다가 들었어요……. 얼마나 무서운 살인자들입니까……. 그 길로 저는 그의 방으로 찾아들어가 윤 동무를 몰래 간호하게 되었답니다."

"……."

"그런 죽일놈들이 또 어디 있겠어요? 생떼같은 젊은이를……. 그때 윤 동무는 스물두 살의 새파란 청년이었어요. 저희놈들 때문에 그렇게 중상을 당하고 누웠는데 한번 들여다나 보겠어요."

눈물이 글썽하여 이야기하는 신 간호원의 말소리는 떨리었다.

"조선사람 의사는 없었던가요?"

"내과에 한 명 있었습니다. 그러나 왜놈보다도 더한 놈이었어요. 해방뒤에도 왜놈들을 도와주며 공장을 파괴하다가 지금 교화소밥을 먹고 있는 그런놈이예요."

"간호원은?"

"겨우 세명 있었어요. 조선말도 모르는체하는 왜년 다된 게 하나 있었구 또 하나는 내과에, 그러구는 견습생으로 저하구 이렇게 셋이었지요."

"그러나 용히 살았소!"

"용히 살구말구요. 참 그때 생각을 하면……. 그럼 선생님, 또 뵙겠습니다."

신 간호원과 헤어져 입원병사를 향하여 온 작가는 남주의 병실 가까이 다다랐을 때 무심중 놀란 사람처럼 주춤하니 멈춰섰다. 병실안에서 무어라고 부르짖는 남주의 목소리가 들리는 듯하였다. 어떻게 들으면 반울음소리 같기도 하고 거친 신음소리 같기도 하다. 무슨 일인가고 가만히 문을 열고 들어서려는데 획― 세찬 바람이 불며 방바닥에 널려던 종이 조각들이 휘날린다. 바람새가 사나와졌는데도 창문은 그냥 열린체였다. 창문을 닫으려고 방안에 들어간 S는 침상에서 거의 떨어져내려오게 된 상반신을 가까스로 한 팔로 지탱하고 있는 남주를 발견하였다. 달려가 껴들어안고 제자리에 눕히었다. 남주는 얼굴이 파랗게 질려가지고 가쁜 숨을 몰아쉬고 있었다.

"어떻게 된 일이요?"

S가 창문을 닫으며 의아스레 물었다.

"쓰는데 바람결에…… 바람결에 날기에……"

아직 헐떡거리며 이야기하는 그의 한 손에는 종잇조각이 두어서너 장 쥐어져있었다. 방바닥으로 날려 떨어지는 종이를 집으려다 이렇게 된 모양이었다.

연필글씨로 자잘분하게 메워진 종이장들을 방바닥에서 하나하나 거두어주며 무슨 원고냐고 물으니까,

"아무것도 아닙니다. 아무것도……."

이렇게 꺼리면서 그것을 가슴위에 모두어 안고 숨을 태우느라고 한참동안 헐떡거렸다. 이마위엔 땀이 송골송골 내돋았다. S는 말없이 수건을 집어주었다.

잠시동안 납덩이 같은 침묵이 계속되었다. 석류나무가 저위에서 걱정에 끓던 조그만 방주인도 이제는 저윽이 안심되었던지 방바닥으로 내려와 종종걸음을 치며 이 놀

리움 판을 또닥거리고 있었다. 초저녁의 대기를 흔들며 개포에 정박중인 외국화물선의 고동소리가 은은히 들려오고 있었다.

"직장 예술학교가 생긴다지요?"

이윽하여 남주는 더욱 해쓱해 보이는 얼굴을 돌리며 이렇게 묻는다.

"병원안게까지 많이 입학참가하라는 스피커소리가 들려왔어."

"이름은 듣기 좋게 학교라지만 한달 가량의 단기 강습회요."

"얼마나 지원해왔습니까?"

"벌써 근 200명이나 되오. 이렇게 지망자가 많을 수 있었던가고 오히려 놀라울 지경이요."

"왜 그리 안되겠습니까. 저도 몸만 움직일 수 있다면……"

남주는 전에 없이 자기의 불행을 뼈아프게 느끼는 듯 쓸쓸하고도 서글픈 표정이었다.

"동무에게는 필요 없는 겁니다. 문학예술에 대한 극히 초보에서부터 시작하니까."

"제가 무얼 알아서요. 저 혼자만 이렇게 병원에 누워 자꾸자꾸 뒤떨어지게 되었으니……"

그는 푹 꺼지게 한숨을 내어쉬었다.

"솔직한 말로 우리가 오히려 동무를 따라 배워야겠소. 이제껏 민주선전실에서 동무의 얘기를 하다 오는 길이요."

사실 S는 그에게 비하여볼 때 자기의 정성과 노력이 얼마나 부족한가를 새삼스레 돌이켜 보게 되었던 것이다.

"지금도 낙심하지 말고 많이 읽고 많이 생각하고 많이 쓰시오. 같이 공부합시다."

"대체 제가 무엇을 써야 합니까. 선생님이 다녀가신 뒤부터 저는 여러 가지로 생각해 보았습니다. 선생님은 저더러 우선 자기의 세계에 충실하라고 하셨습니다. 그러나 저 같은 아무런 보잘 것도, 보람도 희망도 없는 인간의 산 기록이 무슨 가치가 있겠습니까."

"아니요. 그렇게 생각해서는 안 되오. 어느 놈이 동무를 이처럼 참혹하게 만들었소?"

작가 S는 깊은 회의에 잠긴 남주를 애처롭게 바라보며 열기 띤 어조로 말을 이었다.

"내 오늘 처음 알았소만은 동무의 그와 같은 훌륭한 생활태도와 애끓는 정성은 도대체 또 어디에서 나오는 것이겠소? 동무야말로 제 나라 인민의 모범일꾼일뿐더러 과거의 아픔을 다 안 노동계급의 산 표본이 아니겠소."

"하기는 이런 생각 저런 생각이 요즈음 저를 며칠째 하염없는 과거의 추억으로 이끌어 갑니다. 언제나 머릿속에 떠오르는 것은 무서운 악몽의 연속입니다만은…… 먼 옛날일은 차차하고 이렇게 침상에 드러누운 뒤부터만해도 네놈들이 좋아하라고 죽겠느냐, 내 죽지 않으리라는 앙심이 해방을 맞는 날까지 저를 살아오게 하였습니다. 기껏 자기의 불행과 고통을 연장시켜서야만 자기의 존재를 주장할 수 있는 저주로운 운명이었으니……"

이렇게 말하면서 남주는 여윈 팔을 쓰다듬으며 진절머리 나는 부상 당시의 일을 회상이라도 하려는 듯 스르르 눈을 감았다.

"동무가 이 병원에 들어와 구박을 받던 얘기도 방금 전에 잠깐 신 간호원에게서 들었소."

"신 간호원…… 그 동무는 바로 저를 죽음 속에서 끌어 일으킨 사람입니다. 그리고 또 저를 왜놈들로부터 지켜준 은인입니다. 사실 간호원이 아니라 그는 그대부터 이 병원의 조선사람 병자들에게는 구원의 샛별이었지요. 면회까지 엄금했기 때문에 동무 하나 찾아오지 못하는 컴컴한 독방에 혼자 누워 저는 신음할 뿐이었습니다. 혼수상태에서 어머니를 찾아 헤맸고 또 동무들의 이름을 불렀었지요. 이럴 때 어머니의 손길이 제 가슴을 쓸어 주는 듯했습니다. 그러면 저는 그 손을 붙들고 혼곤히 잠이 들었습니다. 또 어떤 때는 동무의 손길이 제 머리를 쓰다듬어 주는 듯 했습니다. 몹시 목이 타올랐습니다. 물, 물하고 웅얼거리면 조그만 잔으로 시원한 약물을 한 모금 넣어 줍니다. 간신히 제정신으로 돌아왔을 때 뜨거운 눈거죽을 뜨고 보니 침상가에 하얗게 입은 소녀 하나가 서서 별처럼 반짝 웃겠지요. 그 눈에는 어쩔 줄 모르게 기뻐하는 눈물이 흘러내리고 있었습니다. 이것이 바로 어머니도 되어 주고 동무도 되어 주던 소녀 시절의 신 동무였던 것입니다. 덕택에 저는 최초의 위기를 넘기고 죽지 않았습니다."

이렇게 시작하여 남주는 독백과도 같이 자기의 과거의 일단을 술회하기 시작하였다.

작가 S는 잠자코 담배를 꺼내어 입어 붙여 물고 심금을 울리는 눈물겨운 그의 얘기에 귀를 기울였다.

남주는 자기의 병상을 살뜰히 간호해 줄 만한 친척 하나도 없는 혈혈단신이었다.

열네 살 나는 해 여름 장마비에 물사태가 쏟아지며 산발들이 모두 흘러내리고 집채가 무너져 그의 가족은 또다시 가마솥을 떠지고 정처없이 살길을 찾아 떠나게 되었다.

이때에 그는 몰래 도중에서 자취를 감추어 버렸었다.

죽어도 그 짐승사이의 길을 더 계속하기가 싫어서였다.

그 길로 거지살이가 되어 전전유랑하다가 밥벌이 좋다는 이곳으로 찾아와 소년 인부로부터 노동자의 생활에 들어섰었다.

그리하여 굶주림과 고역에 시달리다 못해 중상까지 당한 몸이 침침한 방안에서 외로이 가뭇없이 사라지려는 때에 나어린 소녀의 구원의 손길을 맞게 된 것이었다. 그 당시 이 소녀의 대병실 근무의 간호원 견습생이었다.

오줌똥 받아 내기와 그의 잔시중도 처음부터 신 간호원이 돌보아 주었다.

구박과 천대는 병자로서의 그나 왜놈들 사이에 끼어서 들볶이며 업신을 받는 신 간호원이나 조선사람의 처지로서는 매일반이었다. 신 동무의 그에 대한 정성만 하더라도 실인즉은 왜놈들의 악의 속에서 동족을 보호하려는 정성스런 마음의 표현이었던 것이다. 어느 누구랄 것 없이 모든 조선사람 병자에게 한결같이 헌신적이었으니…… 하면서도 자기 자신도 서러운 일, 분한 일도 많은 모양으로 그의 병실에 들어와서 혼자 쿨적거리며 운 적도 한두 번이 아니었다. 그럴 때엔 이상하다는 듯이 왜놈 의사들이 와 보기도 하였다.

놈들이 이미 돌려놓은 목숨이었지만 그래도 치료하고 있다는 것을 보여주기 위하여 때로는 남주에게 해열주사쯤 배당하는 적도 있었다. 그러나 20여 일을 두고 보아도 그리 간단히 죽을 것 같지 않다고 인정했던지 하루는 사무실 녀석과 간호부장년이 와서 대병실로 옮겨가야 하겠다고 서둘러 댔다. 왜 옮기느냐 안 가겠다고 어지자지 두 년놈과 언성을 높이고 있으려니까 신 간호원이 질겁하여 달려오더니 귓속말로 "그러지 말고 옮겨가요. 조선사람은 당장 죽을 사람이나 독방에 넣게 돼 있어요." 이렇게 타이르듯 말하였다. 이 소리를 들었을 때 그는 눈살이 희뜩 뒤집혔다.

'옳지, 나를 죽으라고 여기에다 틀어박아 놓구서 진찰 한번 하지 않았구나.'

그는 벽력같이 고함을 질렀다.

"이 년놈들아, 나가라. 나는 안 간다. 죽기까지 기다려라!"

신 간호원은 그를 안정시키려고 얼싸안으며 울기까지 하였다. 연놈들은 와당와당 방안으로 밀차를 몰고 들어왔다. 극도로 흥분한 중상자는 이렇게 완력으로 떠실려 가다가 다시 의식을 잃어버리었다. 이날부터 39도를 넘나드는 신열이 계속되고 하루 24시간을 헛소리로만 지내게 되었다. 이러한 중태가 꼭 반 년 동안이나 계속되는 동안에 그 좋던 몸이 이렇게 피골이 상접하게 말라 버린 것이다.

음산한 대병실 안은 생지옥 그대로였다. 어스레한 전등불 밑에 괴로운 신음 소리가 일어나는가 하면 구석 쪽에서는 누구인지 쿨쩍쿨쩍 우는 소리도 들려오고 때로는 고열에 뜬 사나이의 미친 듯한 비명이 방안의 침중한 공기를 흔들어 놓기도 하였다.

줄줄이 연달린 침상 위에는 다리를 자른 아픔에 낑낑거리는 사나이, 섬찍스레 밑둥서부터 허궁 팔이 없어진 병신꼴, 얼굴과 머리를 눈만 내놓고 통째로 싸두른 피문은 붕대, 부러진 갈빗대짬으로 고무줄을 달아 놓고 숨채기를 하는 젊은이……. 어떤 때는 한밤중에 쿵덩쿵덩 발걸음 소리를 울리며 중상자를 떠지고 왔으나 밤을 넘기지 못하고 숨져 대병실 안에 곡성이 탕자할 때도 없지 않았다. 노동보호시설 하나 설치하지 않고 안전장치 하나 없이 노동자들을 마구 몰아 때리기만 할 뿐이니 매일처럼 중상자가 속출할밖에……. 제철소는 문자 그대로 죽음을 목에 건 무쇠의 감옥이었다.

그러나 신 간호원이 나타나기만 하면 대번에 병실 안은 밝아지는 듯하였다.

병자들은 모두 신음 소리를 죽이었다. 그는 침상 하나하나를 찾아다니며 명랑한 웃음을 뿌리며 위로도 해주고 흘러내린 붕대도 다시 감아 주고 밤낮해야 같은 소리인 하소연을 또다시 천연스레 들어 주고 공장에서 일어난 재미있는 얘기를 들려주기도 하고……. 참으로 신 간호원은 병실 안 어디에나 반짝반짝 비치는 희망의 샛별과도 같은 존재였다. 그가 옆에 오기만 하면 모두들 고통과 싸워 나갈 힘을 얻으며 만족해하였다. 이제껏 머리가 쪼개지게 아프다고 야단치던 사나이도 그의 손길이 이마 위에 닿기만 하면 고요히 잠이 들곤 하였다.

그러나 남주는 하루라도 더 빨리 죽어 없어지고만 싶었다. 산댔자 영 쓸모없는 폐물이라는 것을 알았기 때문이었다. 언젠가 한번 일본 과장놈이 회진을 왔을 때 병신을 면하고 다시 일어나는 날이 있겠느냐고 물어 본 일이 있었다. 하니까 살눈썹이 시꺼먼 눈으로 한참 노려보더니 퉁명스런 소리로 중얼거렸다.

"바보 같은 자식!"

그는 이날부터 이 침상이 자기의 무덤인 줄을 알게 되었으니 이왕 산송장이 될 바엔 이렇게까지 고통과 모욕을 받으며 살아서는 뭣하겠는가는 생각이 들었다.

어떻게든지 죽어 없어지려고 식음을 전폐한 적도 있었고 한번은 노끈으로 목을 졸라매며 소동을 일으키기까지 하였다. 회진하려는 의사의 수술가위를 집어 들고 목을 찌르려다 실패도 해보았다. 말하자면 반나마 정신이상 상태였었다.

신 간호원은 너무도 애가 타서 어린애처럼 소리 내어 울기까지 하였다. 그러나 그는 나날이 쇠약해 갈 뿐 고열은 그냥 계속되고 물 한 모금도 넘기지 못하였다.

그 자신 며칠을 더 못 견디리라는 것을 알게 되었다.

그러자 하루는 간호부장년이 몸을 뚱기적거리며 또다시 나타나 방이 마음에 맞지 않아 신열이 계속되는 모양이니 조용한 독방으로 다시 옮기지 않겠느냐고 이번은 조심조심 말을 건네었다.

아─ 이제는 정말 시원스레 죽을 수 있게 된게구나……. 그는 미소로써 대답하였다. 간호부장년은 의외로 유순한 그의 태도에 어리둥절해 하면서 금니를 내놓고 히죽 웃었다. 웃으며 얼결에 '아리가도…….'라고 하였다. 이 바람에 그는 순간적으로 또다시 격정이 치밀었다. 사람이 종내 죽게 된 것이 '고마워'냐? 그러나 그는 치를 떨면서도 꿀꺽 참아 넘기었다.

또다시 그의 몸뚱이는 컴컴한 독방으로 운반되었다. 허나 이상한 일이었다. 그렇게 원하던 죽음이 필연 오리라고 하는 안심이랄까 마음을 놓아 그런지 이번은 두 팔로 끌어안으려던 죽음의 그림자가 차차 멀어지기 시작하였다. 실열이 밀려가고 의식도 차츰 건전해지며 이에 따라 음식물도 입에서 받아들였다. 신 간호원은 침상가에 매어달려 이렇게 애원하는 것이었다.

"분해서라도 살 생각을 하세요. 죽으면 저놈들이 좋아합니다. 기어코 살 생각을 하세요."

그는 힘있게 끄덕이었다. 놈들이 좋아하라고는 죽지 않으리라, 기어코 살리라는 앙심이 솟아올랐다. 사람의 정신력도 어지간한 모양으로 그의 건강은 나날이 좋아졌다.

그러나 이와 반대로 그의 하반신은 완전히 송장이 되고 말았다. 발가락 하나 움직거리지 못할뿐더러 불로 지져도 전혀 아픈 줄을 모르게 되었다. 하나 살리라는 굳센 의지와 결심은 조금도 동요하지 않았다. 놈들도 이제 또다시 그를 대병실로 옮겨 갈 생각은 못 내는 모양이었다.

이리하여 그는 조선인 노동자치고 유일한 독방 병자가 되었던 것이다.

이야기가 여기까지 진행되었을 때 조용히 문 두드리는 소리가 들리더니 신 간호원이 들어와 남주에게 체온기를 꽂아 주며 해죽이 웃음빛을 뿌린다.

"무슨 말씀들을 하세요. 저도 들어 괜찮아요."

"옛날 병원일을 선생님에게 들려드리던 참이오."

남주는 괴로움이 떠도는 얼굴을 반쯤 돌리며 쓸쓸히 웃어 보였다.

"흥분하시면 몸에 해로우시다니까……. 긴 말씀을 삼가셔요."

하면서 신 간호원은 맥박을 재기 위하여 병자의 팔목을 잡았다.

"그런 참혹하던 시절을 생각해야 내가 더 기운이 나는 거요. 살아 남았다는 생각이 고마워지기도 하고……."

신 간호원은 약간 놀라는 표정으로 남주를 응시한다. 잠시 중단되었던 얘기는 다시 심중한 목소리로 계속되었다.

"독방에서 죽지 않고 살게 되고 보니까 오히려 저는 이렇듯 죽지 않고 버젓이 살고 있으며 봐란 듯이 제 존재를 어떻게든 주장하고 싶었습니다. 이 신 동무에게 부탁하여 제 전 재산을 처분한 돈으로 라디오를 사왔습니다. 바로 이겁니다."

뼈 굵은 손이 탁상의 라디오를 만적였다.

"저는 이걸 아침부터 요란하게 틀어 놓군 하였습니다. 저 자신은 음악을 듣자는 거지만 외양에는 이 병실 안에 삶의 행복이 나래치고 있는 것 같았습니다. 그리고 이 라디오가 봐라, 여기 윤 아무개가 훌륭히 살아 있다고 외쳐 주는 듯 했습니다. 이렇게 3년 동안을 살았습니다. 드디어는 이 라디오가 제 일생의 통쾌한 복수까지 해주었습니다."

"이렇게 맥이 벌렁벌렁 뛰잖아요. 안정하세요. 오늘따라 왜 이러실까?"

"다음날 또 말씀을 듣기로 하지요."

S는 침상에서 떨어질 뻔했다는 얘기를 하려다가 말끝을 돌리었다.

"흥분하지 않는 게 좋을 겁니다."

"무슨 흥분하구 말구가 있겠어요. 저는 여느 병자들과는 다릅니다. 상반신은 아주 건강체입니다……"

"38도 5부."

신 간호원은 체온기를 꺼내 보고 얼굴을 가로 흔들면서,

"동무는 말씀 그만 하는 게 좋겠어요. 제가 대신해 드릴게……"

이렇게 어린애를 달래듯하며 신 간호원은 침상에 기대어 섰다.

"참 그야말로 위대한 복수였어요. 8·15 정오에 소위 중대방송이란 게 있기루 되잖았어요? 어디서나 왜놈들의 귀들이 죄다 라디오통에 매달렸을 때였어요. 병원 내 왜놈들은 모두 이 동무의 방으로 몰려들었습니다. 원장 이하 과장에서부터 간호원들까지 툭 터지게 모이다 못해 문밖 복도에까지 차고 넘치었지요. 그 당시 수직실에 라디오가 있긴 하였으나 좋지를 못 하고 또 윤 동무가 조절에 익숙한 줄을 알기 때문이었어요. 저도 그때 들으러 왔는데 스위치를 비틀며 왜놈들을 흘겨보는 이 윤 동무가 어떤 위대한 심판자와도 같이 뵈었어요. 3분 2분 이렇게 시간이 다가오더니 12시 신호가 땡 울리고 방송이 나온다는데 천황인지 성황인지의 칙어 낭독이었습니다. 천황이란 자의 목소리가 매우 헷갈리어 떨려 나오더군요. 라디오 소리에 익숙지 못한 사람은 좀체 알아듣지 못 하리만치……. 그리고 또 내용도 워낙 백성들이 알지 못하도록 힘든 말로만 꾸며대겠죠. 머리를 숙였던 놈들이 영문을 몰라 한 놈 두 놈씩 몰래 얼굴을 들며 눈알을 씰룩거립니다. 아, 이때에 윤 동무가 무슨 소리를 들었는지 갑자기 상반신을 치솟구고 팔을 내두르며 '일본은 망했다야!', '무조건 항복하라!' 이렇게 벽력같이 소리쳤어요. 놈들은 눈이 휘둥그래서 '어째서 어째서야' 하며 몰려들겠죠. '포츠담선언을 접수한다지 않느냐?' 미친 사람처럼 그냥 막 울어대며 조선말로 '여러분, 왜놈들이 망했소. 일본이 망했소' 하고 외쳤어요.

아마 뼛속에 맺히고 맺혔던 울화가 한꺼번에 터져 나왔던가 봐요. 폭탄과 수류탄이라도 막 집어 던지는 사람처럼 날뛰겠죠. 그때 저도 정말 이 동무를 붙들고 진정하라면서 자신 감격에 겨워 흑흑 느껴 울었어요."

그때의 감격이 되살아나는 듯 수건으로 눈물을 훔치던 신 간호원은 웬일인지 긴장된 표정으로 가만히 귀를 기울이며 혼잣소리처럼 중얼거렸다.

"무슨 소릴까?"

"⋯⋯."

모두 숨소리를 숙이었다. 멀리 현관 쪽에서 심상치 않은 발걸음 소리가 들려오는 것 같기도 했다. 그러고 보면 쿵쿵거리는 발걸음 소리는 하나만이 아닌 듯하였다.

"아― 외과 쪽이외다."

남주가 단정하듯이 입을 열었다.

"신 동무가 가보시오. 중상자라도 온 모양입니다."

"아무래도 그런가 봐요. 그럼 가보겠습니다."

인사를 한 뒤에 총총걸음으로 나가선 신 간호원은 문가에서 돌아서며 S에게 병자를 부탁한다는 듯이 눈웃음을 지었다.

복도를 통하여 쿵쿵거리며 들려오던 발걸음 소리들은 다시 조용해졌다. 어디선가 문이 열리는 소리가 들린다. 일종의 불길한 예감에라도 사로잡힌 듯이 목을 옹송그린 채 어떤 보이지 않는 줄을 통하여 무슨 기맥을 엿들어 보려는 양 남주는 귀를 이윽이 기울이고 있었다. 먼 데서 전화기 소리가 일정한 간격을 두고 따르릉 따르릉 다급히 울리더니 누구인지 무어라고 전화로 말하는 소리가 들려온다. 남주는 혼자만이 알 수 있는 어떤 인기척을 감각하는 듯 혼잣소리로 중얼거리었다.

"외과 과장 선생이 마침 계시는 모양이군요⋯⋯. 당직 간호원들이 총동원하는가 봅니다⋯⋯. 어째서 렌트겐실로 들어갈까? 수술실에서는 준비를 하는 모양이군요⋯⋯. 어디를 다친 상처일까?"

"정말 동무는 병원의 청신경이로군요."

"오래 누워 있노라면 자연⋯⋯."

병실 안은 다시 쥐죽은 듯 고요해졌다. 창밖에서는 어둠의 적막 위에 소리 없이 함박눈이 쏟아지고 있었다. 그들의 남다른 8·15 추억담은 S에게 무한한 감동을 불러일으키었었다. 그 이야기 가운데는 어떠한 박해도 굴함도 없이 죽지 않고 살아남은 인간의 무서운 투지와 열정, 피를 토하는 듯한 분노와 환희, 이루 말할 수 없는 격정이

서리어 있었다. 그리고 또 그것은 남주의 말대로 얼마나 통쾌한 복수였을까? 그날에 미칠 듯이 날뛰며 노호하는 병자의 모양이 눈앞에 선하게 떠오르는 듯하였다. 왜놈들을 눈앞에 두고 이처럼 통쾌하게 승리의 영광 속에서 함성을 지른 극적 장면도 쉽지 않을 것이다. 이 공장 도시에서는 일본 항복의 소문이 병원으로부터 튀어나와 그 즉시로 제철소 내 전공장과 거리거리를 뒤흔들게 되었다는 이야기를 이미 들은 터였으나 바로 이 불구환자가 장본인이었던 줄은 몰랐다.

"병원 안 조선사람들은 모두 몰려와 저를 부여잡고 정말 틀림없느냐고 묻겠지요."

남주는 다시 계속해 말하였다.

"대병실에서는 가제 다리를 자른 사나이까지 엎치락뒤치락하며 복도를 기어왔습니다. 신 간호원은 이 일을 알리려 제철소로 달려들어갔습니다."

"그 얘기는 들었습니다. 간호원 하나가 전공장을 달려 다니며 노동자들에게 알렸다고요."

"그 말을 듣고 공장 안에서 노동자 동무들이 물밀 듯 몰려나와서 정말인가고 묻고는 만세를 부르며 거리로 뛰쳐나갔습니다. 지어 조선 형사놈들도 찾아와서 허튼소리 함부로 하지 말라고 꿱꿱거리고서는 고개를 움츠리며 귓속말로 항복이란 게 정말이냐고 묻겠지요. 이놈들은 병원에서 나가다가 노동자 동무들에게 붙들려 큰 코를 다쳤다더군요. 나중에는 서장놈까지 달려왔습니다. 휴전이지 항복이 아니라고 막 으르딱딱거리며 유언비어로 잡아 가두겠다고 야단치며 정식발표가 있기 전에 그 따위 소리를 또 했다가는 용서치 않겠다지요. 암만 위협을 하면 무슨 소용 있습니까. 이렇게 누워 있는 저를 어떡할텝니까? 공장 안에서와 시내에선 벌써 벌 둥지를 터친 것 같은 대소동인데야……. 그리고 그날 밤에는 라디오에서 장엄한 우리나라 노래를 부르기 시작했습니다. 그 노래를 들으며 저는 일본놈들의 모든 것에 복수라도 한 것처럼 기쁨에 넘치는 눈물을 흘리며 나는 이젠 죽어도 한이 없다고 생각했습니다……."

얼마 뒤에 신 간호원이 또다시 병실로 분주히 들어섰다. 아까와는 달리 어째선지 그의 얼굴에는 엄숙한 긴장과 흥분의 빛이 떠돌았다. 그는 한걸음 침상가로 다가서며 이렇게 말하는 것이었다.

"놀라지 마세요. 윤 동무와 비슷한 척추골절 부상자가 들어왔습니다."

"저런……."

남주의 눈에는 불빛이 켜졌다.

"어디서? …… 어떻게?"

"연공이라는데 높은 곳에 올라갔다가 눈에 미끄러져 떨어졌대요. 골절이 척추하고 팔하구 두 군데라나요. 새로 오신 외과 과장 선생님이 워낙 기술이 능한데다 또 대단한 열성이어서 왜놈 같으면 두말없이 보지도 않고 돌려놓았을 건데…… 전화로 소련 적십자 병원에 알렸더니 거기 원장 선생님도 곧 이리로 오신다누만요. 지금 겐트겐실에서 사진을 내어 부상자를 진찰 중이에요."

"소련 선생님도 외과의사요?"

남주의 질문에 신 간호원은 숨을 몰아쉬었다.

"네, 그렇대요. 조국전쟁에 군의로 나가 별의별 부상자를 다 치료한 분이라겠죠……. 골절수술엔 더욱 기술이 능하신가 봐요."

"이와노브 대위 말입니까?"

10월 혁명기념일 밤에 축하 연석에서 같이 즐긴 일이 있기 때문에 작가 S는 그와 노상 면목이 없는 바도 아니었다. 대위 자신 두 번이나 중상을 당했다는 몸이라서 그런지 40도 못 되는데 그야말로 하룻밤에라도 늙어 버린 사람처럼 머리가 허옇게 세고 이가 전체로 틀이며 가는귀도 먼 사람이었다.

"네 대위에요. 그런 분까지 눈을 맞으며 와주신대서 모두 긴장해 돌아가고 있어요. 제가 걱정되어 괜찮겠느냐고 물으니까 과장 선생은 웃으면서 수술 경과를 봐 가지고 소련 선생님과 같이 윤 동무도 수술해 볼 테니 성공만 빌라겠죠."

하고 말하는 신 간호원은 귀밑까지 빨개졌다.

"아마 자신이 없지도 않은가 봐요. 일전에 찍은 동무의 렌트겐사진도 내놓을 때엔 소련 선생님이 오시면 토론을 해보실라는지요……. 동무도 수술을 하게 됐으면 해서 알려드리려고……."

이렇게 설명을 하는 동안 유리창이 불꽃을 튕기는 듯한 섬광에 번쩍거리며 쏴— 하고 쇳물을 뽑아 내리는 용광로의 지동 소리가 울리는 바람에 이야기가 중둥무이 되었다. 핏줄이 벌렁거리는 남주의 얼굴 위로 유잣빛 불광이 달린다. 깊은 그림자를 담은 그의 커다란 눈은 어디라 없이 먼 곳을 그리는 듯 움직이지 않았다. 멧새도 바로 이런 순간이면 생명의 약동을 금할 수 없는 듯 꽃나무 가지 위로 보금자리를 떠나 실내를 이리저리 펄럭이며 돌아가고 있었다.

"저 부상자 동무는 얼마나 행복한지 모르겠군요"

하고 말한 남주는 동안이 떠서 중얼거리었다.

"죽어도 원이 없으리라."

"말해서요. 그때의 동무 봐서야……. 그러나 동무도 희망이 있어요. 아예 낙심하지 마세요……."

이렇게 격려하더니 신 간호원은 날개를 퍼덕이는 멧새를 한참 동안 눈 주어 바라보며,

"저 새봐요. 저러단 정말 도망도 치겠는데요."

하며 쫓아가려는데 앞마당 쪽에서 자동차 소리가 들려 왔다. 신 간호원은 그 순간 꼭 두각시처럼 우뚝 섰다.

"아, 오시는게다."

3

그러나 이날 밤 병원에서 일어난 일이 남주의 운명에 커다란 전환을 가져오는 하나의 계기가 되었다는 것은 두고두고 생각하여도 유쾌한 일이 아닐 수 없는 것이다. 토요일을 이용하여 평양에 다녀온 작가 S는 그 길로 직장위원회에 짐을 풀어놓고 현장으로 나가려던 참이었다. 해탄부 노체공장 휴게실에서 열리기로 된 문학서클 회합 시간이 되어 왔기 때문이다.

현관 앞 층층대를 막 내려서려고 할 때 "선생님" 하고 부르는 소리가 들리어 돌아보니 흰옷을 나풀거리며 신 간호원이 달려오고 있었다. 가까이 다가오더니 언제 돌아왔느냐고 물으며 남주가 손수 전해 달라던 원고를 꺼내 준다.

남주의 원고는 종이로 여러 겹 싸고 또 싸서 피봉까지 든든하게 한 것이었다.

"방송국에 보내려던 모양이지요?"

"아니에요. 동화는 폐업했기 때문에 소설이라는가 봐요."

하면서 신 간호원은 무슨 큰 비밀이라도 말하려는 것처럼 한걸음 더 가까이 다가서며 소곤거린다.

"……그런데 선생님, 성공한 걸 아서요?"

"……."

S는 말귀를 몰라 어리벙벙하였다.

"전번날 밤에 들어온 척추 부러진 중상자말이에요……. 성공했어요."

"아 수술이."

그제야 S는 놀란 듯이 부르짖었다.

"성공했단 말이지요?"

"네……."

신 간호원은 행복스런 표정으로 끄덕이며 반짝하니 웃는다.

"예전 같으면 어림이나 있겠어요. 죽든지 산송장이 되든지 둘 중에 하나였을 거예요. 전날 밤 네 시간이나 걸리는 대수술을 했답니다. 저도 간호원 생활 7년에 척추골절을 수술하고 처치하는 건 처음 본 셈이에요. 온 신경이 집중된 데다 웬만해선 손도 못 대거든요. 과장 선생님도 여간한 솜씨가 아니지만 워낙 소련 선생님이 전쟁 중 야전 병원에서 척추에 탄환이 박힌 사람들의 수술에까지 성공을 거듭한 명수래요. 그게 세상없는 수술이라는군요. 그러니까 척추라도 웬만한 골절쯤은……. 같은 수술하신 과장선생님이 끝마친 뒤에 소련 선생님을 막 얼싸안았어요."

S는 흠흠 콧소리만 지를 뿐이었다.

"그날 밤으로 부서진 뼛조각들을 세심히 집어 낸 뒤에 부상자의 종아리뼈를 한치가량 잘라 내더니 그 자리에다 메우기까지 하겠죠. 아르비수술이란 말만 들었지 하는 걸 보기는 이번이 처음입니다. 그 뒤에 기부스벳트를 했는데 몇 달만 지나면 환자의 동작에 그리 장애가 없으리라고 해요……. 오늘 아침 감각신경을 시험했더니 벌써 뜨거운 걸 알겠다거던요."

"그렇다면 윤 동무도 수술을 해볼 만하군요."

"그게 글세 부상 직후에 해봤어야 할 텐데 너무 오랫동안 묻어 두어 되살아날 수 있을까 의문인가 봐요."

"그런 선생님을 만나기가 쉽겠소. 이번 기회에 어쨌든 해볼테지요……."

"그럼요. 소련 선생님의 말씀은 크게 바라지는 못하더라도 대소변을 혼자 보게라도 됐으면 한다는가 봅니다.

"그게 어디요. 그렇게만 된 대도……."

S는 저도 모르게 혀를 찼다.

"그럼 곧 해볼 모양입니까?"

"아직은 딱히……. 하지만 과장 선생님의 결심은 확고해요. 한다면 꼭 하시는 분이에요. 오늘 저녁차로 과장 선생님이 소련 선생님과 같이 윤 동무의 렌트겐사진을 가지고 평양에 올라가신다나 봐요. 소련 적십자병원본부엔가 유명한 외과 박사가 계신다나요……."

"바루 되면 좋겠소 나도 곧 읽어 가지고 병원에 올라갈 테니 윤 동무에게 그리 전해 주시오. 그 사이에 아까 올려 보낸 소설을 읽어 드리시오."

"그 책을 읽기 시작했을 거예요. 『강철은 어떻게 단련되었는가』 이렇게 책제목을 띄어 읽더니 강철은 만들 줄은 알아도 내가 파쇠거든……. 이러면서 쓸쓸히 웃더군요."

신 간호원 자신 또한 쓸쓸한 웃음을 입가에 띄운다.

"그이도 강철이 돼야 할 게 아니에요……. 그럼 바쁘신데 어서 가보셔요."

작가 S는 무량한 감개에 젖어 소설원고의 피봉을 뜯으며 천천히 현장으로 향하였다. 왜인지 누구에게라도 감사하고 싶은 마음이었다. 알지 못할 흐뭇한 행복감에 가슴속이 또한 후련해지는 듯도 하였다. 수술은 불가능할지도 모르며 또 한댔자 효과 없기가 십중팔구 쉬울 것이다. 그러나 옛날에는 모멸과 학대와 굶주림 속에 자취도 없이 살아오던 생명들 하나하나가 이처럼 소중히 취급되는 인민조국의 고마움, 우리는 얼마나 은혜롭고도 행복스러운 세상을 새 나라에서 살고 있는 것인가!

혹시 또 남주의 신상에 새로운 운명의 날개가 펼쳐지게 될지도 모른다. S는 혼잣소리처럼 '녹슨 나사못은 어떻게 재생되는가?' 이렇게 중얼거리며 웃었다. 원고의 내용은 병원 얘기인 모양으로 저번날 저녁 쓰고 있던 것을 완성한 것일까? 방바닥을 날고 있던 그 공용천 종이였다. 연필로 반듯이 박아 쓴 글자 하나하나에서 병자의 가쁜 숨

소리가 들려 오는 듯 더욱이 만양의 붉은 햇빛이 얼른거리는 글줄 속에서는 그의 핏
줄이 서물거리는 듯하였다.

S의 눈앞에는 침상에 반듯하게 누워서 온 정신을 붓끝에 모두고 여윈 팔을 들어 얼
굴 위에 받쳐 든 종이 위를 노리는 윤남주의 심각한 모습이 떠오른다.

그는 스스로 숨길이 막히는 듯한 느낌으로 원고를 다시금 호주머니 속에 집어넣으
며 발걸음을 재촉하였다. 그러나 이같이 뼈를 깎아내는듯한 고심 속에서 붓대를 들고
싸우는 불쌍한 환자가 아주 비범하고도 특이한 동화작가임을 발견하게 되었던 것은
얼마나 큰 기쁨이었던지…….

평양에 올라간 길에 S는 문학동맹에 들리어 방송국 문예과에 남주의 방송동화원고
를 빌려 주도록 의뢰하였었다. 하나 전화로서의 대답의 말이 그날그날 분의 방송원고
와 함께 묶여 있기 때문에 그것을 찾기란 좀체 용이한 일이 아니며 또 보관용이어서
원칙적으로 기관 외로 내보내지 않게 되어 있다는 것이었다. 그래 S는 부득이 방송국
을 방문하게 되었다.

문예과 책임자의 특별한 호의로 그 동화원고를 하나하나 골라내어(10여 편 되었다) 읽
어 나가던 그는 경이에 가까운 어떤 야릇한 감명 속에 젖어들기 시작하였다.

문예과 책임자도 이 작가가 비참한 불구자라는 말을 듣고 새삼스레 놀라는 빛이었
다. 그만큼 이 작품들은 모두가 하나같이 건강한 아름다움으로 장식되어 있었다.

S에게는 놀라움을 지나 도리어 아연해질 정도였다.

그리고 그것도 결코 자기의 저주로운 운명에 대하여 눈을 가리우려는 그런 투의 환
상적인 동화세계도 아니었다. 새와 꽃과 짐승들을 그린 작품까지도, 지어 아동의 환
상심리를 헤치고 들어가는 우화적인 작품 가운데서도 실상은 아주 현실적인 작가의
너무도 건전한 감정과 사상과 입김이 기운차게 숨쉬고 있는 것이 놀라울 지경이었다.
뿐만 아니라 거기에는 어른들의 세계에까지 육박하며 독자의 마음을 쥐고 흔드는 어
떤 이상한 힘이 있는 듯도 하였다. 이런 것들을 두고 과연 동화라고 할는지를 의심하
게까지 할 정도였다. 어찌보면 역시 소설작가의 붓이 아닐까고 혼자 머리를 기웃거리
게도 되었다. 하여간 S 자신이 다년간 더듬어 온 소설세계와는 정반대로 아주 현실적
인 동시에 조금도 무리와 거짓이 없는 모두가 다 힘차고도 탐스러운 이야깃거리들이

었다. 아동의 세계를 더듬을 때는 자기의 비참한 세계와 거리가 멀어지니 만치 도리어 허심탄회하게 되어 이처럼 작품에 그의 건전하고도 아름다운 면이 그대로 반영되는 것일까?

작가 S는 이 동화원고를 앞에 놓고 오래오래 생각하였다. 일단 동화의 세계에서 떠나기만 하면 발이 땅에 붙지 않는 이유는 어디에 있을까? 디디로 서기에는 절망의 담벽이 너무도 높기 때문이었을까? 그러나 어떻든 이 절망의 담벽을 디디고 올라서야 할 것이다. 본인이 소원하듯이 역시 동화세계의 요람으로부터, 새도 조롱 속으로부터 해방되어야 할 것이다. 그렇다고 또 작품들을 그냥 여기에 묻혀 두기에는 아까운 생각이 들었다.

"방송에 그칠 게 아니라 문자화하는 방법을 찾아냈으면 합니다."

S는 이윽고 이렇게 말하였다.

"동의합니다."

문예과 책임자도 대단히 열성을 보였다.

"우리와도 여러 번 서신 왕래가 있었으나 한 번도 병자라고 밝혀 온 적이 없기 때문에 병원내의 보건 일꾼인가 했었군요."

"불구자라는 것을 남에게 알리기 싫어하는 모양이지요. 원고를 겨우겨우 쓰는 형편이라 본인에게 초고도 등본도 없을 겁니다."

문예과 책임자도 그 원고들을 그냥 밖으로 내보낼 수는 없으나 그 대신 필사를 하여서라도 등본을 작성하여 문학동맹으로 넘겨 줄 것을 약속하였다.

작가 S는 동맹에 돌아와 아동문학 분과위원회에 이 동화작가와 그 작품에 대하여 상세한 의견서를 제출하는 한편 작품에 대한 심중한 심사를 의뢰하였다. 불우한 이 동화작가를 맞이하여 문학동맹의 큰 날개 속에 품어 주고 키워 주는 일에 커다란 의의와 기쁨을 느끼었다. 이력서 용지를 가지고 나오며 가까운 시일에 남주를 다시 방문하고자 하였다. 그러던 차에 어찌하면 수술을 하게 될지도 모른다는 기쁜 소식을 듣게 되고 또 이렇게 그의 새 작품까지 받게 되어 그의 기쁨과 기대의 마음은 여간 크지 않았다.

해탄부 노체공장은 시꺼먼 아름드리 가스관이 둥실둥실 기어오른 다박솥밭 산등성이를 넘어 개포로 나가야 된다. 우중충한 가스탱크와 육중한 건물들이 비좁게 늘어서 있는 화학직장 옆 골목길로 접어들어 가면 거대한 군함과도 같은 해탄로가 저녁 안개 속에 버티어 누워 있었다. 마스트처럼 생긴 노상에는 노체공들의 검은 그림자가 오가고 굴뚝처럼 일렬로 늘어서 있는 상승관은 삼색기처럼 무럭무럭 노란, 파란, 혹은 흰 연기를 뿜어낸다. 두 대의 거창한 압출기는 축기계를 팔굽이처럼 휘둥거리며 요란한 꿍음 속을 이리저리 달리고 있었다. 이 사이를 뚫고 들어가 쇠발 거리를 붙잡고 한참을 굽이돌아 올라가면 노상의 함장실과도 같은 후끈후끈한 무더운 휴게실과 마주친다. 바로 교대시간이어서 출퇴근 노동자들이 웅성웅성 끓고 있었다.

이 속에서 무엇이라고 거쉬인 목소리가 열심히 외치고 있었고 이따금 와− 떠드는 소리, 박수 소리가 터져 나오기도 하였다. 주춤주춤 다가가 들여다보니까 요즈음 예술학교에 다니며 시낭송과 시짓기를 시작한 청년노체공들이 서로 번갈아가며 걸상에 올라서서 자작시들을 낭송하는 중이었다. 문학서클원들도 거의 모두 모여 있었다. 한 낭송자가 S를 발견하고 머리를 긁적이며 겸연쩍어 하였다.

"좋소, 그냥 낭송하오."

S는 손을 흔들어 보이며 의자에 앉았다. 젊은 노동시인은 자작시를 거쉬인 목소리로 계속하여 읊기 시작하였다.

우릉우릉 압축기는 힘차게 밀어
우당탕탕 콕스는 소리치고
아− 승리의 해탄로여
너와 나는 10년 세월을……

다른 노동자들은 전혀 생각도 못했던 동무가 노상 제 손으로 이렇게 시를 써 가지고 멋들어지게 읊는 것을 보니 놀랍기도 하고 희한도 하여 눈을 끔뻑거리며 연신 혀를 치는가 하면 때때로 박수를 치고 또 와− 환호성을 지른다. 낭송자는 저절로 흥분하여 어깻죽지를 쳐들고 주먹을 쥐었다 폈다 하며 리듬이 고르지 못하여 숨길이 막히는데도 그냥 막 몰아쳐 나가며 가쁜 숨을 내쉰다. 그런데도 젊은 노동자의 순정과 열도가 거침없이 내뿜는 듯하였다. 그것은 연간 계획량을 벌써 초과달성하고 전공장에 열렬한 호소를 보내게 된 자기들, 해탄로의 승리를 긍지높이 노래하는 시였다.

작가 S는 조용히 눈을 감은 채 그들의 기쁨과 자랑이 거침없이 솟구치는 낭송시에 귀를 기울이며 여기서도 또한 줄기차게 뻗어 오르는 조국인민들의 새 힘을 느끼는 듯하였다. 소박하나마 기름내가 풍기며 열정에 넘치는 글줄 속에 새로 피어오르는 인민예술의 꽃망울도 보는 듯하였다. 제 손으로 글을 짓고 노래하는 노동자들의 새로운 기운과 이러한 가능성과 분위기 속에 자기가 놓여 있다는 행복감도 또한 어지간하였다. 그러면서 동시에 머릿속에 떠오르는 것은 역시 풍부한 감정과 천부의 재능을 가진 채 6년 세월을 병원 침상에서 쇠진해 가는 윤남주의 일이었다. 남주도 이 공장에서 계속하여 일하는 건강한 몸이라면 얼마나 더 훌륭한 작품들을 내 놓을 수 있을 것인가? 정말 그를 다시 자리에서 일어나게 할 수술은 전혀 할 수 없는 것일까? 의사들의 기대대로 대소변이라도 자유로이 볼 수 있게 된다면……. 오늘 전해준 오쓰뜨롭스끼의 소설은 과연 그에게 어떠한 영향을 주게 될까? 자기의 불행을 과감히 디디고 일어서게 할 수 있을까? 혹은 그를 더욱 구원받을 길이 없는 절망의 고독 속에 떨어뜨리지나 않을까? 어쨌든 자기로써는 정신적인 면에서나마 이 불구자의 몸을 문학의 길 위에 껴들어 일으키도록 노력해보리라…….

그러나 써클활동을 협조하느라 밤에는 예술학교에 강의를 나가느라 자기의 창작학습장을 정리하느라 이래저래 분주하게 된 작가 S는 남주의 소설을 3~4일 뒤에야 겨우 읽어볼 수가 있었다. 그것도 이날 아침 제철소 북문으로 들어오던 길에 신 간호원을 만나 은연히 독촉을 받은 셈이 되어서였다. 교대시간을 이용하여 신 간호원은 종업원들에게 예방주사를 놓아주려고 다른 간호원 두 명과 함께 나와 있었다.

마침 사람들의 출입이 그다지 번화하지 않은 비교적 한가한 틈이었다.

신 간호원은 그의 팔소매를 걷어올리고 알콜을 적신 솜으로 팔죽지를 문대며 나직이 물었다.

"윤 동무의 소설은 읽으셨어요?"

"참 오늘내일 하면서 아직 못 읽었군요. 본인이 몹시 궁금해하겠군요."

"글쎄요……. 조금도 못 읽었어요?"

"미안합니다."

"아이 선생님두 제게 미안할 게 뭐예요……."

신 간호원은 얼굴에 주홍빛을 띠며 눈을 흘긴다. 이런 때엔 더욱 귀염성 있어 보이는 처녀였다.

그러나 남주에게 특별한 관심과 호의를 가지고 있는 그임을 S도 눈치채지 못하는 바 아닌 것이다.

"오늘 밤 틀림없이 읽을 테라고 그렇게 전해 주시오. 동무는 읽어보았던가요?"

"지금까지 쓴 것은 대개 저한테 읽어 주든가 빌려 주든가 했는데 이번 것은……."

"그거 참 안 되었군요."

하고 말해 놓고 보니 S는 뜻하지 않은 빈 농담을 한 듯싶었다.

입으로 주사침자리를 훅훅 불고 있던 신 간호원은 토실한 턱을 들고 살그미 쳐다보며 말했다.

"공연히 놀리신다니까……."

"앞으로는 남주 동무가 쓴 것은 일일이 등본을 만들어 주는 일이라도 있어야 겠더군요."

"그러게 말이에요. 선생님이 원고지를 주시더라고 자랑이기에 제가 그 원고지에 정서하여 선생님께 드리자고 하지 않았겠어요……. 보시기도 편하실 게고……. 그런데……."

적이 섭섭하고도 나무라운 모양이었다.

"다 마른 뒤에 소매를 내리세요……. 그런데 선생님, 그 원고지를 보시고 돌리기전에 저한테 빌려 주실 수 있겠어요?"

"아, 그러지요."

S는 이렇게 대답하고 느닷없이 물었다.

"동무도 문학을 좋아하시오?"

"아니에요. 저야 뭐……. 저도 그만 교대하고 돌아가겠으니 함께 가시자요."

S는 산등성이의 다박솔밭 언덕길을 올라감 간호원에게 남주의 수술문제가 어떻게 추진되어 가느냐고 물었다.

"과장 선생이 이와노브 박사와 세 번이나 렌트겐사진을 놓고 의논하시었어요. 가능성이 전혀 없지는 않으나 역시 매우 힘들 거라고 하시면서 요즈음은 외국의서까지 펴놓고 열심히 참고 연구 중이시랍니다."

"언제 수술할 모양이오?"

"아마 며칠 내에 할 모양이에요."

"희망을 가집시다. 남주 동무도 대단히 기대가 클 거요."

"과장 선생이 환자에게 정신적 준비를 시키기 위해 어제 얘기해 주었는데 남주 동무는 목메어 울었어요. 얼마나 고마우면……. 하지만 기적이 있기 전에야……. 한데 기적이란 게 세상에 어디 있어요? 저는 그게 무서워요. 그 동무는 기적이 나타나 언제든 다시 일어나게 되려니만 생각하고 있으니……."

"설마 그렇게까지야 생각하고 있겠소? 그만치 총명한 사람이……."

"아니에요. 억지루라도 그렇게 생각하는가 봐요. 여태 그 공상 덕에 살아왔죠 뭐……. 만약 이번에 실패되어 그 공상이 조금도 실현되지 않는 날엔……."

얼굴의 근육이 일순간 경련을 일으키고 입술이 바르르 떨린다.

"그러나 수술해야지요."

변명이라도 하듯이 신 간호원은 이렇게 다그치며 부르짖었다.

"어쨌든 해놓고 봐야지요. 하루바삐 고쳐 가지고 나가셔야지요……."

하지만 역시 어디라 없이 미묘한 울림이 있는 목소리였다.

"그러나 사람이란 최후의 공상과 희망까지 잃어버릴 땐……. 그게 남아 있다는게 얼마나 위안이 되게요."

"우리 남주 동무의 수술이 성공되기만 축원합시다.

S는 깊은 생각에 젖으며 뜨적뜨적 말을 이었다.

"또 설사 실패하더라도 본인이 절망하지 않고 힘차게 살아가도록 격려해야지요. 그리고 공상에 매어달려 살려는 그 뜬생각도 벼려야 문학의 길에서라도 살 수 있게 되리다."

"그럴까요? 저는 너무 참혹한 것 같아서……."

"참혹할 수 있소? 자기를 더 헌신적으로 굳건히 다지는 데야……. 신 동무는 그 일을 어떻게 생각하오?"

"어떻게 생각하긴?"

간호원은 얼굴이 빨개지며 웃는다.

"어서 자리에서 일어나기만 바라지요 뭐……."

"일어 못날 땐?"

"일어 못날 땐 더욱."

"더욱 어쨌단 말이오."

"아이 몰라요. 그럼 저는 이쪽으로 갈테에요."

하며 옆길로 몇 걸음 달려가다가 상기된 얼굴을 다시 돌리었다.

"저 내일 찾아갈 테니 원고를 꼭 빌려 주셔야 합니다."

"……."

미묘한 감수 속에 S는 못에 박힌 사람처럼 멍하니 서 있었다.

신 간호원은 뒤돌아보지도 않고 다시 바쁜 걸음으로 줄달음 쳐 올라간다.

이날 저녁 사택으로 돌아와 남주의 소설 원고를 들고 작가 S는 적이 놀라운 마음에 사로잡혀 앞을 재촉하게 되었다. 처음 얼마 가량을 읽으면서는 혼잣소리로 '아니다, 이것도 아니다. 작가는 작기를 속이고 있다'고 중얼거리던 그였다.

그러나 그냥 계속해 읽어 나가면서는 때때로 원고를 놓고 무연히 앉아 한참씩 생각하곤 하였다. 두 다리를 다 자르지 않을 수 없게 된 어떤 불행한 병자와 그에게 호의를 가지고 있는 어떤 여성과의 애정문제가 취급되어 있었다. 이런 어쩔 수 없는 심각한 문제의 설정부터 S의 가슴을 공연히 설렁거리게 하였다. 다리를 잘라야겠다는 선언을 받은 젊은 노동자는 사랑하는 사람의 면회까지도 일체 거절하고 혼자 몰래 죽으리라 결심하였다.

여성에게 자기에 대한 아름다운 기억이나마 남겨 두기 위해서였다. 그러나 이와 반대로 병자의 태도가 이렇게 변해지자부터 여주인공은 자기가 그를 얼마나 끝없이 살아하고 소중히 여기고 있는가를 새삼스레 깨닫고 스스로 놀란다. 동시에 이 병자에게 절대로 자기가 없어서는 안 될 사람이라는 것도 통감하였다. 면회를 굳이 거절하기 때문에 병상을 찾아볼 수 없으나 매일 아침부터 병원에 와서는 이 의롭고도 불쌍한 병자의 병세를 염려하고 초조해 하고 또 어떻게든지 그에게 위안과 삶의 힘을 줄 길이 없을까고 궁리하였다. 마침내는 이 병원의 간호원이 되고자 지원한다……. 병자의 신상에 기적이 나타나기 전에는 도저히 유쾌한 해결이 없어 보이었다.

그러나 난데없이 기적이 나타난다. 그런데 이 기적은 무서운 병이 일대 오진이었다는 것으로 판명되어 나타나는 것이다. 이리하여 두 사람 사이에는 새롭고도 열렬한 사랑이 활짝 꽃피게 되었다. 말하자면 이렇게 엉터리없게 꾸며진데다가 여러 가지로 빈구석조차 많은 이야깃거리에 지나지 않았다. 우선 어떻게 맺어진 사랑이라는 구체적인 해명도 없고 또 여주인공은 작자의 필요와 줄거리의 형편에 따라 허수아비처럼 움직인다. 주인공이 부상을 당해서인지 또 다른 무슨 병 때문인지 그 다리를 잘라야겠다는 이유조차 분명히 밝혀 놓지 않았다. 이렇게 놓고 보면 조금도 취할 바 못 되는 결함투성이의 작품임에 틀림없었다. 그러나 어디엔지 매우 절절하고도 애타웁고 심혹한 주인공의 심정이 읽는 사람의 가슴을 치는 이상한 작품이었다.

작가 S는 이 소설을 읽고 났을 때 심상치 않은 감회로 이것을 신 간호원에게 빌려주기로 약속한 것을 진작 후회하였다. 왜 그런지 그런 생각이 머릿속에 떠올랐다.

작가가 신 간호원에게 이 소설을 보이기를 원하지 않았다는 얘기와 신 간호원이 이 소설에 특별한 관심을 가지고 있다는 사실이 그에게 야릇한 감정을 일으키게 하였다. 그들 둘 사이에는 보통으로 이해하기 어려운 미묘한 감정이 엉키어 돌고 있음을 확연히 직감하게 되는 듯하였다. S는 이 사실에 놀라지 않을 수 없었다.

병실에서 보아 온 그들의 범연치 않은 태도이며 아침녘 다박솔밭 옆에서의 스스럽지 못하던 신 간호원의 언어, 동작 이런 것들이 또한 유별나게 머릿속에 되살아 올랐다.

객관적으로 따지고 보면 원고에서 이처럼 심각하게 제기되었던 문제가 엉터리없이 행복으로 해결되는데 아연해지지 않을 수 없었다. 작자를 심심히 이해하고 볼라치면 결코 또 용이한 심정에서 된 것이 아님을 가히 짐작할 수도 있었다. 그렇게라도 해결되지 않는 한 주인공에게는 전혀 살 도리와 살아나갈 기력이 없는 듯 보이는 것이 더구나 애절하였다. 남주 자신 아마 한때는 그러한 심정이었을는지도 모른다. 주인공은 10여 년 동안을 자기 손으로 다루어 온 기계와 정다운 직장 동무들과 심지어는 사랑하는 여성과도 헤어지지 않을 수 없게 되었다. 이제부터 자기는 어떻게 살아야 되는

가? 아무 보람도 희망도 없는 앉은뱅이 몸뚱이는 그 어이에도 부접 할 수 없을 것이다. 그렇다면 애인이?

사랑하고 아끼고 존경하는 여성을 절망의 반려로서 업고 들어간다는 것은 가혹한 죄악이 아닐 수 없다고 주인공은 생각한다. 그런데 그를 어떻게 그냥 사랑할 수 있겠는가? 단념해야 한다. 하나 그것은 그의 감정 세계의 죽음까지를 의미하는 것이었다. 이런 심각한 자기 고민의 내용은 읽는 사람의 마음을 쥐어뜯는 듯하였다.

역시 작가 자신의 영상일 것이다. 혹은 지나친 억측일까? 어쨌든 자기의 최후의 것까지라도 조국과 인민에게 바치려는 이 갸륵한 작가로 하여금 자기 자신의 세계에 관하여 언제나 솔직한 붓을 들기를 주저하게 하는 남모를 곡절과 비밀이 이제 와서 어렴풋이나마 이해되었다.

요컨대는 슬픈 사랑이 이렇게 혼잣소리로 중얼거렸다.

"큰일이다!"

4

"저는 제 존재가 언제부터 이렇게 커졌는가 새삼스레 놀라며 또 감격할 뿐입니다. 왜놈들이 손도 안 대고 내버렸던 몸을 이제 와서 의사들이 땅을 딛고 일어설 수 있도록 수술을 해주려고 합니다. 얼마나 고마운 일입니까? 또 아무 보잘것없는 저를 하나 구실시켜 보려고 이처럼 선생님까지 늘 찾아와 주시니……."

남주는 이렇게 전에 없이 감개무량한 태도로 서서히 입을 열어 자기의 진정을 토로하는 것이었다. 바로 그 소설을 읽은 이 봄날 밤 S가 원고를 돌려줄 겸 그의 병실을 찾아오게 되었다. 남주는 원고를 받아들었으나 얼굴을 천장에 향한 채 신중한 기색으로 별로 달가워하지 않았다. 따라서 S도 자연히 입이 무거워지며 가방 속에서 가맹 원서와 이력서 용지를 꺼내 들고 실무적인 일을 시작하였다.

이리하여 이 서류를 작성하느라고 그의 지나온 일을 하나하나 따져 묻고 대답하던 차에 이야기가 자연히 그의 회상을 자아내게 한 것이었다. 복도의 불을 끄며 지나가는 간호원의 신발 소리도 멀어지고 병실은 쥐죽은 듯 고요하였다.

"사실 죽을 대가 왔다는 생각이 그 당시의 하나도 숨김없는 솔직한 제 심정이었습니다. 왜놈들을 저주하기 위하여 살아남은 몸이었습니다. 그랬던 제가 왜놈들이 망하는 것을 본 해방의 감격 속에 죽는다는 것은 얼마나 행복한 일입니까? 이제 더 산송장의 몸을 눕혀 둘 이유가 어디에 있겠습니까? 동무들이 파괴된 공장복구를 위하여 밤낮을 기울여도 석탄 한 덩어리 옮겨 주지 못하는 폐인이 말입니다. 차라리 없느니보다 못한 밥버러지로 그냥 살아야 하겠습니까? (작가 S는 그의 소설에 나오는 주인공의 심정이 회상되었다.) 자유롭게 돌아누울 수도 대소변도 볼 수 없는, 다만, 밥주머니와 숨통과 입만이 사랑 있는 산송장, 죽다가 남은 한 개의 생명일 뿐이며 인간으로서는 폐업된 지 오랩니다. 이래도 살아야겠습니까?"

이상하리만치 이날 밤은 남주 자신이 차츰 열기를 띠어 가며 한밤중에 모든 일을 다 얘기라도 해버리려는 것처럼 대단한 능변이었다.

"그러나 버러지만도 못한 이 생명이 죽지 않았습니다. 이유는 간단하지요. 살고 싶었던 것입니다. 암 죽기 어려운, 죽기 싫은 새 세상을 만나게 되었기 때문일 겁니다. 새로운 태양 아래 새로운 욕망은 언제든지 저도 다시 일어나 남같이 싸울 수 있을지도 모른다는 덧없는 공상과 희망을 가지게 했습니다. 이렇게 저는 자기를 위로하여 자기의 존재이유를 스스로 합리화하려 하였습니다.

공장에서 같이 일하던 동무들이 가끔 찾아와서 복구사업에 대한 정형을 얘기해 주며 위로삼아, 혹은 진심으로 동무도 어서 성한 사람이 되어 나와야겠다고 했습니다. 전 같으면 얼굴만 빤히 쳐다볼 터인데 마음이 무척 민망스럽기는 하나 저는 그 말이 결코 싫지 않았습니다. 가까운 장래에 기적이 일어나 저 역시 새로운 감격 속에 공장으로 다시 나갈 날이 오리라고 믿고 싶었습니다. 사실 해방 뒤에 병원 안에서는 기적에 가까운 일도 많이 일어났습니다. 왜놈들이 내버려두었던, 못 고친다고 돌려놓았던 병자들 중에 조선의사 선생님들의 성의 있는 치료로 효험을 본 사람들도 수두룩합니다. 신 간호원도 어쨌든 오래 살구 볼 것이라면서 앞으로 어떤 의약이 발견될지 알겠느냐고 은연히 격려하며 '평야서는 20년 동안 못 보던 소경이 눈을 떴대요.'

'폐병을 고친다겠죠', '앉은뱅이 색시가 일어났대요' 이런 소리를 했습니다. 그러나 제 몸은 여느 병과는 전혀 다릅니다. 그래도 저는 신 간호원의 이런 위로의 말도 결코 싫지가 않더군요. 그리고 죽기 싫다는 감정이 죽어서는 안 된다는 생각으로 또 변해지기까지에는 얼마 동안이 필요했습니다. 아시다시피 제철소의 복구에는 허다한 곤란이 있었습니다. 기능공들의 헌신과 새로운 창의 고안이 얼마든지 요구되었습니다.

노동자들은 불이 꺼진 가마와 함께 자며 기계 옆에서 밥을 지어먹으면서 한두 달씩 집으로 돌아가지 않았습니다. 모두 다 쇠검둥이, 기름투성이로 말입니다. 미숙하나마 저 역시 이 공장에선 기능공 중의 한 사람입니다. 왜놈 때부터 이렇게 개조해 봤으면, 저렇게 고쳐 봤으면, 운전방식을 바꾸었으면 하는 점들이 없지 않았기 때문에 안절부절을 못하게 도와주고 싶어지더군요. 그러기 위해서라도 살아야겠다는 생각이 일어났습니다. 라디오는 매일처럼 남반부의 민족반역자와 친일파들의 발악하는 꼬락서니와 미제국주의자들의 음흉한 침략정책을 폭로하며 또 이를 반대하여 일어난 인민들의 영웅적 투쟁을 보도해 줍니다. 이 방송을 들을 때마다 치가 떨리고 주먹이 불끈불끈 쥐어졌습니다. 이대로 죽어서는 안 된다. 적을 쳐엎으며 민주조국을 건설하는 사업에 어떻게든 마지막 피 한 방울이라도 바쳐야겠다. 이런 결심이 더욱 굳어지게 되었습니다. 아무 일이라도 좋다. 불구자의 몸이라도 할 수 있는 일이라면 무엇이나 좋으니 죽는 날까지 모든 것을 잊어버리고 일하자, 저는 전기공장과 발전소의 동무들을 불렀습니다. 부르기 전에 의견을 들으러 혹은 내용을 물으러 오는 동무도 있었습니다. 저는 그 동무들과 같이 토론하고 도면을 앞에 놓고 설명도 해주고 그림을 그려 가며 의견을 내기도 했습니다.

아— 얼마나 행복스러운 일이었는지요. 저는 기쁨은 한량없었습니다. 그리하여 처음에는 공장 동무들에게 어느 정도의 도움을 줄 수도 있었던 겁니다. 그러나 워낙 제 밑천이 얕은데다 그 동무들의 기술은 자꾸 앞서나가고 또 연속 선진기계들을 설치하게 되니까 저의 경험과 기술 같은 건 얼마 안 되어 하나도 살릴 데가 없어지더군요. 그때에 저는 다시 한번 제가 완전히 녹슬은 나사못이라는걸 절절히 깨달았습니다.

이제부터는 무엇을 해야 한단 말인가? 또다시 제몸뚱이는 절벽밑으로 굴러떨어지는 것 같았습니다. 물론 이런 일은 한두 번이 아닙니다마는……. 그럴 때마다 저는 절벽 밑에서 두 팔을 휘적으며 허우적거렸습니다. 통쾌한 기적을 찾아 부르며……. 기적은 나타날 리 없으나 매양 힘있게 제 팔을 잡아 일으켜 주는 손길이 있었습니다. 역시 다름 아닌 신 간호원의 따뜻한 손길입니다.

저는 그의 두 팔에 몸을 맡기고 다시 덧없는 기적을 찾아 헤매게 되었습니다. 그 동무는 연약한 팔에 안기운 저를 힘찬 새 인간으로 키워 일으키려고 무한한 노력을 기울였습니다. 저를 위안하기 위하여 수많은 문학서적들을 구해다 줍니다. 병원 안에도 성인학교가 생기고 각가지 학습회가 매일처럼 조직되었습니다. 신 동무도 틈이 있는 대로 새로 나온 책들을 들고 와서 저와 함께 공부를 시작하게 되었습니다. 새로운 학습교양, 새 인간으로서의 성장의 길, 이것이 한편 저를 절망 속에서 또다시 눈을 뜨게 하였습니다. 또 라디오는 정치, 경제, 문화 각 방면의 무한한 지식을 가지고 저를 교양해 줍니다. 본시 교육이라고 한 번도 못 받아본 저에게는 모든 것이 다 청신하고도 고마웠습니다. 이리하여 고독과 절망 속에 빠졌던 저 자신 차츰 산송장의 생활에서부터 해방되기 시작하였습니다. 라디오를 통하여서는 공장과 연결되고 신 간호원을 통하여서는 병원과 연결되고…… 그러나 도대체 나는 그들에게 무엇을 줄 수가 있겠는가, 눈앞에 그 험악한 절벽이 또 내닫습니다."

"동무는 훌륭히 주고 있지 않소."

작가 S는 천천히 이렇게 단정하고 말을 이었다.

"문학의 새 길에서…… 작가로서…… 또 앞으로 얼마든지 줄 수 있는 것이오."

"그러나 저는 작가로서 복무하리라는 생각은 엄두도 못 내었습니다. 또한 그런 자격이 있다고도 생각지 않았습니다."

남주의 대답은 이렇게 명확하였다. 미상불 그랬을 것으로 생각된다.

"병원 내의 벽신문에 라디오에서 얻어들은 정치시사 자료도 써주는 것도 다만 무엇이든 일해 보고 싶었기 때문입니다. 새 국가병원의 고마움과 새 사회의 혜택이며 새 보건일꾼들의 열성에 대한 감상 같은 것을 쓴 것은 정말로 다른 사람들과도 같이 얘기해 보고 싶어서였습니다. 옛날 병원에 있던 왜놈들이 모두가 여우나 승냥이, 멧돼지와 같은 짐승들로 회상되었지요. 그래 이런 것들을 풍자해 보고 싶은 마음에 붓을 든 것이 또 동화처럼 되었던 모양입니다."

"동무의 동화의 특징적인 면이 그런 데서 나왔구만."

S가 이렇게 웃으며 말하자 남주는 긍정하듯 다시 말을 이어 나갔다.

"글쎄요. 그렇다고 할는지요. 그러나 원고를 방송국에 보내는 그런 엄청난 일은 신 간호원의 손에서 된 겁니다. 그 동무는 늘 제가 쓴 것을 읽으며 웃고 좋아하고 비평하고 또 의견도 말해 줍니다. 언젠가는 매일 저녁마다 연거푸 찾아와 제 손으로 라디오의 스위치를 비틀며 무엇인가 기대해 마지않은 태도였습니다. 작년 2월 달의 일입니다. 왜 그러느냐고 물어도 대답하지 않고 웃을 뿐입니다. 하루 저녁 방송에서 제 이름이 툭 튀어나오겠지요. 어리둥절했습니다. 뒤이어 제가 쓴 동화가 부드럽고도 의젓한 목소리로 방송되어 나오더군요. 신 동무는 제 손을 뜨겁게 감싸주며 감격의 눈물을 흘렸습니다. 저 역시 어떻다고 말할 수 없는 커다란 감동 속에 몸을 떨었습니다. 제 일생에 있어서 아마 그렇게 기쁜 날이 또 없었을 것 같았습니다. 그러나 곰곰이 생각해 보면 동화를 쓰는 일도 머릿속에서 자기를 멀리 떠나려는 의도에 지나지 않았습니다.

저는 역시 노동자입니다. 어떻게든 성한 몸이 되어 유능한 전기노동자로서 재생하려는 꿈만이 아직도 사라지지 않고 있었습니다. 물론 이런 불구자의 몸으로서 자기 생활의 활로를 구하자면 정신적인 창조사업에 의존할 수밖에 없다는 것도 잘 알고 있지요. 그렇다고 그런 일을 감당할 수 있는 능력이 있는가? 보잘것없는 자기 자신이 처량해질 뿐이어서 나는 노동자다, 제철노동자다, 전기기술공이다, 노동을 떠나서 내 생명이 있을 수 없다고 자기 자신에게 다짐을 주며 하루바삐 자리에서 일어나야겠다는 생각만 하였습니다. 이를테면 자기가 영영 저주받은 반신불수란 것을 처음부터 인정하지 않고 으레히 다시 일어날 걸로만 생각하는 태도였습니다.

모든 희망과 꿈이 이와 같은 허구 위에서 출발하고 있는 겁니다. 이것은 자기의 불행을 은폐하며 실제조건의 긍정을 두려워하는 허위와 도피의 세계인 것을 이제 와서 냉혹히 자기 비판하게 되었습니다.

정직하게 말하자면 제가 해방 후에 그렇게 열심히 학습하며 공부를 하게 된 것도 무의식중에나마 재생의 날에 대처하려는 속심에서였다고도 하겠으니 얼마나 비위 좋은 일입니까? 저는 그만치 자기의 운명에 대하여 정직하거나 냉정하지를 못했습니다. 이 소설을 보셨으니 짐작하시겠지마는……."

이러면서 그는 탁자 위에 놓인 소설 원고를 다시 집어 들고 흔들며 격하여 말을 이었다.

"이 안에 나오는 천하에 염치좋은 사내가 바루 여기 누워 있는 겁니다."

남주의 커다란 두 눈에서는 한순간 시퍼런 불빛이 튀어나올 듯하였다.

확실히 신열이라도 있는 듯 괴로운 얼굴빛이었다. 작가 S는 온 정신과 감정을 제어하지 않고 그의 눈물겨운 고백 속에 몸을 던진 채 소리 없이 묵묵히 귀를 기울였을 뿐이었다. 남주는 한참 동안 숨을 태우더니 다시 고백을 계속하였다.

"그러나 이 소설은 그래도 멀쩡합니다. 여기 누워 있는 산 소설의 추악한 이 주인공을 보십시오. 이 주인공이 혼자 남몰래 공상으로 그리고 잇는 산 소설 속에서는 그야말로 기적처럼 반신불수의 몸이 완치되어 가뜬히 일어납니다. 그리고 점심곽을 끼고서 공장에 일하러 들어갑니다. 그리고, 그리고……. 놀라지 마세요. 신 간호원과 결혼을 합니다. 들으셨습니까? 신 동무와 결혼을 한다는 말씀이에요."

남주는 극도로 흥분한 나머지 말소리가 목줄기에 걸리어 마지막 말을 거의 부르짖다시피 하였다.

"……얼마나 주제넘어요? 저는 이러한 사내입니다. 그리고 또 이 꿈이 이날까지 저를 비현실적인 희망 속에서나마 살아오게 했더랍니다."

"정직합니다. 알 수 있습니다."

S는 무거운 표정으로 끄덕이었다.

"사실 신 동무는 제 생명의 지주였습니다. 아니 그 전부였습니다. 그에 대하여 이런 얼토당토않은 꿈을 지니고 혼자 남 몰래 공상하며 번민했으니 얼마나 가소롭습니까? 가끔 자기 자신의 차지도 돌이켜 봤습니다. 때때로 어디선가 이렇게 부르짖는 소리도 들리는 듯 했습니다. '네 꼬락서니를 보고 말해라', '남이 웃는 줄도 모르느냐', '핫하하, 핫하하……' 웃음 소리도 들려옵니다. 그럴 때마다 신 동무의 그림자는 천리만리 멀리루 사라지는 것 같았습니다. 이게 무서웠습니다. 저는 눈을 딱 지리감고 입을 악물고 귀를 막아 버리려 했습니다. 다시 성한 몸이 되어 나라와 사회에 복무하리라는 허울좋은 공상 뒤에 숨어서 실인즉은 자기가 업히울 희생자를 요구했으니 얼마나 추악한 사내입니까? 그러나 이것으로서 그러한 자기와도 영 결별을 짓는 것입니다."

하면서 남주는 손에 움켜쥐었던 소설 원고를 갈기갈기 찢기 시작하였다.

핏줄이 지도처럼 엉킨 팔뚝과 손이 경련적으로 떨리고 파리한 얼굴에서는 어두운 그림자가 흔들리고 있었다. 오래오래 품어 오던 심정을 일시에 숨김없이 털어놓는 동안에 그는 끝없는 흥분의 도가니 속에 사로잡힌 것이었다.

"지금까지 여기 누워 있는 육신을 떠나 제 정신을 허구의 공상 속에 간신히 숨쉬고 있었습니다. 고민과 절망을 피하지 않고 뚫고 나감으로써만 새로운 자기를 찾을 수 있다는 걸 비로소 깨달았습니다. 기적을 부르는 공상 속에 잠들려는 몸뚱이를 깨워 일으켜야 한다는 것도 이제야 알았습니다. 선생님이 빌려 주신 『강철은 어떻게 단련되었는가』를 읽으며 여러 가지로 생각했습니다. 이루 말할 수 없는 절망 속에서도 강철같은 의지를 가다듬어 조국과 계급의 이익을 위하여 끝끝내 싸워 나가는 주인공의 태도에 옷깃을 여미었습니다. 나중에는 귀와 입만이 남은 불구자의 몸으로 작가로서의 새로운 투쟁의 길을 개척하는 불같은 심정이 또한 제 몸뚱이를 흔들어 놓았습니다."

"그렇다면 다행이오. 나 역시 그렇게 되기를 기대했던 것입니다."

S는 무한한 감회로 이렇게 중얼거리었다. 친서하는 이 불구 작가가 자신의 고뇌와 번민을 그 소설로 하여 치료받는 것이 매우 고마웠다.

"저는 그 작가에 비하면 아직도 신선합니다. 이 손과 귀와 눈이 있잖아요? 그러나 저도 이제는 그 주인공과 같이 척추를 독균에 침해받아 눈까지 못 보게 되고 팔죽지가 굳어지는 한이 있더라도 죽는 날까지 어엿이 싸워 나갈 기력이 생겼습니다. 이제부터 저는 결코 녹슨 나사못이 아닐 것입니다. 작가로서 살아 나가느냐 못 나가느냐는 둘째 문제입니다. 먼저 거짓이 없는 진실하고 강직한 인간이 되어야겠습니다. 자기 기만 속에 전도를 화려하게 장식하려는 허영을 버리려는 겁니다. 저의 앞으로는 붓을 드는 제 태도에도 근본적인 개변이 있을 줄 압니다. 창작의 길에서 성공하느냐 못하느냐가 문제가 아니라 자기가 해보려는 이레 대한 진실한 태도가 얼마나 중요한 것인가를 알았습니다."

"……."

작가 S는 이 노동자의 너무나 진지하고도 성실한 태도에 도리어 눈시울이 뜨거워짐을 어찌할 수가 없었다. 그의 얼굴에는 험난한 가스산을 넘어선 영예의 승리자와 같은 화기로운 미소까지 떠도는 듯하였다.

"……신 동무에 대해서도 저는 이제부터 허심탄회할 수 있으리라고 생각합니다. 실상 그 동무의 고마운 태도는 제게 대한 인민조국의 뜨거운 손길의 하나의 상징적 표현에 지나지 않습니다. 압니다. 그 외의 아무 것도 아닙니다. 비참한 병자에 대한 숭고한 여성의 동정과 정성을 사랑으로 받아들이려는 것은 하나의 추악한 희극입니다. 저는 그 대신 인민 전체의 따뜻한 손길을 전보다 더 순수하게, 괴로운 마음 없이 받아들일 수 있게 되었습니다. 저는 절대로 침상의 무덤 속에 고립되어 있지 않습니다. 언젠가 제 동화가 처음으로 방송되었을 때는 누구인지 모를 보이지 않는 손길이 제 몸뚱이를 올만져주는 듯한 오롯한 애정을 느꼈답니다. 볼 데 없는 제 작품이 아주 미끈하게 손질되어 있겠지요. 모든 손길들이 언제나 이렇게 저를 따뜻이 포옹하고 쓰다듬고 일깨워 주고 있습니다. 또 앞길에 불을 비춰 줍니다. 고마운 법령과 보호의 손길이 다가와 제 몸뚱이를 얼싸안고 과거의 쓰라림과 상처를 씻어 주며 병상에까지 다다라 새로운 사상과 지식의 날개로 제 몸뚱이를 덮어 줍니다.

조금만 신열이 나도 간호원이 달려오고 의사 선생님이 찾아옵니다. 심지어 이번에는 수만리 타향에서 온 소련 의사의 손길까지를 제 몸에 느끼게 되는 것입니다. 그리고 또 작가의 따뜻한 손길을 펴며 찾아 주신 선생님은 저를 깊은 안개 속에서 흔들어 깨워 주었습니다. 새 나라 인민들의 애정, 이게 다 이를테면 나라를 찾았고 인민이 해방되었으며, 또 옳은 영도자가 계심으로써 있는 일이 아니겠습니까. 저는 제 몸뚱이 위에 큼직하고도 포근한 손길을 의식합니다. 저는 이 은혜와 감격 속에 몸을 던진 채 이제나마 마음을 크게 가지고 용감히 새로운 출발을 하려는 것입니다."

대수술을 며칠 안으로 앞두고 자기의 마음부터 이렇게 근본수술을 한데 대하여 어떻다 말할 수 없는 감개에 사무친 작가 S는 실내를 뚜벅뚜벅 거닐고 있을 뿐이었다. 저 멀리 파이프공장에서 전기용접을 하는지 시퍼런 인광이 번개처럼 밤하늘을 휘적시고 있었다. 창문에도 반사되어 번쩍거린다.

S는 불현듯 멧새가 보이지 않는다는 생각이 나서 멈춰 서서 실내를 돌아보았다. 역시 아무 데도 종적이 보이지 않는다. 어디에 숨어들었을까, 혹시 도망을 친 거나 아닐까?

"새를 찾으십니까?"

남주는 그를 돌아보며 웃음을 띄운다.

"멧새란 놈도 사실은 사흘 전에 새 출발을 했습니다."

"날개를 좀 더 잘라 줄 뻔한가 보오."

"미안하고 또다시 잘라 주기가 애련해서 그냥 두었더니 종내 탈주하고 말더군요. 열어 놓은 창문턱에 올라앉아서 바깥을 개웃거리며 내다볼 제 감상이 매우 이상했습니다. 손으로 오라고 시늉을 하며 열심히 불렀지요. 그러나 맑은 공기와 푸른 솔밭에 유혹이 더 컸던 모양입니다. 대자연의 선율이 일순간 몸에 실린 듯 꽁지를 종깃거리며 몇 번인가 발을 전줄러 보더니 그만……. 차라리 잘 되었다고 생각합니다. 멧새란 놈은 어리석은 저의 도피처인 동화의 세계를 물고 달아났습니다."

"혹시 또 멧새처럼 자리에서 해방될지 알겠소?"

S는 이렇게 웃으며 위로하려고 하였다.

"과장 선생의 의견은 어떻습니까?"

"두 분 선생이 다 확신을 못 가진다고 합니다. 다만 최선을 다하여 수술해 보겠다는 그 정성이 고마워 오늘 저 자신 응낙한다는 수표를 했습니다. 저로서는 하나의 시험자료가 되고 만대도 만족입니다. 거리를 수술한다고 죽는 거는 아니니까요……. 그러나 제 나갈 길은 엄연히 서 있습니다. 앞으로 이 이상 더 참혹한 비운에 빠질지라도 저는 절대로 낙심치 않고 붓대를 손에 들고 생명이 지는 마지막 날까지 싸울터입니다. 선생님, 보십시오. 이 시를 아십니까?"

남주는 돌아보며 새로 벽면에 써 붙여 놓은 조그마한 종이를 가리킨다. 하이네의 초상이 증기관 옆에 연필로 비슷이 그려져 있었다.

'칠현금을, 칠현금을 나에게 다오, 싸움의 노래 부르리니…….'

"하이네의 시입니다. 제 손에는 섬세하지는 못하나마 이미 하나의 칠현금이 쥐어졌습니다. 그것은 선생님이 제 손에 쥐여 준거나 다름없습니다. 저는 줄을 바루 골라잡고 이 제철소가 울려내는 위대한 교향악에 제 노래를 맞추렵니다."

하고 남주는 다시 조용히 읽기 시작하였다.

"꽃을, 꽃을, 죽음을 건 싸움 위하여 꽃두레로 머리를 장식하리니……. 얼마나 좋은 시입니까? 이 노래는 하이네가 헤리고란드 해안에서 프랑스 인민들의 봉기의 소식을 들고 이제야 나는 내가 무엇을 바라며 무엇을 해야 할지를 알았다. 나는 온몸이 기쁨이다, 노래다, 검이다, 불꽃이다, 이렇게 부르짖으며 노래한 시의 한 구절입니다."

검은 구름이 휘날리는 하늘 위로 서슬 푸른 전기용접 불꽃이 그냥 휘황하게 번쩍거리고 있었다. 그럴 때마다 어떤 천상의 악기와도 같이 연달려선 열하나의 열풍로 굴뚝행렬이 나타나며 구름 위에서 무슨 거문고 소리라도 둥당거리는 듯하였다.

5

며칠 뒤에 작가 S에게는 문학동맹으로부터 등기 우편으로 회서가 도착하였다.

아동문학 분과위원회에서 윤남주의 동화를 새로운 경이와 흥미를 가지고 심사했으며 S의 의견서는 전면적으로 지지 접수되었고 문학동맹의 가맹도 상임위원회를 통과하였다는 사연이었다. 앞으로 이 불행한 동무의 대성을 위하여 각별한 지도가 있기를 바란다는 선의적인 부탁도 첨가되어 있었다. 그리고 이 편지와 함께 문학동맹후보맹원증과 그 외 몇 가지 서류가 동봉되어 있었다.

S는 이것들을 전달도 하고 사연도 알려 주기 위하여 병원으로 찾아 올라가게 되었다.

진찰시간이 끝난 지 오랜 오후의 병원 안은 뒷마당에서 배구를 치는 간호원들의 그림자가 잉어떼 노는 듯 얼른거릴 뿐 절간처럼 고요하였다.

입원실을 향하여 기다란 복도를 지나가며 보니까 청소를 하느라고 외과 수술실문이 벙싯하니 열려 있었다. 수술복 위에 고무복을 걸친 과장 선생이 세면대에서 비누거품을 활활 풀어 가지고 솔로 서걱서걱 손을 닦고 있었다.

"이제부터 윤 동무의 수술입니다."

과장 선생은 S를 보더니 반기는 말로 얘기를 건네었다.

"마침 잘 오시는군요."

"수고하십니다."

작가 S는 멈춰 서며 마주 인사하였다. 수술실에서는 간호원들이 소독물로 바닥을 활짝 씻어 낸 뒤에 수술도구들을 탁자 위에 벌려 놓기에 부산하였다. 소독약 냄새가 풍기는 수술실의 어머어마하고도 싸늘한 독특한 분위기가 공연히 가슴을 설레이게 한다.

"본인이 참 감개무량하겠군요. 생명에 관계될 그런 위험한 수술은……"

"아닙니다. 아닙니다."

과장 선생님은 고개를 흔들었다.

"결코 위험하지 않습니다. 중대한 수술임에는 틀림없지만……."

이때 한 옆에서 수술복을 걸치고 있던 키가 후리후리한 소련 적십자병원 원장 이와노브 대위가 듬직하게 나서면서 손을 내미는 것이었다.

"즈드라스뜨부이쩨."

새파란 두 눈이 가을 하늘같이 빛나고 가느다란 입언저리에는 매력 있는 미소가 떠돈다. S는 그의 손을 마주 잡고 흔들며 연송 '스빠시보, 스빠시보' 하였다. 불과 몇 마디 안 되는 소련말 밑천이기는 하나 감사하다는 이 말이 이처럼 제격에 어울리기는 좀체로 쉽지 않을 것 같았다. 그 밖의 무슨 별다른 말이 필요할 것인가? 조국전쟁 4년 동안 피땀에 젖어 온 군복을 벗을 사이도 없이 또다시 일본 강도배들을 격파하며 내닫는 해방군대에 참가하여 나온 군의였다. 소독전선에서 두 번이나 중상을 당한 용사임을 말하는 두 개의 중상기장이 그의 군복 가슴팍 위에 달려 있었다.

어설픈 가느스름한 모발은 하얀 연기처럼 머리 위에서 너울거리었다. 이와 반대로 모발이 유별히 빛나는 그의 어여쁜 부인도 역시 적십자병원에서 일을 본다는데 S는 가끔가다 저녁 산보길에서 그들 부부와 만나곤 하였다. 어여쁜 대위 부인은 산보길에서도 언제나 남편을 소중히 껴들 듯 부축하며 때때로 대위의 귀에다 손을 댁 무엇이라고 속삭이었다. 그러면 이와노브의 행복스런 얼굴 위에는 고요한 웃음빛이 떠올랐다. 역시 전쟁통에 잔귀까지 멀었기 때문이다. 이와 같은 중상의 몸을 만리 이역까지 끌고 와서 외국 인민들의 보건을 위하여 성심성의 헌신하는 이와노브 대위와 그의 부인이 버드나무 늘어선 저녁길을 팔을 끼고 가지런히 거닐고 있는 광경은 어떤 성스러운 느낌까지 주곤 했다.

S는 수건으로 손을 닦고 있는 과장 선생을 돌아보며 오늘의 수술대상이 바로 이분의 치료를 받고 있는 동화작가라고 외치듯 말했다. 하니까 이와노브 대위는 눈이 휘

둥그래지며 두 팔을 쩍 벌리고 "삐싸쩰리(작가)삐싸— 쩰리다?" 하며 작가라는 말에 정말로 놀라는 모양이었다.

"까레이스끼 삐싸— 쩰리 수술 있소. 좋소. 나 많이많이 기쁩니다."

"스빠씨보, 스빠씨보."

S는 또다시 이렇게 연송 치하하면서 과장을 돌아보며 수술이 대체 어떻게 될 것 같으냐고 물었다. 말눈치를 알아차렸던지 군의 대위는 렌트겐사진을 집어 들더니 "스마트리 스마트리" 하고 손으로 사진을 가리키며 열심히 설명한다. 과장 선생이 조선말로 통변형식을 취하였다. 이렇게 중추신경을 짓누르고 있는 골편들을 적출한 뒤에 신경이 얼마나 상했는가, 살아날 가망이 있는가, 척추액은 잘 통과하는가, 그 통로가 막혀 있다면 경막을 떼어놓을 수 있겠는가, 잘 통하는가, 또 다른 나쁜 증상이 있는가 없는가를 세밀히 진단해 봐야 알 일이라고 하였다.

S는 벙어리 꿀먹은 맛으로 어림해 들으면서 바로 알아듣는 체 연송 끄덕이었다. 이와노브 대위는 이에 대한 설명을 끝내고서,

"나빠, 나빠, 야뽄스끼 많이많이 나빠."

이렇게 말하며 간호원들을 돌아보며 웃는다.

"네 하라쇼다?"

간호원들도 마주 웃으며 무엇이라고 종알거린다. 제 발로 다시 걸어 다니게 되는 경우는 전혀 바랄 수 없겠느냐고 물으니까 대위는 어깨를 으쓱 추켜 올리더니 고개를 설레설레 젓는다.

"6년 많이많이 있소."

6년 세월이 너무 길었다는 모양 손톱으로 자기의 다리를 꼬집어 아픈 시늉을 하면서,

"아파 아파 이렇게 4년 있소"

손가락 네 개를 쳐들어 보인다.

"신경섬유가 보통 4년 내로는 재생할 수 있다는 말입니다. 솔직히 말하면……."

과장 선생은 이렇게 어두를 놓으며 수술모자를 쓴다.

"윤 동무가 혼자서 돌아눕기라도 할 수 있게 된다면 만족이라고 생각합니다."

"그렇게라도 된다면 좋겠습니다."

"물론 그것은 막상 수술해 봐야 알 일입니다마는……. 상처 여하에 따라서는 의외로 또 좋은 결과가 나타날지도 모릅니다. 이 소련 동무는 연일 진찰하고 검토해 본 결과 은연히 기대하는 바가 없지도 않은 모양입니다."

수술도구들을 살펴보고 있던 이와노브 대위가 돌아서며 무엇이라고 얘기한다.

"하여간 전력을 다하여 조선 작가동무를 조금이라도 편안히 글쓰게 하고 싶다고 말합니다."

"스빠씨보, 스빠씨보."

대위는 또다시 가까이 다가오며 병자가 돌아눕는 시늉을 하면서,

"뽀니마예쉬?"

"다, 다……"

S는 고개를 주억주억하였다.

"뽀니마예쉬, 뽀니마예쉬."

그는 병자가 반듯이 누워 얼굴 위에 종이를 치받치고 글을 쓰며 할락거리는 시늉을 해보았다.

"따꼬이 라보트 네나다, 가라까라."

이렇게 동작을 하며 얘기할 때 이와노브는 아주 사람이 달라지는 듯 그의 겉늙어 보이던 얼굴은 젊은 혈기로 피어오르고 쥐었다 폈다 하는 그의 손길에서는 정열이 막 뿜어 나오는 듯하였다. 그리고는 상반신을 비스듬히 담에라도 기대인 자세를 지어 보이며 웃는다.

"따꼬이 삐시삐시 하라쇼."

"스빠씨보. 스빠씨보."

하고 부르짖으며 S는 너무 기뻐 어쩔 줄 몰랐다.

과장 선생이 옆에서 오해 없도록 설명해 준다.

"그렇게 앉아서 글을 쓰게 되면 좋겠다는 말입니다. 딱히 그리 되리라는 말이 아니라……. 이 동무의 열성과 정성을 봐서도 어느 정도는 반드시 효과가 있으리라고 생각합니다."

작가 S는 사무치는 감개로 이와노브 대위의 얼굴을 바라보며 혼자 끄덕이었다.

이럴 때 멀리로부터 고요한 분위기를 흔들며 굴러오는 밀차바퀴 소리가 들려 왔다. S는 한걸음 다가가 굳은 악수를 한 뒤에 다시금 복도로 나섰다.

조심조심 밀차를 밀고 오는 신 간호원이 복도 저 멀리서 S를 발견하고 다소곳이 허리를 구리부리며 인사한다. 그리고 밀차에 실려 오는 병자에게 얼굴을 가까이 대고 무엇이라고 귓속말로 속삭인다.

S는 그곳으로 가까이 다가가 쾌활한 미소를 지으며 남주의 손을 잡았다.

"좋은 결과가 있기를 비오."

"고맙습니다. 선생님도 와주셨군요. 6년 만에 처음 이렇게 바깥출입을 하고 있습니다."

근심없이 웃어 보이나 역시 감출 길이 없는 흥분 속에 얼굴이 한층 핼쑥해진 것 같았다.

밀차 옆으로 따라오며 S는 그의 동화작품들이 중앙에서 높이 평가되었고 또 문학동맹가맹도 순조로이 통과되었다는 사연을 간단히 전해 주었다.

그러자 남주의 얼굴이 햇빛처럼 밝아졌다. 신 간호원도 두 눈을 영등처럼 반짝이며 속삭이듯 말했다.

"윤 동무, 축하합니다."

"모두 고맙습니다. 이제부터 열심히 공부하리다."

남주는 눈시울을 섬벅거린다.

"되건 안 되건 열성껏, 정성껏 노력하겠어요. 저의 앞에도 새 출발이 창창하게 열리는 것 같습니다."

"의사 선생님들도 수술 성공을 비오……. 그리고 문학동맹에서도 여기에 동무의 가맹동지서와 맹원증을 보내 왔소."

남주는 떨리는 손으로 그것들을 받아 들더니 한참 뒤적거리며 바라보았다. 그리고는 행복스런 미소를 지으며 가슴에 포근히 안았다. 눈시울에 몇 방울 이슬이 맺히었다. 신 간호원도 슬며 시 얼굴을 돌린다.

어느 사이에 공장 노동자들이 7~8명 웅성거리며 몰려오더니 밀차를 포위해 버렸다. 모두 기쁜 얼굴로 그의 손을 잡으며 격려도 하고 성공을 빌기도 하고 수술하게 된 것을 축하도 하며 저마다 한마디씩 퍼붓는다. 남주도 티없는 얼굴에 웃음을 띠우며 좋아한다. 아마 옛날 변전소나 전기공장에서 함께 일하던 친한 동무들이 소식을 듣고 달려온 모양이었다. 거기에는 인정미에 넘쳐흐르는 사람들 간의 기쁨과 행복의 숨결이 술렁거리는 듯하였다. 밀차가 잠시 정지하게 된 틈을 타서 신 간호원은 남주의 윗주머니에 초록빛 비단표시에 황금빛 글자로 유난히 빛나는 맹원증을 보이도록 꽂아 놓는다.

이것을 보고 노동자들은 놀람 속에 환호성을 지르며 다시금 모여들었다.

"이거 어떻게 된 일이냐? 문학동맹……."

"자식, 상당하구나."

돌아보며 S에게 경의를 표하는 청년도 있었다.

"선생님 고맙습니다."

"아마 고치구 나와서 공장일 할 생각도 없어지겠네."

신 간호원이 밀차의 방향을 돌리며 밝은 목소리로 외쳤다.

"동무네들도, 노동자작가라는 걸 모르세요? 일도 하고 글도 쓰고 하면 되잖아요? 자ㅡ 어서 길을 내세요."

이렇게 웃으면서 던지는 말과 함께 밀차가 수술실 안으로 미끄러지듯이 굴려 들어갔다.

문가에서 과장 선생과 이와노브 대위가 얼굴에 인자한 웃음을 지으며 반가이 맞아들였다.

노동자들은 우르르 그 앞으로 몰려들었다. 제각기 소련말을 자기만 알 수 있는 내용으로 외마디씩 한다.

그 말에 대한 감사와 고마움을 일시에 표현이라도 해보려는 듯ㅡ 군의 대위는 무슨 말인지 모르면서도 '따꼬이 하게 하리' 하며 병자가 걸어 다니는 시늉도 해보였고 어떤 젊은이는 '까레이스끼 루쓰끼' 하더니 두 손으로 악수하는 형용을 해보이고 또 어떤 이는 병자가 전기기술공으로 워ㅡ 이렇게 엄지손가락이니 우리들과 서로 팔을 끼고 공장으로 나가게 해달라고 행진하는 동작도 해보였다.

이와노브 대위는 일일이 풍부한 표정으로 받아 주고 나서 웃는 얼굴에 휘파람이라도 불 듯이 입술을 모두 세우고 한 손을 입가에 대고 조용하라는 시늉을 해보이며 스르르 문을 닫아 버린다. 그제야 모두 쉬- 쉬 하며 속살거린다.

"여보게, 떠들지 말라네."

"자, 가세, 가세."

"남주가 이제 걸어서 나올텐데……."

"발소리들도 내지 말라구."

노동자들은 게라도 잡으러 가는 어린애들처럼 현관 쪽을 향하여 쭝깃쭝깃 걸어가기 시작하였다. 남주의 수술은 단순히 낙관만 하려는 유쾌한 노동자들의 감출 수 없는 기쁨이 그들의 일부러인 듯한 걸음걸이에도 여실히 나타나고 있었다.

작가 S는 병실 앞 복도에 놓여 있는 긴 의자에 걸터앉아 한참 동안 말이 없었다.

수술실에서는 병자를 수술대 위에라도 올려놓는 듯한 움직임 소리가 나더니 뒤이어 외과 과장과 군의 대위가 조용히 주고받은 말소리가 두런두런 들려 나온다.

창밖 멀리 낙조에 검붉게 물드는 저녁 하늘 위로는 숲을 이룬 듯 높이 솟은 수많은 굴뚝들이 삼단 같은 연기를 내뿜고 있었다.

앉은자리에서 이 제철소의 심장부라고도할 제강공장, 대형공장, 조강공장 등 고층 건물들이 한눈에 내다보였다.

제강공장에서는 번개 같은 불빛이 저녁안개를 휘저으며 번쩍이고 대형공장 앞으로는 소형기관차들이 말거미새끼들처럼 분주히 오가고 있었다. 여기저기 사처럼 쌓인 강철더미 위로 제품들을 쇠발톱으로 달아 문 기중기가 산짐승처럼 달려 나온다.

어디선가 멀리로부터 간호원들이 합창을 하는 감미로운 목소리가 복도를 통하여 들려오기도 한다.

수술실에는 어느덧 전등불이 켜지고 있었다. 남주에 대하여 이미 마취조치를 한 것일까? 하나…… 둘…… 셋…… 이렇게 천천히 세어 나가는 남주의 목소리가 잠꼬대처럼 들리기 시작하였다.

이 소리를 따라 수술실 문밖으로 걸어가려는데 복도 한 끝에 매달린 스피커에서 갑자기 방송원의 목소리가 울려 나왔다.

오늘내일로 떨어질 것으로 기대하던 용광로 제선부분이 금방 계획과제를 달성하고 있다는 승리의 보도였다. 아닌게 아니라 용광로에서 쇳물을 뿜으며 지축을 울리는 소리가 들려온다. 감격에 찬 방송원은 이렇게 부르짖고 있었다.

"친애하는 동무들, 조국 심장의 상징이며 승리의 고수인 우리의 제3용광로는 드디어 오늘 오후 5시, 바루 지금 세계여 들으라 승리를 외치며 금년도 계획량의 마지막 숫자를 출선중입니다. 동무들, 인민들의 요구와 경애하는 수령 김일성 장군님의 호소에 장쾌한 승리로 대답하는 용광로 노동자들에게 영예를 드리며……."

수술실에서는 진작 수술이 시작된 모양이었다. 남주의 셈 세는 소리도 이미 사라지고 긴장된 분위기 속에서 수술 도구의 뎅그락거리는 소리가 들려 나온다.

남주의 몸을 굽어보며 세심스레 손을 놀리고 있는 과장 선생과 이와노브 대위의 희멀그레한 그림자가 유리창에 얼른거리고 있었다.

6

바로 이날 밤, 작가 S는 전체대회의 준비관계로 시급히 올라오라는 문학동맹중앙위원회로부터의 전보를 받고 다시 평양으로 부랴부랴 떠나오게 되었다.

이튿날, 첫차에 대느라 병원에 찾아갈 경황이 없고 하여 S는 떠나기 직전에 수술 경과를 전화로 과장 선생에게 묻게 되었다.

수술이 두 시간이나 걸렸다고 하면서 척추가 아주 부러지지는 않았고 또 경막이 척추액의 통과를 압박하고는 있었지만 아주 맞붙지는 않았으므로 그것을 가까스로 떼어놓아 어느 정도 척추액도 통과하게 되었다고 한다. 천만다행으로 압박증에 신경이 마비되어 있을 뿐 끊어지거나 썩거나 하는 것이 아니므로 앞으로의 치료 여하에 따라서는 좋은 효과가 나타날지도 모르며 또 이와노브 대위도 지금까지의 경험으로 보아 비교적 희망을 가질 수 있다고 말하더라는 것이다.

"결코 어제 하루의 수술만으로 끝난 게 아닙니다. 며칠 뒤에 또 수술대 위에 올리게 됩니다. 잘 되면 우리 의학계에 아마 하나의 좋은 치험례가 될 겁니다."
라는 말이 그의 고막에 커다란 진동을 일으키며 울리었다.

평양에 올라온 지 불과 10일 뒤에 작가 S는 이 제철소에서 매 품종별로 전체 부문에 걸쳐 연간계획을 초과완수했다는 보도를 신문에서 읽고 또 방송으로도 듣게 되었다.

방송에는 이 보도에 뒤이어 그동안 예술학교에서 지도해 온 노동자들이 창작한, 자기들의 승리를 자랑하는 작품들이 낭독되어 그를 한량없이 기쁘게 하였다. 그 속에 남주의 작품이 끼어 있지 않는 것이 한편 매우 서운했으나 어쨌든 S는 이 제철소의 거대한 승리가 자기의 일처럼 자랑스럽고 또 노동자들의 활발한 예술적 활동이 자기의 일처럼 고마웠다.

그 공장 전체의 우람한 광경이 눈앞에 떠오르고 또 예술학교 학생들의 얼굴이 그리워지며 남주의 그 뒷일도 무척 궁금하였다.

그러나 이어 급한 일들이 겹치고 건강도 좋지 못하여 이럭저럭 다시 자리를 뜨지 못하고 있던 중에 하루는 문학동맹 앞에서 뜻밖에도 신 간호원을 만나게 되었다.

층층대를 올라가다가 그를 발견하고 놀라며 이게 어떻게 된 일이냐고 물었다.

"아이구 선생님, 마침 잘 만났군요. 선생님의 주소를 알아 가지고 찾아가려던 길이에요."

하면서 신 간호원은 똘똘 만 커다란 종이뭉치를 가방 속에서 꺼냈다.

"윤 동무가 전해 달라는 원고와 편지입니다. 제가 오래간만에 평양엘 나와 보겠다고 하니까……."

"수술 뒤의 경과는 어떤가요?"

종이뭉치를 뜯으며 S는 이렇게 다그쳐 물었다.

"아직 이렇다할 만한 신기한 효과는 나타나지 않았어요. 그러나 대소변은 시제라도 기계의 힘을 빌리지 않는답니다."

"그럼 성공이오?"

S가 놀라는 얼굴로 바라보자 신 간호원은 한 계단 올라서며 말했다.

"아니 좀 더 좋아질 가망이 있대요. 얼마 동안 여러 가지 새 방법으로 치료하고는 온천이 있는 정양 소병원으로 보낼 예정인가 봐요."

"그렇게 움직여도 괜찮다는가요?"

"거야 좀 움직여도 되니까 그러겠죠. 마비된 신경을 회복하는 데 온천요법이라는 게 있나 봐요……."

이렇게 흥이 나 말하는 신 간호원의 얼굴은 희망에 넘쳐흐르는 듯 자못 행복스러워 보였다.

"그러나 어떻게 그런 몸으로야 온천엔들⋯⋯."

S가 불안의 빛을 보이며 묻자 간호원은 살며시 긴 눈썹을 내리깔며 기어들어가는 소리로 대답하는 것이었다.

"제가 따라갈 생각이에요. 이왕 처음부터 보아 드리던 바엔⋯⋯."

"훌륭하오, 훌륭하오."

한참 동안 입을 벌린 채 웃음빛을 거두지 못하고 있던 작가 S는 그제야 생각난 듯이 분주히 남주의 편지를 뽑아 들고 일기 시작하였다.

사연은 간단했다. 다행히도 상처가 심하지 않기 때문에 앞으로 더욱 좋은 결과가 나타날 것 같으며 과장 선생님과 소련군의 선생도 이에만 만족하지를 않고 앞으로도 여러 가지로 선진적인 치료법을 써보리라고 하니 예상 이외로 큰 힘을 얻게 되었다고 하였다.

간단하기는 하지만 희망에 넘치는 내용이었다.

그리고 누워 있는 동안에 새로운 의욕을 가다듬어 써보았으니 부디 틈을 내어 읽어 보아 달라는 부탁 끝에 그의 편지는 이런 말로 맺어지고 있었다.

＜척추골절 수술도 수술이려니와 제 정신면에 있어서의 일그러졌던 '척추'는 이미 선생님의 손으로 수술된 것입니다. 육체와 정신상의 모든 신경계통이 제 몸뚱이 속에서 새로운 작용을 시작하는 것 같습니다.＞

해방이후 | 산문

연안망명기
－산채담
－노마만리

연안망명기 – 산채담*

종이소동

하루 한시도 종이를 떠나 살 수 없는 몸으로 종이 난(難)에 이렇게도 혼이 나보기는 이번이 처음이었다. 다행히 북경서 연안 쪽 공작(工作) 책임자와 악수가 되어 팔로(八路) 안으로 들어가게 되자 그의 충고대로 짐이란 짐은 모두 조선 나가는 인편에 내보내고 나서 속옷 두서너벌 넣은 바랑이 단 하나, 노트를 두어 권 얻어놓았으나 바삐 달려가느라고 이것은 깜박 잊어버렸다.

평한선(平漢線) 어떤 차참(車站)에서 내려 태항산중으로 잠입하는 노상에서 우리 의용군이 장절(壯絶)히 싸운 전투 이야기를 들었을 때 갑자기 걱정이 끓었다. 종이가 없다. 겹겹산중에 들어가 보니 양지(洋紙)라고는 보고 죽으려도 없고 다만 있다는 게 마지(麻紙), 삼으로 지은 종이다. 잉크는 번지고 구멍은 뚫어지며 그나마 잘 써진대는 연필로 내려 갈기고 보면 이튿날은 몽땅 날라버린다. 종이, 종이! 이에 나는 종이 광이 되어 안절부절못하였다. 우리 독립동맹 선전부에서도 물론 이 마지와 그보다 좀 결이 고운 유광지(油光紙)에 깨알같이 글씨를 곧잘 쓰며 어서 그러지 말고 우리를 배우라면서 웃는다. 생활부터 혁명을 해야 한다는 노력도 무척 하여보았으나, 아직 소시민 생활의 타성을 버리지 못하여 물감, 잉크, 종이에 펜을 들이박고는 멍하니 앉아 즐거운 종이 회상에 젖는 것이었다. 사랑하는 고향 나의 집 서재방에 그득히 쌓아 놓여 있는 원고지가 눈앞에 어른거려 죽을 지경이었다.

---

* 이 글은 민성 2권 2호(1946.1)과 2권 3호(1946.2)에 실린 것으로 김사량이 1945년 12월에 서울에 내려왔을 때 잡지 측의 청탁으로 여관에서 쓴 것이다.

그러나 며칠 안가서 과분한 원고지 생각은 쑥 들어가고 말았으나, 그 대신 이번은 꿈속에 대학노트가 찬란히 나타나, 벌떡 일어나 앉았다. 모필(毛筆)을 쓰는 것이 그래도 고작인데 선전문이라면 몰라도 붓대에 정서(情緖)를 담아 머리에 환상을 뿜으며 달려야만 되는 예술 창작에 있어서는ー 더구나 비교적 속필인 나로서는 먹을 담아 써야하는 모필로는 또한 엉망이었다. 팔짱을 찌르고 토벽 담 한 모퉁이를 바라보며 혼자 쓴웃음을 짓곤 하였다. 내가 거처하는 방이라는 것도 역시 일군(日軍)이 들어와 불을 질러 놓아 타다 남은 잿 검둥의 토항방(土炕房). 그 담벽에 붙인 일본 신문 조각지 몇 장이 샛노랗게 햇볕과 먼지에 타올라 만지면 오삭오삭 부스러진다. 이런 편지라도 좀 있다면 하는 생각에 혼자 또 쓴웃음이었다. 그러던 중 적구에 공작 나갔던 동무들이 왜놈의 편전지(便箋紙)를 몇 권 사가지고 들어왔다는 소문이 들렸다. 실비로 분맹(分盟) 동무 몇 사람에게 나누어주었다는 말을 듣고는 분맹이 있는 하남점(河南店)이라는 장거리로 달려갔다. 한 책에 팔십 원 가량. 그리 서둘지만 않으면 조직에서 노트를 몇 권 구해준다는 호의였으나 어느 하가에 잠자코 기다릴 수도 없다. 수중 무일푼이라, 차고 들어간 시계를 벗어놓았다. 대낮에 승냥이한테 장대 같은 사나이들이 목을 물리는 그런 산중이라 시계는 도자 무값이나 진배없어 시세(時勢) 풀이하니 겨우 두어 권에 해당하였다. 그것도 몇 장 쓰고 난 것 두 권과 바꾸어 기고만장으로 석양을 등에 지고 개선 장군처럼 집으로 올라왔다.

표지에는 조양성외(朝陽城外)의 원색화가 그려 있고 또 한 권 표지에는 중국의 창시(倡詩) 여우의 얼굴이 해죽이 웃고 있었다. 한 권에는 사량고전(士亮稿箋)이라 멋지게 써 놓고 또 한 권에는 정성스레 산채담(山寨譚) 자료전이라고 써 놓았다. 그러나 표지를 들치고 한참 동안 묵묵히 앉아 있노라니 공연히 눈앞이 흐려져 백양지의 회색 행선(行線)이 아물거렸다. 이것이 분명히 편지책이로다마는 편지를 쓰기는 영 글렀고나 생각하니 어지간한 감상 속에 놓이게 되었던 것이다. 어린애 사진 붙인 수첩을 주섬주섬 펴 놓고 또 떠나오던 바로 그날 아침 이 수첩에 색연필로 그리게 환 어린애들의 그림 장난을 물끄러미 들여다보았다. 큰 사내놈 낭림(狼林)이는 그래도 다섯 살이라 그림 장난에 여간한 의미가 붙어 있다. 기차와 임금(林檎)과 총을 그려놓았다. 아버지 멀리 간다고 하니까 돌아올 제 기차를 타고 임금을 사가지고서 총을 메고 오라는 것이었다. 전쟁놀이 하고 싶어 하는 그놈에게 나는 아직까지 총 하나 사다 준 적이 없었다. 어린 계집애 나비(那琵)는 무엇 하나 그릴 줄을 몰라 쯔쯔쯔거리며 수첩 두 판에 청·황·적색으로 막 난선을 그려놓았다. 이런 그림을 들여다보며 또한 칠순 노모도 눈앞에 그려보았다. 떠날 때에 약속한 암호대로 드디어 탈출하는 시일 시각까지 알려서 편지 끝머리에 '여불비(餘不備)'라 적어 보내고 들어왔지만 사실로 그 편지가 어머니 앞에 명실공히 여불비 상서(上書)나 아니랴? 어머니가 너무 연로하시고 또 내 돌아갈 길이 이렇게도 빠를 줄은 영 짐작치 못하였기 때문이다.

이런 센티한 생각을 갈기갈기 씹으며 편전지의 앞뒤판 가운데에 연필로 횡단선을 그으며 한 장 두 장 넘기는 새에 다시금 즐거운 흥분과 흐뭇한 예술욕에 젖는 것이다. 이 산중에는 비로소 나는 종이 귀한 것을 알고 또 종이 사랑할 줄을 알았다. 한 행에 꼭꼭 두 줄씩 깨알 같은 '9포 글씨'로, 그리고 앞뒤판 난외에까지 내려박으면서도 나는 전에 없이 행복스런 감분(感奮)에 젖었다. 피로에 지치면 강변이나 밭두렁을 산보하고 돌아와 특별 배급이래서 겨우 두 냥쭝의 호두기름 등잔 밑에서 가루담배를 파이프에 담아 풒푹 내어뿜으면서 밤 시간을 이용하여서는 산채담을 쓰는 것이었다. 사실로 일인이 없는 이 산중에 와서 붓대를 들고 보니 하나도 거리끼는 일이 있을 리 없었다. 이미 종이는 있으며 무엇이나 쓸 수 있는 이상, 또 조국에 돌아간다면 알리고 싶은 일, 비장한 이야기, 통절한 이야기, 느끼는 점, 보고 들은 일 이런 것 저런 것 모두 적어 하나하나 바랑 속에 집어넣는 기쁨이란 여간 큰 것이 아니었다. 행복스런 마음속에 이렇게 붓을 달려보기는 지금까지에 처음이었다. 하나, 작품도 몇 개 써놓아 산채담의 준비도 거의 되고 그 시계 종이를 바랑 속에 넣고 막상 떠나게 되니 어쩐지 가슴이 술렁거렸다.

일본 항복의 보를 이 산중에서 듣기는 8월 11일. 하루가 바삐 자원하여 나는 선발대에 들었다. 그러나 도중 일군이 협격할 위험성이 많다는 낭자관(娘子關)의 봉쇄선을 밤중에 넘으면서 그만 담배 주머니와 파이프를 잃어버렸다. 그래 할 수 없이 아까운 시계 종이 좀 쓰다 남은 장을 찢어서 가루담배를 말아 먹게 된 것도 미소감이었다. 종이를 이렇게 푸대접하여 천벌이 내리지 않을까 싶었으나 종이보다 못지않아 담배도 역시 입에서 떼고는 살 수 없는 몸이라 부득이한 일이었다. 시계 종이를 말아 먹으며 이럭저럭 태산준령의 삐앗길을 혹은 무인구의 돌작지 길을 혹은 협곡의 물을 밟으며 혹은 빨갛게 익은 대추밭 사이의 사지(沙地)판을 걸어 이천 리, 장가구로 나오게 되었다.

북경을 떠난 이래 오래간만에 도시에 발을 디디게 되니 감개무량이었다. 자동차가 다니고 기차가 쿵쿵거리는 도시, 여기에 팔로간부 삼천과 우리 선발대가 들어서자 우리는 특우대로 소위 초대소라는 곳에서 하룻밤 쉬게 되었다. 일본 영사관 숙소이던 곳으로 훌륭한 양관이나 부랴부랴 놈들이 달아나느라고 서책 서류 같은 것을 미처 태우지 못한 것이 방공호 속에 지저분히 널려 있었다. "종이. 종이가 있구나!"고 눈이 뒤집혀 나는 방공호 속으로 뛰어 들어갔다. 여백 있는 종이란 종이는 모두 주워 모아 한 아름 들고 나오니 흡사 걸레장수 모양이라 혼자 껄껄거리며 좋아하였다. 이 일본 영사관원이었던 조선 친구 하나 예수쟁이이던 모양이라, 조선말로 된 성경책이 튀어 나오고 영사군 자신의 자료전이던 꿈에까지 그린 대학 노트도 튀어 나왔다. 하나 이런 것은 여백이 그리 없어 압수는 유예하고 영사관에서 쓰던 영수증을 일기 수첩으로 대용하여 하루에 한 장씩 발행하며 또다시 열하 승덕(承德)을 향하여 이불을 둘러지고 나귀를 몰며 행군을 개시하였다.

담배와 불

담배 버러지라고는 하나 입이 높지는 않아 명색이 담배면 족하기에 그나마 담배에는 다복한 생활이었다. 들어갈 때 평한선 순덕참(順德站)을 앞두고 P51의 모진 공습을 받아 촌장(村莊)으로 허둥지둥 대피를 하다 떨어뜨린 상아 물부리도 그리 애석치 않았다. 하기는 담배 용기는 비교적 눈이 높아 구하던 중 마음에 들어 오랫동안 손때도 올리고 담배 물도 제법 무르녹은 팔모진 결 좋은 돌부리였다. 그래 저으기 아쉬운 것임에는 틀림없으나 이 태항산중에서는 전혀 무용의 장물이나 진배없었기 때문이다.

그대신 고향을 떠날 때 K군으로부터 받은 마도로스 파이프가 행세를 하게 되었다. 물론 서투른 솜씨로 말아 파는 궐련도 없는 바 아니나 한 갑에 이십 원이니 감불생심이다. 근거지에 도착하였을 때 수중에 남은 돈이 불과 북경표로 사백 원, 그것을 팔로(八路)돈 익남표(翼南票)와 바꾸니 절반이 꺽이어 이백 원. 궐련을 피우자면 겨우 열갑 밖에 안 되니 애껴 먹는대사 사흘분도 못된다. 하나 며칠 동안은 북경서 가지고 돌아온 '16'마크의 궐련이 여남은 갑 남아 더러 의용군 학생들과도 나누어 적지구(敵地區) 맛을 태우며 즐기었으나 한 갑 두 갑 줄어들어 나중엔 몇 가치만 겨우 남고 보니 담배 같은 댐배와도 이제는 마지막 이별이라는 서글픈 생각이 없지도 않았다.

처음에는 아직까지의 타성으로 두어 갑 궐련을 사서 피워 물기도 하였다. 마는 불이 또한 극귀(極貴)라 땅성냥 한 갑이 팔 원. 처음에는 이것도 두서너 갑 사넣었다. 이직 귀족이었기 때문이다. 그러나 며칠 안 되어 영락하여 호주머니를 털어 남은 돈으로 가루담배를 사들이고 한 근에 이십 원 또 삼십원을 주고 소위 '되부시'를 사서 뚝딱 부싯돌 치는 연습이었다. 다행히 교부처에서 한 달에 한 근씩 좋은 가루담배를 보급해 주어 월금 사 원 돈보다 얼마나 고마운지 알 수 없었다. 하나 담배 한 근이면 나와 같은 담배 버러지로서는 혼자만 피워 문대도 불과 열흘분이다. 어쨌든 고무 연포에서 가루담배를 꺼내어 파이프에 담고는 부싯돌을 치느라 웅크리고 야단이다. 좀처럼 솜씨가 좋하지 못하여 나중에는 증이 나서 집어던지고 불을 구하여 대문가로 나선다. 나온 걸음으로 학교 마당에 들어서면 학생들이 군사 교련이라 불을 얻을 길이 없어 골목길로 들어서면 중문(中門) 백성들이 문가에 주룽주룽 나와 앉아 희믈그레한 호박국을 들이키며 아는 사람이면 빙그레 웃으며 "허바"(같이 마십시다)가 인사다. 사실로 난고한 산중 생활이라 중국인의 "츠바"(같이 먹읍시다)라는 인사는 여기서 통용되지 않는다. 밥을 먹는 것이 아니라 늘 호박이나 산챗국을 마시기 때문에. 죽을 끓여 마시는 것을 보니 아궁지에 아직 불이 있을 법하여 대문을 들어서서 아궁지를 쑤시는 것이었다. 불행히 그들의 끼때가 아니면 파이프를 입에 문 채 교무처와 선전부를 두루 돌아 학교 화방(주방)간에까지 가서야 불을 얻는 것이다.

생각다 못하여 중국인들의 본을 받아 나도 한가한 틈만 있으면 강변으로 나가 쑥을 뜯어다 햇볕에 말려가지고 그놈을 새끼처럼 꼬기 시작하였다. 여기에 불을 달아 밤이면 못살게 구는 모기를 쫓을 겸 담뱃불 대용도 삼자는 것이다. 한 발 가량 되는 것이면 하루 동안을 대일 수 있었다. 이것을 중국인은 휙승(火繩)이라 부른다. 이 화승을 이삼십 개 만들어 방 안에 주룽주룽 매달아 놓으니 뱀소굴에 들어선 것처럼 무시무시도 하나 보기에 몹시 대견도 하였다. 날씨 좋은 날이면 그놈을 다시 내어다가 양지쪽에 주렁주렁 늘어놓는다. 이런 때 폭음 소리가 들려 하늘을 우러러보면 번질번질 P51이 편대로 폭격을 간다. 하지만 역시 성냥불은 절대로 필요하였다. 담뱃불로는 등잔에 불을 켤 수 없기 때문에. 그래 이 점도 중국인에 배워 장거리로 내려가 유황 부스러기를 사다가 삼대에 묻히어 한 묶음 묶어놓았다. 이것을 하나씩 쑥불에 대어 불을 일으켜 등잔에 불을 켜는 것이다. 이러고 나니 만사 해결로 태평이었다. 이 뒤로부터는 샘터로 목욕을 나갈 때나 마을길을 거닐 때나 소학생들과 같이 가지밭에 물을 부을 때나 반드시 한 발큼 되는 화승을 하나 등에 걸머지고 나와 물을 배급하는 것이었다. 푸르틱틱한 것이 바람결에 빨갛게 타오르는 것이 흡사 날름날름 혀를 뽑아 돌리는 구렁이다. 이것을 지고 다니는 꼴을 보고 모두 이제는 제법 산채인이 되었다고 끄덕이는 것이었다.

　하나 너무도 빈약한 호주머니라 얼마 안 되어 담뱃값이 뚝 떨어졌다. 클클하지 않을 리 없었다. 담배 없이는 잠시도 엉덩이를 붙이지 못하는 성미다. 그래 숨김없는 말로 여분의 노타이 셔츠와 겨울 양복 바지를 꿍겨가지고 장거리로 내려가 우리 기관 삼일(三一) 상점에 처분을 의뢰하였다. 다음날 수중에 들어온 돈이 백칠십 원. 마음이 든든하여 가루담배를 사러 담배 공장에 가니 뚱뚱한 친구 하나가 바로 내 노타이를 걸치고 땀을 뻘뻘 흘리며 가루담배를 쓸어모으는 중이었다. 그 담배를 사며 나는 혼자 어이없이 웃었다. '노타이 담배!'

　지금쯤 까마아득히 먼 화북 태항산중 하남점 장거리에서 또 어떤 중국 친구가 내 겨울 양복바지를 입고서 땅성냥이나 팔고 있지 않은지…….

연안망명기 – 노마만리*

서언

이 조그마한 기록은 필자가 중국을 향하여 조국을 떠난 지 바로 일 개월 만에 적 일본군의 봉쇄선과 유격 지구를 넘어 우리 조선의용군의 근거지인 화북 태항산중으로 들어온 날까지의 노상기(路上記)와 또 여기 들어온 뒤 생활록, 견문, 소감, 이런 것을 적어 놓은 것이다. 말하자면 두서없는 붓끝의 산필(散筆)이다. 하나 이 기록은 언제까지에 끝날 일인지 혹은 어느 때에 중단될 일인지 필자 역시 예기치 못하는 바이다. 그것은 우리 의용군이 잔포 적군을 쳐물리치며 압록강을 건너 장백산 타고 넘어 우리나라 서울로 진군하는 '장정기'에 이르기까지 계속될 것이로되, 그날이 언제라고 앞서 기약할 수 없는 동시에 장차 우리 의용군의 뒤를 따라 붓대와 총을 들고 사랑하는 조국으로 개선키 원하는 필자의 생사 역시 포연탄우(砲煙彈雨) 속의 일이라 기필치 못하기 때문이다.

하나 만약에 불행히도 조국 독립의 향연에 참례치 못하는 한(恨)이 있더라도 필자 대신 이 기록과 그 외 몇 편의 창작물이나마 우리 용사들이 채쭉질하며 내달리는 병마의 등에 실려 서울로 입성하여 주기를 바라마지 않는다. 이는 우리 조국의 자유와 민족의 해방을 위하여 별바다로 한껏 먼 이역에서 오랜 풍상을 갖은 고초와 박해와 기한으로 더불어 싸워가면서 거치른 광야를 검붉게 물들이는 이 애국 열사들의 일을 사랑하는 국내 동포들에게 전하고자 원하기 때문이다.

실로 우리 조국의 자유와 민족의 해방은 우리들이 피로써 싸워 빼앗아야만 되며 또

---

* 이 글은 민성 잡지 2권 5호(1946.3)부터 3권 6호(1947.7)까지 7회에 걸쳐 연재된 것으로, 남쪽의 잡지사가 북쪽의 김사량으로부터 직접 원고를 받는 형식이었다.

그래야만 그 광영도 보다 더 빛나는 것이며 우리의 행복도 보다 더 떳떳한 것이다. 때문에 오늘날 우리들은 고귀한 생명을 걸고 싸우고 있지 않은가. 총칼이 숲처럼 우거진 사이를 칼날을 짚고 총부리를 앞에 두고 국내 동포들도 처참히 싸우고 있는 줄 알지만 이 화북 태항산중에서도 역시 피비린내 나는 싸움은 계속되고 있으며 또 하루 한시 게으름 없이 착착 싸움의 준비도 진행되고 있는 것이다.

국내외를 들어 피와 땀으로써 싸워 지닐 조국의 자유와 행복 때문에 우리는 또한 장차 이것을 결코 헛되이 돌리는 길이 없도록 해야 할 것이다. 그 자유와 행복의 등언저리에 우리들이 쏟아놓은 피눈물이 얼마나 많이 서리어 있는가를 뉘보다도 뼈에 사무치게 잘 알고 있는 우리들이다. 진실로 우리는 조국의 새 역사를 창조하는 그날을 맞이한다면 깊이 이 점을 가슴속에 새겨 위대한 민중의 나라 건설에 매진하여 끊임없는 분투로써 두 번 다시 피를 흘리지 않도록 해야 할 것이다. 이와 동시에 또한 밖으로는 천하를 향해서도 우리 조국의 영광은 실로 우리 삼천만 민족이 피땀으로써 싸워 얻은 소이임을 소리 높혀 부르짖을 필요가 있는 것이다.

대수롭지 않은 이 기록이 조금이라도 이와 같은 점에 이바지함이 있다면 필자로서 이에 더한 행복이 없을 줄로 안다. 마는 너무도 절절한 사실 앞에 너무도 조그마한 붓끝이 무색함을 다만 슬퍼하는 바이다.

조국의 영광이여 민족의 해방이여 영원하라!

1945년 6월 9일
태항산중
화북조선독립동맹
조선의용군 본부

*　　　*　　　*

5월 9일 날씨도 맑고 바람도 잔잔한 날 아침. 연착으로 여덟시 이십분 예정이 열시나 가까이 되어 출발하게 되었다. 칠순 노모와 가족을 비롯하여 일가친척은 물론 간밤에 집에서 늦도록 결별의 술을 나누인 우인들도 모두 전송차로 나와 노마만리 출려(出旅)의 마음이 유난히 부산하였다. 떠나는 나의 속마음을 미리 헤아리고 있는 노모는 불기(不期)한 슬픔이 치밀어오르는 모양으로 때때로 얼굴을 돌리며 어린 나비를 품에 안은 창옥이는 토끼처럼 불안한 심정에 떨고 있지만 철모르는 낭림이만은 아버지 돌아올 때 기차를 사 주마 하는 말에 혼자 좋아라고 해들거리며 날친다. 병원살이하는 어떤 친구는 먼길이니 건강에 조심하라고 약봉지를 내다 주어 바랑짐에 넣었으며 용의 깊은 어떤 동무는 중국의 물이 나쁘다니 노상에서도 소독할 수 있는 은 가제와 안약, 인단, 이런 약을 싸서 주어 역시 고맙게 받아 넣었다. 또 한 친구는 중국에 가면 그런 문명구는 필요 없으리라고 라이터를 접수하는 대신 마도로스 파이프를 주며 어떤 골동품을 좋아하는 동무는 옛날의 장도(粧刀)를 개찰이 시작한 순간 옆채기에 넣어 주며 "호신용……" 하면서 웃는다.

왼 동무들과도 서로 미소를 지으며 손을 잡았다. 누구 하나 종내 자네가 달아나고 마는구나고 묻지도 않으며 나 역시 머지 하나 따지도 않으나 서로 어렴풋이 통하고 있는 터였다. 아직도 동무들의 손으로부터 흘러들어온 피의 온기가 내 혈맥 속을 달리고 있는듯하다. 그리고 이 동무들이 준 모든 약품이 지금도 나를 보호해 주며 또 이 장도에는 젓가락까지 달리어 기차에 오른 순간부터 내게는 없지 못할 필수품이 되었다. 이 마도로스 파이프는 잠시도 내 몸에서 떼일 수 없는, 아니 지금엔 그야말로 내 몸뚱이 일부분이 되어 이 탈출기 역시 거기에 가루담배를 피워 물고 적어나간다.

차에 오르니 서울서 떠난 일행이 자리를 잡아놓고 맞아들인다. R 여사 이하 다섯 명. 여자 네 명에 나까지 쳐서 남자 두 명으로 어중이떠중이 명색은 이름 좋게 조선 출신병의 정황 선전 보도라는 임무이지만 기실 붓대를 든 이라고는 여사와 나. 학도 출신병의 부인으로 남경 일본군 보도부 촉탁이라 자칭하는 B 여사의 인술 밑에 혹은 학병의 낭군들을 보러 현지의 아버지를 찾아 혹은 병정 나간 아들을 만나러 혹은 R 여사처럼 북경 유람의 목적 등등의 말하자면 이 기회를 이용한 동상이몽의 여행임에 틀림없었다. 때문에 체면을 찾자면 결코 따라나설 일행이 아니언만 일 년을 두고 고대해 오던 여권이 중국에서 오지 않아 클클하던 차라 신문사로부터 이왕 갈려거든 이런 기회에라도 한 다리 끼어듦이 어떠냐는 전화가 있기에 두 마디 안짝에 매어달려서 부탁을 하고 학교에는 적당한 말로 사표를 낸 뒤에 부랴부랴 따라나선 길이었다.

창피스레 여자들의 궁둥이를 무얼 따라가느냐고 비난하는 이들도 있었다. 나는 웃고 대답치 않았다. 떠나기 바로 사흘 전에는 쓰고 있는 집을 허물라는 소위 건물 소재 영장이 내렸다. 하나 나는 이것도 친지에 선처해 두도록 일임하고는 수부럭수부럭 짐을 꾸렸다. 어머니와 아내도 그제사 나의 뜻이 굳음을 알고는 잠자코 일로평안(一路平安)만 축복한다고 하였다. 처음에 비난하던 이들도 역두에서 이런 실없는 소리를 하며 모두 껄껄거렸다.

"젊은 여자만 몰구 북지로 가니 꼭 무슨 장사 같네그려."

"말 마시. 저 방울 같은 여자가 단장이랍네."

"자칫하면 쿠리(苦力)로 팔리겠네. 조심하게나."

하여간 막상 차에 올라 이제는 정말 언제 돌아올지 기대치 못하는 길을 떠나는구나 하니 질주하는 기차의 가비여운 진동이 흥분을 자아내어 가슴의 고동을 끌 수가 없었다. 낭림이는 그래도 떠날 제 역두에서 다시 한 번 안았으나 제 어머니 가슴에 묻혀 호곤히 잠이 든 야금도 다시 한 번 쓰다듬지 못하였음이 유별히 애닲았다. 언제든 이렇게 떠날 생각으로 미리부터 대동강 하류 조그마한 섬에다 그야말로 초가삼간을 구하여 짐은 죄 옮겨놓았지마는 사실로 집이 헐린다며는 그 뒷수습에 여자들의 몸으로 얼마나 애를 쓰랴…… 집에 있는 동안에나마 좀 더 좋은 아들, 좋은 남편, 좋은 아버지였다면…… 널찍한 자리에 앉아 창가에 흐르는 전원 풍경을 더듬어 보내며 나는 혼자 이런 뉘우침이 없지 않았다. 속절을 모르는 R씨는 마주 앉아 평양서 이렇게 내가 올라타고 보니 아주 마음이 놓이누라고 가슴을 내려쓴다.

"왜 안 가겠소, 북경 춘광도 시방이 한창이라는데……."

나는 웃으며 이렇게 대답하였다. 간밤에 잠이 설어 노곤한 몸을 눕히고 한숨 잠이 들었다 깨어보니 정주. 국경이 차츰 가까워오는지라 이동경찰이 오르고 또 관세사들의 활동이 개시된다. 마지막 보는지도 모르는 고국의 산야는 금년에 특유한 동해(凍害)가 심한 탓으로 흐뭇한 맛은 볼 수 없으나 그래도 밭가에 밀풀이 듬성듬성 빛나고 촌리에는 하얀 배꽃이 바야흐로 제때요 골채기에는 산꽃이 피어 아름다운 기억을 안고 국경을 넘게 되었다. 삼십 분 가량 정차하는 안동에서 일기를 적고 있노라니 책갈피에 들어 있는 어린애들의 사진이 생각이나 끄집어들고 베레모를 쓰고 담에 기대어 해죽이 웃고 있는 낭림에게 나도 미소로 '갔다 올게'하였다. 그리고는 아침에 여장을 꾸리던 손을 멈추고 큰 애와 어린애에 색연필을 주어 일기첩에 그적거리게 한 책장 갈피를 펼쳐보며 마음의 손길로 다시금 그들을 어루만지는 것이었다. 다섯 살 먹은 낭림이는 아버지라고 제법 허수아비 같이 사람을 그려놓고 기차 타고 갔다 올 제 사과를 사오라고 기차는 홍필(紅筆)로, 사과는 녹필(綠筆)로 그려놓았음이 한없는 미소를 자아낸다. 어린 나비는 영문 모르고 쭈쭈쭈 하며 기필로 부작을 그리듯 하였다. 이것이 이후부터 내게는 대단한 위안을 주며 끊임없는 용기를 북돋아줄 것이다……

5월 10일 아침녘 산해관에 도착하매 또다시 세관과 영경(領警), 헌병 등의 세밀한 조사와 신문(訊問)이 있었으나 단체 여행권이 있어 무사히 통과 열한 시 발차로 일로 북상하니 만리장성의 천하 제일관을 넘기가 이번이 세 번째. 첫 번은 1934년 봄 대학을 갓 나와 북경의 풍물을 즐기러, 두 번째는 지난해 여름 상해로 가서 국제 정세를 살필 겸 화북 전야에 학도로서 출정한 조카와 문학 공부를 같이하던 젊은 몇 우인을 만나기 위하여, 그러나 그이들 이미 다섯 명이 죄다 탈주를 한 뒤라 뉘 하나 반가이 만나볼 사람도 없으되 이번은 내 자신 그들의 뒤를 따르고자 떠나는 것이다. 관내 땅 바닷가에 풍차는 빙글빙글 돌고 있었다.

이리하여 중국 땅에 발을 들여놓은 이래로 서주와 남경에서 하루 이틀씩 우리 병사들을 찾아 만나 본 외에는 거의 일 개월 동안 나는 북경, 천진, 서주, 남경 등지에서 탈출로를 구하려고 혼자 남몰래 모색하였다. 처음부터 준비와 연락이 없는 여행이라 살인적 인플레 때문에 절박한 경제문제로 곤경에 서게 되었다. 예상과 같이 우리 단장 B 여사의 불장난임에 틀림없는 것이 현지 일본군에 예통(豫通)이 있었던 바도 아니라 해 저문 북경 역두에 내려서자부터 노두에서 방황케 되었다. 누구 하나 마중 나온 이 있을 리 없었다. 어쨌든 나는 산해관을 넘어섰다는 기쁨에 여기서 자유 해산함이 어떤가하는 궁여의 의견에 두말 없이 찬동케 되었다. 하나 학병 부인들은 그리운 낭군을 만나려면 서주와 남경까지는 가야 하는데 나 어린 여자의 몸 더욱이 전운이 거치른 이역이라 놀란 병아리처럼 오돌오돌 떨기 시작이다. 단장 B 여사는 맹랑한 일을 저질러놓고는 안이 박박 달아 방울처럼 달랑거리며 남경까지만 가면 이번만큼은 문제 없으니 다시 한번 속는 줄 알고 하루바삐 그리로 가자고 매어달린다. 그러나 여사의 본심은 기회 좋은 김에 북경 유람하려던 것이 목적이었던지라 불찬성으로 서로 또 여자끼리 언쟁이 시작이다. 나는 혼자 쓴웃음을 지었다. 평양을 떠날 때 동무들이 떠들던 소리들이 생각났다.

"……쿠리로 팔리지나 말게."

사실은 쿠리로 팔린 셈이다. R 여사와 나는 무엇보다도 동행한 나 어린 부인들의 정성이 가긍하여 또다시 소처럼 따라나서게 되었으니 말이다. 하나 실인즉 내게는 남경에 가야만 될 남모를 사정도 없지 않았다. 남경의 P 군과 미리 연락이 있었기 때문이다. 벌써 퍼그나 전의 일이라 만약에 P 군이 나를 기다리다 못해 먼저 떠났다면 그곳까지 간 김에는 혼자 떨어져 상해로 들어갈 형편을 보고자 하였다. 그렇다고 일행에 알릴 내용도 못 되니 말하자면 허허실실의 여행이다.

하나 남경에 닿아 P 군이 근무하고 있는 상해에 전화를 걸었더니 대답이 의심쩍은 것이 세세한 것을 알려거든 찾아오라 하여 양차로 달려가 물어보매 P 군 이하 칠팔 명이 거취불명이라는데 그것이 4월 21일 불과 십여 일 상관이다. 여기서 나의 희망은 깨어지고 말았다. 연 사흘 동안 헌병대와 영경이 총출동으로 수색진을 쳤으나 종적이 묘연할뿐더러 서주에 있던 S 군 이하 사오명도 같이 없어진 흔적만 알게 되었다는 말에 거듭 놀랐다. 이 S 군으로 말하자면 이삼 개월 전 귀국하여 P 군과 같이 나의 집을 찾아왔을 때 여권이 나와 나도 도중(渡中)하게 된다면 P 군과 연락하여 서로 행동을 같이하기로 약조가 되었던 사이이기 때문이다. 나의 둘째 희망까지도 아주 여기서 부서지고 말았다. 도리어 남경에 닿은 날부터 밤마다 새벽마다 요란히 울리는 공습경보에 신경쇠약만 걸릴 지경이다. 하관과 포구의 교통 기관과 항만 시설을 연속 폭격이라는 것이다. 게다가 공교로이 단장 B 여사와 잘 아는 새로 비공식이나마 우리 일행 초청에 관해 서로 양해가 있었다는 일군 보도부장이 바로 교질(交迭)되고 없어 또다시 헛물만 켜게 되었다. 그래 혼자 빠져서라도 상해로 갈 마음은 일각이 여삼추지만 할 일 없이 차일피일 짓궂은 남경 관광이다.

그러나 불행 중 다행으로 B 여사와 역시 잘 알고 있는 그곳 조병창(造兵廠) 장의 주선으로 돌아갈 승차 패스를 얻게 되었다. 망신스럽기 한량없었다. 더욱이 이런 관계로 조병창을 시찰한답시고 찾아가 조선 소년 군속들을 대하게되었다. 어마어마한 만리 타향으로 뽑혀나와 감옥 같이 거무테테한 창사(廠舍)에서 뼈마디도 굵지 못한 십오륙 세의 여윈 몸들이 밤낮으로 시달림을 받는 꼴은 눈물 없이는 차마 보지 못할 가련한 정경이었다. 애처로이도 조그만 발에 크나큰 병정 구두를 철떡철떡 끌며 밤마다 공습경보에 괴로운 몸을 방공호로 이끌어 들이노라면 차라리 죽어버리고 싶다고 하소하는 귓속말을 들을 때 불 속에 몸뚱이가 들어간 것처럼 화끈 타오르는 감이었다.

하나 기왕은 온 김에 이번은 도리어 이쪽에서 청하여 다음날 금릉부대를 방문하게 되었다. 닭 몰듯이 학도병으로 내몰려 나와 갑종사관 시험에 통과된 이가 이곳에서 백 여 명이나 교육받고 있다고 하니 그중에는 알 사람도 더러 있음직하였기 때문이다. 설혹 아는 동무 하나 없다손 치더라도 찾아 만나 얼굴이라도 대하고 싶은 생각이 간절하였다. 마침내 먼 길을 찾아가 보니 이곳이야말로 중국의 집중옥(集中獄－수용소)이나 다름없는 현상으로 중산릉 뒤 침침한 벌가에 둘리운 쇠울타리 안에 그 감시와 단속이 여간 엄중한 것이 아니었다. 하나 그들은 항아리 속에 갇히운 몸이로되 금붕어처럼 펄떡이고 있었다. 얼굴에 타오르는 홍조는 불 같고 눈망울은 구슬처럼 빛나며 흘러드는 혈조는 높은 고동을 하는 듯하였다. 서로 면식이 있어 서신 왕래가 있은 이도 몇몇 그중에는 나는 J 군의 일을 영영 잊을 수 없는 것이다.

이들을 앞에 두고 인사를 해야만 될 처지가 되었을 때 국내에 있는 우리들과 전야에 나선 동무들과 우리들은 꼭 하나이다. 동무들의 생각이 곧 우리들의 생각이라고 간단히 이런 추상적인 이야기 외에 따로이 할말이 없었다. 무어라 말이 나오지 않으며 또 할 처지도 못 되기 때문이다. 그이들 역시 묵묵한 채 머리를 수그리고 가다가다 묻는 말이라면 고향의 농형(農形)이며 생활 현상, 그리고는 소위 명사의 소식, 이런 것들이었다. 나중에는 고향에 돌아가거든 저희 역시 고국 땅 사람과 한맘 한뜻임을 전해달라고 하였다. 하나 J 군만은 윈 앞줄에 앉아 흥분에 발갛게 타오른 얼굴을 수그리고 혼자 눈물짓고 있었다. 부관의 재촉으로 자리를 떨고 나오게쯤 되었을 때 J 군은 나의 뒤를 바싹 따라나와 담모퉁이에서 내 손을 꼭 붙잡으며 나직이 조선말로 “여기서는 못 뛰겠어요” 하였다. 나는 이 소리에 가슴이 칼로 찔리는 듯하였다. 물론 귓속말로 하는 말은 모두가 탈출에 관한 필사적인 내용이었기 때문에 그다지 쇼크를 받을

리는 없을 터이나 J 군의 이 말에는 온몸의 피가 역류하는 것 같음을 느끼지 않을 수 없는 사정이 있었다.

J 군과 나와는 비록 단시간이나마 두 번째의 상봉이다. 처음 만나기는 지난해 7월 진포선 숙현(津浦線宿縣)이라는 곳에 주둔해 있는 부대에서였다. 그때는 중국에 건너올 담배통과 엿 한 초롱을 떠메고 서주로 내려와 문학을 같이 공부하던 동무들과 조카를 찾아 무시무시한 길을 화차로 혹은 기차로 트럭으로 서주를 중심하여 농해선(隴海線)과 진포선(津浦線)을 약 반 개월 동안 오르내렸다. 무엇보다도 절실한 목적은 기미년에 남편을 감옥에서 잃은 누님이 딸사위까지 전장에 내보내고 탈기해 드러누웠음이 하도 하도 딱하여 위로 삼아 만나고 오마고 떠난 길이었다. 어쨌든 7월 염천이요 수토(水土)도 좋지 못하여 본래 약골이 득병으로 외약할 대로 쇠약하였었다. 하나 협구(夾溝)라는 조그마한 경비대 있는 촌성에서 마지막으로 조카를 만나보고 상해로 내려가 볼 길인데 그래도 나로서는 그냥 이 숙현을 통과할 수 없는 마음의 부담이 있었다. 다름이 아니라 평양을 떠날 때 J부인이 어떻게 알았는지 내가 서주에 들른다는 말을 듣고 역두로 달려나와 자기 남편도 그 근방에 있을 모양이니 찾아 만나서 이것을 전해달라고 양말에 수건, 셔츠, 이런 것을 쥐어주며 절절한 애원이었다. 정에 끌려 나도 그때는 쾌락하고 떠난 길이나 막상 와보니 중대별로 산지사방이었다. 하나 조카로부터 그이가 숙현에 있음을 알게 된 이상에는 찾아보지 않을 수 없었다. 그래 나는 다시 화물차를 교섭하느라고 해가 뉘엿뉘엿 질 무렵에 숙현에 도착하여 거기서 약 삼십 분 가량 걸어 부대로 그들을 찾게 되었다. 위병소의 뒷골방에서 서로 만나 손을 마주 잡았을 때 그의 얼굴과 몸짓에는 무엇이라 형용치 못할 감격의 선풍 속에 걷잡지 못하는 듯한 극도의 흥분이 술렁이치고 있었다. 그것이 너무도 애브노멀하기 때문에 기이한 느낌이 없지 않았다. 두 손을 꽉 붙든 채 한참 동안 치를 떨더니 그의 섬세하고도 준민(俊敏)한 얼굴에 쭈르르 눈물이 흘러내렸다. 간신히 그는 이렇게 중얼거렸다.

"천만의외입니다. 의외입니다."

나는 나직이 자초지종을 이야기하였다. 그는 심심한 감사의 뜻을 표하여 두 번 다시 내 손을 그러쥐었다. 우리 동포가 몇 명이냐고 물으니 자기도 넣어 네 명이라고 하기에 그렇다면 모두 얼굴이나 보고 돌아가 그들의 집에 편지라도 한 장씩 내어주고 싶다고 하니까 웬일인지 그의 얼굴은 비창한 표정으로 굳어졌다. 눈자지에 다시금 불기한 눈물이 어리었다.

"만나시지 않아도……."

그는 이렇게 말하였다.

"이 담배와 과자를 우리 넷이서 같이 먹으면 주신 돈도 꼭 백 원씩 나눠서 쓸 터이니……."

"내 염려는 마시오."

"아니 만나시지 않는 게……."

이 말에 나는 고개를 쳐들고 그의 얼굴을 응시하며 혼자 뜻없이 고개를 그덕그덕하였다. 무엇이라 정체 모를 예감이 나의 가슴속에 스며드는 듯 하였다. 저도 모를 말을 나는 이렇게 중얼거리었다.

"조심히들 하십시오."

"우리는 결코 죽지 않습니다……."

이 말에 나는 미소를 머금으며 다시금 굳은 악수를 하였다. 그러나 영문에서 헤어져서 어둠이 내리덮이던 길가로 나섰을 때 나는 오한 만난 사람처럼 온몸이 와들와들 떨림을 느끼었다. 간신히 차참으로 돌아와 양차를 몰고 성내로 들어가 단 하나의 조그만 일인 여사에 투숙하였다. 기차가 없었기 때문이다. 하루 종일 굶다시피하였지마는 저녁밥이 조금도 먹히지 않았다. 전등 밑에 책을 펴놓았으나 눈앞에 글자가 어른거릴 뿐이었다. 일기책을 펴놓았으나 글씨 한 줄 나가지 않았다. 불을 끄고 자리에 누웠으나 잠이 오지 않았다. 까닭없이 불길한 맘이 키어 구둣발 소리만 나도 온몸에 소름이 끼치었다. 이렇게 전전반측하며 잠을 이루지 못하고 한시를 치는 시계 소리를 듣고 난 지 얼마 가량 뒤의 일일까……. 무시무시하도록 달이 밝은 밤이었다. 유리창가에 거무스레한 그림자가 두셋이 나타나더니 덜컹 문 여는 소리와 함께 사내 둘이 유령처럼 들어섰다. 동시에 등불을 켜라는 일어 호령이다. 떨리는 몸을 가까스로 일으켜 전등 스위치를 돌렸더니 시뿌얀 불빛 아래 중국옷을 입은 일인 두 명의 권총부리가 바로 내 몸뚱이를 향하고 있었다. 하나 어쩐 일인지 권총 앞에 몸을 맡겼으되 응당 이런 일이 있을 줄로 미리 짐작한 것처럼 의외에도 나는 태연한 태도를 가질 수 있었다. 정좌를 하고 아닌 밤중에 무슨 일이냐고 반문하였다. 한 사내는 다짜고짜로 내 몸뚱이를 뒤지고 나서 짐 가방 밑까지 세밀히 조사를 하며 한 사내는 준엄한 신문이었다. 부대에 갔던 일이 있느냐? 무슨 일로 갔었느냐? 누구누구와 만났느냐? 이렇게 캐어묻고는 내일 아침 남경행할 예정을 하루 이틀 연기해야겠다고 한다. 그럴 수 없다고 진변한 뒤에 대체로 무슨 일이냐고 물으니 내일이면 자연 알게 되리라고 하며 신분증명서를 꺼내 보인다. 예상대로 헌병특무들이었다. 나의 신분을 단정할 수 없는 모양이라 당장에 구금치는 않으나 내일 아침에 헌병대로 끌려갈 것은 난면(難免)의 일일 듯하였다. 조금 있어 그이들은 그림자처럼 지나쳤으나 역시 내 몸뚱이는 몹쓸 악마의 손아귀에 든 것이다. 모든 일의 진상이 어렴풋이나마 차츰 눈앞에 떠올라온다. 무슨 운명의 악희랴. J 군 이하 네 명의 조선인 사병이 탈주하기로 작정지었던 바로 그날 저녁 공교로이도 내가 나타난 모양이다. J 군을 형용 못할 감격과 당황 속에 휩쓸어넣게 된 것도 모름지기 무리가 아니었다. 조금이라도 내게 누책이 덜 닿게 하고자 다른 여러 동무들을 못 만나게 한 것도 가히 짐작할 일이었다. 그러나 역시 그들이 예정대로 밤중으로 탈주를 결행한 사실은 또한 분명한 것이다. 이렇게 생각하니 어차피 내가 어떤 혁명 단체의 비밀공작원의 혐의를 받게 된 모양이다. 온 밤 뜬눈이었다. 하나 나로서는 태도를 어쨌든 뻐젓이 가지고 볼 법이었다. 그래 새벽에 일어나 하녀더러 헌병대에 통지하라고 분부한 뒤에 일곱시 반의 급행차에 대어 역으로 양차를 내몰았다. 역 구내에는 사복과 헌병이 들싼하여 그 경계의 삼엄함이 여간 아니었다. 그러자 내 뒤를 따라 대장이 폭음 소리도 요란히 사이드카를 몰고 나왔다. 위병소로 끌려들어가 취조 시작이다. 취조라기보다는 무슨 암시를 시재로 얻고자 하는 초조한 눈치였다. 일체 부인으로 시종할밖에 없었다. 심증(心證)이 좋지 않은 모양이라 어성이 높아질 즈음 부관이 또한 승마로 달려나왔다. 인사하고 보니 동경서 나와 같은 하숙에서 지내던 대학 후배였다. 도리어 가슴이 덜컹 내려앉았다. 유치장으로 끌려다니던 시절의 일이라 생소한 이보다 더 불리할 것이기 때문에 하나 그는 나를 알아보자 다짜고짜로 이런 소리를 하였다.

"김형 왜 네 명을 다 만나 주지 않았소?"

어리둥절할 노릇이었다.

"대체 무슨 일이기에 나를 이렇게 못살게 하우?"

나는 이렇게 시침을 따고 보았다.

"무슨 일이라니, 도망쳤습니다."

"도망을 쳐. 뉘가?"

"J 군 말고는 모두가!"

펄쩍 놀라지 않을 수 없었다. J 군만이 남은 것이다. 나를 위하여 실로 이 때문에 무서운 오해가 풀렸다. 기차가 들이닿자 차 속에 몸을 실었을 제 내 눈에서는 하염없이 눈물이 흘러내렸다. 자꾸자꾸 눈물이 흘러내렸다. 생명을 걸어논 드높은 희생의 정신은 나의 반생에 있어 첫 경험이었다. 가슴에 사무치는 뜨거운 우정의 마음의 쓰라림이 여간이 아니었다. 거의 한 달 뒤에 상해로부터 돌아오는 길에 나는 다시금 서주에 내렸다. J 군을 또다시 찾아 만나볼 용기는 없었으나 협구 경비대에 있는 조카의 동정이 좀처럼 염려되는 바 없지 않아 그 뒤의 확실한 일을 알고 돌아가고 싶었다. 조카도 역시 그곳에서 탈출할 기회를 노리고 있었기 때문이다. 서주에 내려서 알아보니 소위 간부 후보생 시험에 통과한 학병들은 이곳 서주와 숙현 두 군데에 나뉘어 교육을 받고 있다는 것이었다. 서주부대에 들어 있을까 하여 교외로 찾아나가 학병들에 물어보았다. 조카는 숙현부대. J 군이 남아 있는 부대. 사단이 벌어졌던 부대- 생각만해도 가슴이 뻐김하였다. 조금도 찾을 용기가 나지 않았다 하나 어떻게 생각하면 J 군을 다시 찾아 만나야 할 의무도 느끼는 듯하였다. 그래 이틀 동안 두고 주저하다가 마침내 용기를 내어 포구행 차에 오르려고 차남에 나가 용감히 폼에 들어섰다. 대단히 무더운 날이었다. 승객들은 짐을 실어놓고는 모두 폼에 나와 거닐고 있었다. 한 손에 사이다 대여섯을 묶어 들고 한 손에 과자 봉지를 들고서 차로 오르려는 순간이었다. 셔츠 바람으로 내려서는 숙현부대의 부관과 스텝에서 우연히 마주치게 되었다. 나를 알아보자 삽시에 얼굴이 찔리는 듯하였다.

"어디를?"

"바로 당신의 부대로…… 내 조카가……"

"달아난 줄을……."

의아스런 눈초리였다. 가슴이 찌르르하였다.

"아니, 무엇이오?"

"사오 일 전에 둘이서."

나는 작별 인사도 채 못하고 마치 무슨 죄나 저지른 사람처럼 허둥지둥 달려나와 그날 밤차로 총총히 귀국의 도상에 올랐다(조카는 지금 중경에 있다). 둘이서의 탈출! 행여나 J 군과 같이 결행한 것이나 아닌가? 그렇다면 귀에 반기는 고마운 일이었다. 한결 나 개인의 책임이 가벼워질 듯하였다. 하나 귀향한 지 서너 주일 뒤에 숙현부대로부터 보낸 J 군의 엽서를 받아보게 되어 장탄식이었다. 그러다가 이번 우연이 아니라 필연의 운명으로 여기서 또다시 그를 만나게 된 것이다, 나는 가까스로 이렇게 외마디 중얼거렸다.

"성공을 축원합니다. 어서 하루바삐……."

"선생님은 역시 조선으로 나가시렵니까?"

"글쎄요, 나도……."

이때에 자동차가 요란히 경적을 울리며 재촉하는 것이었다. 지금도 내 눈 앞에는 현관에 우두머니 서서 멀리 우리의 자동차를 자송하던 그의 창백한 얼굴이 아른거린다. 이왕에 남경까지 온 바에는 앞서도 말한 바와 같이 나는 혼자 상해로 들어갈 작정이었다. 상해에는 뜻이 통하는 이도 있으려니와 정치공작의 중심지인 만치 무슨 좋은 길이 열림직하다는 막연한 기대도 있었다. 아닌게 아니라 지난해 7월 상해에서 일 개월 가량 지내는 동안에는 중경 측의 공작원이라는 이에게 호텔로 방문을 받았었다. 어즈가니 밤이 깊어서였다. 처음에 두서없는 문학 이야기가 중국 이야기로 진전하여 화제는 다시 항전 지구로 옮아들었다. 나는 적지않이 흥미와 호기심을 느끼어 그곳에서 활약하는 조선 동포의 정황을 타진하면서도 내심으로는 대단한 경계와 주의를 게을리 하지 않았다. 상해라는 도시요 백귀암홍(百鬼暗紅)의 시절인만치 좀처럼 결단할 수 없기 때문이다. 조용조용히 이야기를 주고받는 새에 밤이 퍽이나 깊어졌을 때 좀 더 세밀한 것을 아시려면은…… 하더니 그는 주섬주섬 옆채기에서 무엇인가 끄집어내었다. 대공보(大公報) 몇 장과 임정의 선전 인쇄물이었다. 그것을 주워든 내 손이 펄펄 타오르는 듯하였다. 다음 순간 나는 그의 얼굴을 물끄러미 쳐다보았으며 청년도 빙긋이 웃으며 내 얼굴을 응시하였다.

"……안 가시려오?"

나는 대답 없이 고개를 저었다. 이 청년이 일경의 특무나 아닌가하는 의심이 머리를 들었다느니보다도─ 물론 그것도 있었다 ─ 그리고 또 억막중의 일이라 마음의 준비도 있을 리 없다마는 내게는 조그만 신념이 있었다. 그것은 조선의 독립이 조선을 떠나서 있을 수 없으며 조선 민중의 해방이 그 국토를 떠나서 있을 수 없느니만치 국내에 있어 조국을 위하여 민족을 위하여 피를 흘릴 수 있는 사람이 일부러 망명한다는 것은 하나의 도피요 안이의 길이라고 규정하는 데서였다. 진정의 고백을 하자면 나는 승냥이 떼가 밤마다 우는 이 태항산중에서 지금도 국내에 잠복하여 머리 위에 들씌워진 철추 새를 허우적시며 눈앞에 번득이는 총칼 새를 뚫고 나가며 용감히 싸우고 있는 혁명가들에게 멀리 심심한 존경의 염을 보내는 것이다. 비록 내 자신 그러한 용기는 없을지언정 넉넉히 국내에서 견디어 배길 수 있으면 또 때만 요구한다면 조국을 위하여 인민을 위하여 죽을 각오가 서 있는 한 되도록 국내에 있어야 한다는 생각이었다.

빈약하나마 나의 길은 역시 붓으로 싸움에 있었다. 하나 이리 빠지고 저리 새어나가며 그야말로 최저의 저항성에서 때로는 이보 퇴각 일보 전진의 길을 싸워보려다 못해 마침내 붓대가 부러진 셈이었다. 우리 문필인으로서는 자살이나 진배없는 처지였다. 하나 아직 국내에 발을 디디고 살 수 있으며 또 언제나 휘두르는 깃발 아래 달려갈 용기는 있지 않은가? 구태여 몇 천리 산 넘어 물 건너 비전투 지역인 대후방으로 들어갈 필요가 어디 있으랴……. 그것은 보다 더 비겁한 도피에 지나지 않는다. 나의 이런 소식을 듣고 청년은 굳은 악수와 미소를 남기고 물러갔다. 때문에 북경서 하룻밤을 지새는 새에 또다시 다른 공작원을 만났을 때에도 내심 일소에 부하였다(이 청년은 나중 우리 의용군으로 넘어와 이번 같이 고국으로 돌아왔다. 드는 탈주한 내 조카의 말을 듣고 나를 공작하러 북경으로 쫓아 올라 왔던 것이다). 하나 이런 신념을 다시금 굳게 하며 돌아와 보니 나날이 정세는 급박해져 붓대를 꺾고 학교 일에나 충실할 수 없게끔 되었다. 더욱이 비좁은 평양에 거주한다는 사실은 문단적으로 보아 나처럼 미미한 존재까지나마 방임치를 않았다. 게다가 중국에서 돌아오자부터는 일경의 주목과 내사도 우심하여졌다. 조카의 탈주, 숙현에서의 헌병대놀음, 상해에서의 일 개월, 이런 일 저런 일이 모두 내게 불리만 하였던 것이다. 그제는 마음 준비를 단단히 하고 팔짱을 지르고 앉아 지하의 소리에만 귀를 기울이고자 하였다. 지금 와서 생각하면 제법 염치 좋은 태도였다. 참으로 팔짱을 지르고 앉아 있었던 것이니까. 그 대신 간첩들의 타진만은 성행하여졌다. 한번은 중학 시절 스트라이크를 팔아먹은 동창이 서울로부터 독립운동을 하자고 내려왔다. 이것은 경찰국의 끈이었다. 또 한 번은 명색모를 사내가 공산주의자인가 하자고. 이것은 나중에 알고 보니 헌병대의 끈으로 소름이 끼쳤다. 시시각각으로 조여드는 신변의 위험을 느끼지 않을 수 없이 되었다. 출국의 결심은 여기서 다시 생기게 된 것이다. 차라리 이 불안한 환경으로부터 빠져나가 중국으로 다시 건너가 전면적으로 싸울 수 있는 길에 나서자! 냉엄한 자아비판을 하자면 나는 무서운 현실에서 도망하자는 것이 최초의 동기였는지도 모른다. 하나 이번은 아무리 제출을 하나 여러 가지 이유로 여권이 나오지 않을뿐더러 도리어 딴 생각이 있어 도중하려다 당국의 신경을 더 날카롭게 하였다는 데마만 일게 되었다. 그래 중국서 찾아오는 사람만 있으면 붙들고 여권 부탁을 하였다. 북지로 순연가는 가극단에까지 따라가려고 생각도 해보았다. 하나 모두가 여의치 않았다. 서주로부터는 한번 여권을 보냈다는 전보가 왔다. 하나 실상 필요한 그 서류가 배달되지 않았다. 일경이 깔고 있는 것이 분명하였다. 이럴 즈음 난데없이 신문사로부터 그리 가보고 싶은 중국이면 이 기회를 타서라도 가지 않을 테냐는 전보였던 것이다.

어쨌든 상해까지 가야만 무슨 길이 열려도 열리리라. 상해로─이런 생각이 남경에 와서 더욱 굳어지게 되었다. 이곳서 만나자고한 P 군과 서주서 만나려던 S 군까지 이미 없어진 이상 상해로나 들어가면 길이 열림직하다는 막연한 희망에서였다. 하나 실제 문제로 상해행에 여러 가지 난제가 생기게 되었다. 첫째 공습놀음 틈에─간담이 녹아진 R 여사로부터 북경까지 데려다 주어야 한다는 요구가 강경하였다. 혼자 상해로 갈 생각에 여기까지 끌고 온 것이 아니냐? 말하자면 내 마음을 가락곳치 아니면 과녁처럼 들어맞혔다. 이점에 자책지심이 없을 수 없었다. 이것이 하나. 그리고 또 서주로 학병 낭군들을 찾아 만날 부인들의 주장도 모면키 어려웠다. 이것이 둘. 다음으로 혼자 빠져나가자니 생해까지 갈 적지 않은 여비의 조달은? 이것이 셋. 하기는 불의의 경우에 대비하고자 인삼 한 근에 시계도 두어 개 가지고 다니지만 그렇게 벌써부터 처분해서는 안 될 일이었다. 그렇다면 이왕 북경행의 차표는 끊어준다니 천진으로 가서 우인 이 박사를 찾아보리라. 거기서도 안 되면 다시 남하할 셈을 치고—그래 또 줄렁줄렁 따라나서게 되었다. R 여사에는 절실한 나의 심정을 고백하면 혹시나 양해를 해줄지도 모르겠으나 일이 일인만치 남몰래 혼자 속만 애태우며 인간적으로 책임을 다한다는 점에 자기의 우유부단을 합리화한 것이었다.

드디어 서주로 올라왔다. 여기서는 일체 외계와의 교섭은 끊기로 하였다. 다만 두 부인의 낭군이 학병으로 배속되어 있는 부대를 교외로 찾아가니 정답게 만나 인사를 하고 외박의 허가를 받은 그들 두 학병과 같이 호텔로 돌아왔다. 밤이 깊도록 나는 B 상등병과 둘이서 술을 나누며 일본 군대 내의 조선인 병사들의 문제에 관하여 의견을 교환하였다. 준충한 두뇌와 예민한 감정을 가진 청년이었다. 조선인 소집병을 맡아 단기간 교육해 본 그의 체험담에 여러 가지로 생각게 되는 점도 많았다. 모두가 선배를 중심으로 하나이 되어 언제나 행동을 같이할 수 있게끔 서리어 있는 그들의 굳은 각오, 제 일선의 정열과 욕망으로서는 시재로 떠나고 싶은 길이언만 그들 때문에 늘 주저하게 된다는 딜레마. 네다섯이라면 언제나 그 기회를 포착할 수도 있지마는 보이지 않는 마음의 눈으로 서로 통하고 있는 수많은 이 후배들을 두고 혼자 떠날 수 없는 정신적 고통. 그리고 또 하나는 전국의 대변동이 일어날 때에 혹시 집단적 반정(反政)이 가능하지 않을까 하는 자위와 희망. 이런 것에 늘 동요하는 심리의 물결 밑에 침면하고 있는 모양이었다. 오히려 모든 것을 불원하고 용감히 제 몸을 이 생지옥에서 뽑아낸 이들보다 더 남아 있는 그들의 고뇌가 더 큼이 있음을 발견할 수 있었다. 그러나 여기 있어서는 우리들의 투쟁을 전혀 찾아볼 수 없지 않느냐 하는 질문에 B군은 고개를 떨어뜨렸다.

"하기는 이것이 우리의 비겁을 정당화하려는 하나의 구실인지도 몰라요……."

"……."

"그러나 우리 동무 중에 늘 연안 쪽의 공작원과 만나는 이가 있어 우리들도 갈려면……."

이 소리에 눈이 바짝 뜨였다. 일본 파쇼 군대를 저주와 고통과 비애가 그득한 판도라의 상자라 한다면 그 속으로부터 최후의 호프도 난데없이 튀어나온 것이다.

"언제가 외출일이오?"

그는 눈을 들어 나의 얼굴을 뚫어지게 들여다보았다.

"오늘이 공일이니까 다음다음 공일날……."

"어디서 만날 수 있겠소?"

"양화점에 없으면 조선 A 여관에서……."

그날이 5월 25일이었다. 고국을 떠난 지 바로 두 주일 만에 의외로 여기서 한 가닥 서광이 트이게 되었다. 다음날 아침 급행차로 북경을 향하여 떠나는 역두에서 나는 B 상등병의 손을 굳게 잡았다.

"내내주일 A 여관에서 만나뵈이겠습니다. 혼자만 알아두시오."

"물론! 그러나 혹 못 오시는 경우에는……."

"북경 방면에서 떠난 줄 알아주시오."

"알았습니다. 기다리겠습니다."

이렇게 밀약이 되었다. B 상등병의 연락을 얻어 연안 공작원과 악수하고자 한 것이었다.

북상하기는 R 여사와 아버지 되는 H 씨와 나, 길 앞에 먼동이 트인 감에 찌는 듯한 더위도 비좁아 통로에 꿇어앉아 있는 괴로움도 깨소금이었다. 다음날 새벽녘에 나만은 천진에서 하차하여 일본 조계에 있는 우인 이 박사의 병원으로 찾아 들어갔다. 나의 중학 동창으로 의업 여가를 이용하여 조선학 연구에 종사하고 있는 온공(溫恭) 진실한 젊은 학도다. 지난해 도중하였을 때도 나는 이 박사와 한방에서 여러 날 밤을 같이 지내며 조선학에 관하여 혹은 사회과학 방면이며 중국의 정부 등에 대하여 토론함이 많았었다. 소년 시절부터 깊은 우애가 서리어 있는 새라 이신전심이었던지 내가 쑥 들어서자 이번은 기어이 '가려고' 떠나왔구나 하는 예감이 짚이는 모양이었다. 하기는 나로서도 넓으나 넓은 중국 천지의 많으나 많은 사람 가운데 있어 진정을 토로할 수 있는 사람은 이 동무 하나밖에 없다고 하여도 과언은 아니다.

도착한 날 밤부터 그와 더불어 떠날 길에 대한 연구였으나 진찰실과 서재 속에만 묻혀 있는 그에게 좋은 길이 있을 리도 만무하였다마는 여러 가지로 우애에 넘치는 지시와 횡행하는 가공작원(간첩)에 대한 세세한 주의와 북경에서 연안으로 직접 떠나는 길도 있는 모양이라고 들려주었다. 중경으로 가는 길은 알 도리도 없지 않을 것 같다고 하였다. 하나 내 목표는 역시 연안이었다. 늘 하던 버릇으로 여기서도 지도를 펴 놓고 궁리였다. 물론 연안 가까운 차참(車站)을 짚어가며 석포선(石浦線)이라면…… 북경서 그냥 산을 넘어 들어간다면…… 이렇게 지도 위를 자로 재어가며 머리를 기웃거렸다. 실상 태원서부터라면 한 천 리 쯤 걸었으면 됨직도 하나 서주부터라면 철로를 너무 많이 넘어 위험도 하려니와 직선으로 잡는대도 이천 리나 되니 어쩌나 하는……. 말 타면 견마 잡히고 싶다는 격으로 좀 더 정확하고도 좋은 루트를 잡고 싶은 욕망이 없을 수 없었다. 할 수 없는 경우엔 다시 서주로 내려가기로 하고 B 군과의 약속 날까지의 십여 일 동안을 나는 다른 노선을 찾기에 열중하였다. 그래 이 박사에게도 모색해 보아달라는 부탁을 남기고 나는 륙색을 메고 다시 북경으로 올라갔다. 숙사는 북경반점으로 정하고 보았다. 떠날 때 이 박사가 옆채기에 찔러준 돈이 칠천 원. 주머니는 불룩하였다. 그래 호사스레 이날이 5월 30일.

중경이 아니라 연안으로 들어가고자 한 새삼스런 이유는 그다지 까놓을 필요도 없을 듯하다. 참으로 만족을 위하여 싸운다는 것은 아무나 다 할 수 있는 수월한 일이다. 그러나 요는 어떤 노선에서 어떻게 싸우느냐에 있는 것이다. 그 점을 연안 동지들에 배우고자 하였다. 가송(苛竦)한 싸움 속에서 탈피를 하며 제 자신을 새로이 단련하고 싶었다 뿐만 아니라 이역 산채에서 적과 총칼을 맞대고 싸워나가는 동지들의 일을 기록할 것에 한 문학인으로서의 의무와 정열도 느끼었다. 그리고 또 해방 구역의 정치와 문화, 이런 면도 구체적으로 관찰하여 나중에 돌아가는 날이 있다면 건국 문화 진향(進向)에 조금이라도 이바지함이 있을까 하였다.

사실 말이 항전 지구로 탈출하고자 출국한 동기는 나로서 솔직히 고백하였다. 하루 바삐 불안과 공포의 현실로부터 도망하여 항전 지역에 들어가 싸우고자 하였음에 틀림없을 것이다. 하나 대망의 산해관을 넘어 중국 땅에 발을 디디자부터는 보다 더 새로운 용기가 용솟음치며 싸움 속에 몸을 씻고 피로써 마음을 씻고자 하는 성스러운 생각이 새삼스레 불길처럼 일어남을 절실히 느끼는 것이었다. 북으로 북으로 혹은 남으로 남으로 달리는 기차 속에서 아득히 먼 지평선을 바라보며 평화스런 촌장(村莊)을 내다보며 때로는 기차가 멎을 적마다 스텝에 서서 저 부락으로 숨어들어간다면 저 언덕을 넘는다면 거기에 우리 동지가 있어 맞아주지나 않을까 하는 가벼운 흥분의 낭만 속을 얼마나 헤매었던 것일까……?

파쇼 일본의 해가 저물어가는 1945년 5월의 북경.

동양 사람으로는, 더구나 조선 사람의 처지로는 발을 들여놓기조차 어렵다는 호사한 북경반점이 마치 조선인 대합소처럼 되어 있었다. 화중 화북으로부터 전화를 피하여 안전지대라고 찾아 몰려온 이주 동포, 그중에는 배부른 아편장수도 있고 칠피 구두 신은 갈보장수도 있으며, 혹은 화북권으로 환전하러 온 이른바 사업가, 송금 브로커, 그리고 협잡꾼이며 대동아성 촉탁, 군 촉탁, 총독부 촉탁 등등의 명색 모를 이, 그 외에도 헌병대 사령부의 특무 등등 별의별 종류의 인간이 들구날치는 것이었다.

상해를 중심으로 송완(竦腕)을 휘둘렀다는 헌병대의 어떤 특무는 새로 백오십만 원인가 주고 사들인 자동차에 기생을 싣고 어디론가 떠나며, 동경을 무대로 활약하였다는 전 헌병 군조(軍曹)는 3층에 일본 계집을 데리고 살면서 4층에 새로 얻어둔 카페걸이 못미더워 허청거리며 올라가고, 서주에서 온 잡곡장수는 소위 신여성을 첩으로 얻어 데리고 조용한 육국반점(六國飯店)으로 옮아가며, 남경서 올라온 무슨 회장인가는 급전직하로 떨어져가는 돈값을 걷잡을 길이 없어 시계니 보석이니 알지도 못하는 골동품을 사들이기에 부산하며 이 밖에 돈을 뿌리려 요릿집으로 나가는 패거리, 회의(도박)차로 몰려가는 패거리, 이 방 저 방에서도 수군수군 로비나 복도에서 숙덕숙덕, 어쨌든 우리 조선 친구들 새에만 만주위국 십오 년을 경영할 만한 예금의 금액이 나와 돌고 있다는 성전(盛典)이었다. 뿐만 아니라 조선 총영사 격이라는 신문 기자가 없으랴 자칭 대정객이 없으랴 안가한 비분강개파가 없으랴……. 또 어떤 문필 정치가는 무슨 문화 단체인가를 팔아 모은 기부금으로(?) 호유(豪遊)하기에 아침 새벽부터 취해 돌며 새로 들이 닿은 여장군들은 여기저기서 주워 모은 돈으로 화장품 사들이기에 골몰하는 등의 난장판인데 여기에 새로 조선서 ××악단이라는 소위 군 위문 패거리가 당도하고 또 앞서 장가구로 나가 공연을 마치고 돌아온 ×무용단 일행이 들이닿으니 더욱이 정신을 차릴 길이 없었다. 서울 깍두기 모양으로 괴지지한 주제에 진기름으로 골만 바짝 갈라 탄 소위 예술가와 거지 주제 행색의 여인 음악가들이었만 한 번 나갔다 올 제는 새것이 되고 두 번 나갔다 올 제는 옷차림이 달라지며 세 번 만에는 향수가 코를 찌르게쯤 되니 그야말로 눈알이 빙글빙글 돌 지경이었다.

이와 같은 북경반점의 236호 방. 숙객이 폭주하여 방 한 칸 독차지가 못되어 굴러들게 된 것이 생면부지인 K씨의 방이었다. 새로 인사를 하고 방 안에서 석찬을 같이 하며 맥주가 거나하게 취하게 되자 동씨가 지내온 과거의 면영을 보여주는데, 역시 이 반점 초야부터가 아라비안 나이트였다. 평양의 명기로 음반에서도 이름을 날리던 S의 낭군으로 서주에서 축재하고 올라와 사 개월 동안이나 이 반점에 유하면서 거처할 집을 구하고 있다는 것이다. 장사풍의 풍운아로 함경도 출신. 언젠 신문에도 선전되었다지만 불기한 화북 사변의 직접 도화선이 되었다고 할 수 있는 천진시 정부 점령 사건의 장본인의 하나였다. 자랑도 뉘우침도 아니라 어쨌든 수호지식 낭인으로서의 술회였다. 이런 이와 한방에서 침식을 같이하게 된 것도 역시 중국이로구나 하는 느낌도 느낌이려니와 아이러니도 어지간하다.

"내야 일이 이렇게 거창스레 될 줄이야 알았소."

K는 거쉰 목소리로 이렇게 이야기하며 껄껄거렸다. 하여간 소설적 흥미를 돋우는 일이었다.

"병력은?"

"병력이오? 아 며칠 전에 부랑인, 거지, 양차꾼, 이런 따위 먹지 못해 허덕이는 놈들을 한 이삼백 명 모아가지고 만두를 사서 먹이니까 곧잘 훈련이라고 받더군요. 그래 정작 다음날 새벽 불집을 일으키기로 작정된 날 저녁 모두 모아놓고 우리 대장 I란 친구가 드디어 내일 새벽 시정부 습격의 거사를 할 터이니 그리 알라고 선포하니까 몇 놈이 겁이 나서 비명을 지르며 달아나겠지. 그놈들을 잡아 한 놈의 목을 섬뜩 치니까 모두가 벌벌 떨며 순종의 뜻을 표하더군. 그래 목청을 돋우어 우리의 일만 성공되는 날엔 현장 하나씩은 갈데없다고 부르짖으니까 그제는 모두 빙글거리며 좋아하겠지요."

이 역사적 인물은 너털웃음이다.

"그래 I란 사내도 조선 사람이오?"

"암, 조선 사람이다마다요. 바로 평양 기생 T.S의 남편이지요……."

그리고 보니 나도 알 만한 사내였다. 아닌 게 아니라 연전 일본의 어떤 주간지에 기생을 주제로 쓴 단편이 바로 T.S의 일이라고 오해되어 가정불화가 일 뻔하였다는 말을 평양 어느 연석에서 들은 일이 있기 때문이다.

"그래 이튿날 새벽 예정대로 시정부를 들이쳐 I 대장은 제법 시정부 주석의 의자에 걸쳐앉아 일본 기자단과 회견이랍겼지…… 이렇게 될 줄을 모르고 진짜 주석이 제 방을 찾아 들어와 보니 웬 모를 녀석이 제 자리에 앉아 무어라고 노상 성명을 하고 있어 눈이 뚱그래졌지요. 허허허…… 이놈 나가라고 귓바퀴를 잡아 꽁무니를 걷어차니까 이 녀석이 꽁무니가 빠져 달아난다는데……"

"그래?"

"이놈이 어디선가 전화를 빌려 일본 파견군에 문의를 한 모양이라 거기서 진짜 헌병과 군병들이 총을 메고 쏟아져 오겠지. 그래 우리가 이번은 꽁지가 빠지게 뒷문으로 빠져나와 트럭으로 도망쳤지요. 헛허허……"

"일본 군대의 사주 밑에 된 일이 아니었소."

"하기야 그 당시 대중 정책에 적극적이던 관동군이 시킨 일이지만 북지군의 양해 없었거던요…… 그래 그 담음으로 통주(通州)까지 도망을 가서 거기에서 또다시 정부를 차려 놓았는데 가로되 화북 농민자치정부랍지요……"

"이름만은 혁명적이구료."

어이없어 나도 아니 웃을 수가 없다. 만용을 상징하는 듯한 조그만 눈을 지리감으며 어떻게 보면 어린애처럼 순진스러워 보이는 불통입을 터치고 그이도 홍소였다. K는 이런 사내였다. 알고 보면 대단히 엄청나고도 천진스런 만풍(蠻風)의 사내였다.

"이름만이 아니라 정부두 아주 혁명적이었지요. 절간을 점령하여 정청(政廳)을 만들고 간판을 내건 뒤에 마당을 비로 한번 쓸고 나니 제법 정부가 되었겠다…… 일이 이렇게 되고 보니 북경, 천진 등지에서는 민중들의 대시위운동이 일어났습니다. 한간 대적 왕명(王明)을 잡아 죽이라고 야단인데다 이 자치정부 주석 왕명인즉 I지요. 즉 그와 나는 돈뭉치를 떼메고 북경에 나와 이 광경을 바라보며 술만 먹어대지요……"

"조선 사람 죄악사의 한 페이지를 담당하였구려."

"허허, 글쎄 말이오. 우리들 놀음에 이 자치정부인가의 한간패를 토벌한다는 일이 통주사변이 되고 이 일이 또한 일분군의 진출 구실이 되었으니. ……하기는 참모장

나의 계획인즉은 한 대(隊)는 시정부를 점령하고 한 대는 은행을 습격하여 몇 백만 원 검터쥐었다가 사세 부득이 달아나게 되면 조그만 성시를 점령하고 마적식으로 판도를 넓히다가 또 일이 안 되면 저—감숙성(甘肅省)으로까지라도 달아나 거길 근거지로 중국 대지에 호령하자는 것이었는데…… 그렇게 되었다면 요즘 좀 좋소?"

"무엇이 그리."

"말 못할 이야기요마는 ……오직 좋소?"

생각하면 부아가 떠오르는지 맥주 대배를 들어 한입에 꿀꺽꿀꺽 들이켜더니 내 얼굴을 쳐다보며 조그만 눈을 찌기득한다. 나는 더욱더 어처구니가 없었다.

"그럼 왜 못하였소."

"대장이 그건 깽과 같다는구먼."

"남의 나라 시정부 치는 것은?"

여기서 K는 또다시 껄껄 웃어대었다. 이때에 노크 소리가 들리더니 먼젓번 들렀을 적에 한번 인사한 적이 있는, 화중에서 잡곡장사인가 한다는 사내가 들어왔다.

"아, 오셨구먼요. 이렇게 돌아오시는데 멀 안 오실 거라고들……."

혼잣소리처럼 놀라는 말투였다. 가슴이 뜨끔하며 삽시에 술이 깨는 듯하였다. 혹시나 내가 딴마음이 있어 온 길이라 이번 남경에 내려갔다는 어디로 빠져 새리라는 물론이 돌고 있지나 않았나 하는 생각이 핑 도는 것이었다. 하나 나는 딴전을 부릴 수밖에 없었다. 언외에라도 조심해야겠다고 경각심을 단단히 높이며…….

"화중이야 물가가 더 비싸서 어디 발을 붙여 볼 수나 있어야지요."

그 사내가 나간 뒤에 K더러 은연히 물어보니까 그는 이렇게 말하는 것이었다.

"머 해먹는 자인지 글쎄 알 수가 있소."

피해망상인지 모르나 더욱 가슴이 뜨끔하였다. 하나 그 이튿날 오후 그야말로 천우신조랄 수밖에 없는 것이 미덤즉한 공작이 직접 내 몸뚱이에 달린 것이다.

비가 부슬부슬 내리는 저녁이었다. 마침 그날 저녁부터 호텔의 홀에서 열리는 ×× 악단의 공연을 보려고 북경 시내의 조선 사람이 물밀 듯이 몰려들기 시작하였다. 소위 국민복을 비롯하여 양복, 중국복, 심지어는 일복까지 튀어들어 부녀자는 거개 간고한 하층 생활 면에 부대끼어 얼굴이 싯누런 아주머니로부터 양복이 어울리지 않는 창기며 호화스런 옷차림의 매춘부, 그리고 보기에 애처로운 제2세들……. 나는 혼자 로비에 앉아 뒤적거리던 책을 덮고서 이들의 양자(樣姿)를 바라보며 그래도 일본 재주의 동포들보다는 생활의 방편이 허다한 만치 외양이나마 좀 나은 편이라고 혼자 끄떡이고 있는데 굴뚝처럼 키가 큰 사내가 입에 문 파이프로 연기를 내뿜으며 내 가까이로 다가와 꿍 하더니 안락의자에 걸쳐 앉는다. 좋은 국민복지로 물큰하게 내려씌운 모양이며 번지러운 구두…… 아편 부자로선 너무 위엄이 있고 소위 촉탁감으로선 좀 파격이고 사업가로선 지나치게 교격(驕激)해 보여 이게 또 무슨 종류의 인간일까고 일월없이 관형찰색(觀形察色)을 하고 앉아 있노라니 동숙의 K가 층층대를 내려오다가 그를 발견하고 다가오더니 무엇이라 아주 반가운 눈치의 대담이었다.

"혹시 I나 아닐까?"

북경에 와 있다는 이야기를 K로부터 간밤에 들었었는데 역시 그 사내가 유명한 I이었다. K가 나를 보더니 싱긋 웃으며 둘을 소개하니까

"아! 남의 아내 된 사람을 소설에 쓴단 말이오?"

대번에 이런 인사였다. 역시 화북 농민 자치정부 주석다운 말법이었다. 나는 불기하고 웃음을 지었다.

"그래 부인은 안녕하시지요?"

"평양 있는데 아마 잘 있겠지요. 떠나실 제 못 보셨소?"

사실로 그의 부인 T.S와는 서로 모를 사이가 아닌 것이 어렸을 적 한 동리에서 자라났으며 집안 사이에도 교제가 없지 않았었다. 그러나 소실인 그의 어머니가 몰래 술을 잘 먹고 소리 잘 하는 난장이라 딸을 데리고 나와 기생으로 가꾼 뒤부터는 T.S와 서로 만나도 어찌어찌하여 인사조차 못하는 사이였다. 평양성 중에 이름이 높던 미모의 기생이요, 또 어렸을적 부터의 나의 동무였다고 소설에 내박은 것이 오해의 근본도 되었음직하였다. 무엇보다도 제 부인을 천하일색으로 맹신하여 이 점에 있어 아무와도 주먹다짐으로 싸울지언정 조금치도 양보라고 하염죽지 않은 그의 성격으로 보아 천하일색으로 그린 것이 잘못이었다. 이런 부질없는 이야기를 주고받는데 이번은 회색 헬멧을 쓰고 셔츠 바람의 Y씨가 곰처럼 기린처럼 크고 긴 몸뚱이를 사방을 굽어보며 우리 있는 쪽으로 성큼성큼 들어온다. 모름지기 북경의 거인들과 한자리에

만나게 된 것이다.

이 Y 거인은 학생 시절 국내에서 명스포츠맨으로 이름을 날리다가 신문사 생활을 거쳐 북경에 들어온 이였다. 지난해 상해에 갔을 때 어떤 우인으로부터 소개장을 받기도 하였으나 북경 과차에 시일이 없어 만나지 못하였었다. 이번에도 나라를 떠날 때 어떤 친구한테 명함을 받아들고 왔지만 그보다도 동행의 R 여사가 이 거인과 같은 신문사에 있었던 탓으로 차중에서 여러 가지 이야기를 들어 그에 대하여 대강한 예비지식도 없지 않았다. 거대한 몸집에 비해 대단히 부드럽고 정이 드는 미덥즉한 사람으로 이번이 불과 두어 번째의 상봉이었으나 십년지기처럼 악수를 하며 서로 농담까지 할 수 있었다.

"언제 올라왔소?"

"어젯밤."

"최대급행이구려. 그래, 언제 귀국하시려오."

"보아야 알겠습니다. 북경이 하 좋으니……."

이때에 홀에서 음악회가 시작된 모양으로 박수 소리와 같이 현악소리가 들려왔다. 우리들도 일어나 그리로 여러 사람과 같이 밀려가게 되었다.

"그럼 나는 G네 집에 가서……."

굴뚝같이 긴 I는 긴 몸뚱이를 일으키며 중얼거렸다.

"독립동맹 이야기나 들을까."

천연스레 그런 소리를 하는, 또 좋이 그럼직한 그였다. 사실 1945년이란 해의 조선은 참으로 형형색색의 인간을 창조하고 있었다. 아마도 모르기는 모르지만 이 북경 천지에도 개가죽을 쓰고 개놀음을 하는 범도 간혹 있기는 있을 것이니 범가죽을 쓰고 얼핏 보기에는 범 노릇을 하는 개들이 역시 더 많을 것이었다. 나중에 알고 보니 G도 또한 헌병대에 드나드는 사내였다.

"개가죽을 쓴 범!"

"범 가죽을 쓴 개!"

이렇게 중얼거리며 홀 입구로 가까이 가보니 사람 떼가 들이밀어 어지간히 혼잡하였다. 그래 나중에 보아 들어가려고 그곳 한 구석의 티 박스를 점령하고 앉아 담배를

피워 물었다. 여기서 곰처럼 기린처럼 크고 긴 Y 거인이 다가와 옆자리에 앉더니,

"어떻습니까?"

한다.

"정신을 못 차리겠소. 무슨 복마전 같구려……."

"틀림없지요……. 작년에 오셨을 제 꼭 만나려 하였더니……."

"그땐 이곳에 불과 하룻밤밖에 쉬지 않았었으니까."

항상 손에 들고 다니는 부채를 펼치며

"이번두 그렇게 속히 가시게 되겠소?"

"글쎄 말이오, 이번은 중국을 좀 더 공부해 볼 생각이 있어 어쩌면 상해로 내려갈지도 모르겠소……."

"이왕이면……."

하더니 부채를 도로 접으며 빙긋이 웃는 것이었다.

"이왕이면 어쩌란 말이오?"

"……가보시지."

슬쩍 지나가는 말처럼 하고는 딴전을 바라보았다.

"어디루?"

"글쎄……."

"역시 북경은 고약은 하구려. 당신이 다 그리 되었소?"

"무엇이오?"

"……특무?"

"아니."

Y 거인은 부채를 도로 펼쳤다.

"소설을 통해 당신을 믿기에."

"나는 당신의 듬직한 잔등판을 믿기에."

이에 우리는 탁자 아래 손을 내어걸고 굳게 악수하였다. 그는 힘 있게 말하였다.

"내 잔등에 업히시오!"

"언제 떠나기로?"

"되도록 빨리……."

"내일이라도……."

"그럼 내일모레 전화번호는 4, ××××."

"내일 새벽 연락하리다."

"이목이 번다하니 그럼……."

그는 일어나 뚱기적거리며 어디론가 사라졌다. 불과 이 분 새의 일이었다. 마침 꿈속의 일처럼 한참 동안 나는 멍청하니 서 있었다. 북경서 사업가로서도 비교적 탐탐한 존재라는 Y거인이 과감스레도 지하공작을 하고 있고나 하는 새삼스런 놀람도 놀람이지만 이렇게 수월히 단시간에 연락이 될 줄을 꿈에도 예기치 못하였던 것이다. 그러나 다음 순간엔 혹시나 내가 너무 경솔히 믿고 들어붙지나 않았나 하는 의구의 마음도 끓어올랐다. 하나 이미 운명은 결정되었다. 소기의 곳으로 가게 되든지, 헌병대로 끌려가게 되던지— 하여간 운명에 맡길 수밖에 없는 일이라고 각오를 단단히 한 뒤에 방으로 올라가 여간한 짐을 정리하고 나서 잠자리에 드러누웠다. 딴은 밤이 깊어도 잠이 오지 않았다.

이튿날 새벽 전화로 연락이 되었다. 동안시장 안 어느 조그마한 중국 음식점에서 다시 만나기까지 안심이 안 되는 초조한 하룻밤이었다. 닷 냥쯩 가량의 고량주를 나누며 출발은 하루 연기하며 모레 갈수 있는 데까지는 기차로, 만날 장소는 차참 1, 2등 대합실, 만날 시간은 내일 오후 한시 다시 여기서 작정하기로 하고 총총히 헤어졌다. 공작상 여러 가지로 비밀도 있을 것이라 나는 다사스레 묻지도 않았으며 Y 거인도 필요 이상의 말은 하려고도 하지 않았다.

"연안이오?"

"어쨌든 동맹본부로 직행토록 할 터이니……."

나는 끄덕이었다.

"복장은?"

"입은 채로 가시오. 오늘 떠나는 일행은 한 두어 달 걸어가야 될 터이지만 당신은 건강이 좋지 못해 보이니……."

"기차가 위험치는?"

"절대로."

"그럼 내일 다시……."

악수하고 헤어지기까지 주고받은 이야기라고 이것이 거의 전부였다. 반점으로 돌아와서는 아는 사람을 만나면 나는 모레쯤 상해로 가볼 생각이라고 미리 이야기해 두었다. 그리고 입고 온 양복이 아무래도 목적지까지 가서 불편스러울 모양이라 다시 거리로 나가 육천 원 주고 튼튼해 보이는 카키복 한 벌을 사들이고 남은 돈으로는 어린애들에게 보낼 물건을 고르기 시작하였다. 동행 여사가 돌아가는 길에 평양에 하차하여 전해주겠다는 고마운 말이 있었기 때문이었다. 어쩌면 어린애들에 대한 마지막 선물이 될지도 모르겠다는 생각에 정성스레 물품을 고르고 한 가지라도 더 첨부하고 싶어 값도 훑기게 되었다. 하나 일 년 전보다 열 배 이상의 엄청난 물가로 만 원이 형지 없이 헤펐다. 게다가 나날이 뛰는 물가였다. 다음날 오후 한시에 우리는 다시 그 집 그 자리에서 만나게 되었다. Y 거인이 이번은 화북교통에 근무한다는 H 씨와 동행이었다. 여기서 내일 만날 시간이 약속되었다. 오전 아홉시 반 1, 2등 대합실에서. 이른바 최후의 점심을 나눈 뒤에 헤어져 나오노라니까, Y 거인이 허둥지둥 달려나와 나를 불러세운다.

"둘이 모은 돈이 이것뿐이오."

하며 지전 뭉치를 덥썩 쥐여주는 것이다.

"오천여 원입니다. 어린애들에게 구두라도 사 보내시오."

다시 악수를 하고 돌아설 때 왜 그런지 눈물이 핑 돌았다. 거나한 술기분으로 동안 시장 안을 다시 돌아다니며 어린애들의 탐스러운 가죽 구두 두 켤레를 사서 들고 돌아왔다. 메고 갈 륙색의 짐을 훨씬 덜어 고향에 보낼 헌 옷 꾸럼지에 사들인 어린애들의 물건도 넣어 묶어놓았다. 공교로이 다음날 아침 일곱시 반 차로 R 여사 일행이 귀국하기로 되어 일이 더욱 순편스러웠다. 그날 밤 나는 어머니와 아내에게 무량한 감개 속에 몇 장의 편지를 써놓았다. 역시 떠날 때의 약속대로 '여불비(餘不備)'라 대서하여 드디어 떠나게 된 사연을 알게 하였다. 그리고 떠나는 날짜와 시간도 내박았다. 6월 3일 아침 열시 반.

이날 새벽 일찌감치 일어나 R 여사에게 집으로 보내는 짐을 부탁할 겸 전송차로 차참에 나가려고 부스럭대는데 동방의 K 씨가 눈을 부비고 일어나 고약스런 꿈을 꾸었노라고 중얼거린다.

"역시 분명히 이 반점인데 지붕 위로부터 배암이란 놈이 슬슬 기며 내려오기에 놀라 쳐다보구 있노라니까 얼마쯤 내려와서는 그놈이 사람이 되더란 말이오. 꿈에 배암을 보면 하나두 되는 일이 없어서……."

나는 어쩐지 마음이 언짢았다. 나중에라도 내가 항전 진영으로 탈출한 것이 드러나 애매한 이 양반이니 곤경에 빠지지 않을까 하는 가책지심도 없지 않았다. 하나 무가내한 일이었다. 양차를 달려 차참에 나가 R 여사에게 짐을 맡기고 드디어 기차가 움직이기 시작하였을 때 나는 따라가며 귓속말로 이렇게 부탁하였다.

"나도 오늘 차로 남쪽으로 떠나오마는 우리 집에 가시면 아무런 일이 있어도 놀라지 말도록…… 그리고 오늘 나도 어디로인가 떠나더라고 꼭 일러주시오."

기맥을 채는 듯 못 채는 듯 R 여사는 눈을 깜짝거리며,

"되도록 빨리 귀국하세요."

하였다. 기차는 차츰 멀어지었다. 나는 구보로 따라가며 부르짖었다.

"이 편지도 꼭 전해주시오."

전날의 약속대로 그날 아홉시 반 1, 2등 대합실에서 나는 어제의 H 씨를 만나 차표를 받아들고 그의 안내로 경한선 개봉행 열차에 몸을 실었다. 표는 창덕행. 나무 벤또가 두 개에 담배가 다섯 곽.

"거의 도착할 쯤 하여 인사하는 이가 있을 터이니 그의 뒤를 따르시오."

그는 폼에서 이렇게 말하였다.

"서로 모르는 것이 좋으니까……."

나는 웃으며 끄덕였다.

"그리고 동무는 연안으로 가시도록 하십시오."

"그럼 연안이 아니오?"

나는 눈이 둥그레졌다.

"동맹에 들렀다가 연안 가시는 것이 좋을 줄 압니다. 거기 가서야 동무는 기능을 발휘할 테니까……."

어리둥절하지 않을 수 없었다. 동맹이 연안에 있을 것으로만 생각하였던 것이니까.

드디어 발차를 알리는 종소리가 요란히 울리기 시작하였다.

첫새벽부터 일어나 붐비게 서둔 끝에 차 안에 널찍이 자리를 잡구 보니 한꺼번에 피곤이 침노하는 듯하였다. 이렇게 수월히 연락이 되어 지긋지긋하고도 무서운 북경을 떠나 목적지로 향하게 되어 마음이 좀 놓인 것이다. 하늘은 맑게 개이고 전원은 푸르러. 차 안에서는 권총을 둘러진 헌병이 일일이 조사를 게으르지 않고 보총을 들고 경계하는 중국인 승무원도 많았다. 그러나 이상스레도 불안스런 긴장한 느낌이 없이 마음은 거울같이 침착하였다. 천연스레 앉아서 나는 담배를 붙여놓고 신문장을 이리 뒤적 저리 뒤적거렸다. 천진과 북경에서 조선 출신 소년병들이 소위 특공대로 내몰려 죽음의 섬 남방으로 향한다는 기사가 르포에 실려 있다. 왜 이 아까운 어린 생명들을 미국식의 단두대에 제공해야만 되느냐? 일본식의 가장 참혹한 사형수로 내바치게 되느냐? 차에 오르면서부터 벌써 나는 의용군의 한 사람이나 된 듯이 가벼운 흥분과 분노를 느꼈다. 우리 항전 진영의 힘이 하루바삐 더 커지어 북경, 천진 지구에 지하군이 거미 떼처럼 깔리고 그 촉수가 보다 더 강인하고 용감해야만 되겠다는 생각이 새삼스러웠다.

용감한 우리 조선 민족은 결코 죽음의 족속이 아닌 것이다. 우리 민족이 눌릴 대로 눌린 솜이라면 이 솜뭉치에 화약만 달리면 그만이다. 폭발하는 화약에는 압축된 솜일수록 강대한 힘을 발휘하기 때문이다. 이 화약! 그 하나의 화약이 되고자 나도 노마만 리의 길에 오른 것이다. 이 넓으나 넓은 중국 대륙에는 일본 제국주의가 짓밟히다 못해 그 피 한 방울까지 앗으려고 전선으로 몰아낸 수많은 우리 조선인 사병이 가슴속에 화선을 안고 있으며 또 수많은 민중이 조국 땅에서 쫓겨나와 살길을 찾아 허덕이며 원통지심에 이를 갈고 있다. 이 화산에 화약을 던지면 된다. 여기에 우리 조국의 깃발이 있다. 이 깃발 아래로 모이라고 외치는 소리가 들리기만 한다면 그들은 사선을 뛰어넘어 달려갈 것이다.

싸우자! 이제부터나마 나도. 이와 같은 행복스런 흥분의 불길이 온 몸뚱이를 태워 올리는 동시에 지내온 지금까지의 생활에 대한 회오의 정이 또한 하나의 샘줄기처럼 솟아올라 눈시울이 뜨거워짐을 느끼는 것이었다. 탁류 속을 숨가쁘게 헤엄치던 생활! 그야말로 도시 인텔리의 습성을 버리지 못하고 무난한 살림살이에만 급급하던 태도!

양심의 갈피 아래 요리 저리 헤매며 그러쥐면 부스러질 만치 연약하기 유리알 같은 정신! 거기에는 하나도 합리화할 과거가 없었다. 나는 이만치 저기에 대해 무자비하고도 냉혹할 우려가 있었다. 가자! 어서 가자! 전원을 뚫고 산 넘어 물을 건너! 흥분 끝의 흐뭇한 피로에 젖어 의자에 기댄 채 나는 스르르 잠이 들었다. 기차는 쉬지 않고 일로 남하이다. 예정대로 오후 다섯시 전에 정현(定縣)까지는 대었으나 이 차로에 이르자 움직일 줄을 모른다. 하차하여 서성거리는 사람들 틈에 끼여 나도 폼을 거닐었다. 오늘 아침녘 P51의 폭격을 받아 끊어진 전방의 교량이 밤중에야 복구되어 개통케 되리라는 것이다. 듣는 말에 석가장차참이 얼마 전에 형지 없이 파괴된 것을 필두로 매일 두세 차례 공습을 받아 몹시 앞길이 위험타고 하더니 우리도 폭격권 내로 어지간히 가까이 들어온 셈이었다. 공습에 비교적 안전하다는 밤 시간을 여기서 이렇게 머물게 된 것이 초조스러웠다. 지평선까지 연달린 광야로만 연상되던 이 대지가 이미 이 근방에서는 지세를 달리하였었다. 멀리 서남방으로 오대산 줄기를 받아 아성처럼 연긍한 태항산계가 연보라색의 안개 속에 잠긴 채 보이지 않는 손길로 짙어가는 어둠의 장막을 펼치고 있었다. 보잘 것 없는 조그만한 성시(城市)인 탓도 있겠지만 주민들의 살림이 대단히 구차스런 모양으로 보꾸럼지를 끼고 어린애들을 데리고 무어라 주절거리며 차에 기어오르는 중국인들의 행색이 대체로 말이 아니었다. 밤에도 차에 불도 켜지지 않았다. 예정보다 앞서 밤 열시 반에 발차. 두어 정거장 지나자 자리가 듬성듬성 나기에 누울 자리를 찾아 옮아앉는다는 것이 눈알이 어글어글하고 콧수염 밑에 의지적인 입을 굳게 다문 어떤 청년과 마주 앉게 되었다. 두드러진 관골이며 번듯한 얼굴로 보아 첫눈에 동포임을 알 수 있었다. 보아하니 삼십 전후. 나를 보더니 그는 외면을 하고 드러누우며 조그만한 천 가방을 베개로 삼는다. 이 차 안에서 처음으로 발견한 바로 나를 데리고 들어가는 공작원이나 아닐까 하는 생각이 선뜻 들었다. 그러나 다시 다른 자리로 옮아앉기도 멋쩍어 나 역시 그 자리에 누워버렸다. 얼마쯤 가다가 눈을 떠보니 그 사내는 온데간데없이 사라졌다. 대단히 졸리던 참이라 아랑곳없이 나는 돌아누워 또다시 포근히 잠이 들었다. 오밤중에 승객들이 떠들썩거리는 통에 놀라 일어나 어디냐고 물으니 석가장. 모두 기차를 바꾸어 타느라고 법석 끓고 있었다. 허둥지둥 짐을 메고 내려가 나도 불을 켜고 기다리는 기차 속으로 올라갔다. 이

등차가 한 칸 밖에 없어 대 혼잡을 이루어 자리를 못 잡고 비좁은 통로에 서 있노라니 한 청년이 나타나 내 짐을 대신 둘러메며

"저기 자리를 잡았습니다."

한다. 다부지다 못해 영맹(獰猛)스러워까지 보이는 호기찬 젊은 사내였다. (옳지 이 사내)듬슥한 어깨가 믿음직하였다. 뒤를 따라가 내어주는 자리에 앉고 보니 바로 앞쪽에 아까 그 코수염을 단 청년이 비스듬히 기대고 앉아서 가벼운 미소를 짓는다. 역시 이 사내는 공작차로 나왔던 것일까? 젊은 사내는 보꾸러니 속을 더듬어 담배 '전문(前門)'을 끄집어내어 주고 다시 또 흘수(吃水, 사이다)를 두 병 구하여 주어 텁텁한 목을 축이었다. 차 속은 피난민 차처럼 대단히 무덥고 **빽빽**하였다. 군데군데에서 아침과 저녁으로 두 차례 겪은 폭격 소동을 일인들이 재잘 거리고 있었다. 오전 두시 발. 이튿날 아침 남으로 남으로 신경질적인 기적을 내지르며 일로 매진하던 기차가 벌 가운데에서 갑자기 덜컹하며 정차하여 모두 앞으로 쏠렸다. 웬일일까? 사고? 습격? 삽시에 불안한 공기가 떠돌았다. 때마침 멀리서

"飛機來!! 飛機來!!"

하고 부르짖는 소리가 들리더니 차동이 뛰어오며 바삐 내리라고 소리를 지른다. 승객은 일어나 서로 밀치며 앞서거니 뒤서거니 차에서 뛰어내려 말거미 떼처럼 좌우로 달아나기 시작하였다. 3등차와 화물차로부터도 중국인들이 울며불며 떠들며 쏟아져 내려온다. 보퉁이를 진 사내, 다롱을 든 부인, 뾰족발의 노파, 어린애. 쿠리. 벌가는 허급지급 흩어지는 사람 떼로 한참 동안 어수선하였다. 혹은 크리크 혹은 밭도랑 밑에 혹은 우먹다리로 은신하였다. 나는 젊은 공작원의 뒤를 따라 삼백 미터쯤 떨어져 있는 촌장으로 달려가 웅덩이 속에 박혔다. 시계를 보니 여덟시 반. 급기야 맑은 하늘을 술렁술렁거리는 귀에 선 금속음이 들려오기 시작하였다. 우리는 웅덩이 속에서 하늘을 쳐다보았다.

"P51의 폭음입니다. 저 구름 새를 보시오."

아닌 게 아니라 흰 구름 새로부터 새하얀 비행기 하나가 아침 햇살을 받아 번쩍거리며 나타나— 고도는 오천 가량— 바로 우리 두상에서 급강하로 쏜살처럼 내려오며 휘 전회하려는가 하였더니 요란한 기총 소사의 총탄성이 터져 나왔다. 이윽하여 머리

를 들었다. 비행기는 북쪽을 향하여 지체 없이 유유히 달아나고 있었다. 기관사는 헛김을 불며 시글거린다. 비참한 대조였다. 공작원과 따로 떨어져 기차 쪽으로 가까이 가보니 은폐 장치인 높은 토벽 새에 기관차가 대구리를 처박고서도 꼭대기와 옆구리에 수없이 명중탄을 받아 만신창이였다. 실제로 공습을 겪기는 이번이 처음이었다. 듣는 말에 언제나 정확한 사격으로 기관차만을 쳐부순다더니 역시 사실인 모양이다. 어린애들이 주워온 기총탄을 어떤 일인이 뺏어가지고 자랑하는 것을 보니 세 치나 되리만치 큼직하였다. 가슴속이 뚱하였다. 이때에 허둥지둥 달아나면서 쳐다보니 그는 아득한 상공에서 둥금히 원을 그리며 지상을 휘 돌아보고는 성공을 확인한 모양으로 다시 북쪽으로 방향을 바꾸어 유유히 사라지었다. 중국 대의를 입은 젊은 일인 둘이 밭고랑에서 늘어서서 이렇게 이야기하고 있었다.

"고맛다 야쓰다나!"

나도 속으로 '고맛다 야쓰다나'하였다. 앞으로 기관차 오기를 기다려서야 떠나게 된다고 하니.

"저것들이……."

공작원은 그 일인들을 터가리로 가리키며 이렇게 말했다.

"새로 생긴 특설부대의 일자(日者)들입니다. 이를테면 가장 결사적인 정탐꾼으로 우리 구역 내에서까지 교란공작을 하려 듭니다."

●●● 김사량 작가연보

1914   3월 3일 평양에서 출생. 본명은 時昌. 동기로는 형 時明, 누나 特實 여동생 五德

1928   평양고등보통학교 입학

1930   광주학생운동에 호응하는 반일 시위에 운동에 참여

1931   광주학생운동 2주년을 맞이하여 일어난 동맹휴교사건에 관여하였다가 퇴학(해주, 신의
        주 고보와 더불어 동맹휴교). 12월 교토에 있던 형 김시명의 도움으로 일본으로 밀항.

1933.   4월 사가(佐賀)고등학교 입학
        사세보(佐世保)에 있는 해군 군함을 견학하기도 함

1934   소설 「토성랑」 창작 했으나 발표하지는 않은 듯하다.

1936   4월 동경제국대학 문학부 독일문학과에 입학
        6월 '제방' 동인을 결성
        9월 동인 잡지 『제방』 2호에 「토성랑」 발표
        10월 조선예술좌와 관련하여 검거. 本富士 경찰서에 미결구류. 조선예술좌의 간부 14명이 검
        거되었는데 그 속에 김시창이란 이름이 들어 있다.

1937   3월 『제방』 4호에 시 「빼앗긴 시」 발표.
        동경제국대학신문 3월 20일자에 소설 「윤참봉」 발표

1938   8월 『춘향전』의 조선공연을 앞두고 이를 안내함

1939　1월 6일 평양에서 최창옥과 결혼. 하이네에 관한 졸업논문 제출.
2월 무렵 장혁주의 소개로 '문예수도'의 주재자 保高德藏을 만남. 동인으로 참여
3월 북경 여행,주작인을 만남
4월 조선일보사 학예부에 취직.서울의 하숙에서 「빛 속으로」 창작
5월 조선일보사를 그만 둠
6월 아내와 함께 동경으로 감. 잡지 『모던 일본』 조선판 1호에 관여하면서 조선문학 작품의 일본어 번역에 관여함. 이광수의 「무명」 번역
10월 소설 「빛 속으로」를 '문예수도'에 발표

1940　3월 문예춘추사 주최의 아쿠다가와 상 수상식에 참여(소설 「빛 속으로」가 『문예춘추』에 전재)
6월 소설 「천마」를 잡지 『문예춘추』에 발표
"8월 귀성하여 평양에 갔다가 지난 8월 31일 강원도의 궁벽한 농촌을 제재로 시나리오를 쓰기 위하여 동 시나리오의 각색자 八木씨와 같이 경성을 떠나 강원도로 향하였다"(삼천리 1940.10).
10월 삼천리에 「산가 3시간」을 발표.
12월 제1소설집인 『빛 속에』를 일본 동경 소산서점에서 발간

1941　2월 잡지 『문장』에 소설 「유치장에서 만난 사내」를 발표
4월 가마쿠라시 오오가야쓰 407번지 여관 요네신테이(米新亭)의 별채로 이사함
7월 여동생 오덕 결혼
11월 일본 당국의 종이 통제로 인하여 동인지들이 통합하게 되었을 때 '창원'의 동인이었던 김달수를 만남
12월 9일 태평양전쟁이 일어난 다음날에 사상범예비구금의 차원에서 50일간 구류당함. 김달수에 의해 체포 소식이 알려지면서 일본의 문인들이 석방을 도왔다. 일본 남방군의 종군작가가 되면 풀어주겠다고 강요했음을 『노마만리』에서 회고.

1942.2　2월 귀향하여 평양에 거주
4월 제2소설집 『고향』을 일본 경도 갑조서림에서 발간

1943　2월 잡지 『국민문학』에 장편소설 『태백산맥』 연재(10월까지)
9월 국민총력조선연맹에 의해 해군견학단의 일원으로 일본 해군을 견학. 일본이 조선에 해군특별지원병령을 공포하면서 이를 홍보하기 위하여 문화인들에게 해군시찰단을 요구하였고 김사량은 이 요구를 떨치기 어려워 참가한 것으로 보인다. 김사량은 기행문 『해군행』을 매일신보 1943년 10월 10일부터 10월 23일까지 연재하였다. 해군 시찰

단에 참여하고 시찰 보고문을 쓰게 되면서 김사량은 위기의식을 강하게 느낀 것으로
보인다.
12월 14일 매일신보에 장편 『바다의 노래』 연재(1944년 10월 4일까지)

1944   4월 평양대동공전 독어교사로 근무
6월 탈출을 위해 중국을 여행하나 실패. 3개월간 중국에 머뭄. 학도병으로 끌려간 조카
와 지인들을 만나 탈출을 도모.

1945   5월 9일 국민총력조선연맹 병사후원부의 요청으로 중국에 파견된 조선인출신 학도병
을 위문하러 북경으로 감(시인 노천명도 동행)
순덕(현재는 형태)역에서 하차하여 일본군의 봉쇄선을 뚫고 자동차와 도보로 태항산
항일 근거지로 탈출함
6월 태항산의 근거지인 남장촌에서 기거
7월 태항산 근거지에서 희곡 『호접』 창작

1945   8월 해방을 맞이하여 조선의용군 선발대로 장가구 열하 승덕 등을 거쳐 평양에 이름

12월 10일 조선문학동맹 결성식에 참가하기 위하여 서울을 방문. 봉황각에서 열린 문
학인 좌담회에 참석
12월 13일 조선문학동맹 결성식에 참가

1946   호가장 전투를 그린 희곡 『호접』이 1946년 1월 5일부터 12일까지 서울 대륙극장에서
무대에 올려졌다.
1월 잡지 『민성』에 『연안망명기』 중 산채기가 2회에 걸쳐 연재됨
희곡 『더벙이와 배뱅이』가 『문화전선』 1집부터 3집까지 연재되었다.
3월 『적성』 창간호에 희곡 『봇돌의 군복』 발표. 이 작품은 1947년 1월 11일부터 15일
까지 평양의 삼일극장에서 공연
3월부터 잡지 『민성』에 『연안망명기』 중 『노마만리』가 총 7회에 걸쳐 연재됨
3월 25일 결성된 북조선예술총연맹 조직에서 국제문화국장직을 맡음.
6월 29일 평안남도 예술연맹 재조직 회의에서 위원장으로 선임되었다.
8월 『우리의 태양』에 희곡 『뇌성』이 실렸다. 해방1주년 희곡집에 『호접』이 실렸다.
9월 소설 『총총걸음』이 『조선여성』에 실렸다.

1947   3월 『민주조선』(3월 8일부터 14일까지)에 보고문학인 「아오지 풍경」 발표
3월호부터 4월호까지 『조선여성』에 장편소설 『성좌』 발표(미완)

4월 『문화전선』 4집에 보고문학인 「동원작가의 수첩」 발표
10월 단행본 『노마만리』(양서각) 발간

1948 1월 단편집 『풍상』 발간(조선인민출판사). 이 작품집에는 소설 「마식령」, 「차돌의 기차」, 희곡 「더벙이와 배뱅이」, 「봇돌의 군복」이 수록되어 있음
9월 『창작집』에 「남에서 온 편지」 발표

1949 1월 낭송극 「무쇠의 군악」을 잡지 『노동자』에 발표
2월 소설 「E기사의 초상」을 잡지 『선전자』에 발표
6월 소설 「칠현금」을 잡지 『문학예술』에 발표

1950 4월 소설 「대오는 태양을 향하여」를 잡지 『문학예술』에 발표
7월호부터 8월호까지 희곡 「노래는 끝났지 않았다」를 잡지 『조선여성』에 발표(미완)
종군중 사망

편자 _ 김재용

연세대 영문학과 및 국문학과 대학원 졸업
문학평론가, 원광대 국문학과 교수
한국근대문학 및 세계문학 전공
현재 비서구의 관점에서 세계문학을 읽는 잡지
'지구적 세계문학' 편집인
『김사량, 작품과 연구』 전5권(곽형덕 공편) 편
『세계문학으로서의 아시아문학』 외 저서 다수

김사량 선집

초판 인쇄 2016년 2월 25일
초판 발행 2016년 3월 4일

편 자 김재용
펴낸이 이대현
편 집 오정대
디자인 이홍주
펴낸곳 도서출판 역락
　　　　　서울 서초구 동광로 46길 6-6 문창필딩 2층
　　　　　전화 02-3409-2058(영업부), 2060(편집부)
　　　　　팩시밀리 02-3409-2059
　　　　　이메일 youkrack@hanmail.net
　　　　　역락블로그 http://blog.naver.com/youkrack3888
　　　　　등록 1999년 4월 19일 제303-2002-000014호

ISBN 979-11-5686-302-1 93810

정 가 25,000원

■ 이 도서의 국립중앙도서관 출판시도서목록(CIP)은 e-CIP홈페이지(http://www.nl.go.kr/ecip)와
국가자료공동목록시스템(http://www.nl.go.kr/kolisnet)에서 이용하실 수 있습니다.(CIP제어번호 : CIP2016004816)